HEYNE <

Das Buch

London 1898: Am Lancaster Gate explodiert eine Bombe, zwei Polizisten sterben und drei weitere werden schwer verletzt. Die Recherche von Thomas Pitt, dem Chef des Staatsschutzes, ergibt, dass die Polizisten gezielt durch einen Hinweis auf einen angeblichen Opiumdeal in eine Falle gelockt wurden. Im Laufe seiner Ermittlungen erhärtet sich jedoch der unglaubliche Verdacht, dass sich die fünf der Korruption, wenn nicht sogar eines Tötungsdelikts und eines Justizmordes schuldig gemacht haben. Eine weitere Spur führt zum schwer opiumabhängigen Alexander Duncannon. An ihrer Verfolgung wird Pitt jedoch gehindert, da Duncannons Vater wichtiger Verhandlungspartner für das Außenministerium ist. Pitt gerät in einen Dickicht von Bestechung, Korruption und einen Justizskandal, in dem er selbst Gefahr läuft, unterzugehen.

Die Autorin

Die Engländerin Anne Perry, 1938 in London geboren, verbrachte einen Teil ihrer Jugend in Neuseeland und auf den Bahamas. Schon früh begann sie zu schreiben. Ihre historischen Kriminalromane zeichnen ein lebendiges Bild des spätviktorianischen England und begeistern ein Millionenpublikum. Anne Perry lebt und schreibt in Schottland. Mehr zur Autorin und ihren Büchern erfahren Sie unter www.anneperry.co.uk.

ANNE PERRY

VERRAT AM LANCASTER GATE

Ein Thomas-Pitt-Roman

Aus dem Englischen
von K. Schatzhauser

WILHELM HEYNE VERLAG
MÜNCHEN

Die Originalausgabe
TREACHERY AT LANCASTER GATE
erschien 2015 bei Headline Publishing Group, London

Verlagsgruppe Random House FSC® N001967

Vollständige deutsche Erstausgabe 12/2016

Printed in Germany
Umschlaggestaltung: Hauptmann & Kompanie Werbeagentur, Zürich,
unter Verwendung eines Bildes von John MacVicar Anderson /
Private Collection / © Christopher Wood Gallery, London /
Bridgeman Images
Satz: Schaber Datentechnik, Austria
Druck und Bindung: GGP Media GmbH, Pößneck

ISBN: 978-3-453-27085-5

www.heyne-verlag.de

Für Flora Rees

KAPITEL 1

Von der Straße aus betrachtete Pitt die schwelenden Ruinen des Hauses. Nachdem die Feuerwehr auch hier und da wieder aufflackernde Glutnester gründlich gelöscht hatte, sammelte sich jetzt das Wasser in den Kratern, die der vor einer Dreiviertelstunde gezündete Sprengsatz im Boden des Gebäudes hinterlassen hatte. Dichter Qualm verdunkelte den Mittagshimmel, und in der Luft hing der Geruch von Sprengstoff.

Pitt trat beiseite, als zwei Sanitäter einen Verletzten auf einer behelfsmäßigen Trage zu einem wartenden Wagen brachten. Der Brandgeruch ließ die vor den Wagen gespannten Pferde unruhig stampfen, und jedes Mal, wenn ein durchgebrannter Balken herabstürzte, scheuten die Tiere.

»Das wär's, Sir. Jetzt sind alle draußen«, teilte ihm der Polizeibeamte mit, der das Gebäude bewachte. Man merkte seinem Gesicht das Entsetzen an – kein Wunder, denn die fünf Opfer des Anschlags waren seine Kollegen.

»Danke«, sagte Pitt. »Wie viele sind tot?«

»Hobbs und Newman, Sir. Wir haben alles gelassen, wie es war.« Er hustete und räusperte sich. »Ednam, Bossiney und Yarcombe hat es ziemlich übel erwischt, Sir.«

»Danke«, sagte Pitt erneut. Seine Gedanken jagten sich, doch ihm fiel nichts ein, was er dem Beamten zum Trost hätte sagen können. Pitt stand an der Spitze des Staatsschutzes, jener geheimdienstlichen Abteilung, die immer dann tätig wurde, wenn es um eine Bedrohung der nationalen Sicherheit durch Sabotage, Attentate, Bombenanschläge oder irgendeine Art von Terrorismus ging. Schon viel zu häufig war er Zeuge von Zerstörung und gewaltsamem Tod geworden. Vor seiner Zeit beim Staatsschutz hatte er wie die Männer, die diesem Anschlag zum Opfer gefallen waren, der regulären Polizei angehört, wo es seine Aufgabe gewesen war, Mordfälle aufzuklären.

Allem Anschein nach hatte sich dieser Anschlag bewusst gegen die Polizei gerichtet. Einige der Kollegen kannte er, hatte viele Jahre mit ihnen zusammengearbeitet. Er konnte sich an Newmans Hochzeit und an Hobbs' erste Beförderung erinnern. Jetzt musste er, unbeeinflusst davon, dass er sie gekannt hatte, die Trümmer nach dem durchsuchen, was von ihnen übrig geblieben war. Jeder Mensch konnte sein Leben verlieren, und wahrscheinlich hatte jeder jemanden, der ihn im Falle seines Todes entsetzlich vermisste. Aber wenn es sich anders verhielte, wäre das nicht sogar noch schlimmer?

Pitt wandte sich um und bahnte sich langsam seinen Weg durch die Trümmer, bemüht, alles so zu lassen, wie es war – denn gewissermaßen handelte es sich um Beweismaterial. In dem Haus war eine Bombe gezündet worden – Passanten hatten einen lauten Knall gehört und Trümmer durch die Luft fliegen sehen. Als die Holzteile des Gebäudes Feuer gefangen hatten, waren Flammen emporgeschlagen. Überall lagen Glassplitter von den geborstenen Fenstern. Zwei Personen, ein Mann und eine Frau, waren so nahe am Tatort gewesen, dass sie als Zeugen infrage kamen. Sie saßen jetzt im hinteren Teil eines Sanitätswagens, dessen Türen offen standen. Einer der Sanitäter redete beruhigend auf sie ein, während er eine tiefe Schnittwunde am Arm der Frau versorgte. Auch wenn beide ziemlich mitgenommen wirkten, würde Pitt möglichst bald mit ihnen sprechen müssen. Immerhin bestand die Möglichkeit, dass sie etwas Wichtiges gesehen hatten. Mitunter zeigte sich nachträglich, dass sich sogar Hinweise aus etwas ergaben, was jemand *nicht* gesehen hatte.

Pitt wandte sich zuerst an den Mann. Er mochte etwas über sechzig sein. Er war weißhaarig und trug einen dunklen Anzug. Abgesehen von diversen Schnittverletzungen, hatte er eine Brandwunde an der rechten Wange, wo ihn ein brennendes Stück Holz getroffen haben mochte. Staub bedeckte die ganze rechte Seite seines Anzugs, der mehrere Brandlöcher aufwies.

Pitt entschuldigte sich für die Störung und fragte ihn dann nach Namen und Anschrift.

»Wir waren auf dem Heimweg von der Kirche, Gott steh mir bei«, sagte der Mann mit zitternder Stimme. »Was für Menschen sind das nur, die so etwas tun?« Er hatte unübersehbar Angst und bemühte sich verzweifelt, das vor seiner Frau zu verbergen. Er war, wie sich das gehörte, auf der äußeren Gehwegseite gegangen, und so hatte sie sich näher am Gebäude befunden und war von der Explosion stärker in Mitleidenschaft gezogen worden. Da durch den Verband, den der Sanitäter an ihrem Arm angelegt hatte, bereits Blut drang, wickelte er eine weitere Lage Verbandsmaterial darum. Dabei mahnte er Pitt mit Blicken, sich zu beeilen.

»Haben Sie jemanden auf der Straße gesehen?«, fragte Pitt den Mann. »Jeder Zeuge ist wichtig.«

»Nein … nein, niemanden. Wir haben uns miteinander unterhalten«, gab dieser zur Antwort. »Wer tut so etwas? Sind das wieder Anarchisten? Was wollen die?«

»Das weiß ich nicht, Sir. Aber wir werden es herausbekommen«, versprach Pitt. »Sagen Sie uns bitte Bescheid, wenn Ihnen später noch etwas einfällt, woran Sie sich im Augenblick nicht erinnern.« Er gab dem Mann seine Karte, wünschte der Frau baldige Genesung, nickte dem Sanitäter zu und wandte sich erneut dem Haus zu. Es war an der Zeit, in die Ruine hineinzugehen, sich die Getöteten anzusehen und möglichst viel Beweismaterial zu sammeln.

Sorgfältig suchte er sich seinen Weg um herabgestürzte Balken herum. Obwohl nach wie vor Brandgeruch in der Luft lag, war es kalt.

»Sir!«, rief ihm ein Feuerwehrmann zu. »Sie können da nicht rein! Es ist …«

Pitt ging weiter. Glassplitter knirschten unter seinen Schuhsohlen. »Commander Pitt«, stellte er sich vor.

»Ach so … Seien Sie aber vorsichtig, Sir. Achtung, Ihr Kopf.« Der Feuerwehrmann blickte zu einem halb abgebrochenen Balken empor, der in einem gefährlichen Winkel herabhing und aussah, als könne er sich jeden Augenblick lösen und herabfallen. »Trotzdem sollten Sie eigentlich nicht hier sein«, fügte er hinzu.

»Was ist mit den Toten?«, fragte Pitt.

»Die laufen Ihnen nicht davon, Sir. Es dürfte das Beste sein, wenn wir sie rausholen. Dort drinnen ist es zu gefährlich«, erwiderte der Feuerwehrmann. »Die Explosion hat sie getötet, Sir. Daran besteht kein Zweifel.«

Pitt hätte diesen Vorwand gern genutzt, um sich die Toten nicht ansehen zu müssen, aber davon konnte keine Rede sein. Schon möglich, dass er nichts Wichtiges in Erfahrung bringen würde, aber irgendwo musste er anfangen. Er musste sich der Situation stellen und sie bewältigen.

Er war jetzt bei dem Feuerwehrmann angekommen. Unter den schwarzen Ascheflecken war dessen Gesicht bleich. Seine Uniform war verschmutzt und durchnässt, und sobald er Zeit hätte, sich darüber Gedanken zu machen, würde er merken, dass er auch fror.

»Da entlang, Sir«, sagte der Mann zögernd. »Aber seien Sie vorsichtig. Am besten fassen Sie nichts an, damit Ihnen nicht das Ganze auf den Kopf fällt.«

»Ich passe schon auf«, gab Pitt zur Antwort und machte sich auf den Weg ins Innere, wobei er bemüht war, nicht zu stolpern, um sich nicht an irgendwelchen zerstörten Möbelstücken, hervorstehenden Eisenträgern oder lose herabhängenden Gebäudeteilen zu verletzen.

Geborstene Dielen standen schräg aus dem Boden hervor. Es musste sich um einen starken Sprengsatz gehandelt haben. Nach den Brandspuren und den Holzresten zu urteilen, befand sich Pitt seiner Schätzung nach ganz in der Nähe der Explosionsstelle. Was um Himmels willen mochte hier in dem Haus an einer ruhigen Londoner Straße in der Nähe des Kensington Parks geschehen sein? Steckten Anarchisten dahinter? Von denen wimmelte es in der Stadt. Bestimmt die Hälfte der europäischen Revolutionäre lebte schon seit Längerem in London oder hatte sich zumindest eine Zeit lang in der Stadt aufgehalten. Zuletzt hatten ihre Aktivitäten – verglichen mit früheren Jahren – deutlich nachgelassen, doch jetzt, kurz vor dem Ende des Jahres 1898, hatte es den Anschein, als sei die Gelassenheit des Staatsschutzes ihnen gegenüber fehl am Platz gewesen. War dies ein letztes Aufbäumen oder womöglich ein Vorbote wieder aufflammender Aktivität? Auf dem europäischen Kontinent hatten Nihilisten den französischen Präsidenten Carnot, Zar Alexander II. von Russland und den spanischen Premierminister Cánovas del Castillo ermordet sowie erst vor wenigen Monaten auch Kaiserin Elisabeth von Österreich-Ungarn. Griff die Gewalttätigkeit jetzt möglicherweise auch auf England über?

Pitt sah eine Leiche, genauer gesagt, die Überreste eines der Anschlagsopfer. Er musste heftig schlucken und fürchtete einen Augenblick lang, sich übergeben zu müssen. Ein Bein fehlte, und ein Dachbalken hatte die Brust auf einer Seite vollständig eingedrückt. Der Schädel war zerschmettert, doch als Pitt sich zwang, genau hinzusehen, erkannte er an den Gesichtszügen, dass es sich um Newman handelte.

Er würde die Witwe aufsuchen und ihr die üblichen Trostworte sagen müssen. Zwar würde es ihr nichts helfen, aber es würde ihren Schmerz verstärken, wenn er es unterließe.

Aufmerksam betrachtete er den Toten. Ließ sich an ihm irgendetwas über das hinaus erkennen, was ihm der Feuerwehrmann gesagt hatte? Newtons sonderbar unversehrtes Gesicht zeigte keine Rußspuren. Der linke Arm war abgerissen, doch bei genauerem Hinsehen erkannte Pitt, dass die rechte Hand völlig sauber war. Hieß das, dass sich der Mann bereits im Inneren des Gebäudes befunden hatte, als die Bombe detonierte? Ganz offensichtlich hatte er sich seinen Weg nicht durch Rauch und Trümmer bahnen müssen. Was hatte er dort gewollt? Hatte es Alarm gegeben, einen Hinweis auf eine verbotene Versammlung? War der Polizei etwas Verdächtiges gemeldet worden? War er jemandem gefolgt? War er in einen Hinterhalt geraten?

Benommen wandte Pitt sich ab, holte tief Luft und suchte weiter.

Der zweite Tote war von herabgefallenem Putz und Holzstücken halb zugedeckt. Hobbs' sommersprossiges Gesicht, das so gut wie keine Spuren von Ruß zeigte, war unverkennbar. Er wies deutlich weniger sichtbare Verletzungen auf als Newman. Pitt musterte ihn so sachlich, wie ihm das möglich war, und versuchte seine Schlüsse zu ziehen. Der Polizeiarzt würde ihm sicherlich mehr sagen können, aber es sah ganz so aus, als habe sich Hobbs deutlich weiter vom Ort der Explosion entfernt befunden als Newman und als sei er von ihr überrascht worden.

Noch während sich Pitt aufmerksam umsah, hörte er Schritte hinter sich. Als er sich umwandte, erkannte er die vertraute Gestalt Samuel Tellmans, der sich durch herabgefallene Teile der Decke, Löschwasser und verkohlte Möbelstücke seinen Weg bahnte. Tellman war unter ihm Wachtmeister gewesen, als Pitt die Wache in der Bow Street geleitet hatte. Es hatte ziemlich lange gedauert, bis sie miteinander warm geworden waren. Tellman stand Menschen, die wie Pitt aus kleinsten Verhältnissen aufgestiegen waren und sich so gepflegt ausdrückten wie die Mitglieder der gehobenen Gesellschaft, mit großem Misstrauen gegenüber. Er hielt Pitts Sprechweise und Akzent für gekünstelt und verdächtigte ihn, sich für etwas Besseres zu halten. Pitt hatte keinen Anlass gesehen, ihm zu erklären, dass ihn der Gutsbesitzer Sir Arthur Desmond, in dessen Diensten sein Vater Jagdhüter gewesen war, bis man ihn aufgrund einer falschen Anschuldigung wegen Diebstahls nach Australien deportiert hatte, zusammen mit seinem Sohn hatte privat unterrichten lassen – in erster Linie, um seinen Sohn zu möglichst großem Fleiß anzuspornen. Pitts Mutter war als Wäscherin weiterhin in Sir Desmonds Dienst geblieben. Das Schicksal seines Vaters war eine Wunde, die Pitt nach wie vor tief schmerzte, doch brauchte Tellman davon nichts zu wissen.

Jahre der gemeinsamen Arbeit hatten nicht nur dafür gesorgt, dass sie einander respektierten, sondern bei Tellman auch zu einer unverbrüchlichen Loyalität geführt.

»Guten Tag, Sir.« Tellman blieb neben ihm stehen.

»Guten Tag, Inspektor«, erwiderte Pitt. Er hatte damit gerechnet, dass die Polizei jemanden an den Tatort schicken würde. Weniger, weil Pitt als Leiter des Staatsschutzes nicht der regulären Polizei angehörte, sondern vor allem, weil sämtliche Opfer des Anschlags Polizeibeamte waren. Das Treueverhältnis innerhalb der Polizei ähnelte in gewisser Weise dem von Soldaten im Krieg. Ein Polizist musste sich angesichts einer Gefahr in jeder Hinsicht auf seine Kollegen verlassen können, denn davon hing unter Umständen sein Leben ab.

Pitt nickte. Zwar war es ihm mehr als recht, wieder einmal mit Tellman zusammenarbeiten zu können, doch wäre ihm das in jedem beliebigen anderen Zusammenhang lieber gewesen als ausgerechnet in diesem speziellen Fall, in dem seitens der Polizei vermutlich die Nerven blank lagen.

»Sieht ganz so aus, als wären die beiden genau in dem Augenblick hier gewesen, als die Ladung hochging«, bemerkte Pitt. »Newman muss ganz dicht dran gewesen sein.«

»Ja, genauso sieht es aus. Was für ein verdammter Irrer könnte das getan haben?«, fragte Tellman mit belegter Stimme, als könne er sich nur mit Mühe beherrschen. »Auch ich bin dafür, dass alle Menschen in Freiheit leben können, eine anständige Unterkunft und genug zu essen haben, und ich setze mich auch für ihr Recht ein, sich frei zu bewegen – aber was zum Teufel will man hiermit erreichen? Die beiden haben den Leuten doch nichts getan! Was für Anarchisten stecken dahinter? Spanische? Italienische? Französische? Russische? Warum in drei Teufels Namen kommen eigentlich alle verdammten Knallköpfe aus Europa hierher zu uns?« Er wandte sich Pitt zu. »Und wieso dulden wir das?« Zwei rote Flecken auf den eingefallenen Wangen ließen sein bleiches Gesicht beinahe weiß erscheinen. Mit vor Zorn sprühenden Augen fuhr er fort: »Wissen Sie nicht, wer dahintersteckt? Ist es nicht die ureigene Aufgabe des Staatsschutzes, so etwas zu wissen?«

Mit hängenden Schultern schob Pitt die Hände tiefer in die Taschen. »Dazu kann ich nichts sagen, denn für die politischen Vorgaben bin nicht ich zuständig. Ich kenne eine ganze Reihe von den Leuten. Die meisten dreschen nur hohle Phrasen und geben leere Parolen von sich.«

Der Abscheu und die Qual auf Tellmans Zügen waren stärker, als er mit Worten hätte ausdrücken können. »Ich spür' die auf und bring' sie an den Galgen – ganz gleich, was Sie mit denen vorhaben.« Es war eine Herausforderung.

Pitt machte sich nicht die Mühe, darauf einzugehen. Ihm war nicht nur bewusst, welche Empfindungen hinter Tellmans Worten standen, sondern im Augenblick teilte er sie auch mehr oder weniger. Zugleich vermutete er, dass er unter Umständen anders denken würde, wenn bekannt war, wer den Anschlag verübt hatte. So mancher der als »Anarchisten« gebrandmarkten Männer hatte sich nichts weiter als die Forderung nach einer angemessenen Entlohnung zuschulden kommen lassen, um seine Familie ernähren zu können. Einige hatte man ins Gefängnis gesteckt, gefoltert und sogar hingerichtet, obwohl ihr einziges Vergehen darin bestanden hatte, gegen soziale Ungerechtigkeit aufzubegehren. In ihrer Situation hätte Pitt vielleicht ebenso gehandelt.

»Ich frage mich, was die Beamten zu fünft in diesem ruhigen Haus gleich hier am Park wollten«, sagte er. »Es dürfte dabei kaum um eine Ermittlung gegangen sein, denn dafür braucht man nicht so viele Leute. Da es keine weiteren Toten oder Verletzten gibt, war wohl niemand zu Hause. Was also wollten die Beamten hier?«

Tellmans Züge verhärteten sich. »Das weiß ich noch nicht, aber ich bin entschlossen, es herauszubekommen. Da sie vermutlich den Staatsschutz hinzugezogen hätten, wenn Anarchisten dahintersteckten, muss es etwas anderes gewesen sein.«

Pitt war davon nicht so fest überzeugt wie allem Anschein nach Tellman, aber dies war nicht der richtige Zeitpunkt, um Einwände zu erheben. »Ist über diese Adresse etwas bekannt?«, fragte er stattdessen.

»Bisher nicht.« Tellman sah sich um. »Was ist mit dem Sprengsatz? Woraus bestand er? Wo befand er sich? Wie hat man ihn gezündet?«

»Dynamit«, sagte Pitt. »Das nehmen die immer. So eine Bombe lässt sich leicht mit einer Zündschnur zur Explosion bringen. Sie muss nur lang genug sein, damit die Flamme die Sprengladung erst erreicht, wenn sich der Täter in Sicherheit gebracht hat.«

»Weiter ist nichts nötig?«, fragte Tellman mit Bitterkeit in der Stimme.

»Na ja, es gibt auch kompliziertere Methoden, aber nicht für Fälle wie diesen.«

»Zum Beispiel was?«, erkundigte sich Tellman. »Umstülp-Sprengsätze«, sagte Pitt geduldig, während sich beide Männer vorsichtig daran machten, das Gebäude zu verlassen. Der stechende Geruch nach verbranntem Holz und der Staub von Putz brannte ihnen in Rachen und Nase. »Man stellt einen aus zwei Hälften bestehenden und mit einer hinreichenden Anzahl von Löchern versehenen Behälter her. Solange man ihn richtig herum hält, ist die Sache völlig ungefährlich, doch sobald man ihn umdreht, geht die Sprengladung hoch.«

»Heißt das, man transportiert und deponiert das Ding richtig herum und hofft, dass jemand es dann irgendwann mal umdreht?«

»Man macht zum Beispiel ein Paket daraus, schreibt den Absender auf die Unterseite und verknotet dort auch den Bindfaden«, sagte Pitt, während er vorsichtig über einen herabgefallenen Balken stieg. »Das funktioniert bestens.«

»Dann ist es ja wohl ein Wunder, dass wir nicht alle schon in die Luft gejagt worden sind.« Tellman trat mit solcher Wut gegen ein loses Stück Holz, dass es krachend gegen die nächste Wand prallte.

Pitt verstand seine Heftigkeit. Schließlich war er selbst lange bei der Polizei gewesen, hatte einige der Männer gekannt sowie zig andere wie sie, die eine oft undankbare Aufgabe mit Hingabe erfüllten, obwohl sie, bedachte man die damit verbunden Gefahren, recht schlecht bezahlt wurden.

»Dynamit unterliegt einer scharfen behördlichen Überwachung«, sagte er, während sie auf den Gehweg traten. Die Wagen mit den Verletzten waren abgefahren. Außer einem Fahrzeug der Feuerwehr stand auf der inzwischen gesperrten Straße nur noch der Wagen für den Abtransport der Toten ins Leichenschauhaus. Pitt nickte dem Polizeiarzt und dessen Helfer zu. »Ich glaube nicht, dass wir hier noch mehr in Erfahrung bringen werden«, sagte er. »Schicken Sie mir Ihren Bericht, sobald Sie ihn fertig haben.«

»Gewiss, Sir«, versprach der Polizeiarzt und trat seinerseits in das zerstörte Gebäude.

»So, so, Dynamit unterliegt also der Kontrolle«, sagte Tellman mit unüberhörbarem Sarkasmus in der Stimme. »Und wie sieht die aus?«

»Es ist nicht frei verkäuflich«, gab Pitt zurück, während er sich mit langsamen Schritten von den nach wie vor schwelenden Trümmern entfernte. »Gewöhnlich wird es in Steinbrüchen und ab und zu bei Abbrucharbeiten verwendet. Entweder hat es jemand an einem solchen Ort gestohlen oder von jemandem gekauft, der es seinerseits gestohlen hat.«

»Das klingt nun wirklich nach Anarchisten«, sagte Tellman griesgrämig. »Das heißt, wir stehen wieder ganz am Anfang.«

»Könnte sein«, bestätigte Pitt »nur scheint das hier, wie schon gesagt, nicht zu den von ihnen verfolgten Zielen zu passen.«

»Vielleicht handelt es sich um Menschenfeinde, die jeden hassen, oder sie sind so verrückt, dass ihnen alles egal ist.«

Tellman sah zu den kahlen Bäumen im Kensington Park hinüber, die sich schwarz vom Himmel abhoben. »Ich nehme an, Sie wissen, was Sie tun, wenn Sie die hier bei uns im Lande dulden.« Er sagte das nicht im Frageton, hatte es aber womöglich durchaus so gemeint. »Mir persönlich wäre es lieber, die würden verschwinden und ihre eigenen Städte in Schutt und Asche legen.«

Ohne auf diese Äußerung einzugehen, sagte Pitt: »Sprechen Sie mit den Feuerwehrleuten. Vielleicht können die etwas Brauchbares beitragen. Zwar zeigt uns die Leiche des armen Newman mehr oder weniger genau die Stelle, an der die Bombe detoniert sein muss, aber möglicherweise lässt sie sich noch besser durch die Art eingrenzen, wie sich das Feuer ausgebreitet hat.«

»Inwiefern wäre das von Nutzen?«

»Wahrscheinlich gar nicht, aber Ihnen ist ebenso wie mir bekannt, dass man Beweismaterial nicht vorschnell beurteilen, sondern so viel wie möglich davon sammeln soll. Sie wissen, wonach Sie zu suchen haben! Stellen Sie möglichst viel über die Bewohner des Hauses fest – wie sie aussehen, wann sie normalerweise kommen und gehen, wer sie besucht, was sie als ihren Beruf angeben, und nach Möglichkeit auch, was sie wirklich tun.«

»Niemand muss mir erklären, wie ich meine Arbeit zu tun habe«, sagte Tellman verärgert. Er schien noch etwas hinzufügen zu wollen, schluckte es jedoch herunter. Er sah Pitt eine Weile unbeweglich an und wandte sich dann ab. Der Kummer auf seinem Gesicht war unübersehbar.

»Ich weiß«, sagte Pitt. »Es tut mir leid …«

Vor seinem inneren Auge sah er Newman bei dessen Hochzeit. Er konnte sich erinnern, wie die junge Braut ihren Mann angesehen hatte. So wie er sollte niemand enden müssen.

»Ich fahre ins Krankenhaus«, sagte er mit belegter Stimme. »Wenigstens einer der Verletzten wird mir ja wohl hoffentlich sagen können, was die in dem Haus hier wollten.« Er hatte das Bedürfnis, etwas Sinnvolles zu tun, und ging mit raschem Schritt zur Bayswater Road, wo er damit rechnen durfte, rasch eine Droschke zu finden. Zum nächsten Krankenhaus waren es nur wenige Minuten Fahrt über Westbourne Terrace zur Praed Street, und tatsächlich wartete am Straßenrand eine Droschke, als hätte der Kutscher gewusst, dass man ihn brauchen würde. »Saint-Mary-Krankenhaus, Paddington«, sagte Pitt und stieg ein.

»Wird gemacht, Sir. Vermutlich haben Sie es eilig?«

»Ja.« Pitt wollte mit den Männern sprechen, solange sie bei Bewusstsein und noch nicht im Operationssaal – oder gar tot waren. Niemand hatte ihm etwas über die Schwere ihrer Verletzungen sagen können.

Trotz der kurzen Entfernung schien die Fahrt kein Ende nehmen zu wollen.

Am Ziel angekommen, stieg Pitt aus, entlohnte den Kutscher und dankte ihm.

»Gern gescheh'n, Sir«, rief ihm der Mann nach. Als Pitt endlich die richtige Station erreicht hatte, erklärte ihm Doktor Critchlow, der behandelnde Arzt, er könne ihn nicht zu den Patienten lassen. Wegen ihrer großen Schmerzen habe man ihnen eine starke Dosis Morphium gegeben. Pitt erklärte erneut, wer er war. In dieser Situation wäre eine Uniform mit vielen blanken Knöpfen und entsprechenden Rangabzeichen von Vorteil gewesen. »Staatsschutz«, sagte er noch einmal. »Es handelt sich um einen Bombenanschlag, Dr. Critchlow. Mitten in der Stadt. Wir müssen die Täter fassen und ihrem Treiben ein Ende setzen, bevor sie erneut zuschlagen können.«

Der Arzt erbleichte sichtbar und gab nach. »Aber nur kurz, Mr. Pitt. Den Männern geht es wirklich sehr schlecht.«

»Das ist mir bekannt«, sagte Pitt mit finsterer Miene. »Ich habe mir vorhin die Toten angesehen.«

Der Arzt schluckte und führte ihn wortlos in ein Zimmer mit vier Betten. Zwei der Männer schienen bewusstlos zu sein, vielleicht lagen sie aber auch nur stumm und regungslos da.

Ednam, der Einsatzleiter der Gruppe, war bei Bewusstsein und sah Pitt entgegen. Sein Gesicht sah übel aus, und an seiner linken Wange erkannte man eine rote Brandwunde. Seinen linken Arm hatte man von der Schulter bis zum Handgelenk bandagiert, das linke Bein war ebenfalls verbunden und hochgelagert. Es mochte gebrochen und von Brandwunden bedeckt sein. Als Pitt ihn fragte, ob er sprechen könne, sah ihn der Mann eine Weile an, als müsste er überlegen, wen er vor sich hatte. Dann entspannte er sich leicht.

»Ich glaube schon.« Seine Stimme klang rau. Offensichtlich hatte der heiße Rauch seine Atemwege in Mitleidenschaft gezogen.

»Können Sie mir irgendetwas sagen?«, fragte Pitt.

»Wenn ich gewusst hätte, dass in dem Haus eine verdammte Bombe hochgehen würde, wäre ich da nie reingegangen!«, gab Ednam erbittert zur Antwort.

»Was wollten Sie dort?«, fragte Pitt. »Und dann gleich zu fünft. Was hofften Sie dort zu finden?«

»Rauschgift. Genauer gesagt, Opium. Wir hatten erfahren, dass dort eine größere Menge davon den Besitzer wechseln sollte.«

»Wer hat Ihnen den Hinweis gegeben? Und was haben Sie dort, als Sie hinkamen, vorgefunden?«

»Wir hatten ja kaum Zeit, uns umzusehen!«

Pitt bemühte sich um einen verbindlichen Ton. »War außer Ihnen noch jemand dort?«

»Ich habe niemanden gesehen. Der Hinweis stammte aus einer verlässlichen Quelle. Jedenfalls … hatten wir dem Mann bisher immer vertrauen können.« Seine Stimme war kaum lauter als ein Flüstern. Es kostete ihn unübersehbar große Anstrengung zu sprechen. »Stimmt es, dass Newman und Hobbs tot sind?«

»Ja.«

Ednam fluchte, bis er keine Luft mehr bekam.

»Ich muss wissen, wer Ihr Informant ist«, sagte Pitt eindringlich und beugte sich leicht vor. »Entweder hat er Sie oder jemand anders hat ihn hereingelegt. In letzterem Fall kann er uns unter Umständen sagen, wer das war.«

»Ich weiß nicht, wie er heißt. Er nennt sich Anno Domini.«

»Was?«

»Anno Domini«, wiederholte Ednam. »Keine Ahnung, warum. Vielleicht hat er es mit der Religion. Auf jeden Fall waren seine Hinweise bis jetzt immer zuverlässig.«

»Auf welche Weise sind Sie an die gekommen? Haben Sie mit ihm gesprochen? Oder hat er Ihnen schriftliche Nachrichten zukommen lassen?«

»Er hat durch Botenjungen Zettel geschickt, auf denen immer nur eine oder zwei Zeilen standen.«

»An Sie adressiert?«

»Ja.«

»Namentlich?«

»Ja.«

»Und was stand darauf?«

»Hinweise auf Drogenverstecke oder auf eine geplante Drogenübergabe.«

»Wie viele Festnahmen haben Sie aufgrund dieser Informationen vornehmen können?«

Ednam sah Pitt unverwandt an. »Zwei. Außerdem haben wir Opium im Wert von rund zweihundert Pfund beschlagnahmt.«

Das war mehr als genug, um Vertrauen herzustellen; mit einem solchen Betrag ließe sich fast ein kleines Haus anzahlen. Pitt konnte dem Mann keine Vorwürfe machen, dass er dem Hinweis nachgegangen war. Er selbst hätte sich nicht anders verhalten.

»Glauben Sie, dass er Sie in eine Falle locken wollte?«, fragte er. »Oder dass jemand anders ihn dazu benutzt hat?«

Ednam überlegte eine Weile sichtlich angestrengt. »Ich nehme an, dass ihn jemand benutzt hat«, sagte er schließlich. »Aber das ist nur eine Vermutung. Hoffentlich finden Sie die Hintermänner – ich möchte sie hängen sehen.«

»Ich werde es versuchen«, versprach Pitt. Eigentlich war ihm die Todesstrafe zuwider, ganz gleich, wessen sich jemand schuldig gemacht hatte. Er sah darin einen Akt der Barbarei, bei dem sich die Justiz auf dieselbe Stufe begab wie der Straftäter – aber in diesem Fall hätte er nichts dagegen gehabt, den Täter am Galgen zu sehen.

Er trat an das nächste Bett. Die Schwester nannte ihm den Namen des Mannes, der darin lag: Bossiney. Pitt wechselte nur wenige Worte mit ihm. Der Mann hatte schwerste Verbrennungen und schien immer wieder in einen Zustand der Bewusstlosigkeit abzudriften. Vermutlich litt er Höllenqualen.

Pitt wandte sich der Krankenschwester zu, die ihn trübselig anlächelte und sich weder zum Zustand noch zu den Aussichten des Mannes äußern mochte. Sie erklärte lediglich, dass sie hoffe, er werde durchkommen. Ihrem Gesicht war ihr tiefes Mitgefühl anzusehen.

Als Nächstes trat Pitt an das Bett gleich am Fenster, in dem Yarcombe nahezu ausdruckslos an die Zimmerdecke starrte. Pitt sah, dass sein rechter Arm fast vollständig fehlte, und hätte gern etwas Tröstendes gesagt, fand aber keine angemessenen Worte. Unwillkürlich ballte er seine rechte Hand so fest zusammen, dass ihm die Nägel ins Fleisch drangen – eine willkommene Erinnerung an seine eigene Unversehrtheit.

»Es tut mir wirklich leid«, sagte er unbeholfen. »Wir kriegen die Täter.«

Yarcombe wandte den Kopf kaum wahrnehmbar, bis sein Blick auf Pitts Gesicht ruhte. »Tun Sie das«, flüsterte er. »Die haben uns in eine Falle gelockt!« Er sagte noch etwas, was Pitt aber nicht verstehen konnte.

Pitt verließ die Station benommen und mit einem sonderbaren Gefühl in der Magengrube, ohne den Arzt zu fragen, welche Aussichten die Männer seiner Ansicht nach hatten. Ihm war bewusst, dass auch der Arzt ausschließlich Vermutungen anstellen konnte.

Es überraschte Pitt nicht, dass er bei der Rückkehr in sein Büro in Lisson Grove eine Nachricht vorfand, er möge dem Polizeipräsidenten Bradshaw Bericht erstatten. Zweifellos war der Mann von dem Anschlag zutiefst erschüttert, und es wäre seinerseits geradezu eine Pflichtverletzung gewesen, wenn er sich nicht unverzüglich mit dem Leiter des Staatsschutzes in Verbindung gesetzt hätte. Pitt seinerseits war lediglich in sein Büro zurückgekehrt, um zu sehen, ob man dort weitere Informationen hatte, die er an Bradshaw weiterleiten konnte.

Kaum hatte er die Tür hinter sich geschlossen und einen Blick auf die Papiere auf seinem Schreibtisch geworfen, als es klopfte und sein Mitarbeiter Stoker eintrat, ohne Pitts Aufforderung dazu abzuwarten.

»Sir?«

Zwar war Stoker ein wortkarger Mann, aber das war sogar für ihn ungewöhnlich knapp.

»Äußerst schwere Verletzungen«, teilte ihm Pitt mit. »Yarcombe hat einen Arm verloren. Bei Ednam sieht es nicht ganz so schlimm aus, aber Genaues lässt sich nicht sagen. Niemand weiß, ob sie es überleben. Auf jeden Fall müssen sie einen entsetzlichen Schock erlitten haben. Ednam hat gesagt, dass sie einem Hinweis auf ein Opiumgeschäft nachgegangen sind. Sie mussten mit einem gewissen Widerstand rechnen und auch verhindern, dass sich jemand mit dem Beweismaterial aus dem Staub macht.«

»Gab es denn welches?«

»Nein.«

»Und weiß man, wer ihnen die Falle gestellt hat?«

»Ein Mann, den sie als Anno Domini kennen.«

»Was?«, fragte Stoker verblüfft.

»Anno Domini«, wiederholte Pitt. »Keine Ahnung, warum. Ednam sagt, dass der Mann früher zuverlässig war.«

»Wahrscheinlich nur, um sie umso besser hereinlegen zu können«, meinte Stoker prompt.

»Könnte sein. Tellman ist unser Verbindungsmann zur Polizei. Am besten sehen Sie sich einmal alle Bombenattentäter an, von denen wir wissen.«

»Ich hab schon damit angefangen. Bis jetzt ist nichts Brauchbares dabei herausgekommen. Aber ich denke, wenn es jemand gewesen wäre, den wir kennen, hätten wir vorher davon erfahren.« Er machte ein betrübtes Gesicht. »Zumindest hoffe ich das! Schließlich haben wir genug Männer in die Gruppen eingeschleust. Ich habe bereits mit Patchett und Wells gesprochen. Die wissen beide nichts. Aber an Dynamit kommt man ja leicht heran, wenn man die richtigen Verbindungen hat.«

Pitt erhob keine Einwendungen. Bedauerlicherweise stimmte das, sosehr sich die Behörden bemühten, derlei zu verhindern. »Ich fahre zu Bradshaw«, sagte er lediglich.

»Ja, Sir.«

Pitt wurde sogleich in das Amtszimmer des Polizeipräsidenten geführt. Im Unterschied zu früheren Gelegenheiten ließ Bradshaw ihn weder warten, noch tat er so, als habe er wichtigere Dinge zu tun. Er war ein nach wie vor schlanker, gut aussehender Mann Anfang fünfzig, in dessen dichtem Haar sich erste Anflüge von Grau zeigten. Wie stets war er ausgesucht gut gekleidet, doch sein Gesicht wies Spuren der Anspannung auf.

»Wie geht es den Männern?«, fragte er ohne Einleitung, als Pitt eintrat und die Tür hinter sich schloss. Er wies wortlos auf einen der eleganten Sessel.

»Newman und Hobbs sind tot, Sir«, gab Pitt zur Antwort, während er über den dicken Orientteppich auf den Schreibtisch zutrat. »Ednam, Bossiney und Yarcombe sind schwer verletzt. Yarcombe hat einen Arm verloren. Für eine Voraussage, ob sie durchkommen, ist es noch zu früh.«

Bradshaw presste einen Moment die Lippen zusammen. »Also sind zwei Polizeibeamte im Dienst umgekommen«, sagte er dann in scharfem Ton.

»Ja, Sir.«

»Wissen Sie, worum es bei der Sache ging?«

»Ein größeres Opiumgeschäft.«

Bradshaw erbleichte. »Opium«, sagte er. »Haben Sie … Haben Sie eine Vorstellung, wer dahinterstecken könnte?«

»Bisher nicht …«

»Warum zieht der Staatsschutz den Fall dann an sich?«, fragte er in herausforderndem Ton. »Welche Hinweise haben Sie, dass es sich bei den Tätern um Terroristen handeln könnte? Wissen Sie, wer dahintersteckt? Hatten Sie vorher schon Kenntnis davon?«

»Nein, Sir. Man hat uns erst hinzugezogen, nachdem heute Vormittag die Bombe am Lancaster Gate detoniert ist. Ein Informant hat Ihre Leute mit Angaben dorthin gelockt, die es für angeraten erscheinen ließen, fünf statt der üblichen zwei Männer dorthin zu schicken.«

»Ein Informant? Woher wissen Sie das?«

»Inspektor Ednam hat es mir im Krankenhaus gesagt.«

»Armer Kerl«, sagte Bradshaw leise. »Und wer ist dieser Informant?«

»Er nennt sich Anno Domini und übermittelt seine Angaben schriftlich.«

»Ach, ein gebildeter Mann?« Bradshaw wirkte überrascht.

»Möglich. Angeblich ging es um eine größere Menge Drogen. Opiumsucht findet sich in allen Gesellschaftsschichten und Altersgruppen.«

Bradshaws Gesicht war bleich und angespannt. »Das ist mir bekannt. Und jetzt suchen Sie nach dem Mann?«

»Ja, Sir. Im Zusammenwirken mit der Polizei.«

»Was genau tun Sie da?«, erkundigte sich der Polizeipräsident.

»Ich gehe unsere sämtlichen Kontakte durch und frage unsere üblichen Zuträger …«

»Handeln Ihre Anarchisten denn üblicherweise mit Opium?«

»Man kann es nicht ausschließen. Auf jeden Fall aber handeln sie mit Dynamit.«

Bradshaw seufzte. »Ja, natürlich. Der Teufel soll sie holen.« Er sah Pitt an, das Gesicht vor Schmerz verzogen. »Vermutlich haben Sie Victor Narraways Spionagenetz übernommen? Da haben Sie doch bestimmt schon gewisse Vorstellungen. Oder sind meine Informationen überholt?«

Pitt hatte schon eine scharfe Antwort auf der Zunge, doch er hielt es für klüger, sie für sich zu behalten. »Wir tun, was wir können«, sagte er in höflichem Ton. »Ich werde Sie persönlich täglich über alle Fortschritte unterrichten, die wir machen. Unser Verbindungsmann zur Polizei ist Inspektor Tellman.«

Bradshaw nickte. »Geben Sie Bescheid, wenn wir Sie auf irgendeine Weise unterstützen können …«, sagte er düster. »Aber Sie haben ja wohl Ihre eigenen Leute.« Es war nicht als Frage formuliert. Vermutlich stand er dem Staatsschutz ablehnend gegenüber und hatte keine Lust, diesem Amt Leute zur Verfügung zu stellen, damit die dessen Aufgaben erledigten.

Als Nächstes suchte Pitt die Angehörigen der getöteten Beamten auf. Diese bedrückendste aller Aufgaben konnte er an niemanden delegieren.

Völlig erschöpft kehrte er anschließend nach Lisson Grove zurück. Dort ließ er sich von Stoker über alles berichten, was ihm eine Handhabe geben könnte, tätig zu werden: Drohungen, tätliche Angriffe, Rivalitäten. Stoker hatte weder einen Hinweis auf die Adresse am Lancaster Gate noch auf jemanden gefunden, der den Decknamen »Anno Domini« verwendete.

Erst spät kehrte Pitt in sein Haus in der Keppel Street in unmittelbarer Nähe des Russell Square zurück. Auf dem Straßenpflaster hatte sich eine dünne Schicht Raureif gebildet, und ein leichter Nebel ließ die Umrisse der Häuser im Licht der Laternen verschwimmen.

Während er die Stufen zum Hauseingang emporstieg, überkam ihn eine gewisse innere Ruhe, so, als könne er die Gewalttätigkeit und den Kummer des Tages hinter sich lassen. Er schloss die Tür auf, trat ein und zog sie absichtlich so laut hinter sich zu, dass man es hören konnte. Er wollte, dass man seine Heimkehr mitbekam. Immerhin war es schon spät. Da hatten die siebzehnjährige Jemima und ihr vierzehnjähriger Bruder Daniel vermutlich bereits gegessen und waren womöglich schon zu Bett gegangen. Wie immer dürfte Charlotte aufgeblieben sein, um auf ihn zu warten.

Das Licht in der Diele war warm und hell. Die Tür zum Wohnzimmer öffnete sich, und Charlotte trat heraus. Im Licht der Lampe leuchtete ihr kastanienfarbenes Haar. Mit besorgter Miene kam sie ihm entgegen.

Er hängte Hut und Mantel an die Garderobe, dann wandte er sich ihr zu und küsste sie liebevoll.

»Du bist ja ganz durchgefroren«, sagte sie, als sie seine Wange berührte. »Hast du schon etwas gegessen? Möchtest du Brot mit Roastbeef und eine Tasse Tee?«

Mit einem Mal merkte er, dass er Hunger hatte, und sie las ihm die Antwort vom Gesicht ab, bevor er den Mund auftun konnte, wandte sich um und ging in die Küche. In diesem Raum, der angenehm nach blank gescheuertem Holz, der Wäsche auf dem zur Decke emporgezogenen Trockengestell und manchmal auch nach frischem Brot roch, hielt er sich ohnehin am liebsten auf. Mit dem Tellerschrank, in dem blau-weiß gemustertes Geschirr sowie einige Steingutkrüge standen, und den auf Hochglanz polierten Kupfertöpfen, die an Haken von der Wand hingen, war sie ein Hort der Gemütlichkeit.

Diese Küche war seit vielen Jahren der Mittelpunkt des Hauses. Die verschiedensten Menschen hatten hier schon bis weit in die Nacht an dem großen Holztisch gesessen, Pläne geschmiedet, einander über Niederlagen hinweggetröstet oder in dem Glauben an den Erfolg bestärkt, und mitunter vermisste Pitt ihr früheres Hausmädchen Gracie, die als Kind zu ihnen gekommen und inzwischen mit Tellman verheiratet war. Ihre Nachfolgerin, Minnie Maude, besaß – zumindest bisher – weder Gracies flinke Zunge noch deren Mut, der sie vor nichts zurückschrecken ließ.

Pitt setzte sich auf einen der Stühle, während Charlotte den Wasserkessel auf die heißeste Stelle der Herdplatte schob und sich daranmachte, das Fleisch zu schneiden.

»Keinen Rettich«, erinnerte er sie. Das gehörte zu ihrem eingespielten Ritual.

Sie nickte kaum wahrnehmbar, wusste sie doch, dass er nie Rettich aß, sondern Essiggemüse vorzog. »Es hat in der Zeitung gestanden, aber ohne Angabe von Namen. Waren Leute darunter, die du kanntest?«

Er zögerte nur kurz. »Ja. Newman war einer von ihnen. Ich … ich war schon bei seiner Frau, um es ihr zu sagen.«

Charlotte stand einen Augenblick lang reglos da. Tränen traten ihr in die Augen. »Ach, Thomas, das tut mir so leid! Ich erinnere mich an ihre Hochzeit – sie war so glücklich! Wie entsetzlich.« Sie schluckte und bemühte sich, ihre Gefühle zu beherrschen. »Und die anderen?«

»Ich habe sie im Krankenhaus aufgesucht, aber Newman kannte ich als Einzigen wirklich.«

»Und werden sie wieder genesen?«

»Um darüber etwas zu sagen, ist es noch zu früh. Einer von ihnen hat einen Arm verloren.«

Es war ihm ganz recht, dass Charlotte nicht versuchte, etwas Tröstendes zu sagen. Sie schnitt Brot, bestrich die Scheiben mit Butter, belegte sie mit Roastbeef und legte Essiggemüse dazu. Als das Wasser heiß war, gab sie drei Löffel Teeblätter in die vorgewärmte Kanne, goss Wasser darauf und stellte alles auf den Tisch.

»Was schreiben denn die Zeitungen?«, fragte er und biss herzhaft in sein belegtes Brot.

»Dass es Anarchisten waren«, gab sie zur Antwort. »Alle haben Angst, weil die Lage so unsicher ist. Gegenwärtig scheint Gewalttätigkeit ja geradezu in der Luft zu liegen, und man weiß nie, aus welcher Richtung der nächste Angriff kommt.« Sie goss ihm und auch sich selbst Tee ein. »Genau das wollen diese Leute ja wohl erreichen, nicht wahr? Sie wollen die Art von Angst verbreiten, die Menschen lähmt und zu törichten Handlungsweisen veranlasst.« Sie sagte das, weil er merken sollte, dass sie verstand, worum es ging.

Er schluckte den Bissen herunter und kaute gleich darauf an einem neuen.

»Nur noch dreizehn Monate, und das 20. Jahrhundert beginnt.« Sie nahm einen kleinen Schluck Tee. »Viele Menschen sind überzeugt, dass dann alles sehr viel anders wird. Düsterer und gewalttätiger. Aber warum sollte es das? Es ist doch nur eine Jahreszahl auf dem Kalender. Oder handelt es sich dabei um eine sich selbst erfüllende Prophezeiung? Wird es dazu kommen, weil wir so viel daran denken?«

Er war zu müde, um mit ihr darüber zu diskutieren, erkannte aber die Besorgnis in ihrer Stimme. Sie wollte eine wirkliche Antwort, keine beruhigenden Floskeln.

»Manches ist bereits dabei, sich zu ändern«, stimmte er ihr zu. »Aber so war das schon immer.«

»Das sind lediglich kleine, unbedeutende Veränderungen.« Sie schüttelte den Kopf. »Nicht die bedeutenden Veränderungen, nach denen die Völker Europas streben. Amerika hat noch keinen Friedensvertrag mit Spanien unterzeichnet, und in Südafrika nehmen die Schwierigkeiten immer mehr zu. Wir sollten dort nicht kämpfen, Thomas. Dazu haben wir kein Recht.«

»Ich weiß.«

»Früher hat es keine Attentate gegeben und Bombenanschläge nur ganz selten«, fuhr sie fort, »wenn es so etwas überhaupt gab. Die Menschen machen sich Sorgen wegen der Armut und der Ungerechtigkeit. Sie wollen, dass sich etwas ändert, bedienen sich dazu aber der falschen Mittel.«

»Auch das ist mir bekannt. Wir tun, was wir können. Bei der Sache heute scheint es um ein fehlgeschlagenes Opiumgeschäft gegangen zu sein.«

»Zwei tote und drei schwerverletzte Polizeibeamte!«, sagte Charlotte empört. »Man hat sie nicht erschossen, sondern das Haus, in dem sie sich befanden, in die Luft gejagt und den Flammen überlassen!« Dann sah sie ihm ins Gesicht. Er hatte getan, was er konnte, um die Asche und den Ruß aus den Haaren zu bekommen, aber keine Gelegenheit gehabt, ein frisches Hemd anzuziehen. Seine Manschetten waren nicht nur von Ruß geschwärzt, sondern auch angesengt, und vermutlich roch er nach verkohltem Holz.

»Entschuldige«, flüsterte sie. »Ich nehme an, dass ich genauso viel Angst habe wie alle anderen, aber ich mache mir auch Sorgen um dich.«

»Befürchtest du etwa, dass ich die nicht erwische?«, fragte er und wünschte im selben Augenblick, er hätte es nicht gesagt.

»Das auch«, erwiderte sie aufrichtig. »Aber vor allem, weil dir etwas zustoßen könnte.«

»Ich war schon bei der Polizei, bevor ich dich kennengelernt habe, und bin bisher nie ernsthaft verletzt worden.« Er lächelte. »Ein- oder zweimal hatte ich entsetzliche Angst. Aber auf die eine oder andere Weise haben wir es doch geschafft, die meisten schweren Fälle zu lösen.«

Sie nickte leicht und sah ihm lächelnd in die Augen.

Trotz seiner zur Schau getragenen Unbekümmertheit machte er sich Sorgen. Er hatte Mitarbeiter in die wichtigsten ihm bekannten Anarchistengruppen eingeschleust, aber nicht den geringsten Hinweis auf den bevorstehenden grässlichen Bombenanschlag am Lancaster Gate bekommen. Nichts, aber auch gar nichts. Er war auf eine solche Tat in keiner Weise vorbereitet gewesen. Hätte Victor Narraway im Voraus etwas davon gewusst? Als man Narraway aus dem Amt entlassen hatte, war Pitt durch

Narraways persönliche Empfehlung zum Leiter des Staatsschutzes befördert worden. Hatte sein Vorgänger ihn überschätzt?

Über den Tisch hinweg legte er wortlos seine Hand auf Charlottes und spürte, wie sich ihre Finger um seine schlossen.

KAPITEL 2

Am nächsten Morgen unterließ Pitt es, sich zu rasieren. Fernerhin zog er einen abgetragenen Anzug und einen alten Mantel an, um leicht vernachlässigt zu wirken, und brach früh auf, als Charlotte noch im Obergeschoss beschäftigt war, damit sie ihn nicht sah und womöglich sein Vorhaben erriet. Es hatte keinen Sinn, sie unnötig zu beunruhigen.

Während er die Haustür hinter sich zuzog und über die vereiste Straße in Richtung Tottenham Court Road ging, nahm er sich vor, sich im Laufe des Tages nach dem Ergehen der Verletzten zu erkundigen. An den Zeitungsständen sah er, dass alle Schlagzeilen den Bombenanschlag am Lancaster Gate zum Gegenstand hatten. Einige forderten Gerechtigkeit, viele schrien nach Rache.

Er ging hinüber zur Windmill Street. Es war nicht ungefährlich, den Autonomy Club aufzusuchen. Gewöhnlich schickte er möglichst unauffällige Männer dorthin, die sich dort einführten, um Kontakte zu knüpfen. Jetzt aber hatte er den Eindruck, dass Eile geboten war und keine Zeit für ein solch langwieriges Verfahren.

Er betrat das Gebäude. In dessen Innern gab es eine Bar und ein Restaurant, in dem man gut und preisgünstig essen konnte. Dort würde er frühstücken und sich aufmerksam umsehen und umhören.

Als er das Lokal betrat, warfen ihm die wenigen Männer, die drinnen vor ihren Kaffeetassen oder ihrem Bier saßen, nur einen flüchtigen Blick zu. Manche redeten leise miteinander, andere schwiegen vor sich hin. Zwei lasen in Flugschriften. Wie fast immer wurden die Unterhaltungen überwiegend auf Französisch geführt. Es schien die internationale Sprache all derer zu sein, die sich leidenschaftlich für Reformen einsetzten. Auf Narraways Betreiben hatte Pitt die Sprache erlernt, um möglichst viel zu verstehen und sich von Zeit zu Zeit an der Unterhaltung beteiligen zu können. Ihm fiel auf, dass er sonderbarerweise dabei mit den Händen herumfuchtelte, wie er es nie tat, wenn er Englisch sprach. Allem Anschein nach füllte er damit Lücken, wenn ihm ein Wort nicht einfallen wollte.

Der Wirt, der mit seiner Familie im Hause lebte, trat an den Ecktisch, an dem Pitt saß, und begrüßte ihn auf Französisch.

Pitt erwiderte den Gruß und bestellte Kaffee und Brot. Er trank nicht gern Kaffee, aber wenn er Tee bestellt hätte, wäre er sofort als typischer Engländer und damit als fremd und als jemand aufgefallen, den man sich merken würde. So hingegen war er lediglich einer von vielen ungepflegten »Verdammten dieser Erde«, für die es in der Gesellschaft keinen Platz gab.

Ein Mann und eine Frau kamen herein. Sie sprachen Italienisch, sodass er sie nicht verstand. Der Mann machte eine finstere Miene und bekreuzigte sich zwei- oder dreimal.

Ein bärtiger Mann mit hohen Wangenknochen trat zu den beiden. Er sagte etwas in einer Sprache, die Pitt nicht zuordnen konnte, dann redeten alle Französisch miteinander. Mit einem Mal verstand er fast alles, obwohl sie sich anfangs nicht besonders laut unterhielten.

Sie erwähnten mehrfach die Explosion und die Todesopfer, wobei sie allem Anschein nach erstaunt den Kopf schüttelten. Sie schienen nicht zu wissen, wer dahintersteckte.

Pitts Kaffee kam, und er fischte in seiner Hosentasche nach Kleingeld.

Im Verlauf der nächsten Stunde füllte sich das Lokal nach und nach. Schließlich kam ein südländisch wirkender kleiner Mann herein, der sich aufmerksam umsah, wobei sein Blick auch auf Pitt fiel. Nachdem er mit einem halben Dutzend der anwesenden Männer und Frauen einige Worte gewechselt hatte, fragte er Pitt in stark akzentgefärbtem Französisch, ob er an seinem Tisch Platz nehmen dürfe.

»Üble Angelegenheit«, sagte er und schüttelte den Kopf. Während er nach dem Wirt Ausschau hielt, um seine Bestellung aufzugeben, fuhr er, mit einem Mal schneller sprechend, fort: »Und reichlich überraschend, wie? Finden Sie nicht auch, *Monsieur*?«

»Allerdings«, stimmte Pitt zu.

»Wirklich bedauerlich«, fuhr der Mann fort. »Ich glaub, das hat jeden überrascht.«

»Wie sonderbar.« Pitt nippte an seinem Kaffee.

Der Geschmack war ihm zuwider, und außerdem war er inzwischen nur noch lauwarm. »Man sollte annehmen, dass jemand darüber Bescheid weiß.«

Der Wirt war jetzt näher gekommen. Pitts Tischgenosse sah sich zu ihm um, wechselte einige Worte mit ihm wie mit einem alten Bekannten und gab dann seine Bestellung in so vertrautem Ton auf, als esse er jeden Tag dort. Als der Wirt gegangen war, wandte er sich erneut Pitt zu, wobei er den Blick auf die Tischplatte gerichtet hielt. »Ja, das sollte man jedenfalls meinen«, stimmte er zu, so, als habe es in ihrer Unterhaltung keine Unterbrechung gegeben.

Schweigend saßen sie einige Minuten da wie Fremde, die einander nichts zu sagen hatten, und tranken ihren Kaffee. Beide lauschten aufmerksam den Gesprächen, die um sie herum im Gange waren.

»Ich hab' nix für Sie«, erklärte der Mann schließlich. »Wenn ich aber was mitkriegen sollte, geb' ich Ihn'n Bescheid.«

»Irgendwelche Verkäufe?«, murmelte Pitt. Er bezog sich damit auf Dynamit, was dem anderen klar war.

»Kleine Mengen«, gab der zurück. »Hier und da ein bisschen. Nicht genug, soweit ich weiß. Ich hör' mich weiter um.« Der Mann erhob sich.

»Aber vorsichtig!«, mahnte Pitt.

Der Mann zuckte stumm die Achseln, schlug den Jackenkragen hoch und ging hinaus.

Pitt wartete einige Minuten, stand dann ebenfalls auf und ging zwischen den Tischen hindurch zum Ausgang, ohne nach links und rechts zu sehen. Auf der Straße war es kaum wärmer als zuvor, und es begann zu regnen. Er ging um die Ecke in die Charlotte Street, wo er einen kleinen Lebensmittelladen betrat, auf dessen Schild *La Belle Epicière* stand – ebenfalls ein beliebter Anarchisten-Treffpunkt. Der Inhaber des Ladens war ein leidenschaftlicher und großzügiger Sympathisant.

Während Pitt in der Schlange wartete, hörte er den Unterhaltungen und Begrüßungen der Kunden zu. Als das Gespräch auf den Bombenanschlag am Lancaster Gate kam, sagte ein breitschultriger bärtiger Mann, dessen Jacke mit Brotkrümeln übersät war, aufgebracht: »So ein verdammter Hornochse!«

Ein sehr viel kleinerer Mann neben ihm nahm Anstoß an dieser Äußerung und knurrte: »Du hast kein Recht, ihn zu kritisieren. Wenigstens hat er was getan, im Unterschied zu dir.«

»Ja, was Blödes hat er getan«, gab der Bärtige zurück. »Kein Mensch weiß, wer das war! Genauso gut könnte da eine Gasleitung explodiert sein. So ein unsäglicher Dummkopf!«

»Das sagst du nur, weil du nicht weißt, wer er ist«, gab der Kleine hämisch zurück.

»Aber du weißt es, was?«, mischte sich ein Dritter ein.

»Bisher nicht! Aber das werden wir schon noch erfahren«, sagte der Kleine voller Überzeugung. »Er wird es uns sagen … sobald er dazu bereit ist. Vielleicht, wenn er noch ein paar verfluchte Polizisten in die Luft gejagt hat.«

Pitt ließ sich nichts anmerken, gerade so, als habe der Mann von der Sprengung verfallener Gebäude gesprochen, und nicht von einem Mord an Menschen, an Männern, die Pitt gekannt und mit denen er zusammengearbeitet hatte.

»Das erregt Aufsehen«, murmelte er.

Der Bärtige funkelte ihn an. »Ach, Aufsehen willst du? Ist es das? Du mit deinem dicken, warmen Mantel!«

Pitt erwiderte seinen Blick. »Nein, kein Aufsehen. Aber die Dinge sollen sich ändern!«, sagte er in ebenso aggressivem Ton wie der andere. »Und du meinst, das lässt sich auf andere Weise erreichen?«

Der Kleine lächelte ihm mit lückenhaften Zähnen zu. Ein Kunde, der bedient worden war, verließ den Laden mit einer Tüte in der Hand. Die Schlange rückte ein Stück vor.

Pitt suchte weitere Stellen auf, an die er normalerweise Stoker geschickt hätte. Er musste das selbst erledigen. Ihn quälte der Gedanke, dass er diesen Anschlag nicht vorausgesehen hatte. Fünf Polizeibeamte hatten sich an einen bestimmten Ort locken lassen, weil sie überzeugt gewesen waren, dort ein größeres Opiumgeschäft auffliegen lassen zu können. Ihr Gewährsmann hatte sich bei früheren Gelegenheiten als zuverlässig erwiesen, und es hatte keinerlei Hinweise auf die zu erwartende entsetzliche Gewalttat gegeben. Was für ein Mensch tat so etwas? Wenn es sich dabei nicht um eine Protestgeste von Anarchisten handelte, worum dann? Welchen Zweck mochte man damit verfolgt haben, diese Polizeibeamten umzubringen?

Nicht nur auf Narraways Rat hin, sondern auch aufgrund eigener Erfahrung und getreu dem alten Sprichwort »Lass deine Freunde nicht aus den Augen und deine Feinde schon gar nicht« hatte Pitt Männer in verschiedene Gruppen von Anarchisten, Nihilisten und Sozialreformern eingeschleust. Jetzt saß er mit einem gewissen Jimmy in einer Gastwirtschaft am Hafen vor einem Glas Bier.

»Nix«, sagte Jimmy.

Der schmale Raum, dessen Fußboden mit Stroh bestreut war, war gedrängt voll. Die regennassen Jacken der Gäste dampften förmlich. Es roch nach Bier und nasser Wolle. Jimmy, ein hagerer Mann mit einer leicht verkrümmten linken Hand, war schon lange als Polizeispitzel tätig.

»Das glaube ich Ihnen nicht«, sagte Pitt mit fester Stimme. »Gestern Vormittag hat jemand etwas gesagt. Ich möchte wissen, was das war.« Obwohl er den Mann seit Jahren kannte, musste er ihm jede einzelne Information geduldig entlocken, aber gewöhnlich lohnte sich die Mühe.

»Nix, womit Se was anfang'n könnt'n«, gab Jimmy zurück und sah Pitt mit seinen dunklen Augen aufmerksam an.

Pitt kannte das Spiel. Er wusste auch, dass Jimmy bereit war, ihm etwas zu sagen, und er war entschlossen, so lange weiterzufragen, bis er das getan hatte. »Wer hat das gesagt?«

»Ach … dieser und jener.«

»Wer genau hat gesagt, dass es nicht brauchbar ist?«, ließ Pitt nicht locker. »Wir werden schon noch feststellen, wer das gesagt hat.«

»Nee!« Jimmy wirkte beunruhigt.

»Wieso nicht? Handelt es sich um eine unzuverlässige Quelle?«

»Versuch'n Se das Spielchen nich' mit mir!«, sagte Jimmy verärgert und schüttelte den Kopf. »Se ha'm nachgelassen, Mr. Pitt. Die Arbeit beim Staatsschutz bekommt Ihn'n nich'. Früher war'n Se 'n feiner Herr!« Diesen Vorwurf formulierte er in sorgenvollem Ton.

Unbeeindruckt fuhr Pitt fort: »Was haben Sie gehört, Jimmy? Zwei Polizeibeamte sind tot, und womöglich bleibt es nicht dabei. Die Information kann wichtig sein. Sie dürfen sich darauf verlassen, dass ich so lange suchen werde, bis ich den Täter habe, und das kann sehr unangenehm werden.«

Jimmy sah gekränkt drein. »Das is' nich' nötig, Mr. Pitt.«

»Also raus mit der Sprache.«

»Das wird Ihn'n bestimmt nich' gefall'n«, warnte Jimmy. Dann sah er Pitt erneut an. »Aber schön! Viel helf'n wird Ihn'n das aber nich'. Die Männer soll'n vom Stamme Nimm gewesen sein. Se versteh'n mich? Die haben die Hand aufgehalt'n.«

»Niemand jagt wegen korrupter Polizeibeamter Häuser in die Luft«, sagte Pitt und richtete den Blick aufmerksam auf Jimmys Augen. »In einem solchen Fall sorgt man für Beweise und meldet die Männer. Oder hatten die etwas gegen Sie in der Hand?«

»Ach, anschwärz'n soll'n hätt' man se, was? Und bei wem?«, fragte Jimmy aufgebracht. »Wo bleibt Ihr Verstand, Mr. Pitt? Das mit dem Handaufhalt'n geht doch bis ganz oben rauf, auf jed'n Fall so weit, wie ich komm'n würde.«

Pitt war, als lege sich ihm ein eiserner Ring um die Brust. Das Bier roch plötzlich schal.

»Ein Racheakt?«, fragte er ungläubig.

»Ach was, nich' die Spur«, gab Jimmy voll Empörung zurück. »Hör'n Se mir überhaupt zu? Ich kenn' den Grund nich'. Jed'nfalls weint sich kein Mensch die Aug'n aus, wenn 'n paar Polizist'n hopsgeh'n. Ja, wenn 's Metzger, Bäcker oder Droschkenkutscher wär'n, da säh' das anders aus. So aber würd' niemand Kopf un' Krag'n riskieren, um für Se rauszukrieg'n, was da gespielt wird.«

Pitt machte ein finsteres Gesicht. »Das ergibt in meinen Augen keinen rechten Sinn, Jimmy. Wenn man der Polizei Hinweise auf einen Opiumverkauf gibt, werden Beamte hingeschickt, aber man weiß nicht im Voraus, wer das sein wird. Rache ist eine persönliche Angelegenheit. Wer die falschen Leute umbringt, hinter dem sind dann die richtigen her, und er hat verspielt.«

Jimmy zuckte die Achseln. »Von mir aus könn' Se denk'n, was Se woll'n, Mr. Pitt. Es gibt Polizist'n, die sind genau so käuflich wie 'ne Hure, ich sag's Ihn'n.«

»Es mir zu sagen genügt nicht – Sie müssen es beweisen.«

»Ich halt' mich da raus!«, sagte Jimmy hitzig und hob sein Bierglas, wobei er es vermied, Pitt anzusehen.

Pitt verabschiedete sich und trat in den Regen hinaus.

Nach vielen ergebnislos verbrachten Stunden kehrte er in seine Dienststelle in Lisson Grove zurück, und eine Viertelstunde später traf auch Stoker ein. Er wirkte durchgefroren und müde.

»Nichts?«, fragte Pitt, als Stoker die Tür schloss.

»Jedenfalls nichts, womit sich etwas anfangen ließe«, sagte Stoker, während er den Raum durchquerte und Pitt gegenüber Platz nahm. »Wir haben gewisse Aussichten, die Herkunft des Dynamits festzustellen, falls die Täter es sich über eine anarchistische Zelle besorgt haben. Das kann allerdings dauern. Für den Fall, dass es sich um Leute vom Kontinent handelt, könnten die sich bis dahin längst abgesetzt haben. Ohnehin würden sie dafür nur einen Tag brauchen.«

»Weist irgendetwas auf ausländische Anarchisten hin?«

»Nein. Ehrlich gesagt, riecht mir das eher nach jemandem von hier, der eine offene Rechnung begleichen wollte.« Bei diesen Worten sah Stoker Pitt aufmerksam an und wartete auf seine Reaktion.

»In dem Fall sollten Sie sich einmal die Anarchisten genauer ansehen, die wir kennen«, erwiderte ihm Pitt. »Irgendetwas muss sich geändert haben, ohne dass wir das mitbekommen hätten. Fällt Ihnen etwas dazu ein?«

Stoker holte tief Luft und stieß sie wieder aus. »Ehrlich gesagt, nein, Sir. Wir haben Männer in allen uns bekannten Anarchistengruppen, und von denen hat niemand etwas anderes gehört als die üblichen Klagen über schlechte Bezahlung, schlimme Lebensbedingungen, Stimmrecht, Polizei, das Eisenbahnwesen. Keiner kann die Regierung ausstehen, und jeder ist überzeugt, dass er selbst es besser machen würde. Die meisten können Menschen nicht ausstehen, die mehr Geld als sie selbst haben – jedenfalls so lange, bis sie selbst zu den Wohlhabenden gehören, und dann sind ihnen die Steuern ein Dorn im Auge.«

»Irgendetwas muss anders sein. Aber was?«, sagte Pitt gedankenverloren. »Eine Veränderung im Verhaltensmuster, ein neu Hinzugekommener, jemand, der gegangen ist …«

Tiefe Linien in Stokers hagerem Gesicht zeigten das Ausmaß seiner Erschöpfung an. »Ich sehe mich um, Sir. Ich habe alle unsere Leute darauf angesetzt, aber wenn die zu viele Fragen stellen, erregt das Verdacht, Sir. Dabei kommt nicht das Geringste heraus, außer dass vielleicht noch ein paar gute Männer umgebracht werden.«

»Ich weiß. Geben Sie gut acht, dass Sie nicht dazugehören!«

Stoker lächelte ein wenig unbehaglich. Er wusste, was Pitt meinte. Vor knapp zwei Jahren hatte er im Zusammenhang mit einem anderen Fall eine Frau namens Kitty Ryder kennengelernt und sich in sie verliebt. Nach langem Zögern hatte er allen Mut zusammengenommen und ihr einen Heiratsantrag gemacht. Sie kannte seinen Beruf, und ihr war klar, welche Gefahren damit verbunden waren. Dennoch hatte sie zugestimmt, und die Hochzeit stand kurz bevor. Pitt war fest entschlossen, alles zu tun, damit nichts dazwischenkam.

»Ich gebe mir Mühe, Sir«, gab Stoker zurück.

Pitt kam spät nach Hause. Kaum hatte er zu Abend gegessen, als es an der Tür klingelte. Charlotte öffnete. Als sie zurückkehrte, folgte ihr zu Pitts Überraschung in einigen Schritten Abstand eine Frau, die mindestens zehn Jahre älter war als sie, vermutlich Mitte fünfzig. Sie war von einer eigentümlichen unauffälligen Schönheit, die immer eindrucksvoller wurde, je länger man sie ansah.

Pitt erhob sich.

»Ich bitte um Entschuldigung«, sagte die Besucherin. »Mir ist bewusst, dass dies eine äußerst unpassende Tageszeit ist, und ich wäre auch nicht gekommen, wenn ich hätte annehmen dürfen, Sie zu einer anderen Zeit zu Hause anzutreffen.«

Aus dem Mund einer anderen Frau hätte diese Äußerung befremdlich geklungen, aber Isadora Cornwallis war die Gattin des früheren stellvertretenden Polizeipräsidenten, Pitts oberstem Dienstherrn zu der Zeit, als Pitt die Polizeiwache in der Bow Street geleitet hatte. Zwischen ihm und Pitt hatte ein ganz besonderes Vertrauensverhältnis bestanden, das auf gemeinsam durchgestandene schwere Krisen zurückging. Isadora war damals mit Bischof Underwood verheiratet gewesen. Seite an Seite hatten Cornwallis und Pitt gegen erbitterte Feinde gekämpft, zu denen – zu Isadoras unsagbarem Kummer – ihr eigener Bruder gehörte. In dieser schwierigen Situation hatte sie Trost bei Pitt und vor allem bei Cornwallis gefunden, für den sie im Laufe der Zeit eine tiefe Liebe entwickelte und den sie nach dem Tod des Bischofs heiratete.

»Damit haben Sie leider recht«, stimmte er zu. »Darf ich Ihnen eine Tasse Tee anbieten?« Er warf einen Blick auf die Uhr über der Garderobe im Flur. »Oder ein Glas Sherry?« Insgeheim fragte er sich, ob sie überhaupt Sherry im Haus hatten, denn derlei kam bei ihnen lediglich dann auf den Tisch, wenn Besuch im Hause war, und das war ziemlich selten der Fall. »Sofern wir welchen haben«, fügte er rasch hinzu.

»Ich nehme gern eine Tasse Tee.«

Charlotte schüttelte den Kopf, als überraschte es sie, dass Pitt das ernstlich bezweifelte. »Ich bringe ihn ins Wohnzimmer«, sagte sie rasch.

Es war Pitt klar, dass Isadora für ihren unangekündigten späten Besuch einen sehr guten Grund haben musste. Er musterte sie einen Augenblick lang prüfend, um zu sehen, ob ein Ausdruck von Kummer oder Angst auf ihrem Gesicht erkennbar war, doch das war nicht der Fall. Sofern Cornwallis krank gewesen wäre, hätte sich das sicherlich auf ihren Zügen gespiegelt, sosehr sie sich auch bemüht hätte, es zu unterdrücken.

Im Wohnzimmer waren die Vorhänge zugezogen. Das Feuer im Kamin brannte schon eine ganze Weile und füllte den Raum mit Wärme.

Isadora nahm im Sessel Pitt gegenüber Platz, und er setzte sich ebenfalls.

»Ich bin gekommen, um Ihnen im Vertrauen etwas mitzuteilen, was im Zusammenhang mit dem Bombenanschlag am Lancaster Gate stehen könnte. Ich bedaure zutiefst, es sagen zu müssen, und ich bitte Sie herzlich, ausschließlich Gebrauch davon zu machen, wenn sich herausstellen sollte, dass sich die Dinge in der Tat so verhalten, wie ich fürchte.«

»Selbstverständlich.« Er fragte sich, was sie wohl in diesem Zusammenhang wissen mochte. Was Polizeiangelegenheiten betraf, mochte Cornwallis geheime Informationen haben. Stand sie nun etwa im Begriff, ihm, Pitt, etwas aus der Privatsphäre anderer mitzuteilen oder ein gravierendes Geheimnis zu verraten? Er konnte sich unmöglich vorstellen, dass sie imstande wäre, das Vertrauen ihres Gatten zu missbrauchen.

Als sie anfing zu sprechen, wirkte sie gequält. Ihre Stimme klang angespannt, sie hielt die Hände im Schoß gefaltet, und von ihrer sonstigen Anmut war nichts zu spüren.

»Vermutlich haben Sie bisher nur äußerst wenig in Erfahrung bringen können?«, begann sie zögernd. Ganz offensichtlich war sie sich nicht sicher, wie weit sie mit ihren Fragen gehen konnte, bis Pitt sie höflich auf seine Schweigepflicht als Leiter des Staatsschutzes hinweisen musste.

»Über den oder die Täter nicht das Geringste«, gab er aufrichtig zur Antwort. »Der einzige für uns gangbare Weg besteht darin, festzustellen, woher das Dynamit stammt – aller Wahrscheinlichkeit nach aus einer der Quellen, derer sich Anarchisten üblicherweise bedienen.«

»Sind Sie denn sicher, dass dahinter ein Anarchist steckt?«, fragte sie ernst.

Ein Gefühl der Kälte überkam Pitt, als sei die Temperatur im Raum urplötzlich gefallen. Ob sie im Begriff stand, etwas auf Tatsachen und nicht auf Spekulation gegründetes Schmerzliches zu sagen, was ihm weiterhelfen sollte? War es etwas, was Cornwallis wusste und wovon ihr mit einem Mal aufgegangen war, dass es Pitt weiterhelfen würde? Aber nein. Sofern die Information auf Cornwallis zurückging, hätte dieser sie Pitt selbst zukommen lassen.

»Nein«, gab er zurück. »Ich kann mir nicht vorstellen, welchen Zweck Anarchisten damit verfolgen sollten, unsere Polizeibeamten umzubringen. Wir dulden sie hier, weil wir sie auf diese Weise im Auge behalten können. Wir verfügen über ziemlich gute Beziehungen zu den Behörden ihrer Herkunftsländer. Manche würden es gern sehen, wenn wir ihnen den einen oder anderen auslieferten, aber dort würde man sie hinrichten oder lebenslänglich ins Gefängnis sperren. Unsere eigenen Anarchisten machen uns mehr Ärger, doch gehörten bisher größere Bombenanschläge nicht zu ihrem Repertoire. Sie setzen eher auf Sabotage, Streiks und Aufruhr. Warum wollen Sie das wissen?« Seine Frage klang ungeduldig. Das war nicht seine Absicht gewesen, aber er war müde und nach wie vor zutiefst bekümmert.

Isadora wählte ihre Worte mit größter Sorgfalt. »Natürlich besteht eine gewisse Wahrscheinlichkeit, dass Anarchisten den Sprengsatz oder zumindest das Material dafür beschafft haben«, sagte sie. »Aber es ist immerhin denkbar, dass das Motiv der Tat nicht politischer Natur in dem Sinne war. Ich meine, vielleicht war das Ziel des Täters keine Änderung des Regierungssystems …«

»Ich nehme nicht an, dass Sie konkretes Beweismaterial haben, denn das würden Sie mir offen mitteilen.« Er beugte sich leicht vor. »Aber sagen Sie mir doch, was Sie vermuten. Ich versichere Ihnen, dass ich es als bloßen Hinweis betrachten werde.«

Sie holte tief Luft und begann nach einigem Zögern: »Es geht um einen jungen Mann, dessen gesellschaftlich angesehene Familie ich recht gut kenne …«

Es kostete Pitt Mühe, ihr nicht mit der Forderung ins Wort zu fallen, sie möge zur Sache kommen. Unwillkürlich presste er die Hände fest zusammen.

»Vor etwa vier Jahren, das genaue Datum weiß ich nicht mehr, hat er bei einem Reitunfall eine schwerwiegende Rückenverletzung erlitten«, fuhr sie fort, »von der er sich nur sehr langsam erholte.«

Holte sie so weit aus, weil die Information, die sie ihm anvertrauen wollte, so vage oder am Ende gar unnütz war?

»Sie bereitet ihm nach wie vor starke Schmerzen«, fuhr Isadora fort. »Aber meiner Ansicht nach ist die schlimmste Folge dieses Unfalls, dass er von dem Opium abhängig geworden ist, das man ihm während der schwierigsten Zeit im Krankenhaus verabreicht hat.«

Unübersehbar fiel es ihr schwer, ihm mitzuteilen, was zu sagen sie gekommen war, und das nicht etwa, weil ihr die Worte gefehlt hätten, sondern weil sie damit einen Vertrauensbruch beging oder zumindest etwas weitergab, was man ihr ganz persönlich anvertraut hatte.

»Nimmt er nach wie vor Opium?«, fragte Pitt, um ihr die Aussage zu erleichtern.

»Das vermute ich. Er spricht nicht darüber, aber ich habe ihn in äußerst unterschiedlichen Stimmungen erlebt, und er schien Angst zu haben, dass andere wissen oder vermuten könnten, dass er … süchtig ist …«

»Sofern das Mittel Schmerzen lindern soll, nehme ich an, dass es ihm vom Arzt verschrieben wird?«

»Selbstverständlich sollte es das. Aber ich bin mir nicht sicher, dass sich das noch so verhält oder, falls ja, dass ihm die Dosis noch genügt.«

Der Gedanke, dass es in Isadoras Bericht ebenso um Opium ging wie in der Aussage der Polizeibeamten, die man in das Haus gelockt hatte, beunruhigte Pitt zutiefst.

»Und Sie fürchten, dass er sich auf anderen Wegen Opium beschafft?« Der Öffentlichkeit hatte man nicht mitgeteilt, dass es bei dem Polizeieinsatz darum gegangen war, einen Drogenhändler zu fassen. Woher mochte Isadora davon wissen? Über ihren Mann? Möglicherweise hatte er es ihr gesagt, immer vorausgesetzt, dass er es selbst wusste. Er war nicht mehr im Dienst und hatte diese Information unter Umständen nicht als vertraulich angesehen – jedenfalls nicht ihr gegenüber.

»Weiß Ihr Gatte von Ihrem Besuch?«, fragte er.

Sie zuckte zusammen. »Nein. Ihm ist Alexander Duncannons … Schwäche nicht bekannt. Es wäre mir auch lieb, wenn das so bleiben könnte. Ich sehe mich in Bezug auf das Opium zu keinem Eingreifen verpflichtet, denn ich darf annehmen, dass es ordnungsgemäß verschrieben wird, und brauche daher keine Nachforschungen anzustellen. Mein Mann hingegen würde unter Umständen annehmen, dass er eingreifen muss.«

Pitt war verwirrt. »Aber Sie sind doch gekommen, um mir davon zu berichten. Wie darf ich das verstehen?«

»Sie haben auf das Thema Opium reagiert«, sagte sie. »Stand der Anschlag denn in irgendeinem Zusammenhang mit Opium?« Ganz offensichtlich war sie von rascher Auffassungsgabe.

»War das nicht der Grund, warum Sie mir von Duncannon und seiner Sucht berichtet haben?«

Sie lächelte wehmütig. »Bitte spielen Sie nicht mit mir, Mr. Pitt. Ich bin durch meinen Bruder und meinen ersten Mann hinreichend damit vertraut und beherrsche das Spiel ebenfalls recht gut, so absurd und kränkend das auch ist. Ich habe Sie aufgesucht, was mir sehr schwergefallen ist, weil Alexander opiumsüchtig ist. Er ist ein reizender, aber ungefestigter junger Mann, hochintelligent, gebildet, und er hasst die Polizei aus tiefster Seele. Es ist geradezu eine Besessenheit. Fast könnte man sagen, er führt einen Kreuzzug gegen sie. Er verhehlt das nicht, und ich nehme an, dass viele darin lediglich eine seiner exzentrischen Marotten sehen, den Versuch, in gewissen Kreisen Aufmerksamkeit zu erregen, oder vielleicht sogar eine sonderbare Art der Rebellion gegen seinen Vater. Mr. Duncannon senior ist ein außerordentlich wohlhabender und in jeder Hinsicht beeindruckender Mann, der in Bezug auf seinen einzigen Sohn höchste Erwartungen hegte.«

»Handelt es sich bei dem Verhalten des jungen Mannes eher um eine Pose oder eine wirkliche Sucht?«

»Manche glauben, dass es sich um eine Pose handelt, wie Sie es nennen.«

»Und Sie?«

»Ich denke Letzteres«, gab sie ganz ruhig zurück. »Ich kann ihn gut leiden. Er hat mich gelegentlich zu Konzerten, Vorträgen und Abendeinladungen begleitet, bei denen ihn die dort ausgetauschten Artigkeiten genauso gelangweilt haben wie mich.«

»Und er hasst also die Polizei? Etwa, weil er mit Anarchisten sympathisiert?« Es kam bei privilegierten jungen Männern aus wohlhabendem Hause nicht selten vor, dass sie sich auf die Seite der Armen stellten und Änderungen in der Politik forderten. Ihrer Ansicht nach durfte man im Kampf für eine gerechte Sache auch gegen Gesetze verstoßen.

»Nein«, sagte Isadora. »Er hält die Polizei für durch und durch korrupt und ist überzeugt, dass sich Beamte bestechen lassen und sich gegenseitig decken, sei es zum Selbstschutz, sei es, weil sie korrupt sind. Manche haben womöglich auch Angst; zumindest viele von denen, die lieber die Augen vor den unangenehmen Tatsachen verschließen, als etwas an den Verhältnissen zu ändern und sich damit selbst zu gefährden.«

Eigentlich hätte Pitt das, was er da hörte, nach seinen eigenen Nachforschungen und dem, was gemunkelt wurde, nicht überraschen dürfen. Noch mehr aber verblüffte es ihn, dass diese Sache ausgerechnet Isadora Cornwallis so sehr beschäftigte, dass sie damit zu ihm kam, statt sie ihrem Mann anzuvertrauen, den sie so aufrichtig liebte. Immerhin hatte der doch bei der Polizei, um die es hier ging, die zweithöchste Führungsposition bekleidet.

»Und glauben Sie ihm?«, fragte er.

Die Art, wie sie die Augen aufriss, zeigte ihm, dass sie auf eine so unumwundene Frage nicht gefasst gewesen war.

»Ich nehme an, dass er von dem, was er denkt, überzeugt ist«, gab sie zur Antwort. »Man hat vor einigen Jahren einen seiner besten Freunde, Dylan Lezant, zum Tode verurteilt und hingerichtet. Alexander, der fest von dessen Unschuld überzeugt war, hatte getan, was er konnte, um ihn vor dem Galgen zu bewahren – aber vergeblich. Darüber ist er nie hinweggekommen.«

Pitt erinnerte sich an den Fall. Ein kalter Schauer überlief ihn, als ihm einfiel, dass es auch bei jener Gelegenheit um ein nicht zustande gekommenes Drogengeschäft gegangen war. Man hatte Lezant mit der Begründung festgenommen, er habe einen Unbeteiligten erschossen, der zufällig dort vorbeigekommen war.

»Ich habe von der Sache gehört.« Pitt nickte. »Eine Tragödie. Hat der junge Duncannon Lezants Darstellung geglaubt? Wenn sie Freunde waren, ist das wohl ganz natürlich. War Lezant ebenfalls süchtig?«

»Ja, aber trotzdem war Alexander von dessen Unschuld überzeugt.«

»Und wer hat dann den unbeteiligten Passanten erschossen?«

Sie schüttelte kaum wahrnehmbar den Kopf. »Er ist sich sicher, dass es Polizeibeamte waren, genau wie Lezant es behauptet hatte.«

Pitt war wie vor den Kopf geschlagen.

»Warum zum Teufel hätten sie das tun sollen?«

»Unachtsamkeit. Panik«, sagte sie. »Sie brauchten unbedingt einen Sündenbock, dem sie die Sache in die Schuhe schieben konnten, weil sie keine Schusswaffe hätten mitführen dürfen. Ich kann mir denken, was Sie jetzt annehmen: Alexander sei ein seinem Freund treu ergebener junger Mann, da dieser vielleicht der einzige Mensch war, der Alexanders Sucht akzeptierte und ihm keine Vorwürfe machte. Alexander habe geglaubt, was zu glauben er für seine Pflicht hielt, um seine eigenen Werte nicht infrage stellen zu müssen und unter Umständen auch, um den Kampf zu rechtfertigen, den er mit dem Ziel führte, Lezant vor dem Galgen zu bewahren, und den er verloren hat. – Wer kennt schon alle Gründe, aus denen wir etwas tun? Wir selbst möglicherweise am wenigsten.«

Dagegen konnte Pitt nichts sagen. »Sie meinen also, Alexander könnte die Bombe in dem Haus am Lancaster Gate gezündet haben, die zwei Polizeibeamte das Leben gekostet und drei schwer verletzt hat? Wäre das nicht … ziemlich extrem?«

»Unbedingt«, gab sie zu. »Und ich hoffe sehr, dass ich mich in dieser Hinsicht irre. Sie dürfen mir glauben, ich habe lange mit mir gerungen, ob ich Ihnen das überhaupt sagen soll. Es kommt mir wie ein Treubruch vor. Vielleicht ist es sogar noch schlimmer. Ich bin nicht sicher, ob John damit einverstanden gewesen wäre. Jedenfalls habe ich ihm nichts davon gesagt.« Bei diesen Worten trat der Ausdruck schmerzlicher Erinnerung auf ihre Züge. »Aber mir ist bewusst, dass Menschen, die man liebt und schätzt und die man sein Leben lang gekannt hat, durchaus anders sein können, als man angenommen hat. Doch warum sollte man auf den Gedanken kommen, dass sie in Wahrheit Fremde voller Leidenschaften sind, die man ihnen nicht einmal im Traum zugetraut hätte?«

Pitt begriff, dass sie dabei an ihren Bruder dachte. Dieser war bereit gewesen zuzulassen, dass man sie eines Verbrechens für schuldig hielt, das sie nicht begangen hatte, und sie würde nie erfahren, ob er die Wahrheit wenigstens gesagt hätte, wenn er sie damit hätte vor dem Galgen bewahren können.

Der Schatten jener Tage legte sich über den Raum. Woran mochte sie gerade denken? Die Sache lag Jahre zurück. Pitt hatte sie damals gerettet und ihren Bruder entlarvt, der im Zusammenhang mit einem späteren Fall ums Leben gekommen war. So viel alter Schmerz … Und trotz allem war Isadora, statt die Augen vor der möglichen Wahrheit zu verschließen, mit dieser Mitteilung zu ihm gekommen, die sie nicht einmal ihrem Mann anvertraut hatte. Ob sie damit womöglich den Mann, den sie liebte, vor der Notwendigkeit bewahren wollte, sich einer so schändlichen Wahrheit zu stellen?

Oder vertraute sie vor allem darauf, dass Pitt sich dieser Wahrheit stellen würde, um welchen Preis auch immer?

»Ich werde morgen mit Mr. Duncannon sprechen«, versprach er. »Wo finde ich ihn?«

Ein Ausdruck von Verzweiflung trat auf ihre Züge, obwohl sie genau das von ihm erwartet hatte; es war der Grund ihres Kommens gewesen. Doch die Würfel waren gefallen; es war zu spät, es sich anders zu überlegen.

Sie entnahm ihrem Pompadour ein Blatt mit Alexander Duncannons Adresse und gab es ihm.

»Um welche Tageszeit ist er am ehesten anzutreffen?«, fragte er.

»Ich denke, gegen zehn Uhr«, gab sie zurück. »Danach wird er vermutlich das Haus verlassen, Freunde oder Bekannte besuchen. Er steht, soweit ich weiß, nicht besonders früh auf – Sie verstehen, als Sohn eines gut situierten Mannes ist er nicht auf einen Broterwerb angewiesen und kann seine Zeit nach Belieben verbringen.«

»Vielen Dank. Ich werde einen vorgeschobenen Grund finden, um mit ihm zu sprechen«, versprach Pitt. »Auf keinen Fall werde ich ihm gegenüber Ihren Namen nennen.«

Sie zögerte kurz, weil sie nicht wusste, was sie sagen sollte. Dann lächelte sie und ließ sich von ihm zur Haustür begleiten, vor der ihre Kutsche wartete.

Pitt traf Alexander Duncannon nicht in dessen Wohnung an, wohl aber in einer Kunstgalerie, drei Nebenstraßen vom Autonomy Club entfernt. Der Mann an der Kasse zeigte ihm einen dunkelhaarigen, schlanken jungen Mann von schätzungsweise Mitte zwanzig und erklärte, er komme häufig dorthin. Alexander stand allein vor einem großen Gemälde, das Schnitter bei der Arbeit zeigte. Die Augustsonne schien aus einem klaren blauen Himmel auf das goldene Kornfeld herab, durch das sie mit ihren Sensen schritten. An den Rändern des Bildes leuchteten einige rote Klatschmohnblüten.

In den Augen Pitts, der auf dem Lande aufgewachsen war, entsprach die auf dem Bild dargestellte Idylle nicht der Wirklichkeit. Es strahlte zwar eine gewisse Schönheit aus, doch fehlte ihm der Geruch der Erde, die erbarmungslose Hitze der Erntezeit, die Schmerzen in den zu lange gebeugten Rücken.

»Gefällt es Ihnen?«, erkundigte er sich.

Zwar sah Pitt die jugendliche Weichheit von Alexanders Wangen, als sich dieser ihm zuwandte, doch um die Augen des jungen Mannes lagen harte Schatten. Ganz offensichtlich wusste er, was Schmerzen waren. Dann zeigte sich mit einem Mal ein bezauberndes Lächeln auf seinen Lippen, das sein Gesicht erhellte. »Nein«, sagte er offen. »Ihnen denn? Oder haben Sie es sich noch nicht lange genug angesehen?«

Pitt erwiderte das Lächeln. »Wie lange muss ich es mir ansehen, um es zu mögen?«, fragte er.

Alexander schien amüsiert. »Ich weiß nicht, aber auf jeden Fall länger als ich. Was gefällt Ihnen daran nicht? Es ist doch ziemlich hübsch … oder etwa nicht?«, fragte er.

Pitt beschloss, ein offenes Gespräch mit ihm zu führen. »Erwarten Sie von einem Bild, dass es hübsch ist?«, erkundigte er sich.

»Mögen Sie keine hübschen Bilder?«, ging Alexander sogleich und offenbar mit Vergnügen auf die Frage ein.

Pitt überlegte. »Nein, ich glaube nicht. Jedenfalls nicht, wenn die Wirklichkeit dabei auf der Strecke bleibt. Alles Gekünstelte hat eine eigene Art von Hässlichkeit.«

Geradezu begeistert und mit leuchtenden Augen fragte Alexander: »Kennen Sie den dort abgebildeten Ort?«

»Nicht, dass ich wüsste.«

Alexander lachte. »*Touché.* Aber Sie wissen, wie es an solchen Orten zugeht? Wie so etwas ohne den sentimentalen Anstrich aussieht?«

»Ja, ich habe viele solche Orte gesehen«, räumte Pitt ein. Einen Augenblick lang überfielen ihn so intensive Erinnerungen, dass er sie beinahe körperlich spürte.

»Merkwürdig, ich nicht.« Alexander zuckte die Achseln. »Trotzdem weiß ich, dass da etwas nicht stimmt. Vielleicht entwickelt man eine Abneigung gegenüber dem Künstlichen, meinen Sie nicht auch?«

»Ja, da gebe ich Ihnen recht.« Vor langer Zeit, bevor man ihn zur Aufklärung von Mordfällen eingesetzt hatte, hatte

Pitt mit Kunstdiebstählen zu tun gehabt. Dabei hatte er viel über Kunst gelernt und Freude daran gefunden. »Man könnte sagen, dass es eine Lüge auf der Gefühlsebene ist«, fügte er hinzu.

Jetzt war Alexander ganz Ohr. »Wie scharfsichtig, Mr. …?«

»Pitt.« Einen anderen Namen zu nennen wäre genau die Art von Unaufrichtigkeit gewesen, von der er soeben gesprochen hatte. Doch gab es keinen Grund, diesem jungen Mann zu sagen, dass er im Dienste des Staatsschutzes tätig war, oder jedenfalls noch nicht. »Thomas Pitt.«

»Alexander Duncannon.«

Sie schüttelten einander die Hand. »Hier gibt es doch sicher auch etwas Besseres?«, erkundigte sich Pitt. »Was gefällt Ihnen?«

»Ah! Ich werde Ihnen etwas Großartiges zeigen«, erwiderte Alexander. »Das Bild ist sehr klein, aber wirklich schön.« Er wandte sich um und ging mit unsicheren Schritten in Richtung des nächsten Saals.

Pitt folgte ihm. Er wollte sehen, was dem jungen Mann so gefiel.

Alexander blieb vor einer kleinen Bleistiftzeichnung stehen, die ein Grasbüschel mit einem Nest von Feldmäusen zeigte. Jeder einzelne Halm war mit größter Genauigkeit gezeichnet. Er richtete den Blick abwartend auf Pitt.

Dieser sah sich das Bild eine Weile aufmerksam an. Er fühlte sich unbehaglich. Alexander hatte ihm etwas wirklich Schönes und damit ein Stück von sich selbst gezeigt. Offensichtlich dachte er nicht daran, das Schweigen zu brechen, sondern wartete, bis Pitt seine ehrliche Meinung sagte.

»Das hier zeigt die Wirklichkeit«, sagte Pitt aufrichtig. »Man könnte fast glauben, dass sie sich jeden Augenblick bewegen. Ich rieche die trockene Erde und höre den Wind durch das Gras wehen.«

Alexander machte kein Hehl aus seiner Freude. Einen Moment lang standen sie nebeneinander da und sahen sich gemeinsam das Bild an. Dann löste Pitt seine Aufmerksamkeit von den winzigen Lebewesen, die der Zeichner mit seinem Bleistift und seinem Herzen eingefangen hatte, und dachte erneut an Bomben, brennende Trümmer und tote Polizeibeamte.

»Es erscheint mir einfach großartig«, sagte er, »wie jemand etwas so Winziges für die Ewigkeit festhalten kann. Vielen Dank, dass Sie mir das gezeigt haben.«

»Es lohnt sich doch, allein deshalb herzukommen, um das zu sehen, nicht wahr?« Alexanders schmales Gesicht leuchtete auf, während er das sagte. »Das Leben ist voller kleiner Dinge, die ungeheuer bedeutend sind. Zugleich ist es geradezu widersinnig, wenn ein Menschenleben das nicht ist, wohl aber diese Mäuse.«

»Sie sagen das, als wenn Sie dabei an einen bestimmten Menschen dächten«, nahm Pitt den Faden auf.

Mit einem Mal lag wieder ein Ausdruck der Qual sowie eine verblüffende Bitterkeit auf Alexanders Zügen. »An eine ganze Reihe von Menschen«, erwiderte er. »An Tote, die noch leben sollten, und Lebende, die nichts als Schaden anrichten.«

Pitt fiel ein, was Isadora über Alexanders Freund gesagt hatte: Man hatte ihn wegen eines Tötungsdelikts hingerichtet, von dem Alexander überzeugt war, dass er es nicht begangen hatte. Es erschien Pitt ein wenig hinterlistig, das Thema anzusprechen, doch womöglich hatte der junge Mann ja auch gar nichts mit dem Bombenanschlag am Lancaster Gate zu tun, und das ließe sich an seiner Antwort ablesen.

»Ja«, sagte er, den Blick auf das nächste Bild gerichtet, ein ziemlich unbedeutendes Blumenstillleben. »Beispielsweise Anarchisten. Sie zerstören alles, ohne etwas zu erschaffen.«

Eine Weile sagte Alexander nichts.

Erst als Pitt gerade weitersprechen wollte, ging der junge Mann auf seine Worte ein. »Wenn jemand einen Präsidenten ermordet, der sein Volk unterdrückt und Hunderte von Armen töten lässt, die es wagen, dagegen aufzubegehren, erinnert sich jeder an den Namen des Täters. Wer aber wird sich an den Namen des Menschen erinnern, der die Mäuse gezeichnet hat? Sie?«

Einen Augenblick lang fühlte sich Pitt peinlich berührt. Er hatte sich so intensiv mit dem Bild beschäftigt, dass er gar nicht auf den Namen des Zeichners geachtet hatte.

»Nein«, gab er zu. »Wie heißt er?«

Alexander reagierte mit einem breiten Lächeln darauf, das aber sogleich wieder verflog. »Sie haben gesagt ›Wie heißt er?‹, als ob es selbstverständlich ein Mann sein müsste. In Wirklichkeit handelt es sich um eine Frau, Mary Anne Church.«

»Und was ist mit den Anarchisten?«, fragte Pitt.

Ein Schatten legte sich auf Alexanders Gesicht, und er wirkte mit einem Mal angespannt. »Ich würde es Ihnen nicht einmal dann sagen, wenn ich es wüsste.«

Pitt verbarg seine Überraschung nicht.

Alexander zuckte die Achseln und ergänzte: »Na ja, vielleicht doch, wenn man die Falschen erwischen würde, sie an den Galgen bringen wollte und ich das wüsste. Gerechtigkeit ist etwas Gewaltiges. Hässlich und schön zugleich – wie der Tiger da drüben!« Er wies in die Richtung.

Pitt sah zu den Zeichnungen an der gegenüberliegenden Wand. »Ich sehe keinen Tiger.«

»Genau darauf will ich hinaus«, sagte Alexander. »Es gibt hier noch ein paar sehr hübsche Bilder, falls Sie sich die ansehen wollen. Ich muss jetzt gehen.« Er wandte sich um. Pitt blickte ihm nach und sah, dass der junge Mann deutlich hinkte. Isadora hatte gesagt, dass er ständig Rückenschmerzen hatte und sie nur selten vergessen konnte.

Pitt kehrte zu der Zeichnung mit den winzigen quicklebendig wirkenden Mäusen zurück, die jetzt, zumindest in seinem Kopf, unsterblich waren.

Tellman kam ziemlich spät in Pitts Büro, gerade als dieser Feierabend machen wollte. Er wirkte abgespannt, und auf seinem hageren Gesicht lag ein Ausdruck tiefer Unzufriedenheit. Er blieb stocksteif vor Pitts Schreibtisch stehen und setzte sich erst, als ihn Pitt dazu aufforderte. Es war, als wolle er damit zeigen, dass er nicht dorthin gehörte. Er hatte keine Handschuhe an, und Pitt sah, dass seine Hände von der kalten Luft draußen ganz rot waren.

»Tee?«, fragte Pitt und zog die Klingelschnur, ohne auf eine Antwort zu warten. In seiner Position hatte er auch im Amt einen Dienstboten zur Verfügung.

»Ich hab nicht viel zu berichten«, erklärte Tellman »und bleibe nicht lange genug hier, um Tee zu trinken. Aber vielen Dank … Sir.«

»Doch«, erklärte Pitt. Inzwischen war der Dienstbote gekommen, und Pitt bestellte Tee und Kekse.

Zögernd zog Tellman den Mantel aus, hängte ihn an den Garderobenständer und setzte sich.

»Ich hab noch nichts Brauchbares rausgekriegt, Sir«, wiederholte er. »Ich habe alle unsere üblichen Zuträger aufgesucht, aber keiner scheint etwas zu wissen. Es tut mir leid, aber es sieht ganz so aus, als ob wir es hier in der Stadt mit einer neuen und ziemlich üblen Art von Anarchisten zu tun hätten. Unter Umständen stammt das Dynamit aus einem der Steinbrüche weiter im Landesinneren. Die Firma Bessemer and Sons vermisst eine nicht unbeträchtliche Menge – ihr fehlt mindestens ein Dutzend Stangen. Die Leute haben das nur ungern zugegeben. Wahrscheinlich wollten sie nicht als so unfähig dastehen, wie sie zu sein scheinen. Bestimmt wird in der Firma jemand dafür über die Klinge springen müssen, wahrscheinlich der Aufseher.«

»Haben Sie eine Vorstellung, wer das an sich gebracht haben könnte?«, fragte Pitt. Vielleicht gab es da eine Spur, und immerhin war es bisher die einzige Richtung, in der sie suchen könnten.

»Ich bin dabei, mich darum zu kümmern.«

Tee und Kekse wurden gebracht, und Pitt dankte dem Dienstboten.

Trotz seiner ursprünglichen Ablehnung konnte Tellman dem verlockend duftenden heißen Tee nicht widerstehen. Er nahm einen Keks, biss hinein und merkte offenbar mit einem Mal, dass er Hunger hatte. »Und Sie – haben Sie etwas gefunden?«, fragte er mit vollem Mund.

»Ich bin nicht sicher.« Ein Blick auf Tellmans müdes, bedrücktes Gesicht zeigte Pitt, dass sein früherer Mitarbeiter sein Entsetzen über den Bombenanschlag noch nicht überwunden hatte. Zwar kamen gelegentlich Polizisten im Dienst um, es gab Verkehrsunfälle sowie im Bahnverkehr Zugzusammenstöße mit entsetzlich zugerichteten Opfern. Häuser gerieten in Brand, Brücken stürzten ein, und von Zeit zu Zeit verursachten Überschwemmungen gewaltige Schäden. Aber hier ging es um eine absichtliche Gewalttat, die sich unmittelbar gegen die Polizei richtete und deren Opfer Männer waren, die Tellman kannte.

»Was meinen Sie mit ›Ich bin nicht sicher‹?«, fragte Tellman erstaunt und stellte den Teebecher, an dem er sich die Hände gewärmt hatte, auf den Tisch.

»Isadora Cornwallis hat mich gestern zu Hause aufgesucht. Sie müssen also vertraulich behandeln, was ich Ihnen jetzt mitteile, damit Sie Bescheid wissen. Sofern sie sich entschieden hat, ihrem Mann nichts davon zu berichten, ist das ihre Sache. Ich möchte auf keinen Fall, dass er es durch Polizeiklatsch erfährt. Es ist ihr nicht leichtgefallen, mir all das – und wohlgemerkt nur unter Vorbehalt – zu berichten, aber ich kann es mir auf keinen Fall leisten, der Sache nicht nachzugehen.« Er sah aufmerksam zu Tellman hinüber, um zu erkennen, ob dieser verstanden hatte.

»Was weiß die Frau denn über Anarchisten?« Tellman verzog zweifelnd den Mund.

»Nicht alle Anarchisten sind Landarbeiter oder Tagelöhner, die kümmerlich ihr Dasein fristen. Manche von ihnen gehören den höheren Kreisen an«, erläuterte Pitt.

Tellman sah ihn abwartend an.

»Sie kennt einen jungen Mann aus bestem Hause, der einen tiefen Groll gegen die Polizei hegt, weil er sie für korrupt hält«, erläuterte Pitt. »Es könnte sein, dass er mit Anarchisten in Verbindung steht. Zwar wohl eher auf rein geistiger Ebene – aber sicherlich wüsste er, wie man an Dynamit kommen kann, wie beispielsweise das in dem Steinbruch der Firma Bessemer and Sons entwendete.«

Tellman wärmte sich erneut die Hände an seinem Teebecher. »Was hat er gegen die Polizei vorzubringen? Es könnte doch sein, dass die Beamten einfach für Ordnung sorgen wollten und er sich dagegen aufgelehnt hat?«

»So, wie er das sieht, ist es deutlich schlimmer.«

»Inwiefern?«, fragte Tellman schroff.

»Er behauptet, die Polizei habe aus Versehen einen Passanten erschossen, der zufällig an einem Tatort vorbeigekommen ist, und die Sache einem gewissen Dylan Lezant in die Schuhe geschoben, der nichts mit der Sache zu tun hatte, wofür er an den Galgen gekommen ist.«

»Ach?«, höhnte Tellman. »Und wer sagt, dass er nichts damit zu tun hatte? Etwa dieser Anarchistenfreund?«

»Es ist unerheblich, was wirklich geschehen ist. Wenn der junge Mann annimmt, dass es so war, wie er sagt, wird er auf jeden Fall dementsprechend handeln.«

»Haben Sie einen Grund anzunehmen, dass dahinter nicht ein ganz gewöhnlicher Bombenattentäter steckt, der annimmt, er könne unsere Politiker zu verrückten Entscheidungen veranlassen, indem er im Land Angst und Schrecken verbreitet?«, fragte Tellman in herausforderndem Ton, gerade so, als habe Pitt behauptet, es könne eine Rechtfertigung für das schreckliche Attentat geben – die getöteten Polizeibeamten könnten es sich selbst zuzuschreiben haben.

Pitt wog seine Antwort gründlich ab. Obwohl er wusste, wie treu ihm Tellman ergeben und wie tief dessen Schmerz über den Tod der Kollegen war, stieg Zorn in ihm auf. Immerhin hatte er die übel zugerichteten Männer selbst gesehen.

»Mir ist nicht bekannt, ob er etwas damit zu tun hatte«, räumte er ein. »Ich sage lediglich, dass wir ihn nicht einfach aus unseren Erwägungen ausschließen dürfen.«

»Wie heißt er?«, fragte Tellman.

»Einstweilen kümmere ich mich um die Sache.«

Röte stieg in Tellmans Gesicht. Steif und förmlich sagte er: »Sie trauen mir wohl nicht zu, dass ich diesen jungen Herrn mit der gebotenen Rücksicht behandeln würde?« Seine Stimme klang gepresst, seine Kiefermuskeln waren angespannt. »Ich bin zwar nicht auf dem Gut eines Landedelmannes aufgewachsen und auch nicht mit einer Dame aus höheren Kreisen verheiratet, Commander Pitt, aber als Inspektor ebenso gut imstande, mit besseren Leuten zu reden, wie Sie selbst. Es könnte durchaus sein, dass ich gewöhnlichen Polizeibeamten wie denen, die jetzt im Krankenhaus und im Leichenschauhaus liegen, etwas näher stehe als Sie.« Er stellte den Becher ab und erhob sich. »In letzter Konsequenz muss ich dem Polizeipräsidenten Rede und Antwort stehen und nicht den Lords im Oberhaus. Ich werde den Mann finden, der die Bombe gezündet hat, ganz gleich, wessen Sohn er ist.«

Einen Augenblick lang war Pitt wie vor den Kopf geschlagen. Er hatte nicht geahnt, dass Tellman so tief gekränkt war, und auch nicht, wie sehr er sich mit der Polizei identifizierte, der er sowohl seine Identität als auch seinen Lebenszweck verdankte. Und es stimmte: Pitt persönlich hatte wohl sein Selbstbild teilweise geändert, als er von der Polizei zum Staatsschutz gegangen war. Allerdings wäre ihm auch gar nichts anderes übrig geblieben, wenn er in seiner neuen Position Erfolg haben wollte. Freiwillig hatte er den Wechsel nicht vollzogen – man hatte ihn aus seiner herausgehobenen Position bei der Polizei verdrängt, weil er mit der Aufklärung eines Verbrechens mächtige Männer bloßgestellt hatte, die sich dadurch herausgefordert fühlten und die Macht besaßen, ihn zu vernichten. Der Staatsschutz war die Behörde, die es ihm ermöglicht hatte, seine Fähigkeiten zu nutzen und den Mächtigen, die seinen Untergang betrieben, Paroli zu bieten.

Er blieb sitzen. »Solange Sie von den Vorwürfen gegen die Polizei nichts wissen, brauchen Sie sich auch nicht dagegen zu verteidigen«, erwiderte er. »Vielleicht ist es Ihnen lieber, wenn ich Ihnen künftig nicht sage, ob und inwieweit etwas an der Sache ist. In dem Fall würde ich mich unmittelbar an Bradshaw wenden müssen, was ich allerdings lieber nicht täte. Im Unterschied zu Ihnen hat er die toten Kollegen nicht gekannt.«

Tellman sah verwirrt drein. Er merkte, dass er sich verrannt hatte, war aber nicht bereit, davon abzurücken.

»Vielleicht sollten Sie mich doch einweihen«, sagte er unbehaglich. »Jemand muss sich für die Männer einsetzen.

Wenn man bedenkt, dass schon zwei tot sind und jederzeit noch mehr umkommen könnten …« Er sah Pitt herausfordernd an. »Ich werde nicht zulassen, dass man die erst in die Luft jagt, verbrennt und zu Krüppeln macht und dann noch Vorwürfe gegen sie erhebt, gegen die sie sich nicht wehren können.«

Pitt zögerte nur einen kurzen Augenblick. Sofern er Tellman das durchgehen ließ, wäre zwischen ihnen etwas für alle Zeiten zerstört.

»Sie glauben also, ich würde so etwas zulassen, Inspektor Tellman?«, fragte er ganz ruhig.

Eine Weile herrschte Schweigen, dann sagte Tellman: »Dazu wird es nicht kommen … Sir.« Mit einem kurzen Nicken verließ er den Raum.

Pitt lehnte sich zurück. Er fühlte sich äußerst unbehaglich. Er hatte es für unabdingbar gehalten, Tellman von dem Vorwurf zu unterrichten, den Alexander Duncannon gegen die Polizei erhoben hatte, weil da durchaus ein Zusammenhang mit dem Bombenanschlag bestehen konnte. Bei Licht besehen, war das die einzige Fährte, die sie hatten. Aber er musste sich eingestehen, dass er sich dabei nicht sonderlich geschickt verhalten hatte.

Mit dem letzten Besucher des Tages hatte Pitt in keiner Weise gerechnet, und er kam auch nicht in seine Dienststelle in Lisson Grove, sondern wartete bei seiner Heimkehr im Haus in der Keppel Street auf ihn. Kaum hatte Pitt den Mantel in der Diele aufgehängt, als Charlotte aus dem Wohnzimmer kam. Ein Blick auf ihr Gesicht zeigte ihm, dass etwas sie beunruhigte.

Sie begrüßte ihn lächelnd mit einem Kuss, aber ihr Blick und die Art, wie sie sich seiner Umarmung entzog, wiesen auf etwas Ernsthaftes hin. »Jack ist im Wohnzimmer. Er sagt, er muss unbedingt mit dir sprechen«, teilte sie ihm im Flüsterton mit. »Er macht sich über etwas große Sorgen. Geh rein. Drinnen ist geheizt, und wir haben auch Sherry im Haus, falls du ihm ein Glas anbieten möchtest.« Sie sah ihn kurz an und verschwand in der Küche.

Im Wohnzimmer empfing ihn eine angenehme Wärme, die nicht nur vom Kaminfeuer ausging, sondern auch von den vertrauten Gegenständen und den Bildern an den Wänden, die sie im Laufe der Jahre gesammelt hatten. Über dem Kaminsims hing eine gute Reproduktion einer Hafenszene von Vermeer mit Segelschiffen und Häusern vor einem heiteren Himmel. Die Vorhänge an den Fenstertüren zum Garten waren zum Schutz vor der Winterkälte geschlossen.

Wie immer erstklassig gekleidet, stand Jack Radley nah an dem prasselnden Feuer. Ganz gleich, ob er sich wohlfühlte oder nicht, stets sah er dank seiner natürlichen Anmut gut aus. Bei Pitts Eintreten richtete er sich auf. »Entschuldige bitte, dass ich unangekündigt hier hereingeschneit bin«, sagte er mit der Andeutung eines Lächelns, in dem ein Ausdruck von Besorgnis lag.

Wortlos ging Pitt zu der Karaffe auf dem Beistelltisch und schenkte Sherry in zwei Gläser ein – in seines weniger als in Jacks. Er selbst machte sich nichts aus Sherry, aber so hatte er Zeit, seine Gedanken zu ordnen.

Jack war der zweite Mann von Charlottes jüngerer Schwester Emily. Als er Emily kennengelernt hatte, war er lediglich ein bemerkenswert gut aussehender und charmanter junger Mann aus gutem Hause ohne die geringsten Geldmittel gewesen. Jetzt genoss er die Vorteile des Vermögens, das Emily beim Tod ihres ersten Gatten Lord Ashworth geerbt hatte.

Allerdings hatte er auch gründlich genutzt, was sich ihm dadurch an Möglichkeiten geboten hatte, und er hatte große Anstrengungen unternommen, um ins Unterhaus gewählt zu werden. Einen sicheren Sitz, für den er nichts hätte tun brauchen, hatte er allerdings ausgeschlagen – er hatte um seiner Fähigkeiten willen gewählt werden wollen. Im Laufe der Zeit hatte er sich in eine hohe Position im Außenministerium emporgearbeitet, und genau genommen, hatte lediglich ausgesprochenes Pech dafür gesorgt, dass er nicht noch weiter gekommen war. Diesen Karriereschritt hatten eine falsche Einschätzung und der Treubruch eines Menschen verhindert, dem er vertraut hatte.

Jack nippte an seinem Sherry. »Danke. Scheußlicher Abend. Fast, als hätten wir schon Januar. Es tut mir wirklich leid, dich zu stören. Vermutlich steckst du bis über beide Ohren in den Ermittlungen zu dem widerlichen Bombenanschlag.« Das klang wie eine beiläufige Äußerung, aber Pitt wusste, dass mehr dahintersteckte. Jack war ein gewiefter Politiker geworden und machte keine unnötigen Worte, wenn es sich vermeiden ließ.

»So ist es«, bestätigte Pitt nickend. »Ich kann mir denken, dass du viel lieber zu Hause bei Emily wärest. Was führt dich also zu mir?«

Diesmal war Jacks Lächeln aufrichtig. »Es hat keinen Sinn, mit dir diplomatische Spielchen zu spielen, nicht wahr, Thomas? Na schön. Kommen wir zur Sache. Soweit ich weiß, hast du dich mit Alexander Duncannon unterhalten. Die Leute werden annehmen, dass es da einen Zusammenhang mit dem Bombenanschlag am Lancaster Gate gibt, ganz gleich, ob etwas daran ist oder nicht. Ich nehme an, dass du dich Tag und Nacht mit dem Fall beschäftigst.«

»So ist es. Ja, ich war bei dem jungen Duncannon. Wieso interessiert dich das?«

»Weißt du, wer sein Vater ist?«

»Nein, und es interessiert mich auch nicht.«

»Das sollte es aber.« Statt des Lächelns lag jetzt Besorgnis auf Jacks Gesicht, wie Pitt sie bei ihm nie zuvor gesehen hatte.

»Warum?«, fragte er gleichmütig. »Falls Alexander Duncannon in den Fall verwickelt ist, bei dem immerhin zwei Polizeibeamte getötet und drei weitere schwer verletzt wurden, werde ich ihn ohne Ansehen seiner Familie vor Gericht bringen.«

Es kostete Jack sichtlich Mühe, sich zu beherrschen. »Thomas, stell dich nicht naiver, als du bist. Du bekleidest schon lange genug eine herausgehobene Position, um zu wissen, dass die Dinge nur selten so einfach liegen. Hat man dich nicht in der Bow Street aus dem Amt gejagt, weil du die Mächtigen mit der Aufklärung eines Verbrechens, die ihnen politisch nicht in den Kram passte, vor den Kopf gestoßen hast? Ich erwarte nicht, dass du die Unwahrheit sagst, einen Schuldigen laufen lässt oder einen Unschuldigen verhaftest, aber du solltest ein paar Tage warten – vielleicht eine Woche ...«

»Und wieso?«

»Es geht um einen äußerst wichtigen Vertrag mit einer chinesischen Provinzregierung«, erwiderte Jack. »Ich kann dir gar nicht sagen, wie viel davon abhängt. An der Küste des ostchinesischen Meers soll ein Freihafen geschaffen werden, der unserem Handel einen unvorstellbaren Auftrieb geben würde. Tausende würden hier in England davon profitieren. Sobald der Vertrag unterzeichnet ist, wird er unseren Wohlstand mehren und unsere Sicherheit stärken. Mehr darf ich nicht sagen, also bedräng mich bitte nicht.«

»Warum in aller Welt sollte ich deshalb die Ermittlungen im Zusammenhang mit einem Attentat einstellen?«, fragte Pitt verwundert. »Ich sehe nicht, was das eine mit dem anderen zu tun haben könnte.«

»Niemand außer Godfrey Duncannon besitzt die Fähigkeiten und Verbindungen, die nötig sind, um die Sache unter Dach und Fach zu bringen. Sollte sein Sohn in zweifelhaftes Licht gerückt werden, würde das seine Erfolgsaussichten beeinträchtigen. Die Chinesen trauen uns nicht so recht über den Weg, was nach den Opiumkriegen auch kaum überraschen dürfte! Mir an ihrer Stelle würde es genauso gehen.«

»Dann setzt doch einen anderen an Duncannons Stelle«, sagte Pitt. »Er kann ja den Mann aus dem Hintergrund beraten. Auf die Weise hätte er die Möglichkeit, seine Fähigkeiten und sein Wissen einzubringen, ohne dass die Öffentlichkeit es mitbekommt.«

Ungeduldig fuhr Jack auf: »Großer Gott, Thomas! Seine Position, sein Ruf und sein Charme sind von entscheidender Bedeutung! Natürlich haben wir andere Leute, denen wir sagen könnten, wie sie agieren sollen. Mit etwas Anleitung könnte ich das sogar selbst. Aber ich verfüge nicht über Godfreys persönliche Verbindungen. Er hat in China im Laufe seines Lebens ein Netz aus gegenseitigen Verpflichtungen geknüpft. So etwas braucht Zeit, und die haben wir nicht. Wir können nicht noch einmal ganz von vorn anfangen.«

Pitt zögerte.

»Wir sind auf den Mann angewiesen«, sagte Jack mit Nachdruck. »Ich weiß nicht, ob sein Sohn in den Fall verwickelt ist oder nicht. Schon möglich, dass er am Rande damit zu tun hat. Halte ihn aus der Sache heraus – oder warte ein bis zwei Wochen, dann ist der Vertrag unterschrieben. Bitte!«

»Ich bin nicht sicher, ob das möglich ist«, sagte Pitt, während er nach Worten für eine Begründung suchte. »Sollte sich die Polizei an ihn wenden, kann ich den Leuten unmöglich sagen, dass sie ihn nicht verhören dürfen.«

Mit angespannten Zügen und scharfer Stimme erwiderte Jack: »Was könnte er euch denn sagen? Dass jemand, mit dem er gesprochen hat, sich gerühmt hat zu wissen, wo man Dynamit beziehen kann? Das erfährst du bestimmt auch von anderen. Sag mir bloß nicht, dass dieser Mann die einzige Fährte ist, die du verfolgst! Du hast doch bestimmt in jeder Anarchistenzelle jemanden, den anzuzapfen sich lohnt. Selbst ich kenne den Autonomy Club. Bestimmt sind dir ein Dutzend weitere solche Versammlungsorte bekannt. Schon möglich, dass Alexander Duncannon für dich die am einfachsten zu befragende Person und auch die sicherste Quelle ist. Er ist für dich bequem zu finden, weil er in der Öffentlichkeit auftritt. Aber vergiss nicht, dass er einen schweren Unfall hatte und nach wie vor verletzlich ist. Lass den Jungen zufrieden, Thomas. Hol dir deine Informationen anderswo.«

Pitt sah die tiefe Besorgnis in Jacks Gesicht und begriff, dass vermutlich weit mehr hinter der Sache steckte, als Jack ihm sagen konnte. Ging es dabei um den Vertrag, über den er ihm keine Einzelheiten mitteilen durfte, oder war es möglich, dass Jack in diesem Zusammenhang sogar eigene Interessen vertrat? Ihm waren in den letzten Jahren mehrere folgenschwere Fehleinschätzungen unterlaufen. Zwar hatte er nicht mehr getan, als jeder andere an seiner Stelle hätte tun können, aber die Ergebnisse kamen einer Katastrophe gleich. Es war zu Landesverrat und Mordfällen gekommen. Jack war Diplomat, kein Mitarbeiter des Staatsschutzes. Er hatte Männern vertraut und eng mit ihnen zusammengearbeitet, die auch jeder andere als über jeglichen Verdacht erhaben angesehen hatte, sich aber in ihnen geirrt. Pitt war es gelungen, hinter die Wahrheit zu kommen, und sie ergab ein gänzlich anderes Bild.

Wie die Dinge lagen, mochte der eine oder andere Jack nun die nötige Urteilsfähigkeit absprechen, ihn als jemanden ansehen, der sich leicht hinters Licht führen ließ und sich daher nicht für höhere Aufgaben eignete. Machte ihm das zu schaffen? In jedem Fall konnte er es sich nicht leisten, noch einmal in enger Beziehung zu einem Mann gesehen zu werden, der in einen Skandal oder gar einen Mordfall verwickelt war.

»Er hat mir keinerlei Informationen geliefert«, erklärte Pitt. »Möglicherweise ist er verdächtig …«

»Soll er etwa das Haus am Lancaster Gate in die Luft gejagt haben?«, fragte Jack ungläubig. »Mach dich doch nicht lächerlich!« Bei diesen Worten zitterte seine Stimme leicht. »Warum in drei Teufels Namen sollte er so etwas tun? Er verkehrt einfach in den falschen Kreisen, nichts weiter. Er ist jung. Ich schätze, drei- oder vierundzwanzig. In dem Alter kannte ich auch Leute, die nicht zu mir passten. War das bei dir etwa anders? Ja, vermutlich. Wahrscheinlich bist du da schon in irgendeinem gutbürgerlichen Vorort Streife gegangen und hast alten Frauen über die Straße geholfen.« In seiner Stimme schwang jetzt Ärger mit – oder womöglich Angst?

»Damit könntest du recht haben«, gab Pitt zurück. »Während du den jungen Frauen geholfen hast.«

Eine leichte Röte trat auf Jacks Gesicht. In der Tat war er als munterer, gut aussehender und äußerst unterhaltsamer Gast von einem Landsitz zum anderen gezogen, hatte aber nie daran gedacht, eine der begehrenswerten jungen Damen zu heiraten, und ohnehin wären deren Eltern mit einer solchen Verbindung keinesfalls einverstanden gewesen, weil er mittellos war und daher eine solche Frau nicht standesgemäß hätte unterhalten können. Überall war er ein gern gesehener Gast gewesen. Er kleidete sich ausgesucht elegant und saß erstklassig zu Pferde. Er war klug genug, weder mehr zu trinken, als er vertrug, noch eine Affäre mit der Gattin eines wichtigen Mannes anzufangen, und er verhielt sich so zurückhaltend, dass er niemandes Ruf schädigte. Das waren Eigenschaften, mit denen nicht jeder hatte aufwarten können.

»Vielleicht habe ich diesen Tadel verdient.« Er warf Pitt einen trübseligen Blick zu. »Aber bitte, Thomas, tu mir den Gefallen.«

»Ich werde zusehen, was sich machen lässt. Auf jeden Fall werde ich in Bezug auf den jungen Duncannon äußerst rücksichtsvoll vorgehen. Mehr kann ich nicht versprechen.«

»Danke.« Jack schien erleichtert und lächelte Pitt zu. Er nahm das Sherryglas zur Hand und drehte es langsam zwischen den Fingern, sodass sich die Flammen des Kaminfeuers in dem geschliffenen Kristall spiegelten.

Pitt hob sein Glas ebenfalls. Es war eine Geste des Einverständnisses.

KAPITEL 3

Tellman saß auf seinem Lieblingsplatz gleich neben dem Küchenherd. Er bewohnte ein seinem Einkommen entsprechendes kleines Reihenhaus in einer ruhigen Straße in einer achtbaren Gegend. Im Unterschied zu seiner Frau Gracie, die mit allen gut auskam, kannte er seine Nachbarn nicht besonders gut. Viele der Frauen waren jung wie sie und hatten kleine Kinder. Gracie hatte schon immer, solange sie denken konnte, davon geträumt, einen Mann, eigene Kinder und ein solches Haus zu haben.

Sie war im Londoner East End in bitterer Armut zur Welt gekommen und hatte nie zur Schule gehen können. Mit dreizehn Jahren hatte sie kurz nach Charlottes und Pitts Heirat als Hausmädchen des jungen Paares angefangen. Sie war nach wie vor kaum größer als einen Meter fünfzig, doch ihr Schneid und ihr Lebensmut hätten mühelos für einen doppelt so großen Menschen gereicht. Charlotte hatte ihr außer Kochen und Haushaltsführung auch Lesen und Schreiben beigebracht.

Von seinem Schaukelstuhl in der Ecke der warmen Küche aus sah Tellman zu, wie Gracie die kleine Christina fütterte. Der Anblick rührte ihn zutiefst – nichts auf der Welt würde ihm je wichtiger sein als seine kleine Familie.

Christina sah ein- oder zweimal erstaunt zu ihm hin, weil er sie nicht wie sonst aufgehoben und zärtlich an sich gedrückt hatte. Er war stark erkältet und wollte seine kleine Tochter nicht anstecken. Wahrscheinlich vermisste er die Berührung ihres Gesichtchens mehr als sie die seine. Er lächelte ihr zu, obwohl er mit seinen Gedanken ganz woanders war.

Obschon er im Lauf der Jahre Zeuge zahlreicher Gewalttaten und Tragödien geworden war, hatte ihn der jüngste Bombenanschlag besonders entsetzt, weil er einige Kollegen in Ausübung ihres Dienstes in den Tod gerissen und andere verstümmelt hatte. Auch beunruhigten ihn die Gerüchte, die behaupteten, die Männer seien korrupt gewesen. Selbstverständlich unterliefen jedem Menschen Fehler, bisweilen mit schwerwiegenden Folgen. Er zweifelte nicht im Geringsten daran, dass der eine oder andere Beamte mitunter die Unwahrheit sagte, um sich oder andere zu schützen. Es hatte auch Fälle gegeben, in denen Polizeibeamte kleinere Münzen für sich behalten hatten, möglicherweise sogar eine Guinee, etwas mehr als ein Pfund, was beinahe einem Wochengehalt entsprach.

Für ein solches Verhalten hatte Tellman nichts als Verachtung übrig, und selbstverständlich würde er solche Leute zur Rede stellen, was er übrigens auch in einzelnen Fällen bereits getan hatte. Denn es gehörte sich nun einmal nicht, hinter dem Rücken eines Menschen über ihn herzuziehen; man musste ihm Gelegenheit geben, sich zu rechtfertigen.

Doch hier waren zwei Menschen umgekommen und drei weitere schwer verletzt worden, wobei keineswegs sicher war, ob sie überleben würden. Er hatte sie im Krankenhaus aufgesucht, nicht etwa, um ihnen Fragen zu stellen, sondern aus Respekt. Sie hatten entsetzlich ausgesehen. Bossiney würde womöglich mit dem Leben davonkommen, aber er litt fürchterliche Schmerzen aufgrund der Verbrennungen, die eine Hälfte seines Gesichts zerstört hatten. Yarcombe hatte kein einziges Wort gesagt. Er kam offenbar nicht über den Verlust seines rechten Arms hinweg.

Ednams Wut über den hinterhältigen Anschlag auf seine Männer indes war größer gewesen als sein Schmerz, oder zumindest hatte Tellman diesen Eindruck gewonnen. Ednam hatte ihn empört angefunkelt und verlangt, er solle ihm feierlich versprechen, dass er alles tun werde, um die Täter zu finden und an den Galgen zu bringen.

Tellman hatte ihm erwidert, er werde das auf jeden Fall tun, dazu sei weder ein feierliches Versprechen noch ein Eid nötig. Es war ihm damit ernst gewesen, und es hatte ihn eine gewisse Mühe gekostet, Ednam dessen Forderung zu verzeihen.

Und jetzt kam Pitt daher und behauptete, alles weise darauf hin, dass die Gräueltat ein Racheakt sei. Polizeibeamte hätten bewusst die Aufdeckung krassen Fehlverhaltens in ihren eigenen Reihen verhindert und damit zugelassen, dass ein Unschuldiger gehängt wurde! Diese Spur sei die wichtigste und man müsse ihr unbedingt folgen.

Tellman hielt das für abwegig. Wer auch immer diesen Vorwurf erhob, musste den Verstand verloren haben. Unter anderen Umständen hätte er Mitleid für einen Menschen aufgebracht, dessen Geist so verwirrt war. Allem Anschein nach war der Hingerichtete ein guter Freund desjenigen gewesen.

Hätte jemand einem Menschen, der Tellman nahestand, derlei angetan – wäre dann auch er aus dem seelischen Gleichgewicht geraten und hätte womöglich seine moralischen Grundsätze aufgegeben? Die Vorstellung war ihm unerträglich.

Er stand auf und trat zu Gracie. »Wenn du erlaubst«, sagte er. »Ich trag sie rauf.« Er lächelte dem Kind zu, das den Kopf zur Seite legte und das Lächeln erwiderte. Unvermittelt überwältigten ihn seine Gefühle. Er nahm die Kleine auf, drückte sie an sich und nahm ihren Geruch nach Seife und Milch wahr.

»Komm, mein Engel«, sagte er mit leicht belegter Stimme. »Zeit zu schlafen.«

Er brachte sie nach oben. Ihr Zimmer lag gleich neben dem Elternschlafzimmer, sodass sie bei offenen Türen hören konnten, wenn sie schrie. Er löste die Decke, in die sie gehüllt war, und bestaunte die rosa Blümchen auf ihrem Nachthemd. Er erinnerte sich noch daran, wie Gracie selbige erst vor einigen Monaten gestickt hatte. Wie schnell Kinder doch wuchsen! Jeder Tag mit ihnen war kostbar.

Er legte die Kleine ins Bett, deckte sie zu und gab ihr einen Kuss. »Gute Nacht«, flüsterte er.

»Nacht«, gab sie zurück, schloss die Augen und war vermutlich schon eingeschlafen, bevor er die Tür erreicht hatte.

Kaum war er unten angekommen, kehrten seine Gedanken zu der angeblichen Korruption innerhalb der Polizei zurück. Die achtbare Tätigkeit als Polizeibeamter war für ihn als Sohn eines Fabrikarbeiters, der wegen der Armut seiner Eltern im Wachstum gegenüber den Gleichaltrigen zurückgeblieben war, etwas, was ihm Ansehen verschaffte. Menschen, die ihn als Kind nicht wahrgenommen hatten, baten ihn jetzt um Hilfe, die er ihnen bereitwillig gewährte.

Thomas Pitt hatte ihm vor Jahren, als sie gemeinsam auf der Wache in der Bow Street tätig waren, klargemacht, wie wichtig und ehrenvoll die Arbeit der Polizei war. Die Männer verbrachten ihre Tage und bisweilen auch ihre Nächte mit der Suche nach der Wahrheit, wohin auch immer sie führte, setzten sich für Recht und Gesetz ein, wendeten Schaden von den Bürgern ab und sorgten dafür, dass sie keine

Angst vor Menschen zu haben brauchten, gegen die sie sich allein nicht zur Wehr setzen konnten.

Gerade deshalb machte ihm Pitts Haltung in ihrem letzten Gespräch so sehr zu schaffen. Doch das konnte er ihm nicht sagen. Selbstverständlich war ihm bewusst, dass Pitt jetzt eine andere Aufgabe hatte und dass er dem Staatsschutz mehr verpflichtet war als der Polizei. Trotzdem kam es ihm vor, als widerspreche Pitt mit seinem Verhalten dem, was er früher vertreten hatte, als verleugne er gleichsam die Männer, mit denen er vor nicht allzu langer Zeit zusammengearbeitet hatte.

Tellman war müde und hatte Kopfschmerzen. Der heiße Tee hatte seinem entzündeten Hals gutgetan, doch änderte das nicht viel an seiner starken Erkältung.

Gracie lächelte ihm wehmütig zu. »Du solltest einen Tag im Bett bleiben«, sagte sie, »und schlafen, so lange du kannst. Davon geht es zwar nicht weg, aber es hilft sicher.«

»Das kann ich nicht«, gab er zurück, nicht zuletzt, um sich selbst davon zu überzeugen. Der Gedanke an Schlaf war sehr verlockend. »Du weißt ja, der Bombenanschlag – ich muss mich darum kümmern.«

»Was kanns' du schon rauskrieg'n, wenn das Anarchist'n war'n?«, fragte sie, und ihm war klar, dass sie recht hatte. Sie setzte sich quer auf einen der Küchenstühle. Der Raum erinnerte ihn ein wenig an Pitts Küche. Ganz wie dort war das Porzellan weiß-blau, hatte aber ein anderes Muster. An der Wand hing eine kupferne Kasserolle. Gracie benutzte sie nur selten, aber ihr gefiel der herrliche Schimmer des Metalls. Wie oft hatte er gesehen, dass sie den Boden auf Hochglanz polierte? Das Bewusstsein, dass das herrliche Stück ihr gehörte, ließ sie immer dabei lächeln.

Auf der Anrichte, wo in den meisten Haushalten besondere Teller zur Schau gestellt wurden, stand ein kleiner brauner Porzellanesel, den ihr Tellman einst vom Markt mitgebracht hatte. Er gefiel ihr so sehr, dass sie ihm sogleich den Namen »Charlie« gegeben und erklärt hatte, er erinnere sie an einen richtigen Esel, den sie einmal gekannt hatte. Lächelnd sah er zu der Porzellanfigur hinüber. Dies war sein Zuhause. Keine Frage, am liebsten wäre er dageblieben, bis er seine Erkältung auskuriert hatte. Bestimmt würde der nächste Tag nasskalt sein, und der beißende Ostwind würde durch jeden noch so warmen Mantel und Schal dringen.

»Besser, es sind Anarchisten, als dass es um korrupte Polizisten geht«, sagte er. »Ich würde das Gehalt einer Woche – ach was, eines ganzen Monats – geben, um herauszubekommen, wer dahintersteckt.«

»Hältst du das denn für möglich?«, fragte sie. »Ich meine, dass die Polizist'n korrupt sein könnt'n?« Sie stellte sich jeder Schwierigkeit, ging keinem Problem aus dem Weg, sondern suchte im schlimmsten Fall eine Möglichkeit, es aus einer anderen Richtung anzupacken. Er kannte keinen tapfereren und beharrlicheren Menschen als sie, und obwohl er sie dafür bewunderte, ja, liebte, empfand er dabei auch eine leichte Besorgnis. Sie mochte vergleichsweise nicht größer als ein Kaninchen sein, besaß aber mehr Kampfesmut als ein Wiesel.

Sie gab ihm ein Taschentuch, und er schnäuzte sich.

»Du glaubs' also, dass es möglich is'«, sagte sie in sachlichem Ton.

»Ich weiß nicht, wie ich das Gegenteil beweisen soll«, erwiderte er. »Wir machen Fehler, aber wir sind nicht korrupt. Gracie … Wenn du die Männer gesehen hättest, würdest du bestimmt den Wunsch verspüren, die Täter über einem Feuer am Spieß zu rösten!«

»Du kennst sie, nicht wahr, Samuel?«, sagte sie, ehe sie sich auf die Lippe biss.

»Denk doch nur – es hätte ebenso gut meine Aufgabe sein können, den Einsatz zu leiten.« Er sah sie an und erkannte den Schmerz in ihren Augen, während sie sich vorstellte, was die Frauen der Opfer empfinden mussten.

»Aber so war es nicht«, sagte sie knapp und zog die Nase hoch. »Weiß' du, worum es dabei ging?«

»Nein. Vermutlich um ein Opiumgeschäft.«

»Aber du has' doch gar nix mit Rauschgift zu tun!«

»Was für eine Rolle spielt das?«, wollte er wissen. Was hatte sie nur? »Und wenn es nun Schmuck oder Bilder gewesen wären? Dann hätte es auf jeden Fall mich treffen können!«, erklärte er in scharfem Ton.

Sie saß reglos da, ihr Gesicht vor Qual verzogen. »Weiß ich doch. Hast du Angst vor dem nächsten Einsatz?« Sie streckte die Hand nach ihm aus, ließ sie aber sinken, ohne die seine zu berühren. »Ich würd's dir nich' verdenk'n.«

»Ich glaube nicht«, sagte er aufrichtig. »Ich fühle mich irgendwie schuldig, weil die einen tot im Leichenschauhaus und die anderen mit schweren Verletzungen im Krankenhaus liegen – und ich sitze zu Hause in der warmen Küche und jammere, weil ich erkältet bin. Wieso bin ich am Leben, und die anderen sind schon tot oder werden noch sterben? Yarcombe hat einen Arm verloren.«

»Weiß ich nich'«, gab sie zu. »So was passiert dauernd. Mrs. Willetts in Nummer dreiundzwanzig is' bei der Geburt von ihr'm Kind gestorben, un' ich bin putzmunter. Kein Mensch kennt den Grund, Samuel. Jed'nfalls noch nich'. Vielleicht eines Tages. Ich jedenfalls hab' 'nen Grund …«

»Nämlich welchen?«, erkundigte er sich. Eigentlich wollte er es nicht wissen, aber sie schien zu erwarten, dass er sie danach fragte.

»Wir bekommen noch ein Kind …«

Mit einem Mal durchlief ihn eine so starke Welle des Gefühls, als brenne ein Feuer in ihm. Die Küche um ihn herum verblasste, und alles, was er sehen konnte, war Gracie, die quer auf dem Stuhl saß. Das Licht der Lampe fiel auf ihr leicht gerötetes Gesicht. Ihre Augen leuchteten.

Sein Zuhause, seine Familie war ihm kostbarer als alles auf der Welt. Das war alles, was er zu seinem Glück brauchte. Um sie musste er sich kümmern, ihnen ein Obdach schaffen, sie ernähren, dafür sorgen, dass ihnen nichts geschah und sie ein glückliches Leben führen konnten. Ganz gleich, welche Arbeit er auszuführen hatte, er musste sie gut erledigen. Das war die wichtigste Aufgabe in seinem Leben. Alles andere zählte nicht.

»Sag doch was!«, drängte sie. »Freust du dich?«

Mit von Tränen erstickter Stimme sagte er: »Natürlich!«, und griff erneut nach dem Taschentuch, um sich zu schnäuzen. »Ich bin … ich bin überglücklich.«

»Dann geh rauf, leg dich ins Bett und schlaf«, sagte sie. »Und morgen bleibst du zu Hause.«

Sie umarmte ihn, und während er sie an sich drückte, widersprach er: »Das geht nicht. Ich muss Pitt beweisen, dass das Anarchisten waren und dass es mit der Polizei nichts zu tun hat!«

Tellman wachte mit einem Brummschädel und Halsschmerzen auf, behauptete aber, es gehe ihm besser. Doch da er schon die ersten Worte nur unter Hustenanfällen herausbrachte, war es allzu verständlich, dass Gracie ihm nicht glaubte.

»Geh wieder ins Bett«, sagte sie liebevoll. »Ich mach dir was Heißes zu trinken und ein paar Scheiben Toast. Ich hab ’ne gute Orangenmarmelade im Haus.«

Einen Augenblick lang zögerte er. Er hörte den Regen gegen das Küchenfenster prasseln. Gracie war wohl schon eine ganze Weile auf, denn der Herd strahlte eine angenehme Wärme ab.

»Ja«, sagte er mit rauer Stimme. »Aber ich trink' und ess' hier unten. Ich will noch mal zu den Kollegen ins Krankenhaus und die was fragen.« Er musste unbedingt feststellen, was die Männer gemeinsam hatten. Hatte der Attentäter es speziell auf sie abgesehen oder ganz allgemein auf die Polizei? War es ihm gleichgültig, wer für den einen bezahlte, den er für korrupt hielt? Er setzte sich an den Küchentisch. Die Uhr über der Anrichte zeigte ihm, dass er auf keinen Fall pünktlich sein würde. Da konnte er sich auch noch weitere zehn Minuten oder eine Viertelstunde leisten. Vielleicht würde der Regen ja auch noch nachlassen.

Während Gracie die Ofentür öffnete und eine Brotscheibe auf die Toastgabel steckte, goss er sich einen großen Becher Tee ein.

Sie brachte ihm den frischen Toast an den Tisch, große, dicke Scheiben. Er dankte ihr und strich Butter und Marmelade darauf. Obwohl er kaum etwas riechen und schmecken konnte, war es ein Genuss.

»Was wills' du denn rauskrieg'n?« Nie ließ sie etwas auf sich beruhen.

»Womöglich eine ganze Menge. Beispielsweise, ob die Männer regelmäßig zusammenarbeiten oder ob es sich hier um einen besonderen Fall handelte.«

»Und warum das?«

»Weil wir dann wissen, ob der Attentäter es speziell auf sie abgesehen hatte oder ob es ihm um den Fall ging«, erläuterte er.

»Warum sollte es 'nem Anarchist'n wichtig sein, wen seine Bombe trifft?«, ließ sie nicht locker, nahm eine Toastscheibe von der Gabel und drehte sie herum, um auch die Rückseite ans Feuer zu halten.

»Das ist so einem nicht wichtig«, gab er mit vollem Mund zur Antwort.

Sie brachte ihm den Toast.

»Soll das heiß'n, das war'n keine Anarchisten? Wer dann? Was steckt dahinter?« Sie sah ihn unverwandt an.

Er wollte sich der Alternative nicht stellen. Bisweilen wünschte er, Gracie hätte eine weniger rasche Auffassungsgabe. Manchmal kam es ihm vor, als kenne sie ihn besser als er sich selbst – genau genommen, hatte er diesen Eindruck sogar ziemlich oft.

»Du meinst, die hatt'n es speziell auf Polizeibeamte abgeseh'n?«, folgerte sie.

»Ich muss mir Gewissheit verschaffen, dass das nicht der Fall ist«, wich er aus.

»Und was wirst du jetzt tun? Den Fall an Mr. Pitt zurückgeb'n?« Sie dachte nicht daran lockerzulassen.

»Vermutlich, wenn es tatsächlich Anarchisten waren. Schließlich ist es seine Aufgabe, sich um die zu kümmern.« Er merkte, dass er nicht sicher war, ob er das tatsächlich beabsichtigte. Er fühlte ein nicht näher bestimmbares Unbehagen, das Bedürfnis, seine Leute gegen den Vorwurf der Korruption zu verteidigen. Hinzu kam, dass sämtliche Opfer des Attentats Polizeibeamte waren. Sie verdienten es, dass der Fall rückhaltlos aufgeklärt wurde, dass ihnen Gerechtigkeit widerfuhr, der oder die Täter vor Gericht gestellt und, sofern sie dies scheußliche Verbrechen begangen hatten, hingerichtet wurden.

»Ehrlich gesagt, wäre mir das nicht recht«, erklärte er. »Ich möchte den Fall bis zum Ende verfolgen.« Er sah sie an und erkannte die Besorgnis auf ihrem kleinen, sonst so munteren Gesicht. Sie war Mitte zwanzig und erwartete ihr zweites Kind, wirkte aber in vielerlei Hinsicht nach wie vor wie das tapfere und widerborstige junge Mädchen, das er vor

Jahren kennengelernt hatte, als er Pitts Wachtmeister und sie dessen eigensinniges Hausmädchen war. Sie hatte ihn herausgefordert, ihm widersprochen und öfter recht gehabt, als ihm lieb sein konnte. Vergeblich hatte er sich mit aller Kraft dagegen gewehrt, sich in sie zu verlieben. Es hatte Jahre gedauert, bis sie ihn auch nur zur Kenntnis genommen und schließlich sogar geachtet hatte. Oder jedenfalls war das sein Eindruck gewesen.

Erneut sah er sich von seinen Gefühlen überwältigt und konzentrierte sich auf das Bestreichen seiner Toastscheibe, als müsse er ein kompliziertes Meisterwerk anfertigen.

»Es handelt sich um Polizeibeamte, meine Kollegen, Gracie. Die einen sind tot und die anderen schwer verletzt«, sagte er schließlich. »Ich lebe noch. Ich muss dahinterkommen, wer das getan hat. Ich muss der Öffentlichkeit zeigen, dass die Polizei ihre Aufgabe mit Anstand erledigt. Das bin ich den Männern schuldig – denen, die nicht mehr da sind, wie auch den anderen, die ihren Dienst auf der Straße versehen.«

»Gib auf dich acht«, mahnte sie ihn. »Die, die das getan ha'm, woll'n nich', dass du se findest. Pass auf, dass se dich nich' auch noch umbring'n, Samuel.«

Er merkte, dass sie Angst hatte, obwohl sie sich die größte Mühe gab, es nicht zu zeigen. Sofern ihm etwas zustieße, würde sie ihn dann so sehr vermissen, wie sie ihm in einem vergleichbaren Fall fehlen würde?

Falls er einen Arm oder ein Bein verlöre, nicht mehr für sie sorgen könnte, wäre das möglicherweise schlimmer, als tot zu sein?

»Ich werde achtgeben«, versprach er. Bevor sie etwas sagen oder sich in ihre Gefühle hineinsteigern konnte, biss er kräftig in seinen Toast und goss sich einen Becher heißen Tee ein.

Als Erstes fuhr Tellman mit dem Pferdeomnibus zu Ednams unmittelbarem Vorgesetzten Whicker. Unterwegs formulierte er die Fragen, die er dem Mann stellen würde. Hoffentlich würde es ihm gelingen, das Gerücht zum Verstummen zu bringen, bevor es sich weiter ausbreiten konnte. Er fragte sich, ob es angemessen war, in allen Fällen ein leichtes Fehlverhalten, eine kleine Unaufrichtigkeit hier und da, weiter nach oben zu melden. Sein Gerechtigkeitsgefühl sagte ihm, dass die Männer für das, was sie getan haben mochten, schon mehr als genug litten. Es war ohne Weiteres möglich, dass sie nie wieder in den Dienst zurückkehren würden. Es gehörte sich nicht, auf jemanden einzutreten, der am Boden lag.

Bestand womöglich tatsächlich ein Zusammenhang zwischen diesem Attentat und dem Fall, von dem Pitt gesprochen hatte? Und waren alle fünf Beamten in den damaligen Fall verwickelt gewesen? Von diesem Punkt aus musste man die Sache wohl angehen. Doch auf welche Weise hätte ein Außenstehender erfahren können, dass die Männer zusammengewirkt hatten, sofern das überhaupt der Fall war?

Er würde äußerst behutsam vorgehen müssen. Auf keinen Fall durfte er einen Grund für seine Nachforschungen nennen. Es war ihm zuwider, den eigenen Leuten gleichsam nachzuspionieren, so, als trügen sie mehr oder weniger selbst die Schuld an der Katastrophe, der sie zum Opfer gefallen waren. Wenn bekannt wurde, womit er sich beschäftigte, würden ihn alle Kollegen verabscheuen.

Er betrat die Polizeiwache und meldete sich bei dem diensthabenden Beamten. Die Räumlichkeiten wirkten noch trübseliger als sonst, als habe sich der schmerzliche Verlust den Türschildern und dem Linoleumbelag auf den hölzernen Dielen mitgeteilt.

Er erklärte dem Beamten, dass er mit dem Leiter der Wache sprechen wolle, und saß wenige Minuten später Kommissar

Whicker gegenüber. Der kräftig gebaute Mann, dessen Haare an den Schläfen ergraut waren, mochte Mitte fünfzig sein.

»Natürlich haben sie bei Einsätzen von Zeit zu Zeit zusammengearbeitet«, war seine scharfe Antwort auf Tellmans Frage. »Wird das auf Ihrer Wache etwa anders gehandhabt, äh … Tellman?«

»Nein, Sir. Und ich bin auch gewöhnlich darüber informiert«, fügte Tellman hinzu.

»Worauf wollen Sie hinaus?«, fragte Whicker mit gerunzelter Stirn und strich sich über den struppigen Schnauzbart. »Sie wissen bereits, dass man es bei diesem angekündigten Opiumhandel für angebracht hielt, einen größeren Trupp hinzuschicken. Immerhin hätte man es da ohne Weiteres mit einem halben Dutzend Leuten zu tun bekommen können. Wer mit solcher Ware handelt, rechnet immer mit Problemen, das dürfte Ihnen bekannt sein. Solche Leute sind durchaus zu Gewalttaten bereit.«

»Aber sie zünden keine Sprengsätze«, hielt Tellman dagegen. »Wer sich und vor allem die Kunden umbringt, schneidet sich damit ins eigene Fleisch. Man hat die Männer in eine Falle gelockt!«, stieß er mit vor Wut, Schuldgefühlen und Todesangst erstickter Stimme hervor. »Ich muss unbedingt wissen, ob der Täter es auf sie alle oder nur auf einige von ihnen abgesehen hatte …«

»Mann Gottes!«, gab Whicker heftig zurück. Sein Gesicht war zornrot. »Das sind Anarchisten. Denen ist egal, wer dabei draufgeht! Ihr Ziel ist Chaos, Terror, Panik! Wer da lange nach Gründen sucht, bekommt die nie zu fassen!« In seinen Augen lag ein Ausdruck von Schmerz. Er hatte auf einen Schlag fünf Männer verloren.

Tellman zwang sich zur Ruhe. »Wir wissen nicht, ob es wirklich Anarchisten waren, Sir. Es sind Gerüchte im Umlauf, dass man es speziell auf diese fünf Männer abgesehen hatte. Diese Gerüchte möchte ich im Keim ersticken, und zwar so bald wie möglich. Sofern es sich hier um einen Racheakt handelt, möchte ich der Öffentlichkeit beweisen können, dass es dafür keinen Grund gab und kein einziger unserer Leute gegen irgendwelche Vorschriften verstoßen hat.« Er beugte sich vor. »Ich möchte diese Übeltäter fassen. Die einzige Möglichkeit festzustellen, wer dahintersteckt, besteht darin, zu ermitteln, was ihr Motiv war. Ich will sie vor Gericht bringen und am Galgen sehen. Sie etwa nicht?«

Whicker erbleichte. Seine kräftige Hand krampfte sich so fest um einen Bleistift zusammen, als wolle er ihn zerbrechen. »Das versteht sich wohl von selbst. Immerhin waren es meine Leute, Herrgott noch mal! Mir ist bewusst, dass sie sich nicht immer wie die reinen Engel verhalten haben, aber sie waren gute Polizeibeamte, bestimmt ebenso gut wie Ihre. Worauf wollen Sie hinaus? Sie dürfen sich gern alle Unterlagen ansehen, die wir hier auf der Wache haben. Ich werde es Ihnen schon zeigen und auch den verdammten Zeitungen, die uns etwas am Zeug flicken wollen. Vor allem aber dem verfluchten Staatsschutz! Der hätte das voraussehen und verhindern müssen!«

Ohne zu überlegen, ob es klug war oder nicht, gab Tellman zur Antwort: »Ganz gleich, wie sehr wir uns ins Zeug legen, Sir, oder wie klug wir sind, wird es uns nie gelingen, allen Verbrechern in den Arm zu fallen, und das gilt auch für den Staatsschutz. Wohl aber können wir die Halunken nach der Tat fassen. Ich wäre Ihnen sehr verbunden, wenn Sie mir jetzt Ihre Unterlagen zeigen könnten.«

Tellman verbrachte nahezu den ganzen Tag damit, das Material durchzusehen. Es dauerte eine ganze Weile, bis er auf den Fall Lezant stieß, von dem Pitt gesprochen hatte. Unübersehbar hatten die fünf dem Anschlag zum Opfer gefallenen Beamten mit diesem Fall zu tun gehabt.

Ein Wachtmeister brachte ihm eine Tasse heißen Tee, doch Tellman war so in seine Aufgabe versunken, dass er ihn erst trank, als er kalt war.

Auch im Fall Lezant war es darum gegangen, dass ein als zuverlässig geltender Hinweisgeber, von dem man allerdings lediglich den Allerweltsnamen »Joe« kannte, einen größeren Opiumhandel angekündigt hatte.

Bei der geplanten Festnahme war alles schiefgelaufen. Der angebliche Verkäufer war nicht aufgetaucht, und man hatte ihn auch später nicht gefunden.

Im Einsatzbericht hieß es, einer der beiden jungen Männer, die wohl als Käufer gekommen waren, habe eine Pistole bei sich gehabt und sei so unruhig und angespannt gewesen, dass er auf einen Mann schoss, der das als Übergabeort angegebene Hintergässchen als Abkürzung auf dem Heimweg benutzte. Der Mann war auf der Stelle tot, und der Schütze, dem offenbar trotz seines Zustands klar war, was er getan hatte, habe ebenso wie sein Begleiter die Flucht ergriffen. Ednam hatte die Vermutung geäußert, er habe an schweren Entzugserscheinungen gelitten.

Im Bericht hieß es weiter, Ednam und seine Kollegen hätten die beiden jungen Männer verfolgt und den, der geschossen hatte, Dylan Lezant, festnehmen können, während der andere entkommen sei. Zu Tellmans Bedauern war dessen Personenbeschreibung so allgemein gehalten, dass man nichts damit anfangen konnte. Es hieß, er sei von durchschnittlicher Größe gewesen, möglicherweise schlank und dunkelhaarig. Genaueres hätten die Beamten, wie es hieß, im schwachen Licht der Straßenlaternen nicht sehen können. Gegen Lezant wurde Mordanklage erhoben.

Tellman nahm sich den Bericht erneut vor und las ihn mit größter Aufmerksamkeit. Die Aussagen aller fünf Polizeibeamten stimmten Punkt für Punkt überein. Allerdings waren sie so allgemein gehalten und bezogen sich auf so wenige Einzelheiten, dass diese Übereinstimmungen angesichts der anscheinend klaren Sachlage nicht weiter auffielen.

An höherer Stelle hatte man den Fall als eine von den Beamten korrekt behandelte Tragödie angesehen.

Tellman las weiter, um zu sehen, ob später Fragen in diesem Zusammenhang gestellt worden waren, entdeckte aber keine. Den Opiumverkäufer hatte man nie gefunden. – Vermutlich hatte dieser am nächsten Tag aus einer der Zeitungen erfahren, was geschehen war, und sich abgesetzt.

Tellman machte eine Pause und rieb sich die Augen. Die Lektüre der Akten war ermüdend, auch wenn die Handschrift ziemlich gut lesbar war. Dankbar trank er den frischen Tee, den man ihm gebracht hatte, und aß einige der Kekse.

Dann wandte er sich erneut den Unterlagen zu, zu denen auch das Rechnungsbuch mit Beträgen im Zusammenhang mit Raub und Quittungen über beschlagnahmtes Diebesgut gehörte. Er hatte schon immer eine Vorliebe für Mathematik gehabt, weil es da keine Unsicherheiten gab, sondern etwas entweder richtig oder falsch war. Sorgfältig ging er die einzelnen Posten durch und entdeckte einen Fehler. Er rechnete noch einmal nach und sah, dass jemand eine Acht als Fünf gelesen hatte. So etwas kam vor, vor allem, wenn man nach einem langen Arbeitstag müde war und sich danach sehnte, nach Hause zurückzukehren, zu seiner Familie, wo einen eine warme Mahlzeit erwartete. Nicht jedem fiel der Umgang mit Zahlen leicht.

Kurz darauf stieß er auf weitere Irrtümer – eine Sieben war als Eins gelesen worden, hier und da fand sich eine nachlässig geschriebene und falsch gelesene Drei, Fünf oder Acht.

Er rechnete alles noch einmal nach und merkte, dass in jedem dieser Fälle die Summe am Ende zu gering ausfiel. Es waren zwar jeweils nur einige Pfund, doch auch ein Pfund war viel Geld. Noch vor wenigen Jahren war das der Wochenlohn eines Wachtmeisters gewesen.

Er schloss das Rechnungsbuch und lehnte sich zurück. Ihm war aufgefallen, dass es immer dann zu falschen Berechnungen gekommen war, wenn Wachtmeister Tienney Dienst gehabt hatte.

Was war mit dem Geld geschehen? War es in Tienneys Tasche oder in der eines anderen gelandet, in dessen Schuld er stand? Ging es um Bestechung? Sosehr Tellman der Gedanke zuwider war, er musste der Sache früher oder später nachgehen, allein schon, um zu sehen, ob da ein Zusammenhang mit dem Bombenanschlag am Lancaster Gate bestand. Wer bezahlte wen – und warum?

Er hatte einen schalen Geschmack im Mund. Es kam ihm vor, als sei etwas befleckt worden, was ihm am Herzen lag. Würde ihn das, was er da ermittelt hatte, näher an den Täter heranführen? Möglich war es, aber wohl nicht sehr wahrscheinlich.

Am übernächsten Tag musste er sich eingestehen, dass er nichts von Bedeutung gefunden hatte, und seine Erkältung hatte sich auch nicht gebessert. Er war den ganzen Tag gemeinsam mit Pitt durchgegangen, was ihnen an Beweismitteln zur Verfügung stand. Es war wenig genug. Der Sprengsatz war von einfacher Machart gewesen. Obwohl so gut wie nichts davon übrig war – was den Tätern in die Hände spielte –, war klar, dass man zu seiner Herstellung das bei der Firma Bessemer and Sons gestohlene Dynamit verwendet und es mit einer Zündschnur zur Detonation gebracht hatte.

Tellman ging den letzten knappen Kilometer von der Omnibus-Haltestelle durch den dichter werdenden Nebel nach Hause. Auf der Straße herrschte so gut wie kein Verkehr, nur von Zeit zu Zeit erklang der Hufschlag eines Droschkengauls auf den Pflastersteinen. Er hörte das Zischen der Räder in den Pfützen, bevor er die Laternen sehen konnte. Jeder vernünftige Mensch blieb an einem solchen Abend zu Hause gemütlich am Kamin, statt draußen auf der Straße über Unwahrheiten und Dummheit nachzudenken und nach Erklärungen zu suchen, von denen auf der Hand lag, dass sie zu nichts führen würden.

Er sah die leuchtend gelben Lichter des Pubs *Dog and Duck*. Jemand öffnete die Tür und kam laut lachend und winkend heraus. Daraufhin erlag Tellman der Versuchung und trat ein. Er hatte noch keine rechte Lust, nach Hause zu gehen. Gracie würde ihn durchschauen, ganz gleich, wie viel Mühe er sich gäbe, so zu tun, als ob alles in Ordnung sei. Sie würde sofort merken, dass etwas nicht stimmte. Die Fehler, die er entdeckt hatte, waren zwar nur Kleinigkeiten, aber sie schmerzten wie ein Sandkorn im Auge, das einem lange zu schaffen machte.

Hatten die Rechenfehler etwas mit dem Bombenanschlag zu tun? Er hatte keine Beziehung zwischen ihnen und einem der Getöteten oder Verletzten entdecken können. Und an dem Fall Lezant schien vor allem betrüblich, dass ein völlig unbeteiligter Passant einfach durch einen unglücklichen Zufall umgekommen war.

Es ging unübersehbar um absichtliche Rechenfehler, wiederholte Unterschlagung kleiner Beträge. Gewiss, da war Korruption der Polizei im Spiel, aber doch nur in geringem Maße.

Tellman setzte sich auf einen Barhocker und bestellte ein großes Bier. In der Wärme der Gaststube, die von dem gewaltigen Kamin am anderen Ende des Raumes ausging, stieg die Feuchtigkeit aus den Kleidern der zahlreichen Gäste als Dampf zur Decke, ebenso wie das auf den mit Stroh bedeckten Boden übergeschwappte Bier. Eigentlich fühlte er sich in einer solchen Umgebung nicht wohl, aber jetzt war es genau richtig, vielleicht, weil alles so normal war.

Die Bedienung, die sein Bier brachte, wechselte einige Worte mit ihm, gab sich aber keine Mühe, ihn in ein längeres Gespräch zu verwickeln, als sie merkte, in welcher Stimmung er war. Tellman war froh, dass er einen kleinen Tisch abseits der Menge gefunden hatte, sodass er die anderen Gäste sehen konnte, aber trotzdem allein war.

Besorgt überlegte er, was diese Fehler bedeuten mochten, von denen jeder, für sich genommen, unerheblich war. Würde jemand, der seine eigenen Rechenschaftsberichte durchging, darin auch so viele Unstimmigkeiten entdecken? Er glaubte die Frage verneinen zu dürfen.

War er deshalb ein besserer Polizeibeamter? Kam es auf solche Einzelheiten an? Oder verlor er sich in diesen Details, weil er gut rechnen konnte und ihm das eine Gelegenheit gab, nicht an das große Ganze denken zu müssen, an die Gewalttätigkeit, die Unredlichkeit und die Verluste?

Konnte es da wirklich um einen Zusammenhang mit dem Bombenanschlag am Lancaster Gate gehen? Wohl kaum. Dafür erschien die Sache zu unbedeutend. Immerhin handelte es sich nur um winzige Beträge. Diese kleinen Unstimmigkeiten wären ihm nie aufgefallen, wenn er die Unterlagen nicht übergenau kontrolliert hätte, um zu sehen, ob sich eine Verbindung zwischen den Opfern des Anschlags und demjenigen herstellen ließ, der sie mit voller Absicht in das Haus am Lancaster Gate gelockt und dann eine Bombe gezündet hatte, die sie allesamt töten oder verstümmeln sollte. Es ging um kaum mehr als einige Pennies hier und da. Man würde ihn auslachen, wenn er daraufhin eine Untersuchung oder gar eine Anklage beantragte – und das mit Recht.

Warum also war ihm die Sache so wichtig?

Er leerte sein Glas, ging zum Tresen und bestellte ein neues. Zwar war die Bedienung, eine üppige Frau, deren Haarfülle die Nadeln nicht zu halten vermochten, während sie sich freundlich bemühte, alle Wünsche zu erfüllen, nicht sein Fall, aber an diesem Abend genoss er die Wärme, die sie ausstrahlte, und empfand ihr munteres Geplauder als willkommene Ablenkung.

Er neigte zu der Annahme, dass die unerheblichen Irrtümer auf Sorglosigkeit beruhten und nichts weiter zu bedeuten hatten, und dennoch wollte er mehr über diesen Tienney und die Rechenfehler herausbekommen. Natürlich durfte so etwas nicht vorkommen. Es war aber ohne Weiteres möglich, dass da nicht der geringste Zusammenhang mit dem Attentat bestand, sondern es sich einfach um wiederholte Diebereien handelte, die niemand je entdeckt hätte, wenn nicht er, Tellman, nach Hinweisen auf Korruption gesucht hätte.

Und wenn er Pitt verschwieg, was er herausbekommen hatte, und erklärte, die Suche sei ergebnislos verlaufen? Oder, noch besser, wenn man die Aufgabe einem anderen anvertraute, jemandem, der nicht der Ansicht war, ein Polizeibeamter müsse anderen Menschen moralisch überlegen und über jegliche Versuchung erhaben sein? Kurz, jemandem, der fünfe gerade sein ließ. Vielleicht einem Mann mit etwas weniger kindlichem Idealismus, der die Polizei nicht als Hüter des Rechts, als Beschützer der Schutzlosen ansah, ob reich oder arm.

Allerdings konnte das dann durchaus einer sein, dem nichts daran lag, den Ruf der Polizei zu wahren. Jeder Beamte war darauf angewiesen, dass er sich rückhaltlos auf seine Kollegen verlassen konnte. Wer in dunklen Gassen einem Dieb mit nichts als einem Schlagstock als Verteidigungswaffe in der Hand nachsetzte, war nicht nur auf den Mut des Kollegen angewiesen, sondern auch auf dessen völlige Zuverlässigkeit – wie auch auf die des Mannes auf der Straße, in dessen Augen die Uniform, ähnlich wie die eines Soldaten, ein Ehrenkleid war. Sie zeigte eindeutig an, auf wessen Seite man stand, ganz gleich, welche Opfer man dafür bringen musste.

Wann mochte diese Art des Empfindens bei ihm angefangen haben? Seine Gedanken kehrten in seine Kinderzeit zurück, aber nur kurz, denn da hatte es zu vieles gegeben, was er lieber vergaß. Er war nicht mehr der, der er damals gewesen war, nicht mehr der halb verhungerte, verängstigte Junge mit der laufenden Nase und den verschorften Knien, dem sein Außenseitertum stets nur allzu bewusst gewesen war. Das hatte sich gründlich geändert, denn seit er vor Jahren in die Polizei eingetreten war, gehörte er dazu, hatte ein Ziel im Leben, war auf Dauer Mitglied einer Truppe im Dienst der Allgemeinheit.

Besonders bewusst war ihm dieses Zugehörigkeitsgefühl geworden, als er angefangen hatte, mit Pitt zusammenzuarbeiten, einem hochgewachsenen, kräftigen Mann aus einfachen Verhältnissen, der an sich selbst glaubte und offenbar genau wusste, was er wollte. Ihn hatte sich Tellman zum Vorbild genommen.

Das hatte sich ausgezahlt. Inzwischen hatte er als Inspektor einen Dienstgrad erreicht, an den er noch vor wenigen Jahren nicht im Traum gedacht hätte. Es war seine Pflicht, die Polizei vor Anwürfen zu bewahren, ganz gleich, ob sie aus den eigenen Reihen oder von außen kamen. Ihr Schild und Schutz war absolute Loyalität; die aber hatte ihren Preis. Man konnte sie nur dann von anderen erwarten, wenn man sich ihnen gegenüber ebenfalls loyal verhielt.

Auch Gracie und seiner Tochter gegenüber hatte er diese Verpflichtung. Außerdem war ein weiteres Kind unterwegs. Vielleicht würde es ein Junge, einer, der den Wunsch hatte, in seine Fußstapfen zu treten, zu werden wie sein Vater.

Er ließ das halbvolle Bierglas stehen und verließ das Lokal, trat in den Nebel hinaus, der noch dichter geworden war.

Gracie war der Ernst der Lage deutlicher bewusst als Tellman. Nachdem er am nächsten Morgen das Haus verlassen hatte, vertraute sie das Kind, das im Licht der winterlich wirkenden Sonne schlief, der Frau an, die ihr die grobe Arbeit im Haushalt abnahm. Ihr konnte sie die kleine Christina bedenkenlos anvertrauen, denn sie hatte schon mehrere Kinder großgezogen. Das Gesicht der Zugehfrau hellte sich auf, als sie davon erfuhr – mit einem fröhlichen Kind zu spielen, das gerade anfing zu sprechen, war weit angenehmer, als Böden zu scheuern, auch wenn sie nur von geringem Ausmaß und ohnehin bereits ziemlich sauber waren.

Gracie nahm den Pferdeomnibus zum Russell Square und ging von dort zu Fuß zur Keppel Street. Zwar wusste sie nicht, ob Charlotte zu Hause sein würde, aber hinzugehen war die einzige Möglichkeit, das festzustellen. Da es noch ziemlich früh war, standen die Aussichten gut. Sie brauchte Rat und Hilfe, und sie hätte niemanden gewusst, der klüger und großzügiger gewesen wäre als Charlotte.

Sie hatte Glück, Charlotte war noch zu Hause. Zwar hatte sie ausgehen wollen, verschob das aber und erklärte: »Das kann warten. Dein Besuch ist ein glänzender Vorwand, um die Sache aufzuschieben. Jetzt trinken wir erst einmal eine Tasse Tee.«

»Ist es nicht ein bisschen früh für ein zweites Frühstück?«, fragte Gracie leicht unbehaglich. Schließlich war sie nicht zu einem Höflichkeitsbesuch gekommen, sondern weil es wichtig und dringend war. Tee war eine Annehmlichkeit, die ihr unangebracht erschien.

Charlotte sah sie mit ernster Miene an. »Da liegt wohl etwas ziemlich im Argen.«

Statt in die Küche, wo Gracie von ihrem vierzehnten Lebensjahr an gearbeitet hatte, bis sie Mitte zwanzig war, führte Charlotte sie ins Wohnzimmer und schloss die Tür. Mit den Worten »Setz dich, und sag mir, was es gibt« bot sie Gracie ihren eigenen Sessel an und setzte sich in den ihres Mannes.

Den ganzen Weg über hatte sich Gracie zu überlegen versucht, wie sie ihr Anliegen am besten formulieren könnte, doch mit einem Mal war alles ganz einfach. Trotz der seit ihrer Hochzeit und ihrem Ausscheiden aus dem Haushalt vergangenen Jahre kam es ihr vor, als sei alles wie früher, als sie zur Familie gehört hatte und ihre Meinung äußern durfte wie jeder andere auch. Wenn sie gemeinsam an der Lösung von Fällen gearbeitet hatten, hatten ihr sogar Lord Narraway und Lady Vespasia zugehört … jedenfalls manchmal.

»Samuel beschäftigt sich mit dem Fall von den Polizist'n, die von der Bombe verletzt word'n sind«, begann sie. »Er sagt mir nich' viel, aber ich kenn' ihn. Er hat was entdeckt, was nich' in Ordnung is'. Das weiß ich, weil er nix sagt. Wenn alles in Ordnung wär', würde er darüber reden.« Sie sah auf ihre kleinen, aber kräftigen Hände hinab. »Er lebt in 'ner Art Traumwelt, denn er glaubt, alle sind so anständig wie er. Aber das sind se nich'. Das weiß ich.«

»Ich auch«, erklärte Charlotte. »Aber wenn er sich dieser Erkenntnis stellte, wäre er weniger loyal, und gerade das ist seine Stärke und versetzt ihn in die Lage, auch in aussichtslos scheinenden Fällen weiterzumachen.«

Gracie schwieg. Mit einem Mal schien es ihr nicht mehr einfach zu sein. Sie war nicht gekommen, um sich trösten zu lassen. Sie brauchte einen Plan, wollte wissen, was sie tun konnte, wenn es hart auf hart kam. Sie hob den Blick und sah Charlotte an. »Und wenn man die in die Luft gesprengt hat, weil se Sachen auf die krumme Tour gemacht ha'm? Se wiss'n schon, Schmiergelder oder so.«

Charlotte konnte sich genau erinnern, was Pitt über das Attentat gesagt hatte, unter anderem, dass die Männer bewusst in das Haus am Lancaster Gate gelockt worden waren. Die Vorstellung, Gracie könnte mit ihrer Frage recht haben, war entsetzlich, aber vielleicht musste man sie tatsächlich stellen, durfte den Gedanken nicht von der Hand weisen.

»Das scheint mir sehr extrem«, sagte Charlotte nach einer Weile. »Würde sich jemand, der beweisen könnte, dass sich Angehörige der Polizei falsch verhalten haben, nicht an deren Vorgesetzte wenden, damit die der Sache ein Ende bereiten? Das wäre jedem Bürger gefahrlos möglich. Sofern man Angst vor Vergeltung hätte, könnte man eine entsprechende Mitteilung auch in einem anonymen Brief machen.«

»Das hab ich mir auch überlegt«, erwiderte Gracie. »Das kann nur heiß'n, dass die Polizist'n von weiter o'm gedeckt word'n sind.« Sie schüttelte den Kopf. »Samuel hält die für so 'ne Art Held'n, wie König Artus und seine Ritter, die alle Menschen beschütz'n. Dabei weiß er ganz genau, dass das nich' stimmt.« Sie seufzte. »Aber man muss ja an irgendwas glauben, um geg'n alle Angst un' Zweifel weiterzumach'n un' nich' einfach aufzuge'm. Jeder glaubt an irgendwelche Märchen. Ich würd's ihm so gerne ersparen, rauszukrieg'n, dass denen ihr Verhalt'n tatsächlich der Grund für das Attentat war.« Sie sah Charlotte aufmerksam an und hoffte fast, diese würde ihr aufgrund fundierter Informationen sagen können, dass ihre Befürchtungen jeder Grundlage entbehrten. Obwohl wahrscheinlich am wichtigsten war, dass sie ihren Verdacht überhaupt ernst nahm.

Charlotte biss sich auf die Lippe und antwortete nach einigem Nachdenken: »Sofern es sich um Korruption handelt, muss das aufgeklärt werden. Es ist einfach zu erkennen, was recht und was unrecht ist. Schwieriger wird es, wenn man es mit verschiedenen Arten von Unrecht zu tun hat und entscheiden muss, mit welcher man weniger Schaden anrichtet. Das Gleiche gilt, wenn man es mit einer Situation zu tun hat, in der auf den ersten Blick beide Seiten recht zu haben scheinen.«

»Bestimmt sagt die Polizei, dass man zu sein'n Kolleg'n halt'n muss«, gab Gracie zu bedenken, »weil die für einen da war'n un' den Kopf hingehalt'n ha'm, wenn man müde oder 'n bisschen langsam war oder 'nen Fehler gemacht hat. Wer nich' weiß, auf welcher Seite die Kolleg'n steh'n, setzt sich auch nich' für die ein. Samuel sagt immer, wer in 'ne dunkle Gasse geht un' nich' weiß, was da auf ihn wartet, muss sich voll und ganz auf die verlassen könn', die hinter ihm sind.«

Charlotte kommentierte das nicht. Gracie erkannte den Widerstreit auf ihren Zügen. Ganz offenbar war sie nicht in der Lage, ihr einen Ausweg aufzuzeigen.

»Ich weiß«, sagte Charlotte »doch was sind die Folgen, wenn Polizeibeamte die Wahrheitsliebe preisgeben und bereit sind, Kollegen zu decken, die Beweismaterial verfälschen, die Unwahrheit sagen, hier und da eine Kleinigkeit an sich bringen oder sich bestechen lassen, damit sie ein Auge zudrücken?« Ein Schauer überlief sie. »Da ist es ähnlich wie bei einem Gebäude, in dessen Dachstuhl der Holzwurm sitzt. Ein einzelnes Wurmloch ist nichts, doch zehntausend lassen einem das Dach über dem Kopf einstürzen.«

»Ja. Aber was soll'n wir mach'n?«, fragte Gracie schließlich.

Ein leicht belustigtes Funkeln trat angesichts des »wir« in Charlottes Augen, verschwand aber gleich wieder. Es verbot sich, über eine so ernste Angelegenheit zu lachen.

»Ich glaube nicht, dass man da etwas unternehmen kann«, erklärte sie. »Falls aber doch, ist mir noch nicht klar, was das sein könnte.«

Ein Ausdruck von Überraschung trat auf Gracies Gesicht, als sei ihr noch nie der Gedanke gekommen, dass Pitt auf die gleiche Weise verletzlich sein könnte wie Tellman. Rasch kam sie auf die praktische Seite zu sprechen. »Und was *tun* wir also?«

Charlotte wischte die letzten Reste von Zweifel beiseite. »Geh ruhig nach Hause, und kümmere dich um deine Familie. Ich werde meine Schwester Emily aufsuchen, die Gott und die Welt kennt, und sie bitten, möglichst viel in Erfahrung zu bringen. Wer weiß, bis wie weit nach oben die Sache reicht?«

Gracie biss sich auf die Lippe. »Und wenn es bis ganz nach oben geht?«

»Das wird sich zeigen. Nur wer die Wahrheit kennt, hat die Möglichkeit, etwas zu unternehmen.«

Gracie lächelte verlegen. »Danke.«

KAPITEL 4

Emily Radley saß am Kamin ihres elegant eingerichteten Boudoirs, in dem sie ihre engsten Freundinnen zu empfangen pflegte. Auf dem mit Schnitzereien verzierten Tischchen aus Kirschholz stand ein Tablett mit Tee und Sandwiches, deren hauchdünner Gurkenbelag aus dem eigenen Gewächshaus stammte.

»Ach je«, sagte sie und sah ihre Schwester Charlotte an. »Ja, ich kenne Cecily Duncannon, allerdings nicht besonders gut.«

»Dann versuch sie bitte näher kennenzulernen. Die Sache ist schrecklich ernst, und ich muss unbedingt Näheres wissen. Es geht nicht nur um Tellman, sondern auch um Thomas.«

Emilys Gedanken jagten sich. Vor Jahren, als Pitt bei der regulären Polizei und nicht im Staatsschutz tätig war, bei dem so gut wie alles geheim war, hatten sie und Charlotte häufig an der Aufklärung seiner Fälle mitgewirkt. Mitunter waren sie sogar maßgeblich an deren Lösung beteiligt gewesen. Obwohl sie durchaus zuweilen Fehler gemacht hatten, sodass es von Zeit zu Zeit gefährlich dabei zugegangen war, fehlte Emily der damit verbundene Nervenkitzel. Sie fand, dass man sich dabei gleich viel lebendiger fühlte. Solche

Fälle waren viel näher am wirklichen Leben als die lächelnde Oberflächlichkeit der feinen Gesellschaft, in der sie inzwischen so viel Zeit verbrachte. Hinter dieser Oberflächlichkeit mochten sich Leidenschaften aller Art verbergen, doch vermutete sie das nur, denn man bekam nur äußerst selten etwas davon zu sehen.

War es denkbar, dass Cecily Duncannon ein leidvolles Geheimnis hütete, das sie sich womöglich nicht einmal selbst eingestand, weil sie Angst vor den möglichen Folgen hatte?

»Ehrlich gesagt, würde ich das ungern tun, denn ich kann sie gut leiden«, antwortete Emily Charlotte.

»Dann lass dir von Thomas beschreiben, wie die Leichen der Polizisten aussahen!«, gab Charlotte zurück. »Oder was man den Verletzten angetan hat …«

»Ich habe nicht gesagt, dass ich es nicht tun werde«, erwiderte Emily rasch, »sondern nur, dass es mir nicht recht ist! Wie schafft Thomas das nur jeden Tag?«

»Nichts verschwindet einfach, nur weil man nicht hinsieht«, erwiderte ihr Charlotte. »Bitte … versuch, so viel herauszubekommen, wie du kannst. Was, wenn ihr Sohn Alexander gar nichts mit der Sache zu tun hätte? Wäre es nicht der Mühe wert, das festzustellen?«

Emily befand sich in einem Zwiespalt. Am liebsten hätte sie sich aus der Sache herausgehalten, aber andererseits sehnte sie sich geradezu danach, wieder an einer Ermittlung beteiligt zu sein, nach der Wahrheit zu suchen, in einer Wirklichkeit zu leben, die zwar bei aller Schönheit schmerzlich war, aber dafür ohne die seichte Geistlosigkeit, die das Dasein so öde machte.

»Selbstverständlich helfe ich euch«, sagte sie mit entschlossener Stimme. »Wie konntest du nur glauben, ich würde das nicht tun? Meinst du etwa, ich habe kein Herz mehr?«

Charlotte lächelte entschuldigend. »Ach was, dann wäre ich ja wohl kaum gekommen.« Sie griff nach einem Sandwich. »Ich danke dir.«

Auch Emily nahm ein Sandwich. »Wie geht es Gracie?«

»Sie ist schwanger und wild entschlossen, Tellman zu beschützen.«

»Will sie ihn vor Enttäuschungen bewahren?« Während Emily das Lächeln ihrer Schwester erwiderte, verspürte sie plötzlich selbst einen Anflug von Besorgnis. Auch ihr Gatte Jack war trotz seines unerschütterlichen Selbstvertrauens und seiner Gemütsruhe nicht unverwundbar. Sollte Alexander Duncannon schuldig sein, wäre auch dessen Vater gefährdet und mit ihm dieser Vertrag, an dem Jack so viel lag, samt Jacks Karriere. Einen weiteren diplomatischen Schnitzer konnte er sich keinesfalls leisten, selbst wenn er nicht die geringste Schuld daran trug. Eine politische Situation falsch einzuschätzen hatte schon so manchen unabhängig von der Schuldfrage in Verruf gebracht.

»Ja, unbedingt«, beantwortete Charlotte die Frage, die sich zwar auf Tellman bezogen hatte, von der aber beide wussten, dass sie auch auf Jack Anwendung fand.

»Ich fange gleich heute Abend an«, versprach Emily. »Ich habe eine erstklassige Gelegenheit dazu.«

Einige Stunden später saß Emily vor ihrem Frisierspiegel und musterte sich kritisch. Ihre Haut, fast so hell wie Porzellan, war nach wie vor makellos, doch zeigten sich allmählich winzige Fältchen um Augen und Mund. Sie hatte in den letzten Jahren gelernt, sich damit abzufinden, dass Geist und Charakter dauerhafter waren als Schönheit, und war bemüht, ihrem sich nähernden vierzigsten Geburtstag mit Anstand zu begegnen. Schließlich war sie von klein auf die pragmatischste der drei Schwestern gewesen, während Charlotte eher zu Träumerei und leidenschaftlichem Idealismus neigte. Wieder dachte sie daran, welche Abenteuer sie früher miteinander bestanden hatten, und beschloss, dass sie alles in ihren Kräften Stehende tun würde, um zu helfen; dafür allen ihren Mut und Geist aufzubieten.

Sie hatte sich für ein lindgrünes Kleid entschieden. Es war einer ihrer Lieblingsfarbtöne. Dazu trug sie Smaragdohrringe mit Perlen und eine Halskette mit Smaragden.

Jack stand hinter ihr. Der Spiegel zeigte ihr die in seinen Augen aufblitzende Bewunderung, die sie mit Befriedigung erfüllte. Zu Anfang des Jahres hatte es einige trübe Monate gegeben, in denen sie befürchtet hatte, dass es mit seiner Begeisterung für sie vorbei sei. Er war ihr distanziert, wenn nicht gar gelangweilt, vorgekommen. Damals war ihr schmerzlich bewusst geworden, wie sehr sie seine Ergebenheit für selbstverständlich gehalten hatte.

Als Lehre aus diesem Schmerz hatte sie sich vorgenommen, ihn künftig nicht mehr so anmaßend-unbekümmert zu behandeln, denn ihr war bewusst geworden, dass es für sie gefährlich werden konnte, seine Aufmerksamkeit und Zuneigung als etwas zu behandeln, was ihr von Rechts wegen zustand.

Sie lächelte ihm im Spiegel zu. »Bist du bereit?« Die Frage bezog sich nicht auf sein Äußeres, denn wie stets war er geradezu mustergültig gekleidet, sondern darauf, ob er gewillt war, an einer Veranstaltung teilzunehmen, die nicht ausschließlich gesellschaftlicher Art war. Für den Fall, dass sich Charlottes Mutmaßungen als zutreffend herausstellten, stand angesichts des noch abzuschließenden Vertrags seine ganze Zukunft als Unterhausabgeordneter und Staatssekretär im Außenministerium auf dem Spiel.

Er schluckte, bevor er antwortete, und sie kannte ihn gut genug, um auch solche unbedeutenden Anzeichen von innerer Anspannung zu erkennen, die anderen entgehen würden.

»Ja.« Er neigte dazu, die Dinge positiv zu sehen. Das ging auf frühere Zeiten zurück, als alles in seinem Leben ungewiss und von glücklichen Zufällen abhängig gewesen war. Damals hatte er gelernt, sich mit Mut und Lebensbejahung zu wappnen. Charme setzte sich aus vielen Bestandteilen zusammen, doch stets gehörte neben einer unauffälligen Mischung aus Bescheidenheit und Zuversicht der Glaube an das Gute dazu. »Es geht um einen hohen Preis«, fügte er hinzu. »Godfrey Duncannon ist der ideale Mann, um die Sache zu Ende zu führen.«

»Und wer ist dagegen?« Sie drehte sich auf ihrem Puff um und sah ihn aufmerksam an.

»Sir Donald Parsons. Ich wüsste wirklich allzu gern, warum.«

Überrascht fragte sie: »Hat er das nicht gesagt?«

»Doch.« Er lächelte mit einem leichten Achselzucken. »Aber er hat so viele Gründe angeführt, dass ich mich frage, welches der wahre ist – immer vorausgesetzt, er befindet sich überhaupt unter denen, die er genannt hat. Es wäre doch ohne Weiteres möglich, dass es da um etwas geht, worauf wir noch gar nicht verfallen sind.«

Sie erfasste die Schwierigkeit sofort. Sie gehörte der gehobeneren Gesellschaft bereits lange genug an, um begriffen zu haben: Wer bei einer Kontroverse die Oberhand behalten wollte, musste die Absichten des Gegners kennen – zu wissen, was er sagte oder gesagt hatte, genügte keinesfalls, denn damit verdeckte er oft genug seine eigentlichen Absichten.

»Ich verstehe. Kann ich dir mit etwas behilflich sein?« In manchen Situationen war sie seine beste Verbündete, und seit einiger Zeit war er auch bereit, das anzuerkennen.

»Natürlich möchte ich wissen, was Parsons wirklich will, aber davon abgesehen, würde ich auch gern Godfrey Duncannon sehr viel besser kennenlernen«, erwiderte er. »Das bedeutet nicht, dass ich Zweifel hinsichtlich des Vertrages hätte – das ist letzten Endes einfach ein Handelsabkommen, bei dem es um gewaltige Beträge geht –, es würde mir aber die Verhandlungen deutlich einfacher machen. Ich habe mich mit den Einzelheiten hinlänglich vertraut gemacht.« Mit einem gequälten Lächeln fügte er hinzu: »Ich bin nicht mehr so unbedarft und vertrauensselig wie früher.« Damit bezog er sich auf Fehler der Vergangenheit, die ihn teuer zu stehen gekommen waren.

Sie äußerte sich nicht zu diesem heiklen Thema. Er hatte gelegentlich die Loyalität über das Urteilsvermögen gestellt und sich dabei den Vorwurf des Landesverrats eingehandelt. Obwohl ihn keinerlei Schuld an den Machenschaften der anderen traf, hatte es Pitt die größte Mühe gekostet, diese Fälle zu lösen und zu erreichen, dass sein Schwager mit einem blauen Auge davonkam. Niemand hatte ein Wort über die Vorwürfe verloren, schon gar nicht Emily, aber allen war klar gewesen, dass bei seiner Handlungsweise sein Bestreben, den weiteren Aufstieg aus eigener Kraft und ohne die Unterstützung durch ihre Verbindungen oder ihr Geld zu erreichen, eine entscheidende Rolle gespielt hatte.

»Der Vertrag als solcher ist durch und durch solide«, betonte er, »aber bei den Verhandlungen bin ich auf Duncannon angewiesen. Er kennt die chinesischen Vertragspartner schon seit Langem, und sie bestehen darauf, das Geschäft mit ihm und keinem anderen zu machen. Sie vertrauen ihm rückhaltlos. Ich wüsste gern, warum. Ich bin der Sache nachgegangen, aber ich finde nichts, was überzeugend genug wäre, um das zu erklären.«

Mit gerunzelter Stirn fragte sie: »Genügt es dir denn nicht zu wissen, was er geleistet hat? Schließlich hat er glänzende

Erfolge als Geschäftsmann vorzuweisen, und auf seinem Namen liegt nicht der leiseste Schatten.«

»Das habe ich anfänglich auch gedacht«, gab Jack leise zurück.

Sie stand auf, trat vor ihn und strich ihm über den Jackettaufschlag. »Ich glaube nicht, dass du ihm gegenüber argwöhnisch zu sein brauchst. Du weißt doch, dass er kein Politiker ist.«

»Das ist mir bewusst. Bei der Sache geht es um Millionen von Pfund, Tausende von Arbeitsplätzen könnten davon abhängen. Mit meinem Namen darf nicht mehr der geringste Fehler in Verbindung gebracht werden«, sagte er mit Nachdruck. »Wenn es zu einem Fehlschlag käme, würde man wissen, dass ich damit zu tun hatte. Ich höre das Gerede der Leute jetzt schon: *Was Sie nicht sagen! Hatte er nicht mit der China-Sache zu tun? Wir sollten besser die Finger von so einem unzuverlässigen Burschen lassen und einen anderen nehmen.*«

Er lächelte, während er in bemüht leichtem Ton sprach, doch Emily entging der dunkle Schatten in seinen Augen nicht. Ihr war klar, dass es ihm bitter ernst war. Sie kannte ihn gut genug, um zu wissen, dass er auch Angst empfand.

Sie nahm seine Bedenken ernst. »Ich werde alles tun, was ich kann, das verspreche ich dir.« Sie dachte dabei auch an Charlotte, an Thomas und an Samuel Tellman, erwähnte sie aber nicht. Jack hatte bereits genug Sorgen.

Er küsste sie leicht auf die Wange. »Ich danke dir.«

Die Abendgesellschaft fand in einem prächtigen Herrenhaus in der Nähe der Park Lane statt. Einer der zahlreichen livrierten Lakaien öffnete ihnen vor dem Eingang den Schlag und half ihnen aus der Kutsche. Es war ein kalter, aber trockener Abend. Im Schein der überall wie Märchenmonde leuchtenden Lampen glänzten das Geschirr der Pferde und der Lack der Kaleschen, die nach ihnen vorfuhren. Als die Damen ausstiegen, ließ das Licht die Diamanten in ihren Diademen aufblitzen und die Seide ihrer Kleider schimmern.

Jack und Emily stiegen die Freitreppe empor und betraten das Gebäude durch die weit geöffneten Flügel der mit Schnitzereien verzierten Eingangstür. Im Inneren übertönte das Rascheln der Röcke die gedämpften Gespräche. Nur hin und wieder hörte man, wie der Butler mit erhobener Stimme das Eintreffen wichtiger Persönlichkeiten ankündigte.

Emily, die durch ihre erste Ehe eine »Lady Ashworth« gewesen war, hatte nicht das Geringste dagegen, jetzt »Mrs. Jack Radley« zu sein, erst recht nicht, wenn der Namensnennung die Bezeichnung »Unterhausabgeordneter« folgte.

Im Inneren des Gebäudes verharrten sie einen Augenblick lang oben an der Treppe und gesellten sich dann zu der großen Zahl der anderen Gäste. Sie waren genau im richtigen Augenblick gekommen: zeitig genug, um nicht als unhöflich zu gelten, und spät genug, um ein gewisses Interesse zu erwecken.

Zu den ersten Gästen, die Emily vorgestellt wurden, gehörten Sir Donald Parsons und dessen Gattin. Wie gut, dass Jack sie unterwegs auf den Mann vorbereitet hatte! Obwohl nur von durchschnittlicher Größe, wirkte er eindrucksvoll. Er hatte üppiges schwarzes Haar und buschige Augenbrauen, die seinem an sich eher weichen Gesicht eine gewisse Wildheit verliehen, wie sie fand.

Lady Parsons wirkte neben ihm ein wenig eingeschüchtert, doch zugleich glaubte Emily, in ihren blassblauen Augen eine gewisse Belustigung zu erkennen, und sie begrüßte sie mit einem besonders warmen Lächeln. Auch sie konnte sich fügsam geben, wenn sie das für angebracht hielt. »Ich bin erfreut, Sie kennenzulernen. Ich habe schon so viel Gutes über Sie gehört.«

Einen Augenblick lang wirkte Lady Parsons verwirrt, wie auch ihr Gatte, doch fasste sie sich rasch. Die beiden Frauen sahen einander an und wussten sofort, wer bei den Paaren jeweils die treibende Kraft war.

»Zu gütig«, murmelte Lady Parsons, und ihre Augen blitzten erneut belustigt auf.

Es war Emily klar, dass es darauf keine Antwort gab. Sie würde sich das für später merken müssen. Eine solche Frau durfte man auf keinen Fall unterschätzen oder auch nur einen Augenblick lang annehmen, dass ihr etwas entginge.

Parsons sagte einige belanglose Worte, auf die Jack mit passenden Äußerungen einging. Lächelnd tat Emily so, als höre sie aufmerksam zu, bis nach einer Weile der Gastgeber zu ihnen trat und sich die Unterhaltung anderen Themen zuwandte.

Die Herren entfernten sich von der Gruppe, tief in Gespräche über internationalen Handel und Finanzen versunken.

Lady Parsons sah Emily mit nach wie vor gleichmütig höflicher Miene an. »Kennen Sie einige der Anwesenden?«, fragte sie, »oder darf ich Sie dem einen oder anderen vorstellen, den Sie gern kennenlernen würden?« Es war eine taktvoll kaschierte Art, durchblicken zu lassen, dass sie Emily als nicht zur gehobeneren Gesellschaft gehörig ansah, weshalb sie möglicherweise auf Hilfe angewiesen war.

Emily merkte, wie Zorn in ihr aufstieg. Wie konnte diese Frau sich anmaßen, sie zu behandeln wie eine Außenseiterin? Mit übertrieben freundlichem Lächeln gab sie zurück: »Das ist äußerst freundlich von Ihnen. Ich bin Ihnen für Ihre Großzügigkeit zu tiefstem Dank verpflichtet. Bestimmt ist hier eine ganze Reihe von mit den Angehörigen diplomatischer Kreise weit besser als ich vertrauter …«, sie zögerte betont, »… Damen anwesend, mit denen Sie schon seit vielen Jahren freundschaftlichen Umgang pflegen.«

Das Lächeln auf Lady Parsons' Gesicht gefror, als ihr aufging, dass Emily damit auf ihr fortgeschrittenes Alter angespielt hatte. Sie mochte zehn oder zwölf Jahre älter sein als Emily, aber beileibe nicht zwanzig, wie man nach Emilys Äußerung hätte denken können.

Emily sah sie, nach wie vor erwartungsvoll lächelnd, an.

Ohne eine Miene zu verziehen, teilte ihr Lady Parsons mit: »Was diesen Vertrag angeht, befinden mein und Ihr Gatte sich in entgegengesetzten Lagern. Aber ich glaube, dass ich mich mit Ihnen gut vertragen könnte. Sie scheinen mir eine rasche Auffassungsgabe und deutlich mehr Tiefgang zu haben, als man auf den ersten Blick annehmen würde.« Erneut blitzten ihre Augen belustigt auf. Es war Emily klar, dass es sich um ein vergiftetes Freundschaftsangebot handelte.

»Es empfiehlt sich, nicht allzu klug erscheinen zu wollen«, gab Emily zurück. »Die Leute sind dann besonders auf der Hut.«

»Ich fühle mich versucht zu sagen, dass bei Ihnen in dieser Hinsicht keine Gefahr besteht«, sagte Lady Parsons mit Nachdruck, »aber ich denke, dass das nicht nötig ist. Es zeigt eher den Wunsch, gewinnen zu wollen, finden Sie nicht auch? Menschen, die immer das letzte Wort haben müssen, wirken auf die Dauer anstrengend.«

»Da gebe ich Ihnen recht«, sagte Emily. »Einen schlimmeren Charakterfehler, als anstrengend zu wirken, gibt es bei einer Frau gar nicht.«

Lady Parsons quittierte das mit einem Lachen. »Ach je! Stammt das von Oscar Wilde?«

»Nicht, dass ich wüsste«, gab Emily mit überrascht gehobenen Brauen zurück. »Ich habe das im Laufe endloser Gesellschaften im Kreise von Politikern selbst entdeckt.«

»Wie schade, dass Sie für eine Karriere am Theater aus zu guter Familie stammen«, bemerkte Lady Parsons, »Sie hätten da vermutlich glänzende Aussichten.«

»Ich könnte mir nie und nimmer den Text anderer Leute merken.«

Mit den Worten »Kommen Sie mit, ich werde Sie einigen meiner Bekannten vorstellen« legte Lady Parsons Emily mit sanftem Nachdruck eine Hand auf den Arm. »Ich freue mich schon darauf, zu sehen, wie die auf Sie reagieren.«

Widerstand wäre sinnlos gewesen. Ganz davon abgesehen, nahm Emily an, dass es durchaus nützlich sein könnte, die Gattinnen der Männer kennenzulernen, die sich dem Vertrag widersetzten. Sie würde Jack anschließend davon berichten.

Während sie an Lady Parsons Arm durch den Saal schritt und hier und da Bekannten zunickte, sah sie Godfrey Duncannon, der sich mit einer zierlichen Dame unterhielt. Sie mochte etwas über vierzig sein, strahlte aber die Unschuld eines deutlich jüngeren Menschen aus. Sie hörte ihm so aufmerksam zu, als wolle sie sich keines seiner Worte entgehen lassen. Er wiederum beugte sich leicht zu ihr vor, um sich aufmerksam anzuhören, was sie ihm sagte. Es sah so aus, als zolle er damit ihrer Zerbrechlichkeit Tribut.

Das Licht der Kronleuchter ließ die Diamanten an ihrem schlanken Hals aufblitzen und die aprikosenfarbene Seide ihres Kleides schimmern. Nach einer Weile senkte sie den Blick, und er lächelte und entfernte sich.

Emily merkte, dass sie sich geirrt hatte. Der Mann, den sie ausschließlich im Profil gesehen hatte, war gar nicht Godfrey Duncannon gewesen, sondern jemand mit ähnlichem

Körperbau und einer ähnlichen Kopfform. Er hatte nicht einmal dieselbe Haarfarbe und war ganz offensichtlich mehrere Jahrzehnte jünger als Duncannon.

Sie ermahnte sich, aufmerksamer zu sein. Auf keinen Fall durfte sie jemanden dadurch verärgern, dass sie ihn mit falschem Namen ansprach oder, was noch schlimmer wäre, jemanden, den sie gar nicht kannte.

Etwa zwanzig Minuten lang ging sie an der Seite Lady Parsons durch den Saal, wobei sie einige interessante Menschen kennenlernte. Dann trennte sie sich von ihr mit dem Versprechen, sich in einigen Tagen bei ihr zu melden. Ganz davon abgesehen, dass diese Beziehung nützlich sein konnte, schien sie ihr auch erfreulich. Unterschiedliche Ansichten zu vertreten war immer interessanter als ständige Einigkeit, ganz gleich, ob Letztere aufrichtig gemeint war oder nicht.

Sie ging entschlossen auf Cecily Duncannon zu. Sie waren einander mehrere Male begegnet und fanden sich gegenseitig sympathisch. Obwohl etwa zehn Jahre älter als Emily, war Cecily nach wie vor ausgesprochen attraktiv. Genau genommen, sah sie im mittleren Lebensalter sogar besser aus als in ihrer Jugend. Silberfäden durchzogen ihr dunkles Haar, und während sie früher eher knochig gewirkt hatte, fielen ihre breiten Schultern nun weniger auf. Außerdem hatte sie im Laufe der Jahre gelernt, sich mit größerer Anmut zu bewegen.

Bei Emilys Anblick lächelte sie mit ungeheuchelter Freude. Sie entschuldigte sich bei den beiden Damen ungewissen Alters, mit denen sie sich gerade unterhielt, und trat auf Emily zu.

»Wie ich sehe, haben Sie gerade mit Mrs. Forbush und ihrer Schwester gesprochen«, sagte sie mit einem Lächeln. »Gewisse Gesellschaften scheinen sich endlos hinzuziehen!«

Emily wusste genau, was Cecily meinte. Bei manchen Gesprächen hatte man das Gefühl, dass sie genauso endeten, wie sie begonnen hatten. »Ja, auch wenn das nicht stimmt, hat man doch den Eindruck, dass die Zeit stillsteht«, gab sie zurück.

»Früher war ich bei solchen Anlässen immer schrecklich nervös«, vertraute ihr Cecily mit einer verlegenen Geste an, »während sich Godfrey immer wie zu Hause gefühlt hat.« Sie blickte nach links, wo sich ihr tadellos gekleideter Mann mit mehreren ausgesprochen wohlbeleibten und mit allerlei Orden geschmückten Herren in mittleren Jahren unterhielt. Sie fielen einander immer wieder ins Wort, bis schließlich alle befriedigt nickten. Einer der anderen erzählte etwas mit breitem Lächeln und weit ausholenden Handbewegungen, woraufhin Godfrey Duncannon scheinbar begeistert lachte. – Sofern er sich hier nicht wie zu Hause fühlte, musste er ein glänzender Schauspieler sein.

»Wir Frauen dürfen Klatsch erzählen, man erwartet es geradezu von uns«, sagte Emily. »Aber keine Witze! Wir dürfen sie uns nicht einmal anhören!« Es klang bedauernd.

»Ja, auch ich finde das schade. Man kann über diese erfundenen Geschichten lachen, und das ist wunderschön. Die wirklichen Absurditäten und lächerlichen Dinge im Leben hingegen schmerzen. Und man kann nicht einfach über sie hinwegsehen.«

Emily erkannte in ihrer Stimme einen Anflug von Trauer und vielleicht sogar Angst. Aufmerksam musterte sie Cecily. Sofern es sich so verhielt, durfte diese auf keinen Fall merken, dass ihr das aufgefallen war. Über manche Dinge sprach man nicht, damit man sie auch dann nicht zu bestreiten brauchte, wenn das für den anderen hilfreich gewesen wäre.

Mit voller Absicht wechselte Emily das Thema. In einer solchen Situation über Belanglosigkeiten zu plaudern war ein Hinweis darauf, dass man miteinander vertraut war, ohne das plump und offen sagen zu müssen.

»Ich habe vorhin Lady Parsons kennengelernt«, sagte sie leichthin. »Ich glaube, ich könnte sie gut leiden, wenn die Dinge anders lägen. Sie ist überhaupt nicht so langweilig, wie sie auf den ersten Blick scheint.«

»Vermutlich sind die meisten von uns nicht so, wie sie scheinen«, sagte Cecily und ließ den Blick durch den Saal schweifen. »Es wäre mir allerdings auch gar nicht recht, wenn man mich auf den ersten Blick durchschauen könnte. Das wäre ja wie in einem Albtraum, in dem man plötzlich in Unterwäsche auf der Straße steht.«

Emily lachte gekünstelt, als sei sie der Ansicht, Cecily habe einen Scherz gemacht. Aber ging es bei diesem Vergleich womöglich um Cecilys Befürchtung, in einem ganz bestimmten Punkt durchschaut zu werden?

»Noch dazu bei diesem Wetter«, ergänzte sie rasch. »Ob wir wohl zu Weihnachten Schnee bekommen?«

»Fahren Sie über die Feiertage aufs Land?«, erkundigte sich Cecily. »Schließlich ist Weihnachten ein Familienfest, und in der Stadt ist es immer so schmuddelig, wenn sich der Schnee in Matsch verwandelt.«

Emily betrachtete Cecilys Gesicht, die kräftigen Wangenknochen, die elfenbeinfarbene Haut, die geschwungenen schwarzen Brauen. Um ihre Augen lagen leichte Schatten, die sich nicht überpudern ließen. War die Ursache dafür Besorgnis wegen des Vertrags, den ihr Mann verhandelte und der so überaus wichtig zu sein schien? Oder war es etwas anderes, Persönlicheres?

»Ja, so ist das in der Stadt, wenn so viele Leute umherlaufen und so viele Fahrzeuge durch den Schnee fahren«, sagte sie. »Ich bin im Winter immer gern in Ashworth Hall, wenn in allen Kaminen Feuer brennt und das Land ringsum von

Schnee bedeckt ist. Aber ich fürchte, wir werden in diesem Jahr wohl hierbleiben müssen. Sie wissen ja, der Vertrag … Der internationale Handel richtet sich nicht nach unserem Feiertagskalender.«

Cecily sah nach wie vor durch den Saal zu ihrem Mann hinüber. »Da haben Sie recht«, stimmte sie zu. »Wir müssen den Vertrag unbedingt unter Dach und Fach bringen. Godfrey ist die Sache äußerst wichtig … und das dürfte für uns alle gelten.« Es war Emily klar, dass sich Cecily mit »uns alle« auf Jack bezog. Ob Godfreys berufliche Zukunft wirklich in ähnlicher Weise von diesem Vertrag abhing wie Jacks? Er hatte ein Vermögen gemacht, mit allem Erfolg gehabt, was er angefasst hatte. Sie hatte gehört, dass er den Grundstock seines Vermögens dem verdankte, was Cecily von ihrem Vater geerbt hatte. Er hatte das Geld immer weiter vermehrt und damit einen Grad von gesellschaftlicher Hochachtung erreicht, von dem er in jungen Jahren wohl nicht hatte träumen können. Konnte dieser Vertrag für ihn tatsächlich so viel bedeuten wie für Jack, der noch längst nicht auf dem Gipfel angekommen war?

Emily wollte lieber gar nicht darüber nachdenken, was es für seine weitere Karriere bedeuten würde, wenn es ihm bei den nächsten Wahlen nicht gelang, seinen Sitz im Unterhaus zu verteidigen. Dieser Gedanke drängte sich immer wieder in ihr Bewusstsein, und es kostete sie große Mühe, ihn zu vertreiben. Es ging nicht um Geld, sondern um den Glauben an sich selbst. Sie hatte den Selbstzweifel an ihm beobachtet, wusste, wie sehr es ihm zuwider war, finanziell von ihr abhängig zu sein.

»Ja«, murmelte sie zustimmend. Sie hätte gern mehr in Erfahrung gebracht, aber manche Fragen durfte man einfach nicht stellen.

Sie setzten ihre leichte Unterhaltung noch eine Weile fort. Als andere Gäste hinzutraten, entschuldigte sich Emily und arbeitete sich Schritt für Schritt zu der schönsten Frau im Saal vor, ihrer Großtante Vespasia, deren Name früher Lady Vespasia Cumming-Gould lautete – das Adelsprädikat hatte sie von ihrem Vater, einem Grafen, geerbt. Inzwischen hieß sie Lady Narraway, denn sie hatte vor Kurzem Victor Narraway geheiratet, Pitts Vorgänger als Leiter des Staatsschutzes, den ein Skandal das Amt gekostet hatte. Wohl war es Pitt gelungen, Narraway zu rehabilitieren, doch um ihn wieder in sein Amt einzusetzen, war es zu spät gewesen. Die Männer, die hinter seiner Entmachtung standen, hatten dafür gesorgt, dass man ihn ins Oberhaus abschob. Nach langem Zögern hatte Narraway den Mut gefunden, Lady Vespasia seine tiefe Liebe zu gestehen und sie zu fragen, ob sie bereit sei, ihn zu ehelichen. Der Grund für sein Zögern war nicht Zweifel an der Aufrichtigkeit seiner Empfindungen gewesen, wohl aber hatte er befürchtet, eine Freundschaft zu verlieren, die er höher als alles schätzte, wenn er sich Vespasia offenbarte.

Als Emily Vespasia erreicht hatte, die sich gerade mit niemandem im Gespräch befand, ergriff sie die Gelegenheit beim Schopfe. Genau genommen, war Lady Vespasia die Großtante von Emilys erstem Gatten Lord George Ashworth gewesen, doch die freundschaftliche Beziehung, die sich im Laufe der Jahre immer mehr vertieft hatte, das gemeinsame Erlebnis von Siegen und Niederlagen in Pitts Fällen, all das hatte zwischen ihnen ein Band geschaffen, das stärker war als Blutsverwandtschaft. Damit, dass Vespasia eine noch tiefere Beziehung zu Charlotte und Thomas Pitt pflegte, hatte sich Emily längst abgefunden.

Bei Emilys Anblick leuchtete Vespasias Gesicht auf. In ihrer Jugend war sie in ganz Europa wegen ihrer außergewöhnlichen Schönheit berühmt gewesen. Inzwischen schlug sie die Menschen mit der Leidenschaftlichkeit in ihren Zügen, ihrem Esprit, ihrem Mut und ihrer unnachahmlichen Haltung in den Bann. »Ich hatte gehofft, dass du dich für einige Augenblicke von deinen Pflichten losreißen könntest«, sagte sie voll Wärme. »Wie geht es dir, meine Liebe?« Sie hielt Emily die mit einem Smaragdring geschmückte schmale Hand hin.

»Ich amüsiere mich, so gut ich kann«, sagte Emily, nahm die Hand und lächelte Vespasia zu. »Zumindest zeitweise.«

»Ich würde dich nur ungern der Unaufrichtigkeit verdächtigen«, sagte Vespasia trocken. »Die Gespräche sind von tödlicher Langeweile, aber vielleicht ist manches Ungesagte von Interesse, meinst du nicht auch? Übrigens habe ich gesehen, dass du dich mit Lilli Parsons unterhalten hast.«

Lachend sagte Emily: »Ich höre genau, was du nicht sagst. Sie ist deutlich scharfsinniger, als ich angenommen hatte. Ihr Mann ist der Hauptgegner des China-Vertrags, an dem Jack so viel liegt.«

Inzwischen war Narraway näher getreten, schlank, drahtig, nicht sehr viel größer als Vespasia und mit Augen, die so dunkel waren, dass sie fast schwarz zu sein schienen. Silberne Fäden durchzogen sein dichtes Haar, und mit den Jahren waren seine Züge eher noch charaktervoller geworden. Er antwortete an Vespasias Stelle: »Wir wissen Bescheid. Allerdings sind uns nicht alle seine Gründe bekannt. Es wäre überaus interessant und wohl auch nützlich, sie zu kennen.«

»Jack möchte, dass ich möglichst viel über Godfrey Duncannon in Erfahrung bringe«, erklärte Emily. Sie hätte Narraway gern gefragt, ob er etwas über den Mann wisse, aber obwohl sie ihn schon seit einigen Jahren kannte, wagte sie es nicht. Ihr war bewusst, dass er aus seiner Zeit beim Staatsschutz viele Geheimnisse der Großen und Mächtigen kannte, doch erschien er ihr abweisender als Pitt. Ob Thomas im Laufe der Zeit auch so wie Narraway würde? Würde er die seelischen Abgründe der Menschen erkennen und mit einem Lächeln darüber hinweggehen … bis ihm sein Wissen eines Tages nützlich wäre?

Unwillkürlich überlief sie ein Schauer.

Vespasia ging auf ihre Äußerung ein. »In dem Fall empfehle ich dir, die Freundschaft mit Cecily Duncannon zu pflegen. Allerdings dürfte das für dich nicht einfach sein.«

Narraway sah sie überrascht an und hob fragend die dunklen Brauen.

Emily verstand. Damit hatte Vespasia keineswegs sagen wollen, dass Cecily aufhören würde, Emily zu schätzen. Ganz im Gegenteil, die Wärme des Gefühls zwischen ihnen würde bleiben und zunehmen. Wohl aber stand dahinter der Gedanke, dass sich ein Mensch, der den Ursprung des Schmerzes anderer und deren Geheimnisse erfuhr, weil sie ihm ihr Vertrauen schenkten, sei es offen, sei es stillschweigend, einer unlösbaren Aufgabe gegenübersah, wenn er keine Möglichkeit hatte, dem anderen zu helfen.

»Ich weiß«, sagte Emily leise. Sie hatte es bisher vermieden, sich das einzugestehen. Es war weit weniger belastend, dergleichen nicht zu wissen, unbeschwert durch das Leben zu gehen, nur zu sehen, was man sehen wollte, und nicht die Schichten, die unter der im hellen Licht strahlenden Oberfläche lagen.

»Hat Cecily Duncannon so schmerzliche Geheimnisse?«, erkundigte sich Narraway. Aus der Art seiner Fragestellung war ersichtlich, dass ihm die Antwort bekannt war.

»Selbstverständlich«, gab Vespasia zurück.

»Hängt das mit Godfrey zusammen?«, fasste er nach.

»Das weiß ich nicht. Möglich.«

»Seine Zukunft dürfte ja wohl gesichert sein«, warf Emily ein. »Soweit ich weiß, ist sein Ruf über jeden Zweifel erhaben. Jack hat da sehr sorgfältig nachgeforscht. Er kann es sich unmöglich leisten, dass sein Name im Zusammenhang mit einer weiteren Katastrophe genannt wird.« Sie bedauerte ihre schroffen Worte, kaum, dass sie sie gesagt hatte. Jacks frühere Misserfolge waren selbstverständlich sowohl Vespasia als auch Narraway bekannt, und wahrscheinlich wusste Letzterer mehr darüber als Emily. Die beiden daran zu erinnern kam ihr wie eine Art Verrat vor.

Vespasia begriff das. »Ich dachte eher an Cecilys Privatleben«, sagte sie. »Ich glaube, sie hat es mit Godfrey nicht immer leicht.«

»Duncannon und eine Geliebte?«, fragte Narraway mit einem leicht belustigten Lächeln. »Das kann ich mir nicht so recht vorstellen. Dafür ist der Mann viel zu vorsichtig. Die meisten Menschen sind gegen überraschende Anfälle von Leidenschaftlichkeit nicht gefeit, aber ich bin durchaus bereit, darauf zu wetten, dass er nicht zu denen gehört.«

»Ach ja?«, fragte Emily sofort. »Es geht da politisch doch um einen Vertrag, der, wie es aussieht, unbedingt zustande kommen muss, weil das Vermögen einiger und das Überleben vieler davon abhängt, nicht wahr?«

»Ja«, gab er nahezu umgehend zurück. »Er hat nie zugelassen, dass irgendwelche Gefühle seinem Stolz oder Ehrgeiz im Wege standen.«

Vespasia zuckte so leicht zusammen, dass lediglich Emily das bemerkte. Sie deutete es gleich richtig. Sie hatte die Schatten auf Cecilys Gesicht gesehen. Vielleicht gab es zwischen ihnen doch weniger Gemeinsamkeiten, als Emily angenommen hatte. Sie hatte Jack gleichermaßen von Anfang an geliebt, mit dem sie schon freundschaftliche Gefühle verbunden hatten, als sie noch mit Lord Ashworth verheiratet war. In der ersten Zeit ihrer Bekanntschaft, als er nie auf den Gedanken gekommen wäre, eine Ehe mit ihr läge im Bereich des Möglichen, hatten sie über allerlei Dinge gesprochen. Zwischen ihnen hatte es keinerlei Peinlichkeit gegeben, weder Spannungen noch die gezwungene Einhaltung von Formen der Schicklichkeit, wie sie so häufig waren, wenn ein Mann eine Frau umwarb. Sie hatten miteinander gelacht, einander Geheimnisse anvertraut, offen über ihre Gedanken und sogar über ihre Gefühle gesprochen. Daran hatte sich nie etwas geändert. Selbst wenn es gelegentlich zu Missverständnissen und sogar zum Streit zwischen ihnen gekommen war.

Ob sich Cecily bei Godfrey Duncannon je gut aufgehoben gefühlt hatte? Vielleicht war es ihm nicht gegeben, einer Frau mit Wärme zu begegnen. Mitunter waren die offenkundigen Unterschiede wohl zu groß, als dass sie sich überbrücken ließen.

Durfte Emily mit ihr darüber reden, sofern es sich so verhielt? Höchstens dann, wenn sich das in keiner Weise auf den Vertrag auswirkte. Manche Arten von Kummer ließen sich nur ertragen, wenn niemand davon wusste.

Im nächsten Augenblick trat Jack mit Godfrey Duncannon zu ihnen. Er begrüßte Vespasia und Narraway förmlich und stellte seinem Begleiter alle Anwesenden vor. Sogleich wandte sich die Unterhaltung allgemeinen Themen zu, der Frage, ob dieser oder jener Weihnachten in der Stadt oder auf dem Lande zu verbringen gedachte; was Oper oder Theater zu bieten hatten und ob die Aufführungen so gut waren wie frühere, die sie gesehen hatten. Selbstverständlich wurde auch über die Wetteraussichten gesprochen.

Emily hörte mit ernster Miene aufmerksam zu.

»Wir werden dieses Jahr in der Stadt das Beste aus dem Fest machen müssen«, sagte Duncannon, zu ihr gewandt. »Man kann in der Westminster Abtei an der Christmette teilnehmen oder natürlich, wenn einem das lieber ist, in der Paulskirche. Beide strömen ein solches historisches Flair aus, dass man sich dort als Teil des großen Ganzen empfindet, das aus der Vergangenheit in die Gegenwart und bis in die Zukunft reicht.« Bei diesen Worten lächelte er ihr zu, und sie merkte mit einem Mal, welchen Charme er ausstrahlen konnte – keine wirkliche Wärme, wohl aber eine beeindruckende Intelligenz, und man gewann den Eindruck, er wisse zahlreiche schöne Dinge zu schätzen.

Sie erwiderte sein Lächeln. »Ich stelle mir vor, dass die Abtei ziemlich überlaufen sein wird.«

»Ja, die Leute werden sich in den Gängen bis an die Türen drängen«, stimmte er zu. »Die Musik wird einfach herrlich sein, und alle werden aus voller Brust in den Gesang einstimmen. Das liegt nicht nur an der Orgel oder an dem Chor und auch nicht an der großen Zahl der Anwesenden, sondern an der Freude der Menschen, ihrem tiefen Glauben. Ich denke, ich könnte Ihnen einen guten Platz besorgen, wenn Sie hingehen möchten.« In seinen großzügigen Worten lag Selbstsicherheit, aber auch Stolz. Ihm war klar, dass er diese Möglichkeit hatte, und das gefiel ihm.

Sie hätte gern den gesellschaftlichen Rang und das Selbstbewusstsein gehabt, das Angebot abzulehnen, doch es war beiden bewusst, dass dem nicht so war.

»Herzlichen Dank«, sagte sie mit freundlicher Stimme. »Ich bin sicher, dass ich ein solches Erlebnis nie vergessen würde.« Da sie das Gefühl hatte, noch mehr sagen zu müssen, fügte sie hinzu: »Das ist außerordentlich liebenswürdig von Ihnen.«

Sichtlich erfreut, nahm er ihren Dank mit einem leichten Kopfnicken entgegen. Er sah kein einziges Mal zu seiner Frau Cecily hinüber.

Die Unterhaltung wandte sich anderen Gegenständen zu, und Emily hörte pflichtbewusst zu. Es ging um internationale Angelegenheiten, Spekulationsgeschäfte, politische Neuigkeiten und das Leben anderer Menschen.

Zweimal trafen sich Emilys und Vespasias Blicke zufällig, und beide Male wusste Emily genau, was Vespasia dachte. Um nicht den Eindruck von Leichtfertigkeit oder, was noch schlimmer gewesen wäre, Spottsucht zu erwecken, unterdrückte sie ein Lächeln, was ihr nicht ganz leicht fiel. Danach achtete sie darauf, Vespasias Blick nicht mehr zu begegnen.

Schließlich neigte Vespasia höflich den Kopf und entschuldigte sich mit der Begründung, sie habe eine Bekannte gesehen, die sie unbedingt begrüßen müsse. Mit den Worten »Komm, meine Liebe, ich bin sicher, dass Lady Cartwright dich gern kennenlernen möchte« nahm sie Emilys Arm und führte sie davon.

»Danke«, flüsterte Emily, sobald sie außer Hörweite waren. »Wer ist Lady Cartwright?«

»Ich habe keine Ahnung«, gab Vespasia zurück. »Mein Gott, was für ein kalter Fisch! Ist der Mann immer so?«

»Duncannon? Ich glaube schon. Zu Hause vielleicht ja nicht …«

»Du meinst wohl … im Schlafzimmer«, präzisierte Vespasia. »Falls doch, wäre es für seine Frau wohl am besten, das Ganze schlafend hinter sich zu bringen.«

Es fiel Emily schwer, ein ernstes Gesicht zu machen. »Ich nehme an, dass er wegen des Vertrags ein wenig angespannt ist. Manche Menschen reden mehr als sonst, wenn sie Sorgen haben. Oder hast du ihm vielleicht Angst gemacht?«

Vespasia lächelte. »Hoffentlich.« Dann sagte sie, mit einem Mal wieder ernst: »Gut möglich, dass du mit dem Vertrag recht hast. Ich bin sicher, dass Victor bestens darüber informiert ist, aber er ist nicht bereit, mit mir darüber zu reden.«

»Und ist er dafür?« Im selben Augenblick überlegte Emily, ob es besser gewesen wäre, sich nicht danach zu erkundigen. Ob sie das Ganze wohl nur noch verschlimmerte, wenn sie sich entschuldigte?

»Ohne jeden Zweifel«, gab Vespasia ohne das geringste Zögern zurück. »Allerdings gibt es Gegner: Immerhin würden eine Reihe von Leuten dabei auch etwas verlieren, und andere sind aus politischen Gründen dagegen.«

»Aber nicht aus ethischen?«

»Ich glaube nicht. Gerade auf die kommt es aber an.«

Emily sah sie überrascht an, nicht, weil sie das dachte, wohl aber, weil sie es gesagt hatte. Für Vespasias Verhältnisse schien das eine törichte Aussage zu sein.

Vespasia lachte. »Nein, ich bin nicht scheinheilig, meine Liebe! Charaktervolle Männer setzen sich für ethische Fragen ein, und sie lassen sich am schwersten besiegen – unter anderem deshalb, weil man nicht sicher ist, ob man das will.«

»Und ist Godfrey Duncannon ein solcher Mann?«

»Das entzieht sich meiner Kenntnis«, gab Vespasia aufrichtig zurück. »Manchmal ist er so anstrengend, dass man annehmen könnte, er möchte diesen Eindruck erwecken. Aber ob sein breit gefächertes Wissen ebenso sehr auf Intelligenz wie auf seinem alles andere in den Hintergrund drängenden Bedürfnis beruht, seine Umwelt zu beeindrucken, entzieht sich meiner Kenntnis.«

»Oder darauf, dass er Gespräche dominieren sowie alle persönlichen Aspekte aus ihnen heraushalten will«, ergänzte Emily.

»Ah!«, sagte Vespasia. »Wie scharfsichtig von dir. Das könnte in der Tat dahinterstecken. Gleich wirst du einen Mann von ausgesprochener Rechtschaffenheit kennenlernen.« Sie lächelte so anmutig, dass dahinter alle Abneigung verschwand. »Wie schön, Sie zu sehen, Mr. Abercorn. Emily, darf ich dir Josiah Abercorn vorstellen? Meine Nichte, Mrs. Jack Radley.«

Abercorn war der Mann, den Emily anfangs für Godfrey Duncannon gehalten hatte. Er war eine außergewöhnliche Erscheinung. Tiefe Schatten lagen um seine großen leuchtend blauen Augen, als bekomme er nie genug Schlaf. Sein ausdrucksvolles Gesicht strahlte eine ähnliche Durchsetzungsfähigkeit aus wie das Duncannons, und in seinem Blick loderte ein ähnliches Feuer, nur dass Duncannons Augen dunkel waren.

Er begrüßte Emily mit erkennbarem Interesse – zweifellos, weil sie Jacks Gattin war.

»Mrs. Radley«, sagte er höflich. »Es kann sein, dass Ihr Gatte noch nicht von mir gesprochen hat. Er ist von bewundernswertem Takt. Ich bin einer der an der Abfassung des Vertrags, der uns allen so am Herzen liegt, beteiligten Anwälte. Er wird mehr Menschen zugutekommen, als sich die meisten vorstellen können.«

»Auch mein Mann vertritt diese Ansicht«, sagte Emily. »Natürlich spricht er nicht über Einzelheiten.«

»Versteht sich. Aber ich darf Ihnen als einer Dame, deren Herz zweifellos für die vom Schicksal weniger Begünstigten schlägt, versichern, dass Sie hochzufrieden sein werden, wenn die Öffentlichkeit diese Einzelheiten erfährt. Der Vertrag würde ungeahnte Möglichkeiten eröffnen und vielleicht auch einen Teil des entsetzlichen Unrechts wiedergutmachen, das wir während der Opiumkriege an den Chinesen begangen haben.«

Zwar wusste sie nicht so recht, worauf er sich damit bezog, doch gelang es ihr, beeindruckt dreinzublicken.

»Ich sehe es als großes Privileg an, an diesem Vertragswerk beteiligt zu sein«, fuhr er fort. »Es wird die Krönung meines Bestrebens sein, meinem Lande zu dienen.«

Emily spürte, wie sich Vespasia neben ihr kaum merklich anspannte. »Ein Juwel in der Krone, Mr. Abercorn«, warf sie ein. »Ich bin überzeugt, dass es dabei nicht bleiben wird.« Niemand hätte – in Anbetracht ihres Tons – sagen können, wie sie das meinte.

»Ich habe meinen Blick noch nicht über dieses Projekt hinaus in die Zukunft gerichtet, Lady Narraway«, sagte er glatt. »›Es ist mein Grundsatz, einen Schritt nach dem anderen zu tun‹«, zitierte er einen Vers aus dem allgemein bekannten Kirchenlied, das Kardinal Newman verfasst hatte.

»Wie zurückhaltend«, erwiderte ihm Vespasia. »Und vielleicht sogar weise. In der Politik kann sich die Lage so rasch ändern, dass es sich empfiehlt, einige Karten in der Hinterhand zu behalten.«

»Es war nicht meine Absicht …«, setzte er an, überlegte es sich dann aber anders und schluckte den Rest seines Satzes herunter.

»Das kann ich mir denken«, murmelte Vespasia vor sich hin, als habe sie verstanden, was er sagen wollte.

Eine Unruhe, die wenige Schritte entfernt entstand, veranlasste ihn, sich umzuwenden. Dabei sah Emily, dass auf sein bisher so freundliches und interessiertes Gesicht einen Augenblick lang ein Ausdruck von Schmerz und unverhülltem Hass trat. Unwillkürlich folgte sie seinem Blick. Der einzige Mensch, dessen Gesicht sie in dieser Richtung sehen konnte, war Godfrey Duncannon. Alle anderen waren zumindest teilweise abgewandt.

Der Augenblick ging vorüber, Abercorn gewann seine Fassung zurück. Emily fragte sich, was in ihm vorgehen mochte.

Sie hatte keine Zeit, Vespasia zu fragen, was sie mitbekommen hatte, denn inzwischen waren andere Gäste hinzugetreten, und das Gespräch wandte sich allgemeinen Themen zu.

Zu der neuen Gruppe gehörte auch die Frau, die Emily vor einer Weile im Gespräch mit Josiah Abercorn gesehen hatte. Neben ihr stand ihr Mann, Polizeipräsident Bradshaw. Der flackernde Blick ihrer dunklen Augen beeinträchtigte ihre Schönheit. Emily war fest überzeugt, dass ihr irgendein körperlicher oder seelischer Schmerz zusetzte. Möglicherweise ging es dabei um eine unheilbare Krankheit. Sie hörte dem allgemeinen Gespräch zu und lachte leise an den richtigen Stellen, sagte selbst aber kaum etwas und hielt sich stets dicht neben ihrem Mann.

Bradshaw schien sich ihrer Anwesenheit konstant bewusst zu sein und berührte sie immer wieder am Arm, als wolle er sie seiner Fürsorge oder seines Schutzes versichern. Doch gegen den Schmerz in ihr war er machtlos, und das Bewusstsein dieser Hilflosigkeit war immer dann auf seinen Zügen zu erkennen, wenn jemand einen Scherz oder eine besonders zutreffende Bemerkung machte und er sich unbeobachtet glaubte.

Unwillkürlich ging Emily die Frage durch den Kopf, wie viel Qual andere Menschen empfinden mochten, die höchstens von besonders aufmerksamen Beobachtern wahrgenommen wurde. Vielleicht tat man ihnen am ehesten einen Gefallen damit, dass man sich so stellte, als habe man nichts davon gemerkt.

Sie entschuldigte sich bei der ersten Gelegenheit, die sich bot, und trat zu Cecily hinüber, die sich bemühte, den Eindruck zu erwecken, als interessiere sie sich für die weitschweifigen Äußerungen zweier Damen, die einander so ähnlich sahen, als seien sie Schwestern. Es dauerte beinahe eine Viertelstunde, bis es ihr und Cecily gelang, sich von ihnen zu lösen, ohne den Eindruck von Unhöflichkeit zu erwecken.

»Gott sei Dank«, sagte Cecily. Es kam aus tiefstem Herzen. »Wenn es draußen nicht so winterlich wäre, würde ich mir jetzt im Garten die Beine vertreten. Ich wäre ja lieber in den Teich gefallen, als mir noch mehr Geschichten über Rose oder Violet oder wie auch immer sie heißt anzuhören.«

Emily wandte sich ihr zu. »Sie sehen erschöpft aus. Vermutlich müssen Sie an viel zu vielen dieser Empfänge teilnehmen. Nach einer Weile hat man den Eindruck, dass einer wie der andere ist, und ich weiß jetzt schon nicht mehr, was der Anlass für diesen hier war. Wie soll man sich nur all diese Namen merken? Ich kann gut verstehen, warum manche Leute bei solchen Gelegenheiten jeden mit ›mein Lieber‹, ›meine Liebe‹ oder sogar mit ›Exzellenz‹ anreden.«

Cecily lächelte. »Ach, da gibt es bestimmte Kniffe, allerdings funktionieren die nicht immer.«

»Lassen Sie uns in das Kabinett mit dem Gainsborough-Porträt gehen«, regte Emily an.

»Ich wusste gar nicht, dass es hier so etwas gibt!«, sagte Cecily überrascht.

»In dem Fall kann es gut und gern eine Weile dauern, bis wir es finden«, gab Emily zurück.

Zum ersten Mal an jenem Abend brach Cecily in ein natürliches und ungezwungenes Lachen aus. Sie gingen dicht nebeneinander und unterhielten sich über Nichtigkeiten, bis sie außer Sicht- und Hörweite der anderen waren.

»Sind Sie einfach nur entsetzlich gelangweilt«, erkundigte sich Emily teilnehmend, »oder machen Sie sich Sorgen wegen des Vertrags? Nichts von dem, was ich gehört habe, weist auf mögliche Schwierigkeiten hin. Ich weiß, dass er für Sie von größter Bedeutung ist.«

Cecily zuckte leicht mit den Achseln. »Nein, ich denke, dass alles in Ordnung ist. Godfrey ist voller Zuversicht. Die Sache hat ihn viel Mühe und akribische Arbeit gekostet. Er überlässt nichts dem Zufall und achtet auf jede noch so winzige Kleinigkeit, damit niemand sagen kann, er sei nicht mit der nötigen Sorgfalt vorgegangen.«

»Dann brauchen wir uns ja wohl keine Sorgen zu machen.« Emily bemühte sich, ihre Stimme so klingen zu lassen, als sei sie erleichtert, doch nach wie vor lag auf Cecilys Zügen ein Ausdruck großer Besorgnis. »Es geht gar nicht um den Vertrag, nicht wahr?«, erkundigte sich Emily nach einer Weile.

Cecily schloss rasch die Augen. Emily erkannte, dass sie den Tränen nahe war, und legte voll Mitgefühl einen Arm um sie. »Kommen Sie, wir setzen uns ein wenig. Hier nebenan ist ein kleiner Salon, ich kenne ihn von einer früheren Abendgesellschaft.«

Cecily zögerte. »Ach, es ist nichts weiter. Entschuldigung, ich bin wohl … übermüdet.«

»Vielleicht haben Sie eine leichte Erkältung«, sagte Emily, um die Peinlichkeit der Situation zu überspielen. Sie hätte allzu gern gewusst, was Cecily so sehr bedrückte, aber sie offen danach zu fragen wäre nicht nur taktlos gewesen, sondern hätte auch eher neugierig als hilfsbereit gewirkt.

Sie traten in den kleinen Salon, in dem sich drei Stühle und ein Tischchen befanden, auf dem eine Wasserkaraffe und mehrere Gläser standen. Emily schloss die Tür, dann goss sie Wasser in zwei Gläser und gab eines davon Cecily.

»Sie haben Kinder?«, fragte Cecily.

»Ja, einen Sohn und eine Tochter. Wie geht es Ihrem Sohn Alexander?«

Vielleicht hatte Cecily nur auf diese Frage gewartet. Ohne den Blick zu heben, gab sie zur Antwort: »Er hatte vor einigen Jahren einen schweren Unfall. Sein Pferd ist auf ihn gefallen und hat seine Wirbelsäule beschädigt …«

Emily versuchte, sich vorzustellen, was sie empfinden würde, wenn es sich dabei um ihren Sohn Edward gehandelt hätte. Es war ein Gedanke, den sie kaum ertrug. »Wie leid mir das tut …« Sie merkte selbst, wie lahm das klang. Aber was ließe sich sagen, was der Situation angemessen gewesen wäre? Die meisten Mütter würden wohl wünschen, dass lieber sie selbst auf diese entsetzliche Weise leiden müssten.

»Er hat sich … einigermaßen davon erholt, auch wenn es sehr lange gedauert hat«, sagte Cecily und hob zum ersten Mal den Blick. »Er konnte sogar ziemlich bald wieder gehen, und zwar ohne Schwierigkeiten. Er konnte sogar tanzen. Daher hatte der Arzt wohl angenommen, dass mit seinem Rückgrat wieder alles in Ordnung sei. Allerdings wussten wir damals noch nicht, dass er ohne das Medikament nach wie vor unter entsetzlichen Schmerzen litt.«

Emily nickte, ohne sie zu unterbrechen. Was hätte sie schon Nützliches oder Hilfreiches sagen können?

Cecily holte tief Luft. »Ich nahm an, dass sich sein Zustand im Laufe der Zeit bessern würde, und es sah anfangs auch danach aus. In Wahrheit aber hat er oft nur nichts von seinen Schmerzen gesagt, um mich zu schonen.«

»Und sein Vater?«, erkundigte sich Emily. Auch wenn Jack nicht Edwards Vater war, liebte er ihn ebenso sehr wie ihre gemeinsame Tochter Evangeline. Ihm wäre die Vorstellung, dass eins der beiden Kinder leiden müsste, ebenso unerträglich wie ihr selbst.

Cecily sah beiseite. »Alexander ist … sehr viel anders als sein Vater. Manche Menschen würden ihn als launisch bezeichnen. Mein Mann ist ein guter Mensch mit außergewöhnlichen Gaben, der sich seinen Aufgaben rückhaltlos widmet. Alexander ist ein Träumer mit viel Fantasie; seine Welt sind die Künste.« Sie wandte sich erneut Emily zu, als habe diese Kritik geäußert. »Ich will damit nicht sagen, dass er faul oder nicht praktisch veranlagt wäre. Er tut durchaus etwas, um seinen Vorstellungen Gestalt zu verleihen. Er ist ein begabter Bildhauer und hat für eine der hiesigen Kirchen einen Altaraufsatz geschaffen. Er hat auch schon andere Aufträge bekommen, aber …« Sie hielt inne.

Emily vermutete, dass der Streit mit seinem Vater tiefere Ursachen hatte, als Cecily zu sagen bereit war, und dass es in Wahrheit um eine äußerst private Angelegenheit ging. So etwas gab es häufig. Es kostete Jack große Mühe, nicht von Zeit zu Zeit mit Edward zu streiten, und möglicherweise hätte er sich weniger zurückgehalten, wenn es sich um seinen eigenen Sohn gehandelt hätte. Auch Emily war mit ihrer Mutter nicht immer ein Herz und eine Seele gewesen und Charlotte noch weniger. Ihre Schwester Sarah, die schon lange nicht mehr lebte, war als Einzige fügsam gewesen.

»Alex geht seine eigenen Wege«, begann Cecily erneut. »Ich bin damit nicht einverstanden, aber er ist und bleibt mein Sohn. Ich billige seinen Umgang nicht, und ich bin sicher, dass er einen viel zu großen Teil seiner Zeit mit Dingen verbringt, die mir … nicht recht sind.« Sie sagte das so leise, dass Emily nicht danach zu fragen wagte. Vielleicht litten die meisten Mütter auf ähnliche Weise. Edward war noch ein wenig zu jung, als dass er seiner Mutter diese Art von Kummer bereitet hätte, aber womöglich würde auch ihr das auf die Dauer nicht erspart bleiben und sie sich unter Umständen früher damit konfrontiert sehen, als ihr recht sein konnte.

»Er … er hatte einige unpassende Freunde«, nahm Cecily den Faden wieder auf, offenbar inzwischen bereit, Emily ihr Herz auszuschütten.

»Das geht uns doch allen so …«, versuchte Emily sie zu trösten. »Und manche erweisen sich dann sogar als äußerst patente Menschen.«

»So einer war Dylan Lezant«, sagte Cecily leise und mit unsicherer Stimme.

»Dylan Lezant?«

»Ein Freund, dem Alexander sehr verbunden war. Ein begeisterungsfähiger, charmanter, aber zugleich auch labiler junger Mann. ›Ein Fantast‹, hat Godfrey über ihn gesagt. Alexander hat ihn während der Zeit kennengelernt, in der er sich von seinem Unfall erholte.«

»Allem Anschein nach wohl ein guter Freund«, sagte Emily.

»Das war er …«

»Sie sagen ›war‹?«

»Er lebt nicht mehr.« Bei diesen Worten musste Cecily schlucken, und sie wandte sich ein wenig von Emily ab. »Man hat ihn gehängt. Ich nehme an, dass Alexander nie darüber hinweggekommen ist.« Jetzt liefen ihr die Tränen über die Wangen. »Er war noch so jung! So … so töricht. Aber gegen das Gesetz lässt sich wohl nichts machen.«

»Das Gesetz?«

»Er hat einen Mann getötet … erschossen.« Sie sah Emily in die Augen. »Die beiden hatten Opium gekauft … gegen Alexanders Schmerzen. Die Polizei hatte sie dabei erwischt, und im Weglaufen hat Dylan einen Mann erschossen, einen Mr. Tyndale, der auf seinem Heimweg eine Abkürzung genommen hatte. Alexander hat sich geweigert, an Dylans Schuld zu glauben, aber der Polizei zufolge gab es daran nicht den geringsten Zweifel.« Sie schluckte heftig und trocknete sich die Wangen mit einem Taschentuch. »Er glaubt bis auf den heutigen Tag nicht daran. Sie müssen wissen … er ist damals entkommen. Er hatte angenommen, Dylan sei dicht hinter ihm … doch das war nicht der Fall. Als ihn die

Polizeibeamten festgenommen haben, hatte Dylan die Waffe noch in der Hand. Der arme Tyndale war tot, die Kugel war ihm durch das Herz gegangen. Das war die schlimmste Zeit meines Lebens. Alexander hat getan, was er konnte, um die Unschuld seines Freundes zu beweisen, was ihm aber, wie gesagt, nicht gelang. Man hat Dylan vor Gericht gestellt und für schuldig befunden. Ich sehe noch Alexanders Gesicht vor mir, als läge das Ganze erst wenige Tage, und nicht mehrere Jahre, zurück. Ich hatte Angst, er würde sich vor Kummer … und Schuldgefühlen das Leben nehmen. Ich dachte, er würde nie mit alldem aufhören … bis sein Herz buchstäblich gebrochen wäre.«

»Er hatte Schuldgefühle?«, fragte Emily. Liebend gern hätte sie Cecily geholfen, doch was konnte man in einem solchen Fall tun?

»Weil er noch lebte!«, erläuterte Cecily. »Beide waren vor der Polizei davongelaufen, doch da Dylan ein Stück zurückgeblieben war, hat man ihn gefasst. Alexander hat Tag und Nacht getan, was er konnte, bis er vor Erschöpfung ohnmächtig wurde. Er hat sein ganzes Geld ausgegeben, um Dylans Unschuld zu beweisen, aber man hat ihm keine Gelegenheit dazu gegeben und sich nicht einmal seine Sicht der Dinge angehört. Die Sache macht ihm nach wie vor zu schaffen.«

»Ich würde zwangsläufig lügen, wenn ich sagte, dass ich mir vorstellen kann, was Sie durchgemacht haben«, erwiderte Emily aufrichtig. »Doch falls es etwas gibt, was ich tun kann, sagen Sie es mir bitte.«

Cecily schwieg eine Weile, als überlegte sie, worum sie Emily bitten könnte, und schüttelte dann den Kopf. »Vielen Dank …«

Man hörte Schritte vor der Tür, und beide standen auf, weil sie auf keinen Fall in einem so intimen Gespräch überrascht werden und dadurch dem allgemeinen Klatsch zum Opfer fallen wollten.

Doch das Schicksal wollte es, dass das Thema im Lauf der nächsten Stunde in einer anderen Unterhaltung zur Sprache kam, und Emily war entschlossen, sich das zunutze zu machen. Während sie sich mit Mrs. Hill unterhielt, die sie schon längere Zeit kannte, trat deren Bruder, Mr. Cardon, hinzu. Er war in Begleitung seiner Frau, die so viele Diamanten trug, dass man es nur als geschmacklos bezeichnen konnte. Im Verlauf des Gesprächs zeigte sich, dass sie geradeheraus sagte, was sie dachte. Das gefiel Emily. Es war eine angenehme Abwechslung, es mit einem Menschen zu tun zu haben, der nicht wie praktisch alle anderen denen nach dem Mund redete, die als wichtig galten.

Es überraschte Emily, zu hören, wie offen sie ihren Mann korrigierte. »Du meinst Lestrange«, sagte sie, »Lezant war der arme Junge, den man gehängt hat, weil er bei einem Opium- oder Heroingeschäft … oder was es war … einen Unbeteiligten erschossen hat.«

Ihr Mann hob die Brauen. »Ich weiß wirklich nicht, warum du Mitleid mit einem solchen Halunken hast. Du solltest deine Worte mit mehr Bedacht wählen, meine Liebe. Bestimmt hast du das nicht so gemeint. Mrs. Radley wird einen völlig falschen Eindruck von dir bekommen.«

»Machen Sie sich keine Sorge«, sagte Emily rasch. »So schnell bilde ich mir kein Urteil.« Das war eine Lüge. Sie fand Regina Cardon mit einem Mal interessant, da störten sie auch die vielen Diamanten nicht.

Mrs. Cardon ließ sich nicht so ohne Weiteres abkanzeln. »Ich habe Wort für Wort gemeint, was ich gesagt habe«, entgegnete sie ihrem Mann. »Ich habe die Berichte über den Fall sehr sorgfältig gelesen.« Bei diesen Worten sah sie nicht ihn an, sondern Emily. »Herbert missbilligt, dass ich derlei lese, aber ich finde, wenn es in der *Times* steht, kann es auch jeder lesen. Was meinen Sie?« Auch wenn ihre Stimme in keiner Weise herausfordernd klang, erwartete sie eine Antwort.

»Meiner Ansicht nach sollten Sie lesen, wonach Ihnen der Sinn steht«, erwiderte Emily mit mehr Offenheit, als sie beabsichtigt hatte, »und gegen die *Times* lässt sich nun wirklich nichts einwenden. Ich weiß gar nicht, wieso ich die Berichterstattung über den Fall nicht mitbekommen habe. Das war nachlässig von mir.« Sie sagte das, als interessierte sie die Sache wirklich, was ja auch stimmte.

»Sie sind überaus höflich, Mrs. Radley«, sagte Cardon. »Aber so viel Nachsicht ist wirklich nicht nötig.« Ein Anflug von Überheblichkeit trat auf seine Züge.

Emily holte Luft, um etwas dagegen zu sagen, unterließ es dann aber. Sie wollte sich die Möglichkeit, etwas zu erfahren, nicht entgehen lassen. »Ich habe über den Fall lediglich mündliche Berichte gehört, zufällige Bemerkungen hier und da«, sagte sie, an Regina Cardon gewandt. »Es wäre sehr interessant zu erfahren, was in der *Times* stand. Deren Berichterstattung ist über jeden Zweifel erhaben, zumindest, was unbestreitbare Fakten betrifft. Persönliche Meinungen sind natürlich eine andere Sache, da hat jeder seine eigene Vorstellung.«

»An der Schuld des jungen Mannes bestand nicht der geringste Zweifel«, sagte Cardon mit Nachdruck. Er warf seiner Frau einen mahnenden Blick zu.

Emily ließ sich davon nicht beeindrucken. Es ging um Cecily, die sie gut leiden konnte und deren tiefer Kummer sie berührte. Sofern die Sache ihrem Sohn Alexander so sehr am Herzen lag, wie Cecily annahm, konnte das auch für Jack unter Umständen von Bedeutung werden. Sollte der junge Lezant unschuldig gewesen sein, lag ein schwerer

Justizirrtum vor und ging es möglicherweise sogar um Korruption.

»Hat er die Tat gestanden?«, fragte sie betont unschuldig.

»Nein«, antwortete Regina Cardon. »Noch auf dem Weg zum Galgen hat er erklärt, seine einzige Schuld bestehe darin, dass er Opium gegen seine Schmerzen gekauft habe.«

»Das hätte er sich lieber von einem Arzt verschreiben lassen sollen, statt es sich gesetzwidrig zu besorgen«, sagte ihr Mann schroff. »Er hat sich der Festnahme durch die Polizei widersetzt und dabei geschossen – das ist auf jeden Fall ein schwerwiegendes Tötungsdelikt, Regina. Lezant war in jeder Hinsicht ein Widerling. Daran ist nicht zu rütteln.«

»Wenn man jeden jungen Mann hängen wollte, den jemand, der dreimal so alt ist wie er, als Widerling bezeichnet, würden nur wenige Menschen das Erwachsenenalter erreichen, Herbert«, gab sie ungerührt zur Antwort.

Er sah sie überrascht an. Mit unverhohlener Überheblichkeit blaffte er: »Du hättest das natürlich geschafft.«

Emily hielt sich eine Hand vor den Mund, als sei sie von der Äußerung entsetzt, während sie in Wirklichkeit fürchtete, ihr Lachen nicht unterdrücken zu können. Es war gut möglich, dass Cardon nicht wusste, was seine Frau meinte, aber Emily hatte sie verstanden – und sie stimmte mit ihr in dem Punkt überein. Notgedrungen rettete sie die Situation, indem sie das Thema wechselte, doch lächelte sie Regina Cardon dabei zu, um ihr zu zeigen, dass sie verstanden hatte und ihren Standpunkt teilte. Dankbar lächelte diese zurück.

Als sie später wieder zu Jack stieß, hatte Emily nicht sogleich eine Gelegenheit, mit ihm unter vier Augen zu sprechen. Dazu kam es erst auf dem Heimweg gegen zwei Uhr morgens in ihrer Kutsche.

Zwar war sie müde, doch fand sie, dass das, was sie zu sagen hatte, nicht warten konnte. Die Verhandlungen über den Vertrag gingen Tag für Tag weiter, damit er noch vor den Feiertagen unterzeichnet werden konnte.

»Jack, es tut mir leid, aber ich muss dir etwas Wichtiges sagen …«

Es kostete ihn offensichtlich Mühe, ihr aufmerksam zuzuhören.

»Ich habe mich lange unter vier Augen mit Cecily Duncannon unterhalten.«

Im Licht vorüberkommender Kutschenlaternen sah sie, wie sich seine Züge anspannten. »Ich habe gesehen, dass sie sich Sorgen zu machen scheint. Ist es etwas Ernsthaftes? Geht es ihr nicht gut?«

»Ihrem Sohn Alexander geht es nicht gut …«

Er entspannte sich wieder. »Wie es aussieht, geht es dem armen Kerl seit seinem Unfall ziemlich schlecht. Godfrey spricht manchmal darüber. Der junge Mann scheint sich nur sehr langsam wieder zu erholen.« Er legte seine Hand auf die Emilys. »Es ist wohl nicht einfach mit ihm. Sein Lebenswandel dürfte alles andere als günstig für ihn sein. Godfrey hat sich die größte Mühe gegeben, ihn davon abzubringen, aber allem Anschein nach bisher ohne den geringsten Erfolg. Er hatte sich mit einigen problematischen jungen Leuten angefreundet, wie es wohl in jungen Jahren viele von uns getan haben, aber bei ihm hat das ein tragisches Ende genommen, und er ist nicht bereit, die Dinge auf sich beruhen zu lassen.«

»Er ist nach wie vor von Lezants Unschuld überzeugt«, erklärte Emily.

Jack sah sie aufmerksam an. »Emily, der Fall war völlig eindeutig. Ein Unbeteiligter ist erschossen worden. Polizeibeamte waren am Tatort und konnten das bezeugen. Alexander hat sich … diesem Lezant verbunden gefühlt. Während er mit dem Opium seine Schmerzen lindern wollte, war Lezant einfach … nun ja, süchtig. Mir tun beide leid, aber es ist wirklich an der Zeit, dass Alexander die Sache hinter sich bringt und alles daransetzt, wieder gesund zu werden.«

»Und du meinst, das ist alles?«, fragte Emily. Unwillkürlich überlief sie trotz ihres pelzbesetzten Mantels und der Decke auf ihren Knien ein kalter Schauer. »Sagt Godfrey das auch zu Cecily?«

»Vermutlich formuliert er das nicht so krass, aber ich denke, mehr oder weniger ja.«

Sie erwiderte nichts darauf. Sie hatte keine Fakten, die sie als Argumente anführen konnte, zumindest nicht Jack gegenüber.

KAPITEL 5

Der Vormittag war bitterkalt, und Pitt traf später als beabsichtigt in seinem Büro in Lisson Grove ein. Auf der eisglatten Marylebone Road hatte sich ein Fuhrwerk quergestellt und den ganzen Verkehr aufgehalten. Das hatte Pitt Gelegenheit gegeben, in der Droschke die Morgenzeitung zu lesen, eine Lektüre, die ihm kein Vergnügen bereitet hatte, aber notwendig war.

Stoker erwartete ihn mit vom Wind gerötetem Gesicht und finsterer Miene.

»Das bei der Firma Bessemer verschwundene Dynamit hat der Aufseher beiseitegeschafft. Ich habe aber nichts Verwertbares von ihm erfahren können. Entweder weiß er tatsächlich nichts, oder er hat entsetzliche Angst vor dem Käufer. Auf jeden Fall dürften Anarchisten das Zeug weiterverkauft haben, um ihre Kasse zu füllen – das ist die bei ihnen übliche Methode.«

»Und haben Sie aus anderen Quellen erfahren können, wer es gekauft hat?«, fragte Pitt ohne große Hoffnung auf eine bejahende Antwort. Er zog seinen Sessel heran, setzte sich und begann die Papiere auf seinem Schreibtisch durchzugehen.

»Ein Italiener, ein gewisser Pollini, hat es an jemanden verkauft, dessen Namen er angeblich nicht weiß und dessen

Beschreibung auf die Hälfte der europäischen Anarchisten passen dürfte. Die meisten von denen sind sowieso hier in London. Die Berichte liegen auf Ihrem Tisch. Ich habe sie mir angesehen, aber nichts Brauchbares darin entdeckt, jedenfalls nichts, was mit der Sache am Lancaster Gate in Verbindung stehen könnte. Dafür bin ich in einem oder zwei anderen Fällen weitergekommen. Die Sache hat viel Staub aufgewirbelt, und dabei ist so manches mit an die Oberfläche gekommen. Es sieht ganz so aus, als ob wir den Fall Lansdowne abschließen könnten.«

»Gut.« Pitt quittierte die Mitteilung mit einem knappen Lächeln, nahm die Zeitung aus der Tasche und warf sie in den Papierkorb.

»Haben Sie die Artikel, die unseren Fall betreffen, gelesen?«, fragte Stoker bedrückt.

»Teilweise. Die meisten sind so formuliert, als verlangten sie nach Gerechtigkeit. Damit meinen sie aber in Wirklichkeit Rache an denen, die den Anschlag auf die Polizisten verübt haben«, gab Pitt zurück. »Josiah Abercorn zum Beispiel, Sie kennen ja seine Art, schreibt dem Volk nach dem Maul, indem er sich auf die Seite der Polizei stellt. Mit starken Worten verlangt er, der Mann auf der Straße müsse vor dem immer mehr zunehmenden Verbrechen geschützt werden und so weiter. In gewisser Hinsicht ist das verständlich, denn die Polizei ist unser Garant für Sicherheit. Mitunter ärgern wir uns über sie, wenn sie wichtigtuerisch und selbstherrlich auftritt, aber letzten Endes sorgt sie für den Schutz unseres Eigentums, verhindert, dass sich Gewalttätigkeit und allgemeines Chaos breitmachen. Sie sichert die Trennungslinie, die zwischen Barbarei, Gefahr und Unvernunft auf der einen Seite und der Ordnung auf der anderen verläuft, ohne die eine zivilisierte Gesellschaft nicht existieren kann. Wer die Polizei angreift, greift uns alle an.«

»Genau das sagen mehr oder weniger alle Zeitungen«, stimmte ihm Stoker zu. »Jedenfalls die besseren. Vermutlich haben Sie das auch gelesen?«

»Nein«, antwortete Pitt. »Ich habe mich in erster Linie mit den Auslandsnachrichten beschäftigt. Ich glaube nicht, dass die Sache viel mit Anarchisten zu tun hat, wollte aber feststellen, ob etwas geschehen ist, was wir wissen müssen und ob da irgendein bedeutsamer politischer Zusammenhang besteht.«

»Ich habe mir die wichtigsten Berichte angesehen, Sir, und bin mir ziemlich sicher, dass es dabei um nichts als heiße Luft geht. Es ist einfach das übliche Drauflos-Schwadronieren. Unsere Vertrauensleute sagen, dass der Bombenanschlag den Anarchisten überhaupt nicht in den Kram passt. So etwas schürt nur die allgemeine Unruhe, und manche von denen, die diesen Leuten neutral gegenüberstanden, fangen an, sich über sie zu ärgern. Einigen hat man bereits die Wohnung gekündigt und sogar den Zutritt zu den Lokalen verwehrt, in denen sie üblicherweise essen ... So etwas macht die Leute nervös.«

»Interessant«, sagte Pitt nachdenklich. »Auf jeden Fall klingt das so, als ob die sich untereinander nicht einig wären. Aber wir müssen uns nach wie vor Gewissheit darüber verschaffen, ob es keine neuen Gruppierungen gibt, die bisher unserer Aufmerksamkeit entgangen sind. Ich brauche Berichte von jedem der Männer, die wir in die uns bekannten Zellen eingeschleust haben. Dann stellen wir Listen zusammen und überprüfen, ob alle darin vorkommen.«

Stoker sah ihn verwundert und zugleich beunruhigt an.

In förmlichem Ton erkundigte sich Pitt: »Kennen Sie eine andere zuverlässige Methode, alles miteinander in Beziehung zu setzen, sodass sich ein Muster erkennen lässt? Wir brauchen absolute Sicherheit, und es besteht die Gefahr, dass wir etwas übersehen, weil wir an ein bestimmtes Muster gewöhnt sind.«

»Dazu brauchen wir Unterstützung«, erklärte Stoker zögernd. »Wem vertrauen Sie hinreichend, Sir? Der Betreffende würde sich dann die Namen aller Eingeschleusten einprägen müssen.« Er schüttelte den Kopf. »Sind Sie sicher, dass Sie das wollen? Da muss einer jemandem, dem er vertrauen zu dürfen glaubt, nur ein Wort zu viel sagen, und schon weiß die ganze Abteilung Bescheid. Niemand ist vollkommen, Sir. Keiner von uns darf seiner Frau oder seiner Freundin etwas sagen, aber wir müssen ab und zu die Möglichkeit haben, miteinander zu reden.« Damit gab er seinem Vorgesetzten durch die Blume zu verstehen, dass dieser sich seiner Ansicht nach irrte.

Pitt verzichtete auf eine Antwort. Der Mann hatte recht: Es ging nicht darum, dass jemand bewusst Informationen verriet, wohl aber bestand die Möglichkeit, dass sich jemand ein unüberlegtes Wort entschlüpfen ließ, sei es vor Überlastung, Erschöpfung oder weil er den Druck nicht ertrug, selbst den nächsten Angehörigen nicht sagen zu dürfen, was er wusste, ganz gleich, ob es dabei um etwas Entsetzliches oder Unterhaltsames ging. Schweigen zu müssen konnte ungeheuer belastend sein.

Hinzu kam die Gefahr, dass man anderen mehr sagte, als sie wissen mussten. Ein unbedacht preisgegebenes Geheimnis konnte Menschen das Leben kosten. Es genügte, wenn jeder sein eigenes Geheimnis bewahren musste.

»Da haben Sie recht«, gab Pitt zu. »Wir werden uns mit dem begnügen, was wir haben, und nur da Fragen stellen, wo sich Lücken zeigen. Sagen Sie Blake, er soll eine Kanne Tee bringen.«

Nachdem sie den ganzen Tag daran gearbeitet hatten, durften sie mehr oder weniger sicher sein, dass es keine Vorfälle gegeben hatte, die nicht zu den ihnen bereits bekannten Mustern passten. Innerhalb der ihnen bekannten Londoner Anarchistengruppen sahen sie weder ein neues Verhalten noch eines, für das sich keine Erklärung finden ließ. Niemand hatte plötzlich Verbindung mit vielen anderen aufgenommen, es hatte keine ungewöhnlichen Versammlungen gegeben und auch keine intensivere Reisetätigkeit als sonst.

Doch vergeblich war ihre Arbeit nicht gewesen, denn dabei hatte sich dieses und jenes herausgeschält, was es ihnen gestattete, manche alten Informationen zu verwerfen. Außerdem waren sie auf einige neue Gedanken verfallen, denen sie nachgehen wollten.

»Als Nächstes müssen wir uns etwas näher mit den Opfern beschäftigen«, sagte Pitt, als sie schließlich alle Unterlagen einschlossen. Er war müde.

»Um mit Ednam zu sprechen, ist es leider zu spät, denn er liegt inzwischen im Koma«, sagte Stoker. »Ich glaube nicht, dass er durchkommt. Die Krankenschwester hat gesagt, dass sie tun, was sie können, aber er reagiert auf nichts. Vielleicht sind seine inneren Verletzungen schlimmer, als die Ärzte angenommen haben. Bossiney geht es besser als ihm, aber die Brandwunden heilen schlecht. Der arme Teufel wird sein Leben lang mit den Narben herumlaufen müssen, auch im Gesicht. Von Yarcombe habe ich nicht viel erfahren können, aber sein Fieber ist zurückgegangen, und der Stumpf verheilt gut.«

Pitt sagte nichts darauf. Er hatte angenommen, Ednam würde durchkommen und Yarcombe eher nicht, aber Ednam war älter und hatte daher wohl eine geringere Widerstandskraft. Ganz davon abgesehen, waren seine Verbrennungen ziemlich schwerwiegend. Ednam war ihm nie besonders sympathisch gewesen, doch konnte er ihm objektiv nichts Negatives nachsagen. Sofern der Mann seinen Verletzungen erlag, würde es im ganzen Land einen erneuten Aufschrei gegen den oder die Täter geben. Zweifellos würden Abercorn und seinesgleichen in dieselbe Kerbe hauen und lauthals zügige Konsequenzen verlangen.

War es denkbar, dass ein einzelner Mann den Anschlag geplant und durchgeführt hatte? Ja, wenn er klug und umsichtig dabei vorgegangen war. Allmählich sah es so aus, als bestehe keine Verbindung zwischen der Tat und einer der Anarchistengruppen.

Damit stellte sich die bedrückende Frage, die Pitt in dunklen Nachtstunden gequält hatte: Gab es womöglich eine ganze Anarchistenzelle, deren Existenz dem Staatsschutz verborgen geblieben war? Vielleicht war sie außerhalb Londons tätig, kam womöglich aus Schottland oder Wales? Er war ziemlich sicher, dass es sich nicht um eine neue irische Gruppe handelte. Der Kampf gegen die Fenier, die Irlands Unabhängigkeit von England zum Ziel hatten, war der Anlass zur Gründung der Abteilung Staatsschutz gewesen, und nach wie vor beschäftigten sich zahlreiche Mitarbeiter speziell mit deren Bekämpfung. Diese Mitarbeiter standen unter dem Kommando Fitzpatricks, eines brillanten Anglo-Iren, den Narraway seit dreißig Jahren kannte und dem er rückhaltlos vertraute. Bisher hatte sich das als gerechtfertigt erwiesen.

Pitt las die jüngsten Berichte, räumte seinen Schreibtisch auf, schloss das Büro ab und trat in Wind und Regen hinaus. Es war nicht mehr so kalt, und Pfützen standen auf dem am Morgen noch eisglatten Gehweg. Falls der Wind die Wolken vertrieb, würde es im Laufe der Nacht wieder frieren, und die Straßen würden spiegelglatt sein.

Die Straßenlaternen brannten schon eine ganze Weile und glommen wie flackernde Monde entlang der gekrümmten Straße. Das Bild war von einer eigentümlichen Schönheit.

Pitt schienen sie wie Leuchtfeuer, die in eine unbekannte Ferne wiesen. Immer, wenn er an einer Laterne vorüber war, kam die nächste in Sicht.

Wenn doch auch im Fall Lancaster Gate sein Blick etwas weiter reichte! Hatte er sich möglicherweise nicht gründlich genug mit den Opfern beschäftigt? Waren sie in den Augen des Attentäters einfach nur Polizeibeamte oder Stellvertreter der verhassten Regierung? Oder war es ihm darum gegangen, ein möglichst großes Aufsehen zu erregen? Sollte die widerwärtige Tat unter Umständen die Aufmerksamkeit des Staatsschutzes von etwas anderem ablenken? Von etwas, womit das Land im Kern getroffen wurde?

Hatte sie dem Täter als eine Art Probe für einen Anschlag auf eine wichtige Einrichtung wie beispielsweise das Parlamentsgebäude oder gar den Buckingham-Palast gedient? Das Regierungsviertel Whitehall? Oder für einen Anschlag in einem anderen Land? Gleich am nächsten Tag würde er Stoker anweisen, sich mit allen ausländischen Vertretungen in Verbindung zu setzen, um zu sehen, ob es da Zusammenhänge mit Attentaten in Frankreich oder Spanien gab.

Es regnete nicht mehr. Die kühle Luft und das kräftige Ausschreiten taten Pitt nach dem langen Tag am Schreibtisch gut.

Fragen und Gedanken wirbelten ihm durch den Kopf, und so übersah er eine tiefe Pfütze, während er die Straße überquerte, und trat mitten hinein.

Ging es bei der Tat überhaupt um Terrorismus oder einfach um besonders abscheuliche Morde? Hatte es der Täter auf einen der Männer abgesehen und mit dem Tod der anderen das Motiv verschleiert?

Was für ein Wahnsinniger würde fünf Männer mit einem Sprengsatz umbringen, weil er einen treffen wollte? Pitt überlegte, ob er dieser Frage auswich, weil er Angst vor der Antwort hatte. Kannte er womöglich den Täter, war es einer von der Art, wie er sie auch früher schon bei der Polizei aufgespürt hatte? Ihm kamen Namen in den Sinn, Gesichter traten ihm vor das innere Auge.

Doch nicht einmal der erbärmlichste dieser Männer, die aus Machthunger und nicht, wie offenbar hier, aus sinnloser Zerstörungswut gehandelt hatten, hatte dabei mehrere Morde auf sein Gewissen geladen.

Hatte es vor der Tat Hinweise gegeben, die ihnen, vor allem ihm selbst, nicht aufgefallen waren? Vielleicht fehlten ihm Narraways Überblick, Wahrnehmungsfähigkeit und Erfahrung. Schon den ganzen Tag war ihm die Sorge nicht aus dem Kopf gegangen, er könne seiner Aufgabe nicht gewachsen sein. Er war Polizist, ein Kriminalist, der verwickelte schreckliche Mordfälle aufgeklärt hatte, aber weder Politiker noch der geborene Geheimdienstler, kein Mann wie Narraway, der über eine Art siebten Sinn für Treubruch und Verrat zu verfügen schien.

War es denkbar, dass sich jemand unauffällig in den Staatsschutz eingeschlichen hatte, um Pitt in die Irre zu führen? Er hätte gern geglaubt, so etwas sei unmöglich.

Schließlich winkte er eine Droschke herbei, um sich nach Hause fahren zu lassen. Beim Einsteigen merkte er, wie erschöpft er war, und fürchtete, er könne auf dem Weg zur Keppel Street einschlafen und der Kutscher würde ihn wecken müssen. Auf dem ganzen Weg ging ihm der Fall nicht aus dem Kopf.

Nachdem er zu Hause die Schuhe und den nassen Mantel ausgezogen hatte, setzte er sich an den Kamin und stärkte sich mit einer Portion Speckpfannkuchen und einer Tasse Tee. Doch weder löste sich die Verspannung in seinen Schultern, noch entwirrten sich seine Gedanken.

Über diesen Fall durfte er mit Charlotte reden, weil er ohnehin im Bewusstsein der Allgemeinheit lebendig war und jeder darüber sprach – ob Waschfrauen, Botenjungen, Nachbarn, die sich über den Gartenzaun hinweg, oder Herren, die sich in ihren Clubs bei einem Glas Whisky darüber austauschten.

Charlotte sprach das Thema von sich aus an.

»Gracie war hier«, sagte sie. »Sie bekommt wieder ein Kind.«

Er lächelte. Das war die erste angenehme Neuigkeit, die er seit dem Anschlag gehört hatte. »Wunderbar! Kann ich Tellman gratulieren, oder darf ich noch nichts davon wissen?«

»Lieber nicht, jedenfalls nicht gleich. Sie war nämlich nicht hier, um mir das zu sagen.«

»Weshalb dann?« Das Gefühl des Wohlbehagens verschwand.

»Sie ängstigt sich um Tellman. Wegen seiner hohen Ideale befürchtet sie, dass es ihn tief treffen würde, auf Korruption innerhalb der Polizei zu stoßen«, gab sie zurück. Die Gaslampen an den Wänden warfen ein warmes Licht auf ihr Gesicht, ließen ihre Züge weich erscheinen, vermochten aber nicht die Besorgnis in ihren Augen zu verbergen. Weder brauchte sie ausdrücklich zu sagen, dass sie von ihm eine Antwort erwartete, noch, dass sie Trostworte als Ausweichen und nicht als Hilfe ansehen würde.

»Ich weiß«, erwiderte er. »Aber wir haben keine andere Möglichkeit, als der Sache auf den Grund zu gehen. Wir haben alle Informationen genutzt, die uns zur Verfügung standen. Es gibt keinen Hinweis auf Anarchisten. In dieser Richtung sind wir allen Fährten nachgegangen. Die einzige Möglichkeit bestünde darin, dass es sich um eine uns unbekannte Gruppe handelt: Die wäre für uns in der Tat unsichtbar. Allerdings gibt es keine Hinweise auf uns unbekannte

Aktivitäten«, erläuterte er in einem Ton, der anzeigte, dass er sich seiner Sache sicher war.

Aber sie ließ es nicht dabei bewenden, dafür kannte sie ihn zu gut. »Falls es sich doch um Anarchisten handelt, muss es also eine Bewegung geben, die euch bisher nicht aufgefallen ist. Und du meinst jetzt, so etwas wäre Victor Narraway nicht entgangen?« Auch wenn sie im Laufe der Jahre gelernt hatte, etwas taktvoller vorzugehen, war sie nach wie vor in der Lage, den Finger auf die Wunde zu legen, wenn sie das für richtig hielt. Sie sah ihm in die Augen. »Sicher sind doch noch Leute bei euch im Staatsschutz, die er ausgebildet hat? Gibt es da keinen, auf den du dich in jeder Beziehung verlassen kannst?«

War es ihr mit der Frage ernst? »Wie kommst du darauf?«, fragte er in leicht scharfem Ton. »Bis auf zwei sind alle noch da. Der eine musste den Dienst quittieren, weil er angeschlagen war, und der andere ist in Pension gegangen – mit beinahe siebzig Jahren! Es hat mir sehr leidgetan, ihn zu verlieren, denn er war nicht nur klug, sondern geradezu weise.«

Mit einem Lächeln fragte sie: »Und warum sollte diesen Männern plötzlich etwas so Wichtiges wie eine neue anarchistische oder nihilistische Bewegung oder ein allgemeines Streben nach gesellschaftlicher Veränderung entgehen?«

»Natürlich würden sie so etwas mitbekommen«, gab er ihr recht. Sie hatte ihn mit ihrer Frage auf den Boden der Vernunft zurückgeholt. Er bewegte den Oberkörper hin und her, um die verspannten Muskeln zu lockern. Auf keinen Fall sollte Charlotte merken, in was für Spintisierereien er sich verrannt hatte, wie sehr er sich von seinen Sorgen hatte auffressen lassen.

Lächelnd gab sie zu bedenken: »In dem Fall darfst du aber auch die Möglichkeit nicht ausschließen, dass der Anschlag der Polizei galt. Das würde Tellman zwar tief treffen, aber man kann niemanden mit der Aussicht auf Erfolg verteidigen, wenn man nicht bereit ist, dessen Schwächen zu erkennen.«

»Du hast dir Gedanken darüber gemacht, nicht wahr?«, fragte er und setzte sich aufrechter hin. »Was hat Gracie gesagt?«

»Nur, dass er nach wie vor ein Idealist ist und ihm überhaupt nicht gefällt, was er da in letzter Zeit entdeckt hat.«

Pitt fragte sich, ob das die ganze Wahrheit war oder ob Charlotte das Vertrauen, das Gracie in sie setzte, nicht enttäuschen wollte. Er hatte zur Zeit seines Polizeidienstes lange genug mit Tellman zusammengearbeitet, um dessen unverbrüchlichen Glauben an das Gesetz und an die Polizei als dessen Hüter zu kennen. Von Anwälten hielt er deutlich weniger. Für seinen Geschmack wechselten sie zu leicht von einer Seite auf die andere, und es missfiel ihm, dass man ihre Loyalität kaufen konnte. Zwar war er bereit zuzugeben, dass sich das nicht vermeiden ließ, da sie sich nicht nur für Schuldlose, sondern auch für Schuldige einsetzten. Aber mit dem Herzen stand er unerschütterlich auf der Seite der Polizei.

Die Vorstellung, innerhalb der Polizei könne es Korruption geben, ließ Pitt selbst in der Wärme des Raumes, in dem er so viel Glück und Zufriedenheit erlebt hatte, erschaudern, doch durfte er diese Möglichkeit nicht generell ausschließen.

»Thomas?«, sagte Charlotte in fragendem Ton.

Er wandte ihr seine Aufmerksamkeit zu. »Denkbar wäre es. Ich hoffe nur, dass es lediglich ein Täter war, der wegen eines wirklichen oder eingebildeten Unrechts einen Groll gegen die Polizei hegt.«

»Sodass er deswegen Polizisten in die Luft sprengt, wobei drei schwer verletzt werden und zwei ums Leben kommen?«, sagte sie zweifelnd.

»Es könnten drei werden. Ednam ist ziemlich übel dran. Die Ärzte haben kaum noch Hoffnung.«

»O … das tut mir sehr leid.«

»Aber du hast recht – es wäre eine ungeheuer gewalttätige Art, seinen Protest auszudrücken. Schließlich hätte der Sprengsatz ohne Weiteres auch alle fünf töten können.«

»Steckt dahinter vielleicht eine größere Sache?«, fragte sie. »Falls du herausbekommst, worum es bei der Korruption im Einzelnen geht, wird die Presse das breittreten, die Politiker werden große Reden schwingen und Schuldzuweisungen in alle Richtungen machen.« Sie beugte sich vor. »Meinst du, eine ausländische Macht könnte in dem Versuch, uns zu schwächen oder von irgendeinem Angriffsplan abzulenken, mit voller Absicht auf etwas Bestimmtes hinweisen, damit wir nicht sehen, worum es ihr in Wahrheit geht? Dann wäre das ja wirklich etwas für den Staatsschutz. Thomas, sei bitte sehr vorsichtig. Wenn die Leute in der Regierung erst nervös sind, werden sie Druck auf dich ausüben, damit keine Einzelheiten bekannt werden. Sobald einer von den Zeitungsschnüfflern dahinterkommt, wird die Presse das maßlos aufbauschen. Man wird dir vorwerfen, die Sache vertuscht zu haben, dich als Lügner bezeichnen und dann fragen, was du noch verheimlichst.«

Sie hatte recht. Er konnte nichts gegen ihre Worte einwenden.

»Nicht falsches Handeln richtet Menschen im öffentlichen Leben zugrunde, wohl aber die Lügen, mit denen sie es verschleiern wollen«, fuhr sie mahnend fort, »ist dir das noch nicht aufgefallen? In der Politik geschieht das immer wieder. Ich weiß wirklich nicht, wie jemand das nicht merken kann!

Ein Versagen lässt sich verzeihen, wenn man es eingesteht und sich dafür entschuldigt. Aber die Lüge ist tödlich.«

»Wenn ich die Wahrheit nur wüsste!«, sagte er. »Hoffentlich handelt es sich dabei um etwas, was ich öffentlich machen kann. Es wäre schrecklich, wenn man von mir erwartete, es aus so wichtigen diplomatischen oder politischen Gründen geheim zu halten, dass man die nicht einmal nennen darf.«

Sie hörte den Anflug von Bitterkeit in seiner Stimme. »Thomas …«

»Alexander, der Sohn des Mannes, der die Verhandlungen über den Vertrag mit China leitet – Duncannon –, hat sich bei einem schweren Reitunfall eine ernste Rückenverletzung zugezogen«, beantwortete er die nicht gestellten Fragen. »Gegen die Schmerzen nimmt er schon seit längerer Zeit Opium. Wie zahlreiche andere junge Männer sehnt er einen gesellschaftlichen Wandel herbei, und dazu gehören, was ihn betrifft, auch gewisse Veränderungen bei der Polizei. Ich hoffe nur, dass das mit dem Opium nicht öffentlich bekannt wird, oder falls doch, dann erst, wenn die Verhandlungen erfolgreich abgeschlossen sind. Jack hat mich gebeten, den jungen Mann frühestens nach Vertragsabschluss in eine Untersuchung hineinzuziehen, wenn es denn unbedingt sein muss.«

»Und hast du ihm das zugesagt?«

»Das kann ich nicht. Aber aus Alexander war auch nichts wirklich rauszubekommen. Er hat lediglich ganz ohne seine Absicht durchblicken lassen, wo sich Unfähigkeit und vielleicht auch unkluges Verhalten der Polizei entdecken ließe.«

»Und wirst du der Sache nachgehen?«

»Ich werde mich wohl sehr viel gründlicher mit den fünf Beamten aus dem Haus am Lancaster Gate beschäftigen müssen. Es wäre mir lieber, ich brauchte das nicht zu tun, aber um jemanden schützen zu können, muss ich genau wissen, was er getan und was er nicht getan hat.«

»Und wirst du das Ergebnis öffentlich machen?«

»Ich weiß ja noch gar nicht, ob ich etwas finden werde. Sofern es lediglich um eine Fehleinschätzung geht, werde ich die Sache nicht weiter verfolgen. Die Bevölkerung muss der Polizei vertrauen können, und die meisten Beamten sind anständige, tapfere und ehrliche Männer, die einer schwierigen, oft gefährlichen und nicht sonderlich gut bezahlten Arbeit nachgehen. Wir schulden ihnen Loyalität. Das ist das Mindeste, wenn wir wollen, dass sie uns weiterhin helfen, wenn wir in Schwierigkeiten sind, und die öffentliche Ordnung aufrechterhalten, damit wir nachts ruhig schlafen und am nächsten Tag in Sicherheit unserer Arbeit nachgehen können. Jeder von uns ist darauf angewiesen. Die Achtung vor dem Gesetz wie auch vor denen, die es hüten, ist das Fundament einer zivilisierten Gesellschaft.«

Charlotte beugte sich zu ihm hinüber und legte ihre warme Hand auf die seine.

»Das weiß ich doch, und seit dem Tag, an dem ich dich geheiratet habe, bin ich stolz auf das, was du tust …«

»Warst du es vorher nicht?«, fragte er leicht spöttisch, zum Teil, um die Gefühle zu verbergen, die in ihm emporstiegen. Er erinnerte sich an ihre Streitgespräche aus der Zeit davor, als sie noch eine junge Dame aus der Oberschicht war, die Ressentiments gegenüber der Polizei hatte, weil sie fand, dass die ihre Nase überflüssigerweise in alles Mögliche steckte. Die Polizei war in ihren Kreisen etwa so willkommen wie ein Gerichtsvollzieher oder ein Kammerjäger.

»Bevor wir verheiratet waren, mein Lieber, durfte ich mir, was deine Arbeit betraf, keine Verdienste zurechnen«, gab sie zurück.

»Und dich auch nicht einmischen«, ergänzte er. »Aber das hat dich nicht davon abgehalten.«

Mit leichtem Achselzucken erwiderte sie: »Ich weiß. Ich werde mich auch jetzt einmischen. Vielleicht hast du ja schon alles bedacht, aber falls nicht, hast du dir schon einmal überlegt, ob es sich da um eine neue Gruppe von Menschen handeln könnte, deren Ziel es ist, die Polizei in den Augen der Öffentlichkeit in Misskredit zu bringen? Wenn ich eine Revolution mit dem Ziel plante, die bestehende Ordnung abzuschaffen, würde ich als Erstes das Vertrauen der Bürger in Recht und Gesetz untergraben. Wen die Polizei nicht schützt, der muss sich selbst schützen. Man muss sich selbst sein Recht verschaffen, und dazu braucht man Waffen, Gleichgesinnte und eine neue Macht, die an die Stelle der vorigen tritt, deren Unfähigkeit man nachgewiesen hat.«

»Charlotte …« Er wollte Einspruch erheben, fand aber keine Worte. Was sie da vorgetragen hatte, war extrem. Der Verlust des Vertrauens in die Regierung war der erste Schritt zur Anarchie. So etwas hatte es auch früher schon gegeben.

»Man muss den Menschen Angst machen, ihre Wut anstacheln«, fuhr sie fort. »Dann sind sie zu so gut wie allem bereit. Wenn ich in Gefahr wäre, und die Polizei würde mich nicht schützen, würdest du dann die Dinge nicht selbst in die Hand nehmen?«

»Du brauchst das gar nicht weiter auszuführen. Ich habe auch so verstanden, worauf du hinauswillst«, sagte er ein wenig heftig. Genau diesen Gedanken hatte er durch Vernunfterwägungen zu vertreiben versucht. Die Situation, die sie da an die Wand malte, war extrem. »Bisher haben wir es aber lediglich mit einem einzelnen widerlichen Gewaltakt zu tun, der sich gegen eine bestimmte Gruppe von Menschen richtete. Panik ist das Letzte, was wir brauchen können …«

»Ich möchte ja, dass du recht hast«, betonte sie.

»Immer! Mir wäre nichts lieber, als dass du alles durchdacht hättest. Das musst du einfach. Ein Wahnsinniger, der ein bestimmtes Ziel hat und intelligent genug ist, die nötigen Vorkehrungen zu treffen, genügt – und dann ist es für uns doppelt so mühsam, die Sache einzudämmen, als wenn wir das vorausgesehen und rechtzeitig Vorkehrungen dagegen getroffen hätten.«

Er wusste, dass es ihr mit ihren Worten ernst war. Wie so mancher anderen Frau war ihr jedes Mittel recht, wenn es darum ging, ihren Mann zu schützen. Er nahm ihre Hand und schloss die seine sanft darum.

»Ich werde diese äußerst gefährliche Möglichkeit berücksichtigen«, versprach er. »Das gehört zu den vielen Dingen, nach denen wir Ausschau halten müssen. Wie du so treffend sagst: Wer ein Volk zugrunde richten will, fängt damit an, dessen Vertrauen in die Gesetze zu untergraben, denn dann wird jeder das Gesetz in die eigene Hand nehmen, und das Ergebnis ist Anarchie. Aber jetzt gehe ich schlafen.« Er stand auf und zog sie mit sich hoch. »Und das solltest du auch tun«, fügte er hinzu.

Charlottes Worte gingen Pitt nicht aus dem Kopf. Er und Stoker waren alle Berichte der letzten sechs Monate durchgegangen, die so angelegt waren, dass sich jede Spur leicht verfolgen ließ. Die Mitglieder aller Gruppen waren in Listen aufgeführt, die ständig auf dem neuesten Stand gehalten wurden; hinzu kamen Informationen und Nachfragen ausländischer Regierungen. In den Mustern des zurückliegenden Jahrzehnts ließ sich kein Bruch und keine Veränderung erkennen.

Er sprach Stoker gegenüber die Möglichkeit an, dass es sich um das Ablenkungsmanöver einer von England aus unterstützten ausländischen Gruppe handeln könne.

»Falls es so was gibt, müssen die Leute verdammt gerissen sein«, sagte Stoker bedrückt, der gerade die jüngsten Berichte auf Pitts Schreibtisch durchging.

»Könnte das jemand sein, den wir mit großer Wahrscheinlichkeit nicht verdächtigen würden?«, überlegte Pitt laut.

»Wer zum Beispiel?«, fragte Stoker. »Ein Abgeordneter? Oder so jemand wie ein Kronanwalt oder Richter?«

»Ja. Oder einer von unseren eigenen Leuten«, gab Pitt fast im Flüsterton von sich, als könne jemand in seinem Büro mithören, was da gesagt wurde.

Stokers knochiges Gesicht wurde noch bleicher als sonst. »Denkbar wäre es. Das würde zugleich bedeuten, dass wir nicht einmal den Berichten unserer Abteilung trauen können. Solange wir nicht wissen, um wen es sich handelt, wäre in dem Fall jeder verdächtig. Allerdings glaube ich das nicht, Sir. Ich kenne die Männer seit Jahren.«

»Ja«, stimmte ihm Pitt zu. »Und Tellman schließt aus, dass es jemand von der Polizei sein könnte. Ich kann ihm das nicht verübeln. Vielleicht würde der größte Schaden durch die bloße Verdächtigung ausgelöst?«

Ein Schauer überlief Stoker. »Wenn wir erst dazu übergehen, uns gegenseitig anzuzeigen, ist das wirklich der Anfang vom Ende.«

»Daran denken wir nicht einmal im Traum«, sagte Pitt knapp. »Auf dem Weg hierher habe ich mir überlegt, wenn jemand wirklich Chaos erzeugen und dann die Macht übernehmen will, müsste er eine beträchtliche Anzahl von Leuten hinter sich haben. So etwas geht nicht mit einem halben Dutzend hier und da.«

»Dann also doch die Polizei?« Stoker hob die Brauen. »Nein. Der eine oder andere mag ja korrupt sein, aber insgesamt sind es gute Leute, die sich zu derlei nie hergeben würden.

Sie sind Teil der Bevölkerung. Zum Kuckuck! Sie haben doch früher selbst dazugehört!«, entfuhr es ihm verärgert.

»Ich habe die Polizei ja gar nicht verdächtigt«, hielt ihm Pitt vor. »Ganz davon abgesehen, hat die normalerweise keine andere Waffe als den Schlagstock. Ich denke eher an eine Gruppe unzufriedener Militärangehöriger. Vor fünfzehn Jahren war Ednam beim Heer.« Er sah, wie sich Stokers Züge anspannten. »Mir fallen da ein oder zwei Dinge ein, die uns berichtet worden sind – war da nicht diese unangenehme Geschichte mit General Breward? Für seinen Rang ist er ziemlich jung, so um die fünfundvierzig, ein Haudrauf, den die blutdurstigen unter seinen Offizieren bewundern. Er ist ziemlich aufgeblasen und hält sich für ungeheuer wichtig.«

Vor seinem Eintritt in den Staatsschutz war Stoker in der Handelsmarine zur See gefahren. Er akzeptierte Befehlsgewalt, verachtete aber Vorgesetzte, die ihre Untergebenen unnötig einer Gefahr aussetzten, und hatte wie die meisten Seeleute großen Respekt vor dem Meer, das niemand ungestraft unterschätzte. Mit dem gleichen Respekt behandelte er den Kampf, den er beim Staatsschutz führte, und die Männer, die ihm dabei zur Seite standen.

»Ich gehe der Sache nach, Sir. Überheblich genug dafür ist er ja – zwar mit allen Wassern gewaschen, aber auch von einer gewissen Dummheit.«

Pitt dankte Stoker und erklärte: »Ich werde die Unterlagen über die Opfer noch einmal durchgehen, um zu sehen, ob die früher schon einmal etwas gemeinsam unternommen haben. Einfach vorsichtshalber …«

»Sehr wohl, Sir.«

Eine Stunde später saß Pitt im Büro von Hauptkommissar Cotton, der ihm kurz und knapp mitteilte: »Das sind lauter anständige Leute.« Cotton war Whickers Vorgesetzter, und Pitt brauchte jemanden auf einer höheren Ebene. Cotton, ein Mann etwa in Pitts Alter, kippte seinen Stuhl leicht nach hinten und sah ihn an. »Warum zum Teufel erkundigen Sie sich überhaupt nach denen?«

»Um sagen zu können, dass sie über jeden Verdacht erhaben sind«, gab Pitt leicht überrascht zurück, so, als hätte sich Cotton die Antwort denken können. »Zweifellos haben Sie gehört oder gelesen, worauf die Zeitungen anspielen.«

Cottons von dichten Brauen überschattete schwarze Augen über den eingefallenen Wangen waren starr auf Pitt gerichtet. »Wollen Sie damit sagen, dass jemand speziell diese fünf Männer in die Falle gelockt hat?«

»Ich kann es nicht ausschließen und muss der Frage nachgehen, um den Verdacht gegebenenfalls entkräften zu können.«

»Wieso? Weil Sie früher auch einmal bei der Polizei waren?«

»Weil ich den Täter fassen will«, teilte ihm Pitt mit. »Und dafür muss ich das Motiv kennen. Es handelt sich nicht um einen der uns bekannten Anarchisten und Unruhestifter.«

»Sind Sie sich dessen sicher?« Cotton verkleinerte den Winkel seines Stuhls zum Boden, um nicht umzufallen.

»Ja.«

Cotton stieß die Luft aus. »Üble Geschichte, das.« Zum ersten Mal betrachtete er Pitt mit einer Art Hochachtung. »Die fünf haben seit einigen Jahren hin und wieder gemeinsam Einsätze durchgeführt. Sie sind nicht schlechter oder besser als die meisten. Ednam, der arme Kerl, war ein Wichtigtuer und Rechthaber. Er hat sich von niemandem etwas sagen lassen, wenn er anderer Ansicht war. Die Haltung hat er wohl vom Militär mitgebracht. Aber oft hat er sich nicht geirrt. Seine Männer haben zu ihm aufgeblickt. Er hat sie nie im Stich gelassen, ob im Guten oder im Schlechten, und das haben sie zu schätzen gewusst.«

»Im Schlechten?«

»Er hat bei Fehlern gelegentlich ein Auge zugedrückt, mitunter auch, wenn es sich dabei nicht um Irrtümer, sondern um Absicht handelte.«

»Was war das zum Beispiel?«, fasste Pitt nach.

»Großer Gott!«, stieß Cotton hervor und ließ die Stuhlbeine mit Wucht auf den Boden knallen. »Das Übliche! Ein Glas über den Durst getrunken … eine kleine Schlägerei hier und da … einen Verdächtigen hart angefasst, damit er mit der Wahrheit herausrückt … übermäßige Gewaltanwendung bei der einen oder anderen Festnahme. Bringen Sie mir den Polizeibeamten, der nicht irgendwann einmal gegen die Vorschriften verstoßen hat, und ich zeige Ihnen einen Vorgesetzten, der seine Leute nicht kennt.«

»Hat man die Männer bestraft?« Pitt bemühte sich, seine Stimme neutral klingen zu lassen.

Cotton hob die Brauen. »Was weiß ich? Ich habe nicht danach gefragt, und wenn Sie klug sind, werden Sie das auch nicht tun.«

»Haben die Männer Beweismittel verschwinden lassen? Gelegentlich Geschenke angenommen, damit sie nicht so genau hinsahen?« Pitt war nicht der Ansicht, dass er die Sache auf sich beruhen lassen durfte.

Cotton sah ihn erstaunt an.

»Oder haben sie jemandem eine Straftat untergeschoben, die sie selbst begangen hatten, ohne dass sich das beweisen ließ?«, fuhr Pitt fort. »Haben sie Asservate an sich gebracht, zum Beispiel eine Flasche Whisky oder eine Kiste Zigarren? Die Art von Dieberei begangen, von der die Öffentlichkeit nichts erfährt und über die sich wohl auch niemand den Kopf zerbrechen würde? Wenn jemand bei seiner Festnahme unter erheblicher Gewaltanwendung schwer verletzt wurde oder man ihn misshandelt hätte, damit er eine Falschaussage macht, lägen die Dinge schon anders. Und eine Straftat untergeschoben zu bekommen wäre noch einmal etwas völlig anderes. Reden wir von solchen Dingen?«

»Nein!«, sagte Cotton aufgebracht. »Nicht bei meinen Leuten, soweit mir bekannt ist. Ist das bei Ihren etwa anders?«

Verblüfft gab Pitt zurück: »Nein!«

»Sie würden für jeden Ihrer Männer die Hand ins Feuer legen, nicht wahr? Beispielsweise für Tellman?«, sagte Cotton und sah Pitt mit einem Ausdruck an, den dieser nicht zu deuten vermochte.

»Ja, ich würde mich für seine Redlichkeit verbürgen«, gab Pitt ohne das geringste Zögern zurück. »Und auch für jeden meiner Männer beim Staatsschutz.«

»Für seine Redlichkeit? Interessant«, bemerkte Cotton. »Und wofür nicht?«

Pitt musste einen Augenblick lang überlegen. Cotton würde sich bestimmt jedes Wort merken, das er sagte, und ihm einen Strick daraus drehen. Er würde das bei passender Gelegenheit anbringen und ihn zu Fall bringen, sobald er eine Möglichkeit dazu sah. Sofern Pitt bestritt, dass in seiner Abteilung je Fehler vorkämen, würde man das als lachhaft und ihn als unfähig hinstellen, wenn nicht gar als Lügner.

Er beschloss, seine Worte sorgfältig zu wählen. »Er ist Idealist«, begann er. »Und loyal. Es ist denkbar, dass er sieht, was er sehen möchte, und dass ihm etwas Schändliches entgeht. Ich weiß nicht, ob er den Fehler eines Untergebenen melden würde, wenn er der Überzeugung wäre, dass dieser auf einen Irrtum zurückgeht. Nur wer selbst loyal ist, darf von anderen Loyalität erwarten. Vertrauen beruht auf Gegenseitigkeit. Wer einen Fehler seiner Mitmenschen ausnutzt, darf sich nicht wundern, wenn diese es ihm mit gleicher Münze heimzahlen, und das kann sich keiner von uns leisten.«

»Würden Sie ihn als naiv bezeichnen?«, fragte Cotton mit breitem Lächeln. »Würde seine Loyalität ihn dazu veranlassen, ein Auge zuzudrücken? Ist er ein Idealist, der die Schwächen seiner Männer nicht sieht? So etwas ist gefährlich, finden Sie nicht auch? Arbeiten Sie beim Staatsschutz so, Commander Pitt? Ist die Sicherheit unseres Landes einem Mann anvertraut, der es für wichtiger hält, seine Männer zu decken, wenn sie Fehler begehen, als Attentäter zu fassen, die darauf aus sind, unser Land mit einer Woge der Gewalttätigkeit ins Chaos zu stürzen?«

Mit diesen Worten war Cotton einen Schritt zu weit gegangen, und er begriff das in dem Augenblick, als er die Veränderung auf Pitts Gesicht erkannte.

»Meine jüngeren Beamten machen Fehler«, gab Pitt zurück. »Wer nicht lernt, sie zu vermeiden, wird nicht befördert. Wie steht es mit Ihren Leuten? Ednam war ein loyaler Rabauke. Was ist mit Yarcombe, mit Bossiney und den anderen?«

»Ich denunziere keine Toten.« Cotton rückte seinen Stuhl wieder ein Stück vor und sah Pitt über den Schreibtisch hinweg an. Er war es nicht gewohnt, verhört zu werden, musste es sich aber von Pitt gefallen lassen, weil dieser einen höheren Rang hatte als er.

»Sie haben also nicht zu ermitteln versucht, ob es sich um einen dreifachen Mord und zwei Mordversuche handeln könnte?«, fragte Pitt.

»Halten Sie die Sache für einen Mordanschlag?«, fragte Cotton zurück.

»Sie etwa nicht?«

»Man kann das so sehen. Na schön, ich werde Ihnen alles sagen, was ich über die fünf Männer weiß. Aber bringen Sie mir auf jeden Fall jemanden, der für dieses Attentat geradestehen muss!«

Pitt stand auf. »Danke.« Ihm war bewusst, dass er damit in gewisser Hinsicht eine Herausforderung angenommen hatte.

Am nächsten Tag ließ Pitt sich von Tellman berichten, was dieser in Erfahrung gebracht hatte. Dann fasste er zusammen, was ihm Cotton mitgeteilt hatte, das Gute wie das Schlechte.

Tellmans Gesichtszüge verhärteten sich, und eine leichte Röte stieg ihm in die Wangen.

»Das hat er über seine eigenen Leute gesagt?«, fragte er, als Pitt geendet hatte. Der Abscheu in Tellmans Stimme ließ sich fast mit Händen greifen. Hier sah er sich einer Wirklichkeit gegenüber, die er seit Längerem befürchtet zu haben schien.

Pitt verstand das zumindest teilweise. Er kannte die Stärken und Schwächen seiner eigenen Männer, das war unbedingt nötig, damit er sie richtig einsetzen konnte. Er konnte sich auch ziemlich genau vorstellen, wovor sie sich fürchteten, was sie den meisten Mut kostete, und er wusste, wer gut mit wem zusammenarbeitete. Ebenso waren ihm Versuchungen bekannt, denen der eine oder andere von Zeit zu Zeit erlag. Aber nie im Leben hätte er einem Dritten gegenüber davon gesprochen. Vertrauen und Verschwiegenheit setzten Gegenseitigkeit voraus. Das galt für jede Treuebeziehung.

»Ich habe ihn unter Druck gesetzt«, sagte er, gleichsam um Cottons Verhalten zu entschuldigen. »Wir müssen genau wissen, wer krumme Touren gedreht hat und in welchem Ausmaß.«

»Ich weiß«, sagte Tellman sofort. Es war Pitt klar, dass es sich dabei um gespielte Tapferkeit handelte. Er hätte sich fast denken können, dass der Mann so reagieren würde.

»Nein, das wissen Sie nicht«, widersprach er. »Zumindest hoffe ich das sehr. Wenn Sie das wüssten, ohne etwas zu unternehmen, wären Sie einer von denen.« Noch während er das sagte, war ihm klar, dass sich Tellman sofort dagegen verwahren würde.

Tellmans ganzer Körper verkrampfte sich, und bis auf die roten Flecken auf seinen Wangen war sein Gesicht weiß. »Ich bin keiner von denen!«, schrie er mit sich beinahe überschlagender Stimme. »Ich habe nie etwas an mich genommen, was mir nicht gehörte. Ich habe bei keiner Festnahme mehr Gewalt angewendet, als erforderlich war, und schon gar nicht habe ich Männer geschlagen, die am Boden lagen oder Handschellen trugen. Wenn Sie das nicht wüssten, wären Sie ein Dummkopf! In dem Fall würden Sie sich nicht einmal für die Leitung eines Zeitungskiosks eignen, geschweige denn für die einer Dienststelle, deren Mitarbeiter ihr Leben aufs Spiel setzen, um Ihre Anweisungen auszuführen«, stieß er rau und wie unter Schmerzen hervor.

Pitt schluckte schwer. Tellmans Wutausbruch verblüffte ihn, obwohl er eigentlich damit hätte rechnen müssen, schließlich hatte er lange genug mit ihm zusammengearbeitet.

»Ich kenne meine Männer, und ich vertraue ihnen.« Obwohl Pitt das so ruhig sagte, wie er konnte, hörte er, dass seine Empfindungen seine Stimme belegt klingen ließen. »Das wissen Sie auch. Außerdem wissen Sie, dass ich auch Ihre Schwächen kenne, wie vermutlich Sie die meinen. Der Unterschied liegt darin, dass ich die Verantwortung dafür trage, Ihnen keine Aufgaben aufzubürden, denen Sie nicht gewachsen sind. Ich habe Verständnis für Angst, Verwirrung, Mitleid und gelegentlich auch für Ungeschicklichkeit. Aber Lügen, Diebstahl und Unbeherrschtheit im Umgang mit Arrestanten dulde ich nicht, ebenso wenig wie aktive oder passive Bestechung. Solches Verhalten ist ein Treubruch gegenüber den Kollegen, und wer dabei gefasst wird, verliert seine Stellung … und geht nach Möglichkeit ins Gefängnis.«

Er holte Luft und sah Tellman entschlossen an. »Ein Auge zuzudrücken, um etwas nicht mitzubekommen, ist kein Akt von Mitgefühl, sondern Feigheit und ein Treubruch gegenüber unbestechlichen Männern. Damit tut man ihnen keinen Gefallen, sondern höchstens sich selbst, weil man mit einer Sache nichts zu tun haben will.«

»Und Sie glauben, dass ich mich so verhalte?« Tellmans Stimme klang schrill, und seine Augen blitzten.

»Ich hoffe nicht. Aber vielleicht sagen Sie mir …«

»Damit Sie mich einlochen lassen können?« Aus ihm sprach jetzt die blinde Wut.

Pitt ließ sich davon zu einem Temperamentsausbruch hinreißen. »Vielleicht kann ich Sie auf diese Weise davor bewahren, selbst einem Attentat zum Opfer zu fallen!«, brüllte er zurück. »Oder hatten Sie an diese Möglichkeit gar nicht gedacht?«

Tellman schwieg. Pitt sah auf seinen Zügen, welchen Schmerz ihm das Bewusstsein einer Wirklichkeit bereitete, der er sich lange nicht hatte stellen wollen. In seinen Augen waren diese Anschuldigungen Lügen aus dem Mund von Menschen, die der Polizei übel wollten oder aus gutem Grund Angst vor ihr hatten.

»Sie brandmarken alle, obwohl nur wenige korrupt sind, vielleicht einer von hundert«, sagte er voll Verbitterung. »Sie werfen die Guten mit den Schlechten in einen Topf!«

Pitt bemühte sich, die Herrschaft über die Situation zurückzugewinnen. Diese Auseinandersetzung war ihm zuwider.

»Wir müssen die Schlechten aufspüren, bevor sie uns alle mit in den Abgrund reißen«, mahnte er Tellman in deutlich verminderter Lautstärke. »Keiner von uns möchte annehmen müssen, dass der Mann an seiner Seite korrupt ist, aber wenn wir wegsehen, werden wir alle miteinander unglaubwürdig. Großer Gott, Tellman, wer sich entscheidet, etwas nicht zu sehen, weil es ihm nicht passt oder seinen Seelenfrieden stört, billigt es geradezu. Da könnte er gleich eine Absprache mit den Tätern treffen. Das wissen Sie ebenso gut wie ich. Zwar können wir dergleichen bei Zeugen, die nicht zur Aussage bereit sind und lieber wegsehen oder auf die andere Straßenseite gehen, nicht strafrechtlich verfolgen, aber wir betrachten es mit Verachtung und erwarten untereinander ein besseres Verhalten!«

»Sie aufgeblasener Mistkerl!«, stieß Tellman wütend hervor. »Sie meinen, dass Sie alles wissen … aber in Wirklichkeit wissen Sie überhaupt nichts! Nichts von dem, was andere denken oder glauben … nichts von dem, worauf es wirklich ankommt!« Von seinem Kummer förmlich erstickt, wandte er sich ab und verließ den Raum.

Pitt rief ihn nicht zurück. Ihm war klar, dass diese Wunde lange brauchen würde, um zu heilen. Ihm war klar, dass keins dieser Worte ihm persönlich galt, obwohl Tellman bestimmt nicht vergessen würde, dass Pitt seine tiefe Enttäuschung erkannt hatte. Das zu verzeihen würde ihm äußerst schwerfallen.

KAPITEL 6

Die Farben von Emilys Abendkleid waren Creme und Gold. Sie trug dergleichen nicht oft, aber mit seiner schmalen Taille und insbesondere der nach der letzten Mode geschnittenen Schulterpartie war es der Gipfel des Raffinements. Schon bevor sie das Ankleidezimmer verließ, war ihr klar, dass es ihr schmeichelte, doch die Bewunderung zahlreicher Männer und die brennende Neugier anderer Damen bestätigten ihr das, als sie gemeinsam mit Jack eine illustre Abendgesellschaft besuchte.

Selbstverständlich befanden sich unter den anwesenden Politikern und Magnaten der Finanz- und Geschäftswelt auch Parsons, Abercorn und Godfrey Duncannon. Man hatte sich auf eine weitere wichtige Vertragsklausel geeinigt, und sie waren gekommen, um das zu feiern und zugleich den nächsten Schritt vorzubereiten. Allmählich sah es so aus, als könne ein so bedeutender Teil des Vertragswerks abgeschlossen werden, dass man sich einige Tage Erholung von den Verhandlungen gönnen und möglicherweise sogar rechtzeitig zum Neujahrsfest aufs Land fahren durfte.

Emily stand am Rand einer Gruppe von Menschen, die in ein Gespräch vertieft waren, und hörte mit halbem Ohr zu. Sie hielt den Blick auf Godfrey Duncannon gerichtet. Er war elegant und höflich wie immer und stets darauf bedacht, den Eindruck zu erwecken, als interessiere ihn sehr, was gesagt wurde. Sie fragte sich, wie er das fertigbrachte. Ihrer Überzeugung nach musste ihn die Sache tödlich langweilen, und dennoch lächelte er jedem zu und nickte von Zeit zu Zeit billigend.

Wo war seine Frau? Zweifellos hörte sie pflichtschuldig jemandem zu. Während sich Emily suchend im Raum umsah und sich an die Farbe von Cecilys Kleid zu erinnern versuchte, fiel ihr Blick auf eine Dame in Schwarz und Bronze. Diese auffallende Kombination wirkte geradezu winterlich, aber zugleich schön. Die Frau neigte den Kopf mit den dunklen Haaren, sodass sich das Licht des Kronleuchters in den Edelsteinen ihres Diadems brach.

Als sie den Kopf hob, merkte Emily, dass es sich um Cecily handelte. Sie wandte sich zur Seite, und Emily erkannte die Anspannung auf ihren Zügen. Gleich darauf war ihr Gesicht wie verwandelt und zeigte nichts mehr von ihren Empfindungen.

Hatte Emily sich das eingebildet, oder war Cecily noch verstörter als sonst? Was mochte der Grund dafür sein? Hing es mit ihrem Sohn oder ihrem Mann zusammen? Vielleicht war es auch etwas gänzlich anderes.

Emily wurde wieder in das Gespräch um sie herum hineingezogen.

»Wie interessant«, sagte sie aalglatt. Sie hatte keine blasse Vorstellung von dem, worüber gesprochen wurde, durfte aber annehmen, dass ihr nichtssagender Beitrag gut ankam – schließlich wollten alle für interessant gehalten werden.

Immer wieder blickte sie zu Cecily hinüber. Einmal sah sie sie mit Josiah Abercorn sprechen und beobachtete sie eine Weile unauffällig. Der Mann war untadelig gekleidet, fast mit übertriebener Sorgfalt, wie jedes Mal, wenn Emily ihn gesehen hatte. Es wirkte steif, ohne jede selbstverständliche Eleganz. Sie hatte nie etwas Negatives über den Mann gehört, und dennoch verstand sie bestens, warum Cecily so viel Abstand von ihm wahrte, wie es ihr nur möglich war, ohne die Gebote der Höflichkeit zu verletzen. Cecily wirkte starr, als fühle sie sich unbehaglich. War ihr seine leichte Unsicherheit bewusst? Oder ihm selbst? Er lächelte, während er mit ihr sprach, aber Emily war zu weit von den beiden entfernt, als dass sie etwas von der Unterhaltung hätte mitbekommen können.

Da Abercorn eine wichtige Rolle bei der juristischen Absicherung des Vertrags spielte, überlegte Emily, dass es Jacks Interesse nützen könnte, wenn sie etwas mehr über ihn in Erfahrung brachte.

Cecily nickte im Gespräch und trat einen Schritt von ihm fort. Mit einer unsicheren Handbewegung machte er seinerseits einen Schritt vorwärts und stellte auf die Weise den früheren Abstand wieder her.

Einen Augenblick lang dachte Emily, Cecily würde wieder zurückweichen, sich vielleicht sogar entschuldigen und fortgehen. Ging es bei der Unterhaltung um den Vertrag? Um etwas, wovon sie fürchtete, dass es ihrem Mann schaden könnte? Emily wusste bereits, dass es nicht nur dessen Ruf, sondern möglicherweise zum Teil auch seine Zukunftsaussichten beeinträchtigen könnte, wenn der Vertrag, mit dem er sich öffentlich so sehr identifiziert hatte, nicht zustande käme. Sie hatte Jack danach gefragt, und seine Weigerung, über das Thema zu sprechen, hatte ihr mehr gesagt, als wenn er ihr eine Antwort gegeben hätte.

Machte sich Cecily darüber Sorgen? Abercorn kannte sämtliche Einzelheiten des Vertrags; vielleicht stand er im Begriff, sie zu warnen, und sie wollte allein sein, um zu überlegen, was das für ihren Mann bedeuten mochte. Aber sicherlich gehörte Abercorn zu den Befürwortern des Vertrags. War es denkbar, dass er einen Preis für seine nachdrückliche Unterstützung verlangte und Godfrey nicht bereit war, diesen zu zahlen?

Emily beschloss, mehr über Abercorn in Erfahrung zu bringen. Jack hatte gesagt, dass er politischen Ehrgeiz habe und über ein beträchtliches Vermögen verfüge. Allerdings fehlte ihm in Emilys Augen die Ungezwungenheit eines Mannes, der von Geburt an Privilegien besaß, und seine Arroganz war nicht gleichsam angeboren, sondern erworben.

Sie überlegte, ob sie Jack fragen oder der Sache selbst nachgehen sollte. Unbedingt Letzteres. Es erschien ihr ein wenig hinterhältig, aber entscheidend war, dass sie die Wahrheit herausbrachte, denn damit würde sie Jack beweisen, dass sie zu ihm stand. Ihr war klar, dass sie dabei unauffällig vorgehen musste.

Ganz wie Cecily hatte sich Emily schon lange keine Sorgen mehr um Geld zu machen brauchen. Dennoch wusste sie, dass nicht einmal die Notwendigkeit, sich einzuschränken – sei es, dass man in ein kleineres Haus umziehen oder die Zahl der Dienstboten reduzieren musste oder weniger Gesellschaften geben konnte –, dem wahren Glück so abträglich war wie das Bewusstsein, versagt zu haben. Sie konnte sich ebenso schmerzlich wie deutlich daran erinnern, wie sehr Jack darunter gelitten hatte, als sich bei einer früheren Gelegenheit seine hochfliegenden Hoffnungen zerschlagen hatten. Er war damals überzeugt gewesen, dass er die Situation falsch eingeschätzt hatte, zumindest teilweise. Emilys Versuche, ihm das auszureden, hatten alles nur schlimmer gemacht. In seinen Augen war entscheidend gewesen, *dass* er verloren hatte, nicht unbedingt, wie viel oder wie wenig.

Machte sich Cecily in dieser Hinsicht Sorgen? Schlimm war nicht das Versagen als solches, sondern die damit verbundene Kränkung. Emily sah Duncannon, der im Mittelpunkt der Aufmerksamkeit stand. Im Licht der Kronleuchter schimmerte sein dichtes eisengraues Haar silbrig, während er den Kopf neigte und einer Dame mit einem diamantenbesetzten Diadem zuhörte. Er wirkte ausgesprochen selbstsicher. Aber Cecily kannte möglicherweise eine völlig andere Seite von ihm. Unter Umständen saß er die halbe Nacht bei einer Karaffe Whisky, ging dann allein zu Bett und grämte sich über seine zerstörten Träume, darüber, dass er nicht erreicht hatte, was er sich vorgenommen hatte.

Emily sah sich um und überlegte, wen sie nach Abercorn fragen konnte, der ihn aus seinem Privatleben kannte. Es musste ein vertrauenswürdiger Mensch sein, der einerseits taktvoll war, ihr aber andererseits zumindest einen Teil dessen mitteilte, was sie wissen musste. Solche Menschen gab es nur wenige.

Womit sollte sie ihr Ansinnen begründen? Auf jeden Fall musste es glaubhaft klingen.

Dann kam ihr der erhellende Einfall: Sie könnte sagen, Jack habe überlegt, Abercorn zur Übernahme eines politischen Amtes aufzufordern, einer wichtigen Position. Zwar habe niemand etwas Nachteiliges über den Mann zu sagen vermocht, aber man könne ja nie vorsichtig genug sein. Er habe keine Ehefrau, womit sich die Frage stelle, ob er aber vielleicht früher einmal verheiratet gewesen war. Und wie war sein … Verhalten ganz allgemein? Niemandem liege an Einzelheiten, man wolle lediglich Gewissheit haben.

Emily hatte schon von solchen Nachforschungen erfahren, kannte die Fragen und wusste, wie sie zu formulieren waren.

Aber man würde wissen wollen, warum sie und nicht Jack diese Fragen stellte.

Auch darauf fiel ihr die Antwort ein: *Uns Frauen fällt doch viel eher etwas auf als den Männern, finden Sie nicht auch, meine Liebe?*

Außerdem neigten sie dazu, auf den Klatsch zu hören, der, wenn man seinen Kern herausschälte, der Wahrheit recht nahe kommen dürfte.

Und wer kam dafür infrage? Es musste unbedingt jemand sein, der Abercorn nicht unverzüglich Mitteilung von dem Interesse machte, das sie an ihm zeigte, sei es insgeheim oder offen.

Natürlich! Lady Parsons. Emily nahm nicht an, dass ihrem aufmerksamen Auge viel entging. Allerdings musste das nicht automatisch bedeuten, dass es ihr auch über die Lippen kam – womöglich hütete sie ihre Zunge in der Hinsicht sorgfältig.

Während Emily so tat, als höre sie einer Schilderung von Hochzeitsvorbereitungen mit großer Aufmerksamkeit und Anteilnahme zu, sah sie sich im Saal um und erkannte schon bald in ziemlicher Entfernung Lady Parsons in einem silbergrauen Abendkleid, dass ihr überhaupt nicht stand. Eine wärmere Farbe hätte deutlich besser zu ihr gepasst.

Emily entschuldigte sich, sobald ihr das möglich war, ohne sich etwas zu vergeben, und ging zu ihr hinüber, wobei sie bemüht war, niemandem aufzufallen, den sie gut kannte, denn dann wäre sie genötigt gewesen, mit den Betreffenden zu sprechen. Sie war entschlossen, Lady Parsons gegenüber völlig freimütig zu sein. Alles andere würde die Frau sofort merken, und dann hätte sie nicht nur ihr Wohlwollen verspielt, sondern darüber hinaus ihre Achtung.

Sie überlegte, wie offen sie sprechen durfte. Es war von entscheidender Bedeutung, die richtige Balance zu finden. Auf keinen Fall durfte sie ihr Komplimente wegen ihres Kleides machen, denn sofern sich die Frau über dessen Wirkung im Klaren war, würde sie Emily womöglich Sarkasmus unterstellen.

In dem Augenblick, da sich ihre Blicke trafen, beschloss Emily, alle Karten auf den Tisch zu legen.

»Guten Abend, Mrs. Radley«, sagte Lady Parsons, wobei in ihren blassblauen Augen eine leichte Belustigung aufblitzte. »Sie sehen aus, als hätten Sie noch etwas zu erledigen.«

Verstellung wäre sinnlos gewesen. »Guten Abend, Lady Parsons«, gab Emily zurück. »Es kommt mir allmählich so vor, als sei ständig etwas zu erledigen. Kaum denke ich, dass alles getan ist und ich mich meinen Interessen widmen kann, schon taucht etwas anderes auf.«

»Ach, wirklich?« Jetzt war Lady Parsons unübersehbar belustigt. »Sofern es Ihre Absicht sein sollte, mich von den Vorzügen des famosen Vertrags zu überzeugen, damit ich meinen Mann dahingehend beeinflusse, dass er seine Vorbehalte aufgibt, werde ich nicht so unhöflich sein, Sie davon abbringen zu wollen. Allerdings würden wir unsere Zeit weit besser nutzen, meine Liebe, wenn wir uns über etwas Interessantes unterhielten. Ich weiß, was Sie jetzt sagen werden, und ich glaube meine Antwort darauf zu kennen. Können wir die Angelegenheit damit als erledigt betrachten und uns anderen Dingen zuwenden?«

Emily erwiderte Lady Parsons Lächeln, ohne sich im Geringsten verstellen zu müssen. »Ich hatte mir diese Freiheit bereits genommen«, gab sie zurück. »Ich bin aus einem ganz anderen Grund gekommen.«

»Wie vernünftig. Worum geht es?«, fragte Lady Parsons.

»Um eine Auskunft …«

»Von mir?«

»Ich nehme an, dass Sie die Wahrheit etwas weniger beschönigen werden als die meisten anderen. Außerdem haben Sie bestimmt dafür gesorgt, in Erfahrung zu bringen, worum es mir geht … zumindest, soweit das möglich ist«, erläuterte Emily und fragte sich zugleich, ob sie vielleicht zu übereilt vorging und ob Jack sich über sie ärgern würde. Andererseits dachte sie nicht daran, ihn einzuweihen, es sei denn, dass es unausweichlich war.

»Da bin ich gespannt«, sagte Lady Parsons. »Was könnte das sein, was ich weiß und Sie nicht?«

Ausflüchte wären sinnlos gewesen. »Mein Mann wäre in der Lage, Josiah Abercorn, dessen Geschäftssinn und Wohltätigkeit von allen Seiten in den höchsten Tönen gepriesen wird, eine herausgehobene Position anzubieten. Ich frage mich, ob das vielleicht zu großzügig von ihm wäre, aber das mag an meiner Voreingenommenheit liegen. Es war mir bisher unmöglich, viel über sein Vorleben zu erfahren.«

»Und jetzt wollen Sie mehr wissen?«

»Würde es Ihnen nicht ebenso gehen, wenn unter Umständen der Ruf Ihres Gatten auf dem Spiel stünde?«

Lady Parsons öffnete die Augen weit. »Durchaus. Und ich würde auf genauen Antworten bestehen … Die kann ich Ihnen aber nicht geben. Abercorn ist mir zuwider, denn er hetzt gegen meinen Mann und versucht, ihn in Misskredit zu bringen, weil wir gegen den Vertrag mit den Chinesen sind. Es geht dabei um einen Freihafen an der Küste des ostchinesischen Meeres. Das wissen Sie doch sicher? Nein – wie ich sehe.«

»Nicht in Einzelheiten«, wich Emily aus.

Lady Parsons lachte. »Nun, meine Liebe – das stimmt nicht ganz. Ihre Augen haben Sie verraten. Trotzdem will ich Ihnen etwas sagen: Über die Herkunft des Mannes weiß man nicht sonderlich viel. Sein Vater ist angeblich vor seiner Geburt gestorben. Die Mutter, eine Frau von unbestreitbarer Tugendhaftigkeit, hat nicht wieder geheiratet, ihn allein aufgezogen und es ihm mit ihrer Hände Arbeit ermöglicht, eine gute Schule zu besuchen. Später hat er dann ein Stipendium bekommen. Auf bestimmten Gebieten ist er zweifellos brillant …«

»… aber eben jemand, der aus eigener Kraft aufgestiegen ist«, ergänzte Emily. Eigentlich müsste das für ihn sprechen, doch sahen manche darin ein gewisses Stigma, den Grund für ein gewisses linkisches Verhalten in der Gesellschaft sowie einen Mangel an Kultiviertheit. Konnte es daran liegen, dass Abercorn bisweilen so unsicher wirkte? Erinnerte er sich an seine Jugendjahre, als die anderen ihn, den mittellosen Stipendiaten, den Jungen, der keinen Vater hatte und damit gleichsam ohne Herkunft war, als Außenseiter behandelt hatten?

Mit einem Mal traten an die Stelle ihrer leichten Verärgerung ihm gegenüber Mitgefühl und eine Art Respekt. Sie war in die Oberschicht hineingeboren worden und hatte einen Aristokraten geheiratet. Ihr erstklassiges Aussehen und ihre Schlagfertigkeit hatten es ihr leicht gemacht, ihren Platz in der Gesellschaft zu wahren. Selbstsicherheit machte vieles einfacher.

Lady Parsons sah sie interessiert an. Offensichtlich wartete sie gespannt auf die nächste Frage.

»Es ist schön, wenn man geachtet wird«, sagte Emily. »Soweit man mir gesagt hat, war er nie verheiratet. Stimmt das?«

»Ich glaube schon.« Um den Mund Lady Parsons' zuckte es leicht spöttisch. In ihrem Lächeln lag eine Spur Mitgefühl. »Ich könnte mir denken, dass die Eltern der jungen Dame, die er für gut genug hielt, ihn ihrerseits für nicht gut genug hielten. Ein gewisses Dilemma …« Sie überließ es Emily, den Satz so zu beenden, wie sie es für richtig hielt.

»Es ist nicht zu spät«, bemerkte diese. »Er dürfte höchstens Mitte dreißig sein. Für einen Mann ist das ein durchaus passendes Heiratsalter. Möglicherweise hat er keine Lust dazu.« Sie stellte sich seine Kindheitserinnerungen vor. Vielleicht gab es da das Bewusstsein eines Verlustes, dem er sich nicht erneut aussetzen wollte. Manche Wunden heilten nur schwer.

»Da gibt es viele Möglichkeiten«, stimmte ihr Lady Parsons zu. »Jedenfalls komme ich mit dem Mann nicht gut zurecht. Er erscheint mir irgendwie … verschlossen. Aber vielleicht wäre ich ebenfalls deutlich weniger lebhaft, wenn ich seinen Weg gegangen wäre. Konnte ich Ihnen weiterhelfen?«

Emily bedachte sie mit ihrem reizendsten Lächeln. »Sie haben mir eine Menge erklärt, ohne auch nur ein einziges Mal in Klatsch zu verfallen. Ich danke Ihnen.«

»Das freut mich«, gab Lady Parsons knapp zurück. »Wie wäre es, wenn wir, sobald diese endlose Vertragsgeschichte vorbei ist, einmal miteinander zum Lunch gingen? Oder eine Kunstgalerie besuchten?«

»Das sollten wir unbedingt tun«, erklärte Emily und lenkte das Gespräch auf ein belangloses Thema.

Etwa eine Viertelstunde später stieß sie erneut auf Cecily.

»Vielleicht ist es ja bis Weihnachten vorbei, meinen Sie nicht auch?«, sagte Emily mit so viel Wärme, wie sie konnte.

Einen Augenblick lang sah Cecily sie verständnislos an.

»Wenigstens der größte Teil«, erläuterte Emily, »sodass nur noch Kleinigkeiten zu erledigen bleiben. In dem Fall könnten wir uns ein langes Wochenende gönnen …« Sie sah, wie sich Cecily bemühte, ihre Aufmerksamkeit auf das Gespräch zu lenken, und sie begriff, dass nicht der Vertrag der Grund für ihre Unruhe war, denn in dem Fall hätte sie sofort verstanden.

»Ach … ja«, sagte Cecily mit einem gezwungenen Lächeln. »Das wäre wirklich schön. Sie haben ein Haus auf dem Lande, nicht wahr?«

»Ja. Nur ein paar Tage ausspannen …« Emily wusste nicht, wie sie ihren Satz beenden sollte. Es war nicht ihre Absicht gewesen, taktlos zu sein, und sie suchte jetzt nach einem Ausweg, um die Situation zu retten.

»Wir auch«, sagte Cecily. Sie vermied es, Emily anzusehen. »Aber ich bin nicht sicher, dass ich dorthin fahren möchte. Hier scheint es so vieles zu geben …« Auch sie ließ in der Schwebe, was sie hatte sagen wollen.

»Kann ich etwas für Sie tun?«, erkundigte sich Emily mit freundlicher Stimme. »Etwas scheint Sie sehr zu bedrücken. Ursprünglich hatte ich angenommen, dass es dabei um den Vertrag geht, aber der ist es wohl nicht.«

Erschrocken fragte Cecily: »Bin ich so leicht zu durchschauen? Nein, in dieser Sache kann mir niemand helfen. Aber trotzdem vielen Dank …« Sie schien noch etwas sagen zu wollen, unterließ es dann aber.

»Geht es um Ihren Sohn …«, setzte Emily an. Als sie den Schmerz auf Cecilys Zügen erkannte und sah, wie sich Cecilys Schultern versteiften, wünschte sie, sie hätte den Mund gehalten. Ihr Verhalten war aufdringlich gewesen, doch für einen Rückzug war es zu spät.

»Er trauert immer noch um seinen Freund Dylan«, erklärte Cecily. »Er hat zwar kein Wort über den entsetzlichen Bombenanschlag gesagt, aber ich sehe, wie sich sein Gesichtsausdruck verändert, wenn die Rede darauf kommt. Weil Polizisten Dylan des Mordes beschuldigt hatten, was Alex für falsch hielt und hält, hasst er die Polizei. Godfrey kann sagen, was er will, Alex lässt sich nicht von seiner Ansicht abbringen.« Sie schien tief in Gedanken versunken zu sein und von den Dingen um sie herum nichts mitzubekommen. Es war, als könnte sie nicht einmal das Lachen der festlich gekleideten Menschen hören.

Emily suchte nach Worten, doch ihr war klar, dass alles, was ihr einfiel, so klingen würde, als brächte sie nicht das geringste Verständnis auf.

»Erst gestern haben die beiden wieder miteinander darüber gestritten«, fuhr Cecily so leise fort, dass es Emily Mühe kostete, sie zu verstehen. »Ich glaube, Alexander wird nun eine ganze Weile nicht mehr nach Hause zurückkehren.« Ein Ausdruck tiefer Trauer trat auf ihr Gesicht.

Emily fiel ein, dass Cecily ihr bei einer früheren Gelegenheit gesagt hatte, ihr Sohn habe eine eigene Wohnung. In seinem Alter war das völlig normal, denn der Wunsch, unabhängig zu sein, gehört zum Erwachsenwerden. Sicherlich verfügte er über die nötigen Mittel, wenn nicht von seinem Vater, dann von ihr. Erforderlichenfalls würde Cecily sicher bereit sein, ihren Schmuck zu verkaufen, um den Sohn zu unterstützen. Emily verstand das; sie würde es ohne zu zögern ebenso machen.

»Manchmal muss man an seine Freunde glauben«, sagte sie. »Auch wenn sonst niemand das tut und der Anschein gegen sie spricht. Das gilt ganz besonders für junge Leute, die noch voll Leidenschaft sind. Ich denke, dass man am besten nicht darüber spricht und abwartet, bis er die Wirklichkeit von sich aus akzeptiert. Freundschaftliche Bindungen in jungen Jahren können sehr ausgeprägt sein. Es hängt mit dem Ehrgefühl zusammen. Ich finde die ganze Situation äußerst betrüblich.«

»Sie haben recht«, sagte Cecily mit einem angedeuteten Lächeln. »Es geht um ein Treueverhältnis. Die beiden waren gemeinsam dort. Alexander ist davongekommen und Dylan nicht. Er hat den Eindruck, dass er auf Dylans Kosten lebt. Manchmal habe ich Angst, dass er sich etwas antut, weil er meint, das nicht verdient zu haben.« Sie sah Emily fragend an, als wolle sie wissen, ob diese sie verstehe.

Emily legte ihr leicht die Hand auf den Arm. »Wir alle würden die Schmerzen für diejenigen, die wir lieben, auf uns nehmen, ganz besonders, wenn es um die eigenen Kinder geht. Wir versuchen das sogar dann noch, wenn wir genau wissen, dass das nicht möglich ist. So verhalten wir uns ihnen gegenüber von dem Augenblick an, da wir sie zum ersten Mal im Arm halten, durch all die Jahre ihres Heranwachsens. Wir helfen ihnen auf, wenn sie straucheln, ermutigen sie, glauben an sie, wenn sonst niemand das tut, weinen um sie, wenn ihnen etwas Schmerzliches zustößt. Tragisch ist es nur, wenn wir das nicht tun. Niemand sollte ohne einen Menschen leben müssen, der ihn liebt.«

Trotz ihres Versuchs, nicht zu weinen, liefen Cecily die Tränen über die Wangen.

»Danke«, sagte sie mit belegter Stimme. »Entschuldigen Sie bitte, ich muss jetzt mit jemandem reden, den ich so wenig leiden kann, dass ich alle Gefühle vor ihm verberge. Sie brauchen kein schlechtes Gewissen zu haben; ich fühle mich nicht mehr ganz so allein.« Dann wandte sie sich ab und ging zu einer Gruppe hinüber, in der heftig miteinander diskutiert wurde.

Erst nach dem Abendessen am nächsten Tag fand Emily eine Gelegenheit, mit Jack über das zu sprechen, was sie bei der Gesellschaft gehört hatte. Edward und Evangeline hatten den Tisch verlassen, und da die zwischen ihr und Jack entstandene plötzliche Stille lastend zu werden drohte, hielt sie es für angebracht, einige Worte zu sagen. Zwar gedachte sie nicht, von sich aus über den Vertrag oder auch über das zu sprechen, was sie über Abercorn erfahren hatte, doch würde es sich möglicherweise nicht vermeiden lassen.

Sie wusste nicht, in welchem Umfang Jacks weitere Laufbahn und auch sein Vermögen von diesem Vertrag abhing. Sie mochte ihn nicht fragen, ob er bereits in eines der Unternehmen investiert hatte, die davon betroffen sein würden. Dass Minister ihr Geld in Firmen anlegten, deren Gewinne von ihren Entscheidungen abhängen konnten, galt nicht nur als ehrenrührig, sondern war auch strafbar.

Allerdings zog man Gelder, die bereits angelegt waren, bevor überhaupt von diesem Vertrag die Rede gewesen war, nicht ab, um sie woanders neu zu investieren, denn auch das konnte Leuten, die einen Riecher für Geschäfte hatten, Hinweise auf künftige mögliche Gewinnquellen liefern.

Unter Umständen war sogar ihr eigenes Vermögen betroffen. Sowohl das Stadthaus als auch Ashworth Hall waren als Familiengut mit beschränktem Eigentumsrecht eingetragen und würden später auf Emilys Sohn Edward übergehen, der seit dem Tod seines Vaters bereits den Titel Lord Ashworth trug. Doch was war mit dem, was nicht dazugehörte?

Wie viel verschwieg Jack ihr? Was war der Grund für die Besorgnis, die sie auf seinem Gesicht erkannte, während er ihr an dem polierten Esstisch gegenübersaß? Er hatte sie verschiedentlich vor Schmerzen und Unannehmlichkeiten bewahrt. Sie hatte das bereitwillig zugelassen, nicht, weil das nötig gewesen wäre, sondern weil es für das Gleichgewicht in ihrer beider Beziehung wichtig war.

Als sie einander kennenlernten, war sie Lady Ashworth gewesen, schön, von Adel und reich. Außer seinem guten Aussehen und seinem natürlichen Charme hatten die Eltern ihrem dritten Sohn nichts mit auf den Lebensweg geben können, da sie weder vermögend waren noch über engere Verbindungen zur Aristokratie verfügten. Was hätte er ihr also bieten können? Für sie war das ohne die geringste Bedeutung gewesen; sie hatte bereits alles, erkannte aber rasch, dass es ihm wichtig war. Einige gedankenlose Äußerungen hatten ihr gezeigt, dass Verletzungen seines Selbstwertgefühls tief gingen, nur schwer heilten und dass die entstandenen Wunden schon bei geringen Anlässen erneut aufbrechen konnten.

»Bist du nach wie vor entschlossen, Abercorn eine politische Position anzubieten?«, fragte sie ihn.

»Ja. Ich halte viel von ihm, und er soll kandidieren, sobald ein Sitz im Unterhaus frei wird, sei es bei einer Nachwahl oder der nächsten Parlamentswahl. Warum?«

»Damit wäre Godfrey Duncannon wohl kaum einverstanden, nicht wahr?«

Ein Schatten legte sich auf seine Züge. »Ich arbeite mit ihm bei diesem speziellen Projekt zusammen, muss aber nicht in jeder Beziehung seiner Meinung sein.«

»Er ist also nicht einverstanden?«, folgerte sie rasch. »Es ist aber nicht nur das, Jack. Ich habe gestern Abend auf Abercorns Gesicht einen Ausdruck von abgrundtiefem Hass erkannt, als er zu Duncannon hinübergesehen hat, der ziemlich weit von ihm entfernt stand. Das war mehr als Abneigung oder dergleichen. In seinen Augen lag eine entsetzliche Kälte.«

Mit zusammengepressten Lippen schüttelte Jack den Kopf. »Das bildest du dir vermutlich ein. Wahrscheinlich hat ihn die Unterhaltung zu Tode gelangweilt. Woher willst du überhaupt wissen, dass er mit seinem Blick Godfrey gemeint hat, wenn die beiden so weit auseinanderstanden, wie du gesagt hast? Dass sie nicht gut miteinander auskommen, ist mir bekannt. Immerhin sind sie von äußerst unterschiedlicher gesellschaftlicher Herkunft. Godfrey stammt aus einer Aristokratenfamilie mit allen üblichen Privilegien, Abercorn hingegen kommt aus kleinsten Verhältnissen und hat sich selbst durchboxen müssen. Da bleiben Differenzen nicht aus. Gott im Himmel, Godfrey tritt für die etablierte bürgerliche Gesellschaft ein und ist auf die Erhaltung des Status quo bedacht, während Abercorn den gesellschaftlichen Wandel befürwortet und sich für eine gewisse materielle Gerechtigkeit einsetzt.«

Emily war mit dem, was er sagte, nicht einverstanden. Was sie gesehen hatte, war blanker Hass gewesen und hatte ihrer

Ansicht nach nicht das Geringste mit unterschiedlichen politischen Vorstellungen zu tun. Doch ihr fiel kein Argument ein, mit dem sie Jack hätte überzeugen können.

»In Bezug auf den Vertrag sind die beiden einer Meinung«, fuhr er fort. »Sie sind, jeder auf seine Weise, Fachleute für den Überseehandel und China-Spezialisten. Um mit jemandem zusammenzuarbeiten, braucht man ihn nicht zu mögen. Hier geht es um Politik, Emily, nicht um eine lebenslange Partnerschaft!«

Sie begriff, dass es keinen Sinn hatte, die Sache weiter zu verfolgen, und so wechselte sie das Thema.

»Was meinst du, sollen wir zu Weihnachten aufs Land fahren?«, fragte sie, um einen neutralen Ton bemüht.

Zögernd sah er sie eine Weile schweigend an. Er wusste nicht recht, wie wichtig ihr das war.

Sein Schweigen sagte ihr mehr, als ihm bewusst war. Sie hatte nicht mit der Tür ins Haus fallen wollen, um seine Gefühle nicht zu verletzen. Jetzt fuhr sie fort: »Ich fände es schön, das Fest zur Abwechslung einmal hier zu feiern. Vielleicht könnten wir Charlotte und Thomas zum Abendessen einladen? Das haben wir schon ewig nicht getan. Immer vorausgesetzt, Thomas kann kommen. Der entsetzliche Bombenanschlag am Lancaster Gate nimmt seine Zeit vollständig in Anspruch.«

»Aber nur unter der Bedingung, dass wir nicht darüber sprechen«, gab Jack lächelnd zurück.

»Großer Gott im Himmel!«, rief sie aus. »Das würde ihm nicht im Traum einfallen. Vermutlich wäre ihm das noch mehr zuwider als dir. Ganz davon abgesehen, darf er ja gar nicht über seine Arbeit sprechen. Es ist nicht mehr so wie früher, als er bei der Polizei war.«

Jack lehnte sich leicht zurück. »Das weiß ich doch. Ja, ein glänzender Gedanke. Es würde mir ersparen, einen ganzen

Tag reisen zu müssen, und ich wäre für den Fall, dass es bei dem Vertrag etwas Neues gibt, ständig erreichbar. Duncannon hat jede Unterstützung verdient.«

Ob er wusste, wie sehr Cecily litt? Obwohl sie ihm gegenübersaß, konnte sie seinem Gesichtsausdruck nicht entnehmen, was er dachte. Womöglich enthielt er ihr mit voller Absicht Dinge vor, gegen die sie ohnehin nichts hätte unternehmen können. Wusste Godfrey überhaupt von der Tiefe der Seelenqualen seines Sohnes?

War Emily verpflichtet, Jack zu berichten, was sie darüber wusste? Oder war es hilfreicher, nichts zu sagen? Es gab nichts, was man in der Situation hätte unternehmen können, und eine Einmischung würde alles womöglich noch verschlimmern.

»Ja, natürlich«, stimmte sie zu. »Genau genommen, ist es doch viel angenehmer hierzubleiben. Es soll kalt werden, möglicherweise schneit es sogar. Ich gebe dem Personal Bescheid. Morgen lade ich Charlotte ein. Hoffentlich bin ich damit nicht zu spät dran. Es sieht schon ein bisschen nach einer Entscheidung in letzter Minute aus, findest du nicht auch?«

»Doch«, bestätigte er mit einem Lächeln.

Sie stand auf, ging um den Tisch herum zu seinem Stuhl, legte ihm beide Hände auf die Schultern und küsste ihn sanft auf die Wange. »Falls sie nicht kommen können, sind wir eben allein. Auch das wäre mir sehr recht.« Sie spürte, wie die Anspannung aus ihm wich. Wortlos legte er eine Hand auf die ihre.

Ganz, wie sie es gesagt hatte, suchte Emily ihre Schwester Charlotte auf. Normalerweise legte keine von beiden eine nachmittägliche Teestunde ein, denn es war eine eher unnötige Mahlzeit, aber der Besuch lieferte einen angenehmen Vorwand, um sich hinzusetzen und miteinander zu plaudern.

»Ach, wie schön – Fruchtpasteten, und noch dazu warm aus dem Rohr! In der Weihnachtszeit esse ich nichts lieber«, sagte Emily, während sie am Küchentisch Platz nahm.

»Etwa noch lieber als Gänsebraten und Plumpudding?«, fragte Charlotte erstaunt.

Emily ging gar nicht erst darauf ein. Was sie betraf, konnte jene schwer im Magen liegende weihnachtliche Speise warmen gefüllten Pasteten nicht einmal dann den Rang ablaufen, wenn silberne Sixpence-Münzen darin steckten und das Ganze mit einer Soße aus Butter, Zucker und Weinbrand übergossen war.

Sie hatte ein Dutzend Mal vorformuliert, was sie sagen würde, doch nie hatte es so geklungen, wie sie es sich vorstellte. Bei allen Unterschieden im Geschmack, der gesellschaftlichen Schicht, in die sie geheiratet hatten, und ihrem gesamten Lebensstil kannten sie einander nur allzu gut.

»Jack spricht nicht viel über den bewussten Vertrag, aber ich weiß, wie ungeheuer wichtig er für ihn ist …«, begann Emily.

»Befürchtest du etwa, dass er nicht ratifiziert wird? Oder dass etwas anderes dahintersteckt, als öffentlich gesagt wird?«, erkundigte sich Charlotte.

»Du gibst mir gar keine Gelegenheit, mich unauffällig an das Problem heranzupirschen«, protestierte Emily mit einem leisen Lächeln.

»Dein Tee wird kalt …« Es war klar, was Charlotte mit diesem freundlichen Hinweis sagen wollte. Sie schob den Teller mit den kleinen Pasteten zu Emily hinüber.

Emily nahm eine und biss hinein. Die süße und zugleich aromatische Füllung war köstlich, und das Gebäck schmolz förmlich im Mund.

»Ehrlich gesagt, weiß ich gar nicht, was mir Sorgen macht«, gestand sie. »Es hat ganz den Anschein, als ob nicht das Geringste falsch laufen könnte. Jack war richtig gekränkt, als wir das letzte Mal darüber gesprochen haben. Ich meine ...«

»Ich glaube, ich weiß, was du sagen willst. Auch wenn vermutlich kein Politiker durch und durch ehrlich ist, gibt es doch Abstufungen. Wem misstraust du – Godfrey Duncannon oder seinen Hintermännern?«

»Ich denke, es sind eher die Umstände«, erwiderte Emily und schluckte den Rest ihrer Pastete herunter. »Ich kenne Cecily Duncannon, und ich kann sie gut leiden. Der engste Freund ihres Sohnes Alexander war Dylan Lezant, ein junger Mann, den man wegen Mordes gehängt hat. Angeblich hatte er einen Unbeteiligten erschossen, als ihn die Polizei nach einem Drogengeschäft festnehmen wollte. Alexander war von Anfang an von der Unschuld seines Freundes überzeugt und denkt nicht daran, die Sache auf sich beruhen zu lassen. Er hält die Polizei für korrupt und behauptet, weil einer der Beamten den Mann erschossen hat, hätten ihn dessen Kollegen gedeckt und Lezant die Tat mit falschen eidlichen Aussagen angehängt.«

»Das klingt bedenklich«, erklärte Charlotte. »In dem Fall dürfte sich dieser Alexander kaum sonderlich darüber grämen, dass bei dem jüngsten Bombenattentat mehrere Polizeibeamte umgekommen sind. Hoffentlich sagt er das nicht öffentlich. So unbedacht wird er ja wohl nicht sein?«

»Das weiß ich nicht. Vermutlich befürchtet Cecily so etwas.«

»Oder nimmt sie an, er könnte auf die eine oder andere Weise an dem Anschlag beteiligt gewesen sein?«, fragte Charlotte und sprach damit etwas aus, woran zu denken sich Emily bisher gescheut hatte.

»Gott im Himmel! Das will ich nicht hoffen. Nein, er ist zwar fürchterlich wütend, aber auf keinen Fall geisteskrank!«

»Falls er nach wie vor starke Schmerzen hat und Opium nimmt – wie ich von Thomas gehört habe –, könnte er da nicht doch ein wenig gestört sein?«

»Ich weiß nicht. Vielleicht.«

Eine Weile saßen sie schweigend da. Beide nahmen eine zweite Pastete.

»Er ist jung, Emily«, spann Charlotte den einmal begonnenen Faden fort. »Da er überzeugt war, dass man seinen Freund, den er für unschuldig hielt, zu Unrecht zum Tode verurteilt hatte, dürfte er, wenn er Anstand im Leibe hat, versucht haben, ihn zu retten. Inzwischen ist sein Freund hingerichtet worden – aber würde er sich nun nicht zumindest bemühen, dessen Namen von dem Makel zu befreien?«

»Ja. Cecily hat gesagt, dass er das sogar mehrfach versucht hat. Aber so etwas lässt sich nicht damit erreichen, dass man ein Haus und mehrere Menschen in die Luft jagt!«

»Auf jeden Fall hat die Sache großes Aufsehen erregt«, bemerkte Charlotte. »Wenn der Staatsschutz den Täter nicht findet, wird man sich den jungen Mann bestimmt näher ansehen, um festzustellen, ob er etwas mit der Sache zu tun hat. Soweit ich weiß, lassen sich Sprengsätze mit Dynamit ziemlich einfach herstellen. Das Material wird zwar streng überwacht, verschwindet aber manchmal aus Steinbrüchen oder einem Abbruchunternehmen.«

»Willst du damit sagen, der junge Duncannon könnte in das Materiallager eines Steinbruchs eingebrochen sein und dort Dynamit gestohlen haben?«, fragte Emily ungläubig.

»Das nicht. Eher dürfte ein anderer es gestohlen und weiterverkauft haben. Lebt Alexander bei seinen Eltern in der Stadt oder auf dem Land? Oder hat er selbst eine Wohnung in London, verfügt über eigene Mittel und führt sein eigenes Leben?«

»Letzteres«, erklärte Emily. Die Möglichkeiten, die sich daraus ergaben, zeichneten sich nur allzu deutlich ab. Sie sah, dass Cecilys Ängste unter Umständen nicht unbegründet waren. »Er hat auch Umgang mit zweifelhaften Leuten.«

»Du weißt ebenso gut wie ich, dass das bei den meisten jungen Herren mit viel Muße der Fall ist«, betonte Charlotte. »Einige von denen kommen auf die sonderbarsten Einfälle. Manche sind aggressiv, noch mehr aber sind idealistisch, sehnen sich nach Reformen, mehr Gerechtigkeit, Freiheit ... wie auch immer sie sich das vorstellen mögen.«

»Aber seine Angehörigen ...«, setzte Emily an, doch schon bevor Charlotte den Mund auftat, war ihr die Torheit dessen bewusst, was sie hatte sagen wollen.

»Hast du je Tante Vespasia über die Barrikadenkämpfe auf dem Kontinent im Revolutionsjahr '48 reden hören?«, fragte Charlotte. »Dabei ging es um hohe Ziele. Beinahe hätten die Revolutionäre gesiegt ... an einigen Orten.«

»Ja, ich weiß«, sagte Emily kleinlaut, wobei sie den Blick auf ihren Teller gerichtet hielt. »Und dann hat die Unterdrückung schlimmer denn je wieder zugeschlagen.«

»Die junge Generation braucht den Glauben daran, dass sie ihre Ziele eines Tages erreichen wird«, sagte Charlotte mit Nachdruck. »Wenn sie keine Träume hat, nicht leidenschaftlich darauf hinarbeitet, die Ungerechtigkeit zu beseitigen und etwas Besseres zu schaffen, sind wir als Nation so gut wie tot. Es ist unerheblich, worum es dabei jeweils geht: ob sie sich für politische Freiheit in ganz Europa einsetzen, für gerechtere Entlohnung von Menschen, die eine schwere oder gefährliche Tätigkeit ausüben, für das Recht von Frauen auf Eigentum, gegen Krankheit, Wucher ... ungesunde Sanitäranlagen ... Es ist Menschenpflicht, sich um solche Dinge zu kümmern. Alexander Duncannon wäre nicht deshalb ein schlechter Mensch, weil er gegen die Korruption in der

Polizei ankämpft, doch falls er für den Anschlag am Lancaster Gate verantwortlich sein sollte, wäre das eine gänzlich andere Sache. Befürchtet seine Mutter *das*?«

»Ich glaube, ja. Wäre das unmöglich?«

Charlotte holte Luft, um zu antworten, stieß sie dann aber aus, ohne etwas zu sagen.

Emily wartete.

Schließlich sagte Charlotte zögernd und ihre Worte sorgfältig wählend: »Ich nehme an, Thomas befürchtet eine ziemlich schwerwiegende Korruption bei der Polizei, zumindest, was die Männer, die dem Anschlag vom Lancaster Gate zum Opfer fielen, angeht. Er möchte der Sache nicht gern nachgehen, es wird ihm aber nichts anderes übrig bleiben. Sobald er damit anfängt, wird man merken, worauf es hinausläuft, und den Hintergrund erkennen. Damit wird er manchen verärgern. Noch schlimmer aber ist, dass der eine oder andere Angst bekommen wird. Wer verdächtigt wird, ist zu allerlei törichten Handlungsweisen fähig.«

»Woran denkst du dabei?« Emilys Gedanken gingen in die verschiedensten Richtungen. »Lügen? Schuldzuweisungen an andere, die nichts mit der Sache zu tun haben? Für Thomas besteht aber doch keine Gefahr? Man würde doch nicht etwa versuchen …« Als sie sah, wie sich Charlottes Gesichtsausdruck veränderte, verstummte sie, aber es war zu spät.

»Vermutlich nicht«, sagte Charlotte. »Möglich ist es natürlich, vor allem, wenn die Opfer des Anschlags in das Verbrechen an diesem Lezant verwickelt sein sollten. Glauben möchte das niemand, aber wer Angst hat, handelt oft, ohne nachzudenken. Man schlägt dann wild um sich, um den Menschen zu treffen, der einem sagt, was man nicht wissen möchte.«

Emily wollte etwas Hilfreiches erwidern, aber ihr fiel nichts ein.

Sie dachte an Cecily Duncannon und deren tiefe Liebe zu ihrem Sohn, den sie beschützen wollte. Ob sie ihn für schuldig hielt? Oder hatte sie einfach Angst vor der Möglichkeit, andere könnten ihn für schuldig halten?

Mit sorgfältig überlegten Worten teilte sie Charlotte mit, was Cecily ihr gesagt hatte, soweit sie sich daran erinnern konnte.

»Darf ich das Thomas sagen?«, fragte Charlotte, als Emily ihren Bericht beendet hatte.

»Selbstverständlich. Ich hätte es dir nicht erzählt, wenn ich dich anschließend zum Stillschweigen verpflichten müsste.«

»Das wäre eine Erklärung dafür, warum die Leute vom Staatsschutz bei keinem der Anarchisten, die sie kennen, etwas finden. Und eine fremde Macht würde uns nicht auf diese Weise angreifen. Das würde … zu langsam gehen«, sagte Charlotte nachdenklich. »Dass sich jemand mit einem Sprengsatz an einer Macht rächt, die er für korrupt hält, klingt nachvollziehbar.«

Emily biss sich auf die Lippe. »Das Gleiche gilt auch für den Angriff einer fremden Macht«, hielt sie dagegen. »Je mehr man uns schwächt, desto eher fallen wir. Denk doch nur an das Chaos, von dem wir aus anderen Ländern hören, in denen die Gesetze zu bröckeln beginnen. Eine Vergiftung im Inneren erleichtert die Eroberung. Falls die Polizei korrupt ist und die Menschen die Gesetze nicht mehr achten, sodass sie anfangen, die Dinge in die eigene Hand zu nehmen, würde es schwerfallen, die Ordnung aufrechtzuerhalten. Wer sich für Verbrechen persönlich rächen will, statt die Täter vor Gericht zu bringen, ist wohl auch bereit, sie selbst hinzurichten.« Sie erschauerte.

Charlotte straffte sich. »Wir sollten nicht zu sehr schwarzsehen. Es bleibt noch immer genug Zeit, um festzustellen, wer den Anschlag verübt hat, und den Täter zur Rechenschaft zu ziehen – selbst wenn es sich dabei um Alexander Duncannon handeln sollte. Ehrlich gesagt, denke ich eher, dass jemand, der den Vertrag, warum auch immer – wahrscheinlich aus finanziellen Gründen –, torpedieren will, Alexander als Attentäter hinzustellen versucht, um dessen Vater in Misskredit zu bringen. Allem Anschein nach hängt der Erfolg der Verhandlungen großenteils von Godfrey Duncannon ab.«

»Genau das sagt Jack auch«, pflichtete Emily ihr bei. »Der Mann ist auf diesem Gebiet nicht nur äußerst begabt, sondern verfügt auch über die nötigen Verbindungen. Die Leute empfinden ihn als sympathisch und vertrauen ihm. Auf das Vertrauen kommt es an. Sollte man Alexander verdächtigen oder gar vor Gericht stellen, könnte sich das äußerst negativ auf die ganze Geschichte auswirken.«

»Abgesehen vom Vorwurf der angeblichen Korruption bei der Polizei, von dem wir nicht wissen, wie glaubwürdig er ist, haben wir keine brauchbare Theorie für den Hintergrund des Anschlags«, sagte Charlotte unglücklich. »Und es könnte wirklich schlimm sein: absichtliche Falschaussagen, Gewalttätigkeit, Erpressung. Der Gedanke an eine solche Möglichkeit ist Samuel Tellman, der vonseiten der Polizei in dem Fall ermittelt, unerträglich, denn wenn es sich so verhielte, wären alle seine Illusionen dahin. Ich nehme an, dass es sogar Thomas tiefer treffen würde, als er glaubt. Ich sehe ihm das am Gesicht an … Auch ich habe Angst, Emily. Das würde die Zerstörung von etwas bedeuten, woran wir geglaubt haben, solange ich mich erinnern kann.«

Emily schwieg, denn dagegen ließ sich nichts sagen.

KAPITEL 7

Tellman saß in seinem Sessel im Wohnzimmer. Eigentlich war es das Besucherzimmer, aber der Kamin darin war so hübsch, dass es schade gewesen wäre, den Raum nicht selbst zu nutzen, nur weil sie keine Gäste hatten. Mit einem kleinen Kind im Haus und der Aussicht auf ein weiteres waren seine und Gracies Neigung, Besucher einzuladen, äußerst gering.

Tellman sah sich um und ließ die Behaglichkeit des Raumes und die Wärme des Kaminfeuers auf sich wirken. Der Wind und der Regen draußen verstärkten sein Gefühl der Behaglichkeit noch. Das hatte er sich gewünscht, solange er sich erinnern konnte: eine eigene saubere und warme Wohnung mit Dingen darin, die ihm lieb und teuer waren. Über dem Kamin hing eine Landschaftsszene mit einer hölzernen Brücke, neben der sich hohe Bäume über ein Gewässer neigten, in deren Schatten zwei Gestalten kaum erkennbar waren. Er stellte sie sich stets als Freunde vor, wenn nicht gar als Liebespaar. An einer Wand stand ein Bücherschrank, der neben seinen Lieblingsbüchern auch einige Werke enthielt, die er später einmal lesen würde, wenn er mehr Zeit hatte.

In dem Sessel gegenüber dem seinen saß Gracie mit gesenktem Kopf, als schliefe sie. Ihre Näharbeit war ihr aus der Hand gefallen. Neben ihr stand ein Tischchen sowie ein Korb mit Nadeln, Garnrollen und anderen Utensilien. Er sah ihr gern beim Nähen zu. Trotz aller Konzentration wirkte sie dabei durchaus vergnügt. Das Kochen ging ihr allerdings leichter von der Hand als das Nähen, wie sie fand. Er war nach wie vor in sie verliebt, und das freute ihn sehr. Auch wenn sie schon lange genug verheiratet waren, um ein zweites Kind zu erwarten, erfüllte ihn nach wie vor ein Gefühl der Überraschung und des Entzückens.

Auch seine beruflichen Sorgen warfen nur schwache Schatten auf sein Glück. Es war ihm zuwider, sich mit Pitt zu streiten. Gracie würde er nichts davon sagen, denn es würde sie lediglich verstimmen, wenn sie wüsste, wie schäbig er sich Pitt gegenüber verhalten hatte. Inzwischen schämte er sich dafür. Ihm war bewusst, dass Pitt ebenso wenig daran lag, Korruption bei der Polizei zu entdecken, wie ihm selbst. Allerdings würde Pitt die Sache vermutlich nicht ganz so nahegehen wie ihm. Pitt hatte andere Vorbilder, arbeitete auf anderen Gebieten, auch wenn er in jungen Jahren ganz wie er selbst im einfachen Polizeidienst angefangen hatte.

Tellmans Vater war in so unvorstellbarer Armut zur Welt gekommen, dass die Familie buchstäblich von einer Mahlzeit zur anderen lebte und jeden Abend hungrig zu Bett ging. Er hatte schwer gearbeitet und war als junger Mann bei einem Arbeitsunfall umgekommen. Andere Opfer dieses Unfalls hatten überlebt, aber sein vom Hunger geschwächter Organismus war nicht widerstandsfähig genug gewesen, und so war er einer Sepsis erlegen.

Tellman war als Kind schmächtig gewesen, geradezu dürr. Die anderen Jungen mochten ihn nicht, da er klüger war als sie, und statt sich mit ihm anzufreunden, traktierten sie ihn mit Prügel und Fußtritten – das war ihre Art, ihre Abneigung und Angst auszudrücken. Noch jetzt, da er am eigenen Kamin saß, erinnerte er sich an den Angstschweiß und die

Kälteschauer, wenn er daran dachte, wie sie ihm auf der Straße gegenübergetreten waren und er genau gewusst hatte, was ihn erwartete.

Insbesondere drei Jungen hatten einen Ausgleich für ihre eigene Unzulänglichkeit darin gesucht, dass sie ihn drangsalierten. Noch jetzt konnte er in seinen Albträumen das schrille Lachen eines von ihnen hören, erinnerte sich an die Schmerzen, die er gelitten hatte. Am schlimmsten aber war die Demütigung gewesen. Er wünschte sich auf der ganzen Welt nichts sehnlicher, als keine Angst vor ihnen zu haben, doch darüber hatte er keine Gewalt. Ihre eigenen Ängste waren der Grund dafür, dass sie den Jungen terrorisiert hatten, der ihnen in der Schule in allem überlegen war. Selbst wenn er so getan hatte, als wisse er eine Antwort nicht, war ihnen klar gewesen, dass er sie doch wusste. Sein Antrieb war das Bedürfnis gewesen, auf irgendeinem Gebiet Erfolg zu haben. Vielleicht hatte auch der Lehrer gewusst, warum Tellman gelegentlich Unwissenheit heuchelte, doch sein Eingreifen hätte die Jungen nur noch mehr angestachelt.

Am schlimmsten waren die Pausen auf dem Schulhof gewesen, wo er sich einmal in der Nähe der Mülltonnen vor Angst in die Hose gemacht hatte. Der Dicke mit dem schrillen Lachen wäre an seinem Spott und Hohn beinahe erstickt und hatte ihn von da an nur noch »Hosenpisser« genannt. Noch jetzt stieg Tellman bei der Erinnerung daran die Röte ins Gesicht. Damals hatte er den Dickwanst in seinen Tagträumen zu Brei geschlagen.

Zu niemandem hatte er je darüber gesprochen, hatte versucht, es zu vergessen, es aus seiner Erinnerung zu streichen. Im Laufe der Jahre war ihm das mehr oder weniger gelungen.

Warum also kamen ihm diese Erinnerungen gerade jetzt wieder, an diesem friedlichen Abend, während er mit Gracie vor dem Kamin saß?

Weil die Gewissheiten, die ihn stark gemacht hatten, zu zerfallen begannen. Er hatte in der Polizei eine Körperschaft gesehen, die für das Gute stand, den Bürger davor schützte, drangsaliert und schikaniert zu werden, ihn vor Diebstahl und Schaden bewahrte. Er wusste, was Armut war und dass einige Shilling für so manchen ein Vermögen bedeuteten, den Unterschied zwischen Essen und Hunger, zwischen einer warmen Stube und Kälte. Für jemanden, der nur ein Paar Schuhe besaß, kam es einem Schwerverbrechen gleich, wenn die gestohlen wurden.

Für Tellman, der ohne Geschwister aufgewachsen war, war es äußerst wichtig gewesen, einer Gruppe Gleichgesinnter anzugehören. Die Freundschaft und das wortlose Vertrauen hatten eine größere Belohnung bedeutet als das regelmäßig gezahlte Gehalt, das es ihm gestattet hatte, ein Zimmer zu mieten, jeden Tag ausreichend zu essen und das Zimmer im Winter zu heizen. Wenn er sich rasierte, blickte er in das schmale, hohlwangige Gesicht eines Mannes, den er achten konnte, an den sich andere um Hilfe wenden konnten, ohne enttäuscht zu werden. Das bedeutete ihm Glück.

Thomas Pitt war der Erste gewesen, den er bewundert hatte, auch wenn er stets mit wirrem Haar und in einem zerknitterten Anzug herumgelaufen war, dessen Taschen von allem Möglichen ausgebeult waren. Ein menschlicher Vorgesetzter, keineswegs unfehlbar, aber stets ehrlich, ein Mann, der nie aufgab, nicht einmal dann, wenn er besiegt war.

Tellman konnte sich lebhaft erinnern, wie Pitt ihn gelobt hatte, nachdem er sich zum ersten Mal allein und nicht ohne Angst in eine Straßenschlägerei gewagt hatte, um einen Mann zu schützen. Danach hatte er, vor Stolz strahlend, in seiner beschmutzten Uniform und den vom Wasser des Rinnsteins durchnässten Schuhen auf der Straße gestanden.

Inzwischen genoss die Polizei in der Bevölkerung ein höheres Ansehen als zu jener Zeit, und Pitt war zum Leiter des Staatsschutzes aufgestiegen. Niemand behandelte ihn geringschätzig; er wusste zu viel über die anderen.

Und dieser Pitt hielt die Polizei für so korrupt, dass sie jemanden zu dem entsetzlichen Bombenanschlag am Lancaster Gate provoziert haben könnte. Tellman nahm in seinen Träumen nach wie vor den Geruch von Rauch und verbranntem Fleisch wahr. Er sah Ednam vor sich, das weiße Gesicht, als er ihn zum letzten Mal besucht hatte, bevor er gestorben war.

Niemand hatte es verdient, auf solche Weise umzukommen!

Das hatte Pitt allerdings auch nicht gesagt. Er fürchtete lediglich, der Anschlag sei eher ein Racheakt für eine Ungerechtigkeit gewesen als die Tat eines Anarchisten, der gegen die bürgerliche Gesellschaft zu Felde zog.

Tellman ärgerte sich zutiefst über seine Torheit, sich gegen Pitt gestellt zu haben. Beide waren erschöpft und darüber hinaus auch zutiefst besorgt gewesen. Mit einem Mal hatten sie sich der Erkenntnis stellen müssen, dass die alte Ordnung zerfiel.

Pitt hatte recht, auch wenn er Tellmans Ansicht nach seinen Standpunkt ungeschickt formuliert hatte. Vielleicht hatte er, Tellman, sich voreilig gekränkt gefühlt. Er hätte überlegen müssen, ob es einen Grund dazu gab, statt blind zurückzuschlagen.

Gracie erwachte, lächelte ihn an und wandte sich erneut ihrer Näharbeit zu. Sie war dabei, den Kragen eines seiner Hemden zu wenden. Immer, wenn er sich Sorgen machte, fuhr er sich mit dem Finger hinten am Hals entlang, wovon die Kragen rascher verschlissen. Die Sorgfalt, mit der Gracie ihre Aufgaben erfüllte, gefiel ihm. Sie hatte das bei Charlotte gelernt, in Pitts frühen Jahren als Leiter der Wache in der Bow Street.

»Sags' du's mir jetz'«, erkundigte sie sich, »oder wills' du den ganz'n A'md hier sitz'n un' zuseh'n, wie ich mir Sorg'n mach'?«

»Eigentlich ist alles in Ordnung«, log er. Er wollte ihr die Wahrheit lieber nicht sagen. Wenn sie sah, wie sehr er von seinem Glauben an die Männer abhing, mit denen er zusammenarbeitete, würde sie, wie er fürchtete, keine Achtung mehr vor ihm haben. Wenn er das aber zu erklären versuchte, müsste er ihr von seinen Erlebnissen zu Schulzeiten erzählen, und diese Vorstellung war ihm unerträglich. Davon durfte sie nie erfahren.

»An mir nagt nur die Sache mit dem Anschlag vom Lancaster Gate«, ergänzte er. »Wir kommen damit einfach nicht weiter, jedenfalls bisher nicht.«

Ihr Gesicht verzog sich. Ihr war klar, dass er ihr auswich. Er hatte ein schlechtes Gewissen, doch durfte er ihr keinesfalls die Gedanken mitteilen, die ihm durch den Kopf schwirrten. Es war seine Pflicht, sie davor zu bewahren. Er bemühte sich um einen weniger besorgten Gesichtsausdruck, richtete seine Gedanken auf andere Dinge und kam auf Ereignisse zu sprechen, von denen die Zeitungen berichtet hatten.

»Weich mir nich' aus, Samuel«, ermahnte sie ihn. »Du machs' 'n Gesicht wie'n geplatzter Schuh! Irgendwas stimmt da ganz und gar nich'.«

»Ednam hat es nicht überlebt«, gab er zur Antwort. »Wir hatten gedacht, er kommt durch. Jetzt müssen wir uns für seinen guten Ruf einsetzen, weil er das selber nicht mehr kann.«

»Un' das is' wohl nich' einfach, was?«

Sie war zu flink. Sie konnte in ihm lesen wie in einem offenen Buch. In dieser Hinsicht fühlte er sich ihr gegenüber schutzlos. Ihre Meinung von ihm war ihm wichtiger als die irgendeines anderen Menschen – eigentlich sogar wichtiger als die aller anderen zusammengenommen. Ihm kam es darauf an, dass sie ihn für stark genug hielt, sich um sie zu kümmern, zumal jetzt, da das zweite Kind kam. Wie könnte sie das, wenn sie auch nur den Hauch einer Vorstellung davon bekam, wie sehr man ihn als Jungen tyrannisiert und gedemütigt hatte? Außerdem war es ihm wichtig, dass sie an die Polizei glaubte. Für Millionen Menschen in der Stadt war das Bewusstsein von Bedeutung, dass Polizeibeamte ehrlich und mutig waren. Wenn dieses Bewusstsein schwand, würde nach und nach auch alles andere dahinschwinden.

Wie würde er damit umgehen, wenn sich herausstellte, dass Pitt recht hatte und es an verschiedenen Stellen in der Polizei korrupte Beamte gab, morsche Balken, die das Haus nicht mehr tragen konnten? Sobald sie fielen, würden sie die gesunden Balken mit sich reißen, und dann würde es kein schützendes Obdach mehr geben.

»Samuel!« Gracies Stimme unterbrach seinen Gedankengang.

Er sah zu ihr hinüber und erkannte die Angst in ihren Augen.

»Da gibt es doch was Schlimmes, was du mir nich' sagst«, fuhr sie fort. »Wie soll ich da was geg'n mach'n, wenn ich nix davon weiß?«

Er lächelte und spürte, wie ihn seine Gefühle überwältigten. Das war Gracie, wie sie leibte und lebte – obwohl kaum mehr als einen Meter fünfzig groß, war sie bereit, es mit jedem aufzunehmen, wenn es galt, die Ihren zu beschützen. Er sah ein, dass es selbstsüchtig von ihm war, ihr diese Dinge vorzuenthalten. Damit überließ er sie ihrer Angst und Einsamkeit, verhielt sich, als dürfe er ihr nicht vertrauen oder als halte er sie für unfähig, ihn zu unterstützen. Ihr Blick zeigte ihm, wie tief sie gekränkt war – ganz offensichtlich machte ihr das weit mehr zu schaffen als die Angst. Mit seinem bisherigen Verhalten schützte er nicht sie, sondern nur sich selbst.

Schweigend saß er eine Weile da und suchte nach Worten, die ihr möglichst wenig Furcht einflößten. Trotz all ihres unbestreitbaren Muts war sie verletzlich. Christina war noch keine zwei Jahre alt, und in weiteren sechs Monaten würde ihr Geschwisterchen zur Welt kommen. Er würde sich kaum so um Gracie kümmern können, wie es sich gehörte, wenn er sich selbst in Gefahr brachte.

Sie wartete. Er sah ihr deutlich an, dass sie gekränkt war, weil er ihr nicht traute. Er war selbstsüchtig gewesen und musste das in Ordnung bringen.

Er begann mit dem schwierigsten Teil. »Ich habe mich mit Pitt gestritten.« Er konnte das Zögern in seiner eigenen Stimme hören, da er diese Worte nur unwillig herausbrachte. »Seiner Ansicht nach müssen wir feststellen, ob bestimmte Anschuldigungen, die gegen die Polizei erhoben werden, auf Wahrheit beruhen …«

»Warum will er das?«, fragte sie sofort. »Wer hat so was gesagt? Glaubt er das, oder will er beweisen, dass es nich' stimmt? Jed'nfalls kanns' du nich' einfach 'n Kopf in'n Sand steck'n un' so tun, wie wenn alles in Ordnung wär'. Bei 'nem andern würdes' du das auch nich' mach'n. Die Leute ha'm 'n Recht darauf, der Polizei zu vertrauen.«

»Das weiß ich. Aber die bloße Tatsache, dass wir der Sache nachgehen, wird so gedeutet, dass etwas daran sein könnte«, erläuterte er. »Das ist der Polizei ebenso klar wie allen anderen. Wenn niemand es für möglich hielte, würden wir uns nicht darum kümmern!« So vernünftig das Argument klang, so sehr schmerzte ihn der bloße Gedanke daran.

»Was soll'n die denn gemacht ha'm?«, fragte sie und sah ihn aufmerksam an. Ihre Näharbeit schien sie vergessen zu haben. »Warum sags' du mir nich' gleich alles? Wills' du vielleicht deshalb nich' nachseh'n, weil du Angst vor dem hast, was du dann zu seh'n kriegst?«

Er holte Luft, um das mit Nachdruck zu bestreiten, doch dann trafen sich ihre Blicke, und seine Absicht zu leugnen, schwand dahin. Ihr würde klar sein, dass er die Unwahrheit sagte – das merkte sie unfehlbar jedes Mal. Nicht, dass er sie je belogen hätte, aber das eine oder andere Mal hatte er es unterlassen, ihr die Wahrheit zu sagen. Sie war von freundlicher Wesensart und äußerst geduldig, was sich auch am Umgang mit dem Kind zeigte, aber wenn es um die Wahrheit ging, war sie unnachgiebig. Er hatte mitbekommen, wie sie anderen gesagt hatte, dass sie sich um ihre eigenen Angelegenheiten kümmern sollten, aber aus ihrem Mund noch nie eine Ausrede gehört. Einem Menschen gegenüber, den man liebte, war eine Ausflucht genauso schlimm wie eine Lüge.

»Möglich«, räumte er ein. Nachdem das Thema einmal angeschnitten war, fiel es ihm nicht mehr so schwer, darüber zu reden, wie er angenommen hatte. Es war fast einfacher, als es weiterhin zu vermeiden. »Je weiter wir mit unserer Ermittlung im Fall des Bombenanschlags kommen, desto weniger sieht es nach einem wildgewordenen Anarchisten aus. Eher spricht manches dafür, dass jemand die Absicht gehabt haben könnte, genau diese Polizeibeamten umzubringen«, endete er.

»Wie seid ihr da drauf gekommen?« Mit völlig gefasstem Gesichtsausdruck stellte sie die Frage, als sei sie eine Kriminalbeamtin auf der Suche nach Fakten. Mit einem Mal ging ihm auf, dass sie sich wohl auch so sah. Als Hausmädchen bei Charlotte und Pitt hatte sie einen großen Teil der langen

Fallbesprechungen um den Küchentisch herum mitbekommen. Sie hatte nie Bedenken gehabt, ihre eigenen Vorschläge einzubringen. Bei der Ermittlung in einem Mordfall hatte Pitt sie sogar einmal als Dienstmädchen in den Buckingham-Palast eingeschleust. Sie sprach nicht oft davon, als sei sie es ihm schuldig, Stillschweigen darüber zu bewahren, doch wenn sie es tat, leuchteten ihre Augen vor Stolz auf.

»Durch die Art und Weise, wie man die Männer in das Haus am Lancaster Gate gelockt hat«, erläuterte Tellman, »nämlich durch eine kurze schriftliche Mitteilung. Sie haben dem Absender vertraut, weil frühere Hinweise auf Opiumverkäufe, die er ihnen geschickt hatte, zutreffend gewesen waren.«

»Dann war das also geplant«, sagte sie schlicht. »Vielleicht schon Woch'n im Voraus?«

So hatte er das noch gar nicht gesehen. Sie hatte recht. »Ja«, stimmte er zu. »Aber wir kennen das Motiv nicht, weil wir nicht wissen, wer dahintersteckt.«

»Dann hat Mr. Pitt auf jed'n Fall recht: Du musst rauskrieg'n, was die Polizist'n gemacht hatt'n, die der dahin gelockt hat. Das müss'n schlimme Sach'n gewes'n sein, wenn er se alle in de Luft spreng'n wollte. Außerdem muss' du rauskrieg'n, wer das war, der der Polizei was über diese Opium-Sache mitgeteilt hat. Samuel, du kanns' nich' einfach wegseh'n, nur weil du nich' glau'm wills', dass das 'ne Rache für was war, was tatsächlich passiert ist! Wer das gemacht hat, is' vielleicht schlecht oder sogar verrückt. Das heißt aber nich', dass er keine Gründe hatte. Oder meinte, welche zu ha'm. Du kanns' es dir nicht leist'n, zu …«

»Das weiß ich alles selbst«, fiel er ihr ins Wort. »Aber es waren gute Leute mit vielen Dienstjahren, Gracie. Natürlich kommt immer etwas vor, was nicht in Ordnung ist. Der eine verliert die Beherrschung, wenn er sieht, dass jemand auf eine Frau oder ein Kind eindrischt, und zahlt es demjenigen mit gleicher Münze heim.« Er holte Luft. »Einem anderen geht Beweismaterial verloren, und dann erfindet er welches, damit jemand, von dem wir genau wissen, dass er schuldig ist, auch seine Strafe bekommt. Manchmal werden Menschen laufen gelassen, die das nicht verdient haben. Aber wegen so etwas sprengt man doch niemanden in die Luft – sondern sieht vielleicht zu, dass man ihn spätabends in einer dunklen Gasse gepackt kriegt und ordentlich durchprügelt.«

Sie sah ihn an. Auf ihrem kleinen Gesicht lag tiefer Ernst. »Dann muss es was ganz besonders Schlimmes gewes'n sein. Vielleicht müsst ihr nach ei'm suchen, der nich' mehr lebt?«, sagte sie. »Der 'nen so schrecklich'n Tod gestorb'n is', dass 'n andrer annehm' könnte, dass die Polizei daran schuld war. Es muss ja gar nich' stimm'n, Samuel, es genügt, wenn der das denkt. Du kanns' dir nich' erlau'm, so zu tun, wie wenn du das nich' seh'n könntest. Wer blind durch die Gegend tappt, fällt auf die Nase. Ich will aber nich', dass dir das … dass uns das so geht.«

Rührung stieg in ihm auf. Seine Augen brannten, und seine Kehle war wie zugeschnürt.

»Ich weiß. Ich werde die Augen offenhalten, das verspreche ich dir«, brachte er schließlich heraus.

»Gut. Vergiss aber nich', dass du's versproch'n hast, Samuel Tellman! Da gibt's keine Ausflüchte. ›Ich hab' nix geseh'n‹, nützt nix, wenn du damit meinst ›Ich hab nich' hingekuckt‹!«

»Ich weiß …«

Schließlich lächelte sie. »Möchtest du 'ne Tasse Tee? Ich hab' auch Kuch'n.«

Er nickte und schluckte seine Empfindungen herunter. Es war ihm mehr als recht, dass sie in die Küche ging und ihm damit Gelegenheit gab, seine Gedanken zu sammeln.

Ganz offenkundig war die Sache ungeheuer wichtig. Er hatte alles zu verlieren, was er auf der Welt besaß.

Am nächsten Morgen suchte Tellman Ednams frühere Wache auf. Er tat das ungern, aber nachdem er die Notwendigkeit erkannt hatte, erschien es ihm sinnlos, die Sache aufzuschieben, denn dadurch würde nicht nur alles noch schlimmer, er käme sich auch wie ein Feigling vor. Dieses Wort quälte ihn wie ein schlecht verheilter Knochenbruch. Die Angst, feige zu erscheinen, hatte ihn bisweilen vorschnell handeln lassen, was nichts mit Mut zu tun hatte, sondern tollkühn war. Wieder ging es um die Erinnerungen an den Schulhof, als er ihm körperlich überlegenen Jungen hatte beweisen müssen, dass er keine Angst vor ihnen hatte.

Gab es jetzt einen Grund, Angst zu haben?

Er meldete sich bei dem diensthabenden Kollegen und setzte es gegen dessen hinhaltenden Widerstand durch, erneut bei Kommissar Whicker vorgelassen zu werden. Er musste zehn Minuten warten, bis man ihn in dessen Büro führte.

Als Erstes drückte er dem Kommissar sein Beileid wegen Ednams Tod aus.

Er sah Whicker ins Gesicht, konnte aber nichts darin lesen. Wollte er einem ihm nicht näher bekannten Kollegen seinen Kummer nicht zeigen? Oder machte er mit voller Absicht ein ausdrucksloses Gesicht, um zu verbergen, dass seine Gefühle gegenüber Männern, denen er nicht nahegestanden hatte, vielschichtiger, wenn nicht gar zweifelhafter Art waren?

»Wir werden die Leute ermitteln und fassen, die das getan haben, Sir«, fügte Tellman finster hinzu. »Es sieht ganz so aus, als könnten das Anarchisten gewesen sein. Sicherheitshalber aber werde ich, für den Fall, dass der Täter jemand war, der Grund zum Groll gegen die Polizei zu haben glaubte, so viele alte Fälle noch einmal durchgehen wie möglich. Dazu benötige ich Ihre Unterstützung. Ich wäre Ihnen ausgesprochen dankbar, wenn Sie dafür einen Mann abstellen könnten, Kommissar.«

»Das tue ich. Sie werden aber verstehen, dass wir nach dem Verlust von fünf Männern unterbesetzt sind«, erinnerte er Tellman unumwunden und mit unüberhörbarem Unmut in der Stimme.

»Selbstverständlich, Sir. Ich werde mich beeilen«, sagte Tellman und fügte hinzu: »Sicher haben Sie in der Zeitung gelesen, was für Gerüchte im Umlauf sind. Wir müssen die Wahrheit ermitteln, bevor das jemand anders tut, allein schon, um unsere eigenen Leute vor Anschuldigungen zu bewahren, die auf altem Groll oder ins Kraut geschossenen Befürchtungen beruhen.«

»Ja, Inspektor«, stimmte ihm Whicker zu.

Tellman sah den Mann aufmerksam an. Sofern er etwas empfand, verheimlichte er es. Aber warum? Als Reaktion in einer solchen Situation wären Zorn, Kummer oder vielleicht sogar Angst vor dem, was als Nächstes geschehen könnte, zu erwarten. Was verbarg sich in den Seelentiefen des Mannes, dass er es nicht zeigen mochte?

»Womit wollen Sie anfangen, Inspektor?«, fragte Whicker in scharfem Ton.

Tellman dachte an das, was Gracie gesagt hatte. »Sagen wir, mit dem Zeitraum von etwa einem Monat, bevor die ersten Hinweise von dem Burschen gekommen sind, der sich Anno Domini nennt.«

Überrascht fragte Whicker: »Davor?«

»Ja, bitte. Ich würde mir gern die Fälle ansehen, an denen Ednam, Newman, Yarcombe, Bossiney und Hobbs beteiligt waren.«

»Besonders oft haben die nicht zusammengearbeitet, Inspektor.«

»Das vermute ich auch. Ich möchte mir lediglich die Fälle ganz allgemein ansehen – vielleicht fällt mir dabei ein Lösungsansatz ein.«

»Hat der Staatsschutz Sie darauf angesetzt, Inspektor?«, erkundigte sich Whicker mit gehobenen Brauen.

»Nein, Sir. Dort weiß man weder, dass ich hier bin, noch, warum«, gab Tellman wahrheitsgemäß zurück. »Für den Fall, dass es überhaupt etwas gibt, möchte ich das wissen, bevor die Leute beim Staatsschutz darauf verfallen.« Er beobachtete Whicker, um zu sehen, wie dieser darauf reagierte.

Der Ausdruck in den dunklen Augen des Mannes ließ sich nicht deuten. »Ich stelle Ihnen denselben Raum zur Verfügung wie beim vorigen Mal und werde anordnen, dass Ihnen Wachtmeister Drake die Unterlagen bringt.«

Die Aufgabe, die sich Tellman gestellt hatte, würde mühsam sein, und ihm war bewusst, dass man ihm dabei nicht besonders begeistert zur Hand gehen würde.

Drake war ein junger Mann mit so hellem Haar, dass er sich wohl kaum zu rasieren brauchte. Tellmans Ansicht nach wirkte er für einen brauchbaren Polizeibeamten viel zu unschuldig, doch dann sah er in dessen Augen etwas aufblitzen, was ihn seine Meinung ändern ließ.

Mit den Worten »Hier haben Sie den Monat vor dem ersten Hinweis von Anno Domini, Sir« legte Drake einen gut zwei Handbreit hohen Aktenstapel vor Tellman auf den Tisch. »Ich bringe Ihnen die nächsten, sobald ich sie beisammen habe, Sir.«

»Danke.« Missvergnügt betrachtete Tellman den dicken Stapel. »Sind einige der Leute, die diese Fälle bearbeitet haben, hier, für den Fall, dass ich mit ihnen darüber sprechen muss?«

»Ja, Sir. Aber am besten lesen Sie das zuerst, Sir«, gab Drake mit einem sonderbaren Blick zurück und ging, ohne abzuwarten, ob Tellman noch etwas sagen wollte.

Tellman arbeitete den ganzen Vormittag hindurch, machte zu Mittag eine kurze Pause, um ein Schinkenbrötchen und Tee zu sich zu nehmen, und wandte sich dann erneut den Akten zu. Das Material war so langweilig, dass es ihn Mühe kostete, wach zu bleiben, obwohl er mit dieser Art polizeilicher Tätigkeit bestens vertraut war. Oft genug hatte er selbst solche Berichte verfasst. Ohne Weiteres hätte er einer dieser Männer sein können. Sie verwendeten die gleichen Begriffe wie er – wahrscheinlich führten sie auch ein ähnliches Leben wie er, hatten ähnliche Gedanken und Erinnerungen. Die Wortwahl und Handschriften wirkten individuell, doch hin und wieder fanden sich identische Formulierungen, sodass man meinen konnte, sie hätten sich abgesprochen.

Erst als er merkte, dass die Blätter bei mehreren Akten nicht in der richtigen Reihenfolge lagen, und er sie neu ordnete, ging ihm ein Licht auf. Er fing noch einmal an und las die Akten von vorn. In einer ging es um einen bei einer Schlägerei verletzten Mann, der der Polizei Hinweise gegeben hatte und später nach einer Anklage wegen Diebstahls freigesprochen worden war. Diesen Fall hatte Yarcombe bearbeitet und an Bossiney weitergegeben.

Als Tellman die Berichte in die richtige Reihenfolge gebracht hatte, stellte sich die Geschichte vollkommen anders dar. Die Daten waren mit größter Sorgfalt verändert worden. Wie sich herausstellte, hatte ursprünglich Yarcombe den Fall bearbeitet, dann war er an Bossiney und schließlich an Ednam weitergegeben worden. Der tatsächliche zeitliche Ablauf der Ereignisse war gänzlich anders, als man ihn dargestellt hatte. Zu der Schlägerei war es erst ganz am Schluss gekommen, nachdem zwei der Beteiligten bereits eine Gefängnisstrafe verbüßt hatten. Als Schlussfolgerung blieb übrig, dass jemand anders die Schläge ausgeteilt hatte und keine dieser Angaben einen Sinn ergab. Der Tatzeuge war das Opfer der Schlägerei und hatte sich geweigert, gegen den Beklagten auszusagen.

Hatte ein übermüdeter und von den Vorfällen verwirrter Beamter vergeblich versucht, Ordnung in die Ereignisse zu bringen? Handelte es sich um ein Missverständnis? Oder gar um Nachlässigkeit? Hatte sich der Verletzte in einem so schlechten Zustand befunden, dass er nicht aussagen konnte, oder hatte er sich Sorge um seine Angehörigen gemacht? Hatten die Kollegen des Beamten den Fehler gedeckt, um diesen nicht ans Messer zu liefern?

Tellman legte die Akte beiseite und ging die nächsten Fälle durch. Dabei stieß er auf weitere Ungereimtheiten, Berichte, die bei näherem Hinsehen keinen Sinn ergaben. Manches schien flüchtig niedergeschrieben zu sein, als hätten die Verfasser es eilig gehabt und sich, da sie nicht mehr alle Einzelheiten im Kopf hatten, geirrt. Liebend gern hätte Tellman geglaubt, dass dahinter keine böse Absicht steckte. Auch ihm waren solche Fehler unterlaufen, so etwas kam leicht vor. Man sah die Dinge mit einem Mal anders als zuvor und brachte die ganze Angelegenheit durcheinander. In einem solchen Fall hätte man eine Gelegenheit gebraucht, noch einmal von vorn anzufangen und die Sache in Ordnung zu bringen.

Er zwang sich, bis weit in den Abend weiterzulesen. Infolge der Fehler hatten einige Verdächtige nicht überführt werden können, weil Beweismaterial verloren gegangen war. In anderen Fällen konnten Menschen nicht aussagen, weil sie praktischerweise einen Unfall erlitten hatten. Manche wurden ziemlich häufig festgenommen, ohne je, wie es aussah, überführt oder verurteilt zu werden. Das Muster war unübersehbar.

Am nächsten Tag ließ er sich weitere Akten bringen, diesmal solche von Fällen, mit denen Ednam nichts zu tun gehabt hatte. Er suchte nach vergleichbaren Nachlässigkeiten, fand aber keine. Außerdem verglich er, wie oft für bestimmte Straftaten ein Schuldspruch erfolgt war, und stellte fest, dass die Zahlen allgemein niedriger lagen als bei Fällen, mit denen Ednam zu tun hatte, insbesondere, wenn es um Diebstahl ging.

Beweisen ließ sich kaum etwas, denn immer wieder fehlten Aussagen oder Beweisstücke, doch am Ende des zweiten Tages war Tellman sicher, dass es zahlreiche Fälle von Begünstigung im Amt wie auch gut getarnte Schmiergeldzahlungen gegeben hatte, für die man das Beweismaterial hatte verschwinden lassen.

War Ednam übereifrig gewesen? Hatte er gelegentlich das Gesetz in die eigene Hand genommen, wenn er von der Schuld eines Verdächtigen überzeugt war, es ihm aber auf die vom Gesetz geforderte Weise nicht nachweisen konnte? Hatte er seine eigene Art von Gerechtigkeit ausgeübt? Trieb ihn sein Ehrgeiz an? Tellman hoffte nur, dass er all das nicht zu seinem eigenen Nutzen getan hatte!

Nein, so etwas wollte er am liebsten gar nicht erst annehmen.

Hatte sich womöglich jemand, dem man eine von ihm nicht begangene Tat angehängt hatte, in eine solche Rachsucht hineingesteigert, dass er im Haus am Lancaster Gate einen Sprengsatz versteckt und gezündet hatte?

Tellman fragte sich, in welchem Umfang die vier anderen Beamten als Komplizen Ednams an dessen Treiben mitgewirkt und wie weit sie sich dabei von den Vorschriften entfernt hatten. Hatten sie bewusst Unschuldige als der Tat überführt hingestellt, war es ihnen gleichgültig gewesen, oder hatten sie lediglich Ednam als ihrem Vorgesetzten gehorcht? Unter Umständen hatten sie Angst vor ihm gehabt.

Tellman überlegte, was er über die Männer wusste. Newman hatte er selbst gekannt. Er hatte diesen fröhlichen, aus sich herausgehenden Mann gut leiden können, der von anderen noch mehr als Tellman selbst stets nur das Beste annahm. Vor allem das hatte ihm an Newman gefallen.

Während ihm das Bild vor Augen trat, wie Newman im Haus am Lancaster Gate in Stücke gerissen am Boden gelegen hatte, überfiel ihn erneut die tiefe Qual, die er angesichts des Ganzen empfand. Hatte Newman Ednam zu Unrecht vertraut, oder hatte er eine Auseinandersetzung mit seinen Kollegen gefürchtet? In seinen Berichten fand sich kein Hinweis auf eine Schuld.

Yarcombes Berichten ließ sich nur das Allernötigste entnehmen – ganz wie seinen mündlichen Äußerungen.

Bossiney hatte viel geschrieben. War es seine Absicht gewesen, damit die Wahrheit in einer Fülle von Worten zu ertränken?

Hobbs' Niederschriften waren sorgfältig in einer Schuljungenhandschrift abgefasst. Diesen Teil seiner Arbeit schien er verabscheut zu haben.

Ednam fasste in seinen Worten alles zusammen und kümmerte sich auch um das, was die anderen ausgelassen hatten.

Doch nichts von alldem lieferte eine Rechtfertigung für den entsetzlichen Anschlag, auch dann nicht, wenn es die Ursache dafür gewesen sein sollte.

Hatte Drake, der ihm beigegebene junge Wachtmeister, die Akten mit Absicht neu geordnet? Tellman nahm das an. Doch als er am Ende des zweiten Tages ging, ließ sich dem unschuldigen Gesicht keinerlei Bestätigung für diese Vermutung entnehmen.

Er musste noch sehr viel mehr herausbekommen, zumal er bisher auf keinerlei Verbindung zu dem Hinweisgeber gestoßen war, der sich Anno Domini nannte. Er hatte dessen schriftliche Mitteilung, der sich aber nichts für ihn Brauchbares entnehmen ließ, sowie den Bericht über Opiumverkäufe und die Beträge, um die es dabei gegangen war. Genau genommen, wäre ein erfolgreiches Eingreifen der Polizei kein besonderer Durchbruch, sondern lediglich einer von vielen ähnlichen kleinen Erfolgen gewesen.

Tellman ging ein ganzes Stück zu Fuß, bevor er auch nur begann, sich nach einem Pferdeomnibus umzusehen, mit dem er den Heimweg antreten könnte. Die beißende Kälte des Windes sorgte dafür, dass er klar denken konnte.

Wie unglaublich naiv er gewesen war, dass er so lange nichts von den fragwürdigen Handlungen der Polizei gemerkt hatte. Da er sich in seinem Beruf überwiegend mit den schlimmsten Facetten menschlichen Handelns beschäftigen musste, hätte ihn nichts von dem überraschen dürfen – und dennoch war das der Fall! Es schmerzte ihn zutiefst.

Ihm war klar, dass auch Polizisten wie alle anderen Menschen fehlbar waren, aber er hatte sie auf jeden Fall für ehrlich und höheren Werten verpflichtet gehalten. Gerade weil sie das Gute kannten, war es ihnen möglich, vor dem Blick in menschliche Abgründe nicht zurückzuschrecken.

Ednam hatte den Ehrenschild der Polizei befleckt, ihrem Ansehen schweren Schaden zugefügt. Das war unverzeihlich.

Tellman schob die Hände tief in die Manteltaschen und bog um eine Straßenecke, um seinen Weg abzukürzen. Von einem Augenblick auf den anderen fühlte er sich völlig zerschlagen. Er hielt kurz inne, straffte sich dann und ging weiter.

Am anderen Ende des Gässchens traf ihn der Wind erneut. Er schien noch stärker geworden zu sein. Ednam hatte seine Männer verraten, aber auch ihn, Tellman, denn in gewisser Weise stand er stellvertretend für alle Vorgesetzten, auf deren Rechtschaffenheit sich ihre Untergebenen verlassen hatten.

Tellman wusste genau, was Gracie dazu sagen würde, und lächelte trübselig vor sich hin. Sie hatte recht. Wollte er so sein wie Ednam? Oder so, wie er ihn einschätzte? Es lohnte sich nicht einmal, diese Frage zu stellen. Dass Ednam diesen Weg eingeschlagen hatte, bedeutete in keiner Weise, dass er das hätte tun müssen.

In Sichtweite der Omnibus-Haltestelle beschleunigte Tellman den Schritt. Bei der bitteren Kälte wollte er den Weg nicht zu Fuß fortsetzen. Er hatte das dringende Bedürfnis, nach Hause zurückzukehren.

Um die Mitte des nächsten Vormittags suchte er Pitt in Lisson Grove auf, um ihm Bericht zu erstatten. Er war müde, und sein Kopf schmerzte von dem vielen Lesen bei Kunstlicht. Aber immerhin besserte sich seine Erkältung allmählich. Manchmal dachte er mehrere Stunden lang nicht daran. Vielleicht war seine Empörung über die schändliche Handlungsweise der Kollegen zu groß, als dass er sich um einen heftigen Husten oder Schmerzen in der Brust Gedanken gemacht hätte.

In knappen Worten teilte er Pitt mit, was er entdeckt hatte, ohne sich für sein Verhalten bei ihrem vorigen Treffen zu entschuldigen. Für den Fall, dass Pitt bereit war, das zu vergessen, wollte er ihn nicht auch noch daran erinnern. Seiner Ansicht nach genügte, was er seither unternommen hatte, als Eingeständnis dessen, dass er unrecht gehabt hatte.

Ein Blick auf Pitts Gesicht zeigte ihm dessen Betrübnis. Erst in diesem Moment erkannte Tellman, dass dieser von dem, was er aufgedeckt hatte, ebenso enttäuscht war wie er selbst, wenn auch vielleicht nicht ganz so überrascht.

Es war gut möglich, dass Pitts Erwachen schon länger zurücklag. Vielleicht war ihm etwas aufgegangen, als die Regierungsspitze dem Druck der Verschwörer von Whitechapel nachgegeben und Pitt trotz der Proteste des Stellvertretenden Polizeipräsidenten Cornwallis aus seinem Amt als Leiter der Wache in der Bow Street und damit aus dem Polizeidienst entfernt hatte. In dieser schwierigen Situation hatte ihm der Staatsschutz die einzige Möglichkeit geboten, seinen Lebensunterhalt mit einer Arbeit zu verdienen, von der er etwas verstand. Das schien inzwischen weit in der Vergangenheit zu liegen, aber alte Wunden schmerzten lange und waren stets bereit, einen an die Kränkung zu erinnern, auf die sie zurückgingen.

Pitt teilte seinerseits Tellman mit, was er über Alexander Duncannon und dessen Freund Dylan Lezant wusste: die falsche Anschuldigung durch die Polizei, die Lügen der Zeugen und schließlich die Hinrichtung für ein Verbrechen, das Lezant Alexanders fester Überzeugung nach nicht begangen hatte.

Tellman sah ihn eine Weile verständnislos an, bis er die Ungeheuerlichkeit von dessen Worten erfasste. »Glauben Sie ihm?«, fragte er mit belegter Stimme. Er hoffte, Pitt würde das zurückweisen. Das ging weit über unehrliches Verhalten hinaus, war geradezu eine Art polizeilicher Mord!

»Jedenfalls glaube ich, dass Alexander das annimmt.« Pitt wählte seine Worte mit Bedacht. »Ob das daran liegt, dass er sich ein schuldhaftes Verhalten seines Freundes nicht vorstellen kann, oder ob er das Bedürfnis hat, die Verantwortung bei einem anderen als sich selbst zu sehen, weil er entkommen ist, nicht aber sein Freund …«

»Er ist entkommen?«, unterbrach ihn Tellman. »Er war also mit vor Ort?« Er erinnerte sich daran, dass der Bericht von

Lezants Festnahme zwei Männer erwähnt hatte, von denen einem die Flucht gelungen war.

»Das hat er gesagt. Ich bin aber nicht sicher, wie sehr er sich auf sein Gedächtnis verlassen kann. Seiner Aussage nach hatte Lezant keine Schusswaffe, aber das bedeutet letzten Endes möglicherweise nur, dass er sich nicht daran erinnern kann oder nicht wusste, dass sein Freund eine besaß.«

»Oder dass er es vorgezogen hat, das zu vergessen!«

»Auch das ist möglich. Aber das ist jetzt unerheblich …«

»Unerheblich?«, stieß Tellman hervor. »Es ist also unerheblich, wenn Polizeibeamte Beweismaterial manipulieren, um einen Unschuldigen für eine Tat an den Galgen zu bringen, von der sie genau wissen, dass er sie nicht begangen hat? Was ist dann um Gottes willen erheblich?« Er spürte, wie erneut hilflose Verzweiflung in ihm aufstieg, bis er kaum noch Luft bekam.

»Ich meinte damit, dass sich Alexander Duncannons Handlungsweise nicht danach richtet, ob es stimmt oder nicht«, erläuterte Pitt. »Er hält es für zutreffend. Für ihn ist das eine Tatsache, selbst wenn es sich nicht so verhalten sollte.«

Tellman hielt die Luft an und schluckte. »Und *ist* es eine Tatsache?«

»Das weiß ich nicht«, räumte Pitt ein. »Möglich ist es. Nach allem, was Sie mir da über Ednam und seine Männer gesagt haben … haben die sich nicht gescheut, das Gesetz zu beugen, Gelder zu unterschlagen und gelegentlich im Dienste einer, wie sie es sahen, höheren Wahrheit zu lügen. Es mag sein, dass sie in einigen Fällen damit recht hatten und in anderen nicht. Vielleicht waren sie so verblendet, dass sie die Wahrheit gänzlich aus den Augen verloren haben. Sie haben geglaubt, was sie glauben wollten.« Mit einem bitteren Lächeln ergänzte er: »Wie Alexander … vielleicht.«

»*Könnte* Lezant unschuldig gewesen sein?«, brachte Tellman nur mit Mühe hervor.

»Es sieht nicht danach aus. Falls er es aber doch war, muss einer der Polizeibeamten die Tat begangen haben, und die anderen haben ihn gedeckt. Oder ein Dritter, zu dessen Schutz sie alle miteinander gelogen haben.«

»Und Duncannon hat am Lancaster Gate den Sprengsatz gelegt, um uns darauf aufmerksam zu machen? Jetzt? Der Fall Lezant liegt über zwei Jahre zurück«, wandte Tellman ein. »Warum hat er damals nichts gesagt?«

»Er sagt, das habe er getan.«

»Darauf findet sich in den Unterlagen auf der Wache kein Hinweis.« In dem Augenblick, als er das sagte, wusste Tellman, dass das nicht unbedingt etwas zu bedeuten hatte. Nach wie vor war alles möglich … oder auch nicht. Noch bevor Pitt den Mund auftat, war ihm klar, dass sie der Sache weit gründlicher würden nachgehen müssen, bevor sich der Fall Lancaster Gate schließlich hoffentlich lösen ließ.

»Da scheinen noch mehr Unterlagen verschwunden zu sein«, sagte Pitt betrübt. »Oder der Bericht ist erst gar nicht abgefasst worden. Ich suche Alexander noch einmal auf, um von ihm möglichst viele Namen und Daten zu erfahren. Machen Sie mit Ihrer Arbeit weiter.«

Auf seiner eigenen Wache fand Tellman eine Mitteilung vor, die ihn aufforderte, sich am Nachmittag bei Bradshaw, dem Polizeipräsidenten, zu melden. Obwohl er sich nichts vorzuwerfen hatte, begannen seine Hände zu zittern. Was war ihm entgangen? Erwartete Bradshaw zu diesem frühen Zeitpunkt etwa schon ein Ergebnis?

Das Büro war mit antiken Möbeln eingerichtet, die wohl schon Generationen von Männern in diesem hohen Amt hatten kommen und gehen sehen. In dieser beeindruckenden

Umgebung wirkte Bradshaw mit seinem glatt zurückgekämmten Haar und dem eleganten Anzug, der so gut saß, wie das nur bei Maßkleidung möglich war, wie jemand, der dank seiner Herkunft und dem Besuch der richtigen Schulen haushoch über die Sorgen gewöhnlicher Menschen erhaben war. Aber war er das auch tatsächlich?

»Ja, Sir?«, sagte Tellman höflich.

»Nehmen Sie Platz, Tellman.« Bradshaw wies mit einer Hand auf einen Mahagonistuhl mit zierlich geschwungenen Beinen und geschnitzter Rückenlehne. Sein Ledersessel war deutlich größer.

Tellman setzte sich. Zwar wäre er lieber stehen geblieben, aber dem Polizeipräsidenten gehorchte man ohne Widerworte.

»Äußerst betrüblich, dass Ednam es nicht geschafft hat«, begann Bradshaw mit ernster Stimme. »So kann sich der Ärmste jetzt nicht einmal mehr gegen Anwürfe verteidigen. Wir müssen unbedingt den Gerüchten entgegentreten, die von der Presse verbreitet werden. Vermutlich war es unvermeidlich, dass jemand auf die Weise Unruhe stiften würde. Von Whicker habe ich erfahren, dass Sie sich gestern und vorgestern mit diesen Dingen beschäftigt haben …« Es war eine Feststellung, doch ließ er es trotzdem wie eine Frage in der Luft hängen. Tiefe Sorgenfalten durchfurchten seine Stirn.

»Ja, Sir«, gab Tellman zurück. »Wenn ich nicht in der Lage bin zu sagen, dass ich der Sache nachgegangen bin, werden sich die Leute früher oder später darauf stürzen.« Im Stillen dankte er Pitt dafür, dass er ihn dazu gedrängt hatte. »Sie dürfen mir glauben, dass ich das nur äußerst ungern tue, Sir. Es erweckt zwar den Eindruck, als wäre ich der Ansicht, dass etwas hinter den Gerüchten steckt, aber wenn ich es nicht täte, würden uns die Leute, die derlei verbreiten, einen Strick daraus drehen.«

»Ja, ja, ich weiß«, sagte Bradshaw nickend. »Eine ganz und gar verfahrene Angelegenheit. Von Pitt habe ich gehört, dass der Staatsschutz keine Hinweise auf eine Anarchistengruppe hat, die man sich in diesem Zusammenhang näher unter die Lupe nehmen müsste. Und bisher ist lediglich bekannt, wer das Dynamit verkauft hat, nicht aber, was anschließend damit passiert ist. Wie es aussieht, kann jeder das verdammte Zeug problemlos kaufen, sobald es erst einmal irgendwo entwendet wurde.«

»Ja, Sir. Ich habe mich mit Commander Pitt beraten. Allem Anschein nach hat er ein klares Bild vom Treiben der meisten ihm bekannten Anarchisten.«

Bradshaw hob den Blick. »Wollen Sie damit sagen, dass es welche gibt, von denen er nichts weiß?« Seiner Stimme ließ sich nicht entnehmen, worauf er hinauswollte. Hoffte er, dass es sich so verhielt, weil sich dann die Aufmerksamkeit von der Polizei ablenken ließe? Oder fürchtete er die Möglichkeit, dass ihnen allen noch mehr Gewalttätigkeit oder Schlimmeres bevorstand?

Tellman überlegte einen Augenblick. Die Loyalität riet ihm, das zu bestreiten. Loyalität wem gegenüber? Pitt, mit dem er viele Jahre zusammengearbeitet hatte? Oder seiner eigenen Einheit, der Polizei, gegenüber? Pitt war bereit gewesen, die Polizei zu verdächtigen, ohne, soweit Tellman wusste, auch nur einen Augenblick lang die Möglichkeit zu erwägen, dass es unter Umständen auch Zweifel an der Rechtschaffenheit oder Tüchtigkeit seiner eigenen Leute geben könnte.

Nein, das war ungerecht. Tellman konnte nicht wissen, ob Pitt das getan hatte oder nicht. Womöglich hatte er sich seine Leute gründlich vorgenommen. Nicht der Staatsschutz behauptete, die Polizei trage die Schuld an Lezants Tod, sondern Alexander Duncannon.

»Möglich wäre es, Sir«, gab er zurück. Er saß nach wie vor aufrecht auf seinem Stuhl mit der kunstvoll verzierten Rückenlehne, der zwar schön war, auf dem er sich aber nicht wohlfühlte. Die ganze Situation war nicht dazu angetan, sich wohlzufühlen. »Ich halte es aber für unwahrscheinlich«, fügte er hinzu.

Bradshaw nickte bedächtig und schien darüber nachzudenken. Offensichtlich bereitete ihm etwas so großes Unbehagen, dass es ihn Mühe kostete, sich auf Tellmans Worte zu konzentrieren.

Dieser begann zu befürchten, dass der Polizeipräsident über wichtige Informationen verfügte, von denen er selbst nichts wusste. Ging es dabei um Pitt? Oder um die Polizei?

Tellman sah sich um. Auf einem Schränkchen stand neben einem Aschenbecher für Zigarren auch eine Karaffe mit einem silbernen Etikett an einem Kettchen. Dann fiel sein Blick auf ein gerahmtes Foto in einer Nische des Bücherschranks. Es zeigte eine Frau, die gut und gern zehn, wenn nicht sogar zwanzig Jahre jünger aussah als Bradshaw. Eine Tochter? Seine Frau? Es konnte sich auch um ein älteres Bild handeln. Die Farben wirkten ausgeblichen, als hätte das Foto lange im Licht gestanden. Die Frau war schön, hatte sanfte Züge. Sie lächelte und strahlte eine Art Unschuld aus, die Tellman ansprach. Obwohl sie einer Gesellschaftsschicht angehörte, zu der er höchstens dienstlich Kontakte hatte, gab es etwas an ihr, was in ihm freundliche Gefühle weckte. Sie sah so jung aus und verletzlich.

Er wandte den Blick ab. Es gehörte sich nicht, sie anzusehen. Es war ein sehr privates Foto. Eines Tages hätte er gern so viel Geld, dass er in der Lage wäre, Gracie von einem wirklich guten Fotografen so natürlich aufnehmen zu lassen, wie sie war. Er würde sich das Bild auf den Schreibtisch stellen oder an eine Stelle, von der aus er sie jederzeit sehen konnte.

Bradshaw hatte etwas gesagt, und er hatte es nicht mitbekommen. Er musste aufmerksamer zuhören.

»... alles, was einen Sinn ergibt«, sagte Bradshaw. »Wir brauchen etwas, was wir den Zeitungen zum Fraß vorwerfen können, damit sich die Leute nichts aus den Fingern saugen. Worauf sind Sie in Ednams Akten gestoßen? Wer ist der Informant, von dem Pitt gesprochen hat, dieser Anno Domini, der unsere Männer in das Haus am Lancaster Gate gelockt haben soll? Welchen Grund hatten sie, ihm Glauben zu schenken? Können wir mindestens das der Öffentlichkeit bekannt machen? Ist der Mann verdächtig? Doch wohl bestimmt. Warum haben wir ihn noch nicht aufgespürt?«

»Wir suchen nach ihm, Sir, aber niemand in der näheren Umgebung des Tatorts scheint eine Vorstellung davon zu haben, wer er ist.«

»Es könnte also jeder Beliebige sein. Geht von ihm möglicherweise eine politische Gefahr aus?« Mit einem Mal wirkte Bradshaw beunruhigt, als habe sich die Angelegenheit zu einem neuen und weit bedrohlicheren Verbrechen aufgebläht.

»Nein, Sir. Andererseits haben wir es aber auch nicht mit einen gewöhnlichen Dieb oder Schwindler zu tun. Den armen Ednam können wir jetzt nicht mehr danach fragen. Auf jeden Fall waren alle früheren Hinweise, die der Informant der Polizei gegeben hat, zutreffend.«

»Er wollte also Ednam hereinlegen?«, fragte Bradshaw ergrimmt.

»Mit der Möglichkeit muss man rechnen. Es könnte aber auch sein, dass der Informant seinerseits hereingelegt worden ist, Sir ...«

Damit hatte er Bradshaws Aufmerksamkeit geweckt. Jetzt musste er weitermachen, die Sache zu Ende bringen ... oder lügen.

»Sir, auf Ednams Wache ist mir eine gewisse Nachlässigkeit, Ungenauigkeit und Unwahrhaftigkeit aufgefallen. Allem Anschein nach sollten damit Diebereien verschleiert werden.« Er wählte seine Worte sorgfältig. »Außerdem hat es ein Übermaß an unnötiger Gewaltanwendung bei Festnahmen gegeben. In einigen Fällen wurden Menschen zu Falschaussagen vor Gericht gedrängt, und es lässt sich nicht ausschließen, dass man sogar Beweismaterial vollständig hat verschwinden lassen. Falls ein Zeitungsmensch davon Wind bekäme, sähe das nicht gut für uns aus, Sir.« Er holte Luft, um fortzufahren, sagte dann aber nichts. Er hatte schon zu viel geredet. Er fühlte sich in diesem stillen Raum unbehaglich.

Bradshaw nickte und sah ihn dabei an. »Ich verstehe. Danke für den Hinweis. Behalten Sie das einstweilen für sich, Inspektor. Je intensiver ich mich mit dem Fall beschäftige, desto schlimmer wird er. Fassen Sie vorerst keinen schriftlichen Bericht ab. Teilen Sie mir alles mit, was Sie aufdecken. Sorgen Sie dafür, dass das rasch geschieht. Ich sage Ihnen ganz offen: Ihre Stelle und Ihre Position hängen davon ab, ob es Ihnen gelingt, alle Gerüchte im Keim zu ersticken. Falls Sie das nicht fertigbringen, bleibt mir nichts anderes übrig, als Sie durch einen anderen zu ersetzen.«

»Ja, Sir.« Während sich Tellman erhob, merkte er, dass sich der Raum um ihn drehte. Seine Stellung! Wie konnte er diese Drohung vor Gracie geheim halten? Sie würde sich zu Tode sorgen und sich zugleich die größte Mühe geben, ihn das nicht merken zu lassen.

Er musste noch mehr tun. Er straffte sich und sah zu Bradshaw in seinem Sessel hinab.

»Wir haben einen Verdächtigen, Sir, müssen uns aber erst vergewissern, ob er tatsächlich in den Fall verwickelt ist, bevor wir etwas darüber sagen, weil das in manchen Kreisen beträchtliche Besorgnis erregen würde. Ich werde Ihnen unmittelbar Bericht erstatten, Sir. Wenn ich jetzt meiner Aufgabe weiter nachgehen dürfte?«

»Wer ist das?«, wollte Bradshaw wissen, obwohl Tellman erklärt hatte, dass er den Namen nicht nennen würde.

»Ich muss mir erst Gewissheit verschaffen, Sir«, entgegnete Tellman und hielt Bradshaws Blick stand, ohne mit der Wimper zu zucken.

Schließlich zwinkerte Bradshaw und sagte dann finster: »Na schön, wie Sie wollen. Ich erwarte, bald von Ihnen zu hören. Sie können gehen.«

»Danke, Sir.«

KAPITEL 8

Pitt wandte sich erneut dem Ort des Attentats zu, in der Hoffnung, dabei neue Erkenntnisse zu gewinnen. Er konzentrierte sich auf alles, was unbestreitbar war und nicht mehr als eine Interpretation zuließ.

»Tut mir leid, Sir«, sagte Stoker bedauernd, nachdem sie alle Überreste des Gebäudes erneut in Augenschein genommen hatten, alle Skizzen und Fotos der Ruine am Lancaster Gate sowie die Konstruktionszeichnungen des Architekten gründlich betrachtet hatten, die zeigten, wie das Haus ursprünglich ausgesehen hatte.

Sie lasen alle Berichte erneut, sowohl die der Polizei als auch die der Feuerwehr. Jeder für sich sichteten sie die Niederschriften der Ärzte über die Überlebenden und die Autopsieberichte des Polizeiarztes über die Toten.

Sie sahen sich die Angaben des Informanten an, der sich Anno Domini nannte, und verglichen akribisch alle Zeitangaben, um sicherzustellen, dass es weder Unstimmigkeiten noch Widersprüche gab. Verbarg sich Alexander Duncannon hinter diesem Decknamen? Hatte er damit die Aufmerksamkeit der Polizei zu erregen versucht, nachdem es ihm auf andere Weise nicht gelungen war? In Pitts Augen sah es ganz danach aus.

Sie konnten die Spur des im Steinbruch entwendeten Dynamits über den Dieb bis zu dessen erstem Käufer verfolgen, doch dort hörte sie gleich wieder auf. Mit der Beschreibung, die sie bekamen, es handele sich um einen dunkelhaarigen jungen Anarchisten, konnten sie nichts anfangen – das passte auf drei Viertel aller ihnen bekannten Anarchisten, Nihilisten und anderer, die sich den Gesetzen Russlands und anderer europäischer Länder durch ihre Flucht entzogen hatten.

»Dahinter stecken keine Anarchisten, die wir kennen«, sagte Stoker, als sie mit ihren Nachforschungen am Ende waren, »und wir haben jeden Grund anzunehmen, dass wir alle kennen. Ich habe mir sogar die sonderbaren militärischen Zusammenschlüsse mit ihren jungen Möchtegern-Generälen angesehen sowie die, die sich als solche ausgeben. Wir können nicht länger stillhalten, Sir. Wir müssen uns diesen Alexander Duncannon vornehmen, ganz gleich, wer sein Vater ist.« Er stand Pitt mit entschlossener Miene gegenüber und sah ihm unverwandt in die Augen. Es war unübersehbar, dass ihm die Sache ebenso wenig recht war wie Pitt, aber gerade deshalb wollte er sie möglichst rasch hinter sich bringen. Sofern er hoffte, den jungen Mann auf diese Weise entlasten zu können, ließ sich das an seinem Gesicht nicht ablesen.

Obwohl weder Pitt noch Tellman das angesprochen hatte, war beiden klar, dass es die ohnehin heikle Beziehung zwischen dem Staatsschutz und der Polizei zusätzlich belasten würde, wenn jemand auch nur andeutete, die bei dem Anschlag auf so entsetzliche Weise Getöteten oder schwer Verstümmelten hätten sich ihr Schicksal selbst zuzuschreiben. Eine solche Behauptung würde als Verunglimpfung der Opfer angesehen und als Kränkung aller Polizeibeamten, die sich Tag für Tag im Dienst der Öffentlichkeit dafür einsetzten, den Gesetzen Geltung zu verschaffen.

Wie würde sich so etwas auf die künftige Zusammenarbeit zwischen Polizei und Staatsschutz auswirken, auf die Pitt so dringend angewiesen war? Schließlich lag die Einführung der Polizei noch nicht besonders lange zurück, und die Menschen hatten sich noch nicht so recht an die Vorstellung gewöhnt, dass diese ermächtigt war, Häuser oder Wohnungen zu durchsuchen sowie Dienstboten und sogar Familienmitglieder zu befragen. Bei manchen war sie daher nach wie vor äußerst unbeliebt.

Den Staatsschutz wiederum hießen Patrioten gut, solange er gewöhnliche Bürger nicht allzu sehr belästigte und sich aus deren Privatangelegenheiten heraushielt. Die Menschen wussten, dass schon zur Zeit Königin Elisabeths und ihres Meisterspions Walsingham Spitzel und Zuträger im Dienst der Regierung gestanden hatten. Niemand sprach über dieses Thema, es sei denn im Kreis engster Freunde. Es war besser, sich mit dem für diese Aufgabe Zuständigen gut zu stellen, der ohnehin gewöhnlich ein Mann von Stand war.

Die Mitarbeiter des Staatsschutzes verärgerten die Leute von der Polizei gelegentlich, auf deren Kooperation sie öfter angewiesen waren, als beiden Seiten lieb war.

Pitt ärgerte sich, hauptsächlich über sich selbst.

»Damit bringen wir den gesamten Polizeiapparat gegen uns auf«, gab er zu bedenken, während er seinen Blick über die Papiere auf dem Schreibtisch zwischen ihnen wandern ließ.

»Glauben Sie, dass sich Tellman irrt?«, fragte Stoker mit gehobenen Brauen.

»Nein«, räumte Pitt ein. »Ihm ist die Sache noch mehr zuwider als uns.«

»Mir nicht«, widersprach Stoker. »Polizeibeamte, die es für richtig halten, Beweismaterial zu manipulieren, zu entscheiden, was sie vorlegen und was sie zurückhalten wollen, eigenmächtig Zeitangaben ändern und Akten fälschen, Gelder an sich bringen, wenn sie glauben, dass sie damit durchkommen, und Zeugen oder Straftäter durchprügeln, wenn sie schlechte Laune haben, sind eine Schande für die gesamte Polizei. Man sollte sie entlassen, bevor sie alle anderen verderben. Wenn sie nicht besser sind als die, die sie dem Richter zuführen sollen, sind wir geliefert! Mir ist es egal, ob sie uns unser Vorgehen übel nehmen oder nicht. Wenn sie selbst diese Art von Verhalten in ihren Reihen ausgemerzt hätten, bräuchten wir jetzt nichts zu unternehmen.«

Pitt musterte ihn mit kaltem Blick. »Wollen Sie, dass die herkommen und uns genauer unter die Lupe nehmen?«

Stoker errötete leicht. »Das ist nicht fair, Sir. Wenn man einen von uns bei so etwas ertappte, würde man uns wegen Landesverrats anklagen, und wir wären schon am nächsten Tag unseren Posten los. Hier werden sehr viel strengere Maßstäbe angelegt, und das wissen Sie auch.«

»Sicher«, gab Pitt zu. »Aber bei der Polizei sind die Leute auf absolutes gegenseitiges Vertrauen angewiesen. Niemand möchte sich in einen Kampf stürzen müssen, wenn er sich nicht darauf verlassen kann, dass der Kollege an seiner Seite ein Auge auf ihn hat und ihm beisteht, wenn Not am Mann ist.« Erneut richtete er den Blick auf Stoker. »Mir ist bewusst, dass ich mit meinen Worten Ihren Standpunkt untermauert habe. Trotzdem muss Ihnen klar sein, dass die Sache eine Menge böses Blut machen wird. Wenn wir das nächste Mal auf polizeiliche Unterstützung angewiesen sind, können wir von Glück sagen, wenn wir die bekommen.«

Stokers blaue Augen weiteten sich verwundert, und er erklärte: »Immerhin besteht die Möglichkeit, dass wir den Ruf der Polizei retten, Sir!«

»Seien Sie doch nicht so blöd!«, entfuhr es Pitt. Er ärgerte sich darüber, dass er sich in diese Situation gebracht hatte, und zugleich über Stoker, der das deutlich erkannt und den Finger auf die Wunde gelegt hatte. Sein Groll richtete sich auch gegen Tellman, der sich zwar große Sorgen machte, zugleich aber immer wieder auf das entsetzliche Geschick Ednams und seiner Männer hinwies. »Ich muss mehr erfahren, brauche mehr Beweise, bevor ich den Leuten gegenübertrete. Ich wünschte weiß Gott, dass es da einen Ausweg gäbe, aber es gibt keinen.«

Pitt musste mit jemandem über die Sache reden, der die negativen Folgen begriff, die sein Verhalten haben konnte, ganz gleich, ob er stillhielt oder tat, was Stoker vorgeschlagen hatte. Zugleich war ihm klar, dass er keine Wahl hatte, er musste tätig werden. Schon vor langer Zeit war ihm aufgegangen, wie heilsam eine aufrichtige Darlegung des Für und Wider war. Auf jeden Fall würde er genötigt sein, seine Entscheidung zu verteidigen und die Schwachpunkte seiner Position zu erkennen, bevor es zu spät war.

In seinem früheren Amt hatte er sich, wenn es um die Aufklärung gewöhnlicher Mordfälle gegangen war, mit Charlotte besprochen, aber hier lagen die Dinge anders. Es gab nur einen, der alles verstehen würde und bereit wäre, die Verstandesargumente von den Gefühlen zu scheiden: Victor Narraway. Unter Umständen hatte er selbst bereits vor einer vergleichbaren Entscheidung gestanden, als er noch Leiter des Staatsschutzes war. Allerdings war Pitt bei der Durchsicht des Archivs auf keine ähnliche Situation gestoßen.

Andererseits hatte er keine schriftlichen Notizen gemacht. Solche Dinge wollte er lieber nicht dem Papier anvertrauen. Es war denkbar, dass Narraway es ebenso gehalten hatte.

Vespasia war ausgegangen, wie Pitt feststellen musste, als er sie besuchen wollte. Es waren nur noch drei Tage bis Weihnachten, und der erste Hinweis auf die bevorstehenden Festtage war der mit bunten Kugeln und goldenem Lametta geschmückte Baum im Vestibül. Rauschgoldengel hingen von den oberen Zweigen; ihre hauchdünnen Flügel schienen das Licht einzufangen und auszustrahlen.

Im Salon goss Narraway dem Besucher trotz seines Protests einen kleinen Cognac ein, dann setzten sie sich zu beiden Seiten des Kamins. Auf dem Tischchen neben ihnen stand ein Teller mit warmen Fruchtpasteten.

Während Pitt die Situation erläuterte, sah er, dass Narraway ein immer bedenklicheres Gesicht machte.

»Und Sie wollen sich morgen die Akten des Prozesses gegen Dylan Lezant vornehmen?«, fragte Narraway schließlich. »Haben Sie diesen Zeitpunkt bewusst gewählt, oder geht es nicht anders?«

»Ich wäre heilfroh, wenn es anders ginge«, gab Pitt betrübt zurück. »Nur sehe ich keine Möglichkeit dazu.«

»Was erwarten Sie von mir?« Das flackernde Kaminfeuer vertiefte die Schatten auf Narraways Gesicht, das angespannt und konzentriert wirkte.

»Eine Analyse der politischen Auswirkungen«, gab Pitt zurück. »Außerdem Ratschläge, wenn Sie welche haben, wie ich die Sache am besten angehe. Wie ich mich verhalten soll, sofern sich Beweise finden und es nötig ist, das Ganze unter Kontrolle zu halten.«

Narraway schwieg eine ganze Weile. Außer dem Knistern des Kaminfeuers hörte man keinen Laut. Durch die Fenster und Vorhänge drangen die Stimmen von Kindern, die auf der Straße Weihnachtslieder sangen.

Es fiel Pitt auf, wie maskulin das Zimmer geworden war, seit Narraway bei Vespasia eingezogen war. Ihre Bilder hingen nach wie vor an den Wänden, Szenen aus ihrer Jugendzeit und Gemälde aus dem Besitz früherer Generationen ihrer Familie. Einige von Narraways Lieblings-Kohlezeichnungen kahler Bäume, die jetzt ebenfalls dort hingen, bildeten einen scharfen Kontrast und zugleich eine Ergänzung dazu. Ihre und seine Bilder stellten eine Ausgewogenheit her, die Pitt gefiel. Er hätte das auch gern gesagt, doch war dies nicht der richtige Zeitpunkt für derlei Kommentare.

Ein Scheit sank funkensprühend in sich zusammen. Narraway beugte sich vor, nahm ein frisches vom Stapel und legte es auf die anderen. Schon bald schlugen Flammen daraus empor.

»Falls stimmt, was Tellman Ihnen mitgeteilt hat«, begann er schließlich, »müssen Sie unverzüglich tätig werden. Ich denke, der Mann ist zuverlässig und würde das keinesfalls sagen, wenn es nicht unumgänglich wäre. Ich darf wohl annehmen, dass er nicht in irgendeiner Beziehung zu Ednam oder einem der anderen steht? Sie müssen unbedingt ermitteln, ob auf der bewussten Wache schlechte Gewohnheiten eingerissen sind, ein gewisses Maß an Korruption, für das man die Männer maßregeln und vielleicht die schlimmsten von ihnen aus dem Dienst entfernen muss. Wenn ich es mir recht überlege, kommt es mir ganz so vor, als hätte der junge Duncannon das bereits für Sie in Erfahrung gebracht.«

»Selbstverständlich ist die Sache Tellman äußerst zuwider«, bestätigte Pitt. »Wenn ich sicher sein dürfte, dass es da nicht mehr gibt, als er herausbekommen hat, würde es mir nicht schwerfallen, einen einleuchtenden Vorwand für ein möglichst unauffälliges Vorgehen zu finden und der Öffentlichkeit eine glaubwürdige Geschichte vorzutragen. Doch sofern da ein wie auch immer gearteter Zusammenhang mit der Tat besteht, für die man Lezant an den Galgen gebracht hat, ist mir das allein schon deshalb nicht möglich, weil Duncannon darauf bestehen würde, den Fall erneut aufzurollen, ganz gleich, was wir unternähmen, um zu verhindern, dass die Sache an die große Glocke gehängt wird.«

»Immer vorausgesetzt, dass es mit Duncannon zu tun hat«, bemerkte Narraway. »Sehen Sie am besten zu, was Sie über Ednam und seine Leute sowie über Lezant in Erfahrung bringen können, und vergleichen Sie die Ergebnisse miteinander. Ich nehme an, Sie haben alles Material über das Attentat gründlich unter die Lupe genommen?«

»Das versteht sich von selbst. Daraus ergibt sich nichts, was uns weiterbringen könnte.«

»Und was ist mit diesem ›Anno Domini‹?« Narraway verzog das Gesicht zu einem Lächeln. »Meinen Sie, dass sich Alexander Duncannon dahinter verbirgt?«

»Das kann man nicht mit Sicherheit sagen«, erwiderte Pitt. »Einiges spricht dafür. Ich muss mir genauer ansehen, inwieweit seine Darstellung des Falles Lezant mit den Fakten übereinstimmt.«

»Ich sehe auch keinen anderen Ausweg«, sagte Narraway mit betrübter Miene. »Aber der Preis könnte und wird vermutlich hoch sein. Wir wissen nicht, bis wohin die Sache reicht – passen Sie also um Gottes willen auf, Pitt!«

Pitt spürte eine eisige Kälte in sich aufsteigen. Neue Möglichkeiten traten vor sein inneres Auge: eine Korruption, die weiter reichte als nur bis zu Ednam und dessen Leuten.

Narraway sah ihn aufmerksam an. »Machen Sie sich auf das Schlimmste gefasst. Das kann ungeahnte Ausmaße annehmen. Falls Alexander wirklich von der Unschuld seines Freundes überzeugt ist …«

»Davon ist er felsenfest überzeugt«, unterbrach ihn Pitt. Das war mehr oder weniger das Einzige, dessen er sicher sein durfte. Ganz gleich, wie sehr der junge Mann im Begriff stehen mochte, den Verstand zu verlieren, verwirrt war, blind vor Zuneigung oder Hass, vor Schmerzen nicht wusste, wohin, oder vom Opium betäubt war, das er dagegen nahm, und was auch immer er sich ausgedacht haben mochte oder woran er sich erinnerte – er glaubte unerschütterlich an Dylan Lezants Unschuld. »Ob zu Recht oder zu Unrecht, er ist fest davon überzeugt«, bekräftigte er.

»Dann stellen Sie sich auf das ein, was das bedeutet«, sagte Narraway in mahnendem Ton.

»Es könnte sein, dass er recht hat«, gab Pitt mit einer leichten Schärfe in der Stimme zurück. »Die möglichen Folgen sind mir bewusst.«

»Vielleicht nicht alle.« Mit bleichem Gesicht erläuterte Narraway: »Das würde nämlich bedeuten, dass Polizeibeamte im Dienst eine falsche eidliche Aussage gemacht haben, um zu erreichen, dass ein Unschuldiger verurteilt und hingerichtet wurde. Das wäre nicht nur eine ganz besonders entsetzliche Art vorsätzlicher Tötung, sondern zugleich ein Verstoß gegen die Gesetze, die für alle Bewohner des Landes gelten. Das Gesetz schützt jeden von uns, das ganze System. Wer dagegen verstößt, muss bestraft werden, ohne Ansehen der Person. Ich brauche Ihnen das sicherlich nicht im Einzelnen darzulegen?«

»Nein, das ist nicht nötig!« Pitt hörte die Schärfe in seiner Stimme und bedauerte seine Unbeherrschtheit, aber es ärgerte ihn, wie ein Ignorant behandelt zu werden.

»Der Fall Lezant liegt rund zwei Jahre zurück«, fuhr Narraway fort. »Aber falls Alexander Duncannon von Anfang an Lezant für schuldlos gehalten hat, müssen Sie den Grund dafür ermitteln und außerdem feststellen, wen er für schuldig hielt. Ist er so wenig bei klarem Verstand, dass seine freundschaftlichen Gefühle sein einziges Motiv dafür sind? Wenn das der Fall ist, muss man sich fragen, warum ihn sein Vater nicht hat wegsperren lassen. Oder hat Godfrey keine Ahnung von dem, was da vorgeht? Hat Alexander ihm davon berichtet oder nicht? Wie steht es um die Beziehung zwischen den beiden? Und was ist der Hintergrund? Wie viel weiß die Mutter, hat sie etwas unternommen und, falls ja, was?«

»Wahrscheinlich weiß sie nichts. Ganz davon abgesehen, steht sie wohl auch loyal zu ihrem Mann …« Pitt versuchte, sich den Zwiespalt dieser Frau auszumalen. Was hätte Charlotte in einem vergleichbaren Fall getan? Die Antwort darauf war ihm klar: Sie hätte ihn mit der Sache konfrontiert und nicht nur eine Antwort verlangt, sondern notfalls auch, dass er angesichts der Situation sein Amt zur Verfügung stellte.

Und hätte er seine Familie höher gestellt als seine berufliche Laufbahn? Ja. Was aber, wenn sein Sohn unrecht hätte? In dem Fall müsste die Antwort anders ausfallen. Auf keinen Fall verkaufte man seine Ehre, denn dann hätte man gar nichts mehr. Ob Narraway daran dachte?

Mit einem Mal schien eine erdrückende Stille in dem Raum zu herrschen.

»Überlegen Sie gut, bevor Sie handeln, Pitt«, mahnte Narraway. »Der junge Duncannon sucht seit zwei Jahren jemanden, der ihm zuhört. Eine Bombe zu zünden und damit drei Polizeibeamte zu töten und zwei weitere schwer zu verstümmeln geht selbst bei einem verzweifelten und seelisch gestörten Menschen entschieden zu weit. Sie haben ihn gesehen und können ihn gut leiden. Haben Sie da den Eindruck gewonnen, dass er möglicherweise nicht bei klarem Verstand ist?«

»Nein … ganz und gar nicht …«

»Sie haben sich angehört, was er zu sagen hatte. Ihrer Ansicht nach war er aufrichtig, irrte aber in der Sache«, fuhr Narraway fort. »Hat er noch mit anderen Menschen gesprochen, die ihm hätten helfen können – und haben diese ihm geglaubt? Was haben sie unternommen? Keiner von ihnen hat die Sache zur Sprache gebracht und erst recht nicht dafür gesorgt, dass Ednam oder einer der anderen festgenommen wurde. Sie sollten unbedingt feststellen, warum das nicht geschehen ist!«

Einen Augenblick lang dachte Pitt, Narraway hielte die Vorwürfe gegen die Polizei für vollständig unbegründet und glaubte, Pitt würde sich lächerlich machen, wenn er ihnen nachginge. Dann aber erkannte er den finsteren Ausdruck auf Narraways Gesicht und begriff, dass die Sache weit schlimmer war, als er bisher vermutet hatte. Ganz offenkundig hielt Narraway die erhobenen Vorwürfe für stichhaltig und war überzeugt, dass jemand die Angelegenheit unter den Teppich gekehrt hatte. Jemand, der in der Hierarchie höher stand als Ednam, hatte zu einem schrecklichen Mord Beihilfe geleistet und würde Pitt bei seiner Bemühung, sämtliche Täter und Mitwisser zur Rechenschaft zu ziehen – vom einfachen Streifenpolizisten bis hin zu den ranghöchsten der Verschwörer, ja, wenn es sein musste, bis hinauf in Regierungskreise –, mit aller Macht, wenn nicht gar mit Gewalt, in den Arm fallen.

Pitt schluckte und spürte, wie sich ihm die Kehle zuschnürte. Was zum Teufel hatte ihn veranlasst, dieses Amt zu übernehmen? Er eignete sich nicht dafür, war darauf nicht vorbereitet. Die Entscheidungen, die von ihm verlangt wurden, gingen zu weit. Er verfügte weder über das nötige Wissen noch über die Verbindungen, die man brauchte, um in dieser Position zu überleben. Er hatte sich Feinde gemacht, die sich unverhohlen über seinen Sturz freuen würden.

»Ich kann das nicht auf sich beruhen lassen.« Kaum hatte er das gesagt, als ihm aufging, dass er damit genau das tun würde, wovon er geglaubt hatte, dass er es nie tun würde: Er hatte seine Aufgabe über seine Familie gestellt. Wie würden seine Angehörigen überleben können, wenn man ihn vernichtete?

Doch wie würde *er* es überleben, wenn er jetzt ängstlich den Rückzug antrat, sich durch Stillhalten zum Mittäter derer machte, die die Wahrheit über den Fall Lezant vertuschten? Charlotte würde wahrscheinlich treu zu ihm stehen. Die Liebe würde überdauern, aber ihre Achtung würde sich in Mitleid verwandeln. Ihre Beziehung käme ins Ungleichgewicht, und er würde sich selbst hassen.

Eine Welle der Wut gegen Ednam – oder wer auch immer für die Sache verantwortlich war – brandete in ihm empor. Wie hatten die Leute es wagen können, Korruption in einem Umfang zu betreiben, der alles mit in den Abgrund reißen konnte?

»Ich darf das nicht auf sich beruhen lassen«, wiederholte er mit erstickter Stimme.

»Das ist mir klar«, sagte Narraway in freundlichem Ton. »Und dasselbe gilt auch für mich, jetzt, da ich von der Sache weiß. Aber seien Sie um Gottes willen vorsichtig! Sehen Sie zu, dass Sie alles in Erfahrung bringen, was Sie können, bevor Sie den Fall öffentlich machen, notfalls um den Preis, dass Sie in Bezug auf den Anlass Ihrer Ermittlungen die Unwahrheit sagen.«

Pitt erwiderte nichts darauf. Die Ungeheuerlichkeit des Ganzen überwältigte ihn. Es kam ihm vor, als jage eine schwarze Gewitterwolke vom Horizont auf ihn zu. Die ersten Windböen zerrten bereits an ihm, die ersten Eisnadeln stachen ihm in die Haut.

Trotz seiner Erschöpfung schlief er schlecht. Im Traum sah er nichts als finstere Wege, die nirgendwohin führten, verschlossene Türen, Trampelpfade, die ihm unter den Füßen zerbröselten und verschwanden, und so war es ihm mehr als recht, früh aufzustehen.

Minnie Maude, Gracies Nachfolgerin, war bereits eifrig dabei, die Asche aus dem Ofen zu holen und frische Kohlen aufzulegen. Da sie inzwischen an Pitts unregelmäßigen Tagesablauf gewöhnt war, machte sie ihm sogleich Tee und Toast. Sie röstete das Brot so kross, wie er es gern hatte, und er bestrich es mit frisch gemachter bitterer Orangenmarmelade, die ausgesprochen aromatisch schmeckte. Ihr Angebot, für ihn auch noch Speck und Spiegeleier zuzubereiten, lehnte er ab. Dieses Frühstück war für ihn auch so ein guter Beginn eines kalten und unangenehmen Tages.

Ihm fiel ein, dass es nur noch zwei Tage bis Weihnachten waren – da würde er einen Tag freinehmen. Ein Geschenk für Charlotte hatte er schon vor längerer Zeit gekauft, sodass er sich darum nicht mehr zu kümmern brauchte. Daniel und Jemima sollten in diesem Jahr etwas Besonderes bekommen, darüber hatte er sich mit Charlotte geeinigt. Sie würde die Geschenke für alle weiteren Verwandten und Bekannten, die bedacht werden sollten, kaufen, verpacken und verschicken. Vielleicht sollte er sie daran erinnern, auch für Minnie Maude etwas Hübsches zu besorgen. Oder hatte sie selbst schon daran gedacht?

Er beendete sein kurzes Frühstück, dankte dem Mädchen, nahm Mantel und Schal vom Haken in der Diele und verließ leise das Haus. Gegen den Wind vorgebeugt, ging er zum Russell Square, von wo aus er mit einer Droschke zum Nationalarchiv fahren wollte, um sich dort die Akten des Prozesses gegen Dylan Lezant gründlich anzusehen. Auf jeden Fall würde er sich notieren, wer die Anklage vertreten, wer den Vorsitz geführt und wer den Delinquenten verteidigt hatte, sowie die Namen aller Zeugen und ihre Aussagen. Außerdem überlegte er, Alexander Duncannon aufzusuchen und ihn zu fragen, mit wem er bei seinem Versuch, für seinen Freund Gerechtigkeit zu erlangen, Kontakt aufgenommen hatte. Doch das hatte einstweilen Zeit. So kurz vor Weihnachten hatten bereits viele die Stadt verlassen, und niemand dürfte in der Stimmung sein, sich mit einem so unangenehmen und tragischen Fall zu beschäftigen, den man allgemein als längst abgeschlossen ansah.

Bis weit in den Nachmittag hinein war Pitt damit beschäftigt, alles zu lesen und zu notieren, was er sich vorgenommen hatte. Die Lektüre der Prozessakten war langwierig und mühselig, doch er hatte sich so sehr in seine Aufgabe vertieft, dass er erst nach dem Ende seiner Arbeit merkte, wie steif sein Rücken war und wie sehr sein Hals schmerzte. Außerdem war sein Mund so trocken wie der Staub, den er aufwirbelte, als er die Papierberge zurücklegte.

Er bedankte sich bei dem Angestellten, der ihm zur Hand gegangen war.

»Nichts zu danken, Sir«, gab der Mann zurück und schob die Brille hoch, die ihm auf die Nasenspitze gerutscht war. Sie glitt sofort wieder herab.

Pitt wandte sich noch einmal um. »Ach … noch etwas. Ist Ihnen bekannt, ob sich in letzter Zeit jemand anders diese Akten hat heraussuchen lassen?«

»Niemand, Sir. Das müsste ich wissen. In den letzten zwei Jahren hat sich niemand die angesehen.«

»Und Sie wüssten auch die Namen von Interessenten, die sie gelesen hätten?« Mit einem Mal wünschte Pitt, dass seine Nachforschung geheim bliebe. Vor allem sollte niemand erfahren, dass er sich Notizen gemacht hatte. »Wer hat sie damals mitgenommen?«

»Nicht mitgenommen, Sir, nur gelesen und zurückgelegt. Niemand darf Archivunterlagen aus dem Gebäude entfernen.«

Pitt hatte sich legitimiert, um Zugang zu den Dokumenten zu erhalten. Bestimmt hatte der Mann seinen Namen und seine Amtsbezeichnung gelesen.

»Sie erinnern sich nicht, wer sie sich damals hat aushändigen lassen?«

»Nein, Sir. Tut mir leid.«

»Es wäre mir sehr lieb, wenn Sie meinen Namen ebenso vergessen könnten.«

»Ja, Sir.« Der Mann sah verwirrt drein. »Wenn Sie das wünschen …«

»Unbedingt, Mr. …« Er versuchte sich an den Namen zu erinnern, den man ihm genannt hatte, »… Mr. Parkins. Ich danke Ihnen.«

Der Mann erbleichte, sagte aber nichts weiter.

Als Pitt schließlich in Lisson Grove eintraf, erwartete ihn dort die Mitteilung, dass ihn der Polizeipräsident so bald wie möglich zu sehen wünschte.

»Er schien ein bisschen verärgert zu sein, Sir«, teilte ihm Dawlish mit einem schiefen Lächeln mit. »Vermutlich hat er es eilig, sein Büro über Weihnachten zu verlassen.«

Pitt brauchte gar nicht zu fragen, worum es sich handelte.

»Danke«, sagte er aus reiner Höflichkeit.

Während ihn die Droschke zurück in die Stadtmitte brachte, überlegte er, was er sagen würde. Immerhin ging es bei seinen Ermittlungen um die Bradshaw unterstellte Behörde. Zwar war es ein Gebot der Höflichkeit, dass er ihn von seinen Absichten in Kenntnis setzte, doch wäre das zugleich äußerst unklug. Der Polizeipräsident wäre gekränkt und würde sich möglicherweise größere Sorgen machen, als er zeigen würde. Da war es besser, ihm seinen Weihnachtsfrieden zu gönnen, statt ihn in einer Situation sorgenvoll dasitzen zu lassen, in der er ohnehin nichts mehr ändern und niemanden mehr schützen konnte.

Als Pitt in Bradshaws Büro geführt wurde, schritt dieser ungeduldig auf und ab. Obwohl das Feuer im Kamin ziemlich tief niedergebrannt war, herrschte im Raum noch eine angenehme Wärme, sodass man den gegen die Scheiben prasselnden kalten Regen getrost ignorieren konnte.

Bradshaw begrüßte ihn flüchtig und dankte ihm für sein Kommen. »Scheußliches Wetter. Bevor ich gehe, möchte ich genau wissen, worauf Sie mit Ihren Ermittlungen im Fall der am Lancaster Gate getöteten Beamten hinauswollen. Haben Sie den Eindruck, dass sich aus deren Berichten über frühere Einsätze etwas ergibt? Was zum Beispiel?«

Pitt hatte sich vorbereitet. »Es geht mir um die Identität des Mannes, der sich Anno Domini nennt, Sir. Man kann nicht ausschließen, dass die Männer rein zufällig dort waren. In dem Fall hätte die Sache nichts damit zu tun, dass er ihnen früher den einen oder anderen Hinweis hatte zukommen lassen, woraufhin sie annehmen durften, dass man ihn ernst nehmen konnte …«

»Darüber hatten wir schon gesprochen, Pitt!«, sagte Bradshaw ungehalten. »Um das herauszubekommen, wäre es nicht nötig gewesen, jemanden das Archiv der Wache von vorn bis hinten durchackern zu lassen!«

Ohne auf diese Unterbrechung zu achten, fuhr Pitt fort: »Andererseits darf man die Möglichkeit nicht ausschließen, dass dieser Hinweisgeber sie absichtlich dorthin gelockt hat, weil er sie von Anfang an im Auge hatte.«

Bradshaw hob ruckartig den Kopf. »Warum? Worauf wollen Sie hinaus?«

»Dass er der Ansicht war, er habe mit einem von ihnen oder auch mit allen ein Hühnchen zu rupfen. Der Anschlag hatte nichts mit Anarchie zu tun. Es ging um den Wunsch nach Rache für etwas, was entweder wirklich geschehen war oder wovon der Täter das annahm.«

Bradshaw war bleich geworden und wirkte mit einem Mal ausgesprochen matt. »Woran denken Sie da? Verbrecher haben gewöhnlich etwas dagegen, dass man sie festnimmt. Immer ist angeblich jemand anders schuld daran, sie selbst nie. Ein ertappter Dieb macht dem Mann Vorwürfe, der ihn festnimmt, und nicht etwa sich selbst dafür, dass er die Tat begangen hat. Haben Sie eigentlich zwanzig Jahre lang mit geschlossenen Augen und verstopften Ohren Dienst bei der Polizei getan?«

»Nein, Sir. Ich brauchte allerdings auch keinen aus Rache verübten Bombenanschlag aufzuklären, bei dem drei Männer getötet und zwei weitere entsetzlich verstümmelt wurden.«

Bradshaw setzte sich an seinen Schreibtisch, ohne seinen Besucher dazu aufzufordern, ebenfalls Platz zu nehmen. Er wirkte beinahe wie ein nach einem schweren Kampf angeschlagener Boxer.

Pitt empfand Mitleid mit ihm, musste ihm aber zumindest einen Teil der Wahrheit mitteilen, denn es käme einer Beleidigung gleich, das in dieser Situation zu unterlassen. Er warf einen Blick auf ein gerahmtes Foto, das hinter Bradshaw in einer Nische des Bücherschranks stand. Es zeigte eine zierliche Frau.

Bradshaw folgte seinem Blick. »Meine Frau«, sagte er.

»Sie ist schön«, sagte Pitt aufrichtig.

»Ja ... « Bradshaws Stimme klang gequält. »Diese Aufnahme hat sie in vollkommener Weise eingefangen. Das ... das ist schon einige Jahre her.«

Ob sie nicht mehr lebte? Eine solche aufdringliche Frage durfte Pitt schon normalerweise nicht stellen, und jetzt, am Tag vor Heiligabend, verbot sie sich erst recht.

»Nun, Sir«, kam er auf das ursprüngliche Thema zurück. »Unbestreitbar unterlaufen jedem von uns Fehler, und mir ist auch bekannt, dass Leute, die ihre Finger oder ihre Fäuste nicht im Zaum halten können und dabei ertappt werden, ob Schläger, Diebe oder sonstige Rechtsbrecher, gewöhnlich anderen die Schuld an ihrem Missgeschick geben – Polizisten oder den von ihnen ausgeraubten oder verprügelten Opfern. Als Ausgangspunkt suche ich nach einem Vorfall, der eine Beziehung zwischen den Männern vom Lancaster Gate herstellt.«

»Was haben Sie bisher gefunden?«

»Mein Polizeikollege ist auf eine ganze Reihe von eher ungewöhnlichen Rechenfehlern gestoßen. Die meisten davon waren kunstvoll getarnt, und zwar überwiegend von Ednam.«

Bradshaw erbleichte, fasste sich aber rasch. »Der Mann ist tot, Pitt! Hat es irgendeinen Sinn, diese alten Geschichten jetzt aufzurühren? Er kann sich weder verteidigen noch erklären, was sich da wie verhält. Seine Witwe muss Weihnachten mit ihrem Kummer allein verbringen. Wozu sollte es führen, der Sache jetzt nachzugehen?«

»Es sind bereits Gerüchte im Umlauf, Sir«, erklärte Pitt. »Zeitungen und Zeitschriften spekulieren darüber, in der ganzen Stadt werden in Clubräumen und Gaststätten Fragen gestellt: Ist die Polizei korrupt? Wimmelt es hier von Anarchisten, Nihilisten, Männern, die nur auf eine Gelegenheit warten, uns in die Luft zu sprengen? Wo kommt es zur nächsten Explosion? In einem Wohnhaus, einer Kirche, einem Ladenlokal, einem Eisenbahnzug? Ist die Polizei in der Lage, dem Einhalt zu gebieten? Kann das überhaupt jemand? Oder steckt die Polizei mit denen unter einer Decke? Müssen wir uns jetzt um unsere eigene Sicherheit …«

»Schon gut!«, knurrte Bradshaw. »Auch ich kann lesen; mir ist bekannt, was in den meisten Zeitungen steht und was die Leute sagen. Mir ist auch bewusst, wie verdammt gefährlich das ist und dass wir nichts dagegen unternehmen können. Wenn wir nicht sehr aufpassen, wird sich die Hälfte der Bürger bewaffnen und sich ihr Recht so verschaffen, wie sie es verstehen – das reine Chaos. Haben Sie schon überlegt, dass gewisse ausländische Mächte unter Umständen genau darauf aus sind? Oder finden Sie diese Vorstellung zu erschreckend, weshalb Sie versuchen, das Ganze so hinzustellen, als ob es dabei lediglich um eine mehr oder weniger verkommene Polizeiwache geht?«

»Sind Sie sicher, dass es nur eine ist?«, gab Pitt zurück. »Ich würde gern annehmen, dass es sich ausschließlich um Ednam und ein halbes Dutzend seiner Leute handelt. Aber gerade dadurch, dass man seine Augen vor jeder anderen Möglichkeit verschließt, wird so etwas ermöglicht.«

Bradshaw fuhr empor. Nach einem Blick auf Pitts Gesicht und seine Haltung, die keinen Zweifel daran ließ, dass er bereit war, ihm notfalls mit Gewalt Einhalt zu gebieten, sank er auf seinen Sessel zurück.

»Der Bürger muss der Polizei vertrauen können«, sagte Pitt mit ernster Stimme. »Dazu genügt es nicht, dass wir uns zweifelhafter Elemente entledigen; wir müssen auch der Öffentlichkeit deutlich zeigen, dass wir das getan haben und es weiterhin tun werden, wenn es nötig ist.«

»Indem wir sagen, dass Ednam selbst die Schuld an seinem Tod trägt?«

»Indem wir dreierlei feststellen: wer Anno Domini ist, ob er den Sprengsatz im Haus am Lancaster Gate gelegt hat und, falls ja, warum.«

»Und haben Sie eine Vorstellung, wer das sein könnte?«

»Ja. Sofern ich mit meiner Vermutung recht habe, kenne ich auch sein Motiv. Es tut mir leid, Sir, aber wenn es sich so verhält, wie ich vermute, wird die Sache äußerst unangenehm. Nur eines wäre noch schlimmer, nämlich sie auf sich beruhen zu lassen. Falls ich mit meiner Vermutung recht habe, hat der Täter den Anschlag verübt, um die Öffentlichkeit auf ein, wie er meint, von der Polizei begangenes ungeheuerliches Unrecht aufmerksam zu machen. Wenn wir der Sache nachgehen, können wir dem ein Ende bereiten, falls aber nicht, wird er weiter solche Anschläge verüben, bis wir etwas unternehmen. Dafür aber trage nicht ich die Verantwortung, und ich denke, dass auch Sie nicht dazu bereit sind.«

Bradshaw atmete schwer. »Ich hoffe nur, dass Sie wissen, was Sie tun.«

Das hoffte auch Pitt. Auf keinen Fall sollte Bradshaw merken, wie sehr ihm davor graute, den Fall abzuschließen, aber es gab keine andere Lösung. Sofern Alexander Duncannon tatsächlich den Sprengsatz am Lancaster Gate gezündet hatte, war der weitere Verlauf vorgegeben.

Müde, durchnässt und durchfroren kehrte Pitt nach Hause zurück. Er hatte Mühe, sich in die munter plaudernde Tafelrunde am Abendbrottisch einzufügen. Am nächsten Tag war Heiligabend, und am ersten Feiertag würden sie Emily, Jack und deren Kinder besuchen.

Daniel machte wie üblich ein übertrieben geduldiges Gesicht und achtete darauf, dass jeder das mitbekam. Noch vor dem Nachtisch zahlte Jemima ihm das heim, indem sie ihn mit der Schwester eines seiner Freunde aufzog. Verblüfft merkte Pitt, wie verletzlich der Junge war. Seine Kinder wuchsen sichtlich heran.

Als das ausgezeichnete Essen Wohlbefinden in ihm wachrief und die Wärme des Raumes dafür sorgte, dass er nicht mehr fror, entspannte er sich ein wenig. Flüchtig dachte er an die Witwen der bei dem Anschlag Getöteten und fragte sich, ob es etwas gab, was den entsetzlichen Kummer lindern konnte, den sie mit in die Weihnachtsfeiertage nahmen. Möglicherweise wäre es für sie das einzige sinnvolle Geschenk, zu wissen, dass ihre Männer schuldlos waren, doch er war alles andere als sicher, dass er ihnen dieses Geschenk machen konnte.

Die Kinder waren inzwischen nach oben gegangen, wo sie ständig herumliefen und gelegentlich nach Charlotte riefen, weil sie Bänder oder noch mehr Geschenkpapier brauchten. Gerade als sie hinaufgegangen war, um den beiden zu helfen, klingelte es an der Tür.

Als Pitt sie öffnete, stand Jack Radley davor. Obwohl er mit der Kutsche gekommen war, die vor der Haustür wartete, waren die Schultern seines eleganten Sakkos so durchnässt, dass Tropfen auf den Boden fielen.

»Komm rein«, sagte Pitt, trat einen Schritt zurück und hielt die Tür auf. »Lässt du deinen Kutscher draußen warten?«

»Ich hab ihm vorgeschlagen, durch den Dienstboteneingang in die Küche zu gehen. Ich hoffe, du hast nichts dagegen. Ich bleibe nicht lange … hoffe ich jedenfalls.«

»Ich sag Charlotte Bescheid, dass sie dem Mann eine Tasse Tee oder, besser noch, Kakao gibt«, sagte Pitt und eilte nach oben. Schon wenige Minuten später war alles geregelt. Im Wohnzimmer setzte er sich in seinen Sessel, während sich Jack mit dem Rücken zum Kamin stellte, um sich aufzuwärmen.

»Ihr kommt zwar übermorgen zum Abendessen zu uns«, begann Jack, »aber ich wollte gern unter vier Augen mit dir sprechen.«

»Was gibt es?«, fragte Pitt mit einer leisen Vorahnung, wobei ihn ein Schauer überlief.

Jack zuckte leicht die Achseln. Zwar stand er in einer eleganten Haltung da, wirkte aber keineswegs gelöst, sondern ganz im Gegenteil höchst angespannt.

»Sicher kannst du deine Ermittlungen drei Tage lang ruhen lassen, nicht wahr?« Er schien noch etwas hinzufügen zu wollen, unterließ es dann aber.

»Bist du gekommen, um mich das zu fragen?«, erkundigte sich Pitt.

Jack sah ihn offen an. »Ja. Der Vertrag ist von größerer Bedeutung, als ich dir sagen kann. Von ihm hängt ungeheuer viel ab – über dreitausend Arbeitsplätze, und zwar gute, mit denen weite Bereiche der Industrie wieder auf die Beine kommen können, und in einigen Jahren würden es noch mehr werden, von den Verdienstmöglichkeiten ganz zu schweigen. Er bietet gewaltige Vorteile für Ein- und Ausfuhr in allen beteiligten Ländern. Lass die Sache einfach ruhen, bis er unterschrieben ist.«

»Was hat der denn mit der Korruption in den Reihen der Polizei zu tun?«, fragte Pitt. Er beugte sich leicht vor. Jede Spur von Gelöstheit war dahin.

»Nichts!« Jack trat vom Kamin in die Mitte des Raumes, nach wie vor zu unruhig, als dass er sich hätte setzen können. »Ich glaube nicht, dass das da hineinspielt, aber wissen kann man das natürlich nicht. Ich habe keine Vorstellung, was geschehen ist. Das Einzige, was ich weiß, ist, dass Alexander Duncannon schwer gestört ist. Der junge Mann hat Wahnvorstellungen in Bezug auf die Schuld oder Nichtschuld seines Freundes. Den armen Godfrey macht die Vorstellung verrückt, was sein Sohn getan haben könnte. Thomas, der Vertrag wird Tausenden, ihren Familien und den Städten, in denen sie leben, zugutekommen. Gefährde seinen Abschluss nicht, nur um deinen Fall einige Tage früher lösen zu können.«

Ein Blick auf Jacks Gesicht zeigte Pitt, wie ernst es ihm war. Er hatte eine gewisse Vorstellung von der Bedeutung des Vertrags und konnte nachvollziehen, welche Hoffnungen auf dessen Abschluss ruhten. Da man ihn, obwohl er sich nicht das Geringste hatte zuschulden kommen lassen, seines Postens enthoben hatte, wusste er aus Erfahrung, wie es war, ohne Anstellung zu sein, und konnte sich daher mühelos in die Lage von Menschen versetzen, deren Angehörige frieren und hungern mussten und womöglich obendrein kein Dach über dem Kopf hatten. Vor diesem Schicksal hatte damals ihn und seine Familie die Versetzung zum Staatsschutz bewahrt.

Jack ahnte wohl, was für Gedanken Pitt durch den Kopf gingen. Vielleicht erinnerte er sich auch an die Sache.

»Diese Ungerechtigkeit besteht seit zwei Jahren«, sagte Jack. »Lass die Sache bis Neujahr ruhen. Rühr die alte Geschichte nicht ausgerechnet so kurz vor Weihnachten auf. Wenn es da etwas zu finden gibt, läuft es dir in den nächsten paar Tagen nicht davon. Ednam, Gott sei seiner armen Seele gnädig, wird jedenfalls keinen Schaden mehr anrichten.«

»Ich muss das zu Ende bringen«, entgegnete ihm Pitt. »Der Fall löst sich nicht in Luft auf. Immerhin ist es denkbar, dass Ednam und seine Männer einen Unschuldigen an den Galgen gebracht haben.«

Jack hob die Brauen. »Hältst du das allen Ernstes für möglich? Alexander ist ein netter Kerl, aber vergiss nicht, dass er opiumsüchtig ist, und zwar, seit man ihm das Mittel nach seinem Unfall gegeben hat, um seine Schmerzen zu lindern. Manchmal ist er wirklich völlig verrückt. Natürlich kann er nichts dazu. Ich weiß, dass er Dinge sieht und hört, die es überhaupt nicht gibt. Frag jeden beliebigen Arzt – Opiumsucht ist schrecklich, und bestimmt bringt sie ihn irgendwann um.«

Pitt ging nicht darauf ein. Ob hinter Alexanders Handlungsweise wirklich nichts als die blinde Freundestreue eines Opiumsüchtigen steckte? Trieb ihn das Schuldbewusstsein dessen, der davongekommen war, dazu, seinen Freund von aller Schuld freizusprechen? Es würde nicht schwerfallen, das zu glauben.

»Dylan Lezant war keine Spur besser«, fuhr Jack fort, als er Pitts Zweifel erkannte. »Noch so ein schwer abhängiger junger Mann, der immer tiefer in einer lasterhaften Existenz versank. Von Godfrey habe ich gehört, dass er phasenweise unter irrsinnigen Halluzinationen litt. Er war an Leib und Seele krank. Wenn er es nicht länger ertragen konnte, griff er zu verzweifelten Mitteln, um an Geld für Opium zu kommen. Danach wirkte er, zumindest für einen Außenstehenden, völlig normal. Sofern er angenommen hat, die Polizei wolle verhindern, dass er sein Rauschgift bekam – und die Beamten waren ja dort hingegangen, um ein Geschäft mit dieser Droge zu unterbinden –, fällt die Annahme leicht, dass ihn seine Sucht zum Mord getrieben hat.«

In der Tat fiel diese Annahme leicht, ganz wie Jack gesagt hatte, und sie wirkte überdies plausibler als jede andere. Warum hatte Pitt Alexander zugehört und ihm so bereitwillig geglaubt? Aus Mitleid? Hatte er in ihm einen jungen Mann gesehen, der nirgendwohin zu gehören schien und ohne eigenes Verschulden unter körperlichen Schmerzen litt? Eigentlich dürfte das keine Rolle spielen. Oder hatte er seine Seelenqualen erkannt, das Trauma eines Menschen, der zwischen zwei Welten hin- und hergerissen wurde, die beide nichts von ihm wissen wollten? Auch bei Pitt hatte in jungen Jahren die Möglichkeit bestanden, in einem solchen Niemandsland zu enden, als man seinen Vater zu Unrecht verurteilt und nach Australien deportiert hatte.

Ohne Weiteres hätte ihn damals seine Bitterkeit verzehren können, sodass er sich in der Überzeugung, es gebe keine Gerechtigkeit, Diebereien und Gewalttätigkeit zugewendet hätte. Es hatte auch durchaus Gelegenheiten gegeben, bei denen sich diese Annahme zu bestätigen schien. Mit seiner Entscheidung, Pitt zum Ansporn seines Sohnes gemeinsam mit diesem durch einen Privatlehrer unterrichten zu lassen, hatte der Gutsherr Arthur Desmond ihm die Möglichkeit eröffnet, sich den Blick für die Dinge im richtigen Verhältnis zu bewahren. Das war letztlich der Anstoß dafür gewesen, dass er zur Polizei gegangen war: Er wollte anderen die Gerechtigkeit verschaffen, die seiner eigenen Familie versagt geblieben war.

Doch seiner Überzeugung nach war Alexanders Schmerz mehr körperlicher als seelischer Natur.

»Selbst wenn sich Alexander unter Umständen Illusionen über das hingeben sollte, was an jenem Abend geschehen ist, bedeutet das nicht zwangsläufig, dass er es nicht selbst glaubt«, gab er zu bedenken. »Wenn er es aber glaubt und niemand – soweit er sehen konnte – seinen wiederholten Protest ernst genommen hat, konnte er durchaus zu der Überzeugung gelangen, dass sein Groll gegen Ednam und dessen Leute berechtigt war. Ich kann das nicht auf sich beruhen lassen, Jack. Ich muss der Sache nachgehen.«

»Wende dich doch fürs Erste anderen Möglichkeiten zu«, drängte Jack, der Pitts innere Bewegung durchaus erkannte. »Bitte. Nur über Weihnachten. Der Vertrag wird in wenigen Tagen unterzeichnet.«

Pitt zögerte.

»Die Einrichtung eines Freihafens in China wird für unser Land von unermesslichem Wert sein, wenn wir die Rechte daran pachten«, sagte Jack eindringlich. »Unter anderem geht es darum, dass wir die Chinesen auf diese Weise moralisch in gewisser Weise für das entschädigen, was wir ihnen mit den Opiumkriegen angetan haben, Thomas! Damit haben wir uns weiß Gott ins Unrecht gesetzt.« Mit leuchtenden Augen fuhr er eifrig fort: »Nur wegen dieser Aussichten ist Abercorn zur Zusammenarbeit mit Godfrey Duncannon bereit, den er, wie du weißt, nicht ausstehen kann. Ich habe keine Ahnung, warum nicht, aber das spielt auch keine Rolle. Abercorn hat weitreichende Interessen in China, und Godfrey verfügt über die politischen und diplomatischen Verbindungen, die man zur Verwirklichung eines solchen Projektes braucht. Bitte … halt dich zurück und tu nichts, was den Abschluss gefährden könnte. Nur einige Tage lang!«

»Bis nach Weihnachten«, gab Pitt nach.

»Ich danke dir!« Jack hielt ihm die Hand hin und drückte die seine so fest, dass Pitt innerlich zusammenzuckte.

Nach Jacks Weggang kehrte Charlotte wieder ins Wohnzimmer zurück und sah Pitt aufmerksam an. »Nun?«, fragte sie.

»Hat Emily dir irgendetwas über den Vertrag gesagt, an dem Jack offenbar zusammen mit Godfrey Duncannon arbeitet?«

»Ja«, erwiderte sie zurückhaltend. »Warum? War er deswegen hier?«

»Ja. Ich verstehe, warum die Sache für ihn so wichtig ist – für unser Land. Trotzdem kann ich den Fall nicht einfach auf sich beruhen lassen …«

Sie sah ihn besorgt an, stellte aber keine weiteren Fragen.

»Das darf ich nicht«, fuhr er ruhig fort. »Falls Alexander der Attentäter war, hat er den Anschlag verübt, weil in seinen Augen Polizisten so korrupt waren, dass sie die Wahrheit verdreht und Beweise gefälscht haben: Sie haben vor Gericht unter Eid ausgesagt, Dylan Lezant, dessen Unschuld ihnen bekannt war, sei des Mordes schuldig gewesen, und ihn damit an den Galgen gebracht. Wenn sich das aber so verhält – wessen hat sich Alexander dann schuldig gemacht? Er hat das Gesetz selbst in die Hand genommen, weil die dafür Zuständigen schmählich versagt haben.«

Sie sagte nichts. Der Kummer auf ihren Zügen war Antwort genug.

»Was, wenn sich herausstellt, dass die Dinge in der Tat so liegen?«, fuhr er fort. »Wer unterstützt die Polizei dann noch, wenn sie in Schwierigkeiten ist? Wer liefert ihr Informationen?« Er schüttelte den Kopf. »Handelt es sich hier um eine zufällige Häufung von Ereignissen? Steckt irgendeine ausländische Macht dahinter, die uns in die Knie zwingen will? Oder sind es doch Anarchisten, Nihilisten, was weiß ich? Auf jeden Fall ist die Sache weit gefährlicher als der Angriff auf einen Vorposten unseres Empire oder ein gelegentlicher Piratenüberfall, denn sie sitzt im Herzen unserer Nation wie eine Krankheit, und Krankheiten können tödlich verlaufen.«

»Ich verstehe«, sagte Charlotte nach einer Weile. »Aber kannst du nicht Jack zumindest einen Hinweis zukommen lassen?«

»Er weiß, dass ich mir Sorgen mache, und auch, warum. Er wollte, dass ich mein Einschreiten hinauszögere, bis der Vertrag unterschrieben ist. Nur ein paar Tage.«

Sie lächelte, aber es lag keine Erleichterung darin. »Es ist schon spät, und ich denke, wir sollten schlafen gehen. Morgen ist Heiligabend, und auf uns warten noch viele Vorbereitungen, auch wenn wir am ersten Feiertag bei Jack und Emily eingeladen sind.«

Kurz bevor es hell wurde, riss ein lautes und beharrliches Klopfen unten an der Haustür Pitt aus dem Schlaf. Als er die Decke zurückschlug und aufstand, überlief ihn ein Schauer. Das Zimmer hatte über Nacht alle angenehme Wärme verloren.

Das Klopfen hatte aufgehört. Wahrscheinlich war Charlotte an die Haustür gegangen. Er wusch sich flüchtig das Gesicht und zog sich rasch an. An einem solchen Tag war vor allem warme Unterwäsche nötig. Zum Rasieren war jetzt keine Zeit; erst musste er feststellen, wer da gekommen war und worum es ging. Niemand würde ihn ohne schwerwiegenden Grund an Heiligabend um diese Stunde aufsuchen.

Ungekämmt und in Socken eilte er die Treppe hinab.

Mit übernächtigten Augen und kalkweißem Gesicht stand Stoker in der Diele. Ungefragt erklärte er: »Es hat einen weiteren Bombenanschlag gegeben, Sir – wie beim vorigen Mal in der Nähe vom Lancaster Gate und wieder in einem leer stehenden Gebäude. Personen sind nicht zu Schaden gekommen, aber das Haus ist ein Trümmerhaufen. Soweit ich erfahren habe, brennt es immer noch.«

Pitt war regungslos auf der zweituntersten Stufe stehen geblieben.

Charlotte stand in der Diele. »Geh dich rasieren«, sagte sie. »Ich mache Mr. Stoker eine Tasse Tee.« Zu diesem gewandt fragte sie: »Haben Sie überhaupt schon etwas gegessen?«

»Nein, Ma'am, aber …«

Sie ließ ihn seinen Satz nicht beenden. »Ich mache Ihnen etwas Toast. Sie können frühstücken, während er sich fertig macht. Kommen Sie bitte mit.«

Stoker erhob keine Einwände. Er zitterte vor Kälte und wohl auch angesichts der Vorstellung, dass ein neuer Albtraum bevorstand. Er sah aus, als sei er schon mehrere Stunden auf, aber vermutlich war seine sichtliche Erschöpfung das Ergebnis zu vieler langer Tage und kurzer Nächte.

Im Bemühen, rasch fertig zu werden, schnitt sich Pitt beim Rasieren am Kinn, aber nicht schlimm; und schon saß er in der Küche und nahm von Charlotte einen Teller mit Toast und eine Tasse Tee entgegen. Fünf Minuten später verließen die beiden Männer das Haus. Stoker, der seine Droschke hatte warten lassen, nannte dem Kutscher die Anschrift, und dann fuhren sie durch die Dunkelheit des regennassen frühen Morgens.

KAPITEL 9

Der erneute Anschlag hatte ein kleines unbewohntes Haus in Craven Hill getroffen, keine hundert Meter vom Lancaster Gate entfernt. Schwaches Morgenlicht, das durch die Wolken fiel, zeigte, was davon noch übrig war. Die von der Explosion aus dem Schlaf gerissenen Nachbarn hatten sogleich die Feuerwehr benachrichtigt. Sie musste ziemlich schnell gekommen sein, denn man sah kaum noch Flammen. Nur der beißende Geruch nach verkohltem Holz lag schwer in der Luft. Trümmer waren im Garten und auf der Straße verstreut.

Zwei Löschwagen standen vor dem Haus. Die vorgespannten Pferde scharrten unruhig mit den Hufen und warfen den Kopf hin und her, als könnten sie den Aufbruch nicht erwarten. Ein Mann redete beruhigend auf sie ein.

Pitt richtete den Blick auf die Straße. Es war eine ruhige Wohngegend, ähnlich wie bei dem Anschlag zuvor, nur dass die Häuser kleiner waren. An einem Fenster bewegten sich die Vorhänge, was ihn nicht überraschte. Sicherlich waren die Menschen neugierig, vor allem aber vermutlich verängstigt.

War hier derselbe Täter am Werk gewesen wie beim vorigen Mal? Wieder Alexander Duncannon? Oder irrte Pitt sich, und es handelte sich in Wahrheit in beiden Fällen doch um einen Anschlag von Anarchisten?

Er drehte sich um, als der Brandmeister auf ihn zukam.

»Morgen, Sir«, begrüßte ihn dieser. Pitt sah, dass es derselbe war wie beim vorigen Mal – kein Wunder, die Häuser gehörten zum selben Bezirk.

»Morgen«, erwiderte Pitt die Begrüßung. »Irgendwelche Opfer?«

»Gott sei Dank nicht«, gab der Mann zurück. »Wie es aussieht, hat niemand die Polizei gerufen. Aber es war mit Sicherheit ein Sprengsatz. Der Nachbar, der uns gerufen hat, hat gesagt, es hätte ordentlich gerumst. Vor einer guten Stunde, da war's noch dunkel.«

»Eine einzelne Explosion?«, erkundigte sich Pitt.

»So hat er's gesagt. Scheint auch zu stimmen, soweit wir das beurteilen können. Sehen Sie sich's ruhig selbst an, wir haben alles gesichert, so gut es geht.«

Pitt folgte ihm, wich Trümmern und herabgestürzten Balken aus, darauf bedacht, nichts zu berühren. Um die Unglücksstelle zu sichern, würde die Feuerwehr einiges einreißen und wegschaffen müssen, aber er wollte sich auf jeden Fall vorher ein Bild machen.

»Da war der Sprengsatz.« Der Mann wies dorthin, wo sich der Kamin des Wohnzimmers befunden hatte. »Die Druckwelle ist zumindest zum Teil in den Rauchfang gegangen und hat ihn und damit zugleich einen großen Teil des Dachs zum Einsturz gebracht. Die Schornsteine dieser Häuser stehen so dicht beieinander, dass die Gehilfen der Kaminkehrer von einem zum anderen klettern können.«

»Ist das die beste Stelle für einen Sprengsatz?« Pitt vermutete das, wollte aber die Meinung des Fachmanns dazu hören.

Der Brandmeister runzelte die Stirn. »Man braucht da eine lange Zündschnur, denn man sollte möglichst nicht in der

Nähe sein, wenn die Ladung hochgeht. Immerhin könnte einem das verdammte Dach auf den Kopf fallen … genau das ist ja auch passiert … Sie sehen ja selbst, es ist eingestürzt.« Kopfschüttelnd richtete er den Blick auf den riesigen hauptsächlich aus Ziegeltrümmern bestehenden Schutthaufen, der beinahe bis zur Höhe der Decke reichte. Offensichtlich war das die tragende Wand gewesen. »Das muss eine ordentliche Ladung gewesen sein, um diese Wirkung zu erreichen.«

»Wie viel? Vier Stangen Dynamit?«

»Das könnte hinkommen … Erstklassige Qualität«, stimmte der Mann zu. Er sah Pitt an. »Suchen Sie nach was Bestimmtem, Sir? Bis jetzt waren's nur unbewohnte Häuser, aber das könnte sich ändern.«

»Das ist mir klar.« Pitt wollte nicht abweisend klingen, doch war ihm bewusst, dass seine Worte genau diese Wirkung hatten. »Sieht es für Sie so aus, als ob es derselbe Täter gewesen sein könnte wie neulich? Er scheint genau zu wissen, wo er eine Sprengladung anbringen muss, um die größte Wirkung zu erzielen. Allerdings hat er die Polizei diesmal vorher nicht verständigt …«

»Was ich gern wüsste, Sir, ist, was diesmal anders war, denn beim vorigen Mal hat er die Polizei ja da hingelockt.«

»Ich gäbe etwas darum, den Grund dafür zu erfahren«, erwiderte Pitt. »Aber ich glaube, ich kann ihn mir denken. Ich möchte mich noch ein wenig mehr umsehen. Vielleicht findet sich ja doch noch das eine oder andere.«

»Ich komme mit Ihnen.« Er formulierte das nicht als Angebot, sondern als unumstößliche Tatsache.

Pitt nickte zustimmend. »Ich habe nicht die Absicht, irgendetwas anzufassen.«

»Das ist auch besser so! Aber ich komme trotzdem mit.«

Aufmerksam durchschritten sie, was vom Erdgeschoss geblieben war. Ein großer Teil der Treppe war weggesprengt, und vor der Kellertür türmte sich ein Schuttberg, dessen Beseitigung gefährlich sein würde.

Auf dem Tisch in der Spülküche entdeckte Pitt ein weißes Herrentaschentuch und nahm es vorsichtig in die Hand. Es war aus feinem Material, geschmackvoll und vermutlich teuer. In eine Ecke war ein Monogramm gestickt, und noch bevor er hinsah, wusste Pitt, welches: A. D.

»Ein Versehen, Sir? Oder eine Mitteilung?«, fragte der Feuerwehrmann.

»Vermutlich eine Mitteilung«, gab Pitt zurück. »Ich habe die vorige nicht ernst genug genommen.«

Der Mann holte tief Luft, sah Pitt einen Augenblick lang an, schluckte dann aber herunter, was er hatte sagen wollen.

Inzwischen war es heller geworden, und eine kleine Menschenmenge hatte sich etwa zwanzig Schritt vom Haus entfernt versammelt. Als Pitt und der Brandmeister auf den Gehweg traten, löste sich ein kräftig gebauter etwa sechzigjähriger Mann aus der Gruppe und kam über die Straße auf sie zu.

»Sind Sie hier zuständig, Sir?«, fragte er aufgebracht mit einer Stimme, in der Besorgnis mitzuschwingen schien.

»Ja.«

»Dann sollten Sie Ihre Aufgabe zukünftig besser erfüllen! Rechtschaffene Bürger haben Angst, sich in ihrem eigenen Haus ins Bett zu legen. Rechtschaffene Polizeibeamte werden umgebracht, ohne dass es für sie oder ihre Angehörigen Gerechtigkeit gibt. Inzwischen verdächtigen wir jeden, den wir im Dunkeln oder mit einem Paket in den Händen auf der Straße sehen. Manche sagen, dass das Anarchisten sind, und andere behaupten, dass es um Rache für Korruption bei der Polizei geht …«

»Woher haben Sie das?«, fiel ihm Pitt ins Wort.

»Aus der Zeitung«, gab der Mann mit fester Stimme zurück. »Manche von diesen verantwortungslosen Schmieranten sind aus der linken Ecke. Aber stimmt das? Gibt es bei uns tatsächlich korrupte Polizeibeamte?«

Pitt überlegte rasch, was er sagen sollte. Früher oder später hatte die Frage kommen müssen, aber er hatte gehofft, dass es nicht so bald geschehen würde.

»Jemand hat das behauptet, aber das ist lediglich eine Einzelmeinung. In der Tat könnte das hinter den Anschlägen stecken, aber ebenso gut ist es möglich, dass der Täter jemand ist, der eine Tragödie dazu nutzt, seiner Meinung Luft zu verschaffen«, gab er zur Antwort.

»Jedenfalls werden einige Leute demnächst die Sache selbst in die Hand nehmen, wenn Sie nichts tun«, teilte ihm der Mann mit. »Und ich spreche für uns alle.« Er sah sich zu der Menge um, die immer größer wurde und ihn aufmerksam zu beobachten schien.

Auch der Feuerwehrmann richtete abwartend den Blick auf Pitt.

Die ganze Situation war ihm zuwider. Wenn er im Widerspruch zu den Menschen stand, die er zu beschützen hatte, war das der Anfang einer wirklichen Anarchie, der Verlust jeglichen Vertrauens. Aus einer solchen Situation erwuchs die Angst, die im Chaos mündete.

»Es ist ein Einzeltäter«, sagte er laut und deutlich. »Und ich suche ihn auf, jetzt, da ich ein Beweismittel in der Hand habe, das meiner Ansicht nach ausreicht, um ihn vor Gericht zu bringen. Ohne das war es mir nicht möglich, ihn festzunehmen.«

»Aber …«, begehrte der Mann auf.

Pitt sah ihn durchdringend an. »Wollen Sie etwa, dass ich die Vollmacht habe, jemanden ohne Beweis festzunehmen, Sir? Einen achtbaren Herrn … wie Sie einer sind? Er hat sich zuvor nichts zuschulden kommen lassen.«

»Ach was … von mir aus … tun Sie Ihre Arbeit!« Der Mann wandte sich auf dem Absatz um, ging mitten durch die Pfützen auf der Straße und gesellte sich zu der Menge, die immer mehr anwuchs.

Der Brandmeister nickte. »Die werden jetzt eine Weile Ruhe geben. Stimmt es, dass der Mann, hinter dem Sie her sind, ein feiner Herr ist?«

»Ja.« Pitt wollte keine weiteren Erklärungen abgeben.

»Na, dann viel Glück!«

Pitt dankte ihm und ging tief in Gedanken davon. Er war durchgefroren und durchnässt. Er konnte sich der Erkenntnis nicht entziehen, dass er es hier wieder mit Alexander Duncannon zu tun hatte, der mit drastischem Nachdruck daran erinnerte, dass niemand der von ihm vermuteten Korruption bei der Polizei nachgegangen war, um festzustellen, ob diese allgemein verbreitet war oder sich eher speziell auf den Fall Dylan Lezant bezog.

Sollte er Stoker den Auftrag erteilen festzustellen, ob sich Alexander in seiner Wohnung aufhielt? Doch was wäre damit bewiesen? Gar nichts, solange er kein Dynamit auf dem Küchentisch hatte. Der zweite Sprengsatz dürfte den verbliebenen Rest des gestohlenen Dynamits verbraucht haben. Alexander ohne eindeutigen Beweis festzunehmen würde mehr schaden als nützen. Godfrey Duncannon hatte die Möglichkeit, weitere Nachforschungen zu verhindern, wenn ihm daran gelegen war. Angesichts des kurz bevorstehenden Vertragsabschlusses würde er wohl nicht zögern, zu diesem Mittel zu greifen. Zwar dachte Pitt an das Versprechen, das er seinem Schwager Jack am Vorabend gegeben hatte, doch die Situation hatte sich geändert, und auf keinen Fall durfte er jetzt untätig bleiben.

Er sah ein einfaches Esslokal, das geöffnet hatte, ging hinein und bestellte ein Schinkenbrot und Tee. Das Getränk war kochend heiß und hatte viel zu lange gezogen, doch empfand er den bitteren Geschmack diesmal geradezu als wohltuend. Niemand kannte ihn in der Menge. Er war einfach einer von vielen müden Männern mit nassen Haaren, von der Kälte geröteten Händen und lehmverschmierten Schuhen, deren Leder vom Gang durch die Trümmer abgestoßen war. Vielleicht war es an der Zeit für ein Paar neue. Er konnte es sich leisten. Wenn er es recht bedachte, konnte er es sich nicht leisten, sich keine neuen zu kaufen. Ein Herr wurde weniger nach seinem Anzug als nach seinen Schuhen beurteilt.

Er musste sich genauer mit dem Fall Lezant beschäftigen und entweder beweisen, dass die Polizei recht und Alexander unrecht hatte, oder die Sache öffentlich machen, mit allen Fragen und Vorwürfen, die zwangsläufig darauf folgen würden. Dann würde man einen alten Fall nach dem anderen ausgraben, alle, die Ednam in den letzten zehn Jahren bearbeitet hatte – wenn man nicht noch weiter in die Vergangenheit zurückginge.

Vielleicht hatte Tellman recht, und die Polizei durfte ungeachtet praktischer und moralischer Irrtümer Loyalität beanspruchen, ohne dass man allzu tief schürfte. Nur würde das seiner Ansicht nach nicht funktionieren, wie sehr auch immer man verzeihen wollte oder konnte. Es würde immer Menschen wie Alexander Duncannon geben, denen die Ungerechtigkeit ein Dorn im Auge war und die nicht bereit waren, sie hinzunehmen, ganz gleich, welchen Preis sie selbst dafür entrichten mussten.

Pitt gelangte problemlos in Alexanders Wohnung, weil die Tür nicht verschlossen war. Der junge Mann saß am Küchentisch. Er sah elend aus. Schweiß bedeckte sein bleiches Gesicht, und er zitterte wie im Fieber. Sein Hemd war durchnässt.

Als er Pitt sah, trat einen Augenblick lang ein Ausdruck von Hoffnung in seine Augen, doch dann erkannte er ihn, und die Hoffnung erstarb. Keuchend sank er vornüber, die Arme um den Leib geschlungen, als wolle er auf diese Weise einen unerträglichen Schmerz erdrücken.

»Brauchen Sie einen Arzt?«, fragte Pitt freundlich und setzte sich neben ihn. »Soll ich jemanden holen?«

Durch zusammengebissene Zähne erwiderte er: »Nein … Es ist nichts …« Dabei wiegte er sich ganz leicht hin und her, als könne er den Schmerz in seinem Körper nicht ertragen.

»Da ist mit Sicherheit etwas …«

Alexander verzog das Gesicht. »Sie haben ja wohl nicht zufällig ein Kügelchen Opium dabei?« Die Hoffnung in seiner Stimme überlagerte einen Augenblick lang sein Elend.

Pitt versuchte zu überlegen, ob er jemanden kannte, der das Mittel besorgen konnte. Der Polizeiarzt? Möglicherweise hatte er so etwas als Schmerzmittel in seinem Erste-Hilfe-Koffer. Doch Pitt würde ihm erklären müssen, warum er das haben wollte – konnte er das?

»Woher bekommen Sie es normalerweise?«, fragte er stattdessen.

Alexander sah ihn an. »Damit Sie ihn verhaften können?«

»Damit ich Ihnen etwas besorgen kann.«

»Und ihn dann verhaften. Nein. Er kommt sicher noch. Er ist zuverlässig. Er kommt absichtlich später, um mich daran zu erinnern, was mir blühen würde, wenn ich ihn anzeigte. Ein Machtmittel … Um mich bei der Stange zu halten.« Er stand auf und schleppte sich vornübergebeugt durch den Raum zur Toilette.

Pitt konnte nichts weiter für ihn tun, als seine Privatsphäre zu respektieren – immer vorausgesetzt, dass Alexander noch daran gelegen war. Pitt hatte nicht oft Gewaltfantasien, aber wer einen abhängigen Menschen auf diese Weise an die Machtverhältnisse erinnerte, verdiente, durchgeprügelt zu werden, bis ihn die gleichen Schmerzen quälten wie jetzt Alexander. In diesem Augenblick wäre Pitt gern derjenige gewesen, der dem Betreffenden die Prügel verabreichte.

Er sah sich eine Weile im Zimmer um, weil er feststellen wollte, ob irgendetwas darauf hinwies, dass Alexander es vor kurzer Zeit verlassen hatte. Da die Nacht bitter kalt gewesen war, musste er einen warmen Mantel getragen haben. Pitt ging zum Schrank neben der Tür und öffnete ihn lautlos. Er fasste nach dem Mantel, der auf einem Bügel hing: Er war noch feucht. War Alexander in Craven Hill gewesen, oder hatte er das Haus verlassen, um sich Opium zu besorgen? Pitt beugte sich vor und sog die Luft ein, roch aber nichts. Natürlich konnte Alexander den Tatort auch schon vor der Detonation verlassen haben.

Sollte er dort bleiben, für den Fall, dass Alexander zusammenbrach und ohne Hilfe die Küche nicht mehr erreichen konnte? Lag er womöglich im Badezimmer bewusstlos am Boden? Oder wartete der Mann mit dem Opium, bis Pitt gegangen war? Alles, was die dringend nötige Hilfe auch nur um Minuten verzögerte, verlängerte die Qualen des jungen Mannes.

Pitt beschloss, zu gehen und später wiederzukommen, um sich zu vergewissern, dass es Alexander besser ging. Vielleicht könnte er ja sogar einen verschwiegenen Arzt finden? Gab es so einen?

Gerade als er zum Badezimmer ging, öffnete sich dessen Tür, und Alexander kam heraus. Er war zwar bleich, schien aber nicht mehr so große Schmerzen zu haben wie zuvor.

»Ich kann Sie ins Krankenhaus bringen«, bot Pitt an. »Dort gibt man Ihnen sofort etwas.«

»Ja, eine Dosis«, gab Alexander zurück. »Und was ist mit morgen? Und danach?«

Pitt wusste keine Antwort darauf.

Was er tun konnte, war festzustellen, was im Fall Lezant wirklich geschehen war.

Aber wer konnte ihm das an Heiligabend sagen?

»Ich komme noch einmal, um nachzusehen, wie es Ihnen geht«, versprach er. Doch was war das wert?

Alexander dankte ihm mit einem Lächeln.

Pitt ging die schmale Treppe hinab und trat erneut in den Regen hinaus. Es war immer noch kalt, aber der Wind hatte nachgelassen. Er nahm eine Droschke und ließ sich zum Nationalarchiv fahren, wo er sich den Namen des Richters im Fall Lezant heraussuchte. Doch der damalige Richter befand sich inzwischen im Ruhestand und lebte im Ausland.

Die Anklage hatte seinerzeit Walter Cornard vertreten. Allerdings teilte man Pitt in dessen Büro, wo man überrascht zu sein schien, dass er überhaupt fragte, mit, Mr. Cornard sei über die Weihnachtsfeiertage nicht da und werde ab dem 27. Dezember zurückerwartet.

Pitt, der sich lediglich mit Namen und Dienstgrad vorgestellt hatte, ergänzte jetzt mit finsterer Miene: »Staatsschutz. Es tut mir leid, Ihnen und auch mir selbst ausgerechnet in der Festzeit Ungelegenheiten zu bereiten, aber es hat einen weiteren Bombenanschlag gegeben. Zu meinem großen Bedauern duldet die Angelegenheit keinen Aufschub bis nach dem Weihnachtsschmaus.«

Der Mitarbeiter erbleichte. »Ich versichere Ihnen, Commander Pitt, wenn wir davon auch nur das Geringste gewusst hätten, hätten wir bereits die Polizei davon in Kenntnis gesetzt.«

»Ich muss mit Mr. Cornard über einen länger zurückliegenden Fall sprechen. Gewiss werden Sie mir freundlicherweise umgehend seine Anschrift geben.«

Der Mann hob mit trotziger Miene das Kinn, kam aber der Aufforderung nach.

Eine Stunde später saß Pitt in Mr. Walter Cornards Bibliothekszimmer, in dessen Kamin kein Feuer brannte. Von Zeit zu Zeit hörte er lautes Lachen aus dem Salon, wo sich vermutlich Gäste der Familie amüsierten. Im Vestibül, in dem rote Kerzen brannten, war er an einem riesigen bunt geschmückten Weihnachtsbaum und zahlreichen von roten Bändern umschlungenen Girlanden und Kränzen aus Stechpalmenzweigen und Efeu vorübergekommen. Auf Beistelltischchen hatten Kristallschalen mit Konfekt und kandierten Früchten gestanden.

Aus den übrigen Räumen kam so gut wie keine Wärme in die ungeheizte Bibliothek. Ganz offensichtlich hatte niemand die Absicht gehabt, diesen Raum an Heiligabend zu benutzen.

Pitt stand auf und schritt auf und ab, um sich ein wenig aufzuwärmen. Hoffentlich war inzwischen wenigstens der Mann aufgetaucht, der Alexander mit Opium versorgte. Er würde ihn bestimmt nicht im Stich lassen, weil er damit Geld verdiente, und davon hatte der junge Mann ganz offensichtlich genug.

In diesen trüben Gedanken unterbrach ihn Cornards Eintreten. Sein Gesicht war gerötet. Vermutlich kam er aus einem gut geheizten Zimmer, wo er die Köstlichkeiten der Vorweihnachtszeit genossen hatte.

Seine Verstimmung über die Störung ließ sich mit Händen greifen. Ohne Pitt zu begrüßen, sagte er: »Welcher Teufel reitet Sie, dass Sie an Heiligabend und noch dazu um diese Tageszeit in den Frieden einer Familie eindringen? Ich kann nur hoffen, dass die Sache von äußerster Wichtigkeit ist, sonst werden Sie mich kennenlernen!«

»Ich wäre gleichfalls lieber zu Hause bei meiner Familie«, gab Pitt schroff zurück. »Und auch Inspektor Ednam wäre das sicherlich ebenfalls lieber, als im Grab zu liegen, während seine Witwe und Kinder statt eines festlichen Kranzes mit roten Bändern einen Trauerkranz an die Tür hängen mussten.«

Cornard zog die Tür lautstark hinter sich zu. »Wovon zum Kuckuck reden Sie?«, fragte er. »Am Telefon hat man mir etwas von einem Bombenanschlag gesagt. Ich weiß nichts über solche Dinge, nichts über Anarchisten, Landesverräter oder sonstiges Gesindel, mit dem Sie sich in Ihrem … Ressort beschäftigen. Ich wäre Ihnen sehr verbunden, wenn Sie möglichst knapp erklären könnten, was Sie von mir wollen, und dann von hier verschwinden.« Er blieb stehen, ein überdeutlicher Hinweis darauf, dass er die Unterhaltung so kurz zu halten gedachte, wie es nur ging.

Pitt setzte sich in einen der Sessel und sah zu Cornard empor. Früher hätte er sich von einem solchen Menschen einschüchtern lassen, auch wenn es ihm gelungen wäre, das nicht zu zeigen, aber diese Zeiten lagen weit in der Vergangenheit.

»Ich werde mich so kurz fassen, wie ich kann, Mr. Cornard. Meinen Ermittlungen liegt der Fall des Dylan Lezant zugrunde, den man vor etwa zwei Jahren wegen Mordes an James Tyndale gehängt hat. Ich glaube, es war der neunte August, für den Fall, dass Sie es vergessen haben sollten.«

»Diese Erinnerung ist überflüssig«, blaffte ihn Cornard an. »Es war ein denkbar eindeutiger Fall. Tragisch. Die Opiumsucht hatte den jungen Mann zugrunde gerichtet, vermutlich hatte sie sein Gehirn erweicht. Er hat sich in einer finsteren Gasse mit jemandem getroffen, der ihm Opium verschaffen sollte. Die Polizei hat ihn abgefangen, Lezant hat Tyndale erschossen, der angeblich zufällig vorübergekommen war, obwohl das fraglich ist. Daraufhin hat ihn die Polizei an Ort und Stelle festgenommen – er hatte die Waffe noch in der

Hand. Das können Sie alles in den Gerichtsakten nachlesen oder, nebenbei gesagt, auch in der verfluchten Presse. Was in drei Teufels Namen wollen Sie also hier?«

»Sicherlich haben Sie sich seinerzeit gründlich mit dem Beweismaterial beschäftigt«, bemerkte Pitt.

»Selbstverständlich. Worauf wollen Sie hinaus?«

»Wenn die Polizei Lezant festgenommen hat, der, wie es heißt, eine Pistole hatte und sicherlich bereit war, sie zu benutzen, warum hat sie dann nicht auch den Drogenverkäufer festgenommen? War der ebenfalls bewaffnet? Darüber steht kein Wort in den Akten. Ich habe eigens nachgesehen.«

»Vermutlich war der Mann nicht bewaffnet. Warum hätte er eine Waffe haben sollen?«

»Und warum hatte Lezant Ihrer Ansicht nach eine? Sagen Sie mir mehr über den Mann. Woher kam er? Wer waren seine Angehörigen? Wie oder warum ist er dem Opium verfallen?«

»Ich habe keine Ahnung!« Cornard war sichtlich verärgert. »Es war meine Aufgabe, Anklage gegen ihn zu erheben, nicht, ihn zu verteidigen. Ich weiß nicht, auf welche Weise er süchtig geworden ist, und es ist mir auch gleichgültig. Ebenso wenig weiß ich, warum er eine Waffe mit sich führte, wohl aber, dass er eine hatte. Vielleicht wollte er den Mann, der ihm das Rauschgift verkaufte, ausrauben, statt ihn zu bezahlen.« Er hob die Brauen und fragte mit weit geöffneten Augen: »Es ist ja wohl nicht übertrieben, das anzunehmen?«

»Doch«, wandte Pitt ein. »Es dürfte ausgesprochen töricht sein, jemanden zu erschießen, auf den man so sehr angewiesen ist.«

»Lezant war opiumsüchtig, Herrgott noch mal!«, stieß Cornard wütend hervor, wobei sich die Röte auf seinem Gesicht vertiefte. »Er war eindeutig der Täter. Die Polizeibeamten haben gesehen, wie er geschossen hat, und die Tat einer wie der andere bestätigt. Daran gibt es nichts zu rütteln und zu deuteln.«

»Was ist mit dem anderen, dem die Flucht gelungen ist? Haben Sie den jemals gefunden?«

Mit einem spöttischen Schnauben erklärte Cornard: »Alexander Duncannon? Der hat sich freiwillig gestellt. Die Polizeibeamten haben erklärt, dass er sich nicht am Tatort aufgehalten hat, und es gibt auch nicht den geringsten Beweis dafür, dass es sich anders verhielt.« Cornard holte tief Luft und stieß sie mit einem Seufzer aus, der anzeigen sollte, dass seine Geduld erschöpft war. »Sie müssen einsehen, Pitt – oder wie auch immer Sie heißen –, dass das ein ganz übler Fall war. Die Polizei hat bei einem zwielichtigen Drogengeschäft eingegriffen, der Süchtige ist in Panik geraten und hat Tyndale erschossen, wobei offen bleibt, ob dieser der Händler war oder nicht.«

»Hatte er Opium bei sich?«, fragte Pitt nach.

»Nein. Wenn Sie mich fragen, ist der Händler womöglich gar nicht auf der Bildfläche erschienen.« Cornard verlagerte sein Gewicht von einem Fuß auf den anderen. »Dieser Tyndale kann durchaus so unschuldig gewesen sein, wie er ausgesehen hat. Mann Gottes, jeder kann theoretisch mit Opium handeln. Ebenso wie jeder Beliebige das Zeug nehmen kann. Sie würden staunen, wenn Sie wüssten, wer das alles tut! Das geht quer durch die Berufe und die Gesellschaft, ganz gleich, ob arm oder reich. Manche werden schon nach dem ersten Mal süchtig, andere nehmen es ihr Leben lang gelegentlich, je nach Lust und Laune, ohne darauf angewiesen zu sein. Niemand weiß, was für unerträgliche Schmerzen manche Leute leiden.«

»Ja, und zwar körperliche wie seelische«, stimmte Pitt zu. »Was haben Sie über Tyndale in Erfahrung gebracht? Hatte er Einkünfte, die sich mit dem Lohn für seine Arbeit nicht erklären ließen? Welchen Beruf hat er ausgeübt? In den Gerichtsakten steht nichts darüber.«

Seufzend ließ sich Cornard in den Sessel sinken, der dem Kamin am nächsten stand. Dort war alles für ein Feuer vorbereitet: Papier, Anmachholz und Scheite. Er nahm Streichhölzer aus der Kohlenschütte, riss eines an und hielt es an das Papier. Er sah eine Weile zu, während die Flammen auf das Holz übergriffen.

»Er handelte mit seltenen Büchern und Handschriften«, gab er schließlich zurück. »Sein Einkommen war unregelmäßig, je nachdem, was er verkaufte, aber er schien sich auf sein Gewerbe zu verstehen, denn er konnte sich einen gehobenen Lebensstil leisten. Seine Buchhaltung war einwandfrei, das haben wir überprüft.«

»Sie haben also keinen Hinweis darauf gefunden, dass er mit Opium handelte?«

»Nicht den geringsten. Damit will ich nicht sagen, dass er es nicht vielleicht getan hat, aber wir sind auf nichts vor Gericht Verwertbares gestoßen.«

»Haben Sie ihn verdächtigt, mit Opium zu handeln?«, fragte Pitt unvermittelt und sah Cornard dabei aufmerksam an.

»Nein, ehrlich gesagt, nicht.«

»Er war also ein gänzlich unschuldiger, zufällig vorübergekommener Passant?«

»Sieht so aus.«

»Und warum hat Lezant dann auf ihn geschossen, statt auf den Polizisten, der ihm am nächsten war? Das scheint mir ein ziemlich törichtes Verhalten.«

»Gott im Himmel, was weiß ich? Vielleicht hat Tyndale gesehen, was da vor sich ging, und sich eingemischt, weil er glaubte, er könnte helfen? Oder hat er die ganze Situation missverstanden und die Polizeibeamten für Räuber gehalten, die Lezant an den Kragen wollten?«

»Waren die denn in Zivil? Der Bericht legt die Annahme nahe, dass sie Uniform trugen. Falls nicht, hat Lezant sie dann ebenfalls für Räuber gehalten und befürchtet, sie wollten ihm das Opium stehlen?«

»Wenig wahrscheinlich, da der Verkäufer ja nicht aufgetaucht war!«

»Außer, dieser Verkäufer war Tyndale.«

»Warum hätte Lezant dann auf ihn schießen sollen?«, wandte Cornard ein.

»Jetzt sind wir bei Duncannons Behauptung«, hielt ihm Pitt entgegen. »Er sagt, Lezant habe gar nicht geschossen, sondern die Polizei.«

»Das ist doch lachhaft.« Cornard schüttelte den Kopf. »Die Männer waren gar nicht bewaffnet.«

»Das haben sie behauptet. Lezant hat ebenfalls gesagt, dass er keine Waffe hatte.«

Cornard hielt ihm entgegen: »Denken Sie denn, das Gericht hätte der Aussage eines Drogensüchtigen, der gekommen war, um illegal Opium zu kaufen, mehr Glauben geschenkt als den Polizeibeamten, die ihn festgenommen hatten? Was für sonderbare Vorstellungen haben Sie eigentlich?«

»Bleibt immer noch die Frage, warum Lezant auf Tyndale, einen unbeteiligten Passanten, hätte schießen sollen. Ganz offensichtlich war das doch ein ganz normaler Bürger, der nichts gegen ihn hatte. Die Polizei ist der Sache gründlich nachgegangen. Tyndale wohnte in der Nähe, woraus man den Schluss ziehen darf, dass er auf dem Heimweg dieser Polizeirazzia in die Quere kam. Allerdings konnte die Polizei keinen Händler präsentieren. Lezant sagt, dass da auch keiner war, die Polizei bestreitet, dass Duncannon an Ort und Stelle war – und Tyndale ist tot.«

»Zugegeben, eine wirre Geschichte«, gab Cornard gereizt zurück und machte sich mit einem Schürhaken am Kamin zu schaffen. »Aber unbestreitbar ist Tyndale erschossen worden, und die Polizei hat Lezant eine kurz zuvor abgefeuerte Pistole des entsprechenden Kalibers abgenommen. Welche weiteren Beweise braucht man dann noch … wenn man es sich bei klarem Verstand ansieht?«

»Ja, das sieht nicht gut aus«, räumte Pitt ein. »Nur sagt Duncannon, er sei am Tatort gewesen und die Polizei habe Tyndale versehentlich erschossen. Ihm sei es gelungen davonzulaufen, und Lezant nicht. Da die Beamten keine Waffe hätten dabeihaben dürfen, waren sie auf keinen Fall bereit zuzugeben, dass sie wild in der Gegend herumgeschossen und dabei einen achtbaren Bürger getroffen hatten, der zufällig vorüberkam. Das hätten sie nicht einmal dann zugegeben, wenn sie ihn irrigerweise für den Drogenhändler gehalten hätten, den sie erwarteten.«

Cornard sah unbehaglich drein. »Warum hätten sie ihn erschießen statt festnehmen sollen?«

»Weil er nicht der erwartete Drogenhändler war und deshalb vielleicht keinen Grund sah, sich von ihnen anhalten zu lassen. Er konnte den Beamten kein Opium aushändigen, weil er keines hatte. Möglicherweise hat er mit ihnen gestritten, ihr Recht infrage gestellt, ihn am Weitergehen zu hindern?«

»Kein Polizeibeamter erschießt einen Bürger, der sich mit ihm herumstreitet.« Empört wandte sich Cornard ab. »Man verwarnt ihn und nimmt ihn notfalls vorläufig fest. Schließlich sieht der Bürger an der Uniform, wen er vor sich hat. Wer nichts zu verbergen hat, klärt die Situation in aller Ruhe und kann dann weitergehen.«

»Wenn nun die Beamten nicht in Uniform waren?«, hielt Pitt dagegen, »und das Ganze so aussah, als ob eine Gruppe von Männern einen Einzelnen ausrauben wollte – oder Schlimmeres?«

Tief seufzend, bewegte Cornard unbehaglich die Schultern, als sei ihm das Jackett mit einem Mal zu eng geworden.

»Eine solche Möglichkeit ist bei der Verhandlung nicht zur Sprache gekommen«, erklärte er. »Man … man hatte den Eindruck, dass so gut wie nichts strittig war. Das gilt nach wie vor. Mir ist nicht klar, warum Sie die Sache wieder aufwärmen wollen.« Seine Augen waren ein einziges Fragezeichen.

Pitt zögerte, bevor er antwortete. Wie viel sollte er Cornard anvertrauen? Der Mann hatte ihm offen Rede und Antwort gestanden, obwohl Pitt an Heiligabend in sein Haus gekommen war und damit eine Familienzusammenkunft gestört hatte. Hatte auch er noch Bedenken in Bezug auf den Fall, oder war das einfach aus Höflichkeit geschehen?

»Was für ein Mensch war Lezant?«, fragte Pitt, dem mit einem Mal aufging, dass er lediglich wusste, wie Alexander seinen Freund einschätzte.

Cornard sah ihn verblüfft an. Er schien in seiner Erinnerung zu suchen und nicht recht zu wissen, was er sagen sollte. Schließlich erklärte er mit belegter Stimme: »Eigentlich ein ganz ordentlicher junger Mann. Leicht erregbar. Das mag damit zu erklären sein, dass ihm die Aussichtslosigkeit seines Falles klar war. Er sah ziemlich gut aus, hatte sonderbar tiefblaue Augen.«

»Hat er sich schuldig bekannt?«

»Nein. Nicht ein einziges Mal. Ich weiß nicht, was er Hayman, seinem Verteidiger, gesagt hat, aber mir gegenüber hat er bis zum Ende auf seiner Unschuld beharrt.« Mit sichtlicher Gemütsbewegung fuhr er fort: »Ich finde es unerträglich, einen jungen Menschen an den Galgen bringen zu müssen. Warum nur mussten Sie herkommen und mich ausgerechnet an Heiligabend an den Fall erinnern? Noch dazu in meinem eigenen Haus!«

»Weil der Fall noch nicht abgeschlossen ist«, erwiderte Pitt offen. »Jedenfalls bin ich dieser Ansicht.«

»Lezant ist tot und begraben!« Cornard sah ihn fragend an. »Was hat das überhaupt mit dem Staatsschutz zu tun? Mit Sicherheit hat nicht er die Häuser in die Luft gejagt.«

»Sind Sie sicher, dass er Tyndale getötet hat? Ich weiß, was die Geschworenen gesagt haben, aber was ist Ihre Ansicht dazu?«

»Nein, sicher bin ich nicht, aber ich habe auch keine berechtigten Zweifel. Was ist der Grund für die Anschläge? Er war kein Anarchist, daher kann ich mir nicht vorstellen, dass ihn irgendein verrückter Bombenleger zu rächen versucht, falls Sie in diese Richtung spekulieren sollten.«

»Ich denke nicht, dass es sich um Rache handelt«, sagte Pitt aufrichtig. »Wohl aber nehme ich an, dass jemand uns dazu bringen will, den Fall neu aufzurollen, damit Lezants Ruf wiederhergestellt wird.«

»Wer sollte das sein? Er hatte keine Angehörigen. Und warum jetzt? Immerhin liegt die Sache zwei Jahre zurück.«

»Alexander Duncannon. Und was, wenn er die Wahrheit sagt, wenn er wirklich am Tatort war?«

»Sie meinen, dass die Polizei Tyndale erschossen hat? Warum? Das ergibt keinen Sinn.«

»Ich weiß nicht – ein Unfall? Dummheit? Panik? Jedenfalls weist Duncannon seit zwei Jahren immer wieder darauf hin, dass die Männer jener Wache korrupt waren, aber niemand will ihm zuhören. Jetzt hat er die Geduld verloren. Er ist selbst krank. Vielleicht nimmt er ja an, dass ihm nicht mehr besonders viel Zeit bleibt.«

Mit bleicher Miene fragte Cornard: »Und jetzt sprengt er so lange Polizisten in die Luft, bis ihm jemand zuhört?«

»Der Anschlag von heute Vormittag hat keine Opfer gefordert. Eigentlich hatte ich den Fall eine Weile ruhen lassen wollen, zumindest … über Weihnachten und Neujahr. Das geht jetzt nicht mehr, sosehr ich das auch wünsche.«

»Ich verstehe.« Seinem Gesichtsausdruck nach zu urteilen, verstand er es tatsächlich. »Eine üble Geschichte. Dieser Duncannon muss verrückt sein. Sofern er ebenfalls opiumsüchtig ist – und warum sonst wäre er bei einem geplanten Drogengeschäft dabei gewesen? –, steht zu befürchten, dass das Zeug auch sein Gehirn in Mitleidenschaft gezogen hat. Ich habe gehört, dass man davon Halluzinationen und andere Wahnvorstellungen bekommen kann. Armer Kerl …«

»Das wäre eine einleuchtende Erklärung.«

»Am besten suchen Sie Hayman auf, der Lezant verteidigt hat. Er wird das angesichts des Tages und der Uhrzeit nicht zu schätzen wissen, aber wir müssen verhindern, dass weitere Anschläge verübt werden. Wer weiß, wie es beim nächsten Mal ausgehen würde – es muss ja nicht wieder ein leer stehendes Gebäude sein.«

Auf diesen Gedanken wäre Pitt auch ohne Cornard gekommen, doch unterließ er jeden Hinweis darauf. Cornard nannte ihm Haymans Anschrift, Pitt dankte ihm und verabschiedete sich.

Hayman wohnte nicht weit entfernt, aber wegen des dichten Verkehrs brauchte die Droschke nahezu eine Dreiviertelstunde bis dorthin. Ein Lakai führte Pitt erkennbar widerwillig in das Empfangszimmer, einen behaglich eingerichteten Raum, in dessen Kamin die Schlacken noch glühten. Es dauerte weitere zehn Minuten, bis Hayman in einer Hausjacke aus dunkelblauem Samt hereinkam. Er war schlank, hatte ein schmales Gesicht, helles Haar und eine Stirnglatze. Pitt schätzte ihn auf Ende fünfzig. Vermutlich hatte er sich nach dem Essen ein wenig entspannt und freute sich darauf, aller Pflichten ledig, den Abend genießen zu können.

»Was kann ich Ihrer Ansicht nach für den Staatsschutz tun, Mr. Pitt?«, fragte er mit gerunzelter Stirn, eher verwundert als ärgerlich. »Nehmen Sie doch Platz!«, lud er ihn ein und setzte sich in einen grünen Ledersessel Pitt gegenüber.

Kaum hatte Pitt sich gesetzt, als er merkte, wie müde er war. Sein Rücken schmerzte, er hatte kalte und nasse Füße.

»Erinnern Sie sich an den Fall Dylan Lezant, Mr. Hayman?«

Der Anwalt runzelte die Stirn. »Selbstverständlich. Eine ganz elende Geschichte. Wieso interessiert sich der Staatsschutz dafür? Lezant war ein unglücklicher junger Mann, der gegen die Gesellschaft rebellierte, weil er nicht mit ihr einverstanden war. Bei einem jungen Mann mit viel Freizeit und möglicherweise auch einer ausgeprägten Fantasie ist das nicht ungewöhnlich. Aber er war kein wirklicher Anarchist. Gewiss, er wollte den gesellschaftlichen Wandel, aber das Ziel haben viele von uns. Jedenfalls hätte er nie versucht, es mit einem Bombenanschlag zu erreichen. Ohnehin ist er seit ein paar Jahren tot, der arme Teufel.«

Pitt spürte, wie sein Interesse erneut erwachte, zugleich aber empfand er Unbehagen. Er war nicht sicher, was er finden wollte, fürchtete aber auf jeden Fall zu erfahren, dass Alexander recht hatte und die Polizei sich so schwer gegen die Gesetze vergangen hatte, wie er das behauptete. Während Pitt in dem stillen Empfangszimmer eines Mannes saß, von dem er noch nie zuvor gehört hatte, überlief ihn unwillkürlich ein Schauer bei dem Gedanken, was das bedeuten würde. Er hatte Verständnis für Tellmans Bedürfnis, an die Vertrauenswürdigkeit der Polizei zu glauben, die in jeder Stadt und jedem Dorf des Landes das Bewusstsein aufrechterhielt, dass trotz aller Gewalttätigkeit und Unredlichkeit letzten Endes das Gute siegte.

Auch er selbst wünschte das, wie vermutlich jeder. Es bedeutete den Unterschied zwischen Vertrauen und Angst. Das Dreigestirn Medizin, Recht und Kirche sorgte dafür, dass man sich gut aufgehoben fühlte. Zwar wussten die Ärzte nicht für alles eine Lösung, doch bemühten sie sich immer wieder aufs Neue, und die Kirche gründete sich auf fehlbare Menschen, stand aber für bestimmte unveränderliche Grundsätze. Doch was wäre, wenn aus Recht Unrecht würde?

Hayman sah ihn abwartend an.

»Es geht um die jüngsten Bombenanschläge«, erläuterte Pitt. »Ich muss jeder Möglichkeit nachgehen. Eine davon ist, dass da ein Zusammenhang mit dem Fall Dylan Lezant besteht.«

Hayman riss die Augen erstaunt auf. »Mit den Anschlägen am Lancaster Gate? Inwiefern?«

»Sie haben Lezant verteidigt?«, fragte Pitt.

»Leider nicht sonderlich erfolgreich. Die Beweislage war überwältigend ... damit will ich sagen, dass sie mich überwältigt hat. Ich kann nicht ausschließen, dass bei der Bewertung der Fakten die Wahrheit durch Lügen verschleiert worden ist.«

Nach wie vor hoffte Pitt auf ein Element, das ihn in eine andere Richtung lenken würde. Ihm war bewusst, wie feige er sich verhielt. Man erwartete von ihm, dass er sich den Tatsachen stellte und von ihnen leiten ließ, ganz gleich, was dabei herauskam.

»Was für Beweise waren das, Mr. Hayman, abgesehen von den Aussagen der Polizeibeamten? Hat sich damit belegen lassen, dass Lezant die bei der Tat verwendete Waffe oder überhaupt eine Waffe hatte? War er zuvor schon einmal als gewalttätig aufgefallen? Welchen Grund hätte er haben können, auf Tyndale zu schießen? Hat man je das Opium gefunden? Oder Beweise dafür, dass Tyndale kein zufälliger Passant war? Könnte Alexander Duncannons Aussage, er sei an Ort und Stelle gewesen und habe gesehen, wie ein Polizeibeamter Tyndale erschossen hat, auf Wahrheit beruhen?«

Der Anwalt überlegte eine Weile, wobei sich sein Gesicht verdüsterte.

»Duncannon war ein unbrauchbarer Zeuge«, sagte er schließlich, »deshalb habe ich ihn nicht in den Zeugenstand gerufen. Er war durchaus bereit auszusagen, aber sein Vater hatte ein unübersehbares Interesse daran, das zu verhindern. Der Vertreter der Anklage hätte nach allen Regeln der Kunst versucht, ihn in ein schlechtes Licht zu rücken, und damit auch Erfolg gehabt. Nach seinem schrecklichen Unfall stand er nach wie vor unter dem Einfluss des ihm gegen die Schmerzen verschriebenen Opiums. Zweifellos sind Sie mit den Symptomen der Opiumsucht vertraut. Man hätte ihn als Süchtigen hingestellt, vermutlich auch seine Quelle offengelegt und deren Rechtmäßigkeit angezweifelt. Er bekam das Mittel nicht von einem Arzt, das weiß ich genau, weil ich es selbst ermittelt habe.«

»Von wem dann?«, fragte Pitt.

Hayman schüttelte den Kopf. »Ich weiß lediglich, dass es nicht sein Arzt war, denn ich habe mir seine Krankenakte gründlich angesehen.« Ein Ausdruck tiefen Mitgefühls trat auf seine Züge. »Alexander wollte bezeugen, dass er und Lezant gemeinsam den verabredeten Ort aufgesucht hatten, um Opium zu kaufen. Der Verkäufer sei nicht gekommen, wohl aber die Polizei. Durch einen Zufall sei Tyndale dort aufgetaucht, habe aber mit der Sache nichts zu tun gehabt. Die Polizeibeamten seien in Panik geraten, einer habe wild drauflosgeschossen und dabei Tyndale tödlich getroffen. Um die Situation für sich zu entschärfen, hätten sie Lezant festgenommen. Alexander hingegen sei es gelungen zu fliehen, wobei er angenommen hatte, Lezant folge ihm auf dem Fuße.«

Pitt begriff, dass die Sache aussichtslos gewesen wäre. Genau das hatte ihm Alexander berichtet. Was allerdings nicht zwangsläufig bedeutete, dass es der Wahrheit entsprach.

»Und Lezant?«

»War mein Mandant. Er wollte nicht, dass man Alexander als Zeugen benannte, weil das, wie er erklärte, dem Freund nur schaden, ihm selbst aber nichts nützen würde. Ich habe eingesehen, dass er damit recht hatte. Es wäre ein sinnloses Opfer gewesen. Aber unabhängig von der Frage, ob es genützt hätte oder nicht, musste ich mich ohnehin nach Lezants Wünschen richten.«

»Haben Sie ihm geglaubt?« Es war eine sehr unverblümte Frage, aber Pitt war auf die Antwort angewiesen, selbst wenn sie nur in einem erstaunten Blick oder einem Ausdruck von Unbehagen bestand.

»Ich weiß nicht«, sagte der Anwalt nach kurzem Zögern. »Sie haben den Fall gründlich durchdacht – was sagen Sie im Rückblick? Glauben Sie ihm?«

Pitt hatte nicht damit gerechnet, dass Hayman den Spieß umdrehen würde. »Ich nehme an, dass Alexander es glaubt«, erwiderte er. »Aber ob es der Wahrheit entspricht, ist eine andere Frage. Wie nahe haben die beiden einander gestanden?«

Ein Anflug von Belustigung trat auf Haymans Züge, verschwand aber gleich wieder. »Ich würde sie als Freunde in der Not bezeichnen. Zwischen ihnen bestand die verzweifelte Loyalität von Menschen, die einer des anderen Qualen verstanden und vielleicht viele Ansichten teilten. Oder meinen Sie eine Liebesbeziehung? Das glaube ich nicht. Ich habe dergleichen schon gesehen, und es würde mich in diesem Fall überraschen. Brüderliche Liebe, das ja.«

»Noch einmal, halten Sie Lezant für schuldig?«

»Sie meinen, ob er Tyndale erschossen hat? Nein, das glaube ich nicht.«

»Ich danke Ihnen.«

»Ich … ich wünschte, ich hätte ihn retten können. Im Rückblick frage ich mich, ob ich es mit zu wenig Nachdruck versucht habe.« Er hielt abrupt inne. Er hatte noch etwas hinzufügen wollen, doch war ihm vielleicht bewusst, dass es jetzt ohnehin keinen Unterschied mehr machen würde.

Pitt stand auf. »Danke, Mr. Hayman. Ich weiß Ihre Aufrichtigkeit zu schätzen.«

Hayman erhob sich ebenfalls. »Es hat wohl nicht viel Sinn, Ihnen Frohe Weihnachten zu wünschen? Ich beneide Sie nicht um Ihre Aufgabe, Sir. Der Fall ist ein Schlangennest und bestimmt alles andere als leicht zu lösen.«

Kurz nach Mitternacht kehrte Pitt erst nach Hause zurück und ging sofort schlafen. Der Tag fühlte sich für ihn nicht nach Weihnachten an, obwohl er doch neue Hoffnung für die Welt bedeutete und Erlösung versprach, wenn man der Kirche glauben durfte.

Er würde sich um seiner Familie willen zusammennehmen müssen. Ganz gleich, was er empfand, würde er lächeln, mit zum Gottesdienst gehen und mithilfe der Musik, der Glocken, des Klangs fröhlicher Stimmen alles andere verdrängen. Das war er seinen Kindern schuldig, auch wenn Charlotte ihn gut genug kannte, um ihn zu durchschauen und zu erkennen, was er tatsächlich empfand.

Es war der zweite Feiertag, an dem wohlhabende Engländer nach altem Brauch ihren Hausangestellten, Lieferanten oder ganz allgemein im Leben zu kurz gekommenen Menschen Geld oder nützliche Gegenstände schenkten. Doch nicht aus diesem Grund suchte Pitt Tellman und Gracie auf, auch wenn er einen Geschenkkorb für sie mitnahm, sondern es war schlichtweg eine ideale Gelegenheit, um den Streit zwischen ihm und Tellman endgültig zu begraben. – Sie beide wollten nichts lieber als das, und genau darum ging es ja beim Weihnachtsfest.

Während Gracie Tee machte und Stücke des schwer im Magen liegenden Weihnachtskuchens abschnitt, saßen die beiden Männer im Besuchszimmer beieinander, in dem ein wärmendes Feuer brannte. Alles im Raum war mit selbstgemachten bunten Papiergirlanden geschmückt. Zwei dunkelrote Kerzen brannten an den Enden des Kaminsimses.

Pitt sah sich lächelnd um. Nicht Geld hatte den Raum so wohnlich gemacht, sondern liebevolle Fürsorge. In einer Ecke lag Kinderspielzeug so selbstverständlich, als gehöre es zur Einrichtung: ein Filzkaninchen, ein Kasten mit Bausteinen und eine Puppe in einem selbstgemachten rosa Kleid. Pitt war fest überzeugt, dass das Kleid der Kleinen aus demselben Stoff war. Vor Jahren hatte Jemima so eines gehabt. Er konnte sich noch gut daran erinnern, wie Charlotte es genäht hatte, und er sah das strahlende Gesicht vor sich, das Jemima gemacht hatte, als sie das Päckchen öffnete.

Es schien ihm beinahe ein Sakrileg, jetzt ein Gespräch über Gewalttat und Korruption zu führen. Derlei sollte den Frieden eines solchen Ortes nicht stören dürfen. Aber gerade darin bestand ja das Übel, dass es überall störend eindrang, wenn man ihm nicht Einhalt gebot.

»Ich habe vorgestern den Vertreter der Anklage und den Verteidiger im Fall Lezant aufgesucht«, sagte Pitt und biss herzhaft in den Kuchen. Er war köstlich. Unendlich viel lieber hätte er ihn einfach nur gegessen, ohne an etwas anderes denken zu müssen. Was Gracie auf den Tisch brachte, entsprach in jeder Hinsicht seinem Geschmack, und ihre Fähigkeiten in der Küche hatten sich im Laufe der Jahre immer mehr verbessert.

Tellman kam ohne Umschweife auf den Kern der Sache zu sprechen. »Und halten die ihn für schuldlos?«

»Der Strafverteidiger glaubt nicht, dass Lezant Tyndale erschossen hat. Der Vertreter der Anklage meint, Tyndale könnte der Drogenverkäufer gewesen sein; das halte ich aber für unwahrscheinlich. Uns bleibt nichts anderes übrig, als der Sache weiter nachzugehen. Es ist mir zuwider, die Namen von Toten durch den Schmutz zu ziehen, aber es gibt keine andere Lösung. Zumindest wird dann Alexander Duncannon aufhören, weitere Sprengsätze zu zünden.«

»Der Kerl ist total verrückt!«, sagte Tellman erbittert.

»Wahrscheinlich. Das bedeutet aber nicht automatisch, dass er in der Sache unrecht hat. Falls doch, würde es mich freuen, aber ich brauche Beweise.«

Tellman erhob keine Einwände. Es war, als habe die weihnachtliche Behaglichkeit all seinen früheren Zorn fortgeschwemmt. »Wo wollen Sie anfangen?«, fragte er. »Ednam ist tot, und Yarcombe oder Bossiney dürften kaum bereit sein, Ihnen etwas zu sagen, was Sie weiterbringen würde – allein schon aus Angst, man könnte glauben, sie wären kein Haar besser als er.«

»Mit dieser Einschätzung dürften Sie recht haben«, sagte Pitt. »Die beiden haben seinerzeit versucht, alles über den armen Tyndale in Erfahrung zu bringen, aber wir könnten uns noch einmal damit befassen. Ich vermute zwar, dass er einfach zur falschen Zeit am falschen Ort war, wüsste aber gern, wer der Drogenverkäufer war und warum er nicht dort aufgetaucht ist. Was ist mit ihm geschehen? Und warum hatte einer der Beamten eine Schusswaffe, wenn nicht sogar alle bewaffnet waren? Warum wurde geschossen? Wem galt der Schuss, der Tyndale tötete? Soweit wir wissen, waren ausschließlich Polizeibeamte, Lezant und Duncannon am Tatort.«

»Die Kollegen haben gesagt, Duncannon sei nicht dort gewesen«, bemerkte Tellman.

»Ja, aber nur, um ihn als unglaubwürdigen Zeugen hinzustellen«, erwiderte Pitt. »Wenn er nicht da war, konnte seine Aussage nicht verwertet werden. In dem Fall galt automatisch alles als gelogen, was er sagte.«

Mit finsterer Miene überlegte Tellman: »Es gibt keine Möglichkeit, das zu überprüfen. Natürlich könnte es sein, dass man auf Duncannon geschossen hat, um ihn an der Flucht zu hindern, und dabei wurde Tyndale getroffen.«

»Uns bleibt nichts anderes übrig, als uns an Ort und Stelle ein Bild zu machen«, sagte Pitt niedergeschlagen. »Lesen Sie sich die Aussagen noch einmal durch, und bringen Sie die Männer dazu, noch einmal über den Vorfall zu berichten. Sofern die damals überhaupt vor Gericht befragt worden sind, hat man das bei der Gerichtsverhandlung nicht verwertet.«

»Weil alle Beteiligten von vornherein fest von Lezants Schuld überzeugt waren.« Es fiel Tellman schwer, das zu sagen, doch er fuhr mit scharfer Stimme fort: »Natürlich kann die Sache auch so aberwitzig gewesen sein, dass man sich nicht die Mühe gemacht hat, sich näher damit zu beschäftigen.«

Pitt sah ihn kalt und wortlos an.

Tellman errötete leicht. Die Angelegenheit war ihm unbehaglich, und er versuchte, sich an seine alten Gewissheiten zu klammern.

Gracie, die Pitts Geschmack vermutlich besser kannte als den ihres Mannes, kam mit frischem Tee herein und schenkte beiden nach.

»Un' was wollt ihr jetz' mach'n?« Sie sah von einem zum anderen. »Alles lass'n, wie's is', damit das Gift noch weiter wirk'n kann, oder das Übel an der Wurzel pack'n, damit wieder Ruhe einkehrt?«

»Wir packen es an der Wurzel und vernichten es mitsamt den faulen Trieben«, sagte Tellman, bevor Pitt auch nur den Mund auftun konnte.

Diesmal war es für Pitt nicht einfach, mit Alexander unter vier Augen zu sprechen. Entweder hatte seine Mutter ihn dazu gebracht, über die Weihnachtstage nach Hause zu kommen, oder er hatte sich kräftig genug gefühlt, um das von sich aus anzubieten – möglicherweise das beste Geschenk, das er ihr machen konnte.

Der Nebel zog wie dichter Rauch durch die Stadt, und die schwach gelblich leuchtenden Straßenlaternen schienen sich, wo Windböen den dichten Dunst verwirbelten, wie hinter Schleiern zu bewegen.

Das Haus roch nach Glühwein, Gewürzen, dem Grün der prächtigen Kränze und Girlanden, brennendem Apfelbaumholz, Zigarrenrauch und dicken bunten Wachskerzen. In dem gläsernen Schmuck am Weihnachtsbaum im Vestibül spiegelte sich der Glanz der Kristall-Kronleuchter.

Ungeachtet der Proteste Godfrey Duncannons führte man Pitt ins angenehm warme Empfangszimmer, wo ihn das Kaminfeuer den trüben Winterabend beinahe vergessen ließ. Dort konnte er sich ungestört mit Alexander unterhalten.

»Ich will es kurz machen«, sagte Pitt, kaum dass sich die Tür hinter ihm geschlossen hatte und sie allein waren. »Ich habe sämtliche Prozessakten im Fall Ihres Freundes Lezant und auch die Berichte der Polizeibeamten gelesen. Außerdem habe ich sowohl mit Cornard als auch mit Lezants Verteidiger Hayman gesprochen. Es gibt viele unklare Punkte, mit Sicherheit ist viel gelogen worden, und es ist durchaus möglich, dass Fehler begangen wurden. Ich verstehe sowohl Ihren Wunsch, als Zeuge auszusagen, wie auch Lezants Weigerung, das zuzulassen. Ohnehin hätte Ihnen niemand geglaubt, wohl aber hätte man Sie ebenfalls grundlos gehängt.«

Verblüfft sagte Alexander: »Ich habe Tyndale doch gar nicht erschossen!«

»Das weiß ich. Aber er wurde getötet, als Sie eine Straftat begingen. Damit sind Sie schuldig, unabhängig davon, dass Sie nicht den Abzug betätigt haben.«

»Dylan aber auch nicht! Es war einer von der Polizei«, stieß Alexander heftig hervor. Die Röte war ihm in das bleiche Gesicht gestiegen, und seine Hände umklammerten seine Knie.

»Warum hätte der schießen sollen? Und auf wen? Auf Sie vielleicht? Sind Sie sicher, dass weder Ihr Freund noch Sie selbst eine Schusswaffe dabeihatten?«

»Selbstverständlich!«, gab Alexander scharf zurück. »Warum hätten wir eine mitnehmen sollen? Man schießt doch nicht auf den, der einen mit Opium versorgt! Schließlich ist man auf ihn angewiesen! Wenn er tot ist, bekommt man nichts mehr.« Panik schwang in seiner Stimme mit, als sähe er sich einer sehr realen Bedrohung gegenüber.

Pitt wehrte sich gegen den Drang, ihm zu glauben, musste sich aber geschlagen geben. Offenkundig sagte Alexander die Wahrheit, und ihr durfte er sich nicht verweigern.

»Ist der Mann mit dem Opium gekommen?«, fuhr er fort.

»Nein.«

»Es war nicht Tyndale? Sind Sie sicher?«

»Natürlich bin ich sicher! Falls er doch gekommen sein sollte, dürfte er die Polizisten gesehen und sich davongemacht haben, ohne dass sie oder wir das mitbekommen haben.«

»Wie heißt er?«

Alexanders Gesicht wirkte mit einem Mal verschlossen, als wolle er sich schützen. »Das kann ich Ihnen nicht sagen.«

»Sie meinen, Sie wollen nicht!«

»So ist es, ich will nicht. Ohne das Mittel sind meine Schmerzen unerträglich.« Es war die schlichte Feststellung einer Tatsache, mit der er Tag und Nacht leben musste, jeden wachen Augenblick und wohl auch in seinen Träumen.

»Woher wussten Sie mit solcher Sicherheit, wer die Polizeibeamten im Einzelnen waren?«

Mit schmerzerfülltem, düsterem Gesicht erklärte Alexander: »Sie haben vor Gericht ihren Namen genannt und unter Eid bestätigt, dass sie an Ort und Stelle waren.«

Natürlich. Und Alexander hatte nicht aussagen dürfen.

»Ich habe in Craven Hill Ihr Taschentuch gefunden«, teilte ihm Pitt mit. »Schluss mit den Bombenanschlägen!«

Alexander nickte.

Pitt forderte ihn auf, noch einmal die Ereignisse jenes etwa zwei Jahre zurückliegenden Tages Schritt für Schritt durchzugehen, sodass er sie später mit dem vergleichen konnte, was Yarcombe oder Bossiney bei einer erneuten Befragung sagten. – Newman, Hobbs, Ednam, Lezant und auch Tyndale waren tot.

Eine halbe Stunde später kam Alexanders Vater, ohne anzuklopfen, herein. Man konnte das durchgehen lassen, da es sein eigenes Haus war, und trotzdem empfand Pitt es als störendes Eindringen.

Alexander stand auf, wobei er unwillkürlich vor Schmerzen zusammenzuckte.

»Commander Pitt wollte gerade gehen.« Er wandte sich Pitt mit einem plötzlich aufleuchtenden freundlichen Lächeln zu, das zeigte, wie er hätte sein können. »Guten Abend, Sir.«

KAPITEL 10

Charlotte stellte heißen Haferbrei mitsamt Zuckerdose und Sahnekännchen vor Pitt und schenkte ihm eine zweite Tasse Tee ein.

»Thomas, ich denke, du solltest zumindest einen Blick in die Zeitung werfen, auch wenn du nicht alles liest. Vielleicht ist der eine oder andere Leserbrief …«

Er sah sie an. »Ich weiß«, sagte er, »man erwartet, dass der für den Anschlag am Lancaster Gate Verantwortliche aufgespürt und zur Rechenschaft gezogen wird. Noch mehr aber will man, dass die Polizei vom Verdacht der Korruption reingewaschen wird. So etwas richtet großen Schaden an.« Er hörte die Anspannung in seiner Stimme, obwohl er versucht hatte, sie vor Charlotte zu verbergen.

»Das ist noch nicht alles«, sagte sie und blieb mit der Teekanne in der Hand stehen. »Ich habe dir bisher noch nichts davon gesagt, weil ich hoffte, dass er damit aufhören würde, aber es ist – ganz im Gegenteil – schlimmer geworden …«

»Von wem sprichst du?«

»Von Josiah Abercorn. Ich wusste nicht viel über den Mann und habe daher Emily gefragt, ob er wichtig ist. Es sieht leider ganz danach aus.«

»Ich habe nicht viel über ihn gehört. Gelegentlich ist sein Name bei gesellschaftlichen Ereignissen gefallen – er scheint eine Art Philanthrop zu sein«, gab er zurück. »Beschäftigt der sich auch mit Korruption bei der Polizei? Damit muss man wohl leider rechnen.« Er hatte das Thema gründlich satt und ärgerte sich über gut situierte Menschen, die empörte Leserbriefe an die Presse schrieben, ohne die geringste Vorstellung davon zu haben, wie belastend die Arbeit der Polizei war. Viele taten zudem so, als seien Gut und Böse absolute Werte ohne Zwischentöne, während die überwiegende Mehrheit der Menschen einfach in Armut lebte, Hunger und Kälte litt und oft genug verzweifelt war.

Charlotte goss sich eine Tasse Tee ein und setzte sich ihm gegenüber.

»Nein, er steht ganz und gar auf der Seite der Polizei. Er verlangt Gerechtigkeit für die Getöteten und besteht darauf, dass die Öffentlichkeit der Polizei mehr Achtung entgegenbringt. Er verlangt, dass man den Attentäter aufspürt und an den Galgen bringt und dass der Staatsschutz aufhört, die Polizei indirekt zu verleumden.«

»Und hat er praktische Vorschläge, wie sich das bewerkstelligen ließe?«, fragte Pitt verbittert. »Die meisten Menschen möchten glauben, dass ein Polizeibeamter stark, klug und ehrlich ist. Immerhin bildet die Polizei den Schutzschild zwischen uns und der Welt des Verbrechens.«

»Der Mann ist ehrgeizig und strebt ein hohes politisches Amt an. Was sollte er da anderes sagen, als das, was alle hören wollen?«, erklärte sie geduldig.

»Ach, tatsächlich?« Pitt war überrascht. So recht konnte er mit dem Namen nichts anfangen.

»Noch ist er nicht gewählt«, sagte sie mit herabgezogenen Mundwinkeln, »aber er hat es sich vorgenommen, und er schafft das bestimmt.«

»Du kannst ihn nicht leiden«, bemerkte er.

Mit überraschtem Gesichtsausdruck gab sie zurück: »Natürlich nicht! Er ist gerissen, ein Opportunist, und er kritisiert dich. Aber man darf ihn nicht ignorieren.«

Lächelnd fragte er: »Und was soll ich tun? Selbst an die *Times* schreiben? Und zwar was? Etwa ›Bedauerlicherweise sind Polizeibeamte unvollkommen, und es sieht allmählich so aus, als hätten sie große Eile gehabt, einen besonders hässlichen Fall abzuschließen, bei dem sie unter Umständen einen großen Beitrag dazu geleistet haben, dass der Falsche gehängt wurde‹? Ich wäre mir gern meiner Sache sicher, bevor ich so etwas von mir gebe. Am liebsten wäre mir, dass es eine andere Lösung gäbe.«

»Und gibt es die?«

Er stieß einen Seufzer aus. »Wohl nicht. Aber ich äußere mich erst dann zu dem Thema, wenn ich mir meiner Sache sicher bin und vor allem Beweise habe. Hat jemand auf diesen Abercorn reagiert?«

»Speziell auf den bewussten Leserbrief bisher nicht. Aber Victor Narraway hat gestern etwas Grundsätzliches geschrieben. Ganz tadellos. Er hat erklärt, warum die Arbeit des Staatsschutzes der Geheimhaltung unterliegt. Jeder, der das gelesen hat, müsste erkennen, dass sich Abercorn verantwortungslos verhält. Narraway appelliert an die Vernunft und Abercorn an die Panik. Leider behält die Panik gewöhnlich die Oberhand.«

Er widersprach nicht. Charlotte hatte recht. Er las Abercorns Brief und sah sofort, worauf es dem Mann ankam: Er wollte Empörung und gleichzeitig Angst erzeugen. Pitt war klar, welches Motiv dahinterstand – Menschen, die Angst hatten, ließen sich zum Handeln verleiten. Mit Äußerungen wie »Alles ist in bester Ordnung, überlasst das mir« konnte man weder Wut noch Kummer beschwichtigen. Sie spiegelten lediglich die Gleichgültigkeit von Menschen, denen keine Gefahr drohte.

Charlotte sah ihn aufmerksam an und wartete auf seine Antwort.

»Ich weiß, worauf der Mann hinauswill«, erklärte er. »Mir wäre kaum etwas lieber, als die Polizei von jeder Schuld an Lezants Tod sowie allem freizusprechen, was über gelegentliche Fehler hinausgeht, wie sie immer und überall vorkommen. Aber das kann ich nicht.«

Sie sagte nichts, als warte sie auf eine Begründung. Dieser Punkt unterlag keiner Geheimhaltung, denn die Öffentlichkeit war ohnehin auf dem Laufenden. Erst als er anfing zu sprechen, merkte er, wie sehr es ihn erleichterte, mit ihr darüber zu reden. Ihm fiel nicht einmal auf, dass sein Tee dabei kalt wurde.

Als er ihr alles berichtet hatte, lag Trauer und zugleich Mitleid auf ihrem Gesicht. Ihm war bewusst, dass dieses Mitgefühl Alexanders Mutter Cecily galt, in die sich Charlotte offenbar hineinversetzt hatte.

»Wenn nicht Lezant diesen Tyndale erschossen hat, wer war es dann? Und aus welchem Grund?«, fragte sie. »Aus Panik und Dummheit? Oder glaubte der Betreffende, einen Grund dafür zu haben?«

»Nach allem, was mir Alexander gesagt hat, schließe ich auf Ednam, und seine Kollegen mussten Lezant beschuldigen, um ihn zu decken. Inzwischen leben von denen nur noch Yarcombe und Bossiney.«

»Und Lezant ist tot, während Alexander, zumindest nach dem Buchstaben des Gesetzes, ein mehrfacher Mörder ist«, ergänzte Charlotte. »Was ist mit diesem Tyndale? Könnte er der Opiumverkäufer gewesen sein?«

Pitt stand auf. »Ich werde seine Angehörigen aufsuchen. Zwar nehme ich nicht an, dass dabei viel herauskommt, aber ich muss es versuchen.«

Sie nickte und küsste ihn flüchtig auf die Wange, ehe er sich abwandte und durch die Diele zur Haustür ging.

Am Russell Square fand Pitt eine Droschke und ließ sich zu Tyndales Haus fahren. Unterwegs überlegte er, was er der Witwe des Mannes sagen wollte. In den Gerichtsakten stand so gut wie nichts über sie. Vielleicht hatte sie durch den plötzlich eingetretenen schmerzlichen Verlust so sehr unter Schock gestanden, dass sie nichts hatte sagen können. Pitt überlegte, ob es wichtig werden konnte, dass bisher, wie es aussah, niemand mit ihr gesprochen hatte, auch Ednam nicht.

Er dachte auch über Josiah Abercorn nach. Sofern sich der Mann, wie Charlotte sagte, um die Unterstützung der Öffentlichkeit bemühte, dürfte er damit Erfolg haben. Die Bombenanschläge hatten die Bevölkerung in Angst und Schrecken versetzt. Unsicherheit und Unruhe konnten leicht zu Panik auf den Straßen führen. In London lebten immer mehr Einwanderer, die leicht von den Einheimischen zu unterscheiden waren, denn sie sahen anders aus und klangen anders. Viele, zu viele, waren arm und daher bereit, schwerer und für weniger Lohn zu arbeiten als andere. Außerdem aßen sie andere Speisen und gehörten anderen Religionen an. So boten sie ein leichtes Ziel für die Ängste, aus denen heraus Volkswut entstehen konnte.

Schürte Abercorn bewusst diese Ängste in der Hoffnung, darauf seine politische Karriere aufbauen zu können? Das war verabscheuenswürdig, doch war er weder der Erste, noch würde er der Letzte sein, der sich zur Erreichung seiner Ziele dieses Mittels bediente.

Möglicherweise befürchtete er sogar aufrichtig, dass ein gesellschaftlicher Umbruch im Gange war, auf den Schlimmeres folgen würde: Gewalttätigkeit konnte aus den europäischen Ländern herüberschwappen, in denen man Revolutionen niedergeschlagen und die Redefreiheit beschränkt hatte. Dort hausten die Armen so dicht zusammengepfercht, dass man fürchten musste, sie bekämen nicht genug Luft zum Atmen.

Im Zusammenhang mit seiner Arbeit beim Staatsschutz hatte Pitt mit vielen Ausländern gesprochen. Unter ihnen waren manche aus Russland und den angrenzenden Ländern, denen die Verzweiflung über ihr Elend ins Gesicht geschrieben stand. Sie fielen durch ihre fadenscheinige Kleidung wie auch durch ihre Ernährungsgewohnheiten und ihre merkwürdige Art zu sprechen auf. Es bereitete ihnen Mühe, sich mit der englischen Sprache und ihren Absonderlichkeiten vertraut zu machen.

Seine Gedanken führten ihn zurück in die friedliche Landschaft seiner Jugendzeit. Damals war sie ihm langweilig erschienen, bot sie doch nicht die geringste Aussicht auf Abenteuer. Jetzt trauerte er dem verlorenen Frieden nach. Die Welt änderte sich mit beängstigender Geschwindigkeit. Sie war wie ein außer Kontrolle geratener Zug, der mit voller Fahrt dem Horizont entgegenraste und jeden Augenblick irgendwo aufprallen konnte.

An seinem Ziel angekommen, stieg Pitt aus und entlohnte den Kutscher. Während sich die Droschke entfernte, sah er sich um. Es war ein ruhiges und allem Anschein nach ein wenig heruntergekommenes Viertel. Zahllose Menschen lebten in Häusern wie diesen, die einander von außen ähnlich sahen, aber im Inneren unverwechselbar und einzigartig waren, dank der Besitztümer und der Vergangenheit der jeweiligen Familie, die darin wohnte, möglicherweise schon seit Generationen.

Er klopfte an die Tür des Hauses mit der Nummer siebenundfünfzig und trat dann einen Schritt zurück, um nicht bedrohlich zu wirken. Dabei fielen ihm in der Fassade ein halbes Dutzend Stellen auf, an denen die Backsteine neu verfugt werden mussten. Ein gutes Stück von der Tür entfernt hatte sich ein Dachziegel gelöst. Er würde im Vorgarten nahe den mehrjährigen Pflanzen landen, ohne dass dabei jemand zu Schaden käme.

Die Tür öffnete sich, und ein Mädchen von fünfzehn oder sechzehn Jahren sah neugierig heraus. Ihr Anblick erinnerte ihn an Gracie in der Zeit, als er und Charlotte frisch verheiratet waren und sich als einzige Haushaltshilfe ein junges Mädchen hatten leisten können. Unwillkürlich musste er bei der Erinnerung lächeln.

»Ja, Sir? Kann ich was für Sie tun?«

»Guten Morgen. Ich bin Commander Pitt vom Staatsschutz. Würden Sie bitte Mrs. Tyndale fragen, ob sie einige Minuten Zeit für mich hat? Es ist wichtig.«

Sie brauchte einen Augenblick, um zu erfassen, was er gesagt hatte, doch nach der ersten Unsicherheit nickte sie und bat ihn mit einem unbeholfenen Knicks herein. Sie führte ihn in das ungeheizte Besuchszimmer und eilte davon, um die Hausherrin zu holen.

Pitt sah sich um. Dem Besuchszimmer einer Familie, ganz gleich, welcher Gesellschaftsschicht, ließ sich viel über Vergangenheit und Gegenwart der Hausbewohner entnehmen. Dieser Raum, der nur benutzt wurde, wenn Gäste kamen, zeigte gewöhnlich an, welches Bild von sich man anderen vermitteln wollte, sei es durch Bücher, von denen man wusste, dass man sie eigentlich lesen sollte, ohne das zu tun, durch Bilder, durch Dekorationsgegenstände wie beispielsweise Vasen, Geschenke von Verwandten, die zu kränken man sich nicht leisten konnte, oder auch durch schöne, aber nicht unbedingt bequeme Möbel. In einem solchen Raum sollte man sich nicht unbedingt wohlfühlen; er diente eher als eine Art Schaufenster.

Mrs. Tyndale, eine schlanke Frau mit einem ernsten, interessanten Gesicht und einer weißen Strähne in ihrem dunklen Haar, kam nach einigen Minuten. Ihre Stimme klang belegt, und sie sprach mit einem ausländischen Akzent, den er nicht zuordnen konnte. Sie entsprach in keiner Weise dem Bild, das er sich von ihr gemacht hatte.

»Guten Morgen, Commander«, begrüßte sie ihn. »Ich bin Eva Tyndale. Womit kann ich Ihnen dienen?«

Ohne Umschweife kam er zur Sache. »Ich bitte um Entschuldigung für die Störung, aber Ereignisse der jüngsten Zeit machen es erforderlich, dass ich mich mit dem Verhalten der Polizei zum Zeitpunkt, da Ihr Mann umgekommen ist, näher befasse. Eigentlich hätte man das damals gleich tun müssen, doch ist das bedauerlicherweise nicht geschehen. Es tut mir leid, den Fall noch einmal aufrühren zu müssen.«

Sie hob die schmalen schwarzen Brauen. »Ereignisse der jüngsten Zeit?«

»Der Tod dreier Polizeibeamter infolge eines Bombenanschlags am Lancaster Gate, bei dem zwei weitere schwer verletzt worden sind.«

»Ach so.« Mit einer angedeuteten Handbewegung lud sie ihn ein, Platz zu nehmen. »Ich habe keine Vorstellung, auf welche Weise oder womit ich Ihnen helfen könnte. Aus dem, was in der Zeitung stand, habe ich geschlossen, dass es die Männer waren, die damals beim Tod meines Mannes die Ermittlungen geleitet haben, und angenommen, dass es sich um einen Zufall handelte. Vermutlich arbeiten die oft zusammen, und ihre Aufgabe ist gefährlich. Aber wieso interessiert der Tod meines Mannes mit einem Mal den Staatsschutz? Wie sich seinerzeit im Prozess herausstellte, wurde er von einem drogensüchtigen jungen Mann, der illegal Opium kaufen wollte, zufällig erschossen.«

»Es lässt sich nicht ausschließen, dass zwischen den beiden Vorfällen ein Zusammenhang besteht«, gab Pitt zurück, um eine betont gleichmütige Stimme bemüht. »Ein tatsächlicher oder ein eingebildeter.«

»Mein Mann war lediglich durch einen unglücklichen Zufall dort, wo es geschah.« Sie setzte sich ihm gegenüber. Die in ihrem Schoß gefalteten bleichen Hände standen in scharfem Kontrast zum Schwarz ihres Kleides. Sie war nicht schön, strahlte aber etwas aus, was ihn in angenehmer Weise fesselte. Es tat ihm aufrichtig leid, sie befragen zu müssen, denn sicherlich riss das Gespräch in ihr alte Wunden auf.

»Die Stelle lag nicht auf seinem üblichen Weg?«

»Nein. Er war heimgekommen und hatte das Haus noch einmal verlassen, um unseren Hund zu suchen, der eine Katze gejagt hatte.« Sie holte tief Luft, unübersehbar, um ihre Stimme unter Kontrolle zu halten, während die Erinnerung an jenen Abend wieder in ihr wach wurde. »Er ist nicht zurückgekommen, wohl aber der Hund, etwa eine oder zwei Stunden später. Irgendwie erscheint das absurd, nicht wahr? Das Leben kann gleichzeitig tragisch und lächerlich sein.«

»Durchaus. In den Polizeiakten steht nur sehr wenig über ihn …«, setzte er an.

Ein Ausdruck von Bitterkeit trat auf ihre Züge, den sie aber sogleich beherrschte. »Die Polizei hat damals viele Fragen gestellt, die alle darauf hinausliefen, ob er der Drogenverkäufer war, dem man dort eine Falle gestellt hatte. Wie es aussieht, ist der nicht gekommen … Immer vorausgesetzt, dass er überhaupt existierte. Den jungen Mann hat man festgenommen und vor Gericht gestellt.« Sie verdrehte die Hände im Schoß. »Er hat die Tat bestritten. Ich weiß bis heute nicht, ob ich das glauben soll oder nicht. Jedenfalls fällt mir kein Grund ein, warum er auf James hätte schießen sollen – oder auf den Drogenverkäufer.« Mit dem Anflug eines traurigen Lächelns fuhr sie fort: »Es wäre mir viel glaubhafter erschienen, wenn er auf einen der Polizisten oder auch auf mehrere geschossen hätte, um dann zu entkommen. Finden Sie nicht auch?«

»Ja«, gab Pitt zu. »Ich habe keinerlei Hinweise oder Beweismaterial gefunden, aber die Sache liegt ja auch zwei Jahre zurück. Ihr Mann hat mit Büchern gehandelt, Mrs. Tyndale?«

»Ja, er hat seltene Bücher und Handschriften verkauft.«

Während des Wartens auf Mrs. Tyndale hatte sich Pitt im Zimmer umgesehen und den Eindruck der Vernachlässigung, den er vor dem Haus gewonnen hatte – der lose Dachziegel, die verfallende Fassade –, bestätigt gefunden. Die finanzielle Lage der Frau schien sich seit dem Tod ihres Mannes deutlich verschlechtert zu haben, was sich in einer gewissen Schäbigkeit äußerte. Abgenutzte Kissenbezüge waren nicht erneuert worden, beschädigte Tüllgardinen hatte man sauber gestopft. Es waren die weitreichenden Folgen einer Tragödie.

»Hat sich damals Inspektor Ednam oder einer seiner Männer bei Ihnen nach dem Geschäft Ihres Mannes oder seinen Gewohnheiten erkundigt? Wollten sie etwas Bestimmtes über ihn wissen?«

»Wollen Sie damit andeuten, dass er etwas zu verbergen hatte?«, fragte sie mit nahezu ausdrucksloser Stimme. Wie oft hatte sie wohl neugierige Fragen von Nachbarinnen abwehren müssen? Warum hatte es ihren Mann und nicht deren Männer oder Söhne getroffen? Menschen neigten zu der Ansicht, wen ein Unglück heimsuchte, der habe es verdient, weil sie dann annehmen konnten, sie selbst seien davor sicher.

»Nein, Mrs. Tyndale. Ich überlege nur, ob man nicht genau deshalb gefragt hat, weil den Leuten klar war, dass der Tod

Ihres Gatten auf einem Zufall beruhte, ganz wie Sie gesagt haben. Es gibt Stimmen, die behaupten, Lezant habe mit voller Absicht auf ihn geschossen. Das aber ist denkbar unwahrscheinlich, weil er ihn nie zuvor gesehen hatte.«

»Und warum hat er es dann getan?« Ihre Stimme klang jetzt gequält.

»Ein anderer junger Mann hat gesagt, er sei ebenfalls dort gewesen und entkommen. Er behauptet, nicht Lezant habe den Schuss abgegeben, sondern einer der Polizeibeamten. Das hat er von Anfang an erklärt, den ganzen Prozess hindurch, bis zu Lezants Hinrichtung, aber niemand hat ihm Glauben geschenkt.«

»Außer Ihnen?«, fragte Mrs. Tyndale mit großen Augen.

»Ich bin mir nicht ganz sicher«, gestand er. »Es gibt da noch ungeklärte Fragen, Einzelheiten, die keinen Sinn zu ergeben scheinen, wie Sie selbst gesagt haben.«

Sie sah ihn fest an und wandte sich dann ab. Einen Augenblick lang sah er, wie sich das Licht in ihren Tränen brach, doch dann drehte sie sich zur Seite in den Schatten.

»Ich wäre Ihnen dankbar, wenn Sie zweifelsfrei beweisen könnten, dass mein Mann ein Zufallsopfer war und es nichts weiter darüber zu sagen gibt. Mehr kann ich gegenwärtig nicht für ihn tun.«

»Hat außer der Polizei, die inzwischen unter scharfer Beobachtung steht, irgendjemand etwas in dieser Richtung gesagt?«

Sie sah ihn erneut an. »Leute, die den Wunsch haben, die Polizei zu decken«, erwiderte sie. »Insbesondere ein Mr. Abercorn mit seinen Briefen an die Zeitungen. Ich kann sein Motiv verstehen. Wir alle sind darauf angewiesen zu glauben, dass es sich bei Polizeibeamten um starke, aufrichtige und mutige Charaktere handelt. Das ist nötig, damit wir uns vor Gewalttätigkeit und Unsicherheit geschützt fühlen. Vor allem, was uns ängstigt, ganz gleich, ob es sich dabei um wirkliche Gefahren handelt oder nicht. Wir fürchten Dinge, von denen wir hören, ohne dass wir sie sehen können, und ängstigen uns vor einer Gefahr, von der wir so wenig wissen, wie sie beschaffen ist, dass wir uns auch nicht dagegen zu wehren vermögen.«

Er wusste genau, was sie damit meinte: Einwanderer, Fremde mit anderer Lebensweise, besitzlose Menschen, die das Eigentum der eingesessenen Bürger bedrohten.

Nach weiteren zwanzig Minuten, in deren Verlauf Pitt vieles über James Tyndale erfuhr, verabschiedete er sich und ging. Zwar war er entschlossen, alles nachzuprüfen, was Mrs. Tyndale gesagt hatte, doch je länger er darüber nachdachte, desto sicherer war er, dass ihr Mann in der Tat ein unbeteiligter Passant gewesen war, dessen Weg schicksalhaft und mit allseits fatalen Folgen den der anderen Männer gekreuzt hatte.

Auch Tellman hatte Josiah Abercorns förmlich vor Wut schäumenden Leserbrief gesehen und mit großem Unbehagen beim Frühstück gelesen.

»Gott sei Dank sagt endlich jemand, was wir denken«, erklärte Inspektor Pontefract befriedigt, der an Ednams Stelle getreten war, als Tellman hereinkam und sich ihm gegenüber an den Schreibtisch setzte.

Tellman hielt es für töricht, ihm in dieser Situation offen zu widersprechen. »Ja«, sagte er stattdessen und nickte. »Hoffentlich ist diese Art der Verteidigung bald nicht mehr nötig.« Abercorn hatte gleichsam durch die Blume behauptet, jeder, der die moralische Integrität der Polizei infrage stelle, sympathisiere mit den Anarchisten. Nicht, dass Tellman dafür kein Verständnis gehabt hätte – spontan hatte er ursprünglich schließlich selbst so reagiert.

Während er sagte: »Wir müssen die Öffentlichkeit wieder auf unsere Seite bekommen«, beobachtete er aufmerksam Pontefracts Gesichtsausdruck, auch wenn er das nicht gern tat. Als geschulter Kriminalist hielt er niemanden von vornherein für unschuldig. Ihn beunruhigte die Vorstellung, der Mann könnte selbst in die Geschichte verwickelt sein, und sei es nur dadurch, dass er aus Sorge, dabei etwas Unliebsames zu entdecken, lieber nicht so genau hingesehen hatte. Immerhin hätte er dann vor der Entscheidung gestanden, sich zum Mittäter zu machen oder sich offen gegen diese Machenschaften zu stellen ... Aber worin bestanden die genau? Bestechung, wenn nicht gar Vertuschung eines schweren Verbrechens, wobei ein Unschuldiger an den Galgen gebracht worden war? Oder gar Mord?

Erschrocken fragte sich Tellman, wie weit er sich von den von ihm noch vor wenigen Wochen vertretenen Vorstellungen entfernt hatte, dass er jetzt so etwas auch nur dachte. In seinem Inneren spürte er Eiseskälte, und er empfand eine leichte Übelkeit.

»Natürlich«, stimmte ihm Pontefract zu. Er musterte Tellman aufmerksam, während er zu überlegen schien, was er als Nächstes sagen wollte. Schließlich entschied er sich, beugte sich leicht über den Schreibtisch vor und sagte mit gesenkter Stimme: »Ich habe mir Ednams Personalakte der letzten Jahre noch einmal ganz gründlich angesehen. Offen gestanden, habe ich dabei so manches äußerst Beunruhigende entdeckt. Er scheint bei einer ganzen Reihe von ... bedauerlichen Dingen nicht genau hingesehen zu haben, vielleicht unabsichtlich. Die meisten sind unerheblich, Sie verstehen schon, haben es aber ermöglicht, dass sich eine gewisse Unredlichkeit eingeschlichen hat. Ich werde dafür sorgen, dass das aufhört. Im Großen und Ganzen sind es gute Leute, nur etwas nachlässig geworden. Da muss wieder etwas Zucht hineingebracht werden.«

Er sah Tellman so aufmerksam an, als versuchte er, seine Gedanken zu lesen.

Tellman erkannte das und fühlte sich unbehaglich. Er begriff, dass die beschönigenden Worte den Beginn einer Auseinandersetzung ankündigten. Pontefract forderte ihn damit unverhohlen auf, sich aus der Sache herauszuhalten. Sollte er sich darauf einlassen? Darauf warten, dass alles von selbst ins Lot geriet? Aber würde es das? Würde er nicht damit seinerseits fünf gerade sein lassen, ähnlich, wie es die ganze Zeit über gehandhabt worden war?

Nur wäre es jetzt schlimmer, weil er davon wusste.

»Ein guter Mann, dieser Abercorn«, fuhr Pontefract fort. »Steht auf unserer Seite. Wir brauchen mehr Leute wie ihn. Er versteht die Sache, weiß, worauf es ankommt. Außerdem ist ihm klar, dass wir, die Polizei, an der Front zwischen Sicherheit und Gesetzlosigkeit stehen. Der Staatsschutz braucht sich nicht um die Aufrechterhaltung von Recht und Ordnung zu kümmern, auch wenn er für die Sicherheit des Landes zuständig ist. Dafür müssen wir den Kopf hinhalten – obwohl wir schlechter bezahlt werden.« Er nickte. »Wir sind auf den Respekt der Öffentlichkeit angewiesen. Sicher verstehen Sie das. Wir sind dem einfachen Arbeiter verpflichtet, der sich um seine Angehörigen kümmern muss und dafür auf das Wenige angewiesen ist, was er verdient. Der verfluchte Ednam mit seiner schludrigen Art – hier und da wird die Wahrheit ein bisschen verdreht, man steckt kleine Summen zur Belohnung dafür ein, dass man ein Auge zugedrückt hat. In manchen Dingen übereifrig, in anderen zu nachsichtig. Wir bringen das wieder in Ordnung.« Er hielt inne und wartete auf Tellmans Antwort.

Die Stille wurde lastend.

»Freut mich, dass Sie meiner Meinung sind«, sagte Tellman schließlich. »Wenn wir aufräumen wollen, müssen wir mit dem Fiasko bei dem Opiumgeschäft von vor zwei Jahren anfangen.«

Pontefract schüttelte den Kopf. »Äh … nein. Da lässt sich jetzt nicht mehr viel machen. Von all den armen Burschen, die darin verwickelt waren, lebt ja inzwischen so gut wie keiner mehr.« Achselzuckend fuhr er fort: »Da gibt es nichts mehr zu ermitteln. Wir werden nie erfahren, ob Tyndale der Verkäufer war oder nicht, und da auch er tot ist, bleibt für uns nichts mehr zu tun. Aber da haben wir den Fall Trumbell, bei dem es um die Frage geht, ob er rot gesehen und … wie hieß der Kerl noch? Holden?, ja, so hieß er wohl … zusammengeschlagen hat. Üble Geschichte, das. Ich denke, wir verlangen von diesem Trumbell eine ordentliche Kaution, sagen wir, einen Wochenlohn, und machen den Deckel zu. Wenn er sieht, dass wir die Sache nicht vergessen haben, kriegt er einen ordentlichen Schreck und tut es bestimmt nicht noch einmal. Was meinen Sie?« Er lächelte, als habe sich Tellman bereits einverstanden erklärt. »Außerdem müssen wir künftig unsere Unterlagen über Aussagen und Beweismittel besser in Schuss halten. Alles sorgfältig nachprüfen und darauf achten, dass keine Unterschriften fehlen. Der Grund dafür, dass da etwas im Argen lag, war nicht etwa eine Täuschungsabsicht, sondern einfach eine gewisse Nachlässigkeit, nicht wahr?«

Am falschen Lächeln des Mannes erkannte Tellman, dass Pontefract nicht im Traum daran dachte, seinen Worten Taten folgen zu lassen. Er hatte seine Verteidigungslinie aufgebaut und würde nicht zulassen, dass Tellman sie durchbrach, ohne sich ins eigene Fleisch zu schneiden und sich rundum Feinde zu machen.

Pitt hatte recht gehabt – hier war etwas am Werk, was ihnen allen auf die eine oder andere Weise schaden würde.

Eher aus Starrsinn als in der Annahme, er könne sich durchsetzen, fuhr Tellman fort, sich ein klares Bild zu verschaffen und alles zu notieren. Als er sich auf den Heimweg machte, war es bereits dunkel. Der scharfe Ostwind hatte den nassen Gehweg in eine Eisbahn verwandelt, und wenn Tellman eine Pfütze erwischte, zerbrach das Eis knirschend unter seinen Füßen.

Eigentlich hatte er Gracie nichts über Abercorns Brief sagen wollen, aber sie hatte ihn ebenfalls gelesen, in einer Abendzeitung, die ihn nachgedruckt hatte.

»Der Mann hat unrecht«, erklärte sie mit bedrückter Stimme, nachdem sie gegessen und Christina zu Bett gebracht hatten. Tellman freute sich immer, wenn er früh genug nach Hause kam, um ein wenig Zeit mit seiner Tochter verbringen zu können. Sie hörte dann mit großen Augen zu, was er ihr sagte, beobachtete sein Gesicht und versuchte, dessen Ausdruck und seine Sprechweise nachzuahmen. Dabei benutzte sie viele seiner Wörter, auch solche, die sie nicht verstand. Das bereitete ihm so großes Vergnügen, dass er sie gelegentlich sogar, wenn er spät heimgekehrt war, eigens weckte, um sich an der Begeisterung zu erfreuen, mit der sie ihn begrüßte.

An diesem Abend entfiel das Ritual, denn die Kleine zahnte. Gracie wirkte müde und sorgenvoll. Sie erfasste seine Stimmung, als könne sie an seinem Gesicht ablesen, was er dachte. Vielleicht hatte sie seine Niedergeschlagenheit auch an den müden Schritten in der Diele erkannt und an der Art, wie er sich mit ausgestreckten Beinen vor den Kamin gesetzt hatte, um seine Füße zu wärmen.

»Findest du?«, antwortete er auf ihre Anmerkung zu Abercorns Brief. »Wenn die Sache beigelegt ist, muss man dann nicht verzeihen, um weitermachen zu können? Vielleicht war Ednam der einzige faule Apfel im Korb?«

»Hier geht's nich' um Äpfel«, knurrte sie. »Das weiß' du ganz genau! Has' du denen schon mal Vorwürfe für was gemacht, was du selber versiebt has'? Regs' du dich nich' sogar auf, wenn die sich das Lob für was an 'n Hut steck'n, was andere richtig gemacht ha'm?«

Das stimmte in der Tat.

»Das ist nicht dasselbe …«, setzte er an.

»Ach ja? Für mich schon. Wills' du etwa sag'n, die sind wie 'ne Maschine? Drück dies'n Knopf, dann passiert das, drück den andern, dann passiert was anderes?«

»Nein, natürlich nicht! Ednam war ein übler Kerl, aber der ist nicht mehr da. Ich kann Pontefract nicht ausstehen, diesen selbstgefälligen …« Er beendete den Satz nicht, weil er sich bemühte, aus Achtung vor Gracie keine Kraftausdrücke zu verwenden. »Aber recht hat er: Wir müssen irgendwann anfangen zu verzeihen, und je eher, desto besser. Wir sind aufeinander angewiesen. Wer anderen vertraut, dem vertraut man auch. Die Arbeit der Polizei draußen auf der Straße kann hart sein, Gracie.«

»Als ob ich das nich' wüsste, Samuel«, stimmte sie sogleich zu. »Glaub bloß nich', dass ich mir keine Sorgen um dich mach'. Verzeih'n kanns' du ei'm, der dir was getan hat – das is' dein gutes Recht. Aber Leut'n, die andern was tun, muss' du als Polizist klarmach'n, dass sie dafür geradesteh'n müss'n. Wenn du das nich' tus', tanz'n die dir auf der Nase rum, weil se wiss'n, ihn'n passiert nix.« Sie holte tief Luft und fuhr fort: »Dazu has' du kein Recht, Samuel, un' du würdes' damit alle betrüg'n.«

»Aber …«, begann er.

»Nix da!«, widersprach sie heftig. »Wenn man zu 'nem Kind ›nein‹ sagt un' das, was man tut, ›ja‹ bedeutet, weiß es nich', was man meint. Dann vertraut es ei'm nich' mehr, weil man ihm nich' die Wahrheit sagt. Damit tut man ihm kein'n Gefall'n. Eins sag ich dir, Samuel, *mein* Kind soll das nich' von dir lern'n! Das is' nich' in Ordnung.«

Er sah sie an, wie sie mit durchgedrücktem Rücken vor ihm saß, das Gesicht angespannt, und ihn mit blitzenden Augen ansah.

Einen Augenblick lang überlegte er, sie zu fragen, ob sie in bestimmten Fällen Ausnahmen zustimmen würde, doch unterließ er es, weil ihm klar war, dass sie dazu keinesfalls bereit wäre. Sie würde ihn auffordern, seinen Standpunkt von Anfang an klarzumachen und dabei zu bleiben.

»Ist es sehr schlimm?«, fragte sie, als er nicht antwortete.

»Ich glaube schon«, sagte er finster. »Es ist zu viel gelogen worden. Man hätte dem schon vor Jahren einen Riegel vorschieben müssen. Es wird schwer werden …«

Flüchtig trat ein Ausdruck von Angst in ihre Augen, und ihre Lippen wurden schmal. »Dann pass bloß auf!«

Er hatte immer gedacht, sie gut zu kennen, doch jetzt merkte er, dass er sich geirrt hatte und dass sie ihn immer wieder überraschte.

»Hast du Kuchen?«, erkundigte er sich.

Ihr war klar, dass sie gewonnen hatte, und sie lächelte, tief aufatmend. Es ging ihr nicht darum, recht zu haben. Es wäre viel einfacher gewesen, ihm zu sagen, er solle den Dingen ihren Lauf lassen.

»Ja«, sagte sie in munterem Ton. »Ein Stück is' noch da. Ich hol's dir.«

Am nächsten Morgen machte sich Tellman an die Untersuchung von Fällen, die Ednam nach Tyndales Tod bearbeitet hatte. In erster Linie nahm er sich solche vor, an denen auch seine vier Kollegen mitgewirkt hatten. Als er anschließend mit einer Zeugenaussage in der Tasche, die zu einem Schuldspruch geführt hatte, auf dem Weg zu seiner eigenen Wache durch eine schmale Gasse ging, hörte er schnelle Schritte hinter sich. Es klang, als wolle ihn jemand einholen. In dem

Augenblick, als er sich umwandte, stieß ein Mann so heftig mit ihm zusammen, dass er das Gleichgewicht verlor und gegen eine Mauer stieß, wobei er sich die Schulter prellte.

Sogleich richtete er sich wieder auf und wandte sich kampfbereit dem Mann zu, der ihm, wie ein Boxer auf den Fußballen wippend, gegenüberstand. Er war noch jung und wirkte kräftig.

Furcht beschlich ihn. Das sah nicht gut aus, denn sie waren allein in der Gasse. Zwar beherrschte Tellman die Kunst der Selbstverteidigung, und er war drahtig und flink, aber was, wenn der andere ein Messer hatte? Ihm brach der Schweiß aus.

Der Mann sah ihn unverwandt an.

»Entschuldigung, Inspektor«, sagte er mit einem etwas verlegenen Lächeln. »Ich wollte Sie nicht ängstigen. Das ist keine gute Gegend. Sie sollten hier besser nicht allein herumlaufen. Ich begleite Sie bis zur Hauptstraße.«

Tellman war erleichtert. Er merkte, dass er den Mann vor nicht allzu langer Zeit schon einmal gesehen hatte, wusste aber nicht, wo. Auch die Stimme kam ihm bekannt vor, und wieso hatte ihn der Mann mit seinem Dienstgrad angesprochen? Hatte er ihn etwa irgendwann einmal festgenommen? Sein Blick wirkte auf ihn herausfordernd und ablehnend.

Allmählich beruhigte sich Tellmans Atem. Er schluckte. »Es ist nicht weit«, wehrte er das Angebot ab. Er wollte den Mann nicht an seiner Seite haben; vor allem aber sollte der nicht merken, wie sehr er ihn erschreckt hatte … Wenn er sich selbst gegenüber ehrlich war, hatte er einen Augenblick lang sogar Angst gehabt. Er spürte, wie sein Herz raste. Die Zeit, in der er Streife gegangen war und bewusst auf die Gefahren um sich herum geachtet hatte, lag lange zurück.

Mit einem Mal fiel ihm ein, woher er den Mann kannte. Es war Wachtmeister Wayland, einer von Whickers Leuten.

Mit den Worten »Ich möchte nur sicher sein, dass Ihnen nichts passiert, Sir« fasste Wayland neben Tellman Tritt, der sich wieder in Bewegung gesetzt hatte. »Wir müssen zueinanderhalten, nicht wahr? Auch außer Dienst …«

»Danke, Wachtmeister.« Tellman zwang sich, seine Stimme ruhig und gleichmütig zu halten. Sollte er dem Mann zeigen, dass er die unausgesprochene Drohung verstanden hatte? Falls er das unterließ, würde sie vielleicht mit größerem Nachdruck wiederholt. Oder bildete er sich das nur ein, wie jemand, der ein schlechtes Gewissen hat? Machte er sich womöglich lächerlich?

Schweigend gingen sie im Gleichschritt nebeneinander durch die schmale Gasse. An der Hauptstraße blieb Wayland stehen, nickte befriedigt und sagte: »Jetzt dürfte alles in Ordnung sein. Guten Tag, Sir.«

»Guten Tag, Wachtmeister«, erwiderte Tellman. Während er auf die andere Straßenseite wechselte, überlegte er weiter, ob Wayland wirklich um seine Sicherheit besorgt gewesen war oder ob er ihm eine Mahnung hatte zukommen lassen. Einen Hinweis darauf, wie einfach es wäre, ihn zu überfallen und vielleicht sogar zu töten, ohne dass jemand etwas davon mitbekam.

Der folgende Tag verlief nicht gut. Er ging weiter Akten und Berichte durch, stieß auf Unstimmigkeiten, fand Zahlen, die nicht zueinanderpassten, sowie das eine oder andere Aussageprotokoll, das man geschickt und äußerst sorgfältig geändert hatte. Ihm zogen sich die Eingeweide zusammen, als er zu erfassen begann, wie weit die Korruption reichte.

Überall traf er auf Widerstand, in Einzelfällen sogar auf offene Ablehnung. Ein Beamter, der ihm eine Tasse Tee brachte, verschüttete die heiße Flüssigkeit über seine Kleidung. Nur weil Tellman rechtzeitig zurückwich, hatte das keine schmerzhaften Folgen.

»Das tut mir entsetzlich leid, Sir!«, entschuldigte sich der Mann, dem es kaum gelang, dabei sein befriedigtes Lächeln zu unterdrücken.

Einer der anderen Männer im Raum kaschierte seinen Lachanfall mit Husten, und seine beiden Kollegen taten es ihm nach.

Tellman bemühte sich, den Vorfall auf die leichte Schulter zu nehmen, doch war ihm bewusst, um wie vieles schlimmer es hätte ausgehen können. Uniformjacke und Hose waren nass, was nicht nur unangenehm war, sondern geradezu peinlich, denn es sah aus, als habe er das Wasser nicht halten können. Und wie leicht hätte er sich verbrühen können! Er bemühte sich, die Erinnerungen aus Kindertagen zu verdrängen, die sich erneut meldeten. Die Situation war unerträglich. Eine Welle der Hilflosigkeit überkam ihn bei dem Gedanken an den Spott und das Gelächter seiner Mitschüler. Er zwang sich, nicht daran zu denken. Er hatte einen höheren Dienstgrad als die vier Kollegen im Raum. Alle bemühten sich, den Eindruck zu erwecken, als unterstützten sie ihn bei seiner Aufgabe, dabei war sonnenklar, dass sie Beweismittel gefälscht oder unterdrückt, Geld gestohlen oder zumindest beiseitegesehen hatten, wenn es einer der anderen tat.

War es nicht feige von ihm, so zu tun, als wüsste er nichts davon? Menschen, die andere schikanierten, konnten Angst förmlich riechen. Wäre es unbesonnen, ihnen zu zeigen, dass er Bescheid wusste, ihnen offen die Stirn zu bieten? Falls er es nicht tat – würden sie das als Hinweis darauf auslegen, dass er es nicht wagte?

Was würde Gracie über ihn denken? Wofür sollte er sich entscheiden? Ihnen entgegentreten und riskieren, dass man ihn angriff? Oder sich schmachvoll zurückziehen und Gracie nichts davon sagen, sie indirekt belügen?

»Macht nichts, Wachtmeister«, sagte er. »Das ist nicht weiter wichtig.« Er blickte dem Mann in die Augen und sah, dass ihm eine leichte Röte in die Wangen stieg. »Sie scheinen mir ziemlich unachtsam zu sein – übrigens können Sie offensichtlich auch nicht richtig rechnen. Ich habe hier einige sehr sonderbare Fehler gefunden. Am sonderbarsten erscheint es mir, dass sich dabei nie ein höherer Betrag ergibt, als herauskommen müsste, sondern immer nur ein Fehlbetrag. Ist Ihnen das auch schon aufgefallen?«

Die Kiefermuskeln des Mannes spannten sich an, doch in seine Augen trat Furcht. »Ehrlich gesagt, nicht«, gab er zurück. »Aber wenn man den ganzen Tag auf der Straße war, ist man so müde, dass man kaum richtig sehen kann, und die Füße schmerzen schrecklich. Kann schon sein, dass sich da beim Rechnen kleine Fehler einschleichen.« Er beugte sich so weit vor, dass er Tellman fast berührte.

Dieser wich keinen Millimeter zurück.

»Das ha'm Se doch sicher auch schon mal gemacht, Inspektor, früher, als einfacher Streifenpolizist? Wie Se selbs' noch mit Leut'n zu tun hatt'n, statt das andern zu überlass'n. Wie Se bei Schlägereien unt'n am Haf'n oder in 'ner dunkeln Gasse, wo sich kein vernünftiger Mensch hintraut, dazwisch'ngegang'n sind.« Er räusperte sich und fuhr fort: »Wie Se sich darauf verlass'n musst'n, dass die Kolleg'n hinter Ihn'n stand'n? Wie man Se verprügelt, verflucht, zu Bod'n geschmiss'n un' getret'n hat. Da ha'm Se andre nie verpfiff'n, denn das war'n die, die gekomm'n sind, um Ihn'n zu helfen. Die den eigenen Hals riskiert ha'm, damit Ihn'n nix passiert!« Er holte scharf Luft. »Un' wenn Se Fehler gemacht ha'm, ha'm die dafür gesorgt, dass keiner das mitkriegt, und 'n Mund gehalt'n. Das wiss'n Se doch wohl noch?

Oder ha'm Se das vergess'n, jetzt, wo Se das nich mehr nötig ha'm?«

Tellman spürte eine Kälte in den Knochen, die aus seinem Inneren zu kommen schien. Es war sinnlos, dem Mann etwas zu erwidern. Sie beide kannten die Wirklichkeit, die hinter den Worten stand. Wer von anderen Loyalität erwartete, verhielt sich ihnen gegenüber loyal … und zwar immer. Man suchte sich da keine Gelegenheiten aus, bei denen es einen nichts kostete.

Zugleich aber empfand Tellman einen wilden Zorn, eine Wut auf das, was da geschah, und diese Zerstörung des Ideals, das ihm seit seiner Zeit als gedemütigter Junge auf dem Schulhof Lebensinhalt gewesen war. Damals hatte er etwas gebraucht, woran er glauben konnte, was ihn voranbrachte, ihn aufrichtete, wenn er am Boden lag, Fehler machte oder zu müde war, um klar zu denken.

»Ich verstehe«, sagte er ruhig.

Ein Ausdruck von Schmerz trat in die Augen des anderen, den dieser aber sogleich unterdrückte. »Das is' leicht gesagt …«, stieß er zwischen den Zähnen hervor. »Se ha'm doch sicher Kinder, für die Se sorg'n müss'n?«

Tellman wollte das bestreiten, um seine Familie zu schützen, doch dann begriff er, wie sinnlos das wäre. Jeder konnte das mühelos feststellen. Jetzt hatte er wirklich Angst.

»Ja.« Er merkte, wie seine Stimme zitterte. »Warum? Wollen Sie denen auch etwas antun, wenn ich den Mund nicht halte, sondern dem Gericht sage, dass Sie lange Finger gemacht haben?«

Der Mann erbleichte. »Großer Gott, nein! Wofür halt'n Se mich?«

Tellman gab ihm eine aufrichtige Antwort. Für Ausflüchte war es zu spät, und ohnehin hätten alle bezweifelt, dass er damit die Wahrheit sagte. »Ich halte Sie für einen Mann, der anfangs ehrlich war und eine schwere, mitunter auch gefährliche Tätigkeit ausübte, für die man ihn zu schlecht bezahlte und bei der er auf die Loyalität seiner Kollegen angewiesen war. Der Preis dafür war in Ihrem Fall, dass Sie bei Korruption nicht so genau hingesehen haben … kleine Diebstähle, hier und da eine Lüge, Unterschlagung von Beweismaterial, manchmal unnötig harter Einsatz unmittelbarer Gewalt. Eins führt zum anderen, und schließlich steckt man so tief im Sumpf, dass man sich nicht mehr daraus befreien kann.« Mit einem Blick auf das gequälte Gesicht des Mannes forderte er ihn auf: »Sagen Sie mir, dass ich unrecht habe, sagen Sie, dass Sie das von Anfang an so gewollt haben.« Er tat das ungern, denn er wusste, wie hart ihn selbst solche Worte treffen würden, wenn jemand sie zu ihm sagte. »Sagen Sie mir, dass Sie von Ihren Kindern als jemand gesehen werden wollen, der seinem Beruf Schande macht, wenn es hart auf hart kommt. Ihre Kinder sollen es genauso machen wie Sie – unehrlich handeln, betrügen, wenn es zu mühselig wird.«

Der Mann ballte die Fäuste und straffte sich, sodass sich der Uniformstoff spannte. Jetzt lag blanker Hass auf Tellman in seinen Augen, der ihm den Spiegel vorgehalten und ihn als verachtenswerte Gestalt hingestellt hatte. Vergeblich suchte er nach Worten.

»Sie haben mich nach meinen Angehörigen gefragt«, fuhr Tellman fort. »Hatten Sie vor, sie zu bedrohen, weil jemand Ihre bedroht hat?«

Der Mann atmete schwer und kämpfte sichtlich mit sich selbst.

Tellman wartete.

»Natürlich nicht«, sagte er schließlich. »Was glau'm Se eig'ntlich, mit wem Se es hier zu tun ha'm?«

»Mit lauter Ertappten«, sagte Tellman grimmig. »Einer wie der andere.«

Der Mann stieß die Luft aus. »Und was woll'n Se jetz' tun?«

Darüber hatte sich Tellman noch keine Gedanken gemacht. Er musste umgehend antworten, um nicht schwach oder gar töricht zu wirken. »Ihnen allen Gelegenheit geben, die Sache in Ordnung zu bringen«, erwiderte er. »Whicker weiß Bescheid und der Staatsschutz ebenfalls. Falls Sie die Absicht haben sollten, uns aus dem Weg zu räumen, würden Sie damit alles nur noch schlimmer machen. Wer mich umbringt, landet mit Sicherheit am Galgen.«

»Gott im Himmel! Was sag'n …« Der Mann hielt inne. Seinem Gesicht war deutlich anzusehen, dass er nicht im Traum an so etwas gedacht hatte.

Auch Tellman hatte nicht an dergleichen gedacht, als er anfing zu sprechen, aber jetzt konnte er sich nicht mehr herausreden. Im Verlauf weniger Minuten war er von kleinen Diebereien über die unterlassene Meldung eines möglicherweise unbedeutenden Vorfalls, den ein einfacher Polizeimeister mit einer nicht allzu drastischen Disziplinarmaßnahme hätte regeln können, bei Mord und der Todesstrafe gelandet. Wie zum Teufel hatte er die Herrschaft über die Sache so gründlich verlieren können?

Die Erklärung dafür war ganz einfach. Sein Gedankengang war sogar unvermeidbar gewesen, falls Lezant die ihm zur Last gelegte Tat nicht begangen hatte.

»Ihnen bleibt eine Wahl«, sagte er, »aber Sie müssen sich rasch entscheiden. Ab sofort nehme ich auf meinen Wegen einen Wachtmeister als Begleitung mit, damit niemand auf dumme Gedanken kommt.«

Der Mann sah aus wie jemand, den man von hinten niedergeschlagen hatte und der sich unversehens voller blauer Flecken und blutend am Boden wiederfand, ohne zu ahnen, wie er dorthin gekommen war.

Als Tellman die Wache verließ, bemühte er sich, seinen Schritt nicht zu beschleunigen. Man durfte nie jemandem zeigen, dass man Angst hatte.

Er erstattete Pitt einen vollständigen Bericht, nicht nur, weil dieser alle diese Einzelheiten wissen musste, sondern viel mehr noch zu seiner eigenen Sicherheit. Er war entschlossen zu tun, was er den Männern auf der Wache gesagt hatte.

Mit Erleichterung sah er, dass Pitt seine Befürchtungen teilte. Er hatte gesagt, man müsse dem Korruptionsverdacht unbedingt nachgehen, und dabei ein Gesicht gemacht, als sei er von dessen Berechtigung überzeugt, doch jetzt, als er sich bestätigt hatte, bedrückte das Bewusstsein auch ihn. Enttäuschung war selbst dann ein tief gehender und unauslöschlicher Schmerz, wenn die ursprünglichen Annahmen unrealistisch und dazu gedacht waren, die eigenen Träume zu schützen.

Polizeipräsident Bradshaw hatte Pitt erneut zu sich gerufen. Um fünf Uhr nachmittags war es bereits dunkel, und der Raureif warf das Licht der Straßenlaternen zurück, als Pitts Droschke anhielt. Nachdem er den Kutscher entlohnt hatte, überquerte er den eisglatten Gehweg mit vorsichtigen Schritten und stieg die Stufen empor. Sein Atem hing Momente lang sichtbar in der Luft.

Bradshaw wartete in seinem Amtszimmer im ersten Stock auf ihn. Er stand am Fenster und sah auf die Lichter der Stadt, die glänzenden Spiegelungen auf dem Wasser der Themse. Bei Pitts Eintreten wandte er sich zu ihm um. Er war bleich und wirkte ermattet.

»Wie es aussieht, hat Ihr Handlanger Tellman in ein Wespennest gestochen«, sagte er mit einer Stimme, in der Bitterkeit lag. »Haben Sie auch nur einen Augenblick lang bedacht, was Sie da anrichten?«

»Er ist nicht mein Handlanger, Sir«, erinnerte ihn Pitt. »Er gehört der regulären Polizei an und beschäftigt sich mit dieser äußerst unangenehmen Aufgabe genauso ungern wie jeder von uns. Aber seit dem Anschlag am Lancaster Gate bleibt uns nichts anderes übrig.«

»Es gibt immer eine andere Möglichkeit!«, gab Bradshaw zurück, doch in seiner Stimme lag mehr Verzweiflung als Zorn. »Sehen Sie zu, dass Sie die Täter zu fassen bekommen, und bereiten Sie dieser … Hexenjagd ein Ende! Ednam ist tot. Lassen Sie dem Mann doch um Gottes willen noch einen Rest seines guten Namens – um der gesamten Polizei und seiner Angehörigen willen.«

»Die Sache ist äußerst hässlich.«

»Doch wohl kaum hässlicher als tote Polizeibeamte in den Trümmern eines Hauses und Korruptionsvorwürfe gegen die Polizei in der halben Stadt?«, hielt ihm Bradshaw vor. Seine Stimme klang gequält, und in seinem gepeinigten Blick glaubte Pitt Angst zu erkennen.

»Oh doch, Sir«, sagte Pitt ruhig. »Die Toten bleiben tot, an den Verletzungen lässt sich nichts ändern, die Feuer sind gelöscht, und der Schutt ist beiseitegeräumt. Bisher sind die Beschuldigungen bloße Worte. Wenn wir geschickt vorgehen, lassen sich die meisten Fälle ohne strafrechtliche Verfolgung aus der Welt schaffen.«

»Wer die Sprengsätze gezündet hat, muss vor Gericht gestellt werden!« Um seine Entschlossenheit zu unterstreichen, und vielleicht auch, weil er seine übergroße Anspannung durch eine heftige Handlung vermindern wollte, fuhr Bradshaw mit der Hand durch die Luft, als lasse er ein Messer herniederfahren.

»Selbstverständlich«, stimmte ihm Pitt zu. »Ich bezog mich auf die Polizeibeamten, die sich des Diebstahls, der Unterschlagung, des Meineides und unter Umständen auch der

Anwendung übermäßiger körperlicher Gewalt schuldig gemacht haben.«

Bradshaw schloss die Augen und fluchte leise vor sich hin.

»Und ich mich auf die Attentäter, Sie Narr!«, fuhr er Pitt an. »Einen Toten kann man nicht vor Gericht stellen! So wahr mir Gott helfe, Pitt, ich sorge dafür, dass man Sie absetzt, wenn Sie das versuchen sollten – auch ich habe mächtige Freunde.«

Pitt nahm Bradshaw weder die Beleidigung noch die Drohung übel, denn er begriff, dass der Mann am Ende war. Er schien einen tiefen Schmerz zu leiden, über den er nicht sprechen konnte und der nichts mit der Enthüllung der Korruption zu tun hatte.

»Ja, Sir«, sagte er gefasst. »Und die Verhandlung wird öffentlich sein, wie immer, wenn es nicht um Spionage oder Staatsgeheimnisse geht. – Wenn wir den Eindruck erweckten, es handele sich um dergleichen, würde das alles nur noch schlimmer machen, und soweit uns bekannt ist, hat es schließlich auch nichts damit zu tun.«

»Selbstverständlich wird es eine öffentliche Verhandlung geben!« Es gelang Bradshaw nur mit Mühe, seine Stimme zu beherrschen. »Das ist das Wichtigste an der ganzen Sache! Die Menschen müssen Vertrauen zur Polizei haben, müssen sich darauf verlassen können, dass wir unserer Aufgabe gewachsen sind und sie vor Anarchisten, Verrückten und Gewalttätern schützen. Warum zum Teufel muss ich Ihnen das erklären?«

Pitt spürte, wie sich seine Muskeln anspannten, aber da die innere Erregung des anderen so überaus groß war, ließ er ihn gewähren. Er atmete bewusst tief ein und aus, um sich zu beruhigen.

»Der Täter muss einen Grund für seine Handlungsweise gehabt haben, Sir. Der zweite Sprengsatz, der Sachschäden angerichtet, aber niemanden verletzt hat, macht hinreichend deutlich, dass er die Aufmerksamkeit auf etwas lenken möchte und bereit ist, dazu sehr weit zu gehen.«

»Etwa so weit, dass man ihn hängt?«, fragte Bradshaw überrascht.

»Ja, Sir, das nehme ich an.«

Mit einem Anflug von Hoffnung in der Stimme erkundigte sich der Polizeipräsident: »Ist der Mann verrückt? Wissen Sie das mit Sicherheit?«

»Wenn es der ist, den ich im Auge habe, ist er opiumsüchtig. Wissen Sie etwas über schwere Opiumsucht, Sir?«

Das Gesicht des Mannes wurde aschfahl, und einen Augenblick lang fürchtete Pitt, er werde ohnmächtig. Doch als er einen Schritt vortrat, um ihn notfalls aufzufangen, straffte sich Bradshaw, der seine Selbstbeherrschung wiederzuerlangen schien.

»Was … was reden Sie da?«, stieß er mit unnatürlich hoher Stimme hervor. Er räusperte sich und fuhr etwas ruhiger fort: »Wollen Sie damit sagen, dass einer unserer Männer … oder gar mehrere … drogensüchtig sind? Das bezweifle ich entschieden.«

Als hätte er Bradshaws Erregung nicht bemerkt, bemühte sich Pitt, das Gespräch auf einer sachlichen Ebene zu halten.

»Nein, Sir, das dürfte keiner von ihnen sein«, sagte er betont ruhig. »Wohl aber, und zwar ohne eigenes Verschulden, der Mann, der die Anschläge verübt hat.«

»Opiumsucht macht niemanden gewalttätig, Pitt. Ich weiß nicht, wie Sie auf diesen Gedanken verfallen konnten. Es ist Unsinn – gefährlicher Unsinn. Ein Mann in Ihrer Position und dann so … unwissend.« Er spie das Wort förmlich aus. Sogleich schien er seinen Ausbruch zu bedauern. »Es tut mir leid … das war …«

»Die möglichen Gründe für eine Opiumsucht sind mir bewusst«, sagte Pitt rasch, um die Situation zu retten. »Häufig wird das Mittel zur Linderung schwerer Schmerzen verschrieben. Manchen Menschen gelingt es mühelos, darauf zu verzichten, wenn die Schmerzen abgeklungen sind; andere werden schon nach einer einzigen Dosis süchtig. Ich hatte das nur erwähnt, weil ich denke, dass der Attentäter nicht durch eigenes Verschulden süchtig geworden ist.«

»Opium macht niemanden gewalttätig!«, wiederholte Bradshaw mit Nachdruck. Alles Blut schien aus seinem Gesicht gewichen zu sein.

Pitts Gedanken jagten sich. Der Mann sprach so hitzig, dass man annehmen musste, ein ihm nahestehender Mensch sei Opfer einer solchen Sucht gewesen oder sei es immer noch. Vielleicht ein Sohn und ebenso geschädigt wie Alexander Duncannon? So etwas war vermutlich für Eltern entsetzlich, aber für jemanden bei der Polizei, der in der rauen Wirklichkeit die Folgen davon mit all ihren Begleiterscheinungen zu sehen bekam – den Schmerzen, den Albträumen, dem Ekel, den Ängsten und der Verzweiflung –, musste das noch weit schlimmer sein. Sofern das überhaupt möglich war.

Wie sollte er mit dieser Situation umgehen? Sagen, dass er Verständnis hatte? Das wäre rein theoretisch, da er die wirkliche Situation nicht kannte. Oder so tun, als habe er nichts mitbekommen? Dem Mann die Illusion lassen, dass kein Außenstehender davon wisse?

Bradshaw erwartete von ihm, dass er etwas sagte.

»Nein, Sir. Ich halte es für möglich, dass es zu diesen Anschlägen gekommen ist, weil ein Freund des Mannes Opfer der Korruption in der Polizei geworden ist. Jedenfalls nimmt er das an. Diesen Freund, der ebenfalls opiumsüchtig war, hat man auf die Aussage von Polizeibeamten hin wegen eines

Verbrechens, das er nach Ansicht jenes Mannes nicht begangen hatte, vor Gericht gestellt, verurteilt und gehängt. Seither hat der Mann immer wieder zu erreichen versucht, dass der Fall neu aufgerollt wird, aber niemand will auf ihn hören. Jedenfalls ist das seine Überzeugung.«

Bradshaw räusperte sich erneut, als traue er seiner Stimme nicht. »Und … verhält es sich so?«

»Das weiß ich nicht. Er glaubt es. Das hat ihm als Motiv für seine Taten genügt.«

»Leidet er nach wie vor an der Sucht?«

»Ja. Sie richtet ihn zugrunde, und das ist ihm auch bewusst. Er hat daher nicht viel zu verlieren.«

»Armer Kerl. Wissen Sie, wer ihm das Zeug beschafft?«, fragte Bradshaw fast im Flüsterton.

»Nein. Er ist nicht bereit, es mir zu sagen. Das wundert mich auch nicht, denn dieser Mann steht zwischen ihm und den Qualen des Entzugs, und soweit ich weiß, kann ein solcher Entzug zu einem entsetzlichen Tod führen, wenn er zu plötzlich erfolgt.«

»So ist es«, sagte Bradshaw mit belegter Stimme. »Man kann nicht von ihm erwarten, dass er den Namen des Mannes preisgibt.«

Pitt zögerte eine Weile, während er überlegte, was er sagen könnte, was nicht so oberflächlich klang, als habe er weder Verstand noch Herz. Seine Vermutung, dass es in Bradshaws Leben jemanden gab, der eine solche private Hölle durchlitt, festigte sich immer mehr.

»Was werden Sie jetzt tun?«, fragte Bradshaw.

»Ich weiß nicht«, gab Pitt zurück. »Zuvor muss ich mich vergewissern, dass die Dinge so liegen, wie ich vermute.«

»Und wenn sich herausstellt, dass das der Fall ist?«

»Werde ich ihn festnehmen. In der Untersuchungshaft werde ich dafür sorgen, dass ihm der Polizeiarzt genug Opium gibt, um seine Schmerzen erträglich zu machen. Ich kann ihn nicht frei herumlaufen lassen, denn er würde erneute Anschläge verüben. Er will um jeden Preis eine Wiederaufnahme des Falles erreichen.«

»Sie haben gesagt, dass man den anderen gehängt hat!«

»Ja. Der Mann hat nichts anderes im Sinn, als dessen Namen reinzuwaschen.«

»Wer ist es?«

»Das sage ich Ihnen, sobald ich weiß, dass meine Annahme zutrifft, Sir. Bis dahin muss ich seine Angehörigen vor jedem Hauch eines Skandals bewahren.«

Bradshaws Gesicht war grau.

»Seien Sie um Gottes willen vorsichtig. Gehen Sie ohne Rücksicht gegen jeden vor, der Opium oder andere Drogen verkauft. Wer solchen Leuten lediglich droht, den bringen sie um. Das ist mein Ernst, Pitt. Das tun sie wirklich!«

»Ja, das kann ich mir gut vorstellen«, pflichtete ihm Pitt bei.

Bradshaw setzte an, um etwas zu sagen, unterließ es dann aber.

Pitt beendete die peinliche Situation, indem er sich verabschiedete und ging. Er war erschöpft von seinem Mitgefühl für Alexander, für dessen Angehörige, aber auch für Bradshaw, der seiner festen Überzeugung nach in einer ähnlichen Hölle gefangen saß, aus der es kein Entkommen gab, es sei denn durch den Tod.

Während er die Stufen zur Straße hinabging, war ihm bewusst, dass ein solcher Kummer jeden treffen konnte. Glück war ein unsicherer Zustand und unendlich kostbar.

KAPITEL 11

Diesmal war es noch schwieriger, mit Alexander Verbindung aufzunehmen, aber Pitt musste unbedingt mit ihm sprechen. Er konnte die Festnahme nicht viel länger hinausschieben, und danach würde er keine Gelegenheit mehr haben, ihn zu befragen und Auskünfte zu den wichtigen Punkten zu bekommen, die ihm noch fehlten.

Hatte der junge Mann wirklich immer wieder versucht, eine Neuverhandlung des Falles Lezant zu erreichen, ohne dass jemand auf ihn gehört hatte? In welchem Verhältnis stand sein schon lange gärender Zorn, von dem angeblich niemand etwas hatte wissen wollen, zu seinen Fantasievorstellungen, die er nach dem Bombenanschlag immer wieder heraufbeschworen hatte?

Hätte er sich womöglich die Gewalttat eines anderen zunutze gemacht, um die ihm ständig verweigerte Aufmerksamkeit zu erhalten? Das war möglich. Pitt musste es genau wissen. Er rechnete nicht damit, dass Alexander es ihm sagen würde, doch wenn er ernsthaft wollte, dass man ihm Glauben schenkte, würde er imstande sein, Pitt eine Liste derer zu geben, mit denen er gesprochen hatte, zusammen mit Orts- und ungefähren Zeitangaben. Die könnte Pitt dann überprüfen. Und eine Handschriftenprobe Alexanders ließe sich mit den der Polizei zugespielten Mitteilungen jenes geheimnisvollen Anno Domini vergleichen. All das musste nachgeprüft werden. Ganz oben auf der Liste stand die Frage nach der Identität des Drogenverkäufers, der dort, wo man Tyndale erschossen hatte, nicht aufgetaucht war. Warum nicht? Woher hatte Ednam überhaupt von dem geplanten Zusammentreffen gewusst? Wesentliche Elemente fehlten da noch.

Auf jeden Fall musste Pitt Beweise dafür finden, dass sich Alexander in der Tat um eine Wiederaufnahme des Falles Dylan Lezant bemüht und versucht hatte, bei den zuständigen Stellen Gehör zu finden.

Außerdem gab es selbstverständlich noch weitere Punkte zu berücksichtigen. Anfangs hatte Pitt ernsthaft überlegt, ob das Attentat am Lancaster Gate das Werk raffinierterer Anarchisten war als jener, die der Staatsschutz kannte, und ob es ihn von einer anderen Sache ablenken sollte, die an einem anderen Ort geplant war. Das konnte alles Mögliche sein, Entwendung geheimer Dokumente, ein Mordanschlag, Militär- oder Industriespionage. Die Liste der Möglichkeiten war lang.

Inzwischen allerdings war er so gut wie überzeugt davon, dass Alexander Duncannon, der körperliche und seelische Höllenqualen litt, im Bewusstsein dessen, dass sein Leben nicht mehr lange dauern würde, entschlossen war, seinen Freund zu rehabilitieren. Noch wichtiger war es ihm möglicherweise, ob bewusst oder unbewusst, sein eigenes Entkommen und – unter Umständen nur vorläufiges – Überleben zu rechtfertigen. Mit seinem Namen war kein schändliches Verbrechen verbunden, während man Dylan Lezant wegen Mordes gehängt hatte.

Schließlich stieß Pitt gegen elf Uhr abends auf Alexander, der rund hundert Schritt von seiner Wohnung entfernt schwankend an einem Laternenmast lehnte, gegen den er gelaufen war.

Pitt fror, er war müde und gereizt. Es war das dritte Mal, dass er dort vorüberkam, und er hatte kurz davorgestanden, aufzugeben und nach Hause zu gehen.

Als er im geisterhaften Licht der Laterne Alexanders bleiches Gesicht sah, schwand sein Zorn. Er trat vor und fasste ihn an beiden Armen, als rechnete er damit, dessen ganzes Gewicht auffangen zu müssen.

»Alexander!«, sagte er. »Alexander!«

Dieser sah ihn mit stierem Blick an, doch nach einer Weile erkannte er ihn. »Oh, Sie sind das. Was wollen Sie jetzt wieder?« Seine Stimme klang nicht aggressiv, lediglich unendlich müde.

»Wann haben Sie zuletzt etwas gegessen?«, fragte Pitt.

»Keine Ahnung. Warum? Spielt das eine Rolle?«

Pitt hätte das nicht sagen können. Essen nützte einem Menschen nicht besonders viel, der es nicht lange genug im Magen behalten konnte, um es zu verdauen.

»Kommen Sie mit«, sagte er mit fester Stimme, um ihm klarzumachen, dass eine Weigerung zwecklos wäre. »Wärmen Sie sich zumindest auf. Ganz in der Nähe ist ein Lokal, das die ganze Nacht geöffnet hat.«

Wieder sah ihn Alexander an. »Was wollen Sie?«

»Einzelheiten. Ich möchte alles wissen, was Sie getan haben, um zu erreichen, dass man Ihnen zuhört und sich noch einmal mit dem Fall Lezant beschäftigt.«

»Warum?« Nach wie vor an den Laternenmast gelehnt, sah ihn Alexander unverwandt an. Seine Augen öffneten und schlossen sich einige Male. Vielleicht versuchte er, sich zu konzentrieren.

»Ich möchte wissen, wer sich geweigert hat, Sie anzuhören«, gab Pitt zur Antwort.

Alexander zuckte die Achseln. »Wen interessiert das jetzt noch?«

»Mich.«

Alexander sackte in sich zusammen, und Pitt musste ihn festhalten, damit er nicht auf dem Boden landete. Es würde sehr schwer sein, ihn von da wieder hochzubekommen.

»Kommen Sie mit!«, sagte er mit scharfer Stimme. »Sie holen sich hier in der Kälte ja den Tod. Kommen Sie mit, und wärmen Sie sich da drinnen auf. Trinken Sie wenigstens eine Tasse heißen Tee.«

Alexander ließ zu, dass Pitt ihm aufhalf. Vielleicht hatte er nicht mehr genug Kraft, sich zu widersetzen.

Eine halbe Stunde später hatten sich beide in der angenehmen Atmosphäre eines Arbeiterlokals, das die ganze Nacht hindurch geöffnet war, mit übermäßig starkem und zu sehr gesüßtem heißem Tee aufgewärmt. Während es Pitt vorkam, als müsse er daran ersticken, schien Alexander gar nicht zu merken, wie das Getränk schmeckte. Dazu aß er ein halbes Schinkensandwich, was ihm gutzutun schien.

Mit fragendem Blick erkundigte er sich: »Warum wollen Sie das denn so genau wissen? Haben Sie die Absicht, mich vor Gericht zu stellen? Nein, natürlich nicht – Sie brauchen das als Beweismittel, nicht wahr? Weil mich Ednam und seine Männer nicht beachtet haben, hatte ich ein Motiv, sie zu töten. Wenn ich damals Beweise gehabt hätte, wären sie – und nicht Dylan – an den Galgen gekommen.« Er sah unsicher beiseite. Ihm schien aufgegangen zu sein, dass er einen Fehler begangen hatte. »Nein … das ist die falsche Reihenfolge, nicht wahr? Ich habe mich nach seinem Tod immer wieder bemüht zu erreichen, dass man mir zuhört. Jetzt soll ich hingerichtet werden, nicht wahr … wegen des Bombenanschlags? Ich hatte ja ein Motiv. Aber warum hätte ich das tun sollen?« Er schüttelte kaum wahrnehmbar den

Kopf. »Niemand hat mich gesehen. Es gibt keine Beweise – sonst hätten Sie mich längst festgenommen.«

Pitt sah ihn über den schmalen Holztisch hinweg an, den Öllampen an beiden Enden schwach erhellten. Die scharfen Schlagschatten ließen Alexanders Gesicht beinahe gespenstisch erscheinen.

Pitt lächelte. »Das hätte ich in der Tat. Aber war das nicht Ihre Absicht? Warum sonst hätten Sie dann ein weiteres Haus in die Luft gesprengt?«

»Wissen Sie denn, ob ich das war?« Alexanders Gesichtsausdruck war undurchdringlich. Er ließ sich ebenso gut als spöttisch wie als tragisch deuten.

»Aber ja. Ich habe Ihr Taschentuch gefunden, das Sie dort haben liegen lassen. Aber ganz von dem abgesehen, was Sie wollen, möchte ich in Erfahrung bringen, wer Tyndale erschossen hat und warum, ob es ein unglücklicher Unfall war oder ob Absicht dahintersteckte. Vor allem aber möchte ich wissen, ob Polizeibeamte mit voller Absicht einen schuldlosen Mann an den Galgen gebracht haben.«

Bei dem Wort »Galgen« zuckte Alexander zusammen. Pitt erkannte, wie tief die innere Qual in ihm saß und dass Alexander nicht ruhen noch rasten würde, bis die Wahrheit am Tag lag, sofern er nicht vorher starb.

Pitt musste sich eingestehen, dass der Schatten des Todes bereits erkennbar über ihm lag. Es hatte keinen Sinn, die Augen davor zu verschließen. Zorn und Mitleid überwältigten ihn gleichermaßen. Er würde alles tun, was er konnte, um zu erreichen, dass Alexander noch mitbekam, wie Gerechtigkeit hergestellt wurde.

»Nennen Sie mir jeden, den Sie aufgesucht haben«, drängte er, »sowie die Menschen, mit denen Sie vergeblich zu sprechen versucht haben. Wenn es Ihnen möglich ist, auch, wann das ungefähr war.«

Alexander nickte und lächelte, als Pitt Notizbuch und Bleistift herausnahm.

Am nächsten Morgen erwachte Pitt nach nur fünf Stunden Schlaf, und nachdem er eine Tasse Tee heruntergestürzt hatte, machte er sich daran, jeden aufzusuchen, den ihm Alexander genannt hatte.

Der Erste war ein gewisser Lessing, der bei Gericht für die Bearbeitung von Einsprüchen zuständig war. Wegen seiner herausgehobenen Position, die er in diesem Fall nach Kräften zu nutzen gedachte, bekam Pitt sofort einen Termin bei ihm.

»Mir will sich nicht erschließen, was diese Angelegenheit mit der Sicherheit des Landes zu tun haben könnte«, sagte Lessing gereizt. »Wir haben auch so schon reichlich zu tun.«

»In dem Fall sollten wir Ihre wertvolle Zeit nicht mit Erklärungen darüber vergeuden, warum ich Ihnen die Gründe für mein Ersuchen vorerst nicht nennen kann«, gab Pitt scharf zurück, ohne eine Miene zu verziehen. »Hat Alexander Duncannon oder eine andere Person bei Ihnen den Antrag gestellt, sich genauer mit den Umständen des Falles Dylan Lezant zu beschäftigen?«

»Das festzustellen wird eine Weile dauern …«, gab Lessing mit erkennbarem Widerwillen zu bedenken.

Pitt nannte ihm das Datum und die ungefähre Tageszeit von Alexanders Besuch in der Dienststelle.

Lessing sah ihn verärgert an. »Wozu fragen Sie mich, wenn Sie es offenbar schon wissen?«, versuchte er Pitt sarkastisch abzufertigen.

»Ich weiß lediglich, was man mir gesagt hat«, gab Pitt zurück. »Von Ihnen erwarte ich, dass Sie mir das bestätigen oder es widerlegen können. Am besten anhand von Aktenvermerken, über die Sie doch wahrscheinlich verfügen?«

»Wir geben keine Unterlagen heraus.« Lessing sah Pitt ungehalten an. Offensichtlich erwartete er von einem Mann in dessen Position, dass ihm das bekannt war und man es ihm nicht eigens zu sagen brauchte.

»Ich möchte sie lediglich lesen, aber nicht mitnehmen!« Pitt sah ihm fest in die Augen. »Ich empfehle Ihnen, weder meine noch Ihre Zeit zu vergeuden, Mr. Lessing. Wurde ein solcher Antrag gestellt, ja oder nein?«

»Wir führen nicht Buch über jeden belanglosen Antrag, den jemand hier stellen will …«, begann Lessing.

Pitt hob die Brauen. »Der Staatsschutz betrachtet Korruption in den Reihen der Polizei nicht als belanglos, Mr. Lessing. Schon gar nicht, wenn es dabei um ein Tötungsdelikt in Tateinheit mit Meineid und Justizmord geht. Inzwischen ist mehrfacher Mord bei einem Bombenanschlag hinzugekommen. Wir betrachten den Fall als äußerst schwerwiegend … Sie verstehen.«

Lessing war bleich geworden, und er war wütend, weil er sich von Pitt hereingelegt fühlte.

»Es ging dabei um einen ziemlich leicht erregbaren jungen Mann, der achtbare Polizeibeamte beschuldigte, bei einem Drogengeschäft, für das es mindestens vier Zeugen gab, einen Zufallspassanten erschossen zu haben«, sagte er in einem Atemzug. »Doch da gab es nichts zu ermitteln, denn ein Geschworenengericht hatte den Täter ordnungsgemäß schuldig gesprochen, woraufhin er nach dem Richterspruch hingerichtet wurde. Hinzu kam, dass der junge Mann, der die Beschwerde vortrug, ganz eindeutig unter Drogeneinfluss stand. Er konnte sich kaum auf den Beinen halten und sprach so undeutlich, dass man ihn mitunter kaum verstand. Angesichts der Art, wie er von dem Gehenkten sprach, konnte man glauben, er sei sein Liebhaber gewesen«, sagte er voll Abscheu.

»Ich kenne den Beschwerdeführer«, sagte Pitt mit kaum beherrschter Wut in der Stimme, weil er sich Alexanders Qualen gegenüber hilflos fühlte. »Es handelt sich um einen jungen Mann aus bestem Hause, dessen Vater hohes Ansehen in der Gesellschaft genießt. Bedauerlicherweise hat er eine schwere Verletzung erlitten, von der er sich nie erholen wird. Übermäßige Schmerzen können ein sprunghaftes oder unberechenbares Verhalten bewirken. Man hat ihm Drogen verschrieben, um seine Schmerzen wenigstens zeitweise erträglich zu machen. Der zum Galgen Verurteilte war ein Leidensgefährte und für ihn wie ein Bruder. Auch wenn Sie so etwas möglicherweise nicht kennen, ist es bedauerlich, dass Sie die Situation so deuten, wie Sie es getan haben. Es sagt mehr über Sie selbst aus als über die beiden jungen Männer.«

Flammende Röte stieg Lessing ins Gesicht, aber er hütete sich, dem Leiter des Staatsschutzes gegenüber die Beherrschung zu verlieren. Das überraschte Pitt nicht sonderlich. Er hatte oft genug aufflackernde Angst in den Augen von Männern gesehen, die es mit Victor Narraway zu tun gehabt hatten, es selbst aber noch nie so deutlich erlebt. Er empfand das als befriedigend und zugleich als beunruhigend. Hoffentlich würde er sich nie daran gewöhnen.

»Sind Sie der Sache nachgegangen?«, erkundigte er sich mit einem Lächeln, das eher wie ein Blecken der Zähne aussah.

»Dazu gab es keinen Grund«, erwiderte Lessing in höhnischem Ton. »Immerhin war der Fall rechtskräftig abgeschlossen.«

»Ich dachte, Sie sind hier für Rechtsmittel zuständig? Entscheiden Sie stets ohne weitere Ermittlungen, dass ein Urteil unanfechtbar ist? In dem Fall scheint mir Ihre Existenz hier überflüssig zu sein!«

»Natürlich nicht! Aber die Erfahrung lehrt, dass Anträge auf Neuverhandlung in der Regel unbegründet sind. Die ›zwölf rechtschaffenen Männer‹ des Schwurgerichts treffen gewöhnlich die richtige Entscheidung. Stellen Sie den Urteilsspruch von Geschworenen stets infrage?« Mit offensichtlicher Genugtuung äffte er den Ton von Pitts Frage nach.

»Nun, immer dann, wenn er mir nicht einleuchtend erscheint.«

»In diesem Fall war er ganz und gar einleuchtend«, entgegnete ihm Lessing. »Lezant wollte Opium kaufen, um seine Sucht zu befriedigen. Er hatte sich mit seinem Lieferanten in einer abgelegenen Gasse verabredet. Als er sah, dass dort Polizeibeamte auf ihn warteten, geriet er in Panik, schoss auf sie und traf dabei unglücklicherweise einen Passanten tödlich – immer vorausgesetzt, dass dieser nicht der Opiumlieferant war.«

»Sie verleumden einen Unschuldigen, Mr. Lessing«, teilte ihm Pitt kalt mit. »Die Behörden haben Mr. Tyndale nach allen Regeln der Kunst unter die Lupe genommen und mussten ihm einen einwandfreien Leumund bescheinigen. Nebenbei bemerkt, habe ich kürzlich eigene Nachforschungen angestellt und kann dieses Ergebnis nur bestätigen.« Mit dem »einwandfreien Leumund« übertrieb er ein wenig, was an seinem großen Ärger über Lessing lag. Zwar gab es nichts, was gegen Tyndale gesprochen hätte, doch war es keineswegs unmöglich, dass er auf die eine oder andere Weise in den Fall verwickelt war.

»Von mir aus war er lediglich ein Zufallspassant«, sagte Lessing, der ebenso verärgert war wie Pitt. »In dem Fall ist es umso tragischer, dass Lezant ihn erschossen hat.«

»Warum hätte er das tun sollen? Tyndale stand der Polizei gegenüber – und zwar hinter Lezants Rücken«, sagte Pitt.

Lessing riss überrascht die Augen auf. »Tatsächlich? Woher wollen Sie das wissen?«

Da Pitt ihm unmöglich sagen konnte, dass er diese Information von Alexander hatte, erklärte er: »Das geht aus dem Beweismaterial hervor. Wenn Sie die Akten gründlich gelesen hätten, wären Sie von selbst darauf gekommen. Zu der Gasse führt ein schmaler Weg, der Tyndale eine Abkürzung von seinem Haus zur Hauptstraße ermöglichte. Er kam auf dem Heimweg über diesen Weg auf die Gasse zu. Wenn Sie sich selbst ansehen, wo die Kugeln in eine Hauswand eingeschlagen sind, und sie in Beziehung zu der Stelle setzen, wo Tyndale zu Boden gestürzt ist, werden Sie erkennen, dass sich Tyndale hinter Lezant befand und allen fünf Polizeibeamten gegenüberstand.«

»Wollen Sie damit sagen, dass fünf Polizeibeamte gelogen haben und ein hysterischer Opiumsüchtiger, der nicht einmal dabei war, die Wahrheit sagt?«, fragte Lessing entgeistert. »Sie sind ja verrückt! So etwas kann nur ein …« Ein Blick auf Pitts Gesicht veranlasste ihn, den Rest seines Satzes herunterzuschlucken.

»Wenn Sie den Tatort aufsuchen, statt die Berichte über den Vorfall zu lesen«, teilte ihm Pitt mit ruhiger und gemessener Stimme mit, »werden Sie sehen, dass die Aussagen der Polizeibeamten keinen Sinn ergeben. Übrigens sagt Alexander Duncannon, dass er sehr wohl dort war. Er hatte das Geld für den Opiumkauf dabei.«

»So, hat er das gesagt?«

»Ja.«

»Und Sie haben ihm das natürlich abgenommen!« Wieder lagen Spott und Hohn in Lessings Stimme. »Ist das nicht ein wenig … leichtgläubig von Ihnen … Sir?«

»Nun, Lezant jedenfalls hatte das Geld nicht«, erläuterte Pitt. »Das wissen wir von der Polizei, die bei seiner sofortigen

Festnahme eine Liste von allem angefertigt hat, was er bei sich trug. Außer der Pistole, die angeblich ihm gehörte, war das ein Taschentuch und der Betrag von einem Pfund, siebzehn Shilling und sechs Pence in kleiner Münze – aber weder Opium noch Geld, das zum Kauf einer wie auch immer gearteten Menge von Opium ausgereicht hätte. Wenn sonst niemand da war, kein Verkäufer, kein Begleiter, woher hätte dann das Geld oder das Opium kommen sollen?«

»Tyndale …« Kaum hatte Lessing den Namen genannt, als er seinen Fehler erkannte.

»Meinen Sie?« Pitt riss die Augen übertrieben weit auf, um seine Verwunderung auszudrücken. »Hatte er denn das Opium, das Geld oder gar beides? In dem Fall wüsste ich gern, warum das nie aufgetaucht ist. Die Polizei hat kein Wort darüber verloren. Wie ich sehe, haben Sie es nicht für nötig gehalten, dieser auffälligen Unstimmigkeit nachzugehen.«

Lessing schäumte innerlich, musste sich aber eingestehen, dass Pitt in diesem Punkt recht hatte.

»Das weiß ich nicht. Immerhin liegt der Fall zwei Jahre zurück. Fehler kommen von Zeit zu Zeit vor …«, wandte er ein.

»Mit dem Ergebnis, dass jemand gehängt wird?«, fragte Pitt mit unverhülltem Sarkasmus. »Das geht ja wohl über einen ›Fehler‹ hinaus, Mr. Lessing. Ich denke, dass Sie ausführlich Rechenschaft darüber werden ablegen müssen, warum Sie der Sache damals nicht nachgegangen sind.«

Lessings Mund wurde zu einer schmalen Linie. »Sofern der Lordkanzler und der Lord Oberrichter das verlangen, werden wir sicherlich tun, was wir können«, knurrte er verdrossen. »Jetzt aber warten andere Dinge auf mich.«

Pitt notierte sich in seinem Notizbuch etwas unten auf der Seite und schloss es dann. »Auf mich ebenfalls«, gab er mit einem trübseligen Lächeln zurück. »Und zwar eine ganze Menge!«

Nacheinander suchte er all jene auf, bei denen Alexander vergeblich Gehör zu finden versucht hatte. Nur wenige traten ihm mit so unverhüllter Feindseligkeit gegenüber wie Lessing, aber letzten Endes reagierten alle gleich.

»Er hat mir leidgetan«, sagte Green, der Urkundsbeamte in der Kanzlei von Lezants Verteidiger, in betrübtem Ton. »Ich habe ihn für einen ordentlichen jungen Mann gehalten, den der Tod seines Freundes schrecklich mitgenommen hat. Er war ganz sicher, dass der die Tat auf keinen Fall begangen hatte.« Kopfschüttelnd fügte er hinzu: »Ich kann nur hoffen, dass ich einen so treuen Freund habe, wenn ich je in Schwierigkeiten geraten sollte. Aber wir konnten nichts für ihn tun. Er hat uns als Honorar all sein Geld angeboten, übrigens eine ganze Menge. Aber es gab wirklich nicht den geringsten Grund, den Fall wieder aufzunehmen. Ich wünschte, es hätte einen gegeben, denn ich hätte ihm allein schon deshalb gern geholfen, weil er so verzweifelt war.«

»Gab es tatsächlich keinen Grund?«, fasste Pitt nach.

»Juristisch nicht. Vielleicht auf moralischer Ebene«, räumte Green ein. »Wenn jemand einer Tat für schuldig befunden ist, gibt es nur zwei Möglichkeiten, Einspruch zu erheben: wenn ein Verfahrensfehler vorliegt, was hier nicht der Fall war, oder wenn neue Beweismittel beigebracht werden können, was hier ebenfalls nicht gegeben war. Es tut mir leid.« Seinem Gesichtsausdruck nach bekümmerte ihn die Sache tatsächlich. Pitt fragte sich, wie viele verzweifelte Angehörige der Mann schon hatte abweisen müssen, Menschen, die nicht glauben konnten, dass einer der Ihren, ob Gatte, Sohn oder auch die Ehefrau, ein Verbrechen auf sich geladen hatte, das wegen seiner Schwere mit dem Tod bestraft wurde.

Alles, was man Pitt berichtete, ob es voll Mitgefühl oder ohne vorgetragen wurde, betrübt oder uninteressiert, zeigte ihm das Bild eines körperlich und seelisch leidenden einsamen, idealistischen und gefühlvollen jungen Mannes, der sich bis zur Erschöpfung darum bemüht hatte, seinen Freund zu retten, beziehungsweise, nachdem man Lezant hingerichtet hatte, wenigstens dessen Ruf wiederherzustellen.

Pitt prüfte jeden Namen und jede Dienststelle nach, die ihm Alexander genannt hatte. Dabei zeigte sich, dass Alexander dort überall vorgesprochen hatte und unter diesem oder jenem Vorwand abgewiesen worden war. Alle hatten erklärt, sie seien nicht imstande oder nicht bereit, etwas für ihn zu tun. Niemand hatte die Sache an eine höhere Stelle verwiesen, nirgendwo hatte man es für nötig gehalten, sich den Fall noch einmal genauer anzusehen oder den Bericht der Polizeibeamten anzuzweifeln.

Hätte man der Sache weiter nachgehen, die Fakten einer neuen Überprüfung unterziehen, die Zeugen noch einmal befragen müssen? Das wäre auf jeden Fall Lessings Pflicht gewesen. Er hatte sich für die einfachste Lösung entschieden und es für richtig gehalten, die Unstimmigkeiten nicht zu beachten. Sein Gegenpol war Green, der bedauerte, dass ihm die Hände gebunden waren. Die Fehler waren bei der Polizei zu suchen, möglicherweise auch bei der Verhandlungsführung, aber keinesfalls bei den Gesetzen.

Am Ende des dritten Tages seiner Nachforschungen saß Pitt in seinem Wohnzimmer am Kamin und ging alles durch, was er in Erfahrung gebracht hatte. Angefangen hatte es mit den fünf Polizeibeamten: Ednam, Newman, Hobbs, Yarcombe und schließlich Bossiney. Deren unmittelbare Vorgesetzte hatten den ungeheuerlichen Vorfall vertuscht, und niemand hatte die Hintergründe ernsthaft infrage gestellt.

Gab es noch weitere Stellen, an denen so etwas geschah? Am liebsten hätte er sich diese Frage nicht gestellt, aber sie war jetzt unausweichlich.

Während er darüber nachdachte, klopfte es an der Haustür. Da Charlotte oben war, um mit Jemima zu sprechen, ging Pitt öffnen und sah, dass Jack Radley davorstand. Trotz seines dicken Wintermantels wirkten seine Schultern gebeugt, was in keiner Weise zu seinem sonstigen eleganten Auftreten passte.

Pitt bat ihn herein, hängte den Mantel in der Diele auf und ging mit Jack ins Wohnzimmer. Statt Tee bot er ihm Whisky an, den dieser jedoch ablehnte. Er setzte sich in Charlottes Sessel vor den Kamin, hielt die Füße dicht ans Feuer und kam ohne Umschweife zur Sache.

»Wie du weißt, arbeite ich gemeinsam mit Godfrey Duncannon an dem Vertrag für die Einrichtung eines britischen Freihafens an der chinesischen Küste …«, begann er.

Pitt nickte wortlos.

Jack lächelte trübselig. »Ich habe meine früheren Fehleinschätzungen anderer nicht vergessen. Nur ein Dummkopf lässt sich zweimal bei demselben Fehler erwischen, und es geschähe mir recht, wenn man mich in einem solchen Fall vor die Tür setzte. Es gibt da gewisse Kleinigkeiten, die mir Sorgen machen. Vielleicht haben die ja nichts zu bedeuten, und ich mache mir grundlos Sorgen, was vermutlich genauso schlimm ist wie das Gegenteil, und trotzdem würde ich gern mit dir darüber sprechen. Das bleibt doch unter uns?«

Unter der gespielten Munterkeit seines Schwagers erkannte Pitt dessen Anspannung.

»Das versteht sich von selbst. Sollte sich allerdings daraus ergeben, dass ich von Amts wegen tätig werden muss, kann ich keine Garantie dafür übernehmen, dass niemand errät, wer dahintersteckt. Worum geht es?«

»Emily ist es früher aufgefallen als mir«, sagte Jack gleichsam entschuldigend. »Duncannon und Josiah Abercorn setzen sich beide, wenn auch aus unterschiedlichen Gründen, mit großem Nachdruck für den Vertrag ein. Für Duncannon wäre ein Erfolg die Krönung seiner Laufbahn, für Abercorn hingegen, der gut und gerne zwanzig Jahre jünger ist, eine Investition in die Zukunft, mit der er ein Vermögen machen kann, das ihn materiell absichert und ihm zugleich eine politische Karriere eröffnet, bei der er von kaum jemandem abhängig wäre. Er ist auf dem besten Weg, einen sicheren Sitz im Unterhaus zu bekommen.«

Verwirrt sagte Pitt: »Um das zu erfahren, bist du doch nicht auf Emily angewiesen. Wo drückt dich der Schuh?«

Jack hielt den Blick auf seine Hände gesenkt. »Ich hatte immer angenommen, dass es lediglich um den Altersunterschied und die Herkunft aus einer anderen Gesellschaftsschicht geht. Abercorn hat keinen rechten familiären Hintergrund; seine Mutter lebt nicht mehr …«

»Komm zur Sache, Jack.«

»Er hasst Duncannon.« Er hob den Kopf. »Das ist ein ziemlich krasses Wort, aber genauso meine ich es. Nachdem mich Emily darauf hingewiesen hatte, konnte ich das an vielen Kleinigkeiten erkennen. Es klingt unerheblich, aber es kommt zusammen. Eine bestimmte Art Abercorns zu sprechen, sein Gesichtsausdruck, wenn er sich unbeobachtet glaubt, doppeldeutige Bemerkungen, die höflich wirken, bis man den dahinter verborgenen Sinn erkennt. Anfangs hatte ich vermutet, all das hinge mit seinem Mangel an Weltläufigkeit zusammen, bis ich Blicke von ihm auffing, ein gewisses höhnisches Lächeln, das sofort verschwindet, wenn er merkt, dass man zu ihm hinsieht. Mir ist klar, dass das widersinnig klingt, aber seit er weiß, dass ich das mitbekommen habe, geht er mir aus dem Weg und ist sehr viel vorsichtiger als früher, wenn wir uns zu dritt wegen des Vertrags besprechen.«

»Weiß Godfrey Duncannon davon? Zieht er dieselben Schlüsse daraus wie du?«

Jack lächelte. »Dem ist es völlig gleichgültig, was jemand von ihm denkt, solange die Leute spuren. Und das tut Abercorn, jedenfalls im Augenblick.«

»Abneigung kann die verschiedensten Gründe haben«, gab Pitt zu bedenken. »Könnten Schulden dahinterstecken? Eine Frau? Hat Duncannon möglicherweise gegen Abercorn gestimmt, als der sich für die Aufnahme in einen Club beworben hat, dem er glaubte angehören zu müssen? Manchen Menschen sind solche Dinge ungeheuer wichtig, da sie für eine gesellschaftliche Position oder politische Laufbahn von großer Bedeutung sind – und gewöhnlich hängt das eine mit dem anderen zusammen. Das sollte zwar nicht so sein, ist aber nun einmal so.«

»Es geht nicht um Abneigung, Thomas«, erklärte Jack. »Das würde mich kaltlassen. Ich traue dem Mann nicht über den Weg. Er ist heimtückisch. Ich denke immer, er hat etwas gegen Duncannon in der Hand und wird davon Gebrauch machen, wenn ihm der richtige Augenblick gekommen scheint. Ich würde mich riesig freuen, wenn du mir versichern könntest, dass ich mich irre.«

»Was befürchtest du konkret?«

Jack holte tief Luft. »Dass der Mann etwas über die Bombenanschläge weiß und das herausposaunt, wenn er Duncannon damit bis ins Mark treffen kann.«

»Die hat Alexander auf dem Gewissen«, sagte Pitt ruhig. »Aber ich nehme an, dass dir das ebenfalls bekannt ist. Hattest du mich nicht deshalb gebeten, ihn erst nach Unterzeichnung des Vertrags festzunehmen?«

»Ja. Aber ich befürchte, dass noch mehr dahintersteckt, nur weiß ich nicht, was. Abercorn tritt als Fürsprecher der getöteten Polizeibeamten auf und stellt sie als Opfer von Anarchie und Gesetzlosigkeit hin. Er ruft zur Rache an jenen auf, die Menschen in Gefahr bringen, indem sie den Schutzschild gegen das Verbrechen attackieren, auf den sich jeder Einzelne von uns verlassen können muss. Er geht sogar so weit zu behaupten, dass der Anarchie, wenn nicht gar der Revolution, Vorschub leistet, wer das Gesetz und dessen Vertreter nicht ausdrücklich unterstützt. In einem seiner Artikel greift er dich sogar indirekt an«, fuhr Jack fort. »Ganz harmlos erklärt er, es sei die ganz besondere Aufgabe des Staatsschutzes, die Sicherheit der Krone und des Landes zu gewährleisten, und stellt dann die Frage, ob du dich womöglich deshalb mit der Sache am Lancaster Gate beschäftigst, um unauffällig einer gewalttätigen Revolution dadurch den Weg zu bahnen, dass du Polizeibeamte des Mordes beschuldigst und ihnen hinterhältig Korruption unterstellst. Diese Revolution, die er sich da aus den Fingern saugt, vergleicht er mit der, die Frankreich im Jahre 1789 beinahe in den Abgrund gestürzt hätte.«

»Großer Gott …«, setzte Pitt an, aber Jack fiel ihm ins Wort.

»Den meisten seiner Leser ist durchaus bewusst, dass wir an der Schwelle zum nächsten Jahrhundert stehen«, fuhr er fort. »Es gibt ohnehin schon mehr als genug Spinner, die das Ende der Welt vorhersagen; da brauchen nicht sonst ganz achtbare Leute die Hysterie noch mehr anzuheizen. Sieh den Dingen ins Gesicht, Thomas: Niemand investiert ein Vermögen, wenn er sich nicht einen Gewinn davon verspricht, sei es noch mehr Geld oder andere Werte. Bist du ganz und gar sicher, dass Alexander diese Gräueltat begangen hat … und allein?«

»Ja.«

»Warum? Weil er leichtlebig und opiumsüchtig ist? Nicht alle Opiumsüchtigen sind gewalttätig.« Jack beugte sich vor und fuhr mit ernster Miene fort: »Er ist in die Irre gegangen, das bestreitet niemand, aber von seiner Überspanntheit abgesehen, die vielleicht mit seinen Schmerzen zu tun hat, ist er ein anständiger Kerl. Vielleicht ist er unter schlechten Einfluss geraten. Godfrey sagt, Lezant sei ein ziemlicher Lump gewesen. Wenn man sich ansieht, wie das mit ihm geendet hat, lässt sich wohl nicht viel dagegen sagen. Das Opium hat ihm wohl den Verstand getrübt, denn warum sonst hätte er einen völlig unbeteiligten Passanten erschießen sollen?«

»Sagt Godfrey Duncannon das?«, erkundigte sich Pitt. Er hatte mit ihm nicht über das Thema gesprochen und dachte auch nicht daran, das zu tun. Von Alexander selbst hatte er erfahren, dass dessen Vater über den Vorfall wie auch über das Leben seines Sohnes ganz allgemein nur äußerst wenig wusste. »Für den Mann ist es sicher am einfachsten, dem Freund die Schuld in die Schuhe zu schieben«, fuhr er fort. »Wenn es um meinen Sohn ginge, würde ich mich möglicherweise ebenso verhalten. Allerdings stellt Alexander die Dinge anders dar.«

Jack schüttelte entschieden den Kopf. »Großer Gott, Thomas! Der Junge ist ein weltfremder Idealist, der bei einem Unfall schwer verletzt worden ist und dessen ganze Zukunft der Schmerz überschattet. Wie so mancher andere hat er sich auf zweifelhafte und bedauerliche Freundschaften eingelassen. Das ist häufig bei jungen Leuten der Fall, die weder darauf angewiesen sind, ihren Lebensunterhalt selbst zu verdienen, noch eine Familie ernähren müssen. Er ist einsam, von allem abgeschnitten, was ihm ohne den Unfall offengestanden hätte: beruflichem Erfolg und Ansehen in der Gesellschaft. Bedauerlicherweise ist er mit dem jungen Lezant einem ziemlich üblen Charakter auf den Leim gegangen.«

Jacks Worte enthielten ein winziges Körnchen Wahrheit, das aber in der gegenwärtigen Situation völlig unerheblich war.

»Wenn Alexander den Sprengsatz am Lancaster Gate gezündet hat, ändert die Frage, ob sich Lezant schuldig gemacht hat oder nicht, überhaupt nichts«, sagte Pitt. »Zugegeben, Alexander ist jung und ein weltfremder Idealist. Er hat ein übertriebenes Maß an Freundestreue an den Tag gelegt und ist nicht bereit zu glauben, dass Lezant die Tat begangen hat. Aber hast du schon einmal die Möglichkeit erwogen, dass er an Ort und Stelle gewesen sein könnte und Zeuge des Geschehens war? In dem Fall würde er seine Aussage nicht auf Vermutungen stützen, sondern *wüsste*, dass Lezant nicht geschossen hat. Dann aber wäre sein Versuch, ihn zu retten, weder weltfremd noch idealistisch gewesen, sondern nichts weiter als Freundespflicht.«

»Das Gericht hat den Mann für schuldig befunden«, hielt Jack dagegen.

»Und du meinst, ein Geschworenengericht ist unfehlbar?«

»Willst du damit unterstellen, dass es ein Fehlurteil gefällt hat? Na hör mal, Thomas! Fünf Polizeibeamte sollen einer wie der andere unter Eid eine Falschaussage gemacht haben? Und auf der anderen Seite stehen zwei Drogenabhängige, von denen einer wahrscheinlich nicht einmal dabei war! Wem wird man da wohl glauben?«

»In unserer Polizei gibt es Korruption, Jack, und die reicht deutlich weiter, als ich ursprünglich angenommen hatte.« Es schmerzte Pitt, das sagen zu müssen.

»Aber doch nicht so weit, dass sie einen unbeteiligten Passanten erschießen und anschließend unter Eid die Unwahrheit sagen, damit ein Unschuldiger für die Tat an den Galgen kommt?«, fragte Jack unüberhörbar ungläubig.

»Genau danach sieht es leider aus«, gab Pitt zurück. Mit einem Mal überfiel ihn eine tiefe Mattigkeit, und bekümmert teilte er Jack mit: »Das ist aber noch nicht alles. Bei der Polizei hat sich im Laufe der Zeit eine weitverbreitete Unredlichkeit eingeschlichen. Ein ehrenhafter Mensch wird nicht über Nacht ehrlos. Einige Beamte haben geringe Geldbeträge an sich gebracht, einige Shilling hier und da, man hat die Unfähigkeit bestimmter Leute mit Lügen überdeckt, Männer sind dem Dienst ohne Begründung ferngeblieben, andere haben betrunken Dienst gemacht, Beweismittel verschlampt, Zeugen bedroht, ein Auge zugedrückt, wenn es ihnen in den Kram passte, bei Festnahmen oder Verhören ein Übermaß an unmittelbarem Zwang ausgeübt. Nichts von alldem ist, für sich genommen, besonders schwerwiegend, sehr wohl aber in der Summe. In dem Fall, um den es hier geht, sieht es so aus, als sei jemand – warum auch immer – in Panik geraten, wobei er, wie sich herausstellte, den zufällig vorübergekommenen Tyndale erschoss. Der einzige Ausweg, den er sah, um im Wortsinne den Kopf aus der Schlinge zu ziehen, bestand darin, Lezant festzunehmen und zu behaupten, Tyndale sei entweder der Drogenhändler oder Lezant habe ihn dafür gehalten.«

»Warum in drei Teufels Namen sollte der den Mann erschießen, der ihn mit Opium versorgte?«, fragte Jack.

»Du hast es erfasst. Er hat es auch nicht getan«, gab ihm Pitt recht.

»Und wo war Alexander?«

»Die beiden haben sich aus dem Staub gemacht. Entweder war er schneller auf den Beinen, oder Lezant hat seine Flucht gedeckt, sodass Alexander die Flucht gelang. Das wäre eine noch einleuchtendere Erklärung dafür, dass Alexander bereit ist, einen so hohen Preis für die Ehrenrettung seines Freundes zu zahlen. Ich habe seine Aussagen nachgeprüft und dabei festgestellt, dass er tatsächlich alles Menschenmögliche getan hat, um Lezant vor dem Galgen zu retten.

Niemand war bereit, ihm zu glauben, dass auch er zum Zeitpunkt des Geschehens am Tatort war.« Nur widerstrebend sagte Pitt die nächsten Sätze, aber er musste es tun. »Vermutlich war Lezants Vater – im Gegensatz zu Godfrey Duncannon – keine bekannte oder bedeutende Persönlichkeit. Warum sich mit einem Mann wie Duncannon anlegen, wenn sich eine einfachere Lösung finden ließ?«

Jack presste die Lippen zusammen, und es kostete ihn sichtlich Mühe, seine eigentliche Reaktion zu unterdrücken. »Ich … weiß nicht recht«, sagte er, doch es klang weder überzeugt noch überzeugend.

»Doch, du weißt, wie sehr Alexander seinen Vater deswegen hasst«, entgegnete ihm Pitt. »Ich habe gesehen, was für ein Gesicht Alexander macht, wenn der Name seines Vaters fällt. Es ist ohne Weiteres möglich, dass er wegen dessen Position ungeschoren davongekommen ist. Dazu muss dieser nicht einmal unbedingt selbst eingegriffen haben. Wer mächtig genug ist, hat das nicht nötig.«

Widerstreitende Empfindungen spiegelten sich auf Jacks Gesicht. Der flüchtige Ausdruck von Anteilnahme verschwand, und an seine Stelle trat erst Wut und dann Schuldbewusstsein. Ob er an seine aufgeweckte Tochter Evangeline dachte, die Emily so ähnlich war und ihren Vater so sehr bewunderte? Was würde er wohl tun, um sie zu retten, wenn das nötig wäre?

Was würde Pitt tun, um seine Kinder zu retten? Wie konnte man das wissen, bevor man auf die Probe gestellt wurde?

»Es tut mir leid, Jack«, sagte Pitt. »Wenn sich zeigt, dass ich Alexander festnehmen muss, werde ich das auf jeden Fall tun. Er hat nicht mehr lange zu leben, und das ist ihm bewusst. Er will, dass es einen neuen Prozess gibt. Der Grund seines Handelns war nicht der Wunsch nach Rache, sondern er wollte buchstäblich mit Gewalt erreichen, dass sich die zuständigen Stellen noch einmal mit dem Fall Lezant beschäftigen.«

Auf Jacks Gesicht lag ein Ausdruck von Mitgefühl, doch das vermochte ihn in seiner Haltung nicht zu beeinflussen.

»Das verstehe ich, Thomas, aber es ändert nichts an meiner Befürchtung, dass Abercorn etwas gegen Godfrey im Schilde führt. Vielleicht würde er sogar so weit gehen zu behaupten, dass er in die Anschläge verwickelt ist ... Ich weiß nicht. Ich wollte, ich könnte sagen, dass Godfrey versuchen würde, Alexander zu retten, aber das glaube ich nicht. Bei meinen Bemühungen, mehr über Abercorns Vergangenheit herauszubekommen, habe ich lediglich etwas über seine Mutter erfahren, eine anständige Frau, die sich mühevoll hat durchs Leben schlagen müssen, aber nichts über seinen Vater. In der Geburtsurkunde heißt es beim Vater ›verstorben‹. Wahrscheinlich ist Abercorn als uneheliches Kind zur Welt gekommen, was aber in diesem Zusammenhang keine Rolle spielt. Möglicherweise wollte der Vater die Mutter heiraten und ist kurz vor der Hochzeit umgekommen. Es liegt mir fern, ihr anzukreiden, dass sie sich vorher mit ihm eingelassen hat – der halbe Hochadel schläft sich quer durch Betten, in denen er nichts zu suchen hat. Ich weiß, wovon ich spreche, schließlich habe ich in jungen Jahren genug Wochenenden auf feudalen Landsitzen verbracht.«

Pitt sah Jack an. Hinter der charmanten Heiterkeit auf dessen Gesicht entdeckte er tiefe Besorgnis, die an Angst grenzte.

»Ich sehe zu, dass ich etwas über Abercorn in Erfahrung bringen kann«, versprach er. »Der Staatsschutz weiß nicht mehr über den Mann, als öffentlich bekannt ist, aber unter Umständen ist es Narraway möglich, dies und jenes an privatem Wissen beizusteuern. Davon gibt es eine Menge, das in keiner Akte vermerkt ist.«

Jack entspannte sich. Er lehnte sich in seinem Sessel zurück und stieß einen Seufzer der Erleichterung aus. »Danke. Ich ... weiß das zu schätzen. Wenn sich zeigen sollte, dass es nichts weiter damit auf sich hat, werde ich mich bei dir entschuldigen.«

Pitt quittierte das mit einem Lächeln. Er glaubte nicht, dass dahinter »nichts weiter« steckte.

Am nächsten Morgen stand Pitt früh auf und frühstückte in der Küche, wo Minnie Maude geschäftig ihren Aufgaben nachging. Sie hatte den Herd bereits ausgeräumt, das Feuer erneut in Gang gebracht, Teewasser heiß gemacht und den Haferbrei zubereitet. Er dankte ihr und verzehrte ihn rasch. Zwar hätte er viel lieber mit Charlotte und den Kindern in Ruhe gefrühstückt, aber er wollte so früh wie möglich Alexanders Elternhaus aufsuchen. Dort hatte Stoker die ganze Nacht Wache gehalten, aber es war keinesfalls sicher, ob der junge Mann bis nach acht oder neun Uhr morgens dort bleiben würde.

Charlotte stand im Morgenrock am Fuß der Treppe und fragte: »Willst du ihn wirklich dort festnehmen? Um diese Zeit dürfte sein Vater noch da sein. Bestimmt wird er dir Schwierigkeiten machen.«

»Das ist mir bewusst.« Pitt berührte sie sanft am Arm. »Aber zumindest wird er dann seiner Frau einen gewissen Trost bieten können. Wenn ich später hinginge, würde es so aussehen, als hätte ich mit Absicht hinter seinem Rücken gehandelt. Ich kann es mir nicht leisten, länger zu warten, Charlotte. Man muss damit rechnen, dass er erneut etwas tun wird, um seiner Forderung Nachdruck zu verleihen, und dabei könnte noch jemand ums Leben kommen.«

»Ich weiß ja ... ich weiß.«

Er verstand gut, warum sie Einwände erhob. Es fiel ihr schwer, die Sache hinzunehmen. Stillschweigen hätte man ihr als Einverständnis auslegen können.

Er gab ihr einen Kuss, zog den Mantel an und legte sich einen dicken Schal um den Hals, setzte den Hut in einem verwegenen Winkel auf und verließ das Haus.

Obwohl der Verkehr bereits ziemlich dicht war, kam er sehr viel früher am Haus der Familie Duncannon an, als ihm lieb war. Aber anzunehmen, er werde je hinreichend für die Tragödie bereit sein, die vor ihm lag, wäre Selbsttäuschung gewesen.

Stoker stand etwa fünfzehn Schritt vom Haus entfernt hinter einem Baum, von wo aus er das Haus im Auge behalten konnte, ohne selbst gesehen zu werden. Er war müde und durchgefroren.

»Er ist noch drin«, sagte er leise, als Pitt auf ihn zutrat. »Holen wir ihn? Genügen zwei Mann?«

»Ja. Er möchte es selbst … armer Kerl. Kommen Sie, bringen wir es hinter uns.«

»Guten Morgen, Sir«, begrüßte ihn der Butler mit kühler Zurückhaltung. Bei Pitts Besuch am zweiten Weihnachtstag hatte ihm ein Lakai geöffnet, und Pitt sah nicht aus wie die üblichen Besucher im Hause Duncannon. – Die trugen weder einen so legeren Hut noch solch einen entsetzlichen Schal.

»Guten Morgen«, gab Pitt zurück und legte seine Karte auf das Silbertablett. »Würden Sie bitte Mr. Godfrey Duncannon meine Karte überreichen? Ich muss ihn und Mr. Alexander in einer Angelegenheit sprechen, die keinen Aufschub duldet. Ich erwarte die Herren im Empfangszimmer, Wachtmeister Stoker kann sich doch sicher im Vestibül aufhalten.«

Einen Augenblick lang sah es so aus, als wolle der Butler Einwendungen erheben, doch angesichts des hohen Ranges auf Pitts Karte, der in keiner Weise zu seinem nachlässigen Äußeren zu passen schien, unterließ er es, trat beiseite und ließ beide eintreten.

Bei einer anderen Gelegenheit hätte es Pitt sicherlich nicht unterlassen, die reich geschnitzte Mahagonibalustrade und die Porträts an den Wänden des Vestibüls in diesem liebevoll und mit großem Aufwand gepflegten Haus zu bewundern, doch jetzt dachte er nur an die Aufgabe, die vor ihm lag.

Im Empfangszimmer war es kalt, weil der Kamin erst vor Kurzem angeheizt worden war. Die dunkle Holztäfelung der Wände und die grünen Ledersessel ließen den Raum noch kälter wirken. Von weihnachtlicher Stimmung war dort nichts zu spüren.

Pitt wartete, ohne sich zu setzen. Ob Duncannon bereits wusste, warum er gekommen war? Zweifellos konnte er es sich denken. Wenn Alexander zu fliehen versuchte, wäre das ein würdeloses Schuldeingeständnis, und die Presse würde das nach Kräften ausschlachten. Unauffälliger als jetzt konnte Pitt nicht vorgehen.

Nach einigen Minuten kam der Hausherr herein und schloss die Tür hinter sich. Er musterte Pitt mit finsterer Miene. Sein Gesicht wirkte bleich und sonderbar leblos.

»Man hat mir gesagt, dass Sie mit mir sprechen wollen, Commander«, sagte er und sah Pitt fest in die Augen. »Die Sache muss ja wirklich dringend sein, wenn Sie uns dafür beim Frühstück stören. Worum geht es?«

War es denkbar, dass der Mann tatsächlich so ahnungslos war, wie er sich gab, oder wollte er die Farce bis zum bitteren Ende durchhalten?

»Mir ist bewusst, dass ich sehr früh komme«, erwiderte Pitt. »Ich hatte einen späteren Zeitpunkt erwogen, es aber dann für besser gehalten, meine Pflicht zu tun, während Sie im Hause sind, weil Sie dann Ihrer Gattin eine Stütze sein und in Ruhe beschließen können, wie Sie sich weiter verhalten wollen.«

»Was meinen Sie damit, Mann? Reden Sie schon!«

»Ich bin gekommen, um Ihren Sohn wegen des Bombenanschlags am Lancaster Gate festzunehmen, bei dem drei Polizeibeamte umgekommen und zwei weitere schwer verletzt worden sind.«

Duncannon stand reglos da. Der letzte Rest von Farbe war aus seinem Gesicht gewichen. Er sah Pitt verständnislos an. In diesem Augenblick durchfuhr Pitt der verrückte Gedanke, dass der Mann tatsächlich nie mit einer solchen Möglichkeit gerechnet hatte. Hatte er sich geweigert, der Wirklichkeit ins Auge zu sehen? Oder hatte er geglaubt, man werde Alexander nicht unter Anklage stellen?

»Das ... ist doch ... lachhaft!«, stieß Duncannon schließlich mit zitternder Stimme hervor. »Warum zum Teufel sollte er so etwas Grässliches tun? Die Vorstellung ist grotesk! Ist das etwa ein politischer Schachzug, will man verhindern, dass der Vertrag ratifiziert wird? Wer steckt dahinter?«

Pitt genierte sich für den Mann, der sich da zum Narren machte.

»Dahinter steckt nichts und niemand als der bereits genannte Bombenanschlag, Sir«, sagte er. »Ich wünsche Ihnen im Hinblick auf den Vertrag jeden Erfolg, kann aber die Festnahme Ihres Sohnes nicht länger hinauszögern.«

»Warum zum Teufel hätte er so etwas tun sollen? Sie machen sich lächerlich!«, unternahm Duncannon einen neuen Versuch.

»Es war für ihn die einzige Möglichkeit, die Aufmerksamkeit auf die Korruption innerhalb der Polizei zu lenken«, gab Pitt zur Antwort. »Niemand war bereit, ihm zuzuhören ...«

»Himmel Herrgott noch mal!«, entlud sich Duncannons Wut schließlich. »Mein Sohn ist opiumsüchtig, Mann! Er lebt in seiner eigenen Fantasiewelt! Ihm erscheint der Gedanke unerträglich, dass sein Freund – wie hieß er noch? – Lezant schuldig war. Er kommt darüber einfach nicht hinweg. Er braucht Ruhe, am besten in irgendeiner Klinik.«

»Das wäre vor einigen Monaten vermutlich ein glänzender Einfall gewesen«, gab ihm Pitt recht. »Jetzt ist es dafür allerdings zu spät …«

»Sie sehen das alles völlig falsch und haben sich für die einfachste Lösung entschieden«, fuhr ihm Duncannon dazwischen. »Selbstverständlich war das die Tat irgendwelcher Anarchisten, von denen es hier bei uns nur so wimmelt. Es wäre Ihre verdammte Pflicht gewesen, die aufzuspüren.« Er wandte sich der Tür zu.

»Sir! Ich werde ihn auf jeden Fall festnehmen, ob Ihnen das recht ist oder nicht. Wir können das unauffällig erledigen, doch sofern Sie entschlossen sind, die Sache auf die Spitze zu treiben, werde ich mich genötigt sehen, Gewalt anzuwenden. Ich glaube nicht, dass Sie das wünschen, sowohl um Ihres Sohnes als auch um Ihrer Gattin willen.«

Duncannon hob die Brauen. »Wollen Sie mir etwa drohen, Sir?«

Die ganze Sache war Pitt zuwider. Er konnte sich nur allzu gut vorstellen, wie er sich selbst fühlen würde, wenn jemand käme, um Daniel festzunehmen. Aber er dachte nicht daran, auf einen Bluff hereinzufallen.

»Wenn Sie das unbedingt so sehen wollen, Sir, kann ich das nicht ändern. Das Gesetz gilt für alle, für Ihre Familie wie für jeden anderen. Ich bin Ihnen mit meinem Angebot, die Sache unauffällig und in Ihrer Gegenwart zu erledigen, entgegengekommen. Ich hätte auch ohne Weiteres warten können, bis Ihr Sohn das Haus verlässt, um ihn auf offener Straße festzunehmen.«

»Sie sind eine Schande für Ihre Dienststelle, Sir!« Duncannon spie die Worte aus, dann riss er die Tür auf, wandte sich noch einmal um und sah Pitt verächtlich an. »Dann kommen Sie und nehmen meinen Sohn im Esszimmer fest, wo er mit seiner Mutter frühstückt. Sie werden ja kaum erwarten, dass ich Ihnen Tee anbiete?«

Ohne ihn einer Antwort zu würdigen, folgte Pitt ihm durch das Vestibül, wo er Stoker kurz zunickte, ins Esszimmer.

Alexander saß neben seiner Mutter am Tisch. Sein Gesicht war ausgezehrt und sehr bleich. Er sah Pitt ohne die geringste Überraschung an. Sofern er Angst hatte, jetzt, da der Augenblick gekommen war, zeigte er das nicht. Er stand langsam auf, schien einen Moment lang unsicher auf den Beinen zu stehen, straffte sich dann aber sogleich.

»Ich nehme an, dass Sie mich jetzt doch holen wollen«, sagte er zu Pitt. »Ich bin Ihnen dankbar, dass Sie das hier tun und nicht irgendwo, wo das für Sie einfacher wäre. Auf diese Weise erfahren wir es alle im selben Augenblick. Zwar macht es das nicht leichter, denn das wäre gar nicht möglich, aber zumindest ist es nicht so auffällig. Mein Vater kann dann sagen, es sei ein privater Besuch gewesen … wenn auch ein ziemlich früher.« Sein Versuch zu lächeln wirkte durchaus überzeugend.

»Du bleibst hier, Alexander«, teilte ihm Duncannon im Befehlston mit. »Wir werden uns mit Studdert in Verbindung setzen und dann weitersehen.«

Alexander sah an ihm vorbei zu Pitt. »Studdert ist unser Familienanwalt. Das möchte ich nicht, Vater. Mr. Pitt und ich sind uns einig. Danke, aber ab sofort kümmere ich mich selbst um meine Angelegenheiten.« Er erhob sich vom Tisch, gerade als seine Mutter ebenfalls aufstand. Sie schien nicht verstört zu sein, wohl aber zutiefst unglücklich. Pitt war überzeugt, dass ihr klar war, wie die Sache enden würde. Ganz offenkundig hatte sie nichts anderes erwartet.

»Tu, was du zu tun hast, Alex«, sagte sie zärtlich. »Aber denk daran, dass ich dich liebe, ganz gleich, was geschieht.«

Alexander schwankte, und Pitt fürchtete schon, er würde zusammenbrechen. Dann richtete er sich auf, strich seiner Mutter wortlos mit einem Finger über die Wange, wandte sich Pitt zu und sagte: »Ich bin bereit.«

»Das kommt überhaupt nicht infrage!«, donnerte Duncannon. »Du tust, was ich dir sage, Alexander. In deinem Zustand bist du gar nicht fähig, für dich Entscheidungen zu treffen.« Er wies auf Pitt, ohne ihn anzusehen. »Der Mann da behauptet, du hättest den Tod von drei Polizeibeamten auf dem Gewissen. Großer Gott im Himmel! Begreif doch: Wenn man dich für schuldig befände, würdest du gehängt!« Er rang nach Atem, als würde er an dem Wort beinahe ersticken.

Alexander hob die feinen schwarzen Brauen. »Du meinst, so wie Dylan? Ja, Vater, das weiß ich. Vielleicht weiß ich mehr darüber als du. Man hat mir versichert, dass es ganz schnell geht, wenn man erst einmal den Strick um den Hals hat. Der einzige Unterschied besteht darin, dass Dylan unschuldig war – ich bin es nicht.«

»Das wagst du in Gegenwart deiner Mutter zu sagen?«, fragte Duncannon wutentbrannt.

Pitt kannte das schon. Wut schmerzte weniger als Angst, und es war leichter, sie zu äußern.

Ein Ausdruck von Verachtung trat auf Alexanders Züge. »Ach, du meinst, ich sollte sie beschützen? Wovor? Vor der Wirklichkeit? Der hat sie sich schon immer gestellt, Vater. Du bist derjenige, der nichts davon wissen will. Sie hat schon lange gewusst, dass mein Rückenleiden unheilbar ist. Sie hat kein Wort darüber verloren, aber sie hat es gewusst, ebenso, wie sie gewusst hat, dass eine Zeit kommen würde, da ich die Schmerzen nicht mehr ertragen und erneut dem Opium verfallen würde. Sie hat ihren Diamantschmuck verkauft, um mir das Mittel zu besorgen. Sie hat mir auch geglaubt, dass Dylan unschuldig war. Du kannst sie jetzt nicht vor der Wahrheit beschützen. Im Übrigen glaube ich nicht, dass du das je getan hast!« Ohne auf die Reaktion seines Vaters zu warten, ging er zu Pitt hinüber und hielt ihm die Hände hin, die Handrücken nach oben.

»Das ist nicht nötig«, teilte ihm Pitt mit. »Aber Sie sollten besser einen Mantel anziehen; draußen ist es sehr kalt.«

Bemüht, den Anflug eines Lächelns zustande zu bringen, zitierte Alexander aus Macbeths Monolog: »Wär's abgetan, so wie's getan, wär's gut, 's wär schnell getan.« Dann verließ er das Esszimmer gemeinsam mit Pitt, ohne sich ein einziges Mal umzusehen.

Am Spätnachmittag wurde Pitt erneut zu Bradshaw beordert. In der allmählich einsetzenden Dunkelheit bildeten die Straßenlaternen eine gekrümmte Lichterkette am Ufer der Themse. Pitt stemmte sich gegen den scharfen und kalten Ostwind.

»Was für ein Spiel treiben Sie da eigentlich?«, fuhr ihn Bradshaw an, kaum dass Pitt die Tür von dessen Amtszimmer hinter sich geschlossen hatte. »Setzen Sie den jungen Duncannon umgehend auf freien Fuß. Sofern Sie glauben, der Presse unbedingt etwas mitteilen zu müssen – was Sie aber nach Möglichkeit vermeiden sollten –, sagen Sie einfach, Sie hätten seine Aussage im Zusammenhang mit einem früheren Fall gebraucht. Von mir aus sollen die denken, was sie wollen. Offen gestanden, hätte ich Sie für vernünftig genug gehalten zu begreifen, dass Sie den Mann auf keinen Fall festnehmen können, solange dieser … verfluchte Vertrag nicht unter Dach und Fach ist. Gut möglich, dass es bis dahin nur noch ein paar Tage dauert. Welcher Teufel hat Sie nur geritten, das ausgerechnet heute zu tun? Noch dazu in seinem Elternhaus, Mann Gottes!«

Pitt war müde und durchgefroren. Er hatte Alexander nur widerwillig festgenommen, der ihm, möglicherweise aus den falschen Gründen, vertraut hatte. Er suchte Gerechtigkeit, hatte aber unter Umständen keine Vorstellung davon gehabt, was sie ihn kosten würde. Pitt war nicht einmal sicher, ob er bei klarem Verstand war. Hatten ihn womöglich die Schmerzen, das Opium und der Kummer um den Freund, den er seiner Ansicht nach im Stich gelassen hatte, aus dem seelischen Gleichgewicht gebracht?

»Ich habe ihn genau aus dem Grund festgenommen, den Sie gerade genannt haben«, gab Pitt zurück, wobei er es mit voller Absicht unterließ, das höfliche »Sir« anzufügen. Immerhin standen sie auf einer vergleichbaren Rangstufe, so erstaunlich das Pitt nach wie vor erschien. »Ich bin hingegangen, ohne Aufsehen zu erregen, und seine Eltern waren anwesend, sodass niemand sie nachträglich informieren musste.«

»Wie lautet der Tatvorwurf?«, fragte Bradshaw.

»Mord. Drei Polizeibeamte sind tot.«

Bradshaw ließ sich langsam in seinen Sessel sinken. Er wirkte erschöpft, als sähe er sich nach einer langen Schlacht einer Niederlage gegenüber. »Aber warum jetzt? Warum konnten Sie nicht noch etwas warten?« Es war kein Vorwurf, sondern ein Ausruf der Verzweiflung.

»Weil er auf seine Festnahme hingearbeitet hat«, gab ihm Pitt Auskunft und setzte sich Bradshaw gegenüber auf den Stuhl. »Er hat den zweiten Sprengsatz gezündet, weil wir nach dem Anschlag am Lancaster Gate im Fall Lezant nicht tätig geworden sind. Ich konnte es mir unmöglich leisten, ihn frei herumlaufen zu lassen, damit er einen dritten Versuch unternahm.«

»Sind Sie sich Ihrer Sache so sicher?«

»Absolut. Er hat in Craven Hill ein mit seinem Monogramm versehenes Taschentuch liegen lassen, damit ich es finde.«

Bradshaw stützte die Ellbogen auf dem Schreibtisch auf und hielt den Kopf zwischen den Händen. »Großer Gott im Himmel! Trotzdem müssen Sie ihn auf freien Fuß setzen.«

»Warum? Er bestreitet seine Schuld nicht. Er hat den Vorschlag seines Vaters abgelehnt, den Anwalt der Familie hinzuzuziehen.«

»Er weiß nicht, was er tut.« Bradshaws Stimme wurde noch leiser. »Das ist bei Opiumsucht im fortgeschrittenen Stadium so. Es ist ein ... sich sehr lange hinziehendes schreckliches Sterben.«

Pitt hörte die Qual in Bradshaws Stimme, sah die gesenkten Schultern eines Mannes, der Entsetzliches erlebt hatte. Ganz offensichtlich sprach er von einem Schmerz, den er nur allzu gut kannte.

An Bradshaw vorüber richtete er den Blick auf das Foto in der kleinen Nische, auf dem dessen schöne Gattin so glücklich aussah. Es wäre grausam und unentschuldbar, ihn zu fragen, ob er sich auf sie bezogen hatte. Lebte sie noch und verfiel vor seinen Augen immer mehr ... wie Alexander Duncannon? Hatte auch sie an einer qualvollen Krankheit gelitten, aus der kein anderer Weg hinausführte als der in den Tod?

»Sir«, begann Pitt in liebenswürdigem Ton, »ich muss ihn festhalten. Wenn ich das nicht tue, wird er wieder einen Bombenanschlag verüben, bei dem es erneut Tote geben kann. Beim vorigen Mal hatten wir Glück, weil er lediglich ein unbewohntes Gebäude zerstört hat.«

Bradshaw hob den Kopf und sah Pitt stumm an, doch dieser sagte nichts weiter.

Bradshaw fuhr sich mit der Hand durchs Haar. »Ich hatte schon befürchtet, Sie würden sagen, dass wir etwas unternehmen müssen, weil Josiah Abercorn uns in der Presse angreift.«

»Der Teufel soll ihn holen!« Aber Pitt wusste, dass Bradshaw recht hatte. Täglich druckten die Zeitungen mehr Briefe und Artikel von Menschen, die Abercorn zustimmten. Sie setzten sich für die Polizei ein, diese ebenso aufrechten wie rechtschaffenen Männer, die Tag für Tag ihr Leben aufs Spiel setzten, um die Bürger vor Gewalt und Verbrechen zu schützen. »Inzwischen fragt die Presse schon, warum wir nichts unternehmen. Zweifellos steckt Abercorn dahinter!«

Pitt fluchte nicht oft, aber jetzt hätte er seinem Herzen am liebsten lautstark Luft gemacht. Allerdings wäre das genau die Reaktion gewesen, auf die Leute wie Abercorn hinarbeiteten. Ein Eingeständnis der Niederlage.

»Die Nachwahl findet wohl bald statt?«, fragte er mit Bitterkeit in der Stimme.

Bradshaw sah ihn an. »Das dürfte auf der Hand liegen. Manchmal hasse ich die Politiker, ganz gleich, ob sie im Oberhaus oder im Unterhaus sitzen.«

»Zum Teufel beider Sippschaft!«, zitierte Pitt mit einem schiefen Lächeln aus *Romeo und Julia*. »Wollen Sie immer noch, dass ich Duncannon auf freien Fuß setze?«

Bradshaw wandte den Blick ab, um ihm nicht in die Augen sehen zu müssen, und sagte mit kaum hörbarer Stimme, so, als presse ihm jemand die Worte ab: »Ja. Vorläufig. Aber lassen Sie ihn bewachen. Er darf um Gottes willen keine Gelegenheit haben, noch einmal etwas in die Luft zu jagen.«

Bradshaw erhob sich schwerfällig und mit steifen Gliedern. »Ist etwas an den Behauptungen, dass es Korruption in den Reihen der Polizei gegeben hat?«, fragte er.

»Ja, Sir. Auf jeden Fall trifft das für Ednam und seine Leute zu, aber wahrscheinlich waren es noch mehr.«

Bradshaw zuckte zusammen, als durchfahre ihn ein plötzlicher Schmerz. In seinen Augen standen Tränen. »Lassen Sie Alexander auf jeden Fall gehen.«

Pitt hielt Jack gegenüber Wort. Von Bradshaws Büro aus suchte er auf kürzestem Weg Vespasia und Narraway auf. Ursprünglich hatte er beabsichtigt, mit Narraway allein zu sprechen, doch dann war ihm aufgegangen, wie töricht das wäre. Es war gut möglich, dass Vespasia mehr als dieser von dem wusste, was an Klatsch und Tratsch über Josiah Abercorn in Umlauf war. Solche Gerüchte kamen der Wahrheit oft recht nahe, vor allem, wenn es um unangenehme Dinge ging.

Pitt nahm am Kamin in Vespasias großem Salon Platz.

»Der Mann ist von Ehrgeiz förmlich zerfressen«, erklärte Narraway, »außerdem will er niemandem etwas schuldig sein. Sofern er von jemandem einen Gefallen angenommen hat – und nur die wenigsten gelangen ohne dergleichen in ein hohes Amt –, wird er sich revanchieren, sobald es ihm möglich ist.«

»Godfrey Duncannon?«

»Das bezweifele ich. Wie ich ihn kenne, handelt Duncannon ausschließlich in seinem eigenen Interesse.«

»Sie können ihn nicht leiden«, bemerkte Pitt und sah, dass Vespasia lächelte.

»Nein, nicht besonders«, gab Narraway zu. »Aber er ist äußerst tüchtig, und ich kann nichts Nachteiliges über ihn sagen. Er ist einfach … herzlos, ein kalter Fisch.«

»Unangreifbar«, fügte Vespasia leise hinzu.

Beide Männer sahen sie fragend an.

»Du magst keine unangreifbaren Menschen«, sagte sie zu Narraway.

Ein schattenhafter Anflug von Schmerz trat in dessen Augen. »Muss es mir denn immer um Macht gehen?«, fragte er mit sanfter Stimme.

Sie berührte seinen Arm leicht mit ihrer Hand. »Überhaupt nicht, mein Lieber. Es geht nicht um die Frage, ob er stark oder schwach ist, sondern darum, ob er bescheiden und demütig sein kann und damit Verständnis für andere aufbringt. Ohne diese Eigenschaften nützt er niemandem von uns und sich selbst am wenigsten.«

Wortlos legte Narraway seine Hand auf die ihre.

Es war Pitt bewusst, dass er Zeuge eines sehr intimen Augenblicks geworden war, in dem sich Schmerz und Freude mischten. Er hätte nie gedacht, dass Narraway so verwundbar oder verständnisvoll sein könnte.

Vespasia sah erneut zu Pitt hinüber. »Godfrey hat Cecily wegen ihres Geldes geheiratet. Es war ein beträchtliches Vermögen, und er hat es um ein Vielfaches vermehrt.«

»Bist du dir da sicher?«

»Absolut, in beiden Punkten. Die Vervielfachung ihres Vermögens, das jetzt ihm gehört, ist allgemein bekannt. Du kannst es aber auch ohne Schwierigkeiten nachprüfen, sofern du das möchtest.«

»Nein … ich meine, dass er sie wegen ihres Geldes geheiratet hat. Steht das in irgendeinem Zusammenhang mit Abercorn?«

Vespasia lächelte tief betrübt. »Allerdings, Thomas. Für sie hat Godfrey Duncannon die Mutter Abercorns sitzen lassen.«

Beide Männer sahen sie, vor Verblüffung sprachlos, an.

KAPITEL 12

Tellman drückte die kleine Christina so fest an sich, dass sie erst kicherte und dann ein lautes Protestgeschrei ausstieß. Zögernd ließ er sie los. In seinen Augen war sein Töchterchen nach wie vor so etwas wie ein Wunder, und das Lachen des Kindes rührte ihn so tief, dass es ihm fast ein wenig peinlich war.

Er kitzelte sie vorsichtig und schnitt Grimassen, um dieses Lachen erneut zu hören. Nachdem er Gracie zärtlich und länger als sonst geküsst hatte, verließ er das Haus. Er schlug den Kragen gegen den Wind hoch und ging die Straße entlang, ohne sich nach den beiden umzusehen. Vielleicht waren sie nicht mehr am Fenster, aber falls er sich umdrehte und sie sähe, würde er an alles denken müssen, was ihm wichtig war und ihn möglicherweise in seinem Entschluss wankend werden lassen konnte, Ednams Korruption auf den Grund zu gehen.

Ganz offensichtlich hatte jemand, der deutlich mehr Macht hatte als er, schützend die Hand über Ednam gehalten. Was mochte der Grund dafür gewesen sein? Er musste versuchen, klarer zu denken, alle Möglichkeiten durchzuspielen, selbst solche, die unter Umständen moralisch anfechtbar waren.

Einmal vorausgesetzt, Lezant war wirklich schuldlos, welche Schlussfolgerungen musste man dann ziehen? Tellman war mit Pitt aneinandergeraten, weil er nicht bereit gewesen war, sich dessen Gedankengängen zu stellen, zu akzeptieren, was sich zwangsläufig daraus ergab. Jetzt war der Augenblick gekommen, der Wahrheit ins Auge zu sehen.

Er überquerte die Straße und setzte seinen Weg auf dem eisglatten Bürgersteig fort, so tief in Gedanken, dass er die Kälte kaum spürte.

Warum hätte Lezant zu dem geplanten Treffen eine Schusswaffe mitnehmen sollen? Da er regelmäßig Opium nahm, war er ebenso auf den Verkäufer angewiesen wie dieser auf ihn. Keiner der beiden hatte einen Grund, diese Beziehung zu gefährden. Hätte die Polizei doch den Verkäufer nur gefunden! Die Akten enthielten zahlreiche Hinweise darauf, dass Ednam ihn aufzuspüren versucht hatte, aber ganz offensichtlich war der Mann zu vorsichtig und gerissen gewesen, als dass er der Polizei ins Netz gegangen wäre.

Eine andere Möglichkeit bestand darin, dass Ednam gar nicht nach ihm gesucht hatte, weil das nicht nötig war. Konnte es sein, dass er den Betreffenden kannte? Das war eine abscheuliche Vorstellung. Tellman zerbrach sich den Kopf, um Gründe zu finden, warum das nicht sein konnte, doch er fand keine.

Sofern Ednam korrupt genug gewesen war, um den Opiumverkäufer zu schützen, würde das nicht nur erklären, warum man den Mann nie gefunden hatte, sondern auch, warum er an jenem schicksalhaften Tag nicht am vereinbarten Platz erschienen war. Ednam hatte ihn gewarnt, damit er nicht in den polizeilichen Hinterhalt geriet.

Doch aus welchem Grund mochte Ednam oder einer seiner Männer eine Schusswaffe mitgenommen haben? Auf wen hatten sie schießen wollen? Mit Sicherheit nicht auf den

Verkäufer des Opiums. Dann kamen nur Alexander oder Lezant infrage. Oder hatte die Polizei das Auftauchen eines Dritten befürchtet und dann Tyndale für diesen gehalten?

Weder Lezant noch der Opiumverkäufer dürften auf eine Konfrontation erpicht gewesen sein. Wenn sie so etwas befürchtet hätten, wären sie einfach an einen anderen Ort ausgewichen oder hätten ihre Begegnung auf einen günstigeren Zeitpunkt verlegt.

Vermutlich hatte Ednam nicht die Absicht gehabt, einen der beiden festzunehmen – vielleicht einer der anderen, Hobbs oder Newman? In einer solchen Situation wäre Schießen der letzte Ausweg gewesen. Eine Festnahme mit der Möglichkeit, an Informationen zu gelangen, war eindeutig die bessere Lösung. Woher hatte Ednam die Pistole? Es war keine Dienstwaffe der Polizei, das stand fest.

Der gesamte Gedankengang widerte Tellman an, aber diese Überlegungen passten zu allen Fakten, die er kannte.

Der verfluchte Ednam!

Als Erstes würde Tellman sich genauer mit der Herkunft der Pistole beschäftigen müssen. Es dürfte das Beste sein, die Prozessakten im Hinblick darauf gründlich durchzusehen. Er brauchte eine genaue Beschreibung, den Namen des Herstellers, das Kaliber und so weiter. Dann konnte er in allen Unterlagen nachforschen, um festzustellen, ob die Polizei je eine solche Pistole als Beweisstück eingezogen hatte. Während der Besitz von Schusswaffen, insbesondere Pistolen oder Revolvern, in den Städten unüblich war, besaß auf dem Land fast jeder Bauer mindestens eine Flinte, oft auch mehrere.

Auf der Wache empfing Whicker ihn deutlich verärgert mit verkniffenem Gesicht und den Worten: »Was ist denn jetzt schon wieder?« Er war schlecht rasiert und sah übernächtigt aus.

»Ich muss mir die Waffe ansehen, mit der Lezant Tyndale erschossen hat.«

Wütend blaffte ihn Whicker an: »Wozu denn das? Das ist doch reine Zeitverschwendung. Haben Sie eigentlich nichts Vernünftiges zu tun? Wie wäre es, wenn Sie den verdammten Irren fassen, der drei unserer besten Leute getötet hat? Oder ist das zu viel verlangt?«

»Ich möchte mehr, als ihn nur fassen«, gab Tellman mit grimmiger Miene zurück. Es kostete ihn große Mühe, seinen aufsteigenden Zorn zu bändigen. »Ich möchte mich vergewissern, dass es keinen Zweifel an seiner Täterschaft gibt, möchte eine eindeutige Beweiskette, die vom Anfang bis ans Ende reicht. Wollen Sie das nicht auch?«

Whicker war sprachlos. Ganz offensichtlich hatte er nicht damit gerechnet, dass Tellman den Spieß umdrehen und seinerseits zum Angriff übergehen würde.

»Vielen Dank«, sagte Tellman, so, als habe Whicker zugestimmt. Zwar hatte er sich durchgesetzt, doch bereitete ihm das keine Freude. Er stellte sich äußerst ungern gegen einen Kollegen von der Polizei. Sie müssten eigentlich an einem Strang ziehen.

Der Wachtmeister in der Asservatenkammer war äußerst unwillig. Es passte ihm nicht, dass Außenstehende in den Beweismitteln von alten Fällen herumwühlten. Als Ranghöheren konnte er Tellman auch nicht einfach mit der Frage abfertigen, wozu er die Pistole brauche. Während er mit übertriebener Bedächtigkeit suchte, trat Tellman unruhig von einem Fuß auf den anderen und begann schließlich, im Raum hin und her zu laufen. Nach einer halben Stunde kehrte der Mann zurück, um ihm mitzuteilen, die Pistole sei nicht auffindbar. Er könne nicht sagen, wann sie fortgekommen sei und wer sie an sich genommen habe. Dabei lächelte er ihn an, als habe er mit dieser Auskunft eine Leistung erbracht.

Es kostete Tellman große Mühe, sich zu beherrschen. Auf keinen Fall durfte er dem Mann den Triumph gönnen, Zeuge zu werden, wie sein Geduldsfaden riss.

»Na schön, dann muss ich mich eben mit dem Zweitbesten zufriedengeben«, sagte er mit betont gleichmütiger Stimme. »Sehen Sie in den Akten nach, und sagen Sie mir, wann sie zum ersten Mal eingetragen worden ist, von wem und im Zusammenhang mit welchem Verbrechen.«

»Ich weiß nich', ob das geht, Sir. Das würde viel Zeit kosten, un' ich hab noch was and'res zu tun.« Er sah Tellman ausdruckslos an.

»Dann kann ich Ihnen nur raten zu beten, dass die Waffe nicht im Zusammenhang mit einer anderen Tat wieder auftaucht!«, fuhr ihn Tellman an. »Da sie zuletzt bei Ihnen in Verwahrung war, wären dann nämlich Sie der Erste auf unserer Liste der Verdächtigen.«

Schlagartig wich alles Blut aus dem Gesicht des Mannes. »Das kommt doch vor, dass Sach'n verlor'n geh'n. Leute nehm'n was weg un' bring'n's nich' wieder!«

»Sie haben die Pistole nicht zufällig an jemanden weitergegeben? Vielleicht verkauft?«

»Natürlich nich'!« Feine Schweißperlen begannen sich auf der Haut des Beamten zu bilden. »Wie könn'n Se so was sag'n?«

»Dann zeigen Sie mir die Akten«, beharrte Tellman auf seiner Forderung. »Oder hat jemand Sie angewiesen, das nicht zu tun? Wer? Ednam lebt nicht mehr – wer hat außer ihm noch ein Interesse daran, die Sache zu vertuschen?«

Keuchend beeilte sich der Wachtmeister, Tellman mitzuteilen: »Ich hol' Ihn'n, was wir hier ha'm.« Schon im nächsten Augenblick war er in einem anderen Raum verschwunden, bevor Tellman auch nur den Mund auftun konnte.

Eine Viertelstunde später kam der Beamte mit zwei dicken Protokollbüchern zurück und legte sie auf die Theke.

»Hier, Sir. Se find'n alles unter dem richtig'n Datum eingetrag'n.« Da er unübersehbar nicht bereit war, Tellman weiter zu unterstützen, nahm Tellman die Wachjournale an sich und machte sich an die Arbeit. Da ihm das Datum von Tyndales Tod bekannt war, hatte er die zugehörige Eintragung schnell gefunden. Die Schusswaffe war genau beschrieben: Hersteller, Kaliber und so weiter. Außerdem war vermerkt, dass sie zu dem Zeitpunkt, da der zuständige Beamte sie an sich genommen hatte, nicht geladen war.

Tellman notierte sich alle wichtigen Einzelheiten und ging dann das Journal rückwärts durch, um festzustellen, welche Waffen als Beweisstücke sichergestellt und aufbewahrt worden waren. Das erwies sich als mühevolle und äußerst zeitraubende Aufgabe, da das Journal die Beschreibung zahlreicher Asservaten enthielt. Zwar gab es da eine Fülle von Waffen, in erster Linie Hieb- und Stichwaffen aller Art, aber nur eine geringe Anzahl von Feuerwaffen.

Es kostete ihn fast zwei Stunden, bis er auf eine Pistole stieß, die genau der angeblich von Lezant abgefeuerten entsprach, nur dass diese ein volles Magazin gehabt hatte. Der für die Aufbewahrung zuständige Wachtmeister hatte die Patronen herausgenommen.

»Können Sie sich an das hier erinnern?«, fragte Tellman ihn.

»Nein, Sir. Da hatte ich wohl kein'n Dienst«, sagte der Mann, ohne eine Miene zu verziehen.

»Das sieht mir aber ganz nach Ihrer Unterschrift aus«, gab ihm Tellman zu verstehen. »Jedenfalls ist es Ihr Name und Ihre Handschrift.«

Das Gesicht des Mannes spiegelte unverhohlene Unverschämtheit. Sofern er den Versuch unternahm, das in irgendeiner Weise zu kaschieren, misslang ihm das gründlich.

»Se ha'm mich gefragt, ob ich mich erinnern kann. Das kann ich nich'. Se sollt'n das besser vergess'n, Mr. Tellman.

Se sin' doch einer von uns oder war'n es jed'nfalls mal. Bestimmt sin' Se eines Tages auch drauf angewies'n, dass jemand was vergisst oder nich' so genau hinsieht, nur dass dann keiner da is'. Für Leute, die ander'n nix durchgeh'n lass'n, riskiert keiner Kopf un' Krag'n, wenn die mal Hilfe brauch'n.«

Tellman fühlte sich zutiefst verwundbar und spürte, wie Kälte in ihm emporkroch. Er merkte, dass seine Stimme rau klang, als er dem Mann antwortete: »Was sollte ich Ihrer Ansicht nach besser vergessen, Wachtmeister? Dass eine Schusswaffe mitsamt Munition aus der Asservatenkammer verschwunden und später bei einem von Dylan Lezant begangenen Mord wieder aufgetaucht ist? Und dass niemand weiß, auf welche Weise sie von hier aus in seine Hände gelangt ist?«

»Fehler komm'n immer mal vor.« Der Wachtmeister sah Tellman mit wütendem Ausdruck an. »Un' fünf Männer sin' tot oder jed'nfalls so gut wie«, fuhr er fort. »Was würd'n Se sag'n, wenn Ihr Gesicht so verbrannt wär', dass Ihre eig'ne Mutter Se nich' erkenn'n würde? Oder wenn Se 'nen Arm verlor'n hätt'n?« Er musterte Tellman von Kopf bis Fuß. »Glau'm Se eig'ntlich, dass Se noch das Recht ha'm, die Uniform zu trag'n?«

Tellmans Hände zitterten. »Ja, Wachtmeister, unbedingt. Ednam ist tot, und niemand wird statt seiner den Hals riskieren, um Ihnen aus der Patsche zu helfen.« Er schob dem Mann die Wachjournale über die Theke hinweg hin und verließ den Raum.

Als Nächstes musste er sich um die Frage kümmern, wann und auf welche Weise Ednam von dem geplanten Opiumverkauf erfahren hatte. Woher wusste er, wer daran beteiligt sein würde, auf welchem Weg hatte er Kenntnis von dem Ort und dem vorgesehenen Zeitpunkt bekommen? Den Männern, die ihn dorthin begleitet hatten, hatte er sicherlich eine Geschichte auftischen müssen, woher er das alles wusste.

Tellmans Suche führte ihn schließlich zu einem Wachtmeister Busby, der unter beträchtlichem Druck zugab, Bossiney seit Längerem einen Gefallen schuldig gewesen zu sein, weil dieser ihm einen Fehler hatte durchgehen lassen, statt die Sache zu melden. Er hatte Bossiney Mitteilung von einem bevorstehenden Drogenkauf gemacht, ohne die Vorgesetzten zu informieren. Er erklärte, er könne sich nicht genau erinnern, woher er diesen Hinweis hatte.

Tellman fragte nicht weiter nach. Ihm war klar, dass er es mit einem ganzen Lügengewebe zu tun hatte. Wo waren die schriftlichen Berichte geblieben? Niemand wusste es. Im Bewusstsein dessen, dass Tellman ihm unmöglich das Gegenteil beweisen könnte, bot Busby ihm als Erklärung an, unter Umständen hätten die Kollegen unter dem Einfluss des Schocks, den sie erlitten hatten, als Lezant auf sie geschossen und dabei den bedauernswerten Tyndale tödlich getroffen hatte, nicht alles mit der sonst üblichen Sorgfalt archiviert.

Am späten Abend – es hatte aufgehört zu schneien, aber nach wie vor wehte ein schneidend kalter Ostwind – tat Tellman, was er nicht länger aufschieben konnte: Er suchte Bossiney auf. Zwar war dieser inzwischen aus dem Krankenhaus nach Hause entlassen worden, doch hatten die Ärzte Tellman darauf hingewiesen, dass es ihm nach wie vor sehr schlecht gehe.

Es würde eine ganze Weile dauern, bis er wieder dienstfähig war, wenn es denn je dazu käme. Und selbst dann würde er äußerstenfalls Innendienst tun können, und zwar dort, wo außer den Kollegen niemand sein entstelltes Gesicht zu sehen bekam.

Tellman fand ihn im Nachthemd und mit einer dicken Jacke am Kamin sitzend. Trotz des wärmenden Feuers schien er unter einer Kälte zu leiden, die außer ihm niemand spüren konnte. Seine Frau, ein zierliches Persönchen, verließ auf sein gebieterisches Nicken hin den Raum, damit die beiden Männer ungestört miteinander reden konnten.

Tellman setzte sich Bossiney gegenüber und zwang sich, ihm ins Gesicht zu sehen. Es war von fürchterlichen Narben übersät, die sein rechtes Auge nahezu vollständig überwucherten, sodass es fast nicht zu sehen war. Wie konnte er dem Mann weitere Schmerzen zufügen, indem er ihm Fragen zu früheren Verstößen gegen die Vorschriften stellte? Es gab doch ohnehin schon viel zu viel Leid. Newman und Hobbs, Tyndale und Lezant waren tot, und inzwischen lebte auch Ednam nicht mehr. Nichts, was jemand sagen mochte, würde daran etwas ändern können.

Auch Alexander Duncannon war so gut wie zum Tode verurteilt, ganz gleich, was geschah. Wenn man ihn nicht hängte, würde das Opium ihn töten, nur weit langsamer. Kam es wirklich so sehr auf die Wahrheit an? Sie würde tief und endlos schmerzen, unabhängig davon, was er getan oder nicht getan hatte.

»Was wollen Sie?«, fragte ihn Bossiney.

Tellman holte tief Luft und stieß sie langsam wieder aus. Sein Herz schlug so heftig, als sei er gerannt.

»Es geht um den gescheiterten Drogenkauf.« Er räusperte sich. »Den, bei dem Tyndale erschossen wurde …«

Bossiney sah ihn mit seinem gesunden Auge an. Seinem Gesicht ließ sich keine Gefühlsregung entnehmen.

Tellman unternahm einen neuen Anlauf. »Haben Sie den Drogenverkäufer je gefasst, der damals nicht gekommen ist?«

»Nein. Wieso fragen Sie danach?« Auch um seinen Mund herum waren Narben, doch beeinträchtigten diese die Deutlichkeit seiner Sprechweise nicht.

Tellman wählte seine Worte sorgfältig. »Eigentlich möchte ich nur wissen, von wem die Information stammte, die zu dem Polizeieinsatz geführt hat.«

»Was weiß ich? Vermutlich von Ednam, aber der lebt ja nicht mehr.«

Etwas an der Antwort des Mannes veranlasste Tellman zu der Annahme, dass er die Unwahrheit sagte. Es waren weniger die Worte als eine veränderte Körperhaltung oder ein leichtes Zucken in seinem Gesicht.

»Sie müssen es wissen«, sagte er. »Man schickt keinen Trupp von fünf Mann zu einem Einsatz, wenn man nicht genau weiß, worum es dabei geht. Es kann sich da unmöglich um ein kleines Drogengeschäft gehandelt haben. Fünf Mann! Und obendrein bewaffnet!« Ihm war bewusst, dass er mit dieser Behauptung ein gewisses Risiko einging. Er tat das äußerst ungern, schließlich waren das keine Gegner, sondern seine eigenen Leute. »Also haben Sie damals wohl mit einer gefährlichen Situation gerechnet.«

Bossiney saß reglos da, lediglich seine linke Hand krallte sich in den dicken Jackenstoff.

»Keiner von uns war bewaffnet. Lezant hatte die Pistole. Er hat Tyndale erschossen.« Er sagte diese Sätze wie auswendig gelernt, ohne zu zögern und ohne die geringste erkennbare Gemütsbewegung. Allem Anschein nach hatte er es satt, sie immer wieder sagen zu müssen. Bedeutete das, dass alles gelogen war? Oder war es einfach ein Hinweis darauf, dass ihm mittlerweile alles gleichgültig war? Möglicherweise hatte die jüngste Gewalttat mit ihren tragischen Folgen seine Empfindungen abgetötet. Hieß das, dass er endlich bereit war, die Wahrheit zu sagen?

Tellman kam sich vor wie jemand, der einen Geschlagenen brutal angriff. War die Wahrheit wichtig genug, um das zu rechtfertigen?

Ja, unbedingt.

»Ednam ist tot, wie Sie ganz richtig bemerkt haben«, sagte Tellman mit neutraler Stimme. »Sie können ihn also nicht mehr decken. Nur noch Sie und Yarcombe sind übrig.«

»Dann ist es doch eigentlich egal oder nicht?«, sagte Bossiney mit einer Stimme, die bitter klang. »Lassen Sie die Dinge doch einfach, wie sie sind. Lassen Sie ihn in Frieden ruhen.«

»Wen? Ednam? Hat er Tyndale erschossen?«

Er bekam keine Antwort. Im Raum war es so still, dass man das Zusammensinken der Schlacke im Kamin hörte. Woher sollte das Geld für Heizmaterial, Lebensmittel oder was auch immer kommen, falls man Bossiney unehrenhaft aus der Polizei entließ?

»Mir persönlich ist es gleichgültig, wer es war«, beeilte sich Tellman zu erklären. »Ich muss die Wahrheit wissen, um Alexander Duncannon überführen zu können. Er schwört Stein und Bein, dass sein Freund Lezant nichts mit der Sache zu tun hatte. Er sagt, er hat das Haus in die Luft gesprengt, um sich Gehör zu verschaffen. Stimmt das, was er behauptet? Oder hat womöglich am Ende gar nicht er den Sprengsatz gelegt?«

Bossineys gesundes Auge zuckte.

Tellman wartete.

»Ich weiß nicht, woher der Tipp gekommen ist«, sagte Bossiney schließlich. »Ich habe ihn über Busby bekommen, aber … er hat mir später gesagt, dass er falsch gewesen war. Ich habe Ednam nichts davon gesagt. Erst hatte ich es vergessen, und dann war es zu spät, also habe ich den Mund gehalten. Damals ging es ziemlich drunter und drüber, lauter üble Geschichten.«

»Dann hat also Ednam die Pistole mitgenommen …«, sagte Tellman in einem Ton, als wisse er genau, wie die Sache abgelaufen war.

»Ja …«

»Und hat Tyndale erschossen?«

»Wir hatten ihn für den Drogenverkäufer gehalten …« Es musste Bossiney bewusst sein, wie sinnlos diese Aussage jetzt klang.

»Und dann hat er die Sache so hingestellt, als sei Lezant der Schütze gewesen«, schloss Tellman.

»Die waren doch alle beide drogensüchtig!«, begehrte Bossiney auf.

»Ach ja?« Tellmans Herz schlug so heftig, dass es ihm fast die Luft abschnürte. »Sind Sie sicher?«

»Und ob ich sicher bin! Sie waren bleich, schwitzten und zitterten, als hätten sie einen Albtraum. Einer wie der andere.«

»Duncannon und Lezant?«, vergewisserte sich Tellman und hielt den Atem an.

»Ja …« Dann begriff Bossiney, was er gesagt hatte. Die Polizeibeamten waren den beiden jungen Männern so nah gewesen, dass sie deren Gesichter hatten sehen und Alexander hatten erkennen können, von dem sie behauptet hatten, er sei nicht am Tatort gewesen! Bossiney schien in sich zusammenzusinken; es sah aus, als sei er von einem Augenblick auf den anderen gealtert und geschrumpft, als habe er sich um einen Teil seiner selbst gebracht.

»Duncannon ist die Flucht gelungen, und Sie alle miteinander haben Lezant als Mörder hingestellt. Wie haben Sie das gedeichselt? Ihn bewusstlos geschlagen, ihm die Waffe in die Hand gedrückt und dann geschworen, dass es seine war?«

Bossiney gab keine Antwort, bestritt aber auch nicht, was Tellman gesagt hatte.

»Und dann haben Sie, wieder alle miteinander, zugelassen, dass man ihn hängte.« Viele Fragen gab es nicht mehr, aber die wenigen musste Tellman stellen. »Warum? Jeder von Ihnen wusste doch, dass er unschuldig war.«

Bossiney atmete so lange stumm ein und aus, dass Tellman schon annahm, er werde nicht antworten.

Ob sich Gracie bewusst war, was sie von Tellman verlangt hatte?

Bossiney beobachtete ihn. Es war unmöglich, seinem von Narben bedeckten Gesicht zu entnehmen, was in ihm vorging.

Maßlose Wut stieg in Tellman auf. Sie richtete sich nicht gegen Bossiney, der weiß Gott einen unvorstellbar hohen Preis gezahlt hatte, sondern gegen Ednam, der ihn in diese Lage gebracht hatte, wie auch gegen das ganze System, das dazu beigetragen hatte, dass sich die Fäulnis so weit ausbreiten konnte.

»Ich wollte es nicht wissen«, sagte Bossiney schließlich. »Ednam hat gesagt, dass es so richtig war, und ich habe ihm geglaubt, weil ich es glauben wollte. Wenn ich mich gegen ihn gestellt hätte, hätte sozusagen kein Hund mehr einen Knochen von mir angenommen – Sie verstehen, was ich meine. Ich wäre auf mich allein gestellt gewesen, und das hält bei der Polizei kein Mensch lange aus. Wissen Sie etwa nicht, wie es ist, wenn alle gegen einen sind? Was wäre dann aus meiner Familie geworden? Wer hätte sich um die gekümmert, wenn ich es nicht mehr gekonnt hätte?«

Tellman sagte nichts darauf. Obwohl ihn jedes Wort, das der Mann sagte, ebenso anwiderte wie alles, was er getan hatte, überwältigte ihn das Mitleid mit ihm.

»Sie haben keine Vorstellung von der Macht, die er hatte«, fuhr Bossiney fort. »Gegen ihn kam keiner an, denn er hatte einen guten Draht zu Leuten ganz weit oben. Da war es besser, den Mund zu halten und die Augen zuzumachen.«

Hatte Tellman sich ebenso verhalten? Gern hätte er von sich selbst das Gegenteil angenommen, aber ihm war bewusst, dass das Selbstbetrug gewesen wäre. Er hatte so manches nicht wahrhaben wollen, was er gesehen oder zumindest geahnt hatte. Er hatte nicht hingesehen und das vor sich selbst mit dem Begriff der Barmherzigkeit gerechtfertigt, wo vielleicht Feigheit das treffende Wort gewesen wäre. Und über alldem stand die Sorge, nicht dazuzugehören. Zu den Männern, an die er unverbrüchlich glaubte. Der Verlust von Illusionen schmerzte tief. Er hatte ein Bild der Vollkommenheit vor Augen gehabt, bis jemand einen Stein ins Wasser geworfen hatte, das selbiges auflöste.

Er stand auf. Was konnte er Bossiney sagen? Der Mann hatte überreichlich gezahlt, und Tellman brachte es nicht über sich, seine Situation noch schlimmer zu machen, als sie ohnehin war.

»Ich werde die Beweise auch ohne Sie finden«, teilte er ihm mit, im vollen Bewusstsein dessen, wie sehr er diese Worte möglicherweise bereuen würde – aber er musste sie einfach sagen. »Ich weiß, wo ich sie zu suchen habe.«

Bossiney gab keine Antwort. Sein gesundes Auge füllte sich mit Tränen.

Tellman wandte sich ab und ging hinaus. Er musste um jeden Preis herausbekommen, wer das war, der seine schützende Hand über Ednam hielt – und warum er das getan hatte. Hatte Ednam jemanden erpresst? Oder stand er in jemandes Dienst, der ihn für seine Mitwirkung bezahlte und schützte?

»Nur einen kurzen Aufschub, mehr erwarten wir gar nicht«, sagte Jack eindringlich spät am folgenden Tag. Er saß mit

Pitt in dessen Amtszimmer. Der dichte Nebel vor den Fenstern hüllte alles in eine gedämpfte Finsternis und verhinderte sogar, dass man den Hufschlag von Pferden auf der Straße hörte.

»Das ist mir nicht möglich«, teilte ihm Pitt mit. »Ich muss Alexander unter Anklage stellen, ohne das kann ich ihn nicht festhalten.«

»Dann überstell ihn doch an seinen Vater«, drängte ihn Jack. »Meinst du etwa, dass er bei Godfrey nicht sicher wäre? Wenn du das willst, schließt der ihn eben in seinem Zimmer ein.«

»Ich will nur eines, und zwar, dass er auf eine Krankenstation kommt«, entgegnete Pitt scharf, »wo ihn ein Arzt so behandelt, wie das erforderlich ist. Er ist völlig am Ende.«

»Dann lass ihn sich doch zu Hause aufhalten.« Auf Jacks Züge trat ein Ausdruck von Hoffnung, so, als hätten sie endlich eine Möglichkeit gefunden, sich zu einigen. »Der Vertrag ist so gut wie unterschrieben – die Chinesen erheben keine Einwendungen mehr.«

Es fiel Pitt sehr schwer, nicht aufzubrausen. Zwar hatte Bradshaw dieselbe Forderung an ihn gestellt, doch der Fall war so schwerwiegend, dass politische und diplomatische Nützlichkeitserwägungen zurückstehen mussten.

»Ich kann wirklich nicht, Jack. Er hat nicht nur drei Polizeibeamte auf dem Gewissen, er hat mir auch ins Gesicht gesagt, dass er noch einen Sprengsatz zünden wird, wenn ich ihn nicht für die beiden Anschläge vor Gericht bringe.«

Tief verärgert machte Jack eine Handbewegung, in der sich Hoffnungslosigkeit ausdrückte. »Der benutzt dich als sein Werkzeug, Thomas.«

»Als ob ich das nicht wüsste«, gab Pitt gereizt und mit erhobener Stimme zurück. »Schließlich haben wir ihm weiß Gott auch genug angetan.«

»Vielleicht die Polizei und das Gericht.« Jetzt stieg Jack die Zornesröte ins Gesicht. »Aber nicht seine Angehörigen und auf keinen Fall die Regierung.«

Pitt hob die Brauen. »Glaubst du wirklich, dass er säuberlich zwischen Gericht, Regierung und Angehörigen unterscheidet? So einfältig bist du doch nicht!«

Jack zuckte zusammen.

Bevor Pitt seine Äußerung abmildern und Jack eine Antwort geben konnte, die dessen Enttäuschung darüber Rechnung trug, dass erneut eine seiner großen Hoffnungen an privaten Unzulänglichkeiten gescheitert war, wurde er unterbrochen. Es klopfte, und gleich darauf trat Stoker ein.

»Sir«, begann er und neigte zur Begrüßung Jacks nur flüchtig den Kopf, »ich habe soeben erfahren, dass Inspektor Tellman allein einen der korrupten Polizisten aufgesucht hat und jetzt tief in der Tinte sitzt.«

Pitt erstarrte. Es kam ihm einen Augenblick lang so vor, als gehorchten ihm seine Muskeln nicht. Dann zwang er sich aufzustehen. »Wo?«, fragte er. »Wo ist er?«

»Soweit man mir gesagt hat, in Tailor's Alley«, gab Stoker Auskunft. Sein Gesicht war bleich, und eines seiner Augenlider zuckte nervös. »Ich bin nur gekommen, um Ihnen Bescheid zu sagen, weil Sie die Zusammenhänge kennen. Er scheint da in ein richtiges Wespennest gestochen zu haben.«

Pitt hätte gern Einzelheiten gewusst, doch dies war nicht der richtige Zeitpunkt für Fragen. Zu Jack gewandt sagte er: »Entschuldige, aber ich muss sofort dort hin.« Er wusste nicht, ob sein Schwager begriff, worum es ging, aber darauf konnte er in diesem Augenblick keine Rücksicht nehmen.

Mit finsterer Miene ließ Jack den Blick von Stoker zu Pitt wandern und erklärte dann: »Ich komme mit …«

»Das geht nicht«, schnitt ihm Pitt das Wort ab. »Die Sache kann äußerst gefährlich werden.« Er überlegte, dass er ihm vielleicht eine Erklärung schuldete, wenigstens einige Worte. Während er zu einem schweren Wandschrank ging, den er aufschloss, wie auch die Tür des darin befindlichen Tresors, erläuterte er: »Tellman hat in Sachen Korruption bei der Polizei nachgeforscht und ist auf ein ganzes Geflecht von Lügen und unsauberen Machenschaften gestoßen. Das Letzte, was ich von ihm erfahren habe, war, dass er nicht nur Beweise für Lezants Unschuld hat, sondern auch ein Geständnis.«

»Ich komme mit«, wiederholte Jack.

Pitt nahm eine Pistole aus dem Tresor, dann schloss er diesen und die Schranktür wieder ab.

Jack rührte sich nicht von der Stelle. Im Licht der Gaslampen wirkte er älter; die Linien in seinem Gesicht schienen sich tiefer eingegraben zu haben.

Pitt hatte keine Lust, sich erneut mit ihm anzulegen, und, ganz davon abgesehen, auch keine Zeit. Möglicherweise steckte Tellman bis zum Hals in Schwierigkeiten, wenn es für seine Rettung nicht gar schon zu spät war.

Stoker hielt Jack eine Pistole hin. Das Licht brach sich in dem Metall des Laufs. Ohne Pitt anzusehen, nahm Jack sie auf eine Art entgegen, die vermuten ließ, dass er eine solche Waffe nicht zum ersten Mal in der Hand hielt.

»Ich habe auch noch eine für mich«, sagte Stoker. Mit einem Blick zu Pitt fügte er hinzu: »Es wird Zeit, Sir«, und ging hinaus.

Jack steckte die Waffe ein und folgte Stoker auf dem Fuß, hinaus in den kalten Wind.

Die Droschke, mit der Stoker gekommen war, wartete am Straßenrand. Das Pferd scharrte mit den Hufen.

»Tailor's Alley«, rief Stoker dem Kutscher zu und stieg rasch ein, von Jack und Pitt gefolgt.

Die Droschke ruckte an. Alle drei schwiegen, während es in rascher Fahrt dahinging.

Tellman hatte Pitt mitgeteilt, dass alles, was Alexander Duncannon über den Mord an Tyndale gesagt hatte, Punkt für Punkt der Wahrheit entsprach, womit Lezants Unschuld erwiesen war. Das wiederum bedeutete, dass Ednam und seine Männer gelogen hatten, um ihren eigenen Hals zu retten und Lezant an den Galgen zu bringen. Was sich weiter daraus ergab, ließ sich unschwer erraten. Aber niemand konnte sagen, wie weitverzweigt das Lügengewebe war. Entsprechendes galt für die Frage nach dem Schicksal des Opiumverkäufers, der nicht am vereinbarten Treffpunkt aufgetaucht war. War er bewusst nicht erschienen, oder handelte es sich dabei um einen tragischen Zufall? Niemand hatte je den Namen des Mannes genannt, und trotz aller Bemühungen Pitts war Alexander Duncannon nicht bereit gewesen, ihn preiszugeben.

Inzwischen hatten sie die Hauptstraße verlassen, und wegen des dichten Nebels sah es aus, als befänden sie sich in einer fremden Stadt. Der Weg schien sich endlos zu dehnen. Die ganze Fahrt kam Pitt wie ein Albtraum vor. Er verkrampfte sich vor Besorgnis. Würden sie Tellman womöglich nur noch tot vorfinden?

Als die Droschke ein wenig zu schnell in eine andere Straße einbog, wurden die drei Männer gegeneinander geschleudert. Kaum hatten sie sich aufgerichtet, kam die nächste Richtungsänderung, diesmal langsamer, und gleich darauf hielt die Droschke an. Sie waren am Ziel.

Pitt sprang als Erster hinaus. In der Dunkelheit konnte er unterhalb der nächsten Straßenlaterne ein Schild mit der Aufschrift »Tailor's Alley« erkennen, wo diese vor ihm begann. In einem Hauseingang saß ein in sich zusammengesunkener Mann. Es war unklar, ob er schlief oder betrunken war.

Zu Stoker, der neben ihn getreten war, sagte Pitt: »Der Kutscher soll warten.«

»Das wird er auf jeden Fall tun – ich habe ihn noch nicht bezahlt.«

Die Hand an der Waffe in seiner Tasche, machte sich Pitt auf den Weg, darauf bedacht, möglichst keine Geräusche zu verursachen. Er lauschte angestrengt, hörte aber nichts als von der Dachtraufe herabfallende Tropfen. Der Wind hatte nachgelassen, aber es war nasskalt, und der Nebel waberte träge. Der Mann in dem Hauseingang hob den Kopf. Pitt kannte ihn nicht.

Wo war Tellman? Würden sie in der Gasse Verletzte oder gar Tote vorfinden? Nein, das war ein abwegiger Gedanke. Der Mann da in dem Hauseingang dürfte kaum geschlafen oder auch nur gedöst haben, wenn in der Gasse ein Kampf stattgefunden hätte.

Sie waren zu früh gekommen oder am falschen Ort, Opfer einer Fehlinformation. Pitt wandte sich halb zu Stoker um.

Nach einem kurzen Blick auf das Straßenschild vor ihnen eilte dieser um die Ecke, bevor Pitt ihn daran hindern konnte, und kam Sekunden später wieder zurück.

»Wir sind hier falsch«, sagte er mit gepresster Stimme. »Da ist niemand.« Er rannte zur Droschke zurück, zog den Kutscher an den Rockschößen, um ihn auf sich aufmerksam zu machen, und fragte ihn, ob es eine weitere Tailor's Alley gebe.

»Tailor's Row, ungefähr 'ne Meile von hier«, teilte ihm dieser mit.

»Dann los!«, rief ihm Stoker zu. »So schnell Sie können!« Unterdessen waren auch Jack und Pitt herbeigekommen, und alle drei stiegen wieder ein.

Der Kutscher knurrte etwas Unfreundliches vor sich hin, und die Droschke setzte sich rasch in Bewegung. Um dem Verkehr auf der Hauptstraße auszuweichen, nahm er eine Abkürzung nach der anderen durch dunkle Nebenstraßen. Pitt hatte nicht die geringste Vorstellung davon, wo sie waren. Beim nächsten Halt war klar, dass sie sich am richtigen Ort befanden. Schon aus der fahrenden Droschke hatten sie Schüsse gehört.

Stoker gab dem Kutscher einige Münzen und eilte dann Pitt und Jack nach.

Wieder fiel ein Schuss, dann hörte man ein dumpfes Geräusch, dem ein sirrendes Pfeifen folgte – vermutlich hatte die Kugel einen Stein getroffen und war als Querschläger abgeprallt.

Der Nebel hüllte sie immer dichter ein und verfälschte die Geräusche. Pitts Einschätzung nach kam das Feuer vom anderen Ende der Gasse, und zwar auf ihn und seine Begleiter zu. Inzwischen war eine lastende Stille eingetreten. Er lauschte angestrengt und hörte gedämpfte Schritte, eine Stimme und dann nichts mehr.

Die Waffe schussbereit in der Hand, stand Jack neben ihm, während sich Stoker auf der anderen Straßenseite zu der Einmündung einer Nebengasse vorarbeitete, von wo aus er womöglich einen Überblick über die Situation bekommen würde.

»Tellman!«, rief Pitt und trat einige Schritte beiseite.

Im nächsten Augenblick fiel ein Schuss, und dort, wo Pitt gestanden hatte, schlug ein Projektil in die Mauer ein.

Ein Schrei ertönte vor ihnen, ihm folgte Stille.

Im unruhigen Muster der Nebelschwaden veränderte sich das Aussehen der Dinge fortwährend.

Wieder wurde geschossen, und gleich darauf hörte man schnelle Schritte. Jemand fluchte, weitere Schüsse fielen. Ein Schrei ertönte, als habe eine Kugel getroffen. Mehrere Männer, deren Stimmen Pitt nicht kannte, riefen etwas.

Von Stoker war nichts mehr zu sehen. Er befand sich wohl schon in der Nebengasse.

Pitt schob sich vorsichtig um die Ecke. Dort sah er eine leicht vornübergebeugte Gestalt, die sich in einen Hauseingang presste und in der rechten Hand eine Schusswaffe hielt. Der Mann war hager und von durchschnittlicher Größe, ganz wie Tellman, doch war sich Pitt im schwachen Licht seiner Sache nicht sicher, da er das ihm abgewandte Gesicht nicht sehen konnte.

In der Schattenschwärze vor Pitt hob jemand einen Arm und feuerte auf die Gestalt im Hauseingang. Unterdessen rannte ein ziemlich korpulenter und breitschultriger Mann geduckt auf den Hauseingang zu. Stoker feuerte von der anderen Seite auf ihn, woraufhin der Mann zu Boden ging.

Als sich der Nebel einen Augenblick lang lichtete, tauchten am Ende der Gasse vier Männer auf, und weitere Schüsse fielen. Eine Kugel schlug unmittelbar neben Pitt in die Mauer ein, und Steinsplitter trafen seine Wange.

Pitt erwiderte das Feuer. Er war jetzt beinahe sicher, dass es sich bei dem Mann, der so seltsam gebückt im Hauseingang stand, als sei er getroffen worden, um Tellman handelte.

Die Männer am anderen Ende der Gasse rückten Schritt für Schritt näher. Die Vertiefung von höchstens fünfzehn bis zwanzig Zentimetern zwischen der Mauerkante und der Haustür bot Pitt so gut wie keine Deckung.

Stoker gab zwei weitere Schüsse ab, die sofort erwidert wurden.

Pitt fragte sich, ob es außer den vier Männern noch weitere gab, die sie in die Zange nehmen konnten.

»Deckt mir den Rücken!«, rief er Jack und Stoker zu. »Da könnten welche von der anderen Seite kommen.«

Fluchend wandte Jack den Blick zur Seite – gerade noch rechtzeitig. Mit einem heftigen Stoß gegen die Schulter schob er Pitt beiseite, sodass dieser fast das Gleichgewicht verloren hätte. Ganz in ihrer Nähe wurde eine Salve abgefeuert, und eine Kugel zerfetzte Pitts Ärmel.

Jack stieß einen lauten Schrei aus und begann schneller zu atmen, keuchte.

»Getroffen?«, erkundigte sich Pitt, dessen Herzschlag rascher ging.

»Am Arm, ist wohl nicht weiter schlimm«, gab ihm Jack zur Antwort. Er hob seine Waffe, zielte und gab drei Schüsse ab. Mit einem Aufschrei ging der Mann hinter ihnen zu Boden.

Mit Wutgeheul stürmten die Männer vor ihnen auf sie zu und deckten sie mit einem Kugelhagel ein. Pitt schoss, bis sein Magazin leer war.

Er sah, wie sich Tellman krümmte und niedersank.

Er schob ein neues Magazin ein und zielte auf die heranstürmenden Männer. Ihm blieb keine Wahl. Er konnte nur daran denken, dass Tellman schwer verwundet war und möglicherweise verblutete. Jetzt zählte jede Patrone, denn wahrscheinlich standen Jack, Stoker und ihm selbst nur noch wenige Schuss zur Verfügung.

Einer der Angreifer schwankte und stürzte mit dem Gesicht voran auf die Straße. Seine Waffe schlitterte klirrend über das Pflaster. Die anderen Männer feuerten weiter, aber Jack und Stoker hielten ihrem Angriff stand.

Ein weiterer Mann ging zu Boden. Dabei war seine Polizeiuniform einen Augenblick lang deutlich sichtbar. Wie zum Teufel war es so weit gekommen, dass sie einander in einer von Nebel erfüllten Gasse umbrachten?

Dann drängte sich Pitt ein weiterer Gedanke auf. Wenn jemand wegen der Schießerei die Polizei gerufen hatte, würden die Beamten sehen, dass drei Männer in Zivil, nämlich Pitt selbst, Stoker und Jack, auf uniformierte Polizisten schossen. Zwar trug Tellman Uniform, aber wer sagte denn, dass nicht sie ihn angeschossen hatten? Tellman selbst nicht, sofern er tot war. War das die Situation im Fall Lezant gewesen? Wer würde sagen, was geschehen war und wer auf wen geschossen hatte? Natürlich die Überlebenden!

Pitt hob erneut die Waffe und schoss auf den Mann vor ihm. Unwillkürlich fühlte er sich wie damals als Junge auf dem Gut bei der Fasanenjagd. Man schoss, um zu töten. Er betätigte den Abzug. Anders als bei einem Gewehr konnte man mit Handfeuerwaffen nicht besonders gut zielen, aber der Abstand betrug nur wenige Schritt.

Der Mann ging zu Boden.

Einer der anderen am Boden rief: »Nicht schießen! Ich ergebe mich!« Seine Waffe schlitterte hörbar über das Pflaster.

Der Letzte, der sich noch auf den Beinen hielt, zögerte. Erst als eine Kugel ganz in seiner Nähe vorüberpfiff, rief er mit sich überschlagender Stimme: »Ich ergebe mich!« Auch er ließ die Waffe fallen.

Jack hielt die beiden mit seiner Pistole in Schach, während Stoker sie mit ihren eigenen Handschellen fesselte.

Pitt eilte zu Tellman hinüber. Der atmete noch, aber sein Gesicht war vor Schmerz verzerrt, und er schien durch die Schussverletzungen an Brust und Armen viel Blut verloren zu haben.

»Halten Sie durch«, sagte Pitt, dessen Atem stoßweise ging. Zwar wirkte Tellman etwas weniger verkrampft, als sich Pitt seine Wunden ansah, aber die Angst wich nicht aus seinen Zügen.

Hinter ihnen ertönte Hufgeklapper, und Stimmen wurden laut. Stoker rief etwas, aber Pitt verstand nicht, was er sagte.

Jemand trat hinter ihn. »Ich bin Arzt, lassen Sie mich mal sehen«, sagte er mit fester Stimme. »Der Mann muss ins Krankenhaus.« Er legte Pitt eine Hand auf die Schulter. »Sie haben getan, was Sie konnten. Jetzt bin ich an der Reihe.«

Dem Arzt auf dem Fuße folgten Polizeibeamte. Ganz offensichtlich war die Schießerei gehört und gemeldet worden.

Jack trat neben Pitt. Im Licht der Gaslaterne wirkte sein Gesicht bleich. Obwohl der Ärmel seines Jacketts von Blut durchtränkt war, machte er einen erleichterten, beinahe glücklichen Eindruck. Zwei Männer trugen Tellman zu einer Droschke. Pitt folgte ihnen, dann wandte er sich Stoker zu, der sich bemühte, einem Wachtmeister die Zusammenhänge zu erklären.

»Staatsschutz«, sagte er einfach. »Äußerst bedauerliche Angelegenheit. Hängt mit dem Anschlag am Lancaster Gate zusammen ...«

»Sehr wohl, Sir. Scheint ja erfolgreich für Sie ausgegangen zu sein. Jetzt sollten Sie am besten alle ins Krankenhaus fahren.«

Pitt sagte nichts darauf. Ihm fiel nichts Passendes ein, und außerdem brannte sein Arm fürchterlich, wo ihn die Kugel gestreift hatte. Es war nichts weiter, kaum eine richtige Fleischwunde. Das Einzige, worauf es ankam, war die Frage, ob Tellman durchkommen würde.

KAPITEL 13

Erst weit nach Mitternacht konnte Pitt schlafen gehen. Es hatte sich herausgestellt, dass Tellman von sechs Polizisten, alle von Ednams früherer Wache, in die Enge getrieben und angegriffen worden war. Vier von ihnen waren tot, und ob die beiden anderen überleben würden, war fraglich.

Der Streifschuss an seinem Arm verursachte Pitt starke Schmerzen. Im Krankenhaus hatte man seine wie auch Jacks Wunde genäht und verbunden. Seine ganze Sorge galt aber Tellman, der um ein Haar verblutet wäre. Diesem Schicksal war er mit großem Glück entgangen.

Gracie war kreidebleich und mit unübersehbarer Verzweiflung ins Krankenhaus gekommen. Es hatte sie große Mühe gekostet, sich zu beherrschen. Charlotte war jetzt bei ihr und würde erst zurückkehren, wenn sie den Eindruck hatte, dass Gracie allein zurechtkam. Auch wenn sie Pitt fehlte, war er mit ihrer Handlungsweise einverstanden. Ohne ihn zu fragen, ob ihm das recht sei, hatte sie ihm ihren Entschluss mitgeteilt, überzeugt, er wünsche das ebenso wie sie.

Dennoch fühlte er sich einsam und gereizt, als er endlich in einen ruhelosen Schlaf fiel. Er wurde mehrere Male wach, weil er ein lautes Geräusch gehört zu haben glaubte, doch alles im Haus war still.

Als er schließlich um neun Uhr mit Kopfschmerzen und einem heftigen Brennen im Arm erwachte, herrschte graues Dämmerlicht. Es dauerte eine Weile, bis er sich orientieren konnte, doch als er den leeren Platz neben sich und den Verband an seinem Arm sah, fiel ihm alles wieder ein.

Ungewaschen und unrasiert ging er im Morgenmantel nach unten zum Telefon, um sich im Krankenhaus nach Tellmans Ergehen zu erkundigen. Man teilte ihm mit, er habe starke Schmerzen und sei durch den Blutverlust sehr geschwächt, werde aber wieder vollständig genesen.

Das war alles, was Pitt hatte wissen wollen. Tellman würde durchkommen. Danach hatte es in der vergangenen Nacht nicht unbedingt ausgesehen.

In der Küche saßen Daniel und Jemima noch am Tisch. Beide erhoben sich bei Pitts Eintreten.

»Was ist mit dir, Papa?«, fragte Jemima besorgt. »Du siehst …«

»… grauenhaft aus«, beendete Daniel den Satz für sie.

Pitt bedankte sich ironisch und teilte ihnen mit, dass es ihm gut gehe. Minnie Maude kam aus der Spülküche herein, musterte ihn gründlich und befand, dass er Ruhe und ein Frühstück brauche. Ausnahmsweise stimmte er ihr ohne Widerrede zu. Er schrieb eine kurze Mitteilung und gab sie Daniel zusammen mit Fahrgeld für die Droschke. Er sollte zu seiner Mutter fahren, damit diese Gracie die beruhigende Nachricht übermitteln konnte, er habe im Krankenhaus angerufen und erfahren, dass für Tellman keine Lebensgefahr mehr bestehe.

Pitt hatte einen langen und öden Arbeitstag vor sich. Es galt, möglichst ausführliche Berichte über das Geschehen in Tailor's Row abzufassen, bevor der Innenminister oder sonst jemand danach fragte oder, schlimmer noch, die Presse falsch informierte. Minnie Maude hatte recht – er brauchte ein ordentliches Frühstück.

Nach dem Abendessen, als Pitt gerade zu Bett gehen wollte, kam Narraway zu Besuch. Minnie Maude führte den späten Gast herein, und Narraway musterte Pitt mit betrübter Miene von Kopf bis Fuß.

»Tut wohl ziemlich weh, was?«, sagte er, doch ließ sich seinem Gesichtsausdruck nicht entnehmen, ob das eine bloße Tatsachenfeststellung war oder Mitgefühl ausdrücken sollte. »Bis das verheilt ist, wird es eine Weile dauern«, fügte er hinzu. »Gott sei Dank wird der arme Tellman mit der Zeit wieder auf die Beine kommen.« Er setzte sich in Charlottes Sessel und schlug die Beine übereinander.

»Der Whisky steht da drüben, wenn Sie welchen wollen«, sagte Pitt und wies auf die Karaffe.

»Vielen Dank. Vielleicht später.«

Pitts Herz sank. Diese Antwort konnte nur bedeuten, dass Narraway schlechte Nachrichten brachte. »Was ist es?« Er wollte es lieber gleich hören als sich auf die Folter spannen zu lassen.

»Alexander Duncannon muss sich demnächst vor Gericht verantworten.«

»Das ist mir bekannt«, gab Pitt zurück. »Bestimmt sind Sie nicht durch Matsch und Eis hergekommen, um mir etwas zu sagen, was wir alle wissen.«

»Wissen Sie aber auch, dass Abercorn ausgebildeter Jurist ist und jederzeit als Anwalt auftreten darf?«

»Nein.« Pitt war überrascht. »Was für eine Rolle spielt das? Ich weiß, dass er zu denen gehört, die mit größtem Nachdruck Gerechtigkeit für die Polizei fordern. Seit dem ersten Bombenanschlag setzt er sich damit in Szene. Ich hatte immer angenommen, dass er politisches Kapital daraus schlagen will. Er wird die Anklage nach Kräften unterstützen, damit habe ich von Anfang gerechnet. Sie etwa nicht?« Er sah Narraway fragend an. »Godfrey Duncannon kann die besten Strafverteidiger im Lande aufbieten, und unabhängig davon, wie er zu seinem Sohn steht, wird er das im eigenen Interesse auch tun. Er kann es sich kaum leisten, anders zu handeln.«

»Richtig«, stimmte ihm Narraway zu. »Vermutlich wird man auf Unzurechnungsfähigkeit wegen Opiumsucht plädieren.«

»Das ist anzunehmen«, gab ihm Pitt recht. Der Gedanke beunruhigte ihn. Das wäre ein klägliches Ende für Alexanders mutigen und verzweifelten Versuch, Gerechtigkeit zu finden und den Namen seines Freundes Lezant reinzuwaschen. Das Bewusstsein, dass Ednam, Hobbs und Newman tot waren, würde ihm nicht genügen. Das war lediglich Rache.

Narraway sah Pitt aufmerksam an, als wolle er seine Gedanken lesen.

»Damit wird Alexander nicht einverstanden sein«, sagte Pitt. »Wenn man ihn als unzurechnungsfähig hinstellt, wird ihn sein Verteidiger nicht aussagen lassen, und selbst wenn er aussagte, hätte das kein Gewicht.« Sonderbarerweise empfand er das als persönliche Niederlage. Er hatte das Bedürfnis, mehr dazu zu sagen, an Alexanders Stelle auszudrücken, als wie ungerecht er das Ganze empfand. Es war fast so, als sei er selbst davon betroffen. Man hatte einen Unschuldigen mit voller Absicht an den Galgen gebracht, und der einzige Freund, der davon wusste, war durch das System und seine eigene entsetzliche Schwäche zu Fall gebracht worden.

Abercorn gegenüber empfand Pitt einerseits Mitgefühl wegen des schweren Schicksals seiner Mutter und der Art und Weise, wie Godfrey Duncannon sie behandelt hatte, aber zugleich auch eine unbegründete tiefe Abneigung. Bestimmt würde sich der Mann nach Kräften bemühen zu erreichen, dass der Anwalt, den Alexanders Vater mit der Verteidigung beauftragte, mit seinem Antrag auf Unzurechnungsfähigkeit nicht durchkam. Pitt konnte ihm das nicht einmal übel nehmen, denn vermutlich sah Abercorn in Alexander den legitimen Sohn, der er selbst hätte sein sollen. Doch selbst wenn Alexander erfolgreich wäre und ihm der Strang erspart bliebe, würde er einsam und geschlagen bis zu seinem jämmerlichen und qualvollen Tod in einer Irrenanstalt dahinsiechen.

Pitt war erschöpft. Es kam ihm vor, als ob ihn nicht nur seine Muskeln schmerzten, sondern sogar die Knochen. Was auch immer er sagte, würde sein Versagen und seine Verletzlichkeit klar belegen.

Narraway beobachtete ihn. Im Schatten, den das Licht der Lampen warf, wirkten seine Augen nahezu schwarz. Auf seinem Gesicht lag ein Ausdruck von Mitgefühl und Zorn.

»Abercorn beabsichtigt, die Anklage zu vertreten«, sagte er ruhig.

»Was?«, entfuhr es Pitt. Er glaubte, sich verhört zu haben. Konnte es sein, dass ihm sein Bewusstsein Streiche spielte?

»Das war der Grund, warum ich erwähnt habe, dass er seine Anwaltszulassung nicht hat verfallen lassen. Man kann nie wissen, ob einem so etwas noch einmal nützen kann.«

Pitt fluchte mit einer aufgestauten Wut, die ihn selbst erstaunte. Zugleich war ihm bewusst, wie hilflos er der Situation gegenüberstand.

»Habe ich übrigens auch«, sagte Narraway in einem Ton, als wundere ihn das selbst.

Pitt zwang sich, seine Aufmerksamkeit der Gegenwart zuzuwenden. »Was haben Sie übrigens auch?«

»Regelmäßig die Gebühren bezahlt, um mir meine Anwaltszulassung zu erhalten«, gab Narraway mit ungewohnt sanftmütiger Stimme zurück. »So etwas kann man immer brauchen.«

Pitt war wie vor den Kopf geschlagen. »Ich hatte gar nicht gewusst …« Er ließ den Rest des Satzes unausgesprochen. Natürlich hatte er nichts davon gewusst. Es gab unglaublich viel, was er über Narraway nicht wusste. Wenn er es recht bedachte, galt das für den größten Teil von dessen Leben. Er wusste, dass Narraway in jungen Jahren zur Zeit des Sepoy-Aufstands 1857 beim Militär in Indien gedient hatte. Danach war er also wohl nach England zurückgekehrt, um Jura zu studieren – ein Fachgebiet, das ein beträchtliches Maß an Disziplin erforderte. Vielleicht passte das ja ganz gut zu einem ehemaligen Heeresoffizier.

»Was hat das mit Abercorn oder dem Fall zu tun, den er übernehmen will?«, fragte Pitt. Er fühlte sich töricht und verwirrt.

»Falls Abercorn die Anklage vertritt, werde ich Alexanders Verteidigung übernehmen, sofern er damit einverstanden ist«, erklärte Narraway.

»Aber warum? Was können Sie bewirken, was der beste Anwalt, der seinem Vater zur Verfügung steht, nicht erreichen würde?«

»Das haben Sie ziemlich unverhohlen formuliert«, gab Narraway belustigt zurück. »Aber wenn mein Plan aufgeht, kann ich nicht nur die Korruption innerhalb der Polizei darlegen, sondern wegen seines Anteils an deren Aufdeckung auf Milde für den jungen Mann plädieren, damit er bei dem zu erwartenden Urteil in ein Krankenhaus statt in eine Irrenanstalt kommt.«

»Und was ist, wenn Ihr Plan nicht aufgeht?« Noch war Pitt nicht bereit zu hoffen.

»Dann wird man ihn wahrscheinlich hängen«, gab Narraway mit gepresster Stimme zurück. »Bei Licht besehen, ist das möglicherweise barmherziger als ein Verdämmern in der Irrenanstalt.«

»Als Ergebnis eines Schuldspruchs«, sagte Pitt verbittert.

»Auf den läuft es so oder so hinaus. Das will er doch selbst … oder etwa nicht?«

Pitt bestätigte das stumm mit einem leichten Nicken, bei dem er Narraway offen ansah.

Narraway erhob sich und ging zu der Whiskykaraffe. Er goss sich und Pitt ein Glas ein, kehrte dann an seinen Platz zurück und fuhr mit der Darlegung seines Planes fort.

Jack Radley hatte zwei Tage mit wenig Fieber und großen Schmerzen im Bett verbracht. Er schien sich rasch zu erholen, doch der Vorfall hatte ihn so sehr mitgenommen, dass er gern noch eine Weile zu Hause blieb. Den größten Teil der Zeit verbrachte er im Salon, auf dem Sofa nahe dem Kamin liegend. Weil es ihm starke Schmerzen verursachte, sich richtig anzukleiden, trug er einfach einen warmen Morgenmantel über dem Nachthemd. Er war wie zerschlagen, und da sich die Wunde noch nicht geschlossen hatte, musste der Verband regelmäßig gewechselt werden.

Er ließ sich von Emily helfen und war dankbar für ihre Unterstützung. Überrascht stellte er fest, dass er von Zeit zu Zeit einen leichten Schwindelanfall erlitt.

Als jemanden, der sein Leben lang gesund gewesen war, traf ihn die erzwungene Untätigkeit wie auch die Unfähigkeit, seinen gewohnten Aufgaben nachzugehen, besonders hart. Diese ernüchternde Erfahrung brachte ihn dazu, an Alexander Duncannon zu denken, der schon seit Jahren ständig Schmerzen litt und überdies wusste, dass sich daran nie etwas ändern würde. Wie ertrug er das nur?

Von seinem Sofa sah Jack zu Emily hinüber. Im warmen Licht schimmerten ihre Locken wie Gold. Diese Haarpracht hatte ihm schon immer besonders gut gefallen.

Ihr machte die Frage Sorge, ob sich seine Verwicklung in die Schießerei negativ auf seine Karriere auswirken würde, aber sie unterließ es, ihn darauf anzusprechen. Es ging ihr dabei nicht um das Geld, das er verdiente – ihre eigenen

Mittel reichten, um der Familie den gewünschten Lebensstil zu ermöglichen –, wohl aber fragte sie sich, welche Folgen der Verlust seiner Ämter auf sein Selbstwertgefühl und seinen Stolz haben würde.

Doch was bedeutete das, verglichen mit dem Kummer der Familie Duncannon? Emily und den Kindern ging es gut, und im Grunde genommen auch Jack. Die Wunde an seinem Arm schmerzte zwar, aber sie würde heilen, ihn weder entstellen noch dauerhaft behindern. Es lag ausschließlich an ihm, ob sein verletzter Stolz ihm künftig das Leben schwer machte oder nicht.

Aber warum sollte er das überhaupt? Jack hatte die ihm in Bezug auf den Vertrag erteilten Anweisungen befolgt und getreulich zu Godfrey Duncannon gehalten – eher aus grundsätzlichen Erwägungen als aus Neigung. Dass er dem gefühlskalten Mann keine Sympathie entgegenbrachte, war unerheblich. Weder Freude noch Schmerz schien Godfrey Duncannon zu rühren oder auch nur kurzzeitig von seiner Arbeit abzulenken. Er war stets höflich, bat aber nie um Entschuldigung. Wenn er jemandem dankte, tat er das steif und förmlich und so, als tue er das nur widerwillig.

Im Laufe der Zeit hatte Jack auch erkannt, dass der Mann ehrgeiziger war, als es zuerst den Anschein gehabt hatte. Allerdings galt das für viele in der Regierung. Es gehörte zu der Aufgabe, umgänglich zu erscheinen, ohne es unbedingt zu sein. Vor allem war es wichtig, unter dem freundlichen Äußeren so hart und elastisch wie Stahl zu sein. Und gerissen – man musste unbedingt jederzeit gerissen sein.

Dann drängte sich zum ersten Mal ein Gedanke in den Vordergrund, den er unbewusst schon seit Wochen mit sich herumgetragen hatte: War das, was er tat, eigentlich die richtige Aufgabe für ihn? Ursprünglich war er überzeugt gewesen, dass genau darin seine Lebensaufgabe lag, die er mit seiner

Urteilskraft, seinem natürlichen Charme und Geschick im Umgang mit Menschen bewältigen konnte. Hinzu kamen die Vorteile, die ihm der Wohlstand verschaffte – Muße und die Möglichkeit, sein Leben nach Belieben zu gestalten.

Aber auch als Unterhausabgeordneter wäre er sich Emilys Achtung sicher, und in den Augen der Öffentlichkeit würde er als ein Mann dastehen, der seine Ziele entschlossen verfolgte.

Knisternd sank das Feuer in sich zusammen.

Emily sah aufmerksam zu ihm herüber. Ob sie eine Vorstellung von dem hatte, was ihm durch den Kopf ging?

»Ich werde morgen Cecily besuchen«, sagte sie mit einem trübseligen Lächeln. »Ich nehme an, dass eine ganze Reihe ihrer Bekannten das nicht tun werden. Es macht dir doch hoffentlich nichts aus?« Es war eine Frage, aber er war fest davon überzeugt, dass sie, da es ihm inzwischen besser ging, auf jeden Fall hingehen würde, ganz gleich, was er sagte.

»Könnte ich dich denn überhaupt dazu überreden, es nicht zu tun?«, fragte er mit einem Lächeln.

»Lediglich, wenn du mir einen so überzeugenden Grund nennen würdest, dass sich nichts dagegen sagen ließe. Möchtest du es mir denn ausreden?« Sie sah zum Kaminfeuer und dann wieder zu ihm.

»Nein. Ich denke, du solltest auf jeden Fall hingehen. Sag mal, Emily … findest du Godfrey eigentlich sympathisch?«

Sie stand auf, ging durch den Raum und betätigte den Klingelzug. Als der Lakai hereinkam, trug sie ihm auf, Holz und auch etwas Kohle zu bringen, denn der Abend war bitterkalt.

»Und?«, ließ Jack nicht locker, kaum, dass sich die Tür hinter dem Lakaien geschlossen hatte.

»Und … was?«, fragte sie mit Unschuldsmiene.

»Findest du Godfrey sympathisch?«, wiederholte Jack seine Frage.

»Nicht besonders«, gab sie zu.

»Warum nicht? Sag es mir, ich möchte es wissen.«

»Ich kann dir keinen vernünftigen Grund dafür nennen. Er erscheint mir … kalt.«

»Das ist durchaus ein vernünftiger Grund. Liebt Cecily ihn?«

Emily zuckte äußerst elegant die Achseln. »Ich weiß nicht. Ich nehme an, dass sie ihn früher einmal geliebt hat.« Sie sagte nichts weiter, aber ihm war klar, was sie dachte: dass es jedem so gehen könnte und wahrscheinlich auch vielen so ging. Sie beide waren dieser Gefahr erst vor wenigen Monaten um ein Haar entgangen. Sie hatten aufgehört, miteinander zu lachen, sich unmerklich auseinandergelebt, die Existenz des anderen für selbstverständlich gehalten, kleine Schwächen maßlos aufgebläht und sie sich gemerkt, statt sie zu verzeihen.

Cecily hatte das Geld mit in die Ehe gebracht, das Duncannon so überaus erfolgreich vermehrte. Vielleicht hatte keiner der beiden das vergessen.

Wenn Jack daran dachte, dass er sich in einer ähnlichen Situation befand, fühlte er sich unter dem Druck einer Verpflichtung und hielt es für nötig, die an ihn gestellten Erwartungen zu erfüllen. Ob es Godfrey ebenso ging? Oder hatte für ihn bei der Eheschließung ohnehin das Geld eine größere Rolle gespielt als die Liebe?

Fragte sich Emily jemals, inwieweit bei Jack das Geld der eigentliche Grund gewesen und die Liebe gekonnt vorgespielt war? Nein, auf keinen Fall! Aber tat er genug, um ihr zu zeigen, dass es sich so verhielt?

»Ja, geh und besuche sie«, sagte er. »Bitte. Es wäre schön, wenn du eine Möglichkeit fändest zu sagen, wie schrecklich leid mir das alles tut.«

»Danke.« Sie lächelte ihm zu. »Ich wollte mich nicht mit dir darüber streiten.«

»Aber du hättest es getan?«, fragte er und lächelte gleichfalls, um den Worten jeden Stachel zu nehmen.

»Ja«, gab sie mit einem noch lieblicheren Lächeln zurück.

Sie hatte ihn nicht gefragt, auf welche Weise sich die bevorstehende Gerichtsverhandlung auf seine Zukunft auswirken würde. Sie konnte durchaus zu dem nächsten Fehlschlag führen, der seinen Namen mit dem eines weiteren wichtigen Mannes in Verbindung brachte, der auf spektakuläre Weise einen Karriereknick hatte hinnehmen müssen, auch wenn Jack selbst nicht die geringste Schuld daran trug. War das ein Missgeschick, oder lag es daran, dass Jack die Sache von Anfang an falsch eingeschätzt hatte? Sollte er sich beruflich lieber in eine andere Richtung orientieren, wo er seine Fähigkeiten besser einsetzen konnte? Einstweilen würde er zu diesem Thema nichts sagen. Er erwiderte Emilys Lächeln und versuchte, auf dem Sofa eine bequemere Position zu finden. Er hatte Glück gehabt, mit einer so geringfügigen Verletzung davongekommen zu sein. Ohne Weiteres hätte auch er zu den Toten in der Gasse gehören können, wenn ihn die Kugel nur wenige Zentimeter weiter rechts getroffen hätte …

Es war an der Zeit, die Dinge gründlicher zu durchdenken.

Emily suchte das Haus der Familie Duncannon mit einer gewissen Beklemmung auf, wusste sie doch nicht, ob Cecily überhaupt bereit war, sie zu empfangen. Für den Fall, dass man sie nicht einließ, hatte sie eine schriftliche Nachricht vorbereitet, die sie hinterlassen würde. Es gab so wenig zu sagen, dass es fast lächerlich erschien, aber die Freundschaft verlangte, dass man nicht den einfachen Ausweg nahm zu behaupten, man wisse nicht, was man sagen solle. Es gab so vielerlei Tragödien, für die dem Menschen angemessene Trostworte zur Linderung der Qual fehlten, aber das war kein Grund, andere mit ihrem Schmerz allein zu lassen.

Es war bitterkalt, und der scharfe Ostwind drang mühelos durch ihren Wollmantel und sogar durch den Pelzkragen. Sie war erleichtert, als ihr der Butler mit ausdrucksloser Miene die Tür öffnete. Es dauerte einen Augenblick, bis er sie erkannte, dann aber trat er beiseite und bat sie herein.

»Bitte entschuldigen Sie mich einen Moment. Ich werde nachsehen, ob Mrs. Duncannon in der Lage ist, Sie zu empfangen.« Sein bleiches Gesicht ließ erkennen, dass ihm die bevorstehende Tragödie bewusst war. Mit großen Schritten durchquerte er das Vestibül und klopfte an eine der Türen. Wenige Augenblicke später kehrte er zurück und führte Emily in das Empfangszimmer, wo Cecily Duncannon sie erwartete.

»Emily! Wie freundlich von Ihnen …«, setzte Cecily an, sprach aber nicht weiter, sodass eine unbehagliche Stille eintrat. Ihr Gesicht war gramzerfurcht, ihre Haut bleich, tiefe dunkle Ringe lagen um ihre Augen. Von ihrer früheren Lebhaftigkeit war nichts geblieben, und sie schien körperlich wie seelisch am Ende zu sein. Möglicherweise, ging es Emily durch den Kopf, hatte sie mit ihrer Munterkeit lediglich den Schmerz von sich fernhalten, sich vor der Wirklichkeit schützen wollen. Anfangs hatte Emily das nicht so gesehen, aber jetzt schien ihr das klar zu sein. Es war Cecily wohl schon immer bewusst gewesen, dass dieser Tag, oder ein Tag ähnlich wie dieser, kommen würde. Wie viel Mut es sie gekostet haben musste, die Zeit bis dahin mit Leben zu erfüllen! Hätte Emily die Kraft dazu gefunden, wenn es um ihren eigenen Sohn Edward gegangen wäre?

Was um Himmels willen konnte sie sagen, was nicht banal klang, kein bloßes Geplapper war, mit dem man die Stille füllte?

Sie trat auf Cecily zu, nahm ihre beiden Hände und hielt sie so sanft, als könnte man sie mit der leisesten Berührung verletzen. »Bitte sagen Sie es ganz offen, wenn Sie lieber allein sein möchten«, sagte sie freundlich. »Falls aber nicht, bin ich bereit, Ihnen Gesellschaft zu leisten, solange Sie das wünschen.«

Tränen flossen über Cecilys Wangen, und es nützte nichts, dass sie das durch heftiges Zwinkern zu verbergen versuchte. Sie holte zitternd Luft, wartete und fühlte sich dann offenbar hinreichend gefasst, um zu sprechen.

»Ich danke Ihnen ... Es wäre mir sehr lieb, wenn Sie eine Weile bei mir blieben. Der Strafverteidiger Sir Robert Cardew ist bei meinem Mann im Arbeitszimmer. Ich weiß nicht, welche Taktik er verfolgen will, aber Godfrey sagt, es gebe keinen besseren als Sir Robert, weil er nicht nur äußerst redegewandt und selbstverständlich ein glänzender Jurist ist, sondern auch weise. Er wird wissen, was auf lange Sicht für unseren Sohn das Beste ist.«

Ein kalter Schauer durchlief Emily. War Cecily etwa nicht klar, dass es für Alexander keine »lange Sicht« gab? Sie musste es doch wissen! Emily hatte es in ihrem Gesicht gesehen, in ihren Augen, wenn sie in vermeintlich unbeobachteten Momenten zu ihm hingesehen hatte. Da war dieses Wissen erkennbar gewesen und gleich wieder verschwunden, beherrscht von guten Manieren und Pflichtbewusstsein.

Es hätte Emily nicht gewundert, wenn Godfrey die »lange Sicht« auf seine eigene Zukunft bezog. Wäre das ehrenrührig? Sofern sich Edward in einer solch entsetzlichen Situation befand, würde Emily da auf lange Sicht an Jacks Zukunft denken? Und an Evangeline, schuldlose Erbin des unauslöschlichen Makels, der dann auf der Familie lasten würde? Wer würde sie heiraten wollen? Wie würde ihre Zukunft aussehen?

»Natürlich«, sagte sie ruhig. »Sie müssen dem Rat folgen, den Sie für den klügsten halten.«

In diesem Augenblick öffnete sich die Tür, und Godfrey Duncannon trat ein, unmittelbar gefolgt von einem Mann, der ihm in gewisser Weise ähnlich sah. Er war nicht ganz so groß wie der Hausherr, hatte dichtes eisengraues Haar und war tadellos gekleidet. Beide blieben stehen, als sie Emily sahen.

Ein Ausdruck von Ärger trat auf Godfreys Gesicht, doch er unterdrückte ihn sogleich.

»Guten Morgen, Mrs. Radley«, sagte er mit kühler Distanz. Er stellte Sir Robert Cardew vor und erläuterte, dass Emily eine gute Bekannte seiner Frau und zweifellos gekommen sei, um diese zu trösten, jetzt aber im Begriff stehe zu gehen. »Wir sind Ihnen dankbar für Ihr Mitgefühl, doch gewiss werden Sie Verständnis dafür haben, dass wir jetzt dringende Familienangelegenheiten besprechen müssen.« Während er sich seiner Frau Cecily zuwandte, trat erneut der finstere Ausdruck von Verärgerung auf seine Züge. Ob ihm das als Tarnung diente, hinter der er seine Angst verstecken konnte? Ein Mann wie er würde unter keinen Umständen zugeben, dass er Angst hatte – er konnte sich das nicht leisten. Feinde und Gegenspieler merkten es sofort, wenn man Angst hatte, und nutzten das gnadenlos aus. Einen flüchtigen Augenblick lang tat er Emily aufrichtig leid. Vielleicht war Cecily zu sehr verletzt, als dass sie ihm in dieser Situation eine Hilfe hätte sein können. Schließlich war Alexander auch *sein* einziger Sohn!

Emily schluckte die Antwort herunter, die ihr schon auf der Zunge gelegen hatte.

»Selbstverständlich«, bestätigte sie und wandte sich dann Cecily zu. »Bitte lassen Sie es mich wissen, wenn ich etwas für Sie tun kann. Vielleicht möchten Sie irgendwohin nicht ohne Begleitung gehen oder haben eine Erledigung zu machen, bei dir ich behilflich sein kann.«

»Ich danke Ihnen«, sagte Cecily rasch. »Sie brauchen noch nicht zu gehen. Sie sind ja gerade erst angekommen …«

»Cecily!« In Godfreys Stimme lag unverkennbare Schärfe.

Sie sah ihn mit vor Entsetzen weit aufgerissenen Augen an.

Jetzt griff Cardew ein. »Mrs. Duncannon, wir haben alles gründlich erörtert und sind zu einer Entscheidung gekommen, von der ich Ihnen versichern kann, dass es angesichts der Umstände keine bessere Lösung gibt. Wir sind zuversichtlich, zweifelsfrei nachweisen zu können, dass Ihr Sohn Alexander für seine Handlungen nicht in vollem Umfang verantwortlich ist. Sofern uns das gelingt, wird man ihn in einem sicheren Heim unterbringen, wo es ihm an nichts fehlen wird. Sofern Ihr Gatte es für angebracht hält, werden Sie ihn dort von Zeit zu Zeit besuchen können.« Das Lächeln, mit dem er sie bedachte, wirkte eher begütigend als ermutigend. »Ich werde mit all meinen Kräften darauf hinarbeiten, dass der Prozess diesen Ausgang nimmt. Im Übrigen empfehle ich Ihnen, nicht selbst zu der Verhandlung zu gehen, sondern Ihren Gatten daran teilnehmen zu lassen. Es würde Sie allzu sehr mitnehmen.«

Cecily sah ihn kalt an. »Ich weiß es zu schätzen, dass Ihnen mein Wohl so am Herzen liegt, Sir Robert, aber ich werde hingehen. Ich denke, Mrs. Radley wird mich begleiten, um zu verhindern, dass ich mit einem Ohnmachtsanfall in einem unpassenden Augenblick Aufsehen errege.« Sie drückte leicht den Arm Emilys, die dicht neben ihr stand, und diese erwiderte die Berührung.

Cardew machte ein bestürztes Gesicht und sah Godfrey betroffen an.

»Wir werden sehen«, sagte dieser mit fester Stimme. »Haben Sie vielen Dank.« Er griff nach dem Glockenzug, um nach dem Butler zu läuten, damit dieser Cardew zur Haustür begleitete.

Kaum hatte sich die Tür des Empfangszimmers hinter den beiden geschlossen, wandte Godfrey sich Emily zu. »Und jetzt entschuldigen Sie uns«, sagte er geradezu im Befehlston.

»Selbstverständlich.« Emily zögerte. Die Art, wie Cecily ihren Arm umklammerte, zeigte nur allzu deutlich, dass sie nicht allein gelassen werden wollte, doch angesichts der äußerst unhöflichen, um nicht zu sagen gebieterischen Verabschiedung durch den Hausherrn sah sie keine Möglichkeit zu bleiben.

Die Situation nahm eine gewisse Wendung durch die Rückkehr des Butlers, der äußerst unbehaglich dreinsah und nicht so recht mit der Sprache herauszuwollen schien.

»Mrs. Radley wünscht zu gehen«, teilte Godfrey ihm mit.

»Sir, Lord Narraway lässt sich nicht abweisen und besteht darauf, mit Ihnen zu sprechen. Er ist Sir Robert Cardew unmittelbar vor der Haustür begegnet, Sir.«

»Gott im Himmel! Was will er denn?«, blaffte Godfrey. So aufgebracht er auch war, konnte er es sich doch keinesfalls leisten, einen Mann wie Narraway vor den Kopf zu stoßen. Immerhin war dieser bis vor Kurzem Leiter des Staatsschutzes gewesen und bewahrte in seinem geradezu enzyklopädischen Gedächtnis auf, was er über erstaunlich viele Menschen und deren dunkle Geheimnisse wusste. Hinzu kam, dass er als Angehöriger des Oberhauses sein Wissen mehr oder weniger nach Belieben mit seiner Macht verknüpfen konnte.

»Er besteht darauf, mit Ihnen zu sprechen, Sir«, gab der Butler gequält zurück.

Nach kurzem Überlegen straffte sich Godfrey und knurrte: »Führen Sie ihn herein.«

Cecily sah verwirrt drein, aber Emily begriff sogleich, dass Duncannon annahm, Narraway werde in Anwesenheit der beiden Damen keine persönlichen Dinge ansprechen. Sie vermutete allerdings, dass er sich damit irrte.

Narraway trat ein. Ganz wie Cardew war er tadellos gekleidet, aber schlanker und einige Zentimeter kleiner als dieser. Er strahlte ein solches Maß an Selbstsicherheit und gelassener Energie aus, dass es den Anschein erweckte, als habe in diesem Raum ausschließlich er zu bestimmen.

»Guten Morgen«, sagte er höflich, wobei er betont auch zu den beiden Damen hinsah. »Ich bitte um Entschuldigung für mein unangekündigtes und zweifellos ungelegenes Erscheinen, das aber erforderlich ist. Vermutlich hat Sir Robert Cardew Sie bereits davon in Kenntnis gesetzt, dass Mr. Abercorn im Prozess gegen Ihren Sohn die Anklage vertreten wird.«

»Selbstverständlich!«, fuhr Godfrey auf. Mit eiskalter Stimme und ohne den geringsten Versuch, auch nur ansatzweise höflich zu sein, teilte er dem Besucher mit: »Ich kann mir nicht vorstellen, dass Sie gekommen sind, um mir etwas mitzuteilen, was so … unübersehbar auf der Hand liegt und Sie überdies, offen gesagt, auch nicht im Geringsten etwas angeht.«

Cecily war wie erstarrt und hielt sich so an Emilys Arm fest, als müsse sie sonst zu Boden sinken.

»Mit dieser Vermutung haben Sie recht«, bestätigte Narraway. »Sie werden aber noch nicht wissen, weil das erst heute Vormittag beschlossen wurde, dass ich die Verteidigung Mr. Alexander Duncannons übernommen habe …«

»Nein, Sir, das kommt auf keinen Fall infrage!«, fuhr ihn Godfrey wütend an. »Es ist mir völlig gleichgültig, wer Sie sind oder was Sie waren! Ich habe Sir Robert Cardew mit der Verteidigung meines Sohnes beauftragt. Weiter gibt es dazu nichts zu sagen. Guten Tag.«

Narraway hob kaum wahrnehmbar die Brauen. »Nicht Sie stehen vor Gericht, Mr. Duncannon, sondern Ihr Sohn. Er ist volljährig und kann daher mit der Wahrnehmung seiner Interessen beauftragen, wen er will. Er hat sich für mich entschieden.«

Godfreys Gesicht wurde bleich, sogar die Lippen verloren jede Farbe. »Er ist nicht zurechnungsfähig, wie Ihnen bekannt sein dürfte. Daher kann er nicht darüber entscheiden, wer ihn vertreten soll. Sie sind nicht einmal Anwalt – wie können Sie es wagen, sich als solcher aufzuspielen? Es ist einfach abscheulich! Verlassen Sie mein Haus, Sir, bevor ich Sie hinauswerfen lasse!«

Einen Augenblick lang fürchtete Emily, die Heftigkeit der Gefühle, die Angst und Wut würden in Gewalt ausarten.

Narraway lächelte, vielleicht aber entblößte er auch lediglich die Zähne. »Ich bin ganz wie Mr. Abercorn befugt, als Anwalt aufzutreten. Aber Sie müssen tun, was Sie für richtig halten, Mr. Duncannon. Ich mache Ihnen diese Mitteilung aus reiner Höflichkeit. Glücklicherweise ist Mrs. Radley als Zeugin hier. Im Übrigen habe ich dem Gericht die erforderlichen Dokumente bereits zustellen lassen.«

»Keinen Penny werde ich Ihnen zahlen!«, erwiderte Godfrey finster. »Auch das kann Mrs. Radley bezeugen. Bieten Sie auf, wen Sie wollen, Sie werden sich damit nur lächerlich machen. Ich kann mir nicht vorstellen, was Sie sich davon versprechen, aber ich versichere Ihnen, dass für Sie nichts dabei herauskommt.«

»Ich verteidige Ihren Sohn mit dessen ausdrücklicher Zustimmung, weil ich überzeugt bin, im Unterschied zu Sir Robert Cardew Gerechtigkeit für ihn erwirken zu können. Ich benötige dazu Ihr Einverständnis nicht und habe Ihnen lediglich Mitteilung davon gemacht, weil Sie einen Anspruch darauf haben, das zu erfahren, aber kein Recht, sich in die

Angelegenheit einzumischen. Guten Tag, Sir, Mrs. Duncannon. Emily, vielleicht ist dies auch für dich ein günstiger Augenblick, um dich zu verabschieden.« Mit einer angedeuteten Verbeugung in Cecilys Richtung wandte er sich um und ging ins Vestibül hinaus.

Godfrey machte sich mit einem Kraftausdruck Luft, den er normalerweise in Anwesenheit von Damen unterdrückt hätte.

Cecily sagte kein Wort.

Emily drückte liebevoll ihren Arm, wandte sich dann ebenfalls um und folgte Narraway.

Sie holte ihn an der Haustür ein, wo er offenbar auf sie gewartet hatte. Beider Kutschen standen hintereinander am Straßenrand, die Pferde schnaubten unruhig im kalten Wind.

Ohne Umschweife fragte sie ihn: »Was hast du vor?« Noch vor einem Jahr hätte sie ihm eine solche Frage vor lauter Ehrfurcht nicht zu stellen gewagt, doch seit seiner Eheschließung mit ihrer angeheirateten Großtante Vespasia hatte sie ihn zu ihrer großen Freude als warmherzig und verletzlich kennengelernt. »Kannst du Alexander wirklich helfen?«

»Nein, das kann niemand. Dafür ist es zu spät«, sagte er mit erstaunlicher Sanftheit. »Er wird nicht mehr lange leben. Aber ich bin überzeugt, dass ich seinen Wunsch erfüllen und seinen Ruf als den eines Mannes retten kann, der bei klarem Verstand gehandelt und seinem Freund die Treue gehalten hat. Immerhin hat man Lezant für ein Verbrechen gehängt, das er nicht begangen hatte. Wenn er rehabilitiert wird, hat Alexander sein Leben nicht vergeblich hingegeben.«

Sie nickte wortlos, von Mitgefühl überwältigt. »Bitte sag mir, wenn ich etwas tun kann.«

»Du kannst dich um Cecily Duncannon kümmern«, erwiderte er ihr. »Es wird für sie sehr schwer werden, und ich bezweifle, dass ihr Mann ihr ein großer Trost ist.«

Der Hafenvertrag war noch nicht unterschrieben und würde jetzt möglicherweise scheitern. Daran konnte niemand etwas ändern, und Emily merkte, dass ihr die Sache auch nicht so wichtig war, dass sie sich dafür starkgemacht hätte.

»Selbstverständlich«, stimmte sie zu.

Er lächelte und wartete, bis ihr Kutscher ihr in den Wagen geholfen hatte. Dann schritt er zu seiner eigenen Kutsche und stieg ein.

Der Prozess gegen Alexander Duncannon begann am dritten Montag im Januar 1899. Die Anklage lautete auf Mord an drei Polizeibeamten sowie auf versuchten Mord und schwere Körperverletzung an zwei weiteren. Die Namen aller Opfer wurden verlesen.

Charlotte saß im Zuschauerraum zwischen Vespasia und Jack, während Emily, ihrem Versprechen getreu, Cecily Duncannon begleitete. Alle schwiegen, nicht aus Ehrerbietung vor dem Gericht oder weil sich das so gehörte, sondern weil es nichts mehr zu sagen gab. Godfrey war nicht unter den Anwesenden, da man ihn möglicherweise später als Zeugen aufrufen würde. Er war nach wie vor wütend auf Narraway, doch hatte er trotz aller Versuche nicht verhindern können, dass dieser als Verteidiger Alexanders auftrat.

Auch Pitt war nicht im Gerichtssaal anwesend, da er selbstverständlich als Hauptzeuge der Anklage würde aussagen müssen, ob ihm das recht war oder nicht.

Die üblichen einleitenden Formalien schienen kein Ende zu nehmen. Endlich rief Abercorn seinen ersten Zeugen mit übertriebener Feierlichkeit auf, womit er erreichte, dass aller Augen auf Bossiney ruhten, während dieser, vom Gerichtsdiener gestützt, mühselig in den Zeugenstand trat. Er nahm jede Stufe einzeln und hob, sich am Geländer festhaltend, jeweils erst den linken Fuß, ehe er den rechten nachzog.

Als er sich, oben angekommen, dem Gericht zuwandte, stöhnten die Geschworenen und die dicht gedrängten Zuschauer auf der Galerie bei seinem Anblick auf.

Charlottes Magen hob sich, und ihr brach der Schweiß aus, als sie das grässlich entstellte Gesicht mit den leuchtend roten Narben sah.

Selbst der Richter, Lord Justice Bonnington, wurde bleich.

Abercorn trat vor und richtete den Blick demonstrativ aufmerksam nach oben auf den Zeugenstand. Er hörte zu, während Bossiney seinen Namen und Dienstgrad nannte und anschließend beeidete, dass er die Wahrheit, die ganze Wahrheit und nichts als die Wahrheit sagen werde.

Charlotte sah zu Vespasia hinüber. Was vermochte Narraway oder wer auch immer gegen dieses Entsetzen auszurichten? Niemand würde diesen Anblick je vergessen können.

»Warte«, flüsterte Vespasia. »Die Sache ist noch lange nicht entschieden, meine Liebe.« Sie sah nicht zu Narraway am Tisch des Verteidigers hin, sondern hielt den Blick auf Abercorn gerichtet, der in der Mitte des Raumes vor dem Richtertisch stand wie ein Gladiator in der Arena.

»Wachtmeister Bossiney, jeder hier im Saal kann die entsetzlichen Verbrennungen sehen, die Ihr Gesicht für immer zerstört haben. Wie weit erstrecken sie sich auf Ihren Körper?«

Der Richter verzog missbilligend das Gesicht, griff aber nicht ein.

Sofern Narraway dieses außergewöhnliche Vorgehen als widerwärtig empfand, ließ er sich das nicht anmerken, sondern sah betont neutral drein.

»Auf der rechten Seite bis hinab zum Knie, Sir«, gab Bossiney zur Antwort.

»Ich nehme an, dass sich Ihre Schmerzen mit Worten nicht beschreiben lassen«, sagte Abercorn.

»So ist es, Sir«, bestätigte Bossiney.

Der Richter sah zu Narraway hinüber, um festzustellen, ob dieser Einwände zu erheben gedachte. Obwohl Abercorn das nicht als Frage, wie die Prozessordnung das vorsah, sondern als Feststellung formuliert hatte, erhob Narraway keinen Einspruch.

»Hatten Sie vor der Explosion und dem Brand des Hauses am Lancaster Gate irgendwelche Narben oder Entstellungen?«, fuhr der Anklagevertreter fort.

»Nein, Sir«, gab Bossiney zur Antwort.

»Was hat Sie dorthin geführt?«, fragte Abercorn, als sei es denkbar, dass irgendeiner der im Gerichtssaal Anwesenden das nicht längst wusste.

»Ein dienstlicher Auftrag. Wir hatten einen Hinweis bekommen, dass dort ein größerer Opiumverkauf stattfinden sollte, Sir. Wir wollten die Händler fassen.«

»Aha«, quittierte Abercorn die Aussage. »Und woher stammte dieser Hinweis? Vermutlich handelte es sich um eine vertrauenswürdige Quelle?«

»Ja, Sir. Hinweise aus dieser Quelle hatten sich bei früheren Gelegenheiten mehrfach als zutreffend erwiesen.«

»Und war es dabei ebenfalls um den ungesetzlichen Handel mit Opium gegangen?« Abercorn hob das Wort »Opium« mit besonderem Nachdruck hervor, damit es niemandem entging.

»Ja, Sir«, bestätigte Bossiney.

»War Ihnen der Name des Hinweisgebers bekannt?«

»Nein, Sir. Er hat seine schriftlichen Mitteilungen immer mit A. D. unterzeichnet.« Bei diesen Worten hob Bossiney wie zufällig den Blick zu Alexander Duncannon auf der Anklagebank.

»Und war das jedes Mal dieselbe Person?«, bemühte sich Abercorn, das Gewicht der Aussage zu verstärken.

»So sah es aus, Sir.«

Vespasia rutschte ein wenig unruhig auf ihrem Sitz herum. Charlotte verstand, warum. Bossiney beantwortete jede Frage des Vertreters der Anklage so, wie Abercorn es ihm ganz offenbar eingetrichtert hatte, ohne dabei die geringste Einzelheit übertrieben darzustellen. Es würde äußerst schwerfallen, in dieser Anklage auch nur die kleinste Lücke zu entdecken. Sie fragte sich, wie Narraway annehmen konnte, dass es ihm gelingen würde, die Anklage ins Wanken zu bringen. Sicher war es viele Jahre her, dass er zuletzt jemanden vor Gericht verteidigt hatte. Wusste er wirklich, was er tat? Als sie zu Vespasia sah, trafen sich ihre Blicke. Vespasia erkannte ihre Besorgnis, die sich einen Augenblick lang in ihrem eigenen Gesicht spiegelte, bis es erneut den Ausdruck völliger Gewissheit annahm, doch Charlotte begriff, dass es sich um eine Maske handelte, hinter der Vespasia ihre Angst verbarg.

»Wie viele Beamte waren an dem Einsatz in dem Haus am Lancaster Gate beteiligt?«, führte Abercorn die Befragung fort.

»Fünf, Sir.«

»Um wen handelte es sich dabei?«

»Inspektor Ednam, die Polizeimeister Hobbs und Newman, Wachtmeister Yarcombe und ich«, erteilte ihm Bossiney Auskunft.

»Hobbs und Newman sind an Ort und Stelle umgekommen, während Ednam später seinen Verletzungen erlegen ist. Stimmt das so?«, fragte Abercorn mit der Stimme eines Trauerredners, wobei er ein besonders ernstes Gesicht aufsetzte und sich in Positur stellte.

Niemand im Raum rührte sich.

Bossineys entstelltem Gesicht ließ sich nichts entnehmen, doch seine Stimme war vor tiefgreifenden Empfindungen belegt, als er antwortete: »Ja, Sir.«

»Können Sie uns beschreiben, wie es bei Ihrem Eintreffen in dem Haus aussah?«

Bossiney berichtete in Einzelheiten, was sie vorgefunden hatten. Wieder drängte sich Charlotte der Eindruck auf, dass man ihm genaue Anweisungen gegeben hatte, was er sagen sollte – gerade genug, um den Geschworenen Gelegenheit zu geben, sich die Situation vorzustellen, den abgestandenen Geruch in der Luft, die unheimliche Stille, aber nicht so viel, dass es sie langweilte und sie nicht mehr aufmerksam zuhörten. Abercorns Verschlagenheit und sein eiskalt kalkuliertes taktisches Vorgehen machten ihr Angst. Zum ersten Mal zweifelte sie an Narraways Fähigkeiten, und das verstörte sie zutiefst. Erst jetzt, als ihre Zuversicht ins Wanken geriet, merkte sie, wie sehr sie von ihm überzeugt gewesen war.

»Danke«, sagte Abercorn mit einem bestätigenden Nicken.

Narraway schwieg nach wie vor und schien sich auf seinem Sitz nicht einmal zu rühren.

Charlottes ganzer Körper war angespannt, und sie merkte, dass sich ihre Finger im Schoß ineinander verkrallt hatten.

»Und was ist dann, soweit Sie sich erinnern können, geschehen?«, fragte Abercorn.

Bossiney schilderte in eindrucksvollen Worten die Detonation, den unerträglich lauten Knall, die Druckwelle, das Durcheinander und vor allem die unerträglichen Schmerzen, auf die dann Dunkelheit und Bewusstlosigkeit gefolgt waren. All das sagte er in einfachen Worten, so, wie man es von einem Mann seines Standes erwarten würde. Nichts klang auswendig gelernt oder so, als hätte man es mit ihm geprobt.

Das Entsetzen, das Bossineys Beschreibung auslöste, erfüllte den Saal. Irgendwo auf der Galerie brach eine Frau laut in Tränen aus. Emily drängte sich dicht an Cecily Duncannon und hielt sie fest, als drohe sie zu ertrinken.

Charlotte konnte sich nicht vorstellen, was Alexanders Mutter empfinden musste. Am liebsten hätte sie Abercorn angeschrien, er solle mit seinen Fragen fortfahren, statt sie alle mit ihren quälenden Vorstellungen von der albtraumhaften Situation allein zu lassen. Aber gerade das war seine Absicht. Er wollte, dass alle von Entsetzen geschüttelt wurden, von der Angst, dergleichen könne auch ihnen widerfahren. Ihm lag daran, den Eindruck zu erzeugen, niemand dürfe sich sicher fühlen, solange ein Ungeheuer wie Alexander Duncannon frei herumlief.

Der Richter unterbrach die Stille im Saal damit, dass er sich erkundigte: »Haben Sie weitere Fragen an den Zeugen zu stellen, Mr. Abercorn?«

»Nein, Euer Ehren«, gab Abercorn gelassen zur Antwort. »Ich denke, dass das genügt.« Er kehrte mit gemessenen Schritten an seinen Platz zurück und setzte sich.

»Mr. Narraway?«, wandte sich der Richter dem Verteidiger zu und korrigierte sich sofort. »Ich bitte um Entschuldigung, Lord Narraway.«

Der Angesprochene erhob sich. »Nein, vielen Dank, Euer Ehren. Ich bin überzeugt, dass Wachtmeister Bossiney uns alles Wichtige gesagt hat.« Er setzte sich wieder.

Der Richter wirkte verblüfft. Abercorn sah verwirrt drein, so, als wisse er nicht, ob er frohlocken oder sich Sorgen machen sollte.

Der Richter vertagte die Sitzung über die Mittagspause.

Charlotte, Vespasia und Jack suchten schweigend ein nahe gelegenes Gasthaus auf, wo sie eine warme Mahlzeit zu sich nehmen wollten. Der Wind wehte so kräftig, dass sie sich dagegenstemmen mussten. Vespasia erwähnte mit keinem Wort, ob sie je in einem solchen einfachen Lokal gewesen war, sah sich aber nur einmal kurz neugierig um. Ihnen allen waren andere Dinge wichtiger als das Geplauder der anderen

Gäste, von denen ein großer Teil wohl ebenfalls aus dem Gerichtssaal oder den umliegenden Büros gekommen war.

Sie unterhielten sich kurz über Tellman und dessen langsame, aber stetige Genesung. Vespasia erkundigte sich nach Gracie. Charlotte musste zum ersten Mal an diesem Tag lächeln, während sie berichtete, dass diese in jeder Hinsicht Herrin der Lage sei und Tellman zumindest diesmal genau das tat, was sie von ihm verlangte.

»Vielleicht hat er endlich gemerkt, wie sehr sie ihn liebt«, sagte Vespasia.

»Das nehme ich an«, stimmte ihr Charlotte zu. »Und er gesteht sich ein, dass ihm seine Familie wichtiger ist als alles andere.«

Vespasia erwiderte ihr Lächeln und fuhr dann mit ihrer Mahlzeit fort. Sicherlich hatte sie Hausmannskost dieser Art noch nie gegessen.

Als nächsten Zeugen rief Abercorn Polizeimeister Yarcombe auf. Obwohl sich dieser in einem deutlich besseren Zustand befand als Bossiney, ging er etwas unsicher, weil er rechts nur noch einen Armstumpf hatte. Auch er berichtete, wie man sie in das Haus am Lancaster Gate gelockt hatte, in dem sie, im Vertrauen darauf, dass der früher so zuverlässige Hinweisgeber sie auch diesmal richtig informiert hatte, Leute bei einer größeren Drogenübergabe zu überraschen gehofft hatten.

Er beschrieb das Haus mehr oder weniger genauso, wie Bossiney das am Vormittag getan hatte, bediente sich aber anderer Wörter, sodass niemand auf den Gedanken kommen konnte, sie hätten sich abgesprochen oder seien von jemandem instruiert worden. Auch er sagte gerade so viel, wie nötig war, damit man sich die Örtlichkeit vorstellen konnte, ohne aber bei Einzelheiten zu verweilen, sodass niemand widersprechen konnte.

Er sprach mit tiefer Bewegung über die Explosion, bei der zwei seiner Kollegen umgekommen waren, und über den brennenden Schmerz, den er empfunden hatte. Von Abercorn nach seinem Vorgesetzten gefragt, sprach er von Ednam in den höchsten Tönen.

»Ja, Sir, 'n erstklassiger Mann. Hab' 'n viele Jahre gekannt. Äußerst tapfer un' anständig. Es war entsetzlich, dass er an sein' Wund'n gestor'm is'. Manchmal hab ich mir gewünscht, ich wär auch tot, so fürchterlich war'n die Schmerz'n.«

Von der Galerie hörte man deutliche Laute des Mitgefühls. Charlotte sah, dass einer der Geschworenen etwas vor sich hin murmelte und dann zu Alexander hinübersah, der bleich und steif auf der Anklagebank saß. Ihm waren starke Schmerzen seit seinem schweren Unfall nicht fremd, und er würde den Rest seiner Tage damit leben müssen, doch das wussten die Geschworenen nicht. Spielte es für sie überhaupt eine Rolle? Warum in aller Welt mochte Narraway es unterlassen haben, für Alexander auf Unzurechnungsfähigkeit zu plädieren? Warum hatte er weder dessen unerträgliche Schmerzen erwähnt noch, dass ihn das zu ihrer Linderung verschriebene Opium süchtig gemacht hatte, was eine Erklärung für die Trübung seines Verstandes sein konnte? Letztlich wäre das doch die einzige erfolgversprechende Möglichkeit der Verteidigung gewesen.

Charlotte fragte sich, worauf um alles in der Welt Narraway hinauswollte und ob Pitt eine Vorstellung davon hatte, wie erschreckend die Dinge standen. Es konnte kaum schlimmer sein.

Am Ende von Yarcombes Aussage griff Narraway wieder nicht ein, obwohl ihm der Richter eine Gelegenheit dazu bot.

Die Verblüffung im Saal äußerte sich in Lauten der Verärgerung und sogar der Geringschätzung.

Auch auf Abercorns angriffslustigem Gesicht lag deutlich ein Ausdruck von Geringschätzung. Als er flüchtig zu Cecily Duncannon hinübersah, blitzte Siegesgewissheit in seinen Augen auf.

Bei diesem Anblick hätte Charlotte am liebsten eine Waffe ergriffen und ihm körperlichen Schaden zugefügt, um ihm die widerliche Überheblichkeit für alle Zeiten auszutreiben. Ihr war bewusst, dass diese Empfindung kindisch und lächerlich war. Die Schuld an den Umständen lag nicht bei ihm – er tat, was von ihm erwartet wurde –, wohl aber verabscheute sie ihn dafür, dass er die Situation auskostete. Unübersehbar genoss er das Bewusstsein, gegen Godfrey Duncannon und dessen Sohn Alexander Duncannon zu gewinnen, den Mann, der bekommen hatte, was seiner Ansicht nach ihm zugestanden hätte. Godfrey Duncannon hatte Abercorns Mutter vor der schwierigen Geburt im Stich gelassen und sich Cecily zugewandt, sodass sich seine Mutter ohne jede Unterstützung mit ihrem Kind allein durchschlagen musste. Das hatte sie der Sucht in die Arme getrieben; damals hatte das Elend mit dem Opium begonnen!

Jetzt holte der Vertreter der Anklage zum entscheidenden Angriff aus. Sofern Narraway gehofft haben sollte, Abercorn mit seinem befremdlichen Verhalten zu verunsichern, war ihm das gründlich misslungen.

Als nächsten Zeugen rief Abercorn den Leiter des Löschtrupps auf, der nach der Explosion den Brand bekämpft hatte. Sein Bericht war gespickt mit qualvollen Einzelheiten, denen alle Anwesenden wie gebannt zuhörten. – Vom Feuer, das die Macht hatte, alles zu zerstören, ging eine Faszination aus, der sich niemand entziehen konnte. Dort, in der Sicherheit des Gerichtssaals, trat Erregung an die Stelle der Angst.

Abercorn dankte dem Mann und sah dann zu Narraway hinüber.

Dieser erhob sich und sagte, zum Richter gewandt: »Danke, Euer Ehren. Ich wüsste nichts, was dieser Zeuge hätte auslassen können oder was sich anders auslegen ließe, als er es getan hat.«

»Haben Sie keine Fragen?«, erkundigte sich der Richter ungläubig.

»Nein, Euer Ehren, keine, vielen Dank.«

Die Geschworenen sahen einander verwirrt und beunruhigt an.

Im Gerichtssaal erhob sich Murren.

Charlotte sah Vespasia an und wünschte im nächsten Moment, sie hätte es nicht getan. Die Besorgnis in deren Augen war unverkennbar. Charlotte legte beruhigend eine Hand auf Vespasias Hand und spürte, wie sie diese sanft drückte.

Den Rest des Nachmittags und den Anfang des nächsten Vormittags brachte Abercorn damit zu, die Experten als Zeugen zu befragen. Am bewegendsten waren die Aussagen, mit denen die Ärzte die Schmerzen der Überlebenden beschrieben. Der Polizeiarzt benannte die Todesursache von Newman und Hobbs und erklärte, dass auch Ednams Tod eine Spätfolge der durch die Detonation des Sprengsatzes herbeigeführten Verletzungen war.

Auch hier erklärte Narraway, er habe nichts dazu zu sagen.

»Sie verfolgen aber doch wohl einen Zweck mit Ihrer Anwesenheit, Lord Narraway?«, erkundigte sich der Richter, sichtlich verärgert. »Bisher haben Sie nicht den geringsten Versuch unternommen, Ihren Mandanten zu verteidigen! Hoffen Sie etwa, die Geschworenen werden sich nicht einigen können, womit der Prozess ergebnislos ausgehen würde? Sie können sich auf keinen Fall auf Nichtzuständigkeit berufen. Sie sind befähigt, die Verteidigung zu führen, sonst hätte ich Sie gar nicht erst zum Prozess zugelassen. Wünschen Sie, dass ein anderer an Ihre Stelle tritt?«

»Nein, vielen Dank, Euer Ehren«, gab Narraway ein wenig steif zurück, als schmerze sein Nacken und als sei seine Kehle ausgedörrt. »Ich habe es unterlassen, die Zeugen zu befragen, weil ihre Aussagen meiner Überzeugung nach zutreffen und in keiner Weise unvollständig sind. Ich werde später andere Fragen stellen. Es scheint mir nicht im Interesse meines Mandanten zu sein, die Zeit des Gerichts mit Fragen zu Tatbeständen zu vergeuden, die nicht angezweifelt werden können.«

»Wie Sie wollen. Aber Sie sollten möglichst bald damit anfangen, sonst werde ich mich genötigt sehen, für Mr. Duncannon einen … fähigeren Rechtsbeistand zu benennen.«

»Ich bin durchaus gewillt, die Interessen meines Mandanten zu vertreten, Euer Ehren«, sagte Narraway mit plötzlichem Feuer. »Das dürfen Sie mir glauben!«

Charlotte umklammerte Vespasias Hand fester und merkte, dass ihr Tränen der Erleichterung in die Augen traten.

Pitt hatte sich lange mit Narraway besprochen und war über die von ihm geplante Vorgehensweise ebenso im Bilde wie über deren Erfolgsaussichten und Risiken. Gleichzeitig war ihm bewusst, dass Abercorn ihn selbst mit Sicherheit als Hauptbelastungszeugen gegen Alexander Duncannon aufbieten würde, und so überraschte es ihn nicht, als dieser ihn zu einer letzten Besprechung aufforderte, bevor er ihn nach den Experten in den Zeugenstand rufen würde.

Um sieben Uhr frühstückte Pitt ziemlich widerwillig mit Abercorn in dessen großem eleganten Haus in der Nähe des Woburn Square. Es war eine ruhige und exklusive Wohngegend, in der von jeher wohlhabende Menschen lebten.

Abercorn hatte ein üppiges Mahl auftragen lassen. Auf der Anrichte standen Platten mit Rührei, Würstchen, Speck, Pilzen, fein gehackten und gewürzten Nierchen sowie, für den

Fall, dass dem Gast der Sinn danach stand, Bücklingen. Selbstverständlich gab es auch Butter, mehrere Arten von Konfitüre und Ständer mit frischem Toast. In auf die silbernen Menagen, Serviettenringe und das mit Monogramm versehene Besteck abgestimmten Silberkannen standen Tee und heißes Wasser bereit.

Abercorn trug einen Maßanzug und ein so luxuriöses Hemd, dass Pitt es insgeheim bewunderte, auch wenn ihm klar war, dass er als Familienvater sich so etwas Extravagantes nie im Leben würde leisten können. Er fragte sich im Stillen, warum Abercorn nie geheiratet haben mochte. Oder war er verheiratet gewesen, und eine Schicksalstragödie hatte ihm die Frau von der Seite gerissen, womit ihm Kinder versagt geblieben waren? Möglicherweise war die Angelegenheit so schmerzlich gewesen, dass er nicht den Wunsch hatte, erneut zu heiraten. Pitt konnte den Mann zwar nicht ausstehen, empfand aber dennoch ein gewisses Mitleid mit ihm.

Bei einem früheren kurzen Besuch hatte er in dessen Arbeitszimmer das Porträt einer nach der Mode der Sechzigerjahre gekleideten älteren Dame gesehen. Trotz der Spuren, die der Schmerz unverkennbar auf ihrem Gesicht hinterlassen hatte, zeigten ihre Züge eine bemerkenswerte Ähnlichkeit mit denen Abercorns. Pitt hatte vermutet, dass es sich um dessen Mutter gehandelt hatte.

»Es tut mir leid, Sie so früh aufgestört zu haben«, sagte sein Gastgeber, kaum dass die Speisen aufgetragen waren und sie begonnen hatten zu essen. »Aber was wir zu besprechen haben, ist von entscheidender Wichtigkeit. Ich denke, die Geschworenen stehen inzwischen vollständig auf unserer Seite. Bisher ist alles ganz nach Wunsch verlaufen.«

Von Charlotte wusste Pitt, wie das Verfahren bis dahin abgelaufen war, doch dachte er nicht daran, ein Wort darüber zu verlieren.

Abercorn nahm erneut eine Gabel voll Nierchen, von denen er sich eine große Portion auf den Teller geladen hatte. Offensichtlich aß er sie gern und gedachte, sich etwas Gutes zu gönnen. Pitt fragte sich, wann er seinen Wohlstand erworben haben mochte. Ganz klar war, dass ihm diese Fülle nicht in die Wiege gelegt worden war – dafür genoss er die Segnungen des Geldes noch zu offensichtlich.

»Narraway hat buchstäblich nicht das Geringste zugunsten seines Mandanten unternommen«, fuhr Abercorn fort. »Anfangs hatte ich vermutet, er werde ein gefährlicher Gegner sein, aber je mehr ich ihn beobachte, desto fester bin ich davon überzeugt, dass er völlig hilflos ist. Ich frage mich, warum er den Fall überhaupt übernommen hat …« Er sprach nicht weiter und sah Pitt aufmerksam an.

Dieser ging nicht darauf ein, sondern wartete, als rechnete er damit, dass ihm Abercorn die Sache erklären würde.

»Sie kennen den Mann!«, sagte Abercorn ungeduldig. »Ist er tatsächlich so unfähig, wie er sich hier aufführt – ein zahnloser Tiger?«

Es war Pitt bewusst, dass er bei seiner Antwort nicht nur auf die Wortwahl achten musste, sondern auch auf den passenden Gesichtsausdruck.

»Ihm sind Irrtümer unterlaufen«, begann er. »Aber das geht jedem von uns so. Manchmal beruht der Unterschied zwischen Misserfolg und Gelingen nicht auf den Niederlagen, die man erlitten hat, sondern darauf, wie man wieder auf die Beine gekommen ist.«

»Ich habe nicht die Absicht, ihm zu ermöglichen, dass er wieder auf die Beine kommt«, beschied ihn Abercorn knapp. »Bisher hat er kein einziges Wort gesagt. Woran könnte das Ihrer Ansicht nach liegen?«

Pitt lächelte, um jeden Verdacht auszuräumen, er wolle sarkastisch sein. »Vielleicht daran, dass Ihnen kein Fehler unterlaufen ist, den er sich zunutze machen konnte? Die Beweislage für das Verbrechen ist immerhin ziemlich eindeutig. Ich habe mich bemüht zu erreichen, dass niemand etwas dagegen vorbringen kann.«

»Das ist Ihnen auch gelungen. Aber ich hatte erwartet, dass der Mann wenigstens etwas sagt.« Er runzelte finster die Stirn. »Wie lange liegt es eigentlich zurück, dass er zuletzt als Anwalt praktiziert hat?«

»Ich habe überhaupt erst vor einigen Wochen von ihm erfahren, dass er eine Zulassung als Anwalt besitzt«, gab Pitt zu. »Ich habe ihn nicht weiter gefragt, nehme aber an, dass das lange her ist.«

»Ich bin der Sache nachgegangen«, bestätigte Abercorn nickend. »Es ließ sich nicht der geringste Hinweis darauf finden, dass er je vor Gericht aufgetreten ist. Aber es ist sicher, dass er eine Anwaltszulassung besitzt. Warum zum Kuckuck war er so scharf darauf, Duncannons Verteidigung zu übernehmen? Wissen Sie etwas darüber?«

Das war die erste Frage, die Pitt mit einer Notlüge beantworten musste. Er tat das ungern, doch blieb ihm keine Wahl.

»Ich kann mir vorstellen, dass es mit Godfrey Duncannon und dessen Verhandlungen über diesen wichtigen Vertrag zu tun hat. Die Regierung legt großen Wert darauf, dass er erfolgreich abgeschlossen wird.«

Ein Schatten legte sich flüchtig auf Abercorns Gesicht und verschwand gleich wieder. »Ich muss zugeben, dass der Zeitpunkt mehr als ungünstig ist, und es ist mir überaus unangenehm, den Anschein zu erwecken, als arbeitete ich der Gegenseite in die Hände. Aber die Angriffe auf unsere Polizei, die unbegründeten Vorwürfe, die man gegen sie erhebt, sind so schwerwiegend, dass mir keine Wahl bleibt. Die Polizei ist unsere erste Verteidigungslinie gegen Anarchie und das Chaos, das Unruhen in die Bevölkerung bringt, ganz zu schweigen von der Möglichkeit einer Revolution. Überall auf dem europäischen Kontinent sind Unruhen ausgebrochen, und spätestens in zehn oder fünfzehn Jahren werden wir auch bei uns chaotische Verhältnisse haben, wenn wir jetzt die Zügel nicht fest anziehen. In Russland, Deutschland und Frankreich ist der Sozialismus auf dem Vormarsch, und der Balkan steht am Rande eines Krieges. Wenn nicht wir an der gesellschaftlichen Ordnung festhalten – wer soll es dann tun?«

Pitt gab ihm darauf keine Antwort, denn alles, was der Mann da sagte, entsprach der Wirklichkeit.

»Wir dürfen und können die Menschen nicht im Stich lassen, die uns vertrauen«, fuhr Abercorn fort. »Drei Männer sind tot und zwei weitere schrecklich zugerichtet. Bossiney war ein idealer Zeuge. Seine Entstellung hat bei den Geschworenen einen tiefen Eindruck hinterlassen. Sein Gesicht wird sie noch lange in ihren Albträumen verfolgen – ich jedenfalls werde es noch nach Jahren vor mir sehen.« Er erschauderte sichtlich und gab sich keine Mühe, seine tiefe Bewegung zu verbergen.

In dem Punkt war Pitt mit ihm einig. Bossiney würde den Rest seiner Tage mit diesem entsetzlich entstellten Gesicht leben müssen. Es war eine grässliche Strafe, ganz gleich, welche Schuld er gemeinsam mit Ednam auf sich geladen hatte. Doch linderte das weder Alexanders Qualen, noch rechtfertigte es das an Lezant begangene Verbrechen.

»Worüber wollten Sie mit mir sprechen?«, erkundigte er sich.

Abercorn richtete seine Aufmerksamkeit erneut auf die Gegenwart. »Ach ja … es sind nur ein paar Einzelheiten. Dabei geht es eher um die Haltung als um die Tatsachen, denn die dürften hinreichend klar sein.« Er sah Pitt konzentriert an. »Ich weiß bereits genau, welche Fragen ich Ihnen stellen werde. Sie sind mein Hauptzeuge. Narraway wird Sie ins Kreuzverhör nehmen müssen, weil er sonst mit völlig leeren Händen dastehen würde. Ich möchte sicherstellen, dass es ihm nicht gelingt, Sie aus der Fassung zu bringen. Vermutlich kennt er Sie ziemlich gut, da er mehrere Jahre Ihr Vorgesetzter war.« Er ließ diese Aussage so ausklingen, dass Pitt sich genötigt sah, darauf einzugehen.

»Ich glaube, dass ich weiß, was Sie meinen«, begann er vorsichtig. »Wer klare Aussagen macht, lässt keinen Raum für Missverständnisse. Sie und ich haben ja bereits über die Beweislage gesprochen, und ich werde jede Ihrer Fragen genauestens beantworten.«

»Und möglichst knapp«, fügte Abercorn hinzu, wobei er Pitt aufmerksam ansah. »Machen Sie keine eigenen Zusätze, nach denen ich nicht gefragt habe.«

Bei einer anderen Gelegenheit hätte Pitt gelächelt. Er hatte öfter vor Gericht ausgesagt, als Abercorn überhaupt je in einem Gerichtssaal gewesen war. In diesem Fall allerdings war nichts einfach, endgültig oder gar selbstverständlich.

»Bestimmt nicht«, sagte er. Er musste auf der Hut sein. Obwohl er keinen Grund dafür hatte, war ihm der Mann unsympathisch, womit er ihm möglicherweise unrecht tat. Narraway gegenüber fühlte er sich zu tiefer Treue verpflichtet; noch wichtiger aber war sein Bedürfnis zu tun, was er als das Richtige ansah. Er glaubte zu wissen, was Narraway plante, konnte aber nicht sicher sein, da er ihm keine Einzelheiten anvertraut hatte.

Abercorn sah ihn nachdenklich an, als versuchte er, seine Zuverlässigkeit abzuschätzen. Die Auffassungsgabe des Mannes war Pitt ebenso bewusst wie dessen ausgeprägte Begabung, andere Menschen einzuschätzen. Dank dieser Fähigkeiten war er aus dem Nichts der bitteren Armut zu Reichtum und in eine Position gelangt, in der man ihm von allen Seiten Achtung entgegenbrachte. Alles sprach dafür, dass er schon bald die nächste Stufe der Macht erklimmen, die Laufbahn eines erfolgreichen Politikers einschlagen und unter Umständen noch mächtiger werden würde als Godfrey Duncannon. Pitt fand, dass die beiden einander sogar ein wenig ähnlich sahen.

Wenn Abercorn diesen Fall für sich entscheiden könnte, würde die Öffentlichkeit das als einen Sieg im Kreuzzug für die Interessen des einfachen Mannes ansehen, für den Streifenpolizisten, der das Zuhause, die Familie und das Leben der Bürger vor Verbrechen und Aufruhr schützte. Ein Unterhaussitz würde einem Mann wie Josiah Abercorn sicherlich als Sprungbrett zu einem Regierungsamt dienen, was ihm schließlich den Posten eines Ministers, beispielsweise im Innenministerium, eintragen konnte. Das gäbe ihm dann die Macht, über die Gesetze und das Leben aller Menschen im Lande mitzuentscheiden. Einen solchen Mann zu unterschätzen wäre äußerst töricht.

Doch stand das in irgendeiner Beziehung zu der Frage, ob Godfrey Duncannon seinen Vertrag erfolgreich abschließen oder damit scheitern würde? Pitt vermochte da keine Verbindung zu sehen. Alexanders Tragödie hatte mit seinem Unfall begonnen, einem Sturz vom Pferd, das ihn unter sich begraben hatte. Niemand trug Schuld daran, und die Sache lag Jahre zurück.

Im Laufe der Zeit hatte Pitt gelernt, das Schweigen anderer nicht mit Worten zu füllen, die besser ungesagt geblieben wären. So aß er weiter, wenn auch lustlos.

»Ich bin überzeugt, dass Narraway einen Plan hat«, setzte Abercorn erneut an, nachdem beide lange geschwiegen hatten. »Sie kennen den Mann. Wichtiger noch, er kennt Sie! Wird er versuchen, Ihnen eine Falle zu stellen? Was glaubt er in der Hinterhand zu haben? Grundlos wird ihm Godfrey Duncannon nicht gestattet haben, die Interessen der Familie zu vertreten. Ich habe das unbehagliche Gefühl, dass es da etwas gibt, wovon ich nichts weiß! Was ist das, Pitt?«

Verblüfft spielte Pitt den Ball zurück, indem er fragte: »Wie kommen Sie darauf?« Er versuchte, Zeit zu gewinnen, beobachtete aufmerksam Abercorns Gesicht, dessen körperliche Anspannung, während er versuchte, Pitts Gedanken auszuloten. War das der eigentliche Grund, warum der Mann ihn zu dieser frühen Stunde zu sich gebeten hatte?

»Wie gut kennen Sie Godfrey Duncannon?«, ging Pitt in die Offensive. Er folgte damit einem Gedanken, der ihm gerade erst gekommen war und der möglicherweise für die Sache keine Bedeutung hatte.

Abercorns Ausdruck war eine sonderbare Mischung aus bitterem Spott, einem beinahe überwältigenden Schmerz sowie einer tiefen Befriedigung, die so wirkte, als genieße er den exquisiten Geschmack von etwas, was er auf keinen Fall herunterschlucken wollte.

Oder hatte sich Pitt von seiner Müdigkeit dazu hinreißen lassen, sich das einzubilden, von seinem Bewusstsein, dass es keine Möglichkeit gab, wirklich etwas für Alexander zu tun? Er konnte lediglich dafür sorgen, dass der junge Mann seinem unausweichlichen Ende in dem Bewusstsein entgegenging, nicht ganz vergeblich gekämpft zu haben. Pitts eigener Kummer über die Korruption von Männern, denen er vertraut hatte, wurde nicht nur durch Tellmans Enttäuschung verstärkt, sondern auch durch die Opulenz des riesigen Raumes von zwölf Metern Länge, in dem er sich befand, mit seinen Samtvorhängen und dem Feuer im Kamin.

Er atmete tief ein, als gebe es dort trotz der immensen Größe nicht genug Luft.

»Godfrey Duncannon?«, fragte Abercorn mit gehobenen Brauen. »Unsere Wege haben sich nur selten gekreuzt. Warum fragen Sie mich danach?«

Pitt zuckte die Achseln. Er begriff, dass sie ein kompliziertes Spiel spielten, für das es keine Regeln gab. »Ich versuche einfach zu überlegen, was das sein könnte, was wir nicht wissen«, gab er zur Antwort.

»Warum hat er sich damit einverstanden erklärt, dass Narraway als Verteidiger seines Sohnes auftritt?« Abercorns Hand verharrte mit der Gabel in der Luft, ohne sie zum Munde zu führen.

»Vielleicht war das Alexanders Entscheidung?«, schlug Pitt vor, im vollen Bewusstsein dessen, dass es sich so verhielt.

»Aber warum? Cardew war als Anwalt für ihn vorgesehen. Er hätte sich glänzend geschlagen. Zumindest hätte er gekämpft.«

»Aber hätte er den Prozess auch gewonnen?«, fragte Pitt.

Abercorn schürzte zweifelnd die Lippen. »Höchstens mit einem Plädoyer auf Unzurechnungsfähigkeit. Narraway hat das nicht einmal versucht. Weiß der Teufel, warum – das ist doch alles, was ihm zu Gebote steht.«

»Vielleicht ist er überzeugt, dass das nichts nützen würde?«

»Nichts wird etwas nützen!«, stieß Abercorn hervor, plötzlich erregt. Seine kräftige Hand umklammerte die Gabel, sein Gesicht hatte sich gerötet. »Duncannon ist schuldig!«

»Ja«, stimmte ihm Pitt zu. Er hatte das Gefühl, in dem Raum zu ersticken. Er musste an Alexander denken, der sich vor Schmerzen krümmte, dem der Schweiß über das Gesicht lief und das Hemd durchnässte. Er wollte Gerechtigkeit für seinen Freund Lezant. Er würde dafür sterben. Sterben musste er ohnehin, dafür würde das Opium sorgen.

Ob Narraway imstande war, diese Art von Gerechtigkeit zu bewirken?

Pitt war sicher, dass es etwas gab, was ihm entgangen war, irgendeinen Zusammenhang, eine Verbindung oder Beziehung. Vergeblich zerbrach er sich den Kopf – noch fügten sich die Teile des Puzzles nicht zu einem erkennbaren Bild.

KAPITEL 14

Als die Verhandlung fortgesetzt wurde, trat Pitt unverzüglich in den Zeugenstand. Mit dem Gesicht zum Richtertisch und den Geschworenen nannte er seinen Namen, seine Tätigkeit und seinen Dienstgrad. Er sah Alexander, der mit totenblassem Gesicht reglos auf der Anklagebank saß. Er wusste, dass Cecily zusammen mit Emily in einer der vorderen Reihen der Zuschauergalerie Platz genommen hatte, wo Alexander seine Mutter sehen konnte. Sein Vater war nicht im Saal, denn Abercorn behielt ihn als weiteren möglichen Zeugen in Reserve.

Nach einem kurzen Blick auf Charlotte, die neben Vespasia saß, konzentrierte sich Pitt vollständig auf Abercorn, der daranging, gleichsam den Eckpfeiler seiner Anklage zu errichten.

»Euer Ehren«, wandte er sich an den Richter, »ich werde Commander Pitt nicht mehr als nötig über das entsetzliche Bild befragen, das sich ihm bot, als er nach dem Bombenanschlag in dem Haus am Lancaster Gate eintraf. Aus dem Mund der beiden Opfer, die das Gemetzel überlebt haben, wissen wir bereits genau, was sich dort abgespielt hatte. Nichts könnte unmittelbarer oder genauer sein als deren Bericht. Wir haben von den Feuerwehrleuten, den Rettungshelfern und den Krankenhausärzten davon erfahren. Wir brauchen keine weiteren Darstellungen des Entsetzens und der Schmerzen.« Er wies auf Pitt im Zeugenstand. »Daher werde ich Commander Pitt lediglich bitten, Ihnen zu berichten, auf welche Weise er die Ermittlungen über das Verbrechen geführt hat, wie er die Beweismittel gesammelt hat und dabei zu der entsetzlichen Schlussfolgerung gelangt ist, dass kein anderer als Alexander Duncannon der Täter gewesen sein konnte. Er, und sonst niemand, hat diese verabscheuenswerte Tat begangen, und ich habe nicht den geringsten Zweifel daran, dass Sie zu demselben Ergebnis kommen werden wie Commander Pitt.« Er verneigte sich ganz leicht, eine Geste der Höflichkeit, und sah dann Pitt unmittelbar an.

»Es muss für Sie außerordentlich bedrückend gewesen sein, Commander«, begann er mit einer Stimme voll Mitgefühl. »Sicherlich sind Sie im Laufe der Jahre Zeuge einer großen Zahl von Katastrophen und Verbrechen geworden, aber bei den Männern, deren zerschmetterte Leiber Sie dort vorfanden, handelte es sich um Polizeibeamte! Es waren sozusagen Ihre Kollegen, denn noch vor wenigen Jahren gehörten Sie ebenfalls der Polizei an, nicht wahr?«

Pitt musste an Newmans gekrümmt am Boden liegende Leiche denken. Er roch förmlich das verkohlte Fleisch, als sei die Tat gerade erst geschehen. Seine Kehle war so fest zugeschnürt, dass es ihm schwerfiel zu sprechen. Mit dieser Frage Abercorns hatte er nicht gerechnet. Ihm war klar, dass der Mann den Schachzug sorgfältig geplant hatte. Er musste neidlos anerkennen, dass er glänzend inszeniert war, doch zugleich hasste er Abercorn dafür. Innerlich flehte er zu Gott, Narraway möge ebenso brillant agieren, wenn die Reihe an ihn kam.

»Ja«, bestätigte er.

»Kannten Sie aus dieser Zeit eines oder mehrere der Opfer?«, fuhr Abercorn fort.

Im Saal herrschte vollkommene Stille. Niemand zischelte, niemand rutschte auf seinem Sitz herum. Pitt merkte, dass alle Geschworenen ihn mit größter Aufmerksamkeit musterten. Sie waren von Abercorns Worten gefesselt, dabei hatte er kaum begonnen. Die ganze Farce war Pitt zuwider. Jetzt kam es ausschließlich auf ihn an.

»Ja, ich kannte sie alle vom Namen her und Newman sowie Hobbs auch persönlich«, gab er zur Antwort.

»Dann muss die Sache für Sie ganz besonders grässlich gewesen sein«, verweilte Abercorn ein wenig bei dem Thema, um den von ihm gewünschten Effekt zu verstärken, aber nicht lange genug, als dass Narraway Gelegenheit gehabt hätte, Einspruch zu erheben, weil es sich nicht um eine Frage handelte. »Was haben Sie getan, nachdem Sie die Leichen gesehen und dafür gesorgt hatten, dass man die Überlebenden ins Krankenhaus brachte, Sie sich vergewissert hatten, dass das Feuer gelöscht war und man das Gebäude, soweit es noch stand, ohne Gefahr betreten konnte?«

»Ich habe gemeinsam mit meinem Mitarbeiter festzustellen versucht, ob es Passanten gab, die als Zeugen infrage kamen«, gab Pitt zurück und fuhr sogleich fort: »Bedauerlicherweise haben wir nur äußerst wenig Verwertbares erfahren. Darüber hinaus haben wir alles getan, was wir konnten, um Reste des Sprengsatzes zu finden und anhand der Trümmer so genau wie möglich zu ermitteln, wo er platziert worden war.«

»Warum? Was für eine Rolle spielte das denn?« Abercorn verlieh seiner Stimme einen interessierten Klang. Pitt fiel auf, dass er von der abgesprochenen Vorgehensweise abwich. Unter Umständen wollte er damit lediglich vermeiden, dass der Eindruck entstand, sie führten einen sorgfältig einstudierten Dialog.

»Je mehr man über eine Explosion weiß, desto größer ist die Wahrscheinlichkeit, dass man die Zusammensetzung des Sprengsatzes, die Menge des verwendeten Dynamits, die Art des Behälters und auch die des Zünders bestimmen kann.«

»Welche Erkenntnisse lassen sich dabei gewinnen?«

»Es gibt nicht viele Möglichkeiten, an Dynamit zu kommen«, erläuterte Pitt und beschrieb die verschiedenen Arten von Sprengsätzen, ihre Bauweise und Verwendung. Weder Abercorn noch Narraway unterbrach ihn dabei. Vor den Augen und Ohren der Zuhörer auf der Galerie entfaltete sich ein Drama, auch wenn sie nicht verstanden, was dabei herauskommen sollte.

Abercorn nickte. »Und war es Ihnen in diesem Fall möglich, die Herkunft des Dynamits aufzuklären, Commander?«

»Ja ...«

»Lässt sich denn eine Dynamitstange von einer anderen unterscheiden?«, unterbrach ihn Abercorn.

»Nach der Detonation nicht mehr. Aber Dynamit unterliegt einer überaus sorgfältigen Überwachung«, erläuterte Pitt. »Gelegentliche Diebstähle lassen sich nicht verhindern, schon gar nicht in Steinbrüchen, wo das Material häufig verwendet wird. Man kommt weniger dem Dynamit als solchem als denen auf die Spur, die es entwenden, verkaufen oder kaufen. Sie lassen sich gewöhnlich identifizieren.«

»Und beim Staatsschutz ist bekannt, wer mit gestohlenem Dynamit handelt?«

»Ja.« Er ging nicht näher darauf ein. Es war eine einfache Rechenaufgabe festzustellen, wie viele Männer, die mit Dynamit handelten, sie nicht kannten. Abercorn hatte ihm eingeschärft, er solle seine Aussagen einfach und knapp halten, weil Komplikationen die Geschworenen nur verwirren würden.

Als ob man das einem Mann wie Pitt eigens hätte sagen müssen!

Abercorn entfernte sich zwei oder drei Schritte von der Stelle, an der er seine Befragung begonnen hatte.

»Und es ist Ihnen gelungen, den Dieb, den Verkäufer wie auch den Käufer des bei diesem Anschlag verwendeten Dynamits zu ermitteln?«

»Ja.« In einfachen Worten schilderte Pitt Schritt für Schritt, wie sie über die Kontakte des Staatsschutzes zur Anarchistenszene das in einem Steinbruch verschwundene Dynamit hatten aufspüren und schließlich dessen Weg bis hin zu Alexander Duncannon hatten verfolgen können. Niemand unterbrach ihn. Narraway saß da wie gelähmt. Pitt bemühte sich, auf keinen Fall zu ihm hinzusehen, nicht einmal flüchtig aus dem Augenwinkel. Er wagte sich nicht auszumalen, was in Vespasia vorging.

»Die Spur führte Sie also zu Alexander Duncannon«, wiederholte Abercorn, der den triumphierenden Ton in seiner Stimme nicht zu unterdrücken vermochte.

»Ja«, bestätigte Pitt.

Der Richter beugte sich vor. »Lord Narraway, haben Sie nichts dazu zu sagen? Ihnen ist doch gewiss bewusst, dass Sie das Recht haben, bei gegebenem Anlass Einspruch zu erheben, nicht wahr?«

»Gewiss, Euer Ehren, durchaus.« Narraway erhob sich ehrerbietig. »Bisher habe ich nichts gehört, was mir Anlass zu einem Einspruch zu geben schien. Alles erscheint mir gänzlich klar und nachvollziehbar. Ich werde Commander Pitt einige Fragen stellen, sofern es am Schluss seiner Aussage noch etwas geben sollte, was nicht angesprochen worden ist«, ergänzte er höflich. Er schien gänzlich unbefangen, als verstehe er gar nicht, was da vor sich ging.

Abercorns Selbstsicherheit war inzwischen teilweise dahingeschwunden. Nachdem er nicht ganz so elegant wie zuvor an seinen Platz vor der Geschworenenbank zurückgekehrt war, nahm er die Befragung wieder auf.

»Haben Sie dem Angeklagten Fragen nach der Herkunft des Sprengsatzes, der Explosion, dem Feuer, den Todesfällen und den entsetzlichen Verletzungen gestellt, Commander Pitt? Hat er seine Schuld bestritten?«

»Ich habe ihn nach all diesen Dingen befragt, und er hat nichts bestritten«, gab Pitt zurück.

»Heißt das, Sie haben ihn daraufhin festgenommen?«

»Nicht sogleich. Ich habe nach weiteren Beweisen Ausschau gehalten.«

Abercorn hob betont überrascht die Brauen. »Warum?«

»Er war krank und, wie ich annahm, möglicherweise seelisch labil«, gab Pitt zur Antwort. »Ich wollte mir, unabhängig von seiner Aussage, absolute Gewissheit verschaffen, dass er schuldig ist.« Er holte Luft. »Außerdem wollte ich feststellen, ob er Verbindungen zu Anarchisten hatte. Schließlich hatte er das Dynamit von einem bekannten Anarchisten bekommen.«

»Krank?«, hakte Abercorn ein. »Meinen Sie damit geisteskrank?«

Narraway regte sich auf seinem Sitz.

Der Richter beugte sich vor.

Alle Geschworenen sahen aufmerksam zu Pitt hin.

Narraway sagte nichts.

Auf der Galerie hustete jemand würgend; es klang nach einem Erstickungsanfall.

»Commander!«, sagte Abercorn mit lauter Stimme.

»Dazu kann ich mich nicht äußern, weil ich kein Arzt bin.« Pitt wog seine Worte sorgfältig ab. »Aber ich hatte weder damals noch danach den Eindruck, dass das der Fall sein könnte.«

Abercorn lächelte. »Eben. Vielen Dank.« Er wandte sich um, als wolle er auf seinen Platz zurückkehren. Dann fuhr er unvermittelt erneut zu Pitt herum und erkundigte sich: »Dürfen wir annehmen, dass Sie alles an Beweisen gefunden haben, was Sie zu finden hofften?«

»Ja.«

»Und gehören dazu Verbindungen zu Anarchisten?«

»Nein, Sir, abgesehen vom Kauf des Dynamits.«

»Aber Alexander Duncannon hat ein ziemlich zügelloses Leben geführt … das hat ihn wohl mit Anarchisten in Verbindung gebracht, sonst hätte er kaum gewusst, wo er das Dynamit hätte kaufen können?«, ließ Abercorn nicht locker. Man konnte das kaum als Frage ansehen, es war eher eine Schlussfolgerung.

»Das dürfte unbestreitbar sein«, bestätigte Pitt.

»Danke, Sir. Ihre Aussagen waren ausgesprochen hilfreich.« Abercorns Lächeln war das eines Hais, der gerade eine üppige Beute verschlungen hatte. »Der Zeuge steht Ihnen zur Verfügung, Lord Narraway.«

Narraway erhob sich und trat mit eleganten Schritten in die Mitte des Raumes, wo er vor dem Zeugenstand stehen blieb.

»Vielen Dank, Mr. Abercorn. Commander Pitt, Ihre Aussagen waren von lobenswerter Anschaulichkeit und haben sich an die Tatsachen gehalten. Dennoch würde ich gern näher auf den einen oder anderen Punkt eingehen, damit die Situation noch etwas klarer wird.«

Pitt wartete.

Im Raum herrschte eine solch atemlose Stille, dass man sich einbilden konnte, das leichte Scharren einer Schuhsohle auf dem Boden oder das Knirschen der Korsettstangen hören zu können, wenn eine der Zuhörerinnen ein- und ausatmete.

Narraway sprach so kühl, als habe er alle Empfindungen in sich verschlossen.

»Ihre Aussage über die Explosion in dem Haus am Lancaster Gate ist nicht zu beanstanden. Dasselbe gilt für die Beschreibung der entsetzlichen Verletzungen der fünf Polizeibeamten, die es wegen eines Opiumverkaufs aufgesucht hatten, zu dem es nie gekommen ist. So verhält es sich doch, nicht wahr?«

»Ja, Sir. Zu diesem Verkauf ist es nicht gekommen.«

»Aber Sie sind der Sache nachgegangen? Sie haben sich bemüht festzustellen, ob die der Polizei zugespielte Information zutreffend war?«

Abercorn erhob sich. »Euer Ehren, sicherlich ist sich Lord Narraway dessen bewusst, dass ein solcher Verkauf nie beabsichtigt war? Es handelte sich dabei um einen bloßen Vorwand, mit dem man die Polizeibeamten in das bewusste Haus locken wollte!«

Der Richter sah ihn ungehalten an. »Angesichts dessen, dass Lord Narraway bisher kaum etwas gesagt hat, worauf Sie selbst wortreich hingewiesen haben, sollten wir ihm jetzt Gelegenheit geben, seine Darlegungen vorzutragen.« Zu Narraway gewandt, sagte er: »Bitte fahren Sie fort. Sofern Sie etwas vorzutragen haben, was der Sache dienlich ist, würden wir das gern hören.«

»Sehr wohl, Euer Ehren.« Erneut sah Narraway zu Pitt hinüber. »Haben Sie Nachforschungen über die als A. D. bekannte Person und die von ihr gelieferten Informationen angestellt, Commander?«

»Ja, Sir. Wie es aussieht, hatte der Mann der Polizei zuvor bereits mindestens drei Hinweise auf Opiumverkäufe zukommen lassen, die sich alle als zutreffend erwiesen.«

»Was bedeutet das für diesen Fall?«, fragte Narraway mit gespielter Harmlosigkeit.

»Das war mir anfangs gar nicht bewusst«, räumte Pitt ein, »weil ich der Sache einfach routinemäßig nachgegangen bin. Allerdings war mir sofort klar, dass die Polizei diesem Hinweis vertrauen und eine größere Anzahl von Beamten an den angegebenen Ort schicken würde, um die Täter dingfest zu machen; schließlich war es ihr bei den vorigen Gelegenheiten gelungen, mehrere Händler festzunehmen. Und es war sehr wahrscheinlich, dass es dieselben Beamten sein würden wie zuvor.«

»Das klingt einleuchtend«, bestätigte Narraway.

Abercorn rutschte unruhig auf seinem Stuhl hin und her, als wolle er aufstehen, unterließ es dann aber.

»Und waren es dieselben?«, fragte Narraway.

»Wahrscheinlich. Es dürfte nicht schwierig sein festzustellen …«

Diesmal schnellte Abercorn hoch. »Euer Ehren, ich erhebe gegen Commander Pitts Annahme schärfstens Einspruch. Was er sagt, kann so ausgelegt werden, als trügen die Getöteten und Verletzten in gewisser Weise selbst die Schuld an ihrem Schicksal. Das ist widerwärtig! Eine solche Aussage ist unentschuldbar.«

»Meinen Sie?« Auf das Gesicht des Richters trat ein Ausdruck von Überraschung. »Ich habe die Frage so verstanden, dass jemand sie, warum auch immer, als Ziel ausersehen haben könnte. In meinen Augen dürfte das Motiv höchstwahrscheinlich Rache sein, möglicherweise für einen ihrer früheren Erfolge. Soweit ich verstanden habe, waren diese Männer bei der Erledigung ihrer Aufgaben äußerst erfolgreich?«

»Ja, Euer Ehren, aber …«

»Ihr Einspruch wird zur Kenntnis genommen und abgelehnt, Mr. Abercorn. Bitte fahren Sie fort, Lord Narraway. Sie haben Ihre Ansicht klargemacht.«

»Danke, Euer Ehren.« Narraways konzentriertes Gesicht war nahezu ausdruckslos. Er sah Pitt erneut an. »Ihre Nachforschungen, deren Ergebnisse mein verehrter Kollege Sie vor dem Gericht hat vortragen lassen, haben Sie also zu der Schlussfolgerung geführt, jemand habe die später getöteten und verletzten Beamten bewusst in das Haus am Lancaster Gate gelockt, in dem der Sprengsatz gezündet wurde?«

»Ja, Sir«, bestätigte Pitt.

»Und Sie haben die Bestandteile des Sprengsatzes ermittelt?«

»Ja, Sir.«

Erneut stand Abercorn auf. »Euer Ehren, um dem Gericht einen unnötigen Zeitaufwand zu ersparen, schlage ich vor, dass wir alle zuvor von Commander Pitt vom Staatsschutz als meinem Zeugen der Anklage abgegebenen Erklärungen akzeptieren. Lord Narraway kennt ihn bestens und hat ihn, als er das Amt als Leiter des Staatsschutzes niederlegte, persönlich als seinen Nachfolger vorgeschlagen. Will er jetzt etwa den Eindruck erwecken, Commander Pitt sei unfähig oder unaufrichtig?«

Auf der Galerie entstand Unruhe, und man hörte einige Äußerungen der Überraschung und des Widerspruchs.

Der Richter sah Narraway fragend an.

Nur einen Augenblick lang überschattete ein Anflug von Besorgnis dessen Gesicht, dann sagte er: »Ganz und gar nicht, Euer Ehren. Er hat lediglich meine Fragen beantwortet, wie es die Pflicht eines jeden Zeugen ist. Ich würde der Sache gern mit Erlaubnis des Gerichts ein wenig weiter nachgehen. Bisher habe ich dessen Zeit nicht übermäßig in Anspruch genommen …«

»Ja, und es ist höchste Zeit, dass Sie Ihren Anteil daran wahrnehmen«, gab ihm der Richter recht. »Aber denken Sie bitte daran, ausschließlich zur Sache zu reden, und versuchen

Sie nicht, lediglich den Eindruck zu erwecken, Mr. Duncannon sei hinreichend verteidigt worden«, sagte er mit Schärfe, um auf seine Autorität hinzuweisen.

Mit einer Handbewegung gab Narraway zu verstehen, dass er die Aufforderung zu befolgen gedachte, und wandte sich erneut an Pitt.

»Sie haben meinem verehrten Kollegen Mr. Abercorn gesagt, dass Sie in Bezug auf die Herkunft des für die Herstellung des Sprengsatzes verwendeten Dynamits wie auch der Zündvorrichtung allen denkbaren Fährten nachgegangen sind?«

»Ja, Sir.«

»Und Sie haben die Ihnen bekannten Anarchisten danach gefragt?«

»Ja, Sir.«

»Haben Sie dabei irgendeinen Hinweis gefunden, der vermuten lassen könnte, dass diese Leute an dem Anschlag beteiligt waren oder hätten beteiligt sein können?«

»Nein, Sir, keinen.«

Ringsum hörte man Stöhnen.

Erleichtert lächelnd, lehnte sich Abercorn zurück. Die Gefahr schien vorüber zu sein.

»Sie sind also nach sorgfältiger Überprüfung aller Tatsachen zu der unumstößlichen Überzeugung gelangt, dass Alexander Duncannon den Anschlag verübt hat?«, fuhr Narraway fort.

»Ja, Sir, das bin ich.«

Jetzt war die Atmosphäre im Saal spannungsgeladen. Deutlich hörte man, wie manche der Anwesenden laut die Luft einsogen. Abercorn schien einen Augenblick lang sein Glück kaum fassen zu können. Mit dem, was er da gehört hatte, konnte es am Ausgang des Prozesses keinen Zweifel mehr geben.

Die Geschworenen blickten verblüfft zu Pitt, dann zu Narraway und wieder zu Pitt.

Der Richter sah verwirrt und von Narraways Auftritt peinlich berührt drein.

Pitt wagte nicht zu Charlotte und erst recht nicht zu Vespasia hinzusehen.

»Haben Sie das gegen ihn vorliegende Beweismaterial als hinreichend erachtet?«, fragte Narraway gespielt unschuldig.

Mit finsterer Miene wartete der Richter auf die Antwort.

Pitt zögerte.

»Commander?«, erinnerte ihn Narraway an die ausstehende Antwort. »War an dem Material irgendetwas fragwürdig?«

»Nein. Ich habe die Sache nicht sogleich zur Anklage gebracht, weil mich der Polizeipräsident Bradshaw aufgefordert hatte, das zumindest einstweilen zu unterlassen«, gab Pitt ihm Auskunft. Er hatte gehofft, das nicht sagen zu müssen, da Bradshaw das seiner Überzeugung nach getan hatte, weil seine Frau, die Opium zur Linderung ihrer Schmerzen brauchte, ebenfalls süchtig war und er fürchtete, das könne bei einem Prozess gegen Alexander Duncannon zur Sprache kommen und damit öffentlich bekannt werden. Unter Umständen belieferte sie ein und derselbe Händler, und sofern Alexander genötigt wurde, ihn zu nennen, würde damit die Quelle von Bradshaws Frau versiegen. Wer auch immer der Opiumverkäufer war, er hatte eine wirksame Waffe in der Hand, den Polizeipräsidenten zu erpressen. Und Gott allein mochte wissen, wie viele außer ihm noch! Dass seine eigene Karriere in einem solchen Fall zu Ende sein würde, sah Bradshaw unter Umständen als nebensächlich an. Damit wäre er zwar öffentlich bloßgestellt, aber nicht finanziell ruiniert, denn er verfügte über ein beträchtliches Privatvermögen. Pitt war überzeugt, dass es ihm in erster Linie um seine Frau ging. Zum ersten Mal, seit er in den Zeugenstand getreten war, machte er sich ernstlich Sorgen über die Folgen, die sich aus dem Fall ergeben konnten.

»Hat er einen Grund dafür genannt?«, wollte Narraway wissen.

»Der Hintergrund ist eine politische Frage, die mir bekannt ist, über die ich aber lieber schweigen möchte«, gab Pitt zur Antwort. Das entsprach zwar nicht der Wahrheit, aber er hoffte, Narraway werde sich damit zufriedengeben. Ihm war die Gefahr bewusst, die in der Möglichkeit lag, dass Abercorn die Wahrheit kannte und sie hinausposaunen würde, um Narraway wie auch Pitt in Verruf zu bringen. Er spürte, wie ihm der kalte Angstschweiß ausbrach.

»Nun ja.« Narraway zuckte leicht die Achseln und schien nicht weiter darauf eingehen zu wollen. Er ging in die Richtung seines Platzes und wandte sich dann um. »Hat Alexander Duncannon Ihres Wissens, nachdem Sie ihn des Anschlags verdächtigten, bei dem die drei Polizeibeamten umgekommen sind, noch weitere Aktionen durchgeführt, Commander Pitt?«

Pitt schluckte. Jetzt geriet die Sache auf gefährlichen Boden. Alles hing davon ab, wie dieser Teil der Befragung ausging.

»Ja. Er hat in der Nähe vom Lancaster Gate einen weiteren Sprengsatz gezündet, doch wurde dabei niemand verletzt.«

Narraway äußerte Erstaunen. »Sind Sie sicher, dass man ihm diese Tat zweifelsfrei nachweisen kann?«

Erneut lehnte sich Abercorn, zufrieden lächelnd, auf seinem Sitz zurück. Er glaubte zu wissen, worauf Narraway hinauswollte, und er war überzeugt, dass er damit scheitern würde. Mit Sicherheit würde Pitt ihm nicht in die Falle gehen. Es gab keine Möglichkeit, einen anderen als Schuldigen zu benennen und damit berechtigte Zweifel an Alexanders Täterschaft geltend zu machen.

Die Anspannung im Saal ließ sich förmlich mit Händen greifen. Einzelne Geschworene sahen einander an, und zwei tuschelten sogar miteinander.

Der Ausdruck der Besorgnis auf dem Gesicht des Richters vertiefte sich noch, während er auf Pitts Antwort wartete.

»Es gab nur wenige schlüssige Beweise«, erwiderte Pitt. »Zur Herstellung des ersten Sprengsatzes war nicht alles gestohlene Dynamit verwendet worden, jedenfalls sah es so aus.«

»Es sah so aus?«, hakte Narraway unverzüglich nach. »Das kann man wohl kaum als Beweis bezeichnen, Commander Pitt. Dennoch haben Sie gesagt, Alexander Duncannon sei schuldig. Bitte erklären Sie diesen Widerspruch!«

Anklagende Blicke richteten sich auf Pitt. Das war der entscheidende Augenblick. Sollte er das feine Taschentuch mit dem Monogramm erwähnen? Zwar war es in seinen Augen ein Beweisstück, ganz wie es in Alexanders Absicht gelegen hatte – doch war es das auch vor dem Gesetz?

»Er hat es mir gestanden«, sagte Pitt schlicht.

Narraway riss die Augen weit auf. »Sie haben ihn danach gefragt, und er hat es zugegeben?«, fragte er. »Erwarten Sie etwa, dass wir das glauben?«

Jetzt hörte man unruhige Bewegungen, leises Zischen und flüsternde Stimmen.

»Ruhe!«, donnerte der Richter.

»Ja, das erwarte ich, Lord Narraway.« Pitt sah ihn unverwandt an. »Ich bin überzeugt, dass Ihr Mandant Ihnen dasselbe gesagt hat. Ob das Gericht es glaubt oder nicht, weiß ich nicht, aber daran kann ich nichts ändern.«

Der Richter beugte sich über die Balustrade vor, so weit er konnte. »Lord Narraway, sind Sie wirklich sicher, dass Sie wissen, was Sie tun? Ich habe Sie schon vorher im Hinblick auf Ihr … merkwürdiges Verhalten ermahnt. Sie haben sich alle erdenkliche Mühe gegeben, dem Gericht zu versichern, dass Sie imstande sind, Ihren Mandanten angemessen zu verteidigen. Ich habe diesen Versicherungen und Ihrem Hinweis auf Ihre Berechtigung, hier aufzutreten, Glauben geschenkt. Ich denke nicht daran, den Prozess an Ihrem exzentrischen Verhalten scheitern zu lassen! Habe ich mich klar ausgedrückt?«

Narraway stand reglos da. Die Anspannung in seinem Körper wirkte wie eine spürbare elektrische Ladung.

»Ja, Euer Ehren, ich habe einwandfrei verstanden. Ich beabsichtige keineswegs, auf ein Scheitern des Prozesses auf dieser … oder einer anderen Grundlage hinzuarbeiten.«

»Dann fahren Sie fort.«

»Danke, Euer Ehren.« Narraway ging die wenigen Schritte zurück zum Zeugenstand. »Commander Pitt, können Sie diese … seltsame Aussage erklären? Mein Mandant hat mir gestattet, Ihnen diese Frage zu stellen; es gibt also keinen Grund zu befürchten, dass er deswegen Anfechtung erhebt.«

Pitt holte zweimal tief Luft. Er spürte das heftige Pochen seines Herzens. Jetzt kam alles auf ihn an. Niemand außer ihm konnte Alexander helfen, dafür sorgen, dass ihm eine Art Gerechtigkeit oder gar Gnade widerfuhr.

»Er hatte bereits gestanden, den ersten Sprengsatz angebracht zu haben, bei dem drei Polizeibeamte umgekommen sind und zwei weitere schrecklich verletzt wurden …«

Pitt glaubte hören zu können, wie fast alle im Saal den Atem anhielten. Unter den Zuschauern auf der Galerie befand sich inzwischen auch Godfrey Duncannon, da die Anklage ihn nicht als Zeugen benötigte. Er sprang laut protestierend auf, doch seine Stimme ging im allgemeinen Tumult unter.

»Ruhe im Gericht!«, rief der Richter mit lauter Stimme, den inzwischen unübersehbar die Wut gepackt hatte. »Lord Narraway, bringen Sie Ihren Zeugen um Himmels willen zur Räson, sonst werde ich mich genötigt sehen, Sie von der Verteidigung zu entbinden und einen anderen damit zu beauftragen. So geht es nicht weiter!«

Allmählich legte sich der allgemeine Lärm.

Mit bleichem Gesicht erklärte Narraway: »Mit aller Hochachtung darf ich Euer Ehren versichern, dass ich im wohlverstandenen Interesse meines Mandanten handele und dieser auch davon überzeugt ist, dass es sich so verhält.«

»Sie haben aber offensichtlich nicht seine Zustimmung, auf Unzurechnungsfähigkeit zu plädieren«, erinnerte ihn der Richter.

Abercorn lächelte selbstzufrieden.

»Nein, Euer Ehren«, bestätigte Narraway, »ich glaube allerdings auch nicht, dass Mr. Duncannon, als er die Tat beging, im Sinne des Gesetzes unzurechnungsfähig war.«

»Ich weiß nicht, worauf Sie hinauswollen, aber machen Sie der Sache ein Ende«, sagte der Richter erschöpft.

Narraway hob den Blick zu Pitt. »Er hat also gestanden, den ersten Sprengsatz im Haus am Lancaster Gate angebracht zu haben?«

»Ja.«

»Haben Sie ihn nach dem Grund für diese … ungeheuerliche Tat gefragt?«

»Selbstverständlich. Und auch, warum er danach einen weiteren Sprengsatz gezündet hat.«

»Und was hat er darauf gesagt?«

Schon war Abercorn auf den Beinen. Sein Gesicht war deutlich blass geworden. Man konnte annehmen, dass er endlich den sich am Horizont abzeichnenden Schatten erkannt hatte. »Euer Ehren, hier wird eine Posse aufgeführt! Wir dürfen dem Angeklagten keine Möglichkeit bieten, seine verrückten politischen Meinungen im Gerichtssaal zu verbreiten.«

»Setzen Sie sich, Mr. Abercorn«, gebot ihm der Richter. »Commander Pitt steht im Begriff, eine durchaus berechtigte Frage zu beantworten. Sie selbst haben im Verlauf Ihrer Zeugenbefragung keinerlei Motiv für das entsetzliche Verbrechen geliefert. Es ist zulässig, dass die Verteidigung das tut, auch wenn sie sich damit selbst das Wasser abgräbt. Ich kann mir keinerlei denkbare Rechtfertigung für eine solche Tat vorstellen – Sie etwa?«

»Ganz und gar nicht, Euer Ehren!«

»Gut. Dann setzen Sie sich wieder, und enthalten Sie sich weiterer Äußerungen, damit wir die Sache möglichst bald hinter uns bringen. Lord Narraway?«

»Ja, Euer Ehren. Fahren Sie bitte fort, Commander Pitt.«

»Ich habe ihn gefragt«, sagte Pitt. Ihm war schmerzlich bewusst, dass er wohl nur diese eine Gelegenheit haben würde zu sagen, was es zu sagen gab. Abercorn würde jede Möglichkeit nutzen, ihm ins Wort zu fallen. Beim kleinsten Fehler, der ihm unterlief, würde er ihn zum Schweigen bringen.

»Und was hat er darauf geantwortet?«, ermunterte ihn Narraway.

»Zuerst nahm ich an, dass es sich um einen Racheakt handelte«, begann Pitt. Er hielt sich am Geländer vor ihm so fest, dass die Knöchel seiner Finger weiß hervortraten, aber es half ihm. »Er war bei einem Reitunfall schwer verletzt worden, und sein Arzt hatte ihm Opium gegeben, um seine entsetzlichen Schmerzen zu lindern.« Ganz bewusst verwendete er dasselbe Adjektiv, das auch Narraway benutzt hatte. »Er wurde süchtig, wie das bedauerlicherweise in solchen Fällen oft geschieht, vor allem, wenn die Schmerzen ein Leben lang anhalten.«

Abercorn wurde unruhig, aber der Richter funkelte ihn an, und so blieb er sitzen.

Rasch fuhr Pitt fort: »Vor etwas mehr als zwei Jahren verabredete er sich mit einem Leidensgefährten, der aus demselben Grund süchtig war und mit dem er sich angefreundet hatte, zu einem Opiumkauf. An der für die Transaktion verabredeten Stelle gerieten sie in einen Hinterhalt der Polizei. Als die fünf Beamten, nämlich Ednam, Newman, Hobbs, Bossiney und Yarcombe, sie festnehmen wollten, kam es zu einem kurzen Handgemenge mit tödlichem Ausgang. Ein unbeteiligter Passant namens James Tyndale wurde erschossen, und zwar, wie mir Alexander Duncannon, dem die Flucht gelungen war, gesagt hat, von einem der Polizeibeamten. Sein Freund Dylan Lezant, der dicht hinter ihm war, hatte weniger Glück. Die Polizeibeamten haben ihn zu Boden geworfen und zusammengeschlagen.«

»Also«, setzte Abercorn an. »Das ist ja wohl …«

»Ruhe!«, gebot ihm der Richter. »Fahren Sie fort, Commander Pitt.«

»Danke, Euer Ehren. Im polizeilichen Bericht über den Vorfall – der Verkäufer ist übrigens nie dort erschienen – hieß es, Lezant habe Tyndale ermordet. Er wurde vor Gericht gestellt und aufgrund der Aussage der Beamten für schuldig befunden und hingerichtet. Alexander Duncannon hat von Anfang an gesagt, dass sein Freund nicht der Täter war. Keiner der beiden habe eine Waffe bei sich gehabt. Sie brauchten keine, denn das Letzte, was ein vom Opium Abhängiger tun würde, wäre, mit demjenigen einen Streit anzuzetteln, der ihm als Einziger das Mittel verschaffen kann, das ihm eine Linderung seiner Qualen verspricht.«

»Und haben Sie ihm diese … Geschichte geglaubt?«, fragte Narraway.

»Zunächst nicht«, erwiderte Pitt. »Gemeinsam mit Inspektor Samuel Tellman, einem Polizeibeamten, dem ich wie keinem anderen vertraue, habe ich in dieser Angelegenheit gründliche und langwierige Ermittlungen angestellt. Das Ergebnis hat mich zutiefst erschüttert, denn es hat sich herausgestellt, dass die Behauptungen des hier Angeklagten im Wesentlichen auf Wahrheit beruhen. Inspektor Tellman ist im Verlauf der Ermittlungen sogar von Kollegen überfallen worden. Man hat auf ihn geschossen, und er leidet nach wie vor an den Folgen der dabei erlittenen Verletzungen.«

Abercorn war aufgesprungen und schrie aufgebracht in den Saal: »Euer Ehren, das ist alles leeres Gerede! Als Pitt bei der Polizei war, hat er mit Tellman zusammengearbeitet. Das Ganze ist …«

Der Richter hob verweisend die Hand, woraufhin sich Abercorn mit großer Mühe zusammennahm, wobei es ihm kaum gelang, seine Wut zu zügeln.

»Handelt es sich hier um leeres Gerede, Commander Pitt?«, fragte der Richter.

»Nein, Euer Ehren. Einer meiner Männer hat mich von dem Überfall auf Tellman informiert, und ich habe mich sogleich an Ort und Stelle begeben. Begleitet hat mich der Unterhausabgeordnete Jack Radley, der gerade bei mir im Büro war. Als wir am Ort des Überfalls eintrafen, mussten wir feststellen, dass mehrere bewaffnete Polizeibeamte Tellman in einer Gasse in die Enge getrieben hatten und auf ihn feuerten. Es ist uns gelungen, ihn aus dieser aussichtslosen Lage zu retten, wobei Mr. Radley eine Schusswunde am Arm davongetragen hat. Er ist sicherlich bereit, hier als Zeuge auszusagen, sofern Sie das wünschen.«

Stirnrunzelnd schüttelte der Richter den Kopf. »Das wird nicht erforderlich sein. Mir ist sehr viel wichtiger, was Sie über den Vorfall von vor zwei Jahren gesagt haben, bei dem dieser James Tyndale umgekommen ist. Sofern all das der Wahrheit entsprechen sollte, hätten wir es mit einem bewussten Justizmord an einem Mann zu tun, der sich möglicherweise den Gebrauch von Opium hat zuschulden kommen lassen, aber höchstwahrscheinlich keinen Mord. Der Verdacht, meineidige und korrupte Polizeibeamte könnten einen Unschuldigen an den Galgen gebracht haben, macht eine äußerst gründliche und gewissenhafte Untersuchung erforderlich.«

»Ja, Euer Ehren«, sagte Pitt. »Ich habe keinen Zweifel, dass Alexander Duncannon von Anfang an genau davon überzeugt war, weshalb er den Wunsch hatte, vor Gericht gestellt zu werden, um die Sache ans Licht der Öffentlichkeit zu bringen.«

Abercorn ließ sich nicht länger den Mund verbieten. Er begann bereits zu reden, während er sich erhob. »Das ist völliger Unsinn, Euer Ehren! Kein vernünftiger Mensch würde so etwas glauben. Warum hat er denn nicht bei der Verhandlung gegen Lezant vor Gericht protestiert? Warum hat man ihn nicht als Entlastungszeugen für diesen Mann aufgeboten? Die Antwort liegt auf der Hand: Er war selbst in das Verbrechen verwickelt, zumindest als Mittäter. Wie können Sie so etwas auch nur ansatzweise glauben?«

Die Antwort erteilte ihm Pitt, bevor der Richter eine Gelegenheit hatte einzugreifen oder Narraway eine Frage stellen konnte.

»Man hat ihn nicht aussagen lassen«, sagte er zu Abercorn, als sei sonst niemand in dem riesigen Raum anwesend. »Er hatte den Wunsch dazu geäußert, doch wurde er ihm nicht gewährt. Lezant hatte sich dagegen ausgesprochen, um den Freund zu schützen, und der Anklagevertreter benötigte ihn nicht. Ich habe das aus seinem eigenen Mund erfahren. Alexander Duncannon hat mehrfach versucht, bei der Polizei die Sache an höherer Stelle zur Sprache zu bringen, aber niemand war bereit, ihm zuzuhören.«

»Er ist drogenabhängig, zum Kuckuck!«, brüllte ihn Abercorn an. »Haben Sie sich einmal seine Wohnung angesehen?

Haben Sie sich darum gekümmert, was er tut? Haben Sie die nach billigem Fusel stinkenden Gassen gesehen, in denen er schläft, wenn er den Weg nach Hause nicht mehr findet? Haben Sie gesehen, mit was für Trunkenbolden und Drogensüchtigen er verkehrt?«

»Ja.« Auch Pitt hob jetzt die Stimme. »Aber vor allem bin ich, was sehr viel wichtiger und in der Sache von Belang ist, die Unterlagen über die Ermittlungen durchgegangen, die man in Bezug auf Tyndales Tod geführt hat. Dabei habe ich festgestellt, dass die Polizeibeamten gelogen haben, in erster Linie von Inspektor Ednam dazu angestiftet. Ich habe mir die Tatsachen genau angesehen und festgestellt, dass die Aussagen der Polizeibeamten nicht zu den Beweismitteln passen – wohl aber die Alexander Duncannons! Er hat immer wieder zu erreichen versucht, dass ihn jemand anhört, aber die Polizei hat ihn mit einer auf Lügen errichteten Mauer des Schweigens umgeben, um den Fehler zu vertuschen, den die Poliziebeamten mit Tyndales Erschießung begangen hatten. Die Männer um Ednam hatten ihn für den Drogenverkäufer gehalten, der er nicht war, und sind in Panik geraten, als sich herausstellte, welche Katastrophe sie angerichtet hatten. Er war schlicht und einfach ein harmloser Passant, der zufällig dort vorübergekommen war. Der Drogenverkäufer ist nie dort aufgetaucht, und man hat ihn nie gefasst.«

Abercorn war totenbleich, die Haut seines Gesichts glänzte von Schweiß. »Selbst wenn all das auf Wahrheit beruhte, würde nichts davon entschuldigen, was Duncannon den fünf Polizeibeamten angetan hat!«

»Selbstverständlich nicht«, gab ihm Narraway recht. »Das ist ihm auch bewusst, und er ist bereit, mit dem, was ihm an Leben noch bleibt, dafür geradezustehen. Er hat seinem Freund gegenüber Wort gehalten und sich seine Ehre bewahrt. Man kann Tote nicht ins Leben zurückrufen, aber man wird Dylan Lezant begnadigen. Was für ein lachhafter Ausdruck! Wir werden ihn dafür begnadigen, dass wir ihn an den Galgen gebracht haben – durch die Meineidigkeit und die Korruption von fünf Polizeibeamten! Drei von ihnen sind mittlerweile ebenfalls tot, und die beiden anderen sind noch schrecklicher gestraft.

Mein Mandant leidet seit seinem Unfall unter unerträglichen Schmerzen und wird bald sterben, entweder am Galgen oder im Gefängnis – es sei denn, Euer Ehren hielte es für angebracht, ihn in einem Krankenhaus unterbringen zu lassen, wo man zumindest seine Schmerzen lindern könnte.« Ein Ausdruck von Mitleid lag bei diesen Worten auf Narraways Gesicht, und unwillkürlich hatte er leiser als zuvor gesprochen. »Ich weiß nicht, ob man das Gerechtigkeit nennen kann, aber es ist das Beste, was zu tun uns übrig bleibt.«

Im Raum herrschte Schweigen, gegründet auf Entsetzen, Kummer und vielleicht auch Angst.

Dann ergriff Pitt erneut das Wort, denn ihm war soeben etwas aufgefallen, was in ihm Erinnerungen an frühere Dinge geweckt hatte. »Euer Ehren, dürfte ich eine Frage an Mr. Abercorn richten oder, falls das nicht möglich ist, mit Lord Narraway sprechen, damit dieser die Frage stellt?«

»Sofern Sie kurz ist und sich auf diese tragische Angelegenheit bezieht«, gab der Richter zurück.

»Danke.« Pitt wandte sich an Abercorn. »Sir, Sie haben vorhin gesagt, Alexander Duncannon führe, halb benommen von Drogen und umgeben von Schmutz und Verzweiflung, ein lasterhaftes Leben in nach billigem Fusel stinkenden Gassen. Ich bitte um Entschuldigung, wenn ich Ihre Aussage nicht wörtlich und nicht in der richtigen Reihenfolge wiederholt habe.«

»Wollen Sie das etwa bestreiten?«, gab Abercorn in herausforderndem Ton zurück.

»In keiner Weise. Opiumsucht ist etwas Entsetzliches. Ich wollte eigentlich nur wissen, woher Ihnen das alles bekannt ist.«

Abercorn erstarrte kaum wahrnehmbar und atmete dann langsam aus.

»Ich hatte hin und wieder Gelegenheit, opiumsüchtige Menschen zu beobachten, und ich habe sogar getan, was ich konnte, um ihnen zu helfen.« Auf seinem Gesicht spiegelten sich Wut, Mitleid und tiefer Schmerz. »Ich habe begriffen, dass es sinnlos ist …« Er verstummte, von Kummer überwältigt.

Am liebsten hätte Pitt durch Stillschweigen die Würde des Mannes gewahrt, aber diese Gelegenheit würde nie wiederkommen, und er musste sie wahrnehmen. Andere Worte kamen ihm ins Gedächtnis, etwas, was Bradshaw gesagt hatte, wie auch der Augenblick, in dem ihm die Ähnlichkeit zwischen Abercorn und Godfrey Duncannon aufgefallen war.

»Ihre Mutter«, sagte er, »ist an ihrer Opiumsucht gestorben. Sie haben das als kleiner Junge mit angesehen, ohne ihr helfen zu können.«

Abercorn warf den Kopf zurück und sah Pitt mit einem hasserfüllten Blick an, in dem auch Kummer und ein Ausdruck von Demütigung lagen.

»Es war nicht ihre Schuld!« Es klang so, als müsse Abercorn an den Worten ersticken. »Sie hat sich durch ein Eheversprechen verführen lassen und wurde dann wegen einer Frau, die sehr viel mehr Geld hatte, betrogen und verraten. Der Mann hat sie schwanger und entehrt sitzenlassen. Sie hatte eine schwere Geburt, und danach haben die Schmerzen nie aufgehört! Ich habe mit angesehen, wie sie nach und nach starb. Was hätten Sie an meiner Stelle getan?«

»Wahrscheinlich dasselbe wie Sie«, räumte Pitt ein. »Und auch ich hätte meinen Vater gehasst. Aber ich hoffe zu Gott, dass ich sein Verhalten nicht seinen Sohn hätte entgelten lassen – Ihren Halbbruder.«

Erneut merkte man, wie den Zuschauern der Atem stockte. Niemand rührte sich.

»Sie wussten, dass Alexander süchtig war, denn Sie waren derjenige, der ihn ebenso wie Bradshaws Gattin und Gott weiß wie viele andere mit Opium beliefert hat. Sie haben ihn erpresst, damit er Sie nicht entlarven konnte. In welchem Umfang haben Sie Ednam dazu gezwungen, dass er für Sie die schmutzige Arbeit erledigte? Als Junge haben Sie gelernt, wie man an Opium kommt, um es für Ihre Mutter zu beschaffen«, fuhr Pitt fort. Es gab keine Wahl, er musste die Sache zu Ende bringen. Eine andere Gelegenheit würde es nie wieder geben, und es bestand die Möglichkeit, dass ihm der Richter jeden Moment Einhalt gebot. »Alexander Duncannon hat von Ihnen immer höhere Dosen bekommen. Haben Sie ihn wirklich so sehr dafür gehasst, dass er Godfreys ehelicher Sohn war, der Erbe all dessen, was Ihrer Ansicht nach von Rechts wegen Ihnen zugestanden hätte?«

Im Saal war inzwischen große Unruhe entstanden. Godfrey Duncannon war mit vor Wut puterrotem Gesicht aufgesprungen, unsicher, was er tun sollte. Cecily, die sich neben ihm erhoben hatte, richtete den Blick auf ihn, als habe sie ihn noch nie zuvor wirklich gesehen, nicht so deutlich, nicht so wie in diesem Augenblick.

Dann wandte sie sich ab, und Emily legte die Arme um sie, damit sie das Gesicht an ihrer Schulter bergen konnte.

Auch Charlotte war aufgestanden und hielt Jack am Arm zurück, damit er Emily in diesem entsetzlichen Moment nicht störte.

Abercorn war wie betäubt. Er hatte verstanden: Das ganze Kartenhaus seiner Träume war um ihn herum zusammengebrochen und lag in Trümmern am Boden. Er wusste, wer das auf welche Weise getan hatte und dass es für ihn keine Möglichkeit gab, etwas dagegen zu unternehmen.

Ohne sich durch irgendjemanden aufhalten zu lassen, bahnte sich Vespasia ihren Weg quer durch den Gerichtssaal zu Narraway. Die Verhandlung war zu Ende.

»Du warst geradezu brillant, mein Lieber«, sagte sie, zwar leise, aber deutlich genug, dass jeder in der Nähe es hören konnte. »Ich denke, dass du, von Thomas unterstützt, so viel Gerechtigkeit erreicht hast, wie überhaupt nur möglich ist.« Sie hob den Blick zu dem Richter. »Ich bin überzeugt, dass Euer Ehren der Anregung folgen wird, Alexander in einem Krankenhaus behandeln zu lassen, wo er die kurze Zeit, die ihm noch bleibt, leben kann. Nicht wahr, Algernon?«

Der Richter errötete leicht und gab sich große Mühe, die Fassung zu bewahren.

»Sie können gehen, Commander Pitt«, sagte er mit leicht belegter Stimme. »Ich hoffe, Sie nie wieder in meinem Gerichtssaal zu sehen. Sie haben die ganze Verhandlung völlig durcheinandergebracht.«

»Sehr wohl, Euer Ehren«, sagte Pitt kleinlaut und lächelte trotz des großen Mitleids, das ihn förmlich zerriss.

»Das aber haben Sie meiner Ansicht nach bemerkenswert gut bewerkstelligt«, fügte der Richter hinzu.

Pitt verbeugte sich dankend und ging dann die Stufen vom Zeugenstand hinunter durch den Gerichtssaal zu Charlotte hinüber.

Sie nahm seine Hand. »Wirklich sehr gut«, sagte sie leise. »Wahrhaft brillant.«